AF548090

Ursula Großmann, aufgewachsen in der Dreiflüssestadt Passau, war bereits in ihrer Jugendzeit der Leidenschaft für Literatur und die Kunst des Schreibens verfallen. 2012 setzte die studierte Pädagogin ihren Traum in die Tat um und verfasste ihr erstes Werk *Am Ende das Nichts*. Die Geschichte um fatale Leidenschaft, Intrigen und tiefe seelische Verletzungen ist ein Psychothriller der feinen Art, der Raum für Phantasien lässt.

URSULA GROSSMANN

ES BLEIBT DIE SCHULD

Überarbeitete Neuausgabe Februar 2022

Copyright © 2022 dp Verlag, ein Imprint der
dp DIGITAL PUBLISHERS GmbH
Made in Stuttgart with ♥
Alle Rechte vorbehalten

ES BLEIBT DIE SCHULD

ISBN 978-3-96087-496-9
E-Book-ISBN 978-3-96087-737-3

Copyright © 2015, dp Verlag, ein Imprint der dp DIGITAL PUBLISHERS GmbH
Dies ist eine überarbeitete Neuausgabe des bereits 2015 bei dp Verlag, ein Imprint der dp DIGITAL PUBLISHERS GmbH erschienenen Titels Schwärzer als Weiß (ISBN: 978-3-94529-828-2).

Covergestaltung: Vivien Summer
Umschlaggestaltung: ARTC.ore Design
Unter Verwendung von Abbildungen von
shutterstock.com: © Only background, © Jiri Hrebicek, © Wilqkuku
Lektorat: Daniela Höhne
Satz: dp DIGITAL PUBLISHERS GmbH
Druck und Bindung: Books on Demand GmbH, Norderstedt

Das Werk darf – auch teilweise – nur mit
Genehmigung des Verlages wiedergegeben werden.

Sämtliche Personen und Ereignisse dieses Werks sind frei erfunden. Etwaige Ähnlichkeiten mit real existierenden Personen, ob lebend oder tot, wären rein zufällig.

PROLOG

Erinnerungen. Sie können schön sein. Sie können quälen. Sie können verloren gehen.

Aus verquollenen Augen fleht ihr Blick ihn an, ihr die Erinnerungen zurückzugeben.

Sein Blick ist starr. Hilfe suchend streckt sie ihm die Hand entgegen. Keine Reaktion.

Er sieht nur emotionslos zu, wie sie ermattet ihre Hand wieder sinken lässt. Mühsam, kaum vernehmbar formen ihre Lippen drei Worte. „Was ist passiert?"

Kurz flackert Hoffnung in seinen Augen auf, Hoffnung, dass noch nicht alles verloren ist.

Zögernd tritt er an sie heran und setzt sich neben sie. Er will, nein er muss wissen, wie viel Erinnerung ihr noch geblieben ist.

Nach einigen Fragen, die sie mit verzweifeltem Kopfschütteln beantwortet, lehnt er sich im Stuhl zurück. Dabei lässt er sie keine Sekunde aus den Augen.

Irritiert bemerkt sie, wie sich sein Gesichtsausdruck ändert. Er wirkt jetzt plötzlich entspannter, fast erleichtert. Sie findet keine Erklärung für diesen rätselhaften Wandel.

Angst beschleicht sie, eine Angst, die sie ebenfalls nicht einordnen kann. Entmutigt wendet sie sich ab und schließt erschöpft die Augen, bis er nach einiger Zeit ihre Hand nimmt.

Und dann beantwortet er ihre, zum zweiten Mal mühsam formulierte Frage nach dem Geschehenen. Ihr Blick ist auf sein Gesicht fixiert. Während er redet, wächst ihr Unbehagen. Das Gehörte lässt ihre Augen immer weiter werden. Als er mit seinen Ausführungen am Ende ist, beobachtet er neugierig ihre Reaktion.

In ihren Augen spiegelt sich nur ein einziger Wunsch wider. Der Wunsch, dass er ihr niemals eine Antwort gegeben hätte.

1 – DER BLICK ZURÜCK

Eigentlich widerstrebte es Svenja, zu diesem Treffen zu gehen. 10-jähriges Abiturjubiläum!

Vor zwei Monaten hatte sie die Einladungsmail des Stufensprechers erhalten und ihr erster Gedanke war gewesen, auf keinen Fall daran teilzunehmen. Nicht die zu erwartenden unzähligen Smalltalks mit Leuten, die sie damals schon nicht hatte leiden können, waren es, die ihren Widerwillen erregten. Es war vielmehr die Erinnerung an das Geschehen in jener Nacht, die sich mit aller Macht Bahn brach. Sie schmerzte, sie machte ihr Angst. Wie sollte sie den anderen gegenübertreten? Einsam würde sie sich fühlen, reden und doch sprachlos sein.

Nur noch eine Station mit der Straßenbahn. *Noch kann ich es mir ja überlegen,* dachte sie, verwarf diese Überlegung jedoch sofort wieder. Ihr Fernbleiben wäre auch keine Lösung. Also entschloss sie sich, sich der Situation zu stellen, ganz gleich was kommen würde.

Der Bus fuhr mit Schwung an die Haltestelle und bremste so scharf, dass sie sich an der Stange festhalten musste, um nicht hinzufallen. Sie stieg mit ein paar anderen Fahrgästen aus und machte sich auf den Weg in die Augsburger Innenstadt zum vereinbarten Lokal.

Je näher sie ihrem Ziel kam, desto langsamer wurden ihre Schritte. Wie sollte sie die obligatorische Frage

„Und, was machst du?“ beantworten? Am liebsten gar nicht.

Sie müsste nämlich sagen, dass sie zwar auf Lehramt für Gymnasium studiert hatte, aber nicht gut genug gewesen war, um in absehbarer Zeit eine Anstellung zu bekommen. Sie müsste erzählen, dass sie sich als Lehrerin in einer Nachhilfeorganisation ein Jahr lang knapp über Wasser gehalten hatte, bis sie es schließlich geschafft hatte, mit einer ehemaligen Kommilitonin eine eigene Nachhilfeschule, inklusive Hausaufgabenbetreuung, zu eröffnen. *Dafür muss ich mich nicht schämen. Schließlich habe ich ein Unternehmen gegründet und durchgehalten,* dachte sie trotzig. Die massiven Anlaufschwierigkeiten ihres Lernclubs „Funny Learning“ waren inzwischen überwunden und sie konnte sich sogar über allmählich steigende Nachfrage freuen. Svenja bog in die Gasse ein, in der sich das Lokal befand. Sie trat in einen Hauseingang, zog einen Spiegel, Kamm und Lippenstift aus ihrer grauen Ledertasche und kämmte die kinnlangen, schwarzen, in Bobform geschnittenen Haare.

Nervös zog sie sich die vollen Lippen mit karminrotem Lippenstift nach und überprüfte noch mal das Make-up ihrer mandelförmigen, braunen Augen. Ihre kleine Narbe am Kinn, die sie sich als Kind bei einem Sturz zugezogen hatte, war ein kleiner Makel in ihrem ansonsten als schön zu bezeichnendem Gesicht. Doch mithilfe eines hautfarbenen Abdeckstiftes gelang es ihr immer, diese beinahe unsichtbar werden zu lassen. Ein mulmiges Gefühl begleitete sie auf den restlichen Metern bis zum Lokal.

Es war zwar Anfang Mai, aber wie üblich viel zu kühl für diese Jahreszeit, weshalb die Veranstaltung nicht im angrenzenden gemütlichen Wirtsgarten stattfinden konnte. Im Gastraum hatten sich schon etliche Klassenkameraden eingefunden, die sich angeregt unterhielten. Sie atmete einmal tief durch und steuerte dann auf eine Gruppe zu.

„Hallo Svenja. Mann, du bist keinen Tag älter geworden!“, rief Hannes, ihr ehemaliger Sitznachbar im Französischleistungskurs.

„Ich nehme das mal als Kompliment, Hannes. Dann wird die Veranstaltung erträglicher“, meinte sie lachend und begrüßte dann die anderen reihum. Leider bemerkte sie zu spät, dass sich auch Mark in dieser Gruppe befand. *Er sieht aus wie damals. Immer noch die gleiche halblange Lockenfrisur, immer noch dieselbe schlaksige Figur,* dachte sie, als er auf sie zuging. Er reichte ihr die Hand und zeigte sein typisch schiefes Lächeln.

„Na, wie geht es dir?“, kam auch gleich darauf die Frage.

Und immer noch dieses Spöttische in seiner Stimme und in den Augen, stellte sie ernüchtert fest. Obwohl er damals augenfällig Interesse für sie gezeigt hatte, war er ihr dennoch immer mit überlegenem Gehabe begegnet, hatte keine Gelegenheit ausgelassen, sie ob ihrer nicht immer glänzenden Leistungen mit beißendem Spott zu überziehen. Er war ihr mit seiner überheblichen, besserwisserischen Art so zuwider gewesen, dass sie ihm, so gut es ihr eben gelang, immer aus dem Weg gegangen war. Und ausgerechnet er sollte hier einer der ersten sein, mit dem sie Smalltalk führen würde?

Und womöglich noch ihre Lebensgeschichte unterbreiten sollte?

„Man lebt."

„Wow, sehr informativ! Noch genauso gesprächig wie damals!", meinte er mit vor Sarkasmus triefender Stimme.

Das fängt ja schlimmer an als befürchtet, dachte sie und zuckte nur kurz mit den Schultern. „Svenja?!", rief eine männliche Stimme und erlöste sie aus der misslichen Lage. Sie drehte sich um und sah in ein lachendes, immer noch jugendliches Gesicht.

„Hey Philipp! Das ist ja toll, dass du auch kommen konntest!", rief sie ehrlich erfreut und umarmte ihn spontan.

„Hallo! Mensch, wie schön dich zu sehen! Zehn Jahre sind ja eine halbe Ewigkeit."

Er hob sie in die Höhe, und drehte sich einmal um die eigene Achse, bevor er sie wieder absetzte.

„Pfff, alte Liebe rostet nicht, was?", schnaubte Mark verächtlich.

„Hey Mark, alter Kumpel!", rief Philipp und boxte ihn leicht auf den Oberarm. „Bist wohl immer noch neidisch, dass ich damals das Rennen gemacht habe, bei der heißesten Frau im ganzen Umkreis."

„Die dich aber nicht geheiratet hat, sondern gleich nach dem Abi das Weite suchte!", meinte Mark und grinste dabei hämisch.

Philipps Blick verdüsterte sich.

„Du bist doch das gleiche arrogante, sarkastische Ar..."

Svenja zog ihn schnell an seinem Jackenärmel ein Stück beiseite.

„Komm schon, du wirst dich doch nicht nach zehn Jahren immer noch von ihm provozieren lassen", wisperte sie und bugsierte ihn schnell zu einer anderen Gruppe, mit hohem weiblichen Anteil. Im Gespräch mit den wesentlich netteren Exemplaren aus dem Kreise der Ehemaligen, entspannte er sich bald. Während er Anekdoten aus der Schulzeit zum Besten gab und die weibliche Anhängerschaft damit zum Lachen brachte, betrachtete sie ihn verstohlen von der Seite. Er hatte sich nicht viel verändert. Die Gesichtszüge waren zwar männlicher geworden, bargen aber dennoch eine gewisse Lausbubenhaftigkeit in sich. Von seiner dunkelblonden Lockenpracht hatte er bisher nicht viele Haare eingebüßt und in puncto Figur hatte sich auch nichts geändert. Immer noch diese groß gewachsene, schlanke Erscheinung, mit relativ schmalen Schultern und flachem Bauch. Damals hatte sie ihn attraktiv gefunden, war verliebt gewesen, doch wenn sie ihn jetzt betrachtete, konnte sie diese Empfindungen nicht mehr nachvollziehen. Jene Nacht hatte alles verändert. Sie hatte sich verändert. Svenja fragte sich, wie es Philipp seither ergangen war. Nach der Trennung hatten beide den Kontakt abgebrochen und keiner hatte je den ersten Schritt gewagt, ihn wieder aufzunehmen. Als könnte er ihre Blicke spüren, wandte er sich plötzlich zu ihr und zog sie lachend an der Hand zu sich heran.

„Komm Svenja-Schatz, jetzt wird Wiedersehen gefeiert!"

Er winkte einem Kellner und bestellte eine Runde Sekt. Sie bemühte sich zu lächeln und verfluchte Philipp gleichzeitig. Jetzt würden sich die ehemaligen Klassenkameradinnen gleich wie die Hyänen mit Fragen, was sie denn in den letzten zehn Jahren gemacht hatte, auf sie stürzen. Und genau so kam es.

So selbstbewusst wie möglich, stillte sie deren Neugier. An den zurückhaltenden Reaktionen konnte sie erkennen, wie sich die meisten insgeheim daran ergötzten, dass sie nicht die große Karriere aufzuweisen hatte. Anja, die Staatsanwältin geworden war und noch vorhatte zu promovieren, verpasste ihr den größten Dämpfer.

„Willst du dich nicht doch noch für den Schuldienst bewerben? Ist auf Dauer bestimmt sicherer als Selbstständigkeit."

Schon in Schulzeiten war Anja ihr zuwider gewesen. Immer strebsam, immer Bestnoten, immer Lehrerliebling und immer im Clinch mit ihr, der lebenslustigen und beim männlichen Volk beliebten Svenja.

„Ach wieso, ich bin mein eigener Herr und es läuft inzwischen prima. Schuldienst! Das ist bei näherer Betrachtung auch nicht optimal. Du strampelst wie blöde, kommst aber kaum vom Fleck. Bei mir ist das anders. Je mehr Energie ich reinhänge, desto mehr Erfolg sehe ich", antwortete sie selbstbewusst.

„Aha. Na ja, ist wohl Ansichtssache", meinte Anja etwas von oben herab und wandte sich dann demonstrativ von ihr ab, um sich mit Simone zu unterhalten. Svenja musste mühsam den aufkeimenden Ärger unterdrücken und hätte am liebsten Stufensprecher Stefan dafür geküsst, dass er alle mit lauter Stimme aufforderte, sich einen Platz zu suchen.

Philipp wich nicht von ihrer Seite und setzte sich, ohne zu fragen, neben sie. Es machte ihr nichts aus. Im Gegenteil. Philipp gehörte zu jenen, mit denen sie heute

Abend gerne zusammen war. In der Art wie sie miteinander redeten und lachten, war deutlich die alte Verbundenheit spürbar.

„Ist hier noch frei?", unterbrach eine Männerstimme ihr tiefer gehendes Gespräch. Es war Mark, der ohne eine Antwort abzuwarten, einen Stuhl nach hinten schob und sich darauf setzte. Svenja verdrehte innerlich die Augen, sagte aber nichts, sondern nickte nur mit gezwungenem Lächeln. Sie verspürte wenig Lust, den gesamten Abend mit jemandem zu verbringen, den sie nicht leiden konnte und um des lieben Friedens willen ständig Freundlichkeit heucheln zu müssen.

„Ich störe hoffentlich nicht eure traute Zweisamkeit", sagte er in seiner unnachahmlich ironischen Art. Bevor einer der beiden eine passende Antwort geben konnte, ertönte das laute klingelnde Geräusch einer an ein Glas klopfenden Gabel, das alle im Raum schnell zum Verstummen brachte. Stefan hatte sich für seine Begrüßungsrede Gehör verschafft.

„Guten Abend, ich heiße euch ganz herzlich willkommen zu unserem zehnjährigen Jubiläum. Wenn ich mich so umsehe, haben es die meisten von euch geschafft zu kommen, was mich wirklich sehr freut! Herzlich begrüßen darf ich auch unseren damaligen Rektor Herrn Hummel und Herrn Seitz vom Matheleistungskurs."

Lautes Gejohle und Klatschen brandete auf, als sich die Genannten kurz erhoben und „Guten Abend" in die Runde nickten.

Stefan fuhr schließlich mit seiner Rede fort, in die er ein paar lustige Anekdoten eingeflickt hatte und erntete dafür großen Beifall. Doch dann kam der Moment, vor dem sie sich am meisten gefürchtet hatte. Stefans Lächeln erstarb. Mit belegter Stimme erinnerte er an das Unglück, das einen Schatten über die eigentlich glückliche Abiturzeit der Anwesenden gelegt hatte. „Aber bei allem Spaß, den wir hier haben, möchte ich auch an unsere liebe Klassenkameradin Maren erinnern, die leider nicht mehr bei uns sein kann.“ Er hielt kurz inne. „Lasst uns mit einer Schweigeminute ihrer gedenken.“

Er senkte den Kopf und alle taten es ihm gleich. Bedrückende Stille breitete sich im Raum aus, nur das Gemurmel der Gäste und das Geräusch von klapperndem Geschirr und Besteck drangen aus dem Nebenraum herüber.

Philipp nahm Svenjas Hand und drückte sie sachte. Das Unaussprechliche war gesagt worden. Erdrückend, schmerzend war die Erinnerung an das tragische Ereignis, an den Schockmoment, als sie von dem Unfall erfahren hatten. So spürbar waren jetzt die Gefühle, als wäre es gestern geschehen. Einen Abend lang hatte man sich zusammen gefunden, um den Schulabschluss fröhlich zu feiern und auf eine chancenreiche Zukunft anzustoßen. Ein unbedachter Moment hatte die Katastrophe ausgelöst. Keiner hatte je begreifen können, warum dieses hoffnungsvolle, junge Leben jäh an einem Baum enden musste.

Dankbar für sein Mitgefühl, drückte sie ebenfalls seine Hand. Ihre Blicke trafen sich und sie verstanden einander.

2 – BEGEGNUNGEN

Mark wischte sich mit der Serviette über den Mund, nahm einen kräftigen Schluck von seinem Weizenbier und hatte danach sichtbar Mühe, einen lauten Rülpser zu unterdrücken.

„Aaah! Es geht doch nichts über einen original bayerischen Schweinebraten! Immer wieder gut!“, sagte er.

„Sprach der Arzt! Deine Cholesterinwerte freuen sich bestimmt auch …“, stichelte Svenja. Mark gab ein Stöhnen von sich.

„Die Spaßbremse hat gesprochen! Ärzte sind auch nur Menschen und Männer werden nun mal nicht satt von ein paar Salatblättchen, zwischen denen sich – ‚Ei, wo sind sie denn?‘ – Putenstreifen verstecken. Wir haben nicht so ein kleines Piepmatzmägelchen vom Grünfutter wie du, liebste Svenja!“

Eigentlich sollte es lustig klingen, doch so sehr sich Mark auch bemühte witzig zu sein, es kam beim Gegenüber dennoch als Spott an.

„Mensch Mark, kannst du eigentlich auch mal was Nettes zu deinen Artgenossen sagen?“, schnauzte Philipp ihn an und stand gleichzeitig auf. „Ich hole kurz Zigaretten und gehe dann eine rauchen. Kommst du auch nach draußen, Svenja?“

„Ja, ich komme gleich nach.“

Als Philipp verschwunden war, beugte sich Mark zu Svenja hinüber. „Sag mal, welche Laus ist denn dem über die Leber gelaufen?! Versteht auch gar keinen Spaß."

„Deine sogenannten Späße sind auch schwer verdaulich, mein Lieber. Deine Galle produziert eindeutig zu viel Gift. Lass sie dir am besten entfernen. Obwohl, du als Chirurg kannst das ja im Do-it-yourself-Verfahren machen."

Mark klatschte in die Hände, während Svenja sich erhob.

„Respekt! Auf den Mund gefallen bist du jedenfalls nicht. Da fällt sogar mir Schandmaul nichts mehr ein."

Sie nickte ihm mit triumphierendem Grinsen zu, schnappte ihren Mantel und begab sich dann nach draußen. Einige Gäste standen in Grüppchen herum. Auf der Suche nach Philipp ließ Svenja ihren Blick über sie hinwegschweifen. Er war noch nicht hier.

„Entschuldigung, darf ich bitte vorbei?", erklang eine tiefe Männerstimme hinter ihr.

Sie drehte sich um und blickte in zwei braun-grüne Augen.

„Natürlich, Entschuldigung."

Svenja trat einen Schritt beiseite ohne den Blick abzuwenden. Ein dunkel gelockter, großer, schlanker Mann schob sich an ihr vorbei und auch er ließ sie dabei nicht aus den Augen. Beide lächelten sich an und keiner wusste warum.

„Von so einer hübschen Dame wird man allerdings gerne blockiert", meinte er galant und blieb stehen. Svenja hatte keine Chance ihm zu antworten, denn irgendjemand rief: „Dennis, wir sind hier hinten!"

Er drehte sich um. „Komme gleich zu euch!“, rief er und sagte an Svenja gewandt: „Gehören Sie zu dem Klassentreffen?“

„Ja, zehnjähriges Jubiläum.“

„Tja, dann wünsche ich noch einen schönen Abend.“

„Gleichfalls!“

Neugierig sah sie ihm nach, wie er sich an den Grüppchen vorbei zu seinen Bekannten schlängelte. Die dunklen, in Stufen geschnittenen Locken reichten ihm bis in den Nacken und bedeckten den Kragen seiner dunkelgrauen Lederjacke, die er zu einer schwarzen Jeans trug. Er schien beliebt zu sein, denn er wurde mit großem Hallo und Gelächter empfangen.

Zwei Hände legten sich auf ihre Schultern.

„Jetzt musst du keine Löcher mehr in die Luft starren. Ich bin wieder da.“

Philipp trat neben Svenja und zündete sich eine Zigarette an. Seine Finger zitterten ein wenig.

„Rauchst du immer noch oder wieder?“

„Letzteres. Wenn man Stress hat, ist man dafür sehr anfällig.“

„Womit hast du denn Stress?“, fragte sie, während sie Ausschau nach Dennis hielt.

„Mit meiner Softwarefirma.“ Er fing an, seine Lebensgeschichte zu erzählen und gewann damit Svenjas uneingeschränkte Aufmerksamkeit. Anfangs war es mit der Firma einigermaßen gut gelaufen, bis sein Partner wegen Unstimmigkeiten aussteigen wollte und dies in kürzester Zeit in die Tat umsetzte. Daraufhin ging es bergab. Philipp kaufte ihm seine Anteile ab, war aber alleine überfordert. Sein Partner hatte immer erfolgreich die Aufträge an Land gezogen, jedoch gehörte dies nicht gerade zu Philipps Stärken. Deshalb beauftragte er in seiner Not einen Unternehmensberater, um ihm und seiner Firma wieder auf die Beine zu helfen, doch dessen Arbeit brachte nicht den gewünschten Erfolg.

„Viel investiert, wenig gewonnen. Jetzt halte ich mich gerade so über Wasser."

Er warf den glimmenden Zigarettenstummel auf den Boden und trat ihn mit der Fußspitze aus. Die vehemente Art, in der er dies tat, zeugte für Svenja von mühsam unterdrückter Wut. Es war sichtlich schwer für ihn, sich sein Beinahe-Scheitern einzugestehen.

Bilder aus der Vergangenheit tauchten vor ihr auf; Bilder, in denen sie zusammen Händchen haltend auf dem Rasen im Augsburger Freibad nebeneinander lagen, in den strahlend blauen Himmel schauten und sich in Zukunftsszenarien verloren. Alles erschien möglich damals, ein knappes Jahr vor dem Abitur.

Sie wollten die weite Welt jenseits des Elternhauses erobern. Philipp träumte von einer Karriere à la Bill Gates. Er hatte in scherzhaften Fantasien davon gesprochen, dass Svenja mit dem riesigen Vermögen ihres Gatten Philipp eine eigene Privatschule, für gut Betuchte natürlich, gründen könnte. Als Schulleiterin würde sie sich die Freiheit nehmen, nur exklusive Stunden in Kunst zu geben. Viel gelacht hatten sie über diese Visionen und doch hatte jeder insgeheim den Traum vom großen Erfolg geträumt.

Aber die Widrigkeiten des Lebens hatten sie eingeholt, schneller als sie es verkraften konnten. Die Scheidung von Philipps Eltern am Beginn seines Studiums hatte ihn in Windeseile in eine Zwangslage gehievt. Alleine auf sich gestellt, weil „die Alten" (wie er seine

Eltern seitdem despektierlich nannte) zu sehr mit ihrem Zerwürfnis und neuen Liebschaften beschäftigt gewesen waren, hatte er alle Entscheidungen ohne den elterlichen Rückhalt treffen müssen. Dazu hatte sich ein finanzieller Engpass gesellt, den eine Scheidung unweigerlich mit sich brachte. Kurzum, er hatte ums nackte Überleben gekämpft, hatte sich nebenher mit Jobs in Kneipen und einer Werbefirma über Wasser gehalten. Zwangsweise war sein Studium dabei ins Hintertreffen geraten, mit dem Ergebnis eines nicht glanzvollen Abschlusses, der die Chancen auf eine feste Anstellung enorm geschmälert hatte.

„Worüber denkst du denn nach?“, fragte er.

„Über die Vergangenheit. Und die geplatzten Träume.“

„Ja, manchmal frage ich mich auch, wie das Leben wohl aussähe, wenn wir zusammen geblieben wären. Besser? Was denkst du?“

„Vermutlich nicht. Und du weißt warum.“

Er nickte nachdenklich mit dem Kopf.

„Vielleicht haben wir uns aber auch zu wenige Chancen für eine gemeinsame Zukunft gegeben.“

Der Gesprächsinhalt begann für Svenja unangenehm zu werden. Unwillkürlich wandte sie ihren Blick von Philipp ab und ließ ihn über die anderen Gäste schweifen. Sie entdeckte den Schwarzlockigen und bemerkte, dass er sie gerade interessiert ansah. Ein kleines Lächeln umspielte seine Lippen. Ohne es zu wollen, verzog sie den Mund zu einem Schmunzeln und blickte dann verlegen zu Boden.

„Bist du eigentlich liiert?“, fragte Philipp.

„Nein, schon seit einem halben Jahr nicht mehr. Mein Ex war ein toller Mensch, lieb und rücksichtsvoll, aber leider wollte er zu wenig vom Leben. Irgendwann hat er aufgehört sich Ziele zu setzen, hatte zuletzt das Temperament einer Schlaftablette, um es mal krass auszudrücken. Es hat einfach nicht funktioniert."

Sie scharrte mit dem rechten Fuß imaginären Dreck beiseite. Es fiel ihr nicht leicht, über das Thema zu reden und sie hoffte, Philipp würde nicht mehr weiterfragen.

„Du hast ihn einfach so in die Wüste geschickt? Oder hast du ihm noch eine Chance gegeben, sich zu ändern?"

„Natürlich habe ich das, aber wie gesagt, es gab keine Gemeinsamkeiten mehr. Und jetzt Themawechsel, sonst frage ich dich über *dein* Liebesleben aus."

„Schon gut ... Schade, es hätte mich schon interessiert, schließlich bin ich auch so ein ausrangierter Lover von dir."

„Themawechsel!"

Grinsend zog er eine Zigarette aus der Schachtel und zündete sie an. Svenja riskierte ihrerseits einen Blick in Richtung des Schwarzlockigen. Irritiert und erfreut zugleich registrierte sie, dass dieser sie wieder in Augenschein genommen hatte und ihre Reaktion mit einem amüsierten Lächeln quittierte. Svenja musste ebenfalls wegen ihres pubertären Verhaltens schmunzeln.

„Wem lächelst du denn zu?"

Philipp sah interessiert in Svenjas Blickrichtung und zog gleich darauf verärgert die Augenbrauen zusammen.

„Was macht *der* denn hier?"

„Wer?“

„Dennis Lettmann. Der Letzte, dem ich heute begegnen wollte.“

„Meinst du etwa den da vorne mit der Lederjacke?“

„Ja, verdammt. Schau nicht so auffällig hin!“

„Warum? Was hast du denn mit ihm zu tun?“, fragte Svenja neugierig.

„Das ist der Unternehmensberater, der für mich tätig war, als die Geschäfte den Bach runtergingen. Ich habe dir doch vorhin von ihm erzählt. Seine Arbeit war mies, es lief danach kaum besser, aber er behauptete natürlich, dass ich seinen Masterplan nicht richtig umgesetzt hätte, dieses Ar...!“

„Philipp, nicht schon wieder diesen netten Titel!“, unterbrach sie ihn schnell.

„Ist doch wahr. Ich bezahle einen Haufen Geld, und was kommt dabei heraus? Nichts. Und dieser Mistkerl gibt dann auch noch mir dafür die Schuld!“

Svenja wusste nicht, was sie dazu sagen sollte, schließlich kannte sie die genauen Hintergründe nicht.

„Sollen wir hineingehen?“, fragte sie deshalb nur.

„Nein, ich will erst zu Ende rauchen. Weißt du, sein Dad, stinkreich, besitzt eine große Unternehmensberaterfirma, bei der er sein Söhnchen selbstverständlich in leitender Position angestellt hat, obwohl er nichts taugt. Immer dasselbe und ich muss es jetzt büßen. Fuck!“

Svenja konnte sich nicht erinnern, dass sich Philipp früher auch dieser Vulgärsprache bedient hätte. Sie sah ihm zu, wie er an seiner Zigarette zog und den Rauch nach einem tiefen Lungenzug heftig durch Mund und Nase ausstieß.

„Schone deine Lungen und lass uns hineingehen“, schlug sie vor, um ihn abzulenken.

Als er nicht gleich reagierte, nahm sie ihm kurzerhand die Zigarette weg, warf sie zu Boden und drehte den verdutzten, „Hey, was soll das?“ rufenden Philipp in Richtung Eingangstür.

Jemand schob sich knapp an ihr vorbei und blieb vor Philipp stehen.

„Hallo, Herr Schulte! Wie geht es Ihnen denn? Sie wollten sich doch noch einmal bei mir melden.“

Es war Dennis Lettmann, der ganz offensichtlich nicht primär am Wohlergehen von Philipp interessiert war, denn er sah hauptsächlich Svenja an und lächelte dabei.

„Wie soll es mir schon gehen, nachdem ich ganz knapp einem Insolvenzantrag entgangen bin, dank Ihrer stümperhaften Arbeit!“, giftete Philipp ihn an.

„Herr Schulte, ich habe Ihnen erklärt, woran es gelegen hat. Sie hätten meinen Geschäftsplan eins zu eins umsetzen müssen und nicht noch selber herumdoktern dürfen, dann hätte es hundertprozentig funktioniert.“

„Jetzt ist der falsche Zeitpunkt das zu besprechen, denken Sie nicht auch? Ich melde mich demnächst bei Ihnen. Einen schönen Abend noch, Herr Lettmann“, blaffte Philipp zurück und wollte sich an ihm vorbeischieben.

„Wo sind Ihre guten Manieren geblieben? Sie haben mir Ihre nette Begleitung noch nicht vorgestellt.“

Ungläubig, mit zusammengekniffenen Augen, nahm Philipp ihn ins Visier. Seine Gesichtsmimik spiegelte eindeutig seinen Kampf um Beherrschung wider.

Svenja beobachtete ihn mit wachsendem Unbehagen und versuchte mit einem fröhlichen „Also, das kann ich auch selbst machen. Ich bin Svenja Grothe, ehemalige Klassenkameradin und Freundin von Philipp“ die Situation zu retten.

Sie reichte ihm dabei die Hand und zauberte ihr schönstes Lächeln auf das Gesicht.

„Dennis Lettmann, angenehm. Sehr angenehm sogar!“, meinte er mit einem charmanten Lächeln.

„Bfff“, schnaubte Philipp leise. „Ich geh jetzt wieder hinein, kommst du mit, Svenja?“

Sein Blick verriet, dass die Frage rein rhetorisch war und vielmehr die Aussage *Du wirst dich doch nicht ernsthaft weiterhin mit diesem Kerl unterhalten wollen* enthielt.

Natürlich konnte Svenja ihn verstehen, andererseits wollte sie sich nicht vorschreiben lassen, mit wem sie sich unterhalten durfte und mit wem nicht. „Geh schon mal voraus, ich möchte noch eine rauchen.“

Philipps Augenbrauen verschwanden vor Erstaunen unter seinen Stirnfransen. Noch vor einer Stunde hatte sie ihm stolz verkündet, dass sie es vor drei Jahren geschafft hatte, damit aufzuhören.

„Du enttäuschst mich“, meinte Philipp nur und ging wieder ins Lokal hinein.

„Ihr Freund scheint ...“

„Ex-Freund“, berichtigte Svenja sofort.

„Okay, Ex-Freund. Er scheint jetzt beleidigt zu sein. Darf ich Ihnen eine Zigarette anbieten?“

Svenja zögerte. Wenn sie ablehnte, wusste er, dass sie nur seinetwegen draußen geblieben war, andererseits wollte sie deswegen aber auch nicht rückfällig werden.

Schließlich wusste sie ja nicht, ob dieser Kerl es überhaupt wert sein würde. Die meisten Bekanntschaften hatten sich in letzter Zeit beim ersten Schein als prachtvolle, aber beim genaueren Abklopfen, als extrem hohle Nüsse entpuppt.

„Vielen Dank, aber Ihre Sorte ist mir zu stark. Ich rauche lieber meine eigenen."

Sie ließ eine Hand in ihrer Tasche verschwinden und tat so, als ob sie suchen würde.

„Also so was Blödes. Ich habe sie tatsächlich vergessen. Na macht nichts, ich will sowieso aufhören."

Ungeniert und ohne rot zu werden, lächelte sie ihn trotz dieser faustdicken Lüge an.

Er erwiderte ihr Lächeln, doch Svenja vermochte nicht zu sagen, ob er ihr glaubte. In seinen Augen lag ein rätselhaftes Funkeln, das sie nicht deuten konnte.

3 – VERGANGENHEIT UND ZUKUNFT

Eine halbe Stunde später gab Svenja die Hoffnung auf, mit Herrn Lettmann eine tiefer gehende Konversation führen zu können. Das lag allerdings nicht daran, dass es ihnen an Gesprächsthemen gemangelt hätte, sondern vielmehr an den permanenten Unterbrechungen. Immer, kaum dass sie ein paar Sätze gewechselt hatten, kam jemand von Svenjas ehemaliger Klasse zum Rauchen oder Luftschnappen nach draußen. Und jedes Mal entdeckte dieser Jemand Svenja mit einem lauten Hallo. Natürlich freute sie sich über die Aufmerksamkeit und die netten Gespräche. Zu ihrer großen Erleichterung hatte sich ihre ursprüngliche Befürchtung, es könnte Unangenehmes zur Sprache kommen, nicht bewahrheitet. Inzwischen wurde es ihr jedoch beinahe zu viel des Guten.

Die Krönung war schließlich Katjas inquisitorische Frage: „Hast du eigentlich schon Kinder?“ So etwas konnte ja nur von ihr kommen. Nur weil diese ihren Sandkastenfreund, mit dem sie im zarten Alter von fünfzehn eine Beziehung angefangen hatte, mit einundzwanzig geheiratet und in den folgenden sechs Jahren in gleichmäßigen Abständen drei Babys bekommen hatte, berechtigte es sie noch lange nicht, so derb mit der Tür ins Haus zu fallen.

„Kinder? Gott bewahre! Dafür war noch keine Zeit. Außerdem braucht man dazu erst mal den richtigen Partner. Samenbankbabys eignen sich nicht gerade für ein nettes Familienalbum."

Aus dem Augenwinkel heraus bemerkte sie, dass Dennis sie ansah. *Wenigstens weiß er jetzt, dass ich noch solo bin,* dachte sie nicht ohne Genugtuung.

„Ja, wie meine Mutter schon sagte, viele Verehrer, kein Bewerber!", bemerkte Katja spitz.

Ihr begleitendes, gackerndes Lachen verlangte Svenja viel Selbstbeherrschung ab.

„Tja, nicht jeder hat eben so viel Glück in der Liebe wie du, Katja", antwortete Svenja mit leicht bissigem Unterton.

„Du sagst es!", entgegnete diese schnippisch und zog sich zur Freude Svenjas gleich darauf zurück.

„Die gehörte bestimmt nicht zum engeren Freundeskreis", meinte Dennis schmunzelnd.

„Wahrlich nicht! Wahrscheinlich ist sie nur neidisch. Schließlich stelle ich es mir nicht gerade aufregend vor, in jungen Jahren nur mit Windeln wechseln, Breichen füttern und Kinderkrankheiten beschäftigt zu sein. Wenn ich da an meine wilde Studienzeit mit Reisen und vielen neuen Freunden denke ... Das möchte ich nicht missen."

„Oh ja, das stimmt", pflichtete Dennis ihr bei und fing an, lustige Geschichten aus seinem Studium zu erzählen. Als sich Svenja gerade eine Lachträne aus dem Auge wischte, sah sie über Dennis' Schulter hinweg Philipp und Mark in der Eingangstür stehen.

Fuchtelnd gaben sie ihr zu verstehen, sie möge zu ihnen kommen. Ausgerechnet jetzt! Svenja ignorierte sie geflissentlich. Sie würde ganz bestimmt nicht das amüsante Gespräch unterbrechen wegen zwei Männern, die ihr aus unersichtlichem Grund wie zwei Fluglotsen auf dem Flugfeld zuwinkten und sie zum Einfliegen bewegen wollten.

„Ihr Ex-Freund langweilt sich wohl ohne Sie!“, meinte Dennis mit Blick zur Eingangstür.

„Sein Problem! Es gibt ja noch mehr Klassenkameradinnen hier, mit denen man sich nett unterhalten kann, wie man in der letzten halben Stunde mitbekommen hat.“

Beide mussten lachen. Er verstand ihren versteckten Humor und das fand Svenja äußerst sympathisch. Sie musste Philipp und Mark unbedingt loswerden und gab den beiden mit einem eindeutigen Kopfschütteln zu verstehen, dass sie nicht mehr belästigt werden wollte. „Wie lange waren Sie denn mit Philipp zusammen?“

„Zwei Jahre. Als wir zu studieren anfingen, trennten wir uns“, antwortete sie knapp. Es widerstrebte ihr, sich mit Dennis über ihren Ex-Freund zu unterhalten.

„Kann es sein, dass er wieder Interesse an Ihnen hat?“

„Wie kommen Sie denn darauf? Philipp freut sich nur, mich nach so langer Zeit wiederzusehen, mehr nicht“, sagte sie etwas pikiert.

Sie hoffte, dass Dennis das Signal verstand, nicht weiter zu bohren.

„Na, ich dachte nur, weil er wie ein Anhängsel an Ihnen klebt“, meinte er und verzog seinen Mund zu einem leichten Grinsen. „Übrigens ich bin Dennis, lassen wir doch das förmliche Siezen.“

„Gerne. Ich heiße Svenja." Sein warmer Händedruck war sanft und dennoch bestimmt. Er hielt ihre Hand ein paar Sekunden länger als nötig und sah ihr dabei lächelnd in die Augen.

Plötzlich stellte sich jemand dicht neben sie. „Sag mal Svenja, bist du jetzt zum Klassentreffen gekommen oder nicht? Jetzt komm doch endlich wieder mit rein", riss Philipps Stimme sie erbarmungslos aus der Versunkenheit des Augenblicks.

Sie verspürte nicht die geringste Lust in den Gastraum zurückzugehen. Am liebsten hätte sie Philipp gesagt, er solle sich alleine auf der Versammlung der Altvorderen vergnügen. Doch sie ließ sich nichts anmerken. *Willst du etwas gelten, mach dich selten,* kam es ihr in den Sinn. Ein Spruch, den ihre Omi ihr mit auf den Weg gegeben hatte, als sie dieser im zarten Teenageralter von den ersten Annäherungsversuchen des anderen Geschlechts erzählte. Sicherlich verfehlte diese Empfehlung auch in ihrem Alter nicht die Wirkung.

„Ja, gut, mir wird sowieso langsam kalt. Dennis, es hat mich gefreut, dich kennenzulernen. Vielleicht sieht man sich mal wieder."

Es fiel ihr schwer nicht zu zeigen, wie sehr es ihr widerstrebte, sich verabschieden zu müssen. Insgeheim hoffte sie, dass er sie nach ihrer Handynummer fragte.

„Ja, hat mich auch gefreut. Dann noch viel Spaß heute Abend!"

Er legte kurz seine Hand auf ihre Schulter und ging dann zu seinen Bekannten.

„Komm endlich!", sagte Philipp ungeduldig.

„Jetzt hör auf mich zu drängen, ich komme ja!"

Leicht zerknirscht warf sie noch einen Blick hinter Dennis her, der sich den Weg zu seinen Bekannten bahnte und folgte dann Philipp. Es wurmte sie, dass dieser aufgetaucht war und ihre Zweisamkeit gestört hatte. Vielleicht hätte sie ihn doch einfach wegschicken und sich mit Dennis weiter unterhalten sollen. Jetzt war er weg und wer weiß, ob sie ihn je wiedersehen würde.

„Also ein bisschen mehr Feingefühl hättest du schon zeigen können ... Hast du eigentlich nicht gesehen, wie gut wir uns gerade unterhalten haben? Und jetzt habe ich nicht einmal seine Handynummer!“, maulte sie.

Philipp drehte sich zu ihr um. „Aber hallo! Du willst doch nicht ernsthaft mit diesem Deppen etwas anfangen!“

„Warum nicht? Du musst dein persönliches Problem mit ihm nicht auf mich projizieren. Ich fand ihn sehr nett. Aber leider war das Vergnügen, dank dir, nicht von langer Dauer.“

Philipp erwiderte nichts und ging mit mürrischem Gesichtsausdruck weiter. Als sie wieder am Tisch saßen, kam auch gleich Marks unverblümte Frage, warum Svenja so schlecht gelaunt sei. Sie nahm all ihre Kraft zusammen und schluckte den Ärger hinunter, um nicht das Bild eines schmachtenden Teenagers abzugeben.

„Wie kommst du darauf, dass ich schlechte Laune habe? Mir ist nur entsetzlich kalt und ich hasse es zu frieren. Wenn ich aufgetaut bin, kann ich auch wieder lachen“, sagte sie mit einem versöhnlichen Augenzwinkern.

Mark kommentierte die Erklärung mit einem gebrummten „Aha".

Philipp hingegen schloss aus ihrem Verhalten, dass seine Störaktion keine Nachwirkungen hatte und war erleichtert. Ab diesem Zeitpunkt war er überaus liebenswürdig zu Svenja. Sie ließ es geschehen, lachte über seine Witze, schweifte aber gedanklich immer wieder zu Dennis ab.

„Ich muss mal kurz zur Toilette, aber nicht verschwinden", sagte Philipp und stand auf.

Mark hatte sich inzwischen an einen anderen Tisch gesetzt, sodass ihr ein Gespräch mit ihm erspart blieb. Stattdessen unterhielt sie sich mit Tanja und Steffi, die vorbeikamen und an ihrem Tisch stehenblieben.

„Hey Philipp, alles gut?", rief Tanja fröhlich, als dieser schließlich wieder zurückkam.

Scheint nicht so, dachte Svenja, denn sie sah ihm sofort an, dass etwas nicht stimmte. In seinem Blick lag Nervosität.

„Ja klar ... Und? Schon genug auf das Wiedersehen angestoßen?", erwiderte er verkrampft lächelnd. Nach ein paar belanglosen Floskeln gingen die beiden wieder an ihren Tisch zurück und Philipp setzte sich mit einem Stoßseufzer neben Svenja.

„Bist du okay?"

Er gab einen Brummlaut von sich und nuschelte etwas in der Art *Ja, warum fragst du?,* ohne sie dabei anzusehen.

„Nun sag schon, ich sehe doch, dass dich etwas beschäftigt", drängte Svenja, unruhig geworden.

„Ich hätte zu Hause bleiben sollen", sagte er leise, „alles kommt wieder hoch."

Svenja nickte bestätigend. „Mir geht es genauso." Mitfühlend streichelte sie seinen Arm. „Gibt es einen Grund, warum es dich jetzt plötzlich so sehr belastet?", fragte sie vorsichtig nach.

„Jetzt ist genau das passiert, was ich immer vermeiden wollte", platzte es aus ihm heraus. Er wirkte fast verzweifelt.

„Was meinst du damit?"

„Mir ist auf der Toilette Felix gegenüber eine Bemerkung herausgerutscht, ganz ungewollt."

„Wie bitte? Was hast du denn gesagt?" Svenja war alarmiert.

„Nichts Konkretes, nur eine vage Andeutung. Höchstwahrscheinlich hat er gar nicht verstanden, um was es genau geht."

„Na hoffentlich! Mensch, Philipp, das ist ..."

Sie konnte ihren Satz nicht beenden, denn Stefan trat an ihren Tisch und setzte sich unaufgefordert an Marks frei gewordenen Platz. Man sah, dass Philipp diese Ablenkung willkommen war, ganz im Gegensatz zu Svenja. Sie hätte gerne noch mehr über Philipps Begegnung mit Felix erfahren. So musste sie sich aber geschlagen geben und sich gezwungenermaßen auf die Unterhaltung mit Stefan einlassen.

Als sie ein Kribbeln in der Nase verspürte, kramte sie in ihrer Handtasche nach einem Taschentuch und bemerkte dabei gar nicht, dass jemand hinter sie getreten war.

„Svenja, wir gehen noch woandershin. Ich wollte mich nur verabschieden", sagte eine dunkle Stimme. Sie drehte sich um und hatte Mühe, ihren freudigen

Schreck nicht zu offen zu zeigen, als sie in Dennis' lächelndes Gesicht sah.

„Aha, ihr stürzt euch also noch ins Augsburger Nachtleben! Viel Spaß bei der Suche nach nicht hochgeklappten Bürgersteigen."

Er grinste. „Ja, werden wir haben. Wenn ich mal wieder in Augsburg bin, könnten wir uns ja treffen. Verrätst du mir deine Handynummer?"

Es durchströmte sie warm vor Freude. Mit aufgesetztem Pokerface kritzelte sie ihre Nummer auf einen kleinen Zettel und reichte ihn Dennis, der sich mit angedeuteter Verbeugung dafür bedankte.

Für einen seligen Moment vergaß sie alle Probleme, die ihr auf der Seele lasteten. Sie konnte ja nicht ahnen, dass heftige Stürme sie erwarteten.

4 – ALLES AUF ANFANG

„Hast du die Neuanmeldungen schon gesehen? Es sind zwei dabei, die Einzelunterricht wollen. Ich glaube, wir müssen noch mehr Nachhilfelehrer einstellen, wenn das Geschäft weiterhin so brummt!", meinte Vera und stapelte einige Blätter raschelnd aufeinander. Keine Antwort. Sie hob den Kopf, wobei sie sich ein paar ihrer langen, schwarz-braunen Haarsträhnen hinter das Ohr klemmte, und sah besorgt zu Svenjas Schreibtisch hinüber. Schon seit mehreren Tagen hatte sie bemerkt, dass ihre Geschäftspartnerin und Freundin immer in sich gekehrter geworden war, aber den Grund dafür hatte sie ihr, trotz Nachfragen, nicht entlocken können.

„Mensch Svenja, das kann ja niemand mehr mit ansehen, wie du leidest. Da steckt hundertpro ein Mann dahinter, habe ich recht?"

Svenja gab einen kurzen Stoßseufzer von sich und klappte den Deckel ihres Laptops geräuschvoll zu.

„Ja, ertappt. Es ist wieder einmal das übliche Spiel. Du lernst jemanden kennen, er fragt dich nach deiner Handynummer, weil er sich wieder melden will, um ein Date auszumachen. Und was ist das Ergebnis? Ich warte immer noch, seit verdammten zwei Wochen!"

Es klang ziemlich wütend. „Weißt du, langsam habe ich es satt. Immer wenn man meint, jetzt kann man bald einen Prinzen küssen, verwandelt er sich in einen

Frosch, bevor man es überhaupt getan hat. Vielleicht hätte ich ja doch mehr um die Beziehung mit Christoph kämpfen müssen. Wenn er nur ein bisschen mehr Power gehabt hätte. Warum habe ich ihn nicht zu mehr Action gezwungen, vielleicht wäre unsere Beziehung wieder in Schwung gekommen."

Vera schüttelte verständnislos den Kopf.

„Aber das hast du doch und es hatte sich nichts geändert, gar nichts. Schon vergessen, wie du dich ständig abgemüht hast, ihn für irgendwelche Aktivitäten zu gewinnen? Fang jetzt bloß nicht an, dir etwas schönzureden. Eure Trennung war die logische Folge eures Zerwürfnisses und nichts hätte dies verhindern können. Schau lieber nach vorne, das bringt mehr."

Svenja stand auf und ging zum Fenster, wo sie dem geschäftigen Treiben auf der Straße zusah. Vera konnte ihre Zerrissenheit natürlich nicht nachvollziehen, denn diese hatte das Glück, schon seit ihrer Studentenzeit in einer gut funktionierenden Beziehung leben zu können. Florian war immer hilfreich an ihrer Seite gewesen. Er hatte ihr beigestanden, als sie wegen ihrer enormen Prüfungsangst fast durch die Klausuren gefallen war, als sie in der Referendarzeit deswegen durch die Hölle ging, als sie keine Anstellung bekommen hatte und daraufhin den Entschluss fasste, eine Nachhilfeorganisation zu gründen. Immer stand er ihr mit Rat und Tat zur Seite. Mehr Liebe konnte man von einem Mann nicht bekommen.

„Ja, wahrscheinlich hast du recht. Aber das Schlimme ist, dass ab dreißig der Markt schon ziemlich ausgedünnt ist. Was bleibt denn übrig außer Geschiedenen, Beziehungsgeschädigten, Beziehungsunfähigen oder einfach nur Deppen? Die besten Männer jenseits dreißig sind meistens schon in festen Händen. Sei froh, dass du deinen Florian hast."

„Eine Dauerbeziehung kann auch langweilig sein. Genieß doch dein aufregendes Singleleben. Für dich stehen noch sämtliche Türen offen, die für mich für immer verschlossen sind. "

Auf Svenjas Handy ertönten die eingespeicherten Jazzklänge und störten die Debatte darüber, ob das Leben nun mit oder ohne Partner lebenswerter war, empfindlich. *Philipp ruft an,* las Svenja auf dem Display und verdrehte gleich darauf die Augen. Warum meldeten sich immer die Falschen? Schon viermal hatte sich Philipp bei ihr gemeldet, um ein Treffen zu vereinbaren. Bisher war es ihr jedes Mal gelungen, ihn mit einer Ausrede abzuwimmeln, doch das konnte sie auf Dauer nicht durchhalten. Es hatte sie gefreut, ihn beim Abiturjubiläum wiedergetroffen zu haben. Sie hatten in schönen und weniger schönen Erinnerungen geschwelgt, hatten einen Abend lang miteinander gelacht und Spaß gehabt. Mehr nicht. Doch in Philipp musste es mehr ausgelöst haben, was ihn dazu brachte, Svenja ständig zu kontaktieren. Und sie wusste nicht, wie sie damit umgehen sollte. Einerseits fand sie es schön, wieder Kontakt zu ihm zu haben, andererseits wollte sie nicht, dass er sich mehr erhoffte. Mit ihm würde die Vergangenheit erneut aufleben und den Blick nach vorne verstellen.

Sie überlegte, ob sie das Gespräch überhaupt annehmen sollte, kam aber zu dem Schluss, dass es das Problem Philipp nur zeitlich verschieben würde und hob ab.

„Hallo Philipp, wie geht's?"

„Hi Svenja! Gut, aber noch besser würde es mir gehen, wenn du mitkämst zum Kabarettabend in der „Kresslesmühle."

Was hätte sie ihm antworten sollen? Dass sie zwar Kabarett liebte, aber lieber mit einer anderen Person dorthin gegangen wäre? Dass das nicht ging und sie deshalb lieber zu Hause bliebe? Dass für sie diese verkrampfte Suche nach dem idealen Partner ein verdammter Mist war? Natürlich nicht. Es wäre zwar die ehrlichste, aber nicht gerade die klügste Antwort gewesen.

„Na gut, für Kabarett bin ich immer zu haben. Wann wäre das?", hörte sie sich fragen und konnte im selben Moment nicht glauben, dass sie ihm gerade zugesagt hatte.

„Super! Nächsten Samstag. Ich schreib dir eine Mail, wo und wann genau, und die Karten besorge ich auch schon mal. Mensch, das freut mich, dass du mitgehst! Also bis dann!"

„Ja, bis dann."

Sie warf das Handy wie etwas Ekliges auf den Schreibtisch und ließ sich in den davor stehenden Bürosessel plumpsen.

„Sag bitte, dass es nicht wahr ist. Ich habe tatsächlich ein Date mit Philipp ausgemacht! Ich muss ganz schön verzweifelt sein!"

„Ja, allerdings. Vielleicht meldet sich Dennis ja doch noch", meinte Vera verwundert.

„Ach Unsinn. Ich habe dieses ‚Warten auf Godot' inzwischen so satt! Dennis kann mir gestohlen bleiben, sag ich dir. Ich habe ihn in die Kategorie Deppen eingeordnet, die nicht wissen, was sie wollen."

Kaum hatte sie den Satz ausgesprochen, öffnete sich die Tür zu ihrem Büro und der eben Genannte trat ein. Sie konnte kaum glauben, dass er es wirklich war. Mit großen Schritten und einem breiten Grinsen auf dem Gesicht, durchquerte er den Raum und blieb vor der verdutzten Svenja stehen. Er sah noch besser aus, als sie ihn in Erinnerung hatte. Es musste daran liegen, dass seine schwarzen Locken jetzt in die Stirn fielen, was ihn jünger erscheinen ließ als sechsunddreißig. Zum dunkelgrauen Jackett trug er ein weiß-grau gestreiftes Hemd und eine schwarze, gepflegte Stoffhose im Five-Pocket-Stil. Sein Anblick ließ unwillkürlich die Schmetterlinge in ihrem Bauch aktiv werden.

„Hallo, Svenja. Es tut mir echt furchtbar leid, dass ich mich so lange nicht gemeldet habe. Ich musste kurzfristig ins Ausland und habe in der Hektik leider den Zettel mit deiner Handynummer nicht mitgenommen." Er hob mit schuldbewusster Miene die Schultern. „Ich bin erst gestern Nacht zurückgekommen. Ich dachte, ich nutze den heutigen Termin in Augsburg gleich, um persönlich bei dir vorbeizuschauen. Voilà, hier bin ich."

Sein Lächeln wirkte ehrlich und ungekünstelt und ließ ihren Ärger über ihn, den sie noch vor einer Minute empfunden hatte, verfliegen.

Sie fragte sich, wie viel er von ihren letzten Sätzen wohl gehört hatte, machte sich aber darüber nicht weiter Sorgen. Es konnte schließlich nicht schaden, wenn er wusste, wie sie über sein Verhalten dachte.

„Hallo, Dennis! Mit dir habe ich gar nicht mehr gerechnet!", sagte sie und deutete zu Vera hinüber. „Darf ich vorstellen? Das ist Vera, meine Geschäftspartnerin, Dennis Lettmann."

Er trat auf Vera zu und schüttelte ihr ebenfalls die Hand. Man konnte ihrem Gesichtsausdruck entnehmen, dass diese von seiner Erscheinung mehr als positiv überrascht war.

„Sehr erfreut“, sagte er und ließ dabei einen Blick durch den Raum schweifen. „Hier wird also ausgeheckt, wie man lernfaule Schüler wieder auf die Spur setzt.“

„Sprichst du etwa aus eigener Erfahrung?“, meinte sie in scherzhaftem Ton.

„Ja, erwischt. Mein Vater hat mir während der Schulzeit des Öfteren vermittelt, wie faul ich doch sei und mir als Konsequenz stinklangweilige, professionelle Nachhilfe aufgebrummt.“

Er verdrehte dabei kurz die Augen.

„Dann verstehe ich deine Aversion natürlich. Das macht mich jetzt hoffentlich in deinen Augen nicht total unsympathisch!“, entgegnete sie augenzwinkernd.

„Wäre die Nachhilfelehrerin damals nur halb so nett und hübsch wie du gewesen, dann hätte ich wahrscheinlich ein Einser-Abi mit Sternchen geschafft!“ Alle drei mussten über seine angeblich verpasste Chance lachen.

„Aber jetzt mal ganz ernsthaft. Es steckt nicht immer nur Faulheit dahinter, wenn die Zensuren schlecht ausfallen. Oft sind es auch familiäre Konflikte oder eine längere Krankheit.“

„Dann entschuldige bitte meine flapsige Bemerkung. Hast du übrigens heute Abend Zeit mit mir essen zu gehen?“

Svenja fühlte sich überfahren. Bis vor ein paar Minuten hatte sie geglaubt, wieder einmal einem Windhund, der seine Avancen nicht ernst gemeint hatte, aufgesessen zu sein, und jetzt stand er hier und fragte nach einem Date. Sie wusste nicht, wie sie reagieren sollte. Vera hingegen schon.

„Du kannst ruhig ausgehen. Ich mache heute Abend die Buchhaltung."

„Wo darf ich dich abholen?", fragte er, doch Svenja reagierte nicht. Schnell kritzelte Vera die Adresse auf einen Notizzettel und gab ihn Dennis.

„Super, vielen Dank. Ich muss jetzt leider zu einem Termin. Also ich hole dich um acht Uhr zu Hause ab. Ich freue mich, bis dann!", sagte Dennis jovial, ohne Svenjas Antwort abzuwarten und verließ schnurstracks das Büro.

Sie sah ihm ungläubig nach.

„Geht's noch? Habt ihr gerade über meinen Kopf hinweg ein Treffen vereinbart oder träume ich?"

„Also jetzt freu dich doch! Vorhin hast du dich noch über den leergefegten Männermarkt beklagt, und jetzt kannst du mit diesem Traummann essen gehen. Das ist ja wirklich ein Sahneschnittchen. Und selbstbewusst! Wenn ich noch Single wäre, dann würde ich keine Sekunde überlegen!", meinte sie und kicherte albern wie ein Teenager.

Svenja, mit allen Wassern gewaschen, war etwas skeptischer.

„Mag ja sein, aber er scheint mir ein bisschen zu selbstbewusst zu sein. Man wartet doch zumindest eine Antwort ab. Aber er verschwendet nicht mal einen Gedanken daran, dass ich nein sagen könnte. Eigentlich sollte ich ihm aus Prinzip absagen."

Vera gab einen stöhnenden Laut von sich.

„Weißt du, was dein Problem ist? Du denkst zu viel nach und analysierst einen neuen Typen solange, bis er dir absolut unsympathisch ist, obwohl es nicht der Realität entspricht. Geh mit ihm aus, alles andere ergibt sich von selbst."

Nachdem sie das fünfte Oberteil wieder ausgezogen und auf ihr Bett geworfen hatte, ärgerte sie sich über sich selbst.

Du benimmst dich wie die überdrehten Hauptfiguren in diesen schrillen Komödien, die auf der Suche nach dem passenden Outfit für das erste Treffen mit dem Traumprinzen ihren gesamten Kleiderschrank umdrehen , fluchte sie in Gedanken.

Sie war schon perfekt geschminkt und frisiert, doch bei der Kleidung hatte sie ständig etwas auszusetzen. Zu fein, zu leger, zu brav, zu bunt, zu fad. In einer halben Stunde würde er läuten und sie stand noch in Dessous vor ihrem Spiegelschrank! Nach weiteren fünf Minuten Überlegung, entschloss sie sich endlich zu einer schwarzen, schmal geschnittenen Jeans, einem schwarz-weiß gemusterten T-Shirt mit raffiniertem Ausschnitt und einem schwarzen Blazer. Ihre hochhackigen, schwarzen Pumps passten ideal dazu. Zufrieden lächelte sie ihrem Spiegelbild zu. Nichts deutete darauf hin, dass sie für dieses Ergebnis mehr als eine Stunde verbraten hatte.

Lächerlich, dachte sie. Wenn er nun gar nicht kam? Oder sich als Mogelpackung entpuppte? Dann wäre dieser ganze Aufwand umsonst gewesen.

Eigentlich dachte ich, dass ich diese Phase mit Ende der Pubertät überwunden hätte. Aber wenn die Hormone anfangen zu tanzen, gibt es anscheinend keine

Altersgrenze für idiotisch verliebtes Verhalten , überlegte sie.

Aus dem Untergeschoss drangen diverse Geräusche nach oben. Sie vermutete, dass ihre Eltern vom Einkauf zurückgekehrt waren. Jetzt wäre es nicht zu vermeiden, dass sie die Ankunft von Dennis mitbekamen. Wie satt sie es hatte, immer unter Beobachtung zu stehen. Ihr Vater, Filialleiter eines Supermarktes, war nicht begeistert gewesen von den Plänen Svenjas, sich selbstständig zu machen. „Warte doch lieber ab, bis du in den Schuldienst kommst. Wenn du mal verbeamtet bist, dann passiert dir nichts mehr. Dann kannst du auch in Ruhe Babypause machen, deine Stelle ist dir trotzdem sicher und deine Altersversorgung auch“, hatte er gepredigt. Doch er hatte gegen ihre Argumente keine Chance. Sie legte ihm dar, dass die Wartezeit bis zur Einstellung als Lehrerin einige Jahre dauern würde und sie deshalb ohnehin irgendeinen anderen ungeliebten Job übernehmen müsste. „Da ist es doch viel besser, wenn ich meine Energie gleich in dieses Projekt stecke“, war ihr Credo, das ihn schließlich umstimmte. Svenja rechnete es ihm hoch an, dass er sie trotz einiger Vorbehalte unterstützt hatte, indem er sie gegen eine geringe Mietzahlung im Dachgeschoss ihres bescheidenen Einfamilienhauses wohnen ließ. Es hatte ihr sehr geholfen, denn die Mietkosten und der Ausstattungskredit für ihre Nachhilfeeinrichtung, ließen ihr anfangs keinerlei finanziellen Spielraum. Sie hatte es auch abgelehnt, dass ihre Mutter, die als Verwaltungsangestellte in der Stadtklinik mit einem Teilzeitvertrag arbeitete, von ihrem kleinen Gehalt etwas abgab.

Inzwischen liefen die Geschäfte jedoch so gut, dass sie daran denken konnte, sich eine eigene Wohnung zu mieten. Dann müsste sie sich auch nicht mehr ständig erklären. Warum sie schlecht drauf war, warum sie bis spät in die Nacht arbeitete, wer der nette junge Mann war, der sie besucht hatte oder warum sie keine Lust hatte, mit ihnen Kaffee zu trinken. Sie brauchte mehr Freiraum, so gerne sie ihre Eltern auch hatte. Bei der nächsten Gelegenheit würde sie jedenfalls ausziehen.

Was würde Dennis darüber denken, dass sie noch im Haus ihrer Eltern wohnte? Dieser Gedanke war ihr plötzlich sehr unangenehm. Sie fragte sich bange, ob es seine Meinung über sie beeinflussen würde.

Es klopfte an ihrer Wohnungstür.

„Schatz, wir sind wieder da. Isst du mit uns?“, fragte ihre Mutter. Svenja verdrehte die Augen und ging zur Tür, um sie zu öffnen.

„Hallo Mama. Nein, danke. Ich gehe heute aus.“

„Ah, deswegen bist du so schick. Kennen wir ihn?“

Morgen würde Svenja als Erstes die Mietanzeigen studieren.

„Nein, er ist ganz frisch reingekommen, wie das Gemüse in Papas Supermarkt“, sagte sie in scherzhaftem Ton. „Entschuldige Mama, ich habe jetzt leider keine Zeit für eine längere Unterhaltung. Wir reden morgen, okay?“

Die Enttäuschung war ihrer Mutter, der sie, abgesehen von den Spuren des Alters, fast zum Verwechseln ähnlich sah, deutlich anzusehen, doch ihr Bemühen war groß, sich nichts anmerken zu lassen.

„Gut, dann störe ich nicht länger. Morgen musst du mir aber alles erzählen. Viel Spaß heute Abend.“ Sie gab ihrer Tochter einen Wangenkuss und ging dann wieder die Holztreppe hinunter.

Svenja wusste genau, was ihre Mutter jetzt tun würde. Sie würde sich am Küchenfenster, das sich neben der Haustür befand, postieren, um einen Blick auf ihren Besucher zu werfen. Solange ihre Mutter es unterließ in den Flur zu gehen, um Dennis persönlich zu begegnen, konnte es ihr gleichgültig sein, denn es war nun mal nicht zu ändern.

5 – ENTHÜLLUNGEN

„Das Tagesmenü ist sehr zu empfehlen“, sagte der elegante Ober zu Svenja gewandt, die immer noch unschlüssig in der überdimensional großen Speisekarte blätterte. Er goss schon zum zweiten Mal Mineralwasser in ihr Trinkglas und stellte die Flasche auf den Tisch. *Das hätte ich auch selbst tun können,* dachte sie.

Wenn sie noch länger für die Entscheidung bräuchte, dann würde Dennis merken, wie verunsichert sie war und dass sie die meisten Gerichte gar nicht kannte. Sie bestellte deshalb das empfohlene Tagesmenü und bereute es gleich wieder. Der Preis war so astronomisch hoch, er würde ihr Budget fast sprengen. Doch jetzt konnte sie nicht mehr zurück, sie wollte sich vor Dennis keine Blöße geben. Nicht bei der ersten Verabredung.

Eigentlich hatte sie angenommen, sie würden in eine gemütliche Pizzeria gehen, aber Dennis war zielgerichtet zu einem Feinschmeckerlokal gefahren. Dass er sie in einem Porsche dorthin entführte, war der erste Schock an diesem Abend gewesen, und die Preisgestaltung der Speisekarte der zweite, höchst unangenehme. Für Leute wie Dennis war das ganz normal, wie ihr schien. Er verlor kein Wort wegen der hohen Preise.

Sie beobachtete ihn verstohlen über den Kartenrand hinweg, wie er souverän irgendein Gericht in französischer Sprache mit einer exotischen Vorspeise bestellte. Er hatte auch eine genaue Vorstellung, welchen Wein er dazu trinken wollte. Man sah, dass es für ihn nichts Außergewöhnliches war, in solchen Lokalen zu verkehren.

Er kommt aus einer ganz anderen Welt, dachte sie. *Hoffentlich merkt er nicht, dass das alles Neuland für mich ist. Ich will mich auf keinen Fall gleich beim ersten Date blamieren.*

„Gefällt es dir hier nicht?", fragte Dennis etwas besorgt.

„Was? Nein, ja, doch natürlich, warum?"

„Ach, weil du so nachdenklich wirkst."

„Entschuldige, aber heute ist mir klar geworden, dass ich unbedingt bei meinen Eltern ausziehen muss. Es nervt mich nur noch, diese ewige, gutgemeinte Fragerei, ob man mitessen will oder wer der Besuch war."

Dennis grinste. „Heute Abend gibt es demnach wieder Gesprächsstoff für deine Eltern."

„Ja, Klein-Svenja wird von einem gutaussehenden Mann in einem Porsche abgeholt. Die Nachbarn ringsum haben sich bestimmt die Nasen platt gedrückt, so unüberhörbar wie dieses Gefährt ist."

Dennis zuckte mit den Schultern.

„Ist doch auch bloß ein Auto mit einem Lenkrad und vier Rädern."

„So reden nur Leute, die noch nie einen fünfzehn Jahre alten Kleinwagen fahren mussten. Immer mit einem Ohr nach draußen gerichtet, um zu hören, ob der Auspuff noch dran ist", hielt Svenja dagegen.

„Sorry, ich hoffe du hältst mich jetzt nicht für arrogant. Weißt du, mein Vater hat mich materiell immer verwöhnt, aber ich musste auch Gegenleistung bringen."

„Und wie sah die aus?"

„Studieren, einen guten Abschluss machen, in die Firma einsteigen und lukrative Aufträge an Land ziehen." In der Art wie er es sagte, schwang eine gewisse Verachtung mit.

„Dem Auto und Lokal nach zu schließen, ist dir das bestens gelungen. Weißt du eigentlich noch wie eine Pizzeria von innen aussieht?", neckte sie ihn.

Er lächelte etwas gezwungen, entgegnete aber nichts, da der Kellner die Vorspeise brachte. Ein rosafarbener schaumiger Klecks schmiegte sich an eine Art Gebäck, das aus verschiedenen Gemüsesorten zu bestehen schien. Eine grüne Soße, die kunstvoll darüber getröpfelt war, vervollständigte die Kombination, die auf dem riesigen Teller etwas verloren aussah. „Sieht ... sehr interessant aus", meinte sie nach einigen ungläubigen Sekunden und ließ ihre Hände über dem Besteck kreisen. „Von außen nach innen, stimmt's?"

Sie sah Dennis fragend an, der leise in sich hineinlachte.

„Du bist echt süß. Soll ich dir mal etwas verraten? Manchmal nervt mich dieses ganze Klimbim auch. Das nächste Mal darfst du das Restaurant aussuchen."

„Dein Wort in Gottes Ohr", sagte sie und schob einen Bissen in den Mund.

Dennis nahm einen Löffel zur Hand und begann ebenfalls zu essen. „Vorhin dachte ich schon, du willst eine Diskussion über die soziale Schere in unserem Land führen, du kleine Rebellin", sagte er und tupfte sich mit der Stoffserviette den Mund ab.

„Keine Angst. Ein Drei-Sterne-Restaurant ist vielleicht nicht gerade der geeignete Ort, um dich empört mit Austern zu bewerfen, auf den Tisch zu springen und sozialistische Parolen zu brüllen. Das hätte uns schließlich den Appetit verdorben. Und dafür ist das Essen viel zu köstlich“, erwiderte sie verschmitzt.

Er lachte. „Du bist witzig! Das gefällt mir. Weißt du, nicht alle Frauen sind so locker drauf.“

„Inwiefern?“

Dennis’ Miene wirkte nachdenklich, als er antwortete: „Die meisten gaben mir bisher das Gefühl, nicht an mir, sondern an meiner reichen Herkunft interessiert zu sein. Welcher Mann will sich schon über seinen Vater und das, was dieser erreicht hat, definieren?“

„Kann ich nachvollziehen. Hast du schon mal daran gedacht, dich beruflich von ihm zu lösen?“

Dennis gab ihr keine Antwort. Sein Blick wirkte abwesend. Er schien gedanklich sehr weit von ihr entfernt zu sein.

„Hallo! Erde an Mars.“ Sie berührte kurz seine Hand, worauf er zusammenzuckte.

„Entschuldige, was sagtest du?“

Sie wiederholte die Frage. Dennis seufzte. „Das ist leichter gesagt, als getan. Familienbande, wenn du verstehst.“

Svenja nickte. „Ja, klar. Ich kann ein Lied davon singen. Mein Kampf in die Unabhängigkeit war auch nicht leicht.“

Der Kellner kam und schenkte einen Schluck Rotwein in Dennis’ Glas ein, den dieser kostete und dann nickte. Nachdem beide Gläser gefüllt waren, prostete Dennis Svenja zu.

„Auf dein Wohl! Ich schätze selbstbewusste Frauen mit Widerhaken, es dürfen nur nicht zu viele sein."

„Gut zu wissen! Auf dein Wohl!"

Drei kulinarische Gänge später legte Svenja beide Hände auf den Bauch. „Ich muss ja zugeben, dass ich so etwas Gutes noch nie gegessen habe. Aber am Abend bin ich es nicht gewöhnt so viel zu essen, obwohl die Portionen schon übersichtlich waren, bei den hohen Preisen. Die verdienen sich ja dumm und dämlich!"

Nach zwei Gläsern Wein, hatte sich Svenjas Zunge ziemlich gelockert.

Dennis schüttelte schmunzelnd den Kopf und drehte sich kurz nach hinten, um zu sehen, ob jemand diese Bemerkung gehört hatte.

„Möchtest du vielleicht noch einen Espresso oder eine Tasse Kaffee? Oder einen Schluck Likör? Obwohl, ich glaube du hast genug getrunken."

„Nein danke, ich möchte lieber gehen, damit ich wieder in normaler Lautstärke sprechen kann, hicks."

„Luft anhalten und bis zehn zählen."

Dennis grinste, sah sich noch einmal um und gab dem Ober ein Zeichen, dass er zahlen wollte.

„Fang jetzt bitte keine Diskussion an, wenn ich die Rechnung zahle. Ich mache das gerne und du musst dich deswegen auch zu nichts verpflichtet fühlen. In Ordnung?"

„Nein, ist es nicht. Ich sagte doch, ich liebe die Unabhängigkeit und dazu gehört auch, dass ich mein Essen selbst bezahle, hicks. Verdammter Schluckauf!"

„Hier ist es aber nicht üblich, dass man getrennt zahlt. Du kannst mich ja noch auf ein Bierchen in eine Bar einladen."

Der Ober stand plötzlich neben ihnen und legte die Rechnung vor Dennis auf den Tisch.

Als Svenja den Mund öffnete, um zu protestieren, sah Dennis sie beschwörend an, worauf sie verstummte. Es lag eine Entschiedenheit in seinem Blick, die keinen Widerspruch duldete. Alle Sanftheit war für einen Moment aus seinen Augen gewichen, doch als er sah, dass sie klein beigab, verschwand diese Härte sofort wieder. Svenja nahm ihre Umhängetasche von der Stuhllehne und zog den Blazer an. Dieses Chamäleon der Gefühle in seinen Augen hatte sie verunsichert.

Während sie schweigend zum Auto gingen, überlegte sie, ob es klug wäre, noch in ein anderes Lokal mit ihm zu gehen. Eine innere Stimme sagte ihr, den Abend hiermit zu beenden.

„Es ist erst zehn Uhr. Wollen wir noch in den ‚Pantheon Club' gehen?", fragte er, während er ihr galant die Autotür aufhielt. Sein gekonnt eingesetzter Hundeblick machte jeglichen rationalen Gedanken zunichte.

„Na gut. Das ist sozusagen mein zweites Wohnzimmer."

Nach einer lustigen Autofahrt, bei der Dennis den Motor bei jeder Ampel extra laut aufheulen ließ, um sie zu ärgern, waren alle Zweifel wie weggewischt und sie war bester Laune, als sie das Lokal betraten. Doch diese sollte nicht von langer Dauer sein.

Während die beiden in der gut besuchten und spärlich beleuchteten Bar an ihren Cocktails nippten, stellte Dennis einige Fragen nach ihrem Elternhaus, die sie nur unwillig beantwortete. Sie war mit ihm ausgegangen, um der Käseglocke, die ihre Eltern unabsichtlich mit ihrer fürsorglichen Art über sie stülpten, zu entkommen. Und jetzt sollten ausgerechnet sie der Gesprächsinhalt sein! Nur zögerlich erzählte sie ihm ein wenig von ihrer Familie. „Bei meinem Vater bricht immer wieder der Alt-68er durch, das hat mich wohl auch mitgeprägt."

„Ja, das Elternhaus hat immer einen großen Einfluss, ob im Positiven oder Negativen. Da benötigt man eine enorme Willenskraft, um sich davon zu lösen."

„Wenn man genügend Geld hat, ist das doch bestimmt viel einfacher, oder?"

Dennis drehte sein Glas wortlos in seinen Händen.

„Manchmal ein Irrglaube", sagte er nach einer Weile beinahe emotionslos. Svenja wippte unruhig mit den Füßen. Obwohl sie genau spürte, dass sie das Thema besser vorerst ad acta legen sollte, konnte sie nicht anders, als in Angriffsstellung zu gehen. „Aber Tatsache ist, dass man nicht ständig um die nackte Existenz kämpfen muss. Seit ich selbstständig bin, weiß ich erst, was Geldmangel bedeuten kann. Anfangs stand mir das Wasser bis zum Hals. Zum Glück haben mich meine Eltern unterstützt."

„Womit du dich von ihnen abhängig gemacht hast, obwohl du sagtest, du liebst die Unabhängigkeit", konterte Dennis. „Gilt das also nur in Bezug auf Männer?"

„Ich hatte keine Wahl", antwortete sie trotzig, „und bei Eltern ist das sowieso etwas ganz anderes. Wie ist denn das Verhältnis zu deinen alten Herrschaften?"

Dennis sah sie mit unbewegter Miene an und sagte dann in einer vollkommen ausdruckslosen Art, so als würde er eine Bemerkung übers Wetter machen: „Ich habe meine Mutter getötet."

Leise vor sich hin pfeifend ging Philipp auf den Eingang des „Pantheon Clubs" zu. Seine Laune war prächtig, denn heute hatte er endlich die ersehnte Zusage Svenjas bekommen, ihn zum Kabarettabend zu begleiten. Seit dem Klassentreffen musste er ständig an sie denken. Als er sie gesehen hatte, mit ihrem bezaubernden Lächeln und ihrer unerschrockenen Art, waren die alten, verdrängten Gefühle wieder wach geworden. Ihm war auf einmal bewusst geworden, wie viel sie miteinander verband. Schwungvoll stieß er die Tür auf und trat ein. Lautes Stimmengewirr schlug ihm entgegen. Er fragte sich, ob sein ehemaliger Studienkollege schon hier wäre und blickte sich suchend um.

Tatsächlich entdeckte er ihn in der hinteren Ecke des Raumes. Zielstrebig steuerte er auf ihn zu, als er im Augenwinkel sah, dass jemand aufgeregt winkte. Svenja! Was machte sie denn hier? Svenja saß zwei Tische weiter und war halb von ihrem Stuhl aufgestanden. Ihr Begleiter war ein dunkelhaariger Mann, der sich in diesem Moment verwundert nach ihm umwandte. Spontaner Ärger stieg in ihm hoch. Dennis Lettmann! Sie hatte sich also tatsächlich auf ihn eingelassen! Und für ihn war nie Zeit übrig. Für einen Moment war er im Begriff sie zu ignorieren, doch etwas in ihrem Gesichtsausdruck hielt ihn davon ab. Ihr Blick wirkte alles andere als gelöst, irgendwie bestürzt, entsetzt. Er musste wissen, was das zu bedeuten hatte und ging auf sie zu. Sofort sprang Svenja auf, während Dennis nach ihrer Hand griff, um sie zurückzuhalten.

„Hey, um Himmels willen, das ...“, hörte Philipp ihn noch sagen. Svenja schüttelte schnell Dennis’ Hand ab und umarmte Philipp.

„Wie schön dich zu sehen“, rief sie ehrlich erfreut.

„Hallo, freut mich auch! Alles in Ordnung?“ Er löste die Umarmung und sah sie forschend an. Sie zögerte kurz, bevor sie „Soweit, so gut. Komm setz’ dich zu uns“ sagte.

Philipp nickte dem finster dreinblickenden Dennis zu und setzte sich.

„Eigentlich sollte ich ja sauer sein. Jedes Mal wenn ich mich mit dir verabreden wollte, hattest du keine Zeit oder schon etwas anderes vor, aber dich mit Herrn Lettmann zu treffen ist wohl kein Problem“, meinte Philipp in gespielt schmollendem Ton.

„Aber Sie scheinen ein Problem damit zu haben. Ich denke, es geht Sie nichts an, mit wem Svenja sich trifft.“

Philipps Lächeln verschwand. Mit zu Schlitzen verengten Augen fixierte er Dennis und konnte nur mühsam seine aufkommende Aggression gegen diesen Mann unterdrücken.

„Letzteres gilt auch für Sie. Nächsten Samstag geht Svenja jedenfalls mit mir aus, nur zu Ihrer Information“, antwortete er in giftigem Ton.

„Philipp, lass das. Bist du öfter hier?“, fragte Svenja, um Deeskalation bemüht. Es galt zu vermeiden, dass er gleich wieder verschwand, denn um nichts in der Welt wollte sie den Rest des Abends mit Dennis alleine verbringen, der ihr gerade ohne mit der Wimper zu zucken gesagt hatte, er hätte seine Mutter umgebracht. Was für einen Psychopathen hatte sie da aufgegabelt? Wie durch einen Nebel hörte sie Philip sprechen.

„Ziemlich oft, seit ich wieder in Augsburg bin. Wir können nächsten Samstag nach dem Kabarett hierher gehen. Ich habe dir übrigens alle Informationen per Mail geschickt. Also wir sehen uns dann!"

Er stand auf und gab ihr ein Küsschen auf die Wange.

„Du gehst schon?" Svenja geriet in Panik.

„Ein ehemaliger Studienfreund wartet auf mich. Ich bin doch hier sowieso nur der Störenfried. Also, bis Samstag!"

Sie hatte große Mühe nicht dem Impuls nachzugeben, ihn am Ärmel festzuhalten. Hilflos musste sie zusehen, wie er sich immer weiter entfernte und sie ihrem Schicksal überließ.

„Ich muss mal für kleine Mädchen", sagte sie und erhob sich. Dennis hielt sie am Arm fest und zwang sie, sich wieder zu setzen.

„Jetzt hör doch mal zu – ich bin kein Mörder. Meine Mutter ist bei meiner Geburt gestorben."

Sie sah ihn kopfschüttelnd an. Sollte sie lachen, weinen oder sich ganz einfach für ihre Überreaktion schämen? Wieso hatte er dieses grausame Schicksal in einem einzigen fatalen Satz ausgedrückt? Was war das nur für ein Typ, der offensichtlich noch Scherze damit machte, um sein Gegenüber zu schockieren? Oder zu prüfen? Oder um sich selbst vor Verwundungen zu schützen?

„Das ist ja furchtbar! Aber hättest du mir das nicht schonender beibringen können? Ich dachte schon, ich hätte es mit einem Psychopathen zu tun."

„Entschuldige, es ist mir so herausgerutscht. Weißt du, wenn man sein Leben lang spürt, dass die eigene Existenz schuld ist an der Vernichtung einer anderen, macht einen das zum Zyniker." Er lehnte sich zurück und sah sie an. In seinem Blick war nichts Zynisches zu finden, nur Traurigkeit. „Aber du hast vollkommen recht. Das war wirklich nur blöd, es dir so mitzuteilen. Entschuldige bitte." Seine ehrlich gemeinten, reuevollen Worte besänftigten sie.

„Woran ist deine Mutter gestorben?"

„Sie war herzkrank und als es Komplikationen gab, mussten sie sofort einen Kaiserschnitt machen. Aus der Narkose ist sie nicht mehr aufgewacht. Mein Vater muss mich gehasst haben."

„Aber nein, das glaube ich nicht." Svenja war erschüttert.

„Er hat mich sofort in die Obhut seiner Schwester gegeben, die schon drei Kinder hatte. Das ist doch Beweis genug."

„Ich kann mir nicht vorstellen, dass es Hass war, eher grenzenlose Überforderung", sagte sie leise. Sie war zutiefst berührt von diesem Schicksal und nahm wortlos seine Hand in ihre. Zu mehr war sie in diesem Moment nicht fähig. Ein plattes „Das tut mir so leid" würde ihm sicherlich nicht weiterhelfen. Dankbar für ihr Mitgefühl sah er sie an und erzählte, dass seine Tante im Laufe der Zeit an ihre Grenzen gestoßen war. „Als ich drei Jahre alt war, nahm er mich wieder zu sich, nachdem er meine Stiefmutter geheiratet hatte."

Sie nickte nur. Was sollte sie auch dazu sagen? *Na siehst du, es hat sich doch alles zum Guten gewendet?* Sie wusste ja nicht, wie es für Dennis gewesen war, mit wechselnden Ziehmüttern aufzuwachsen, wie das Verhältnis zu seiner Stiefmutter jetzt aussah. Sie wollte ihm nicht mit unpassenden Fragen zu nahe treten. Seinem Gesichtsausdruck nach zu urteilen, war er auch nicht gewillt, weiter darüber zu sprechen.

Die immer lauter werdenden, durcheinander schwirrenden Stimmen und das Gelächter, in der inzwischen dicht bevölkerten Bar, ließen die Situation bizarr erscheinen. Alle waren hier, um sich zu amüsieren, um den Alltag und die Sorgen für eine Weile zu vergessen. Svenja dagegen saß hier mit einem Vorzeigemann, der auf den ersten Blick gesehen, auf der Sonnenseite des Lebens zu stehen schien, was sich aber als Trugbild herausgestellt hatte. Er tat ihr leid. Sie wusste nicht, wie sie reagieren sollte, fühlte sich hilflos. Beide richteten ihren Blick auf die Menschen im Raum, beide schwiegen, beide überlegten angespannt, wie sie die Situation wieder auflockern könnten. Dennis sprach als Erster.

„Will Philipp etwas von dir?"

Sie hatte mit allem gerechnet, nur nicht mit so einer Frage.

„Das glaube ich nicht. Er will sich nur mal mit mir treffen. Warum interessiert dich das?"

Er lächelte charmant. „Warum wohl."

Sein Blick war plötzlich so weich, so liebevoll, aller Kummer wie ausgelöscht. Zärtlich legte er seine Finger unter ihr Kinn und zog sie sachte zu sich heran. Sein Gesicht war jetzt ganz nah, sie konnte seinen Atem spüren. Im nächsten Moment lagen seine weichen, vollen Lippen auf ihren, verschmolzen förmlich mit ihnen. Sie nahmen nichts mehr wahr, nicht das Stimmengewirr, nicht die Musik. Es gab nur sie beide. Jemand streifte beim Vorbeigehen versehentlich Svenjas Schulter und beendete diesen magischen Moment. Nur ungern lösten sie sich voneinander. Sie sagten nichts, lächelten sich nur an. Dennis nahm dabei ihre Hände in seine und streichelte sie. In seinem Blick lag ein Ausdruck von Glück und Sehnsucht.

Arm in Arm durchquerten sie eilig die große, mondän ausgestattete und, angesichts der späten Stunde, ruhigen Eingangshalle des Fünf-Sterne-Hotels, in dem Dennis nächtigte. Leise lachend blieben sie vor dem Fahrstuhl stehen und drückten gleichzeitig auf den Knopf. Sofort öffnete sich die Tür und kaum, dass diese sich hinter ihnen geschlossen hatte, küsste er sie zärtlich, aber dennoch begehrend. Sie konnte gar nicht genug davon bekommen. Wie aneinander gekettet, betraten sie den Flur und taumelten unterdrückt kichernd ein paar Meter zu seiner Zimmertür. Er fasste in seine Jackentasche und zog die Schlüsselkarte heraus, während er gleichzeitig ihren Hals mit zarten Küssen bedeckte. Svenja, von dem wohligen Gefühl der Erregung überrollt, ließ sich widerstandslos zum Bett manövrieren und darauf legen. Mit geschickten, schnellen Handbewegungen zog er ihr das T-Shirt aus und streifte ihre Hose über die langen Beine. Dann riss er seine eigenen Kleider in Rekordzeit förmlich vom Leib und warf sie neben das Bett. Über ihr kniend verharrte er für einen Augenblick und sog Svenjas Anblick ein, deren Bauchdecke sich vom hektischen, erregten Atmen deutlich hob und senkte. Ihr erwartungsvoller, auffordernder Blick, weiterzumachen, steigerte sein Verlangen ins Immense. Zittrig, aber zielsicher entledigte er sie ihrer sorgfältig gewählten Dessous. Ein wohliges Stöhnen entkam ihrer Kehle, als er den Slip abstreifte. Sie drängte ihm begehrlich ihren Körper entgegen und hatte nur noch den Wunsch mit ihm zu verschmelzen, eins mit ihm zu werden. Dieses überbordende Gefühl war neu. Die Sanftheit, mit der er sie überall küsste, seine Liebkosungen, die schönen leise gemurmelten Worte, seine hingebungsvolle Art, sie zu lieben, versetzten sie in einen wahren emotionalen Höhenrausch.

Glücklich und erschöpft schmiegte sie sich danach in seine Arme. Es war wie ein Traum, beinahe unwirklich. Sie befürchtete aufzuwachen und alles als Illusion erkennen zu müssen.

Seine Hand fuhr zärtlich über ihre Wange. „Du bist wunderschön."

Sie lächelte und küsste ihn. Es war kein Traum.

„Bleibst du die ganze Nacht bei mir? Oder warten deine Eltern bis das Töchterchen nach Hause kommt?", sagte er leise und küsste sie hinter dem Ohr.

„Was denkst du wohl? Natürlich bleibe ich bei dir. Meine Eltern gehen irgendwann zu Bett, schließlich wissen sie auch, dass ich inzwischen erwachsen geworden bin. Hier bringt mich jedenfalls nichts weg", antwortete sie lächelnd und schmiegte sich noch näher an seine Brust. Er zog sie fester in seine Arme und gab einen Stoßseufzer von sich.

„Lass uns noch ein bisschen schlafen. Bis zum ersten Hahnenschrei ist es nicht mehr lang."

„Hier schon, denn hier kräht kein Hahn nach uns."

„Witzig! Schlaf gut."

Wohlig in seine Arme gebettet, fiel sie in einen tiefen traumlosen Schlaf und erwachte erst wieder, als die Sonne ihr auf das Gesicht schien. Sie tastete mit der rechten Hand nach Dennis, doch sie fühlte nur das zerwühlte Bettlaken. Schlaftrunken setzte sie sich auf und sah sich blinzelnd um. Am Ende des Raumes stand Dennis, komplett angekleidet, und hielt etwas in der Hand.

„Dennis, du bist schon angezogen?“, krächzte sie mit belegter Stimme.

Er zuckte kurz zusammen und ließ den Gegenstand fallen.

Flink bückte er sich, um ihn aufzuheben.

„Guten Morgen, Süße. Du hast noch so tief geschlafen, ich wollte dich nicht wecken“, sagte er fröhlich und legte ein Handy neben das andere, das auf dem Tisch lag, bevor er zu Svenja ging, um sie in seine Arme zu schließen. Sie schmiegte sich an ihn und fand, dass der Tag nicht besser beginnen konnte als hier in seinen Armen. Keinen Augenblick zweifelte sie daran, dass es sein Handy war, das er fallen gelassen hatte. Mit ihren, vom Schlaf verklebten, Augen hatte sie nicht erkennen können, dass es ihr eigenes war.

6 – ÜBERRASCHUNGSBESUCH

Nervös sah Svenja schon zum fünften Mal auf ihre Armbanduhr. Sie erwartete Dennis und je länger es dauerte, desto größer wurde ihre Angst, dass er nicht kommen würde. Dabei gab es keinen Grund, solche Zweifel zu hegen. Vier Tage waren vergangen seit dieser Nacht im Hotel, vier Tage in denen sie sich nach ihm gesehnt hatte. Die Telefonate und seine Nachrichten waren voller Zärtlichkeit und Herzenswärme, wie sie es noch bei keinem anderen Mann erlebt hatte. Es war ihm gelungen, ihren Gefühlspanzer aufzubrechen. Sie verspürte eine wundersame Wandlung, sie konnte das rationale Denken beiseiteschieben und wieder tiefer gehende Empfindungen zulassen. Auch Vera war ihr Gemütswandel nicht entgangen, denn sie musste Svenja im Büro öfter aus ihren Gedanken reißen.

„Denkst du wieder daran, wie Dennis Sekt aus deinem Bauchnabel geschlürft hat?", fragte sie einmal und bekam gleich darauf ein zerknülltes Blatt Papier an den Kopf geworfen.

„Sei nicht so indiskret. Das muss man nicht zum Thema machen."

„Dann behalte solche Geschichten für dich und träum nicht in der Gegend herum!"

Ihre irrationalen Bedenken waren wie weggewischt, als er zehn Minuten später freudestrahlend den

Geschäftsraum betrat. Er zog einen bunten Blumenstrauß hinter dem Rücken hervor und umarmte sie stürmisch, als sie hinter dem Schreibtisch hervorkam. Außer Acht lassend, dass sie sich nicht alleine im Raum befanden, gab er ihr einen langen innigen Kuss.

„Ich habe dich so vermisst", sagte er leise und küsste sie noch einmal.

„Muss Liebe schön sein!", säuselte Vera und räusperte sich kurz.

„Entschuldigung, wie unhöflich. Hallo Vera, wie geht es dir?"

Dennis ließ Svenja los und begrüßte Vera per Handschlag, den diese mit breitem Lächeln entgegennahm.

„Wie gut, dass du auftauchst, Svenjas Geistesabwesenheit wegen dir hat allmählich geschäftsschädigende Formen angenommen. Was hast du bloß mit ihr angestellt?"

Sie lächelte ihn über das ganze Gesicht strahlend an, für Svenjas Geschmack einen Tick zu strahlend, um noch unverfänglich zu sein.

Wie dumm von ihr, mich als über beide Ohren verknallten Teenager hinzustellen, auch wenn es nicht ganz gelogen ist! Aber das muss Dennis ja nicht unbedingt wissen. Was soll er denn jetzt von mir denken?, dachte sie verärgert. *Das Beste ist, wenn er gleich wieder geht, bevor sie noch mehr Peinlichkeiten von sich gibt.*

„Darf ich dir eine Tasse Kaffee anbieten?", flötete Vera indessen, ohne ihn aus den Augen zu lassen.

„Sehr gerne!", sagte er, bevor Svenja eingreifen konnte. Vera holte eifrig eine Tasse und begann am Kaffeevollautomaten zu hantieren. Svenja war ein wenig genervt von Veras übergriffiger Art, doch sie wollte nicht als Spaßbremse fungieren und bot Dennis einen Stuhl an. Während der Kaffeeautomat mit lautem Getöse die braune Flüssigkeit in die aufgeschäumte Milch rinnen ließ, räumte sie kurz ihren Schreibtisch auf.

Zu dritt saßen sie schließlich mit ihren dampfenden Cappuccinos an dem kleinen Tisch und unterhielten sich, wobei Vera das Herz auf der Zunge trug. Sie redete wie ein Wasserfall, blickte fast ausschließlich Dennis an und lachte ab und zu aufdringlich laut. Demonstrativ sah Svenja auf ihre Armbanduhr und wandte sich dann an Dennis.

„Du hast meines Wissens erst um elf Uhr deinen Termin, bis dahin könnten wir zusammen in der Innenstadt bummeln gehen. Vera, ist es für dich in Ordnung, wenn du heute meinen Kurs übernimmst und ich dafür deinen nächste Woche?“, fragte sie und blickte Vera dabei eindringlich an. Leicht verstimmt brummte diese „Geht klar“, während Svenja in ihren Mantel schlüpfte und sich die Handtasche schnappte.

Dennis’ Porsche fuhr langsam durch die geöffnete Schranke und schlängelte sich bis in die oberste Etage hoch.

„Täuscht es mich oder bist du nicht gut drauf?“, fragte er und bog in einen Parkplatz ein. Ihm war aufgefallen, dass Svenja sich während der Fahrt ziemlich wortkarg gegeben hatte.

„Och, mich hat nur Veras Dauergequassel ein wenig genervt. Warum wolltest du auch noch unbedingt einen Kaffee trinken! Eigentlich hatte ich vor, gleich mit dir wegzugehen."

Sie stiegen aus und warfen fast gleichzeitig die Autotüren ins Schloss, Svenja mit etwas mehr Nachdruck als Dennis.

„Ich wusste ja nicht, dass du Zeit hattest, um mit mir in die Stadt zu gehen. Übrigens liebe ich es nicht, wenn man mir sagt, was ich zu wollen habe."

Für einen kaum wahrnehmbaren Moment verschwand das Lächeln aus seinen Augen, was Svenja jedoch nicht entging. Sie verstand die Botschaft. Dennis war kein Mann, der sich von einer Frau etwas diktieren ließ, auch nicht, wenn er sie innig liebte.

Das könnte Probleme geben , überlegte sie, wischte aber sofort den Gedanken beiseite, um sich den Tag nicht noch mehr verderben zu lassen. Sie ließ ihre verliebten Gefühle wieder die Oberhand gewinnen und lief mit ihm Händchen haltend durch die Fußgängerzone, drückte sich an manchem Schaufenster die Nase platt und tätigte ein paar kleinere Einkäufe. Schließlich gönnten sich beide ein Eis.

„Schade, ich muss jetzt leider zu meinem Termin", meinte er.

„Ein wichtiger Kunde?"

„Du kennst ihn. Philipp Schulte."

Vor Überraschung hätte sie sich beinahe verschluckt.

„Philipp? Wieso sagst du mir das erst jetzt?"

„Ich hatte keine Lust, mich mit dir in unserer knapp bemessenen, gemeinsamen Zeit ausgerechnet über deinen Ex zu unterhalten."

„Das ist natürlich ein eminenter Grund. Aber trotzdem interessiert es mich, warum er sich jetzt doch wieder mit dir trifft. Die letzte Begegnung in der Bar war ja ziemlich feindselig."

„Ich konnte seine Behauptung, dass ich ihn beinahe in den Ruin getrieben hätte, nicht auf mir sitzen lassen, weil es so nicht stimmt. Deshalb werde ich ihm noch mal einen Geschäftsplan aufstellen und ihm gleichzeitig zeigen, was er falsch gemacht hat. Er wertet mein Entgegenkommen im Moment natürlich als Eingeständnis meines Versagens. Aber er wird bald seine Meinung ändern."

Er konnte einen gewissen Triumph in seinen Augen nicht verbergen, als er sie anlächelte.

„Schön, dass du ihm noch einmal helfen willst und er sich helfen lässt. Er hat mir schon leidgetan, als er mir von seinen Schwierigkeiten erzählte."

Dennis schob den Rest seiner Eiswaffel in den Mund und sagte nichts. Schweigend gingen sie nebeneinander her, bis sie am Moritzplatz ankamen.

„Tja, dann werde ich auch mal wieder meinen Pflichten nachgehen." Wehmütig blickte sie auf ihre Uhr. „Ich habe heute zwei Englischgruppen und muss noch etwas vorbereiten", sagte Svenja.

„Ich fahre dich."

„Danke, lieb von dir, aber die Straßenbahn kommt jeden Moment. Du kannst gleich zu Philipp fahren. Richte ihm einen lieben Gruß von mir aus."

Zärtlich nahm er ihr Gesicht zwischen seine Hände und küsste sie.

„Werde ich machen. Ich rufe dich später wegen heute Abend an."

Als sie fünf Minuten später in der Straßenbahn saß, bereute sie es, dass sie nicht mit Dennis gefahren war.

„Hallo, wen haben wir denn da?“, sagte eine keuchende Männerstimme neben ihr. „So ein Glück, dass ich die Tram noch erwischt habe.“ Svenja blickte auf und sah Mark, der sich auf den Platz ihr gegenüber fallen ließ.

„Hallo Mark! Du pumpst ja wie ein Maikäfer. Tja, wer zu spät kommt, den bestraft bekannterweise das Leben.“

„Ich war im Rathaus und typisch Behörden, einer weiß vom anderen nicht Bescheid. Das bringt den Terminplan ziemlich durcheinander. Und du, Shoppingtour beendet?“, fragte er mit Blick auf ihre Einkaufstüten.

„Ja, ich muss jetzt wieder arbeiten.“

Noch zwei Stationen musste sie überstehen, bis sie ihn los sein würde.

„Aaah, du fährst also zu deiner Paukinstitution. Ich habe neulich deine Homepage angeklickt. Den Laden würde ich mir gerne mal ansehen. Am besten jetzt gleich.“

Svenja verkniff es sich, die Augen zu verdrehen.

„Hast du ein Kind oder mehrere zum Anmelden?“

„Weder eheliche noch uneheliche – aber was nicht ist, kann ja noch werden.“ Er grinste sie auf anzügliche Art an.

„Dann ist es wohl auch nicht nötig, dir meinen Laden anzusehen. Außerdem habe ich jetzt keine Zeit. Komm doch ein anderes Mal.“

„Oh, bei Frau Wichtig muss man sich einen Besichtigungstermin geben lassen!“, sagte er bissig. Nachdem Svenja nicht darauf reagierte, fragte er: „Hast du samstags schon etwas vor? Da könnten wir zwei Hübschen etwas unternehmen, wenn ich schon mal dienstfrei habe."

Svenja fragte sich, wie Mark auf die Idee kam, sie hätte auch nur eine Sekunde nach einer Verabredung mit diesem Charmebolzen gelechzt.

„Ich bin mit Philipp verabredet."

„Mit Philipp? Was willst du denn von diesem Loser! Du hast Besseres verdient."

„Dich etwa?"

„Zum Beispiel."

Svenja schnaubte verächtlich.

„Bescheidenheit war noch nie eine Tugend von dir. Philipp ist kein Loser, außerdem will ich nichts von ihm und last but not least, es geht dich nichts an."

Marks schiefes Lächeln verschwand. „Warum so giftig? Ich habe dich nur harmlos um ein Date gebeten."

„Das fragst du noch? Dein Zynismus bringt mich jedes Mal auf die Palme. Du hast dich kein bisschen geändert in den letzten zehn Jahren, es ist eher noch schlimmer geworden. Und du merkst es nicht einmal."

Seine Augen verengten sich zu schmalen Schlitzen, als er sie ansah. „Du führst dich auf wie der Moralapostel vom Dienst. Ich meine das doch alles gar nicht so ernst, aber du stellst mich hin, als wäre ich das letzte Charakterschwein."

Svenja begriff in diesem Moment, dass es keinen Zweck hatte ihn zu belehren, geschweige denn ändern zu wollen. Sie hatte den Eindruck, er gehörte zu den Menschen, die so von sich eingenommen waren, dass es unmöglich war, sie zur Einsicht zu bewegen. Nur noch eine Station.

„Jemanden als Loser zu bezeichnen, ist kein Spaß", hakte sie trotzdem nach.

„Er hat seine Firma fast in den Sand gesetzt, braucht für teures Geld Hilfe von außen. Ich bin Assistenzarzt an einer Klinik, mit Aussichten auf Karriere. Loser ist also nur eine Zustandsbeschreibung, ohne moralische Wertung."

Für Svenja war es fast unerträglich, diesem überheblichen Kerl gegenüberzusitzen und seine abfälligen Äußerungen anhören zu müssen. Sie schüttelte verärgert den Kopf und hörte erleichtert die Ansage zur nächsten Haltestelle.

„Ich dachte immer, Frauen stehen auf erfolgreiche Männer."

Die Bahn hielt an.

„Ja, aber nur die netten. Denk mal darüber nach", sagte sie schnippisch und stand auf. Ohne sich umzudrehen, verließ sie leichtfüßig die Straßenbahn. Erst nach ein paar Schritten bemerkte sie entsetzt, dass Mark ebenfalls ausgestiegen war und sie einholte. Sie blieb stehen.

„Mark, was soll das? Du kannst mir nicht weismachen, dass du zufällig in dieselbe Richtung musst."

„Ich möchte mir nur dein Unternehmen ansehen, ohne Hintergedanken."

„Ich sagte doch, dass ich keine Zeit habe." Eiligen Schrittes setzte sie ihren Weg fort.

„Nur für fünf Minuten, ich lass mich nicht häuslich nieder, versprochen." In seinem Lächeln war erstaunlicherweise nicht ein Hauch von Spott erkennbar.

„Na gut, wir sind gleich da, aber ich warne dich. Nur fünf Minuten."

Vera zeigte sich über Svenjas Begleitung sehr erstaunt.

„Heute ist wohl der Tag der offenen Tür für deine Verehrer", sagte sie, mit Blick auf Svenja, als sie Mark begrüßte.

„Rede keinen Unsinn. Wir haben nur zusammen Abi gemacht. Mark will sich unsere Einrichtung ansehen und entscheiden, ob sie für seinen zukünftigen Kindersegen geeignet ist."

„Haha, witzig", sagte er. „Das Büro sieht schon mal gut aus. Und wo werden die Kinder unterrichtet und betreut?"

Svenja zweifelte daran, dass er dies aus ehrlichem Interesse fragte. Die Heuchelei musste einen tieferen Sinn haben.

„In den drei anderen Räumen. Ein Zimmer ist nur für Hausaufgabenbetreuung vorgesehen. Komm mit."

Im Schnelldurchlauf riss sie jede Zimmertür auf und Mark hatte jeweils nur ein paar Sekunden Zeit, um einen Blick hinein zu werfen.

„So, jetzt hast du alles gesehen. Meine Schüler kommen in knapp einer halben Stunde und ich sollte noch etwas vorbereiten. Also dann." Sie wies mit der Hand in Richtung Ausgangstür.

Marks missmutiger Gesichtsausdruck verhieß nichts Gutes.

„Mir wirfst du vor, ekelhaft zu sein, aber du bist auch alles andere als charmant."

„Ich habe dich gewarnt, fünf Minuten, nicht mehr."

„Schon gut, ich gehe. Irgendwann kommt die Retourkutsche, da kannst du Gift drauf nehmen", meinte er in seiner üblichen, zweideutigen, schleimigen Art und verließ ohne Gruß das Büro. Mit einem mulmigen Gefühl blickte Svenja ihm nach. Hatte sie übertrieben? *Ach egal,* versuchte sie ihr schlechtes Gewissen zu beruhigen. *Zumindest ist jetzt klar, dass ich kein Interesse an weiterem Kontakt habe.*

„Besonders höflich war das aber nicht. Darf man fragen warum?“, fragte Vera.

„Sei mir nicht böse, aber ich möchte jetzt nicht darüber reden. Ich muss mich noch vorbereiten“, antwortete sie, das unliebsame Thema Mark vermeidend, und eilte mit energischen Schritten in Richtung Unterrichtsraum davon.

An jenem Tag hatte ihr Dennis zu allem Ärger auch noch eine Absage erteilt. Sein Vater hatte ihn wegen eines spontanen Geschäftstermins nach München beordert und Sklave Sohn war sofort hingeeilt. Ihre Enttäuschung war ziemlich groß gewesen. Nach der unliebsamen Begegnung mit Mark und einem anstrengenden Arbeitstag, hatte sie sich sehr auf den Abend mit Dennis gefreut. Nur ein einziger Satz hatte diese Vorfreude vernichtet. Er teilte ihr mit, dass er sie am Wochenende auch nicht treffen konnte, da er als Trauzeuge an den Hochzeitsfeierlichkeiten seiner Cousine teilnehmen musste. Polterabend, Standesamt, kirchliche Trauung, Sektfrühstück am Tag danach, das komplette Programm eben, ob er wollte oder nicht.

„Dann sieh dir das Spektakel genau an, falls du einmal den Fehltritt wagen solltest“, versuchte sie zu scherzen, um sich ihre Ernüchterung nicht anmerken zu lassen. Sie war enttäuscht, dass er sie nicht zur Hochzeit mitnahm.

„Ja, das will allerdings gut überlegt sein, bei der heutigen Scheidungsrate! Aber es soll auch rare Exemplare geben, bei denen es tatsächlich klappt."

Sie konnte ein leises Klopfen im Hörer wahrnehmen.

„Svenja ich muss leider auflegen, ein wichtiger Kunde ruft an. Also, ich melde mich am Montag wieder. Der Stadtbummel mit dir war übrigens schön, vor allem war das Eis gut", sagte er lachend.

Svenja lächelte, als sie auflegte. Sie liebte seinen Humor und sehnte sich schon jetzt nach dem nächsten Treffen. Die Zeit bis dahin vertrieb sie sich mit Arbeit, Joggen, Einkaufen, Internetsurfen und dem Kabarettabend mit Philipp. Sie war ihm nachträglich dankbar für diese Idee, denn die Veranstaltung war sehr inspirierend, ein Feuerwerk an gesellschaftlicher und politischer Satire. Als sie nach der Veranstaltung mit Philipp in ihrem Stammclub saß, redeten sie noch angeregt darüber. Sie verstand sich mit ihm, sie hatten dieselbe Wellenlänge, sie lachten über dieselben Sachen und dennoch wünschte sie sich, ihn mit einem magischen Augenzwinkern in Dennis verwandeln zu können. Es fehlte das unergründliche Knistern zwischen zwei Personen, ein Gefühl, das das Zusammensein so spannend macht.

„Bist du jetzt eigentlich mit Dennis zusammen?", fragte er plötzlich, als hätte er ihre Gedanken gelesen.

„Ja, aber wir sehen uns aus Zeitmangel nicht so oft. Warum fragst du?"

„Och, nur so." Er spielte verlegen mit einem Bierdeckel und sah sie dabei nicht an. „Man muss doch schließlich wissen, was so läuft", fuhr er fort. „In drei

Wochen bin ich übrigens bei Dennis eingeladen. Privat! Was sagst du dazu?“

„Privat?“, fragte sie erstaunt. „Wie kommst du denn zu dieser Ehre?“

„Ich glaube, ich konnte ihn überzeugen, dass er in der verdammten Pflicht ist, mir zu helfen. Er ist plötzlich sehr bemüht um mich. Tja, wie schön, dass solche Geldhaie auch noch so eine Art Gewissen besitzen. Zum Wohl!“

Er hob sein Weinglas, prostete ihr zu und nahm einen großen Schluck.

„Zum Wohl!“ Nachdenklich setzte sie das Glas an und nippte am Chardonnay. Wieso hatte Dennis ihr nichts davon erzählt? Als sie vor Kurzem wissen wollte, wie das Treffen mit Philipp gelaufen war, hatte sie nur die knappe Antwort „Ganz gut“ erhalten. Vermutlich wollte er Geschäftliches von ihr fernhalten, doch in Bezug auf Philipp verstand sie dieses Verhalten nicht. Es handelte sich schließlich um ihren Jugendfreund, nicht um irgendeinen uninteressanten Geschäftspartner.

„Passt dir das etwa nicht?“ Philipp sah sie verwundert an.

„Nein, wieso?“

„Dein Blick war so skeptisch. Gibt es etwas, das ich über ihn wissen müsste? Ich möchte nicht noch einmal auf ihn hereinfallen.“

„Nein, Quatsch. Ich wundere mich nur. Sag mal, hast du noch Kontakt zu Mark? Der ist mir heute in meinem Institut auf die Pelle gerückt und ich habe ihn ziemlich direkt wieder hinaus komplimentiert. Obwohl er ziemlich sauer darüber war, hat er mir heute Abend auf

Facebook eine Freundschaftsanfrage geschickt. Also ich verstehe diesen Kerl nicht."

„Ich habe ihn nur einmal getroffen, aber ich werde auch nicht schlau aus ihm. Irgendwie habe ich das Gefühl, er macht nichts ohne Hintergedanken. Seine Sympathiewerte sind seit der Schulzeit nicht unbedingt gestiegen. Na ja, manche ändern sich eben nie."

„Wie wahr. Ich werde den Freundschaftsantrag jedenfalls nicht bestätigen. Er soll nichts von meinem Privatleben mitbekommen. Und seines interessiert mich auch nicht."

Philipp nickte bestätigend mit dem Kopf.

„Ja, mach das nicht. Sonst klebt er dir ständig an der Backe."

Von Philipps Meinung bestätigt, klickte sie, zu Hause angekommen, sofort noch einmal ihre Facebookseite an und drückte auf *Anfrage löschen*. In der virtuellen Welt war das Leben einfach. Mit einem einzigen Tastendruck konnte man unliebsame Mitmenschen von seinem Leben fern halten. Im realen Leben existierte dafür keine Taste.

7 – BEDROHLICH NAH

Das helle Morgenlicht, das durch die Rollladenschlitze hindurchblitzte, ließ Svenja aufwachen. Sie räkelte sich genüsslich und ließ dann eine Hand zur Seite gleiten, wo Dennis auf dem Bauch liegend, noch tief und fest schlief. Liebevoll sah sie ihn an, strich mit den Fingerspitzen durch seine schwarzen Locken und war unfassbar glücklich.

Drei Wochen lagen hinter ihr. Drei Wochen vollkommenen Glücks. In der ersten Woche hatte Dennis sie vier Tage lang in einem Augsburger Nobelhotel eingemietet. Jeden Abend waren sie ausgegangen, ins Kino, ins Theater, zum Tanzen in einen Club. Die Nächte hatten sie in seinem Hotelzimmer verbracht, wo sie die Minibar plünderten, sich liebten und bis zum Morgengrauen quatschten. Für die folgenden zwei Wochen hatten sich beide Urlaub genommen, um es sich bei Svenja zu Hause gemütlich zu machen. Sie sollte sich um die Blumen und die Post kümmern, da ihre Eltern sich auf einer dreiwöchigen Kreuzschifffahrt befanden. Ein Geburtstagsgeschenk zum Sechzigsten ihrer Mutter. Doch Dennis überredete Svenja, mit ihm für eine Woche nach Portugal zu fliegen. Sie war so verliebt, dass sie umgehend die überraschten Nachbarn zum Housesitting nötigte und die Koffer packte. Es war so befreiend, ihr spießiges Umfeld, das ihr in letzter Zeit immer mehr zuwider wurde, eine Weile verlassen zu können. Es gab nur Dennis, sie und ihre verliebten Gefühle. Wie in einem Rauschzustand war sie mit ihm durch die warmen, portugiesischen Tage und Nächte geschwebt, hatte alles hinter sich gelassen, den Augenblick gelebt, als gäbe es kein Morgen mehr. Dennis erweckte in ihr eine eigenartige, wohltuende Lebendigkeit. Und gleichzeitig ergriff sie eine unbestimmte Angst, die Angst, dass dieses Glück nicht von Dauer sein könnte. Sie hatte eines gelernt im Erwachsenwerden. Das wahre Leben war nicht berechenbar. Es könnte nur ein schöner Traum sein, aus dem sie irgendwann aufwachen würde.

Als sie am letzten Abend bei einem Glas Wein in einem kleinen romantischen Strandcafé saßen, dem postkartenmäßigen Sonnenuntergang über dem Meer zusahen und das Rauschen der sanften Wellen auf sich wirken ließen, ergriff sie eine melancholische Stimmung. Heimlich betrachtete sie ihn von der Seite. Seine Gesichtszüge waren so entspannt und zeugten von einer Daseinsfreude, wie sie es seit ihrem Kennenlernen noch nicht bei ihm gesehen hatte. Es würde nicht immer so sein, und sie wünschte sich plötzlich nichts sehnlicher, als die intensiven Gefühle der vergangenen Woche für immer konservieren zu können.

Er drehte sich zu ihr und ergriff ihre Hand.

„Schön hier, nicht wahr?“

Sie nickte nur.

„Und morgen um diese Zeit, darfst du Geranien gießen“, meinte er in scherzhaftem Ton.

„Du bist fies, erinnere mich doch nicht daran!“

Er tätschelte ihre Hand.

„Wir machen das Beste daraus.“

Und er sollte recht behalten. Die Woche war amüsanter geworden, als sie gedacht hatte.

Als sie das Haus alleine zur Verfügung hatte, wurde Svenja erst bewusst, wie süß die Unabhängigkeit und Freiheit schmeckte. Sie konnte tun und lassen was sie wollte und war niemandem eine Rechenschaft schuldig. Dennis hatte sich auch sichtlich wohl gefühlt, sich in Boxershorts zum Frühstückstisch gesetzt und beim Autorennen im Fernsehen die Füße auf den Couchtisch gelegt. „So etwas könnte ich zu Hause bei meiner Schicki-micki-Stiefmama niemals bringen“, sagte er lachend.

„Vielleicht solltest du dir mal eine eigene Bleibe suchen“, meinte Svenja. Dennis zuckte nur mit den Schultern. „Das Haus ist groß genug, um sich aus dem Weg zu gehen.“

Sie wusste wohl, dass ihr Elternhaus bestimmt mindestens dreimal in die Villa seines Vaters passte, das Inventar würde bei ihm zu Hause höchstens als Hobbyraumausstattung verwendet werden, aber Dennis hatte sich neutral verhalten, nie eine abfällige Bemerkung gemacht. Er hatte ihr keinen Anlass gegeben sich klein zu fühlen und das schätzte sie an ihm. Für sie war es die reinste Freude gewesen zu sehen, wie sehr er die Zwanglosigkeit genoss.

Selbst im Schlaf wirkt er tiefenentspannt und glücklich, dachte sie jetzt und hauchte zärtlich einen Kuss auf seine Stirn. Dennis brummte leise und blinzelte ein wenig.

„Du bist ja wie ein Murmeltier im Winterschlaf – einfach nicht wachzukriegen!“, flüsterte sie und hauchte ein paar Küsse auf seinen Rücken. Mit einem Ruck drehte er sich plötzlich um, schnappte mit beiden Armen nach Svenja und umklammerte sie fest. Quiekend ließ sie sich in seine körperliche Gefangenschaft nehmen.

„Das Murmeltier nimmst du zurück, schöne Frau!“ Er küsste sie auf den lachenden Mund. „Hast du gut geschlafen?“

„Wie ein Baby. Schade, heute ist unser letzter Urlaubstag. Was hältst du davon ...“, sie küsste ihn flüchtig auf den Mund, „wenn du noch zwei Tage verlängerst. Meine Eltern kommen erst in drei Tagen zurück.“

„Das geht nicht“, sagte er ohne einen Augenblick zu zögern.

„So definitiv ausgeschlossen?“, fragte Svenja frappiert.

„Ja, leider.“ Er löste sanft die Umarmung und setzte sich auf. „Du müsstest doch am besten wissen, dass man sich als Selbstständiger kaum Urlaub leisten kann. Ich war fast drei Wochen abwesend, mehr geht beim besten Willen nicht. Wir haben ja noch den heutigen Tag.“

Sein Handy klingelte. Er hob ab und stand gleichzeitig auf. Während er telefonierend im Zimmer auf und ab ging, beobachtete Svenja ihn. Sie betrachtete seinen schlanken sehnigen Körper, seine geschmeidigen Bewegungen und sein Mienenspiel, aus dem sie schloss, dass der Inhalt des Gesprächs nichts Erfreuliches war. Er sprach nicht viel, hörte zu und beschränkte sich auf zustimmende Brummlaute, wobei die steile Stirnfalte zwischen seinen Augenbrauen immer tiefer wurde.

„Verdammt!“ Er warf das Handy übelgelaunt auf die Bettdecke.

„Ich muss um drei Uhr in München sein. Das heißt also, spätestens um ein Uhr sollte ich hier wegfahren.“ Er sah sie mit einer entschuldigenden Geste an.

„Och nein, bitte nicht. Ich wollte noch gemütlich mit dir essen gehen und dann die Fuggerei besuchen. Was gibt es denn so Wichtiges, dass du mit wehenden Fahnen Augsburg verlassen musst?“, monierte Svenja enttäuscht.

„Wichtige Termine, die sich nicht aufschieben lassen.“

„Aber so plötzlich. Wieso erfährst du das so kurzfristig?“

„Das liegt an den kurz entschlossenen Kunden. Ich kann es nicht ändern, also hör bitte auf zu jammern“, sagte er mit leicht gereiztem Unterton. Doch ihr verunsicherter Gesichtsausdruck verscheuchte seinen Ärger augenblicklich.

„Komm schon, lächle wieder. Wir können uns noch oft sehen und in die Fuggerei gehen wir ein anderes Mal. Immerhin ist sie die älteste Sozialsiedlung der Welt und wird auch noch eine Weile erhalten bleiben. Was hältst du von einem gemütlichen Brunch? Es ist erst zehn Uhr, also bleibt uns noch ein wenig Zeit, bis ich losfahre.“

Svenja zuckte resigniert mit den Schultern und nickte. Was hätte sie auch dagegen sagen sollen? Der Termin war augenscheinlich so unumstößlich, dass ihr gar nichts anderes übrig blieb, als zuzustimmen. Ziemlich verstimmt verließ sie das Bett, schnappte im Vorbeigehen ihre Kleidung und verschwand im Bad.

Wortlos sah er ihr dabei zu und zuckte kurz zusammen, als die Tür geräuschvoll ins Schloss fiel.

Gegen den Frust, der in ihr bohrte, konnte sie sich nicht wehren. So hatte sie sich diesen letzten gemeinsamen Tag nicht vorgestellt. Sie versuchte es zu akzeptieren, aber verstehen konnte sie diesen Termin, der wie ein Blitz zwischen sie gefahren war, dennoch nicht.

Als sie mit einem Duschtuch umwickelt wieder aus dem Bad kam, saß Dennis, immer noch nackt, auf dem Bett und tippte etwas in sein Smartphone. Er legte es zur Seite und stand auf. „Ich gehe auch noch duschen", sagte er nur und verschwand gleich darauf im Bad.

Was für ein ernüchterndes Ende dieser schönen gemeinsamen Tage, dachte sie enttäuscht, holte Klamotten aus dem Schrank und zog sie an. Nachdem sie ein paar herumliegende Kleidungsstücke aufgeräumt hatte, ging sie nach unten. Sie öffnete die Terrassentür im Wohnzimmer und ging dann in die Küche, wo sie stehengebliebenes Geschirr vom Tisch abräumte, um es in die in die Spülmaschine zu schichten.

Von nebenan ertönte plötzlich ein kreischender Jammerlaut. Vor Schreck ließ sie beinahe ein Glas fallen. Fast gleichzeitig hörte sie Dennis aufschreien. Eilig rannte sie ins Wohnzimmer und sah als Erstes Minka, die Nachbarskatze. Mit gesträubten Haaren und einem Katzenbuckel stand sie in der offenen Terrassentür und fixierte Dennis.

„Was ist denn passiert? Bist du etwa über Minka gestolpert?", fragte sie lachend.

„Ja, schaff sie hier weg, sofort", antwortete er mit belegter Stimme, den Blick starr auf das Tier gerichtet. Sein Gesicht war kalkweiß.

„Dennis, was hast du denn? Das ist doch nur unsere Nachbarskatze. Ab und zu kommt sie uns besuchen, gell du Süße!", sagte sie und ging mit ausgestrecktem Arm auf sie zu.

„Schaff sie einfach weg!", wiederholte er kaum hörbar, die Katze immer noch im Visier, als könnte sie ihn jederzeit anfallen.

Svenja streichelte Minka und hob sie auf den Arm, was diese sich widerstandslos gefallen ließ. „Sie ist das friedlichste Miezchen, das ich kenne. Du ..."

„Mag ja sein, aber ich kann Katzen nicht ausstehen, also bring sie jetzt bitte raus!", unterbrach er sie mit gepresster Stimme. Es klang absolut, keine Widerrede duldend. Kopfschüttelnd ging Svenja in den Garten und hob die Katze über den Zaun. Als sie zurückkam, stand er immer noch wie versteinert da, den Blick in den Garten gerichtet.

„Was war das denn? Hast du etwa eine Katzenphobie?", fragte sie verwundert.

Er wandte seinen Kopf und sah sie mit seltsam ausdrucklosem Blick an.

„Ja, so etwas Ähnliches. Wie lange brauchst du noch?"

„Wir können in fünf Minuten gehen", sagte sie, irritiert von seinem offensichtlich bemühten Ablenken vom Thema.

„Gut, ich gehe schon mal zum Auto, die Scheibe putzen. Kannst du mir bitte einen Eimer mit Wasser und Schwamm geben?" Svenja holte wortlos das Gewünschte aus dem Spülschrank und gab es ihm. Nachdenklich sah sie ihm hinterher, als er zur Tür hinausging.

Kurze Zeit später saßen sie in einem Café am Moritzplatz, das berühmt war für sein gutes Frühstück. Bei sommerlichen Temperaturen ließ sich kein einziges Wölkchen am blauen Himmel blicken, gut gelaunte Menschen flanierten leicht bekleidet an ihnen vorbei.

„Es waren herrliche drei Wochen", schwärmte Svenja und gab Dennis einen Kuss. Lächelnd nahm er ihre Hand und nickte. Er war wieder ganz der Alte. *Man merkt ihm nicht an, dass er gerade ein Schockerlebnis hatte,* dachte Svenja verwundert, aber auch erleichtert. „Übrigens, ich kann wahrscheinlich bald umziehen. Die Wohnung ist in der Nähe meiner Lernstube. Philipps Bekannter zieht aus und hat mich als Nachmieterin vorgeschlagen. Jetzt muss nur noch der Vermieter zusagen, aber das ist so gut wie sicher."

„Super! Wie gut, dass Philipp an dich gedacht hat. Das gibt ein neues Gefühl von Freiheit! Darauf müssen wir anstoßen."

Er winkte die Bedienung herbei und bestellte zwei Glas Sekt.

„Spinner! Mitten am Tag Sekt schlürfen! Aber du hast recht, man sollte den Augenblick genießen, ganz nach dem Motto Savoir-vivre."

Der Kellner stellte die Gläser auf den Tisch und sie prosteten sich lächelnd zu. Als sie das Glas wieder absetzte, bemerkte sie, wie ein blonder Mann mittleren Alters, der ein paar Tische von ihnen entfernt saß, sie dabei beobachtete. Er wandte seinen Blick nicht sofort ab, sondern ließ ihn länger auf ihr ruhen, als ihr lieb sein konnte. Schließlich nahm er eine Zeitschrift in die Hand und fing an, darin zu blättern. Kurz darauf sah er wieder in ihre Richtung. Svenja wandte sich schnell Dennis zu.

„Alles in Ordnung?“, fragte er.

„Dort hinten starrt mich ein Typ so seltsam an. Ich mag das nicht. Aber dreh dich jetzt nicht um.“

Kaum hatte sie den Satz ausgesprochen, drehte Dennis seinen Kopf prompt in besagte Richtung. Der Blonde hob kurz den Blick und vertiefte sich sofort wieder in seine Lektüre, als er sich ertappt fühlte.

„Der ist mir gestern im Kaufhaus schon aufgefallen, weil er dich so interessiert musterte. Das ist wahrscheinlich so ein Typ, der die platonische Liebe auslebt. Aber ich bin ja da, um dich zu beschützen.“

Liebevoll streichelte er ihre Hand und sah dann auf seine Uhr.

„In einer halben Stunde muss ich gehen.“

„Ja, Mist verdammter. Der Tag hätte noch so schön werden können.“

Ihr Blick wanderte wieder zu dem Blonden, der gerade mit einem Mobiltelefon herumhantierte und sie dabei kurz ansah.

„Dieser Typ ist wirklich seltsam. Kannst du deinen Termin wirklich nicht absagen?“, fragte sie mit bittendem Blick und wusste gleichzeitig, dass es zwecklos sein würde.

Dennis tätschelte ihre Wange.

„Mach dir keine Sorgen. Das ist doch nur ein Verehrer, der dich aus der Distanz bewundert, weil er genau weiß, dass er null Chancen bei dir hätte.“

„Solche sind am gefährlichsten. Man weiß nie, was sie sich in ihren verqueren Gehirnwindungen so zusammenspinnen und zurechtlegen. Bitte bleib.“

Dennis lehnte sich zurück und sagte nichts. Doch sein Gesichtsausdruck sprach Bände. Eine gewisse Gereiztheit spiegelte sich darin wider. Sie hatte den Bogen eindeutig überspannt.

„Es geht nicht, okay? Du musst das jetzt akzeptieren", sagte er in entschlossenem Ton.

Von der Liebenswürdigkeit, die er in den vergangenen drei Wochen gezeigt hatte, war nichts mehr zu erkennen. Offensichtlich war ihm Kleinmädchengetue zuwider. Sie hätte sich gewünscht, dass er mehr auf ihre Ängste einging, aber anscheinend gehörte er zu den Männern, die sich nicht in Gefühlsduselei verloren. *Ich werde jetzt nicht anfangen, darüber nachzudenken, ob er mich genug liebt,* dachte sie und spülte mit einem großen Schluck Sekt ihren Frust hinunter.

„Bitte zahlen!", rief Dennis mit erhobener Hand.

„Jetzt schon?"

„Ich möchte nur pünktlich hier wegkommen und nicht ewig auf den Kellner warten. Der Kunde will vom Flughafen abgeholt werden."

„Das muss ja ein wichtiger Kunde sein!" Sie konnte einen Anflug von Spott in ihrer Stimme nicht unterdrücken.

„Tja, es geht dabei um viel Geld."

„Geld regiert die Welt, verstehe."

„Ohne läuft aber auch nichts. Du willst mir hoffentlich zum Abschied keine Thesen von Karl Marx überstülpen." Er grinste sie verschmitzt an.

„Keine Angst. Es ärgert mich nur, dass der Kunde mir den Tag vermiest, ansonsten kannst du so viel Kohle scheffeln wie du willst. Schließlich hat das auch nicht zu leugnende Vorteile."

„Kluges Mädchen!“ Er nahm ihr Gesicht in beide Hände und küsste sie so innig, dass ihre latente Verstimmung umgehend verflog. Viel zu spät bemerkten sie, dass der Kellner inzwischen zu ihnen gekommen war. Mit einem lauten Räuspern versuchte dieser, sich bemerkbar zu machen.

Mit einem augenzwinkernden Lächeln reichte er Dennis die Rechnung, der daraufhin seinen Geldbeutel aus der Hosentasche zog. Svenja ließ indessen ihren Blick noch einmal in die Richtung des Blonden schweifen und sah diesen seinen Geldbeutel auf den Tisch legen. Es war, als könnte er spüren, dass Svenja ihn im Visier hatte, denn urplötzlich hob er den Kopf und starrte sie zielgerichtet an. Erschrocken wandte sie sich ab. War es Zufall, dass er auch zahlen wollte? Sie war so in Gedanken, dass sie darüber vergaß, ihre Zeche selbst zu zahlen.

„Liebling, wir sollten zum Auto gehen, damit ich rechtzeitig in München ankomme. Ich muss mich noch rasieren und in Schale werfen.“ Er fuhr sich mit der Hand über den Dreitagebart. „Mann, das Lotterleben mit dir war wirklich schön. Übrigens, es freut mich, dass ich endlich einmal deine Rechnung bezahlen durfte.“

„Oh nein, das habe ich gar nicht registriert. Das nächste Mal lade ich dich ein.“

„Du bist ganz schön hartnäckig, Superemanze“, sagte er lachend und schlug mit ihr händchenhaltend die Richtung zum Parkhaus ein. In ihrer Verliebtheit entging ihnen, dass sie nicht die einzigen waren, die diesen Weg einschlugen. Ein Mann verfolgte sie in großem Abstand. Er war blond.

Mit Schwung warf Dennis sein Gepäck in den Kofferraum seines Wagens und schlug den Deckel zu. Svenja, die daneben stand, hatte Mühe, ihren Abschiedsschmerz nicht allzu deutlich zu zeigen, denn er nahm es augenscheinlich etwas lockerer.

„Ich melde mich, sobald ich kann. Es war wirklich ein toller Urlaub mit dir“, sagte er und nahm sie in den Arm. Nach einem langen Kuss stieg er ins Auto mit offenem Verdeck und winkte mit erhobener Hand, bis er um die Straßenecke bog. Traurig sah sie ihm nach und schlich dann ins Haus. Eine bedrückende Stille umfing sie dort und ließ sie die große Leere in ihrem Inneren noch schmerzlicher empfinden. Um sich abzulenken, fing sie an aufzuräumen und staubzusaugen. Unablässig erschienen ihr dabei Bilder der vergangenen, unbeschwerten Tage. Svenja hätte alles dafür gegeben, wenn sie diese hätte zurückholen können. Lustlos nahm sie ihr Kopfkissen, um es aufzuschütteln, als plötzlich etwas klirrend zu Boden fiel. Neugierig bückte sie sich nach dem kleinen Drahtgeflecht neben ihrem Fuß und betrachtete es genauer. Der ursprüngliche Sektflaschenverschluss war zu einem windschiefen Herz gebogen worden. Lächelnd drehte sie es zwischen ihren Fingern hin und her. Hätte er ihr eine Diamantkette hingelegt, wäre ihre Freude bestimmt nicht so groß gewesen wie über diese spontan gebastelte Liebeserklärung.

Der Trennungsschmerz bohrte ab diesem Zeitpunkt noch erbarmungsloser in ihr, und die Einsamkeit in dem Haus wurde unerträglich. Kurz entschlossen fuhr sie deshalb wieder mit dem Bus in die belebte Stadt und durchkämmte einen Laden nach dem anderen.

Sie nahm gerade ein Paar schwarze Sandaletten aus dem Regal, als sie eine Hand auf ihrer Schulter fühlte. Dennis? Sie drehte sich um und blickte in Philipps strahlende Augen.

„Na, frönst du wieder einmal dem Konsum? Schön, dich mal wiederzusehen!"

Er umarmte sie spontan.

„Hallo Philipp! Ja, das habe ich heute gebraucht."

„Gibt es einen besonderen Grund? Liebeskummer etwa?"

Seine Augen leuchteten erwartungsvoll.

„Nein, ganz im Gegenteil." Sie stellte den Schuh zurück ins Regal und zog den enttäuschten Philipp mit nach draußen. Kurz erzählte sie ihm von den vergangenen drei Wochen und versuchte möglichst alle verliebten Details auszusparen, doch das Strahlen in ihren Augen war nicht zu übersehen.

„Na, dich scheint es ja ziemlich erwischt zu haben", meinte er, als sie sich an einen Tisch vor einer Bar setzten, „dabei hatte ich doch davor gewarnt, dich mit diesem Deppen einzulassen."

„Er ist kein Depp. Dir will er immerhin aus der Patsche helfen, obwohl er nicht dazu verpflichtet wäre."

„Das sehe ich anders. Er schuldet mir sehr wohl noch Hilfe, aber reden wir doch über erfreulichere Themen. Du fängst am Montag wieder zu arbeiten an?"

„Erfreulich nennst du das? Erinnere mich bloß nicht daran. Dafür sind die vergangenen drei Wochen zu schön gewesen."

Der Kellner trat mit Blöckchen und Stift bewaffnet auf sie zu und notierte ihre Bestellung.

Bei Wein und Tunfischsalat gelang es Philipp wider Erwarten, sie erfolgreich vom Thema Dennis abzulenken. Sie führten intensive Gespräche über ernste und weniger ernste Themen und beim Abschied musste sie ihm versprechen, sich ab und zu auch für ihn Zeit zu nehmen.

Es war schon dunkel, als sie gut gelaunt in den Bus stieg. Schnell setzte sie sich auf den nächsten freien Platz. *Philipp ist ein toller Mensch, er schafft es immer einen aufzumuntern*, dachte sie, während sie die Menschen beobachtete, die nacheinander den Bus bestiegen. Als letzter Fahrgast stieg ein Mann ein, bei dessen Anblick ihr ein gewaltiger Schreck durch die Glieder fuhr. Sie erkannte ihn sofort wieder. Es war der Blonde von heute Morgen.

Er warf ihr einen durchdringenden Blick zu und setzte sich auf einen Platz schräg gegenüber dem ihrigen. Svenja war äußerst unbehaglich zumute. An einen Zufall mochte sie jetzt nicht mehr glauben, nicht nachdem er sie immer wieder eindringlich anstarrte.

Fieberhaft überlegte sie, was sie tun sollte, wenn er ebenfalls an ihrer Station aussteigen würde. Um diese Zeit waren kaum mehr Leute unterwegs. Sie holte ihr Smartphone aus der Tasche und gab vor, jemanden anzurufen.

„Hallo Philipp! Ich komme in zehn Minuten an. Komm mir schon mal entgegen, dann können wir einen schönen Spaziergang machen, okay?“ Sie legte eine künstliche Sprechpause ein. „Gut, bis gleich!“, sagte sie laut, damit der Blonde es garantiert mitbekam.

Während der Fahrt vermied sie es krampfhaft, in seine Richtung zu blicken, klickte ihre Facebookseite an und wartete gleichzeitig gebannt auf die Durchsage ihrer Straße.

„Nächster Halt ..." Sie musste aussteigen. Schnell ließ sie das Smartphone in ihre Tasche fallen, drückte den Halteknopf und stand auf. Sie ging zur Hintertür und wagte es nicht, in seine Richtung zu blicken. Der Bus fuhr rechts heran und gleich darauf öffnete sich die automatische Tür. Ohne sich umzudrehen, verließ sie mit einer Frau den Bus und ging hastig die menschenleere Straße entlang. Sie hörte plötzlich entfernt Schritte hinter sich.

Die Frau, die mit ihr ausgestiegen war, konnte es nicht sein, denn sie hatte die entgegengesetzte Richtung eingeschlagen. Svenja drehte sich um und erkannte den Blonden. Angsterfüllt beschleunigte sie die Schritte, wollte am liebsten losrennen. Es waren nur noch etwa hundert Meter, aber in dieser bedrohlichen Situation kamen sie ihr wie hundert Kilometer vor. Während sie immer schneller ging, kramte sie nach ihrem Hausschlüssel. Ein Päckchen Papiertaschentücher fiel ihr dabei aus der Tasche, doch sie bückte sich nicht danach, sondern hetzte weiter. Der Schlüssel! Wo war der verdammte Schlüssel? Sie verfluchte ihre Beuteltasche, in der alle Utensilien durcheinander lagen und sie deshalb ständig die gleichen Dinge zu fassen bekam, nur nicht das Gesuchte.

Die Schritte klangen jetzt schon ziemlich nah. In ihrer großen Angst gab sie dem Fluchtreflex nach und rannte wie ein gehetztes Tier los. Nur kurz drehte sie sich um und sah, dass der Blonde auch zu laufen begann. Panik stieg in ihr auf. Sie sah sich schon von ihm zu Boden gerissen und ins Gebüsch gezerrt und … Sie wollte den schrecklichen Gedanken nicht zu Ende denken, zerrte aufgeregt am Reißverschluss ihrer Innentasche und bekam endlich ihren Schlüssel zu greifen. Nur noch drei Häuser! Irgendwie schaffte sie es, im Laufen ihre Pumps auszuziehen und in einen Vorgarten zu schleudern.

Der Selbsterhaltungstrieb ließ sie so schnell rennen wie noch nie zuvor in ihrem Leben. Endlich erreichte sie ihr Elternhaus. Sie sah, dass sie ihren Verfolger etwas abgehängt hatte. Mit einer Hand stützte sie sich an der Gartenmauer ab und schwang sich mit beiden Beinen über das niedrige Gartentor. Während sie den Weg zur Haustür lief, drehte sie sich nach ihrem Verfolger um. Er befand sich jetzt auf der Höhe des Nachbarhauses. Sie stolperte die drei Stufen zur Haustür hoch und verlor dabei den Schlüssel. Der Blonde war jetzt fast bei ihrem Haus angelangt.

Schwer keuchend schnappte sie den Schlüssel, steckte ihn ins Schloss und sperrte eilig auf. Dabei sah sie sich noch einmal gehetzt um und wurde von einem grellen Lichtblitz geblendet. Sie stürmte hinein und schlug die Tür zu. Heftig atmend lehnte sich mit geschlossenen Augen für ein paar Sekunden dagegen und warf ihre Tasche zu Boden. Goldene Sternchen tanzten vor ihrem Augeninneren herum. Was hatte der Verrückte getan? Sie fotografiert? Warum? Was hatte das zu bedeuten? Am ganzen Körper zitternd, spähte sie vorsichtig aus dem kleinen Flurfenster neben der Tür. Es war niemand zu sehen.

Alles sah, vom sanften Mondlicht beschienen, friedlich aus wie immer: der Garten, die Straße, das gegenüberliegende Haus. Sie hoffte so sehr, dass er verschwunden war. Mit bebenden Fingern schloss sie die Haustür ab und rannte in den Keller, um auch diese Tür abzusperren. Als sie wieder nach oben ging, glaubte sie ein Geräusch zu hören. Wie angewurzelt blieb sie stehen. Nichts. Die Einbildung musste ihr einen Streich gespielt haben. Angsterfüllt lief sie in ihre Dachgeschosswohnung und schloss hinter sich ab. Vollkommen erschöpft ließ sie sich auf ihrem Bett nieder. Ziemlich lange hockte sie regungslos, die Arme um die Beine geschlungen, in der Dunkelheit und horchte ängstlich auf jedes Geräusch. Doch es war alles ruhig und friedlich. Irgendwann kam sie zu der Erkenntnis, dass der Blonde verschwunden war. Ermattet kramte sie ihr Smartphone aus der Tasche und berichtete Dennis in einer langen Mail von ihrem Erlebnis. Sie wartete vergeblich auf eine Antwort.

8 – MAN BEGEGNET SICH IMMER ZWEIMAL IM LEBEN

Svenjas Innenleben sah genauso düster und grau aus wie der bedeckte Himmel, als sie am nächsten Morgen aus ihrem Fenster blickte. Albträume hatten die Nacht zur Qual werden lassen. Der Unbekannte, der sie am Abend zuvor verfolgte hatte, war ihr im Traum erschienen, hatte sie mit brutaler Gewalt überfallen und beinahe umgebracht.

Sie wünschte sich verzweifelt Dennis' Nähe herbei. Hoffnungsvoll nahm sie ihr Smartphone zur Hand, doch der Blick darauf stürzte sie in noch größere Verzweiflung. Keine Nachricht, kein verpasster Anruf, nichts. Dennis ignorierte sie und sie konnte es sich nicht erklären. Wie sie solche Unzuverlässigkeit hasste! Frustriert ging sie in die Küche, kochte sich eine Tasse Tee und kramte eine Scheibe Knäckebrot aus dem Schrank. Nach zwei Bissen warf sie das trockene Gebäck appetitlos auf den Teller zurück und machte sich auf den Weg zur Nachhilfeschule.

Lustlos stieg sie die Treppen empor und sperrte die Tür auf. Aus ihrem Büro drang leise Musik, begleitet von Veras Summen. Wie wenig ihr im Moment der Sinn nach lockerer Konversation stand! Am liebsten wäre sie auf der Stelle wieder nach Hause gefahren, um sich im Bett zu verkriechen. Es kostete sie enorme Überwindung, aber irgendwie schaffte sie ein schiefes Lächeln, als sie die Tür zum Büro öffnete.

„Hallo Vera! Alles klar bei dir?"

„Ah, hallo, schön, dass du wieder da bist. Wie war der Urlaub? Besonders erholt siehst du ja nicht gerade aus!", meinte Vera, die auf sie zuging und dann herzlich umarmte.

„Schlecht geschlafen, aber das wird schon wieder. Irgendetwas Besonderes?"

„Ein paar Anmeldungen, zwei Abmeldungen, eine neue Lernsoftware. Willkommen im Club!", sagte sie und schaltete die Kaffeemaschine ein. „Du kannst jetzt sicher gleich einen Muntermacher vertragen, so wie du aussiehst. Ist wirklich alles in Ordnung, außer dass du schlecht geschlafen hast? Ärger mit Dennis?"

„Ja, leider!" Svenja hängte ihre Jacke an den Kleiderständer, warf ihre Tasche auf den Schreibtisch und ließ sich auf den Stuhl fallen. „Es war so schön im Urlaub, das kannst du dir gar nicht vorstellen. Aber irgendwie werde ich auch nicht so recht schlau aus ihm."

„Wieso?" Vera stellte zwei Kaffeetassen auf den Tisch und setzte sich auf die Tischkante.

„Weil er zwei Seiten hat, eine zärtliche, liebevolle und eine unzugängliche. Manchmal baut er so eine unsichtbare Wand zwischen uns auf und ich weiß nicht warum. Bin gespannt, wann er sich wieder meldet, nachdem was mir gestern passiert ist."

Auf Veras fragenden Blick hin, erzählte sie von ihrem unheimlichen Verfolger.

„Was war das denn für ein Irrer. Und dass er dich auch noch fotografiert hat. Gruselig!"

In diesem Moment klopfte es an der Tür. Svenja gab einen leisen Stoßseufzer von sich und rief dann „Herein!"

Die Tür öffnete sich. Eine schlanke brünette Schönheit, mit schulterlangen glatten Haaren und bekleidet mit einem hellen Hosenanzug, ging sicheren Schrittes auf Svenja zu.

„Guten Tag, mein Name ist Kirsten Mahle. Sind Sie Frau Grothe?", sagte sie forsch und hielt ihr lächelnd die gepflegte Hand entgegen. Ihre grünbraunen, perfekt geschminkten Augen, die durch den schräg geschnittenen Pony zusätzlich betont wurden, lächelten nicht mit, sondern taxierten Svenja von oben bis unten.

„Ja, ich bin Svenja Grothe. Sie wollen Ihr Kind anmelden?", sagte sie und schüttelte ihre Hand.

„Natürlich, was sonst. Man hat mir Ihre Nachhilfeschule empfohlen. Es geht um meine Tochter. Sie ist in der sechsten Klasse Gymnasium und braucht Hilfe in Französisch." Während sie redete, sah sie sich im Raum um, als würde sie nach etwas suchen.

„Wollen Sie Einzel- oder Gruppenunterricht?"

Der verächtliche Blick, den diese Frau Svenja zuwarf, war Antwort genug.

„Natürlich Einzelunterricht, sonst kann man es ja gleich lassen."

Arroganz ist mein zweiter Vorname, dachte Svenja und hatte große Mühe, weiterhin Höflichkeit zu bewahren. Der teuren Kleidung und dem Diamantschmuck, den diese Frau am Finger und um den Hals trug, nach zu urteilen, gehörte sie zur reichen Klientel und zwar zu der Sorte Menschen, die denkt, sich aufgrund ihres vielen Geldes alles erlauben zu können.

Solche Kunden schätzte sie gar nicht, denn die Probleme waren schon vorprogrammiert, wenn der Nachwuchs nicht sofort Einstein'sche Fähigkeiten durch die Nachhilfe erreichte.

Svenja zog ein Formular aus einer Schublade und hielt es ihr mit süßsaurem Lächeln hin. „Wenn Sie das bitte ausfüllen würden. Sie können es auch gerne online machen, wenn Ihnen das lieber ist."

Mit einer ungeduldigen Bewegung strich sich die Kundin, die Svenja auf Mitte dreißig einschätzte, eine Haarsträhne aus dem attraktiven Gesicht. „Ja, allerdings. Papierformulare sind inzwischen doch ziemlich antiquiert, finden Sie nicht? Und auch nicht umweltgerecht. Wie lange haben Sie dieses Unternehmen eigentlich schon?", fragte sie herablassend.

Was für eine unverschämte Frage, dachte Svenja und überging sie einfach, indem sie dieser unsympathischen Kundin ein Kärtchen hinhielt. „Darauf steht unsere Internetadresse, wo Sie auch das Formular finden. Sie können gerne jederzeit anrufen, wenn Sie Fragen dazu haben."

Ihre Hoffnung, dass diese Frau sich eine andere Nachhilfeorganisation suchen würde, erfüllte sich nicht, denn sie bat Svenja allen Ernstes, ihr die Lernräume und das Unterrichtsmaterial zu zeigen. *Der Kunde ist König*, sagte sich Svenja, stand auf und bat die Dame mit ihr zu kommen. Während sie Frau Mahle die Räumlichkeiten zeigte, wollte diese alles haargenau über die Organisation wissen. Es war wie ein Verhör. So ein penetrantes Auftreten hatte Svenja bisher noch nicht erlebt und sie hoffte inbrünstig, sie würde sich gegen ihre Lernschule entscheiden. Svenjas Smartphone klingelte. Veras Name erschien auf dem Display.

„Sie entschuldigen, eine Kundin!“, sagte sie in Richtung brünette Schönheit und hob dankbar für diese Ablenkung ab. „Svenja Grothe!“

„Na, wie geht es dir mit dieser Nervensäge? Soll ich dir helfen, sie loszuwerden?“

Svenja beobachtete, wie Frau Mahle alles inspizierte und schließlich ein Buch in die Hand nahm.

„Das ist gut, dass Sie mir das mitteilen. Hätten Sie einen Vorschlag, wie wir das ändern könnten?“, antwortete sie.

„Mal überlegen. Es soll ja schließlich nicht unseren Ruf schädigen.“

„Richtig, das sollten wir noch gründlich überdenken, bevor wir handeln.“ Was für eine Komödie! Svenja musste an sich halten, um nicht zu lachen und drehte sich kurz weg.

„Ich hab's“, meinte Vera. “Gleich kommt doch unser Student mit dem Charakterkopf voller Rasta Locken. Ein ideales Abschreckgespenst für diese Kundin, obwohl er unser bestes Pferd im Stall ist! Wir stellen ihn ihr als Französischnachhilfelehrer vor, was meinst du?“

Svenja wandte sich wieder um und erschrak über den durchdringenden Blick, den ihre Kundin auf sie gerichtet hatte. Augenscheinlich war es dieser Person nicht einmal peinlich, beim Anstarren erwischt worden zu sein, denn ohne eine Miene zu verziehen vertiefte sie sich wieder in das Lehrbuch.

„Das ist sehr gut. Wir werden das gleich in die Wege leiten“, sagte Svenja. Es gab kein Überlegen mehr. Diese

Frau war ihr nicht geheuer und Probleme unbekannten Ausmaßes, würde es irgendwann unweigerlich geben. Angesichts dieser drohenden Gefahr verzichtete sie lieber auf eine zahlungskräftige Kundin.

„Gut, du musst sie nur noch ein wenig aufhalten. Matthias kommt jeden Moment, sofern er mal pünktlich sein sollte."

„Geht in Ordnung. So machen wir es. Vielen Dank und auf Wiederhören."

Mit einem lauten Knall fiel das Buch, das Frau Mahle in der Hand gehalten hatte, auf den Boden. Svenja zuckte erschrocken zusammen.

„Oh Verzeihung. Es ist mir aus der Hand gerutscht." In sehr femininer Art ging sie in die Hocke, hob das Buch auf und warf es dann achtlos auf einen Tisch.

„Es zeugt nicht gerade von Professionalität, geschäftliche Gespräche in Anwesenheit eines Kunden zu führen. Das Lehrbuch scheint mir auch nicht von hoher Qualität zu sein", monierte sie und sah Svenja dabei hochnäsig an. Diese schluckte schwer. Sie musste sich sehr beherrschen, um ihr nicht ihre Meinung ins sorgfältig geschminkte Gesicht zu schleudern. In diesem Moment hörte man eine Männerstimme auf dem Flur und gleich darauf öffnete sich die Tür. Mit breitem Grinsen kam Matthias hereingestürmt.

„Hallo Svenja! Heute bin ich mal mehr als pünktlich, was sagst du dazu?" Er nahm sie bei den Schultern und drückte ihr zuerst links dann rechts ein Küsschen auf die Wange.

„Aaah, eine neue Kundin! Guten Tag, ich bin Matthias Klein, Lehramtsstudent für Französisch und Deutsch an Gymnasien. Ich hörte, Sie suchen einen geeigneten

Nachhilfelehrer für Ihre Tochter, hier bin ich!" Freudestrahlend streckte er ihr seine Hand entgegen, doch sie reichte ihm nur ihre Fingerspitzen. Dabei ließ sie mit angewidertem Gesichtsausdruck ihren Blick von Kopf bis Fuß über ihn gleiten. Sein Kleiderstil, bestehend aus einem rot-blau-gelb kariertem Hemd und einer verwaschenen, mit ein paar Rissen versehenen, ausgebeulten Jeans, entsprach eindeutig nicht ihrer Vorstellung von kompetentem Lehrpersonal.

„Sie wollen also Lehrer werden. Ich glaube kaum, dass Sie ein geeignetes Vorbild für die Jugend sein können. Aber an den staatlichen Schulen wird wohl jeder eingestellt, wenn er nur den nötigen Notendurchschnitt hat. Unglaublich! Zum Glück gibt es Privatschulen. Da hätten Sie kaum eine Chance."

Matthias' Lächeln erlosch augenblicklich. Finster blickte er sie an und öffnete den Mund, um Kontra zu geben, doch Svenja kam ihm zuvor.

„Ich glaube es steht Ihnen nicht zu, solche Vorurteile hier zu verbreiten. Mein Personal lass ich mir jedenfalls nicht beleidigen! Deshalb denke ich, wäre eine Entschuldigung angebracht."

Frau Mahle bedachte sie mit einem eiskalten Blick.

„Denken Sie, was Sie wollen. Ich habe genug gesehen. Mein Kind melde ich auf gar keinen Fall hier an. Einen schönen Tag noch", sagte sie mit ebenso eiskalter Stimme und verließ den Raum. Gleich darauf hörten sie, wie die Eingangstür laut krachend ins Schloss fiel.

Matthias blies kurz die Backen auf und ließ dann geräuschvoll die Luft herausströmen. „Meine Nerven! Was war denn das gerade für ein Auftritt? Die spinnt ja wohl komplett! Aber wenigstens habe ich eure Mission zu hundert Prozent erfüllt."

„Ja, danke. Du hast uns wirklich sehr geholfen. Stell dir nur mal vor, wie viel Ärger uns mit dieser Frau Hochnäsig noch ins Haus gestanden wäre!"

Beide gingen zu Vera ins Büro hinüber, die ihnen erwartungsvoll entgegenblickte.

„Dem lauten Abgang nach zu schließen, ist eine Anmeldung wohl kaum zu erwarten. Wusste gar nicht, dass du so einen hohen Abschreckfaktor für solch spezielle Kunden besitzt, Matthias!", meinte sie fröhlich. Dieser schnappte sich ein Blatt Papier von Svenjas Schreibtisch, zerknüllte es in Sekundenschnelle und bombardierte Vera damit. Während sie alle lachten, entfaltete Svenja das Blatt wieder. „Zum Glück nur das Anmeldeformular für Frau Hochnäsig" gluckste sie amüsiert.

Ihr Smartphone klingelte und sie nahm ab. Es war Philipp, der sich mit ihr zum Mittagessen verabreden wollte. Für einen Moment zögerte sie, sagte dann aber spontan zu. Ein verständnisvoller Gesprächspartner kam ihr wie gerufen, nachdem Dennis sich immer noch nicht gemeldet hatte. Bei dem Gedanken an ihn sank ihre Laune rapide. Dieses unzuverlässige Verhalten ärgerte sie. Das Schlimmste war, dass sie es sich nicht erklären konnte, nicht nach dieser schönen gemeinsamen Zeit im Urlaub.

Der Kellner brachte für Svenja eine Schüssel griechischen Salat mit Baguette und an Philipps Platz deponierte er eine wagenradgroße Pizza.

„Wenn du die verputzt hast, bist du aber nicht mehr nüchtern!", bemerkte Svenja und verdrehte die Augen.

„Wie kann man sich bloß so vollstopfen und dabei auch noch dünn bleiben!"

„Weiß auch nicht", meinte Philipp und schnitt sich eifrig eine Pizzaecke heraus. „Ist aber okay für mich. Guten Appetit!"

Während des Essens, bei dem Philipp über die Schwierigkeiten in seiner Firma sprach, überlegte Svenja, wie viel sie ihm erzählen sollte. Das Erlebnis mit dem Typen, der sie verfolgt hatte, konnte und wollte sie nicht mehr für sich behalten, aber Thema Dennis würde bestimmt nicht gut ankommen, so wenig wie Philipp von ihm hielt.

„Wie geht es dir denn so? Läuft der Laden?"

„Ja, ganz gut, zum Glück kommen nicht jeden Tag solche Kundinnen wie heute Morgen zu uns." Sie berichtete von der Begegnung mit Frau Mahle und anschließend von ihrem nächtlichen Verfolger.

„Das war so unheimlich, sag ich dir, ich dachte mein letztes Stündlein würde schlagen!", meinte sie und ließ ihren Blick zur Eingangstür schweifen, die sich gerade öffnete.

„Du meine Güte, Svenja! Unglaublich, welche Spinner manchmal herumlaufen! Pass bloß auf dich auf. Und du bist dir ganz sicher, dass du ihm noch nie begegnet bist? Svenja? Was machst du denn unter dem Tisch? Suchst du etwas?" Er beugte sich zu ihr hinunter und sah, wie sie ihm andeutete, nicht so laut zu sein.

„Was ist denn los? Kann ich dir irgendwie helfen?", fragte er kopfschüttelnd mit gedämpfter Stimme.

„Siehst du die langhaarige Brünette und den großen Mann? An welchen Tisch setzen sie sich?", wisperte sie, während sie vorgab, etwas auf dem Boden zu suchen.

Philipp richtete sich wieder auf und ließ suchend seinen Blick durch den Raum schweifen. Er entdeckte die Genannten und beobachtete, wie die beiden auf einen Tisch im hinteren Eck des Raumes zusteuerten und sich setzten. Kurz beugte er sich wieder hinunter und sagte leise: „Du kannst wieder aus der Versenkung auftauchen. Das ist doch bloß Mark mit Begleitung. Außerdem hat er uns nicht entdeckt und die beiden sitzen ziemlich weit weg von uns."

Svenja kroch unter dem Tisch hervor, sah sich kurz im Raum um und setzte sich dann wieder auf ihren Stuhl.

„Was war das denn jetzt für eine Aktion?" Philipp sah sie zweifelnd an.

„Das ist die besagte Frau Mahle, und ausgerechnet sie kennt meinen Liebling Mark. Deswegen bin ich abgetaucht."

Philipp lachte. „Du bist echt verrückt. Take it easy."

Beherzt biss er ein großes Stück von seiner Pizza ab und kaute es genussvoll, während Svenja in ihrem Salat herumstocherte. Immer wieder warf sie einen Blick zu Mark und der aufgebrezelten Frau Mahle. Die zwei waren in ein Gespräch vertieft und sie fragte sich, wie lange sie sich schon kannten. Sie hoffte inständig, nicht entdeckt zu werden. Auf deren Gesellschaft konnte sie gerne verzichten.

„Können wir nicht lieber gehen? Lass dir die Pizza einpacken", drängte Svenja.

„Jetzt entspann dich", meinte er kauend und dementsprechend schwer verständlich. „Hunde, die bellen, beißen nicht."

„Ignorant!“ Svenja verdrehte die Augen und schob resigniert mit der Gabel etwas Hirtensalat in den Mund. Während sie sorgfältig kaute, beobachtete sie Mark und Frau Mahle. Ihrer Gestik und Mimik nach zu schließen, schien diese Frau jetzt wesentlich charmanter und freundlicher zu sein, als sie es noch im Umgang mit Svenja und ihrem Personal gewesen war. Was hatte sie sich von ihrem arroganten Auftritt eigentlich versprochen? Hatte sie ernsthaft erwartet, alle würden im Kreis springen, um ihr bedingungslos zu Diensten zu sein?

Mark gestikulierte lebhaft und zeigte dabei ab und zu sein ansprechendstes Lächeln. Das war sehr ungewöhnlich für ihn.

„Noch mal zu diesem Typen, der dich verfolgt hat. Hast du ihn noch nie vorher gesehen? Vielleicht ein Vater von einem deiner Schüler?“, fragte Philipp, bevor er sich ein weiteres Stück Pizza genehmigte.

„Nein, ich kannte ihn nicht. Ich kann mich auch nicht daran erinnern, wann ich schon einmal näheren Kontakt mit ihm gehabt hätte. Wahrscheinlich war das so ein komischer Typ, der Vergnügen daran findet, Frauen zu erschrecken. Ich hoffe, ich begegne ihm nie wieder.“

„Wahrscheinlich hast du recht. Wenn er dir noch einmal zu nahe kommt, gehst du zur Polizei. Wie läuft es übrigens mit Dennis? Ich bin nächste Woche bei ihm eingeladen. Neuen Businessplan entwerfen. Ich hoffe nur, der ist besser als der letzte.“

Als Dennis’ Name fiel, verdüsterte sich Svenjas Blick.

„Erinnere mich bloß nicht an ihn. Wir hatten so eine schöne Zeit miteinander und jetzt meldet er sich nicht, obwohl ich ihm von dem unheimlichen Verfolger geschrieben hatte. Keine Ahnung, was mit ..." Svenjas Augen, die auf die Eingangstür gerichtet waren, weiteten sich plötzlich vor blankem Entsetzen.

Es konnte nur eine schreckliche Vision sein. Sie konnte einfach nicht glauben, wen sie das Lokal ganz unbekümmert betreten sah. Es war der blonde Mann, der sie verfolgt hatte! Er ließ die Tür hinter sich zufallen und drehte den Kopf in ihre Richtung. Blitzschnell schnappte sich Svenja die Eiskarte, die auf dem Tisch lag und hielt sie sich vor das Gesicht.

„Svenja, alles in Ordnung?" Philipp wollte die Karte herunterbiegen, um ihr in die Augen zu sehen.

„Lass das!", zischte sie und rutschte ein Stück auf ihrem Stuhl nach unten. „Der blonde Mann, der gerade hereingekommen ist, siehst du ihn? Sieht er noch zu mir her?"

„Ähm, nein, er geht in die andere Richtung. Sag mal, leidest du an Sozialphobie? Versteckst dich vor jedem, der hier hereinkommt."

Svenja lugte vorsichtig über den Kartenrand. Gebannt beobachtete sie, wie der Mann den Raum durchquerte und zielstrebig auf einen Tisch zuging. Ihr blieb vor Schreck fast das Herz stehen, als sie Frau Mahle lächelnd aufstehen und ihn mit zwei Küsschen begrüßen sah.

„Das gibt es doch nicht!" Die Karte immer noch wie ein Schutzschild vor sich haltend, sah sie Philipp entgeistert an. „Aber das kann doch nicht sein!" Verzweiflung ergriff sie, als ihr klar wurde, welch unbegreiflichem Komplott sie in diesem Moment womöglich auf die Spur gekommen war.

„Was ist denn los? Kennst du den Typen etwa?“, fragte Philipp eindringlich.

„Nein, ja ... was geht da vor? Wieso sind die so vertraut miteinander? Das kann doch kein Zufall sein! Oder doch?“ Sie sah ihn verwirrt und verzweifelt, nach einer Antwort suchend, an.

„Was faselst du da? Könntest du mal konkreter werden, ich verstehe nämlich nur Bahnhof.“ Svenja antwortete nicht. Wie versteinert beobachtete sie über den Kartenrand hinweg die irreale Szenerie, die sich ihr bot. Der Fremde setzte sich neben Frau Mahle und redete mit ihr, wobei er sie ab und zu anlächelte. Schließlich bestellte er etwas bei der herbeigeeilten Bedienung. Nichts deutete auf ein konspiratives Treffen zwischen den beiden hin, sie bezogen Mark ins Gespräch ein, lachten miteinander. Alles ganz normal von außen betrachtet. Niemand könnte vermuten, dass der Blonde sie nur einen Tag zuvor verfolgt und zu Tode geängstigt und die Frau sie am nächsten Morgen mit ihrer Arroganz beruflich in die Enge getrieben hatte. Und jetzt saßen sie hier im Restaurant, als wäre nichts geschehen. Konnte es sein, dass diese Frau nichts von den Ereignissen der vergangenen Nacht ahnte, dass sie nur einen guten Bekannten hier getroffen hatte? Zufällig? Oder verabredet? Svenja hätte gerne daran geglaubt.

Philipp nahm ihr mit einer etwas unsanften Bewegung die Eiskarte weg, doch Svenja riss sie sofort wieder an sich. „Spinnst du, ich will nicht, dass sie mich sehen“, zischte sie empört und hielt sie sich wieder vor das Gesicht.

„Also, wenn du mir jetzt nicht endlich sagst, was los ist, dann gehe ich auf der Stelle. Die Rechnung kannst du dann zahlen." Philipps Ankündigung klang alles andere als scherzhaft.

„Schon gut, der Blonde ist mein Verfolger von gestern Nacht", sagte sie schnell.

Philipp, der gerade etwas Bier getrunken hatte, verschluckte sich und hustete nach Luft ringend so laut, dass sich sämtliche Gäste umdrehten. Mit der einen Hand die Karte krampfhaft vor ihr Gesicht haltend, schlug Svenja mit der anderen heftig auf seinen Rücken.

„Geht's auch ein bisschen leiser?" Svenja wurde ganz heiß, wenn sie daran dachte, dass sie jetzt entdeckt werden könnte.

„Wie denn, Scherzkeks!", krächzte Philipp und hustete noch ein paar Mal kräftig.

„Wir zahlen jetzt besser und verlassen dann das Lokal so schnell es geht", drängte sie ihn.

„Ja, das wird das Beste sein! Hallo, bitte zahlen", rief er mit ziemlich belegter Stimme. Sein begleitendes Hüsteln ließ Svenja immer nervöser werden. Hastig zog sie ihren Mantel an und beugte sich über ihre Handtasche, um das Smartphone hineinzustecken. Als sie sich wieder aufrichtete, bemerkte sie mit Entsetzen, dass jemand neben ihr stand.

„Hey ihr beiden, wollt ihr euch schon verdrücken? Ihr habt mich wohl nicht gesehen, ich sitze dort hinten in der Ecke." Es war Mark. Svenja verfluchte sich, dass sie nicht sofort nach dem Auftauchen von Frau Mahle das Lokal verlassen hatte. Sie setzte ihr freundlichstes Lächeln auf. „Na so was, wir haben dich tatsächlich nicht gesehen. Leider muss ich ganz schnell weg. Termine, Termine."

„Immer diese viel beschäftigten Unternehmerinnen! Und du Philipp, hast du auch noch wichtige Termine?"

Svenja wusste zwar, dass Philipp nicht erpicht darauf war, sich mit Mark zu unterhalten, aber sie musste ihn dazu bringen, es dennoch zu tun. Auf diese Weise könnte sie mehr über den Blonden und diese Frau erfahren. Bevor er etwas erwidern konnte, antwortete sie an seiner Stelle.

„Nein, hat er nicht. Zu mir sagtest du jedenfalls, du hättest heute viel Zeit. Setz dich ruhig an Marks Tisch und unterhalte dich gut", meinte sie gezwungen fröhlich und zwinkerte ihm dabei verstohlen zu. Philip verstand. Er bedachte sie mit einem Blick, in dem stand: *Gut, ich mach's. Ungern, aber weil du es bist ...*

„Tschüss, Mark, bis irgendwann." Sie warf ihre Handtasche über die Schulter und strebte mit eingezogenem Kopf in Richtung Ausgangstür. Ein unbezwingbarer innerer Drang verleitete sie dazu, kurz nach dem Blonden zu sehen. Ihre Blicke begegneten sich. In seinen Augen spiegelte sich ein Hauch von Triumpf wider.

9 – DUNKLE WOLKEN AM HORIZONT

Zwei Stunden später fiel die Tür zu Svenjas und Veras Büro laut krachend ins Schloss. Erschrocken zuckte Svenja, die alleine war, zusammen und drehte sich um. Sie sah Philipp mit zerknirschtem Gesichtsausdruck auf sich zukommen.

„Sag mal, geht's noch?", sagte er ohne Umschweife. „Du kannst mich doch nicht einfach mit Mark allein lassen! Du weißt ganz genau, wie sehr er nervt!"

„Aber das war eine Notlage. Du solltest doch herausfinden, wer dieser Blonde ist und wie er zu dieser Frau Mahle steht!", verteidigte sich Svenja.

„Warum hast du das nicht selbst gemacht? Er hat dich massiv bedroht, da hast du wohl das Recht, mal nachzufragen, was das Ganze soll."

„Das sagst du so einfach. Glaubst du denn ernsthaft, er hätte es zugegeben? Niemals! Er hätte alles abgestritten, sich auf eine Verwechslung berufen und sich lauthals darüber empört, dass ich ihn in aller Öffentlichkeit beschuldige. Und an die Reaktion von Frau Mahle will ich gar nicht denken."

„Das kann dir doch egal sein, wie die feine Dame reagiert. Sie ist schließlich nicht bedrängt worden." Philipp ließ sich auf Veras Schreibtischstuhl plumpsen und zog seine Jacke aus.

„Du hast ja gar keine Ahnung! So wie ich sie kennengelernt habe, würde sie mich fertigmachen. In Internetzeiten ist nichts einfacher als das. Ich kann mir peinliche, aufsehenerregende Auftritte nicht erlauben, es geht um meine berufliche Existenz. Kaffee und Kekse?“, fragte sie um einen versöhnlichen Ton bemüht.

„Das ist das Mindeste, was du mir schuldest.“ Philipp konnte ein Schmunzeln nicht unterdrücken. Svenja setzte die Kaffeemaschine in Gang und stellte eine Schale mit Schokokeksen vor ihn hin. „Hast du etwas herausgefunden? Über den Blonden und die Frau?“

Philipp schob einen Keks in den Mund und zuckte mit der Schulter. „Nein, Mark blieb bei mir sitzen. Er hat mir die ganze Zeit ins Ohr gelabert, bis ich es nicht mehr aushielt und ging.“

„Was? Du hast nichts erfahren? Gar nichts?“ Sie wollte es nicht glauben.

„Nur, dass Mark diese Frau erst heute kennengelernt hat.“

Sein Griff nach den Keksen ging ins Leere, denn Svenja hatte die Schüssel wieder an sich genommen.

„Hey, was soll das? Keine Info, keine Kekse, oder wie? Sei nicht albern! Was sollte ich denn machen?“

„Du hättest dir eine Ausrede einfallen lassen müssen!“ Unsanft setzte sie die Schüssel auf dem Schreibtisch ab. „Du hättest sagen können, dass du lieber am Fenster sitzt oder dass er dich der Brünetten vorstellen soll oder etwas in der Art, Mann!“

Sie holte die gefüllten Kaffeetassen und reichte Philipp eine.

„Also entschuldige, aber du hast dich zuerst seltsam benommen, nichts gesagt und mir plötzlich in einem einzigen Satz eröffnet, dass sich dein Verfolger im Raum befindet. Und dann nötigst du mich zum Detektivspielen. Da musst du mir schon zugestehen, dass ich ein wenig überfordert war."

„Ja, ich weiß, tut mir leid, aber ich war so durcheinander. Der Typ war mir so unheimlich und dass er diese Frau auch noch kennt! Als ich hinausging, hat er mich mit so einem seltsamen Ausdruck angesehen. Mir lief es eiskalt den Rücken hinab, sag ich dir." Sie erhob sich vom Stuhl und ging nervös auf und ab. „Irgendetwas führt er doch im Schilde. Ich habe Angst Philipp."

Philipp stand auch auf, setzte seine Tasse ab und nahm Svenja in die Arme. „Komm, beruhige dich. Wenn er dich noch einmal belästigt, dann zeigst du ihn bei der Polizei an. Ich begleite dich. Versprochen."

Dankbar für seine tröstenden Worte schmiegte sie sich kurz an ihn. Es hätte Dennis' Schulter sein sollen, an die sie sich vertrauensvoll lehnte, es hätten seine beruhigenden Worte sein sollen, die an ihr Ohr drangen. Der Schmerz darüber, dass er sie ignorierte, dass er nicht das kleinste Lebenszeichen sandte, obwohl es in dieser vernetzten Welt genügend Möglichkeiten dafür gab, übermannte sie plötzlich. Heftig brachen die Tränen aus ihr heraus, ließen sie laut aufschluchzen, sodass Philipp sie erschrocken an sich drückte.

„Hey, was ist denn los", sagte er leise. In diesem Moment wurde ihr bewusst, was den Unterschied zu Dennis ausmachte. Philipp war ehrlich und zuverlässig, die Basis jeder guten Partnerschaft. Bei ihm müsste sie nie zweifeln, ob er sie genug liebte.

Seine Hände hatten sich um ihr Gesicht gelegt. Zärtlich fing er an, ihre Tränen weg zu küssen. Alles in ihr erstarrte. Sie wurde förmlich hineingerissen in einen Strudel vergangener Gefühle. Erinnerungen an ihre gemeinsame Zeit als Paar holten sie mit erschreckender Intensität ein. Schöne Erinnerungen, quälende Erinnerungen. Es sollte die Tragik ihres Lebens sein, Philipps liebevolle Annäherung nicht erwidern zu können.

Sie wand sich aus seiner Umarmung, wischte mit einer schnellen Bewegung die Tränen vom Gesicht und trat einen Schritt zurück. Unfähig, ihre zwiespältigen Gefühle auszudrücken, ignorierte sie Philipps fragenden Blick und nahm willkürlich einen herumliegenden Ordner zur Hand.

„In einer Stunde kommt meine Französischgruppe zum Unterricht und ich muss noch etwas vorbereiten", sagte sie in entschuldigendem Ton und ging hinter ihren Schreibtisch.

„Alles klar. Ich geh dann mal." Philipps große Enttäuschung über den plötzlichen Gesinnungswandel war nicht zu überhören. Entnervt schnappte er sich seine Jacke und schlüpfte hinein.

„Ruf mich an, wenn dir danach ist", brummte er und verließ fluchtartig den Raum. Kurz darauf hörte Svenja den Knall, als er die Haustür zuschlug, und zuckte zusammen. Natürlich war ihr bewusst, dass sie ein übles Spiel mit ihm trieb. Sie musste aufhören, ihn als Beschützer auszunutzen. Es weckte nur ungeahnte Gefühle in ihm, Gefühle, die sie nicht erwidern konnte.

Seufzend schaltete sie den Computer ein, um ihre E-Mails abzurufen. Sie überflog alle neuen Eingänge und ertappte sich dabei, dass sie nur nach einem einzigen suchte, aber vergeblich. Dennis blieb verschollen. Enttäuscht klickte sie den geschäftlichen Account an und durchforstete die neuen Mails. Wieder nichts. Dann klickte sie die Rubrik *gelesen* an, um zu sehen, was Vera schon bearbeitet hatte. Sie traute ihren Augen kaum, als sie Dennis' Namen las. *Dennis Lettmann an Sie vor 3 Stunden.* Zittrig vor Freude öffnete sie die Mail.

Liebste Svenja,
was muss ich da hören, kaum dass man dich allein lässt! Welcher Verrückte hat dich denn da verfolgt? Ich habe die Nachricht leider erst heute Früh gelesen, da ich gestern noch lange geschäftlich unterwegs war und mein Smartphone im Büro liegen ließ. Ich komme sobald ich kann, meine Süße.
Innige Küsse, Dennis

Svenja lehnte sich zurück und schloss beglückt die Augen. All die dunklen Gedanken, der Groll, den sie gegen ihn gehegt hatte, verflogen in Überschallgeschwindigkeit. Er hatte sie nicht ignoriert, er war nicht der eiskalte Macho, für den sie ihn gehalten hatte. Die Erklärung für sein destruktives Verhalten war so simpel wie einleuchtend. Dummerweise hatte er die Geschäftsmailadresse benutzt. Vor drei Stunden hatte er die Nachricht geschickt. Ihr beglücktes Lächeln erlosch von einer Sekunde zur anderen. Sie schluckte schwer. Wieso hatte Vera die Mail nicht als *neu behalten* und ihr verschwiegen, dass Dennis geschrieben hatte? Es war umso befremdlicher, als sie ja gewusst hatte, wie sehnlichst sie auf eine Nachricht von ihm gewartet hatte. Was war los mit ihr? Svenja konnte nicht glauben, dass sie ihr das Glück mit Dennis nicht gönnte und deshalb torpedierte. Nicht Vera, die sich so mit ihr gefreut hatte, als sie mit Dennis zusammengekommen war.

In diesem Augenblick kam diese zur Tür herein.

„Hallo, du bist schon wieder da?“, rief sie fröhlich, während sie ihre Jacke auszog und über den Kleiderständer warf.

„Ja, Mark war aufgetaucht und ich hatte keine Lust mich mit ihm zu unterhalten. Sag mal, wieso öffnest du eine Mail von Dennis und sagst es mir nicht mal! Du hättest mir viel Kummer ersparen können“, fragte sie ohne zu zögern.

Vera war auf diese direkte Konfrontation nicht gefasst. Ihr Lächeln verschwand augenblicklich und machte einer schuldbewussten Miene Platz.

„Ja, ähm, ich öffnete es aus Versehen, weil es sich bei den geschäftlichen befand. Ich wollte es dir natürlich sagen, aber dann kam doch diese Frau Mahle und in der Aufregung habe ich es wohl vergessen“, meinte sie verlegen. Svenja konnte die Lüge fast körperlich spüren. Es war nicht Ärger, sondern grenzenlose Enttäuschung, die sie ob Veras Verhalten empfand. Aber sie wusste auch, dass es sinnlos wäre, weiter in sie zu dringen. Eine ehrliche Antwort würde sie ohnehin nicht bekommen.

„Na ja, trotzdem hättest du es mir sagen müssen. Es war kein angenehmes Gefühl zu denken, Dennis sei es vollkommen egal, was mir passiert ist.“

Ohne sie weiter zu beachten, setzte sie sich an den Schreibtisch und vertiefte sich in ihre Unterlagen. Liebend gern hätte sie Vera von dem aufregenden Restaurantbesuch erzählt, aber das Vertrauen zu ihr war aufgrund ihres Schweigens ein Stück weit verloren gegangen.

Es gelang ihr kaum, sich auf die Arbeit zu konzentrieren, denn die Sehnsucht nach Dennis nagte plötzlich gewaltig an ihr. Der Wunsch, ihm alles, was sie bewegte mitzuteilen, wurde immer größer. In Gedanken sah sie sich an ihn schmiegen, sah, wie er ihr zärtliche Küsse gab, sah sich mit ihm eng umschlungen und angeregt unterhaltend durch die Straßen ziehen.

Die Vision sollte nur einen Tag später Wirklichkeit werden.

Morgens hatte er ihr angekündigt, abends zu ihr zu kommen und die Nacht in Augsburg zu bleiben. Den Vorschlag, bei ihr zu übernachten, lehnte er mit der Begründung ab, dass ihm der Gedanke, zusammen mit ihren Eltern unter einem Dach zu sein, etwas unangenehm wäre. Für einen kurzen Augenblick war sie enttäuscht über seine Reaktion, dachte jedoch nicht länger über sein Verhalten nach. Bald würde sich das Problem von alleine lösen, da sie in einer Woche die neue Wohnung beziehen konnte.

„Hast du mich vermisst?“, fragte er neckisch, als er abends zu ihr ins Büro kam und sie ihm vor Freude förmlich in die Arme flog.

„Ja, ein bisschen“, meinte sie scherzhaft und schlang die schlanken Arme um seinen Hals.

„Dann sorge ich dafür, dass du mich das nächste Mal richtig schrecklich vermisst.“

Er küsste sie leidenschaftlich, begehrend, fast gierig, wie ein Verdurstender, der endlich die lebensrettende Flüssigkeit in sich aufsaugen durfte. Svenja erschrak fast über diesen emotionalen Ausbruch, ließ sich aber von der Woge der Leidenschaft mitreißen. Sie küssten sich so heiß und innig, als gäbe es kein Morgen mehr. Seine Hände, die am Rücken ihren Pullover nach oben schoben, wieder auf ihrer Haut zu spüren, ließ sie wohlig erschauern. Er lehnte sie gegen den Schreibtisch und öffnete gekonnt den Verschluss ihres BHs. Zärtlich ließ er die Hände über ihren Rücken gleiten und schließlich ihre Brüste sanft umfassen. Lustvoll stöhnte sie auf und nur ein winziger Restverstand befahl ihr, das Ganze zu stoppen.

„Nicht, Dennis, nicht hier“, keuchte sie um Beherrschung bemüht.

„Ich kann nicht warten“, raunte er heiser und küsste sachte ihre Brust. Tief einatmend schloss sie ihre Augen und wusste nicht, wie sie sich gegen das Verlangen, ihn zu verschlingen, wehren sollte. Sie spürte, wie er den Knopf ihrer Jeans öffnete und langsam den Reißverschluss herunterzog, während er sie am Hals küsste. Wie aus weiter Ferne drang ein klopfendes Geräusch an ihr Ohr, doch in ihrer erregten Umnebelung ignorierte sie es. Sie schlüpfte aus ihren hochhackigen Pumps, während Dennis sie wild küsste und eine Hand am Po in ihren Slip gleiten ließ. Zu spät registrierte sie, dass dieses klopfende Geräusch immer näher kam und plötzlich verstummte. Gleich darauf öffnete sich die Tür und jemand betrat den Raum. Svenja fuhr erschrocken zusammen und sah, über Dennis' Schulter blickend, direkt in Marks Augen. Peinlichst berührt stieß sie Dennis reflexartig zurück, sodass er kurz ins Taumeln geriet. Fast gleichzeitig zog sie hastig ihren Pullover nach unten und den Reißverschluss ihrer Jeans nach oben.

„Mark, was machst du hier?“, rief sie empört und verlegen zugleich.

„Ich sah Licht. Wenn ich natürlich gewusst hätte, dass du noch so wichtige nächtliche Kundschaft hast ...“ Sein spöttischer Ton ließ den Inhalt seiner Worte vor Sarkasmus triefen. Svenjas Verlegenheit machte einer unbändigen Wut über diesen unverschämten Kerl Platz.

„Wieso platzt du auch einfach so herein. Es steht doch ganz groß neben der Tür: *Bitte klingeln!* Gibt es irgendetwas Wichtiges? Das hoffe ich nur für dich!“, fauchte sie entnervt, und warf Dennis einen kurzen Seitenblick zu. Dieser erwiderte verunsichert ihren Blick und fuhr sich dann mit einer Verlegenheitsgeste durch die Haare, bevor er zum Besuchertisch ging und sich dort auf einem Sessel niederließ.

„Ich wollte nur mit dir reden. Aber ich möchte dich auf keinen Fall davon abhalten, deine Kundschaft zu bedie...“

„Hör auf damit, es ist schon alles peinlich genug! Besser, du gehst jetzt“, herrschte sie ihn an.

„Schon verstanden. Dann verschwinde ich eben wieder. Einen heißen Abend wünsche ich noch“, sagte er mit dreistem Grinsen, drehte auf dem Absatz um und verschwand durch die Tür. Für einen kurzen Moment war sie versucht ihm nachzulaufen. Sie hätte gerne gewusst, was er ihr zu erzählen hatte, doch die Wut auf ihn war zu groß und die Situation zu prekär, als dass sie eine normale Unterhaltung mit ihm hätte führen können.

„Was war denn das für ein Auftritt?“, fragte Dennis halb verärgert, halb verwundert.

Svenja gab einen Laut des Unmutes von sich und ließ sich auf den zweiten Sessel, Dennis gegenüber, fallen.

„Das war Mark, ein ehemaliger Klassenkamerad und mein spezieller Liebling. Wir konnten uns damals schon nicht leiden. Er war übrigens auch beim Klassentreffen dabei. Ich brauche jetzt einen Schluck Wasser auf diesen Schreck, du auch?“, fragte sie und ging zur Küchenecke.

„Ja, danke. Und dann lass uns in mein Hotel gehen, dort sind wir ungestört.“

Svenja kam mit zwei vollen Gläsern zum Tisch zurück und setzte sich wieder.

„Ich wollte es nicht so weit kommen lassen, aber du hast ja einfach weitergemacht.“

Gierig trank sie das halbe Glas leer und beobachtete dabei, wie Dennis' Blick sich verdüsterte.

„Viel Gegenwehr habe ich jedenfalls nicht gespürt. Ich finde das ganz schön fies, mir jetzt die Schuld in die Schuhe zu schieben“, sagte er in harschem Ton.

Svenja zuckte erstaunt zurück. So eine heftige Reaktion hatte sie nicht erwartet. Es war noch keine halbe Stunde her, dass sie sich wieder verliebt in den Armen gelegen hatten und jetzt fuhr er sie so rüde an. Sie schob es auf den beruflichen Stress, in dem er ständig steckte. „Dennis, bitte, lass uns nicht streiten. Das ist es doch nicht wert. Wir gehen ins Hotel und vergessen das Ganze“, meinte sie versöhnlich und kroch auf seinen Schoß. Er schloss sie in die Arme und sie kuschelte sich an ihn.

„Ja, du hast recht. Tut mir leid, dass ich dich so angefahren habe, aber ich bin gerade ziemlich im Stress“ sagte er mit sanfter Stimme und küsste sie auf die Stirn.

„Ich habe schon so etwas vermutet. Wir lassen uns jetzt aber den Abend nicht durch Marks Auftauchen verderben. Wann gehen wir in dein Hotel?"

„Am liebsten gleich. Ich bin noch immer ganz heiß auf dich", flüsterte er und bestätigte das Gesagte mit einem innigen Kuss.

Zwei Stunden später lagen sie eng umschlungen und nackt, nach einem erotischen Höhenritt, auf dem Hotelbett. Dennis strich mit den Fingerspitzen ihren Rücken entlang und entlockte ihr damit einen wohligen Seufzer. „Schade, dass du morgen schon wieder nach München musst. Wann sehen wir uns denn dann wieder?"

„So schnell nicht. Ich muss für ein paar Tage geschäftlich nach Hamburg, am Wochenende bin ich in St. Gallen und dann geht es nach England. Willst du noch einen Schluck Champagner?" Ohne ihre Antwort abzuwarten, löste er die Umarmung und setzte sich auf, um die Gläser aufzufüllen. Mechanisch nahm sie das hingehaltene Glas. Eigentlich wollte sie nichts trinken. Sie wollte wissen, wann sie sich wiedersehen konnten, wollte wissen, ob sie eine Chance auf eine gemeinsame Zukunft hatten. Doch sie verkniff sich die Fragen, denn sie war sich fast sicher, dass Dennis sich eingeengt fühlen würde.

„Du hast mir noch gar nichts erzählt von deinem Erlebnis neulich Abend", meinte er und stellte das Glas am Beistelltisch ab.

„Wann auch, wir waren ja zu sehr mit uns selbst beschäftigt, aber das ist auch wesentlich erfreulicher." Sie gab ihm einen Schubs, sodass er lachend wieder zum

Liegen kam und schmiegte sich an ihn. Zärtlich streichelte er ihren Rücken und sagte: „Erzähl, Süße."

„Ich bin von dem Typen verfolgt worden, den ich dir im Café schon gezeigt hatte. Erinnerst du dich?"

Dennis nickte. „Ja, du hast ihn dort schon als komisch empfunden. Ab wann hat er dich verfolgt?"

Svenja erzählte ihm, wie er in die Straßenbahn eingestiegen war, sie bis zum Haus verfolgt und fotografiert hatte.

„Fotografiert? Wieso sollte er das tun?"

„Keine Ahnung, vielleicht ist er ein Stalker, ein kompletter Spinner. Aber das Tollste kommt noch. Ich habe ihn gestern im griechischen Restaurant gesehen!"

„Was? Das gibt es doch gar nicht. Hast du ihn angesprochen?"

„Nein, ich war so erschrocken, dass ich nicht wusste, was ich machen sollte. Ich wollte nur noch weg, zumal er auch noch mit dieser Frau Mahle zusammengesessen hatte."

„Was für eine Frau Mahle?" Seine Hand hatte aufgehört über ihren Rücken zu streichen.

„Ach, eine Kundin, die ihre Tochter bei uns anmelden wollte." Sie erzählte von dem furiosen Auftritt dieser seltsamen Frau, während sie an Dennis' spärlicher Brustbehaarung herumzupfte. Regungslos hörte er ihren Ausführungen zu. Svenja bereute es beinahe, ihm so viel erzählt zu haben, denn der Zauber der letzten Stunde war verflogen. Er wirkte plötzlich angespannt, jegliche Unbefangenheit war von ihm abgefallen.

„Was ist los? Machst du dir etwa Sorgen? Süß von dir, aber das musst du nicht. Ich hoffe, dass er mich jetzt in Ruhe lässt. Morgen werde ich versuchen, von Mark mehr zu erfahren, schließlich saß er mit ihnen an einem Tisch. Ansonsten kann ich nichts anderes tun, als abwarten.“

„Ich frage mich, ob diese Frau von seinem Stalking weiß.“

„Das glaube ich nicht. Es gibt Menschen, die im Verborgenen Dinge tun, von denen man nicht die leiseste Ahnung hat. Die benehmen sich im normalen Leben ganz unauffällig. Das ist ja das Fatale.“

„Ja, aber seltsam ist das Ganze schon. Pass bloß auf dich auf!“ Dennis stand auf und zog sich Shorts über.

„Was machst du?“

„Eine rauchen.“ Wortlos ging er auf den kleinen Balkon und zündete sich eine Zigarette an. Svenja beobachtete ihn, wie er heftig daran zog und den Rauch durch Mund und Nasenlöcher ausstieß.

Wie ein fauchender Drache, dachte sie. „Hast du schon mal daran gedacht, dieses Laster aufzugeben?“

„Schon x-mal. Irgendwann schaffe ich es!“, sagte er und nahm einen weiteren tiefen Zug, was seine Aussage konterkarierte. Svenja schlüpfte schnell in sein herumliegendes T-Shirt und ging zu ihm hinaus. Verliebt umschlang sie ihn von hinten und schmiegte das Gesicht an seinen Rücken. „Wir haben viel zu wenig Zeit miteinander“, seufzte sie mit geschlossenen Augen.

„Ja, allerdings.“ Er drehte den Kopf zur Seite und warf ihr über die Schulter einen Luftkuss zu, den sie hörbar erwiderte. Schweigend standen sie noch eine Weile als verschmolzene Einheit auf dem Balkon, bis Svenja sich mit einiger Überwindung von ihm löste.

„Ich dusch’ mich jetzt“, sagte sie und ging hinein.

„Mach schnell, ich habe jetzt schon Sehnsucht nach dir!", rief er ihr hinterher, während er die Zigarette ausdrückte.

Nachdem sie die Badezimmertür hinter sich geschlossen hatte, lehnte sie sich kurz dagegen und lächelte. Der Gedanke, dass Dennis sich augenscheinlich Sorgen um sie machte, bereitete ihr ein Wohlgefühl, ein Gefühl geliebt zu werden, das ihre Welt wieder in Ordnung erscheinen ließ. Gut gelaunt stieg sie in die Dusche und bemerkte, dass sie ihren Haargummi vergessen hatte. Leichtfüßig sprang sie wieder hinaus und lief ins Zimmer zurück. Dennis, der auf dem Bett saß und eine Nachricht auf seinem Smartphone schrieb, zuckte zusammen. „Musst du mich so erschrecken, du Wirbelwind", brummte er halb scherzhaft, halb verärgert.

„Entschuldige, aber ich suche mein Haarband – ach, da ist es ja. Du hast doch nicht etwa Geheimnisse vor mir?", sagte sie lachend und verschwand im Bad, ohne auf seinen skeptisch-fragenden Blick zu reagieren.

10 – ZWISCHEN FRUST UND EUPHORIE

Lautes Scheppern aus ihrer neuen Küche drang schmerzlich an Svenjas Ohr. Gleich darauf ertönte ein entsetztes „Um Gottes willen, Philipp, passen Sie doch auf! Das Kaffeegeschirr ist neu und war auch nicht ganz billig!“ von ihrer Mutter. Mit aller Macht beherrschte sie sich, nicht hinüberzugehen und sich einzumischen, denn ihr Nervenkostüm war in den letzten zwei Wochen sehr dünn geworden. Wände streichen, Böden putzen, Möbel schleppen, Kisten packen, hatten sie zunehmend Kraft und Nerven gekostet. Der einzige Lichtblick war Dennis, der heute von seiner Geschäftsreise nach England wieder zurückkam. Er hatte ihr versprochen gleich am selben Abend zu ihr zu kommen, um auf ihre neue Bleibe anzustoßen. Der Gedanke, die erste Nacht in ihrem eigenen Zuhause mit ihm verbringen zu können, ließ sie alle Strapazen leichter ertragen. Zwei lange Wochen hatte sie ihn nicht mehr gesehen. Die Sehnsucht nach ihm nagte wie ein hungriges Tier an ihrer Seele, und sie konnte es kaum mehr bis heute Abend erwarten. Den Vorfall von der Verfolgungsjagd hatte sie zu ihrer Erleichterung verdrängen können, da sie den Blonden seitdem nicht mehr gesehen hatte, ebenso wenig wie Frau Mahle.

„Hey, Svenja, ich mach Kaffee, du willst doch sicher auch eine Tasse!“, rief Philipp ihr aus der Küche zu.

„Ja, gerne, aber nimm die alten Tassen, du scheinst heute etwas zittrig zu sein, wie ich vorhin mitbekommen habe“, antwortete sie mit einem Lachen in der Stimme.

„Geht klar!“ Pfeifend machte er sich am Kaffeeautomat zu schaffen, während ihre Mutter geräuschvoll das Geschirr in die Schränke räumte. Svenja packte inzwischen ihren Kleiderkoffer aus und breitete die Klamotten auf ihrem Bett aus, um sie sortieren zu können.

Sie freute sich darüber, dass Philipp wieder bessere Laune hatte. Nach dem Beinahe-Kuss hatte er sich tagelang nicht mehr gemeldet. Ihr schlechtes Gewissen hatte sie daraufhin so sehr geplagt, dass sie ihn schließlich nach einiger Überwindung anrief.

„Hallo Philipp, wie geht's dir?“, hatte sie ihn gespielt ungezwungen begrüßt.

„Gut und selber?“ Ein einsilbiges Brummen.

„Bist du noch böse wegen letztem Mal?“

„Passt schon.“ Pause.

„Es würde nicht mehr funktionieren, Philipp. Das muss dir doch auch bewusst sein, oder? “

„Vermutlich hast du recht. Wir sollten nur Freunde bleiben, also reden wir nicht mehr davon.“ Leise Resignation hatte in seinen Worten mitgeschwungen.

Am liebsten hätte sie in diesem Moment etwas Versöhnliches gesagt, um ihn wieder aufzumuntern. Aber sie hatte schweren Herzens geschwiegen, um ihm nicht noch einmal falsche Hoffnungen zu machen.

Jäh wurde Svenja aus ihren Gedanken gerissen, als ihre Mutter den Kopf zur Schlafzimmertür hereinstreckte. „Ich muss jetzt leider gehen. Dein Vater und ich müssen noch dringend Besorgungen machen".

„Ja, ist gut! Und vielen Dank für deine Hilfe!"

Nachdem sie ihre Mutter mit einer herzlichen Umarmung verabschiedet hatte, ging sie zu Philipp in die Küche und setzte sich an den kleinen Tisch, auf dem zwei volle Tassen standen.

„Sag mal, du warst doch letztes Wochenende bei Dennis in St. Gallen. Ich hatte noch gar keine Gelegenheit zu fragen, wie es eigentlich war", sagte sie und nahm einen Schluck.

„Oh ja, das habe ich dir noch gar nicht erzählt. Ganz gut, zumindest am Anfang."

„Was soll das heißen? Ist etwas passiert?"

„Ich weiß nicht so recht. Nein, eigentlich nicht, aber ..."

Svenja sah ihn zweifelnd an. „Er beliebt in Rätseln zu sprechen. Du musst doch wissen, was dort passiert ist!"

Sie schob ihm einen Teller mit kleinen Donuts hin.

„Anfangs unterhielten wir uns ganz gut und er hat mir auch einen grandiosen Geschäftsplan ausgearbeitet. Danach haben wir darauf angestoßen und dann ... na ja ..."

„Was dann?"

„Dann weiß ich nichts mehr. Filmriss!" Er schob einen Donut in den Mund.

„Hast du so viel gesoffen?"

„Schon möglich. Ich kann mich nur ganz dunkel daran erinnern, dass er mich ziemlich viel fragte und ich ziemlich viel redete. Ich hoffe nur ..."

„Was?" Svenja hörte auf zu kauen und sah ihn beschwörend an.

„Na ja, dass ich nicht zu viel gesagt habe."

„Worüber habt ihr denn geredet?"

„So genau weiß ich das nicht mehr."

„Versuch dich verdammt noch mal zu erinnern. Was wollte Dennis wissen?"

Mit fest zusammengepressten Lippen, was er immer machte, wenn er angestrengt nachdachte, sah er zur Decke. Svenja beobachtete ihn und wartete gespannt auf das Erkenntnis verheißende Blitzen in seinen Augen. Er zuckte nur mit den Schultern.

„Ich glaube, ... ach, ich habe keine Ahnung."

Svenja stöhnte. „Um was ging es? Denk nach!"

„Jetzt frag mir kein Loch in den Bauch, mein löchriges Erinnerungsvermögen reicht mir vollkommen." Philipp schob zwei Donuts nach.

„Mich würde aber schon interessieren was du Quasselstrippe ...",

Sie wurde von den Pieptönen ihres Smartphones unterbrochen. Schnell las sie die Nachricht.

„Mark will sich mit mir treffen. Das ist jetzt schon die vierte Anfrage in vierzehn Tagen. Ich habe so langsam keine Ideen mehr für eine Ausrede."

„Wieso triffst du dich nicht mit ihm? Vielleicht erfährst du dabei etwas über den ominösen Blonden." Philipp stand auf und ging zum Spülbecken, wo er seine Tasse unter laufendem Wasser ausschwenkte.

„Schon möglich, aber ich konnte mich einfach nicht dazu überwinden. Wahrscheinlich hast du recht. Nur so kann ich Näheres erfahren."

„Und wegen meines Filmrisses ... könntest du nicht versuchen, Dennis etwas darüber zu entlocken, aber nicht zu auffällig“, meinte er, während er seine Hände am Küchentuch abwischte.

„Gut, ich werde es versuchen. Musst du etwa schon gehen?“

Er trat auf sie zu, beugte sich hinunter und drückte ihr ein Küsschen auf die Wange. „Ja, leider, die Arbeit ruft.“

„Na dann, viel Spaß noch und lass wieder von dir hören!“ Sie begleitete ihn bis zur Haustür und setzte sich dann noch mal an den Küchentisch. Nachdenklich nahm sie einen Schluck kalt gewordenen Kaffees. Zwei Fragen bohrten in ihrem Inneren und schrien nach Antworten. Was hatte Dennis mit seiner Fragerei erreichen wollen und was wusste Mark über Kirsten Mahle und deren Begleiter?

Um sich aus der Gedankenspirale zu befreien, begann sie das Geschirr abzuwaschen, aber Mark wollte ihr nicht aus dem Kopf gehen. Nach einiger Überwindung bat sie ihn schließlich in einer Nachricht um ein Treffen in ihrem Büro. Sie wollte keine Verabredung in Privatsphäre. Allein der Gedanke, mit ihm in irgendeinem Lokal stundenlang zu sitzen und seine unvermeidlichen Zudringlichkeiten abwehren zu müssen, verursachte ihr Gänsehaut. In ihrem Büro konnte sie ihn jederzeit fortschicken, mit der Ausrede noch Termine wahrnehmen zu müssen.

Während sie das restliche Geschirr in die Schränke räumte, kam schon seine Antwort. Svenja empfand die schnelle Reaktion fast schon beängstigend. Er war wie eine Spinne im Netz, die nur darauf lauerte, bis sich ein Opfer darin verfing.

Wie erwartet sagte er zu. Ihre sorgenvollen Gedanken, wie das Treffen verlaufen könnte, wurden durch die ertönende Türklingel unterbrochen. Dennis! Voll freudiger Erwartung lief sie in den Flur, öffnete die Tür und drückte gleichzeitig auf den Knopf daneben, um die Haupteingangstür zu entriegeln. Sie konnte schwere Männerschritte im Treppenhaus hören. Eilig huschte sie zum Flurspiegel, um ihr Äußeres kurz zu überprüfen und ihre Lippen nachzuziehen. Die Schritte waren inzwischen vor der Tür angelangt. Achtlos warf sie das Lipgloss in ihre Tasche und drehte sich mit strahlendem Lächeln nach Dennis um, doch es erlosch augenblicklich, als sie geradewegs in Marks Augen blickte. Dieser betrat schnell die Wohnung und schloss die Tür hinter sich, bevor sie reagieren konnte.

„Mark, was ... was machst du hier?“ Sie trat reflexartig einen Schritt zurück und ließ ihn keine Sekunde aus den Augen.

„Na, du hast mich doch um ein Treffen gebeten. Und hier bin ich. Das ist also deine neue Wohnung.“ Alles genau inspizierend durchschritt er den Flur und betrat dann ungefragt das Wohnzimmer. Svenja lief hinter ihm her und hoffte, dass Dennis bald auftauchen würde.

„Ich wollte dich morgen sehen, in meinem Büro. Woher weißt du überhaupt, wo ich wohne? Und wieso warst du so schnell hier?“

„Ich war zufällig in der Nähe und sah Philipp aus dem Haus kommen. Ich habe ihn gefragt, was er hier macht. Er faselte etwas von einem Kumpel, den er besucht hat. Weißt du, ich habe gleich gemerkt, dass das nicht stimmt. Und das Türschild hat mich bestätigt. Sieht übrigens ganz nett aus, muss ich sagen." Unaufgefordert ließ er sich in einen ihrer weißen Kunstledersessel fallen und sah sie provokant lächelnd an.

Fieberhaft überlegte sie, wie sie ihn möglichst schnell wieder loswerden könnte.

„Wieso bist du mit so viel Freizeit gesegnet? Hast du keinen Job mehr?", fragte sie.

„Ich habe Urlaub. Übermorgen fahre ich für ein paar Tage in die Toskana. Was willst du von mir?"

Ihre Aufregung hatte sich inzwischen gelegt, weshalb sie gleich in medias res ging.

„Ich wollte von dir wissen, woher du Kirsten Mahle kennst und wer ihr Begleiter im griechischen Restaurant war."

Er antwortete nicht, sondern sah sie für einige Augenblicke mit unbeweglicher Miene an und Svenja fragte sich, ob er sie damit verunsichern wollte. Schließlich löste er sich aus der Starre und sagte in herablassendem Ton: „Warum interessiert dich das überhaupt?"

„Ich habe meine Gründe, also wer sind die beiden?"

„Du erträgst es wohl nicht, wenn dir jemand wie Kirsten Mahle Inkompetenz vorwirft." Sein begleitendes geringschätziges Lächeln ließ Wut in ihr aufsteigen.

„Wie kommst du denn auf so etwas? Hat *sie* dir das erzählt? Und ihr Begleiter – was hat der mit ihr zu tun?"

Sein Lächeln war verschwunden. „Was soll das? Sind wir hier in einem Verhör? Wenn das der einzige Grund ist, weshalb du mich sehen wolltest, dann tut es mir leid. Ich werde dir nichts erzählen, und dafür habe ich auch meine Gründe." Er erhob sich und ging, ohne sie noch eines Blickes zu würdigen, in Richtung

Wohnzimmertür. Reflexartig hielt sie ihn am Ärmel fest, bevor er den Flur betreten konnte.

„Du kannst doch jetzt nicht einfach so verschwinden. Sag mir, was du weißt", sagte sie bittend.

„Sorry, aber ich muss jetzt gehen."

„Warum bist du überhaupt gekommen?"

„Ich wollte dich sehen. Wenn ich natürlich gewusst hätte, dass dich nur dieses eine Thema interessiert ..." Er schob mit einer unwirschen Bewegung ihre Hand weg und betrat den Flur. Sie folgte ihm in der Hoffnung, ihr Ziel noch erreichen zu können. In diesem Moment klingelte es. Für einen Augenblick sahen sie sich an. Dann grinste er wieder in seiner unsympathischen Art und meinte: „Kann es sein, dass du wieder Männerbesuch erwartest? Dann verschwinde ich besser. Deine Nachbarn werden sich bestimmt so ihre Gedanken machen, dass sich gleich am Einzugstag die Männer reihenweise die Klinke in die Hand geben. Philipp, ich und jetzt ..."

„Verschwinde, du unverbesserlicher Zyniker!", zischte sie und öffnete mit Schwung die Tür.

Mit einem gemurmelten „Tschüss" stürmte Mark hinaus und wäre um ein Haar mit Dennis, der einen großen Blumenstrauß in der Hand hielt, zusammengestoßen. Mark bedachte ihn mit einem durchdringenden undefinierbaren Blick. War es Eifersucht, Verachtung oder unergründbare Antipathie gegenüber Dennis?

Mark eben, dachte sie und zog den verdutzten Dennis in den Flur. Während sie der Tür mit dem Fuß einen Stoß versetzte, sodass sie laut ins Schloss fiel, umarmte sie ihn stürmisch und küsste ihn leidenschaftlich.

„Anscheinend hast du mich vermisst!“, murmelte er zwischen zwei Küssen.

„Und wie! Willkommen in meiner neuen Bleibe“, hauchte sie in sein Ohr und küsste ihn wieder.

„Die Blumen ...“, keuchte er zwischendurch, worauf sich Svenja widerwillig von ihm löste, um eine Vase zu besorgen. Dennis blickte sich interessiert um, während er ihr in die Küche folgte. „Hübsch, deine Wohnung. Die ersten Besucher hast du auch schon empfangen. Wer war das?“

„Mark, von dem hatte ich dir schon erzählt. Ein unsympathischer Typ“, antwortete sie und ließ Wasser in die Vase laufen. „Ein wunderschöner Strauß! Gerbera, meine Favoriten, vielen Dank!“, sagte sie lächelnd, während sie die Blumen hineinstellte.

„Was wollte er denn bei dir?“

„Das weiß ich eigentlich auch nicht so genau. Ich wollte nur Näheres über diese Kirsten Mahle und Begleiter erfahren, aber er ist wie zugenagelt.“ Sie zog ihn an der Hand ins Wohnzimmer und schubste ihn lachend auf die Couch. Rittlings setzte sie sich auf seinen Schoß. Sie wollte jetzt nicht reden, nicht über Mark, nicht über ominöse Personen, nicht über ihren Einzug. Sie wollte sich ihm nur nahe fühlen. Noch kein Mann zuvor hatte solch intensive Gefühle in ihr ausgelöst.

Seine Erwiderung ihrer Gefühle ließ alles Rationale in ihrem Denken zunichtewerden. Nichts war in diesem Moment mehr wichtig. Ihn zu spüren, ihn zu berühren, sich von ihm in einen emotionalen Ausnahmezustand tragen zu lassen, mit ihm zu einer körperlichen Einheit zu verschmelzen, nur das zählte. War das nun die berüchtigte große Liebe? Sie weigerte sich, weiter darüber nachzudenken und ließ sich von der Woge heftigster Leidenschaft tragen.

Schwer atmend und einen tiefen wollüstigen Seufzer ausstoßend schmiegte sie sich schließlich an seinen nackten, schlanken Körper. „Ich bin so glücklich", hauchte sie mit drei zärtlichen Küssen auf seine Brust, die sich im Rhythmus tiefer Atemzüge hob und senkte. Er erwiderte nichts und sie sah zu ihm hoch. Sein Blick hatte etwas Verschleiertes an sich, doch seine Lippen umspielte ein unmerkliches Lächeln. Das war Antwort genug für sie. Er war auch glücklich.

„Deine neue Couch hätten wir schon mal würdig eingeweiht", meinte er schließlich grinsend und kraulte sanft ihren Rücken.

„Allerdings. Das nächste Mal schaffen wir es hoffentlich bis ins Schlafzimmer." Mit geschlossenen Augen legte sie den Kopf auf seine Brust und lauschte dem schnellen Herzschlag, der sich allmählich normalisierte. Sie ließ ihre Finger langsam seinen Arm hinabgleiten. „Wie ist es dir in den letzten zwei Wochen ergangen?"

„Es war ziemlich stressig. Mein Vater denkt, er müsse mich nonstop beschäftigen. Ich weiß auch warum. Er will mich testen."

„Testen?"

„Ja, ob ich auch ein würdiger Nachfolger für sein Firmenimperium bin. Zu irgendetwas muss die Existenz seines Juniors ja gut sein." Es klang verbittert. Mit sanften Bewegungen ließ sie ihre Hand auf seiner Brust auf und ab gleiten, so als könnte sie damit seine Frustration wegstreicheln.

„Du denkst, er liebt dich nicht und nützt dich nur aus? Das kann ich mir nicht vorstellen."

„Du kennst meinen Vater eben nicht. Er hat keine Gefühle – die sind irgendwann verloren gegangen, sofern er je welche besessen haben sollte."

„So schlimm? Glaubst du nicht, dass du das etwas überspitzt siehst? Kein Vater hasst sein Kind, auch deiner nicht. Dass deine Mutter bei deiner Geburt gestorben ist, war ein Schicksalsschlag, aber er gibt sicherlich nicht dir die Schuld dafür. Ich weiß, dass du so denkst, aber so ist es ganz bestimmt nicht", sagte sie beschwörend.

„Ich möchte jetzt ehrlich gesagt nicht mehr darüber sprechen. Soll ich dir erzählen, wo ich in den letzten zwei Wochen war?", versuchte er abzulenken.

Svenja fand es schade, dass er bei diesem Thema blockierte. Sie hätte gerne mehr über das Verhältnis zu seinem Vater gewusst. Aber sie konnte ihn nicht verurteilen. Im Leben vieler Menschen gab es nun mal Dinge, über die man nicht gerne redete, da konnte sie sich selbst auch nicht ausschließen.

Also hörte sie geduldig zu, was er von seinen Geschäftsreisen zu berichten hatte.

Sie wartete einen günstigen Augenblick ab und lenkte wie nebenbei das Gespräch auf Philipps Besuch in St. Gallen. Belustigt erzählte sie von dessen Filmriss und Dennis bestätigte, dass Philipp zu viele Cocktails und Schnäpse getrunken hätte und sich irgendwann nicht mehr alleine auf den Beinen halten konnte. Nur mit Mühe hatte er es geschafft, ihn ins Bett zu schleifen.

„Du meine Güte, so schlimm? Kein Wunder, dass er sich nicht mehr daran erinnern kann, über was ihr alles geredet habt. Das Einzige, was er noch weiß, ist, dass du ihm eine Menge Fragen gestellt hast. Was wolltest du denn wissen?“

Dennis lockerte seine liebevolle Umarmung. „Na ja, was man eben so wissen will, familiärer Background, Motivation für sein Studium etc., aber warum fragst du?“

„Och, er will es einfach nur wissen, weil ihm dieser Quasiblackout höchst unangenehm ist.“

Er lachte kurz auf. „Ja, manche Menschen täten wirklich gut daran, wenn sie ihren Alkoholkonsum im Griff hätten“, meinte er mit leicht spöttischem Unterton, setzte sich auf und zog eine Zigarettenschachtel aus seiner Jackentasche.

„Kann ich?“

„Ganz ehrlich? Nein.“

„Spießerin!“

„Nikotinjunkie!“

Lachend gab sie ihm einen sanften Stoß, sodass er wieder zum Liegen kam und legte sich auf ihn.

„Sei lieber süchtig nach mir. Das ist weniger schädlich.“

„Denkst du?“, raunte er und gab ihr einen langen, hungrigen Kuss.

11 – NACHT UND SCHATTEN

Für Anfang Juli war es erstaunlich heiß. Svenja, die auf dem Marienplatz in München auf Vera wartete, wischte sich mit dem Handrücken den Schweiß von der Stirn.

Geduld zählte nicht zu ihren Stärken, weshalb sie die Warterei mitten in der dampfenden Großstadt, in der es nicht den Hauch eines Luftzugs zu geben schien, ziemlich aufregte. Sie fragte sich, ob es richtig gewesen war hierher zu kommen, um Dennis zu überraschen.

Eine Woche war vergangen, seit er sie besucht hatte. Er war über Nacht bei ihr geblieben und morgens hatten sie noch gemütlich miteinander gefrühstückt, bevor er nach München gefahren war. Sein, beim Abschied zärtlich ins Ohr gehauchtes Versprechen, sie bald wieder zu besuchen, hatte sie motiviert an ihre Arbeit gehen lassen. Doch schon nach zwei Tagen war die Absage gekommen, dass er es in dieser Woche nicht mehr schaffen würde, wegen geschäftlicher Termine. Wie üblich. Ihre Enttäuschung war sehr groß. Trotz Bemühens, sich diese nicht anmerken zu lassen, war es ihr nicht gelungen, den plötzlichen Stimmungsumschwung zu verbergen.

„Was ist los? Ärger mit Dennis?“, hatte Vera den folgerichtigen Schluss gezogen, nachdem sie auf eine harmlose Frage eine patzige Antwort erhalten hatte.

„Ach, langsam reicht es mir, dieses ewige Auf und Ab. Wenn wir zusammen sind, ist es der Himmel auf Erden, und gleich danach werde ich wieder vertröstet, wegen Geschäftsterminen. Soll das immer so weitergehen?“, hatte Svenja missmutig geantwortet. Daraufhin hatte Vera vorgeschlagen einen Ausflug nach München zu unternehmen und Dennis bei der Gelegenheit einen überraschenden Besuch abzustatten. In ihrer Verärgerung hatte sie sofort zugestimmt, weshalb sie jetzt schwitzend und Eis schleckend im Trubel der Großstadt auf Vera wartete, bis diese ihre Augentropfen beim Optiker gekauft hatte.

Gedankenverloren sah sie den, mit Einkaufstüten beladenen, flanierenden Menschen zu. Je länger sie über den Anlass für diesen Ausflug nachdachte, je näher der Zeitpunkt rückte, ihr Vorhaben Dennis zu überraschen in die Tat umzusetzen, desto mehr rückte sie von der Realisierung ihres Plans ab. Es erschien ihr plötzlich so kindisch. Sie war sich auf einmal ziemlich sicher, dass Dennis kein Verständnis dafür zeigen würde. Er hätte vielmehr das Gefühl, kontrolliert zu werden und würde ihr das auch entsprechend zeigen. Womöglich würde sie wegen dieses Affronts sogar ihre Beziehung gefährden. Sie konnte jetzt nicht mehr verstehen, wie sie überhaupt auf diesen Vorschlag hatte eingehen können.

Jemand tippte sie an die Schulter. „Da bin ich wieder! Zum Glück habe ich die gewünschte Marke bekommen.“ Es war Vera, die ihr eine kleine Apothekertüte vor die Nase hielt. „Jetzt können wir den Überraschungscoup landen. Wie sollen wir das Ganze angehen?“

„Gar nicht."

„Wie bitte? Wieso denn nicht?", rief Vera erstaunt.

Svenja erklärte ihr den Beweggrund und hoffte auf deren Verständnis, doch Vera sah sie mit zusammengezogenen Augenbrauen zweifelnd an. „Also weißt du, wozu dann der ganze Aufwand! Wieso sollte er denn sauer auf dich sein, wenn du ihn mit einem Besuch überraschst? Er liebt dich doch. So langsam könnte man schon den Eindruck bekommen, dass eure Beziehung nicht sehr gefestigt ist."

„Ach, so siehst du das. Vielleicht stimmt es sogar, aber womöglich freut dich das auch noch", entfuhr es ihr spontan.

„Was soll das jetzt heißen?" Vera sah sie in ungläubigem Erstaunen an.

„Na ja, glaubst du ich habe nicht gemerkt, wie du ihn jedes Mal angehimmelt hast, wenn er ins Büro kam? Einmal dachte ich schon, wenn du deinen Florian nicht hättest, würdest du glatt versuchen, ihn mir auszuspannen."

Vera lachte kurz und schrill auf, sodass sich manche Passanten nach ihnen umdrehten.

„Sag mal spinnst du? Ich fass es nicht, dass du so über mich denkst! Ich hoffe nur, es liegt an der Hitze", schnaubte sie kopfschüttelnd.

„Wenn du dich mit deinem Florian langweilst, dann such dir einen anderen und hör auf, mir Dennis zu missgönnen. Du kannst ruhig zugeben, dass er dir gefällt", rutschte es ihr raus.

„Ja, natürlich gefällt er mir, allen Frauen gefällt er. Ein schöner Mann gehört dir nie allein. Aber ich gönne ihn dir von Herzen. Auf so einen unzuverlässigen Typen kann ich nämlich gerne verzichten. Dein Problem ist, dass du in deiner Torschlusspanik nicht mehr klar denken kannst, dich an diesen Windhund hängst und sogar mich als Bedrohung siehst. Du weißt ganz genau, dass ich das niemals tun würde. Wir sind doch Freundinnen, dachte ich zumindest bis heute."

„Torschlusspanik, Windhund?!", wiederholte Svenja wutschnaubend. Sie musste kurz die Augen schließen und tief durchatmen, um ihre aufgekratzten Nerven zu beruhigen. Es war schrecklich! Mitten in München lieferten sie sich den schönsten Zickenkrieg, nur weil sie sich nicht beherrschen konnte! Was war nur in sie gefahren? Sie hatte plötzlich Gewissensbisse, dass sie Vera so massiv angegangen war. Der Streit musste sofort beendet werden, bevor das Ganze eskalierte. Es könnten noch mehr unnötig verletzende Dinge gesagt werden, die zum Bruch ihrer Freundschaft führen könnten.

„Okay, ich glaube, wir sind gerade beide emotional auf der falschen Schiene. Es tut mir ehrlich leid, was ich zu dir gesagt habe, Vera. Und wahrscheinlich hast du sogar recht. Wenn ich mir seiner Liebe sicher sein könnte, würde ich schon gar nicht auf so schräge Gedanken kommen, dass du ihn mir ausspannen wolltest", versuchte Svenja in versöhnlichem Ton einzulenken. Unsicher, mit hochgezogenen Augenbrauen sah sie Vera an. Diese erwiderte nichts, kämpfte mit sich, auf den Versöhnungskurs einzuschwenken, und sah betreten zu Boden.

„Vera, bitte, verzeih mir!", sagte Svenja leise bittend.

Nach einem tiefen Seufzer meinte Vera schließlich: „Na gut, ich war ja auch gemein zu dir. Wahrscheinlich liegt es an der Hitze, die unsere Hirnleitungen angeschmort hat. Am besten wir vergessen das Ganze. Aber eines muss ich noch richtigstellen. Ich langweile mich nicht mit Florian."

Svenja war so erleichtert, dass sie ihre Freundin spontan umarmte.

„Da habe ich wohl ganz schönen Blödsinn geredet, was?", sagte sie lachend und ließ Vera wieder los. Diese lächelte sie versöhnlich an: „Allerdings, aber Schwamm drüber. Und, was machen wir jetzt? Hat sich Operation Dennis tatsächlich für dich erledigt?"

„Ja, ich mache mich nicht gerne zum Affen, das ist mir heute klar geworden. Komm, lass uns in den Englischen Garten gehen und beim Chinesischen Turm ein kühles Bier zischen."

„Na gut. Bei diesem Wetter habe ich sowieso keine Lust mehr, mich in den Geschäften zu verkriechen", antwortete sie fidel und hakte sich bei Svenja unter, über alle Maßen froh, dass der Zwist so schnell beigelegt werden konnte.

Angeregt plaudernd machten sie sich auf den Weg zum Englischen Garten. Dort angekommen, umfing sie sofort die von diesem Ort ausgehende heimelige Atmosphäre.

Sie sahen viele Menschen, die im Schatten der großen Bäume nach Abkühlung suchten und es sich auf mitgebrachten Decken gemütlich gemacht hatten.

Junge Leute spielten auf den ausgedehnten Wiesen Frisbee oder ließen sich in der prallen Sonne bräunen. Vereinzelt befand sich ein Gitarrenspieler darunter, der mit seinen fröhlichen Klängen für zusätzlich gute Stimmung sorgte. Väter und Mütter spielten mit ihren

Kindern Federball oder tollten fröhlich lachend mit dem Familienhund herum.

Svenjas und Veras Laune besserte sich zunehmend in dieser beschaulichen Atmosphäre. Von ihrer vorangegangenen Missstimmung war nichts mehr übrig geblieben. Angeregt plaudernd, das bunte Treiben der vielen Menschen beobachtend, gingen sie in Richtung Chinesischer Turm. Plötzlich blieb Svenja wie angewurzelt stehen. Ihre Gesichtszüge wirkten so erstarrt, dass Vera erschrocken „Was hast du denn?" ausrief.

„Das – das glaube ich jetzt nicht. Oh mein Gott, Vera!" Sie legte ihre Hand wie eine Klammer um deren Handgelenk und starrte weiterhin geradeaus.

„Was ist denn los, um Himmels willen? Jetzt sag schon!"

„Da vorne ..." Unfähig, sich in ihrer Schockstarre zu äußern, deutete sie nur mit dem Zeigefinger auf das Unfassbare, das sie erblickt hatte. Vera sah in diese Richtung und war ebenfalls schockiert, als sie begriff, was Svenja meinte.

Alles erschien Svenja unwirklich. Es war nicht sie, die zum Chinesischen Turm ging, im überbevölkerten Biergarten nach einem Platz suchte und sich hinsetzte.

Es war eine Person, die automatisch funktionierte, wie ein Roboter ohne Innenleben.

Vera hängte ihre Handtasche über die Lehne und beobachtete dabei Svenja, die regungslos mit leerem Blick dasaß. Vera brachte nicht den Mut auf, sie anzusprechen, nicht solange Svenja offensichtlich in Ruhe gelassen werden wollte. Nach geraumer Zeit kam eine gehetzte Bedienung vorbei, die ihre Bestellung,

Wurstsalat und Radler, aufnahm und gleich darauf wieder verschwand.

Svenja beobachtete schweigend und teilnahmslos das rege Treiben ringsum. Es schien so, als würden die sommerlichen Temperaturen auch die Stimmung der Menschen anheben, denn sie sah überall nur fröhliche Gesichter und die Geräuschkulisse wurde von lautem Gelächter und lärmenden Kindern, die zwischen den Tischen Fangen spielten, dominiert.

Doch Svenja war nicht zum Lachen zumute. Trotz strahlendem Sonnenschein, hatte sich für sie die Szenerie extrem verdüstert. Der Schock, als sie vor zehn Minuten die drei Gestalten zusammenstehen und reden gesehen hatte, saß ihr immer noch in den Knochen. Kirsten Mahle, der Blonde, und – was sie immer noch nicht realisieren konnte – Dennis!

Sie verstand die Welt nicht mehr! Damals, im Hotel, hatte sie ihm von dieser Frau erzählt, ihren Namen sogar genannt, und er hatte nicht reagiert. Kein Wort davon, dass er sie kannte, nur etwas einsilbig und nachdenklich war er geworden. Und sie Schaf hatte es in ihrer Verliebtheit als Sorge um sie gewertet. Dabei war alles ganz anders. Hatte er eine andere Frau? Eine harmlose Bekannte hätte er niemals verschwiegen. War diese Kirsten seine Freundin, Lebenspartnerin, Verlobte, Ehefrau? Aber was spielte das jetzt noch für eine Rolle? Tatsache war, dass er sie schamlos belogen hatte.

Aber das Schlimmste und Unerklärlichste war dabei die Rolle des blonden Unbekannten. Sie sah die Szene ganz deutlich vor sich, wie sie Dennis im Café auf ihn aufmerksam gemacht hatte. Seine Reaktion war vollkommen neutral gewesen. Nichts hatte darauf hingedeutet, dass er ihn kannte. Auch sein Entsetzen, als sie ihm von der Verfolgungsjagd berichtet hatte, schien authentisch gewesen zu sein. Nie im Leben hätte sie vermutet, dass er etwas damit zu tun haben könnte.

Es gab auch keine vernünftige Erklärung dafür, warum er sie hätte beschatten lassen sollen. Kirstens Motiv dagegen war nachvollziehbar. Irgendwann hatte sie wohl gemerkt, dass sie betrogen wurde, und ließ daraufhin nachforschen, wer ihre Nebenbuhlerin war. Falls Kirsten seine Freundin wäre, würde das auch ihren arroganten Auftritt in ihrem Büro erklären. Von Hass getrieben war sie zu ihr gekommen, nur mit dem Ziel, sie fertigzumachen.

„Geht's wieder?" Veras mitfühlende Frage riss sie aus ihren Gedanken.

„Ich kann es einfach nicht glauben. Was für ein Mistkerl!", sagte sie mit schwacher Stimme und schüttelte den Kopf. „Warum bin ich nur auf ihn hereingefallen?"

„Aber das konntest du doch nicht ahnen."

„All die angeblichen Geschäftsreisen! Erstunken und erlogen! Er war bestimmt bei ihr, während ich mich vor Sehnsucht nach ihm verzehrte." Sie kämpfte gegen die aufsteigenden Tränen an.

„Und wer ist der Blonde? Dennis kennt ihn! Damals im Café kannte er ihn bestimmt auch schon. Aber Dennis hat so getan, als hätte er ihn noch nie gesehen."

„Es kann doch auch sein, dass es jemand aus Kirstens Bekanntenkreis ist, und Dennis ihn noch nie zuvor gesehen hat."

Svenja sah nicht sehr überzeugt aus. „Wenn ich nur daran glauben könnte! So wie er mich die ganze Zeit belogen hat."

„Zweimal Wurstsalat und ein Radler dazu. Bittschön", sagte der Kellner laut und stellte die Gläser und Teller auf dem Tisch ab.

„Danke, wir möchten gleich zahlen." Svenja öffnete ihre Handtasche.

Als sie den Geldbeutel wieder eingesteckt hatte, nachdem der Kellner gegangen war, fiel ihr Blick zufällig auf einen weiter entfernten Tisch, an den sich gerade zwei Personen setzten.

„Verdammt, Dennis und Kirsten sind gekommen", rief sie entsetzt. „Was machen wir denn jetzt?"

„Na, hier bleiben und in Ruhe Brotzeit machen. Dabei kannst du dir überlegen, ob du nicht in die Offensive gehen willst."

„Was meinst du damit?"

„Du solltest ihn mit der Tatsache konfrontieren, dass du Bescheid weißt."

„Ich weiß nicht, ob ich das kann." Svenja stocherte gedankenverloren in ihrem Wurstsalat herum, ohne etwas zu essen. Immer wieder warf sie einen Blick zu Dennis hinüber. Dessen Gesichtsausdruck wurde immer mürrischer, während Kirsten wild gestikulierend auf ihn einredete. Ein harmonisches Zusammensein sah anders aus. Mit einer gewissen Genugtuung beobachtete Svenja die Szenerie.

„Das wäre aber das Beste in deiner Situation. Oder willst du dich nur ins Schneckenhaus zurückziehen und dieser Kirsten widerstandslos das Feld überlassen?", setzte Vera noch einmal an, auf sie einzureden.

„Ich bin so verletzt. Ich will gar nicht um so ein verlogenes Aas kämpfen.“ Wütend schob sie eine Gabel mit Wurst und Zwiebeln in den Mund und sah wieder zu den beiden hinüber. Dennis hatte sich jetzt zu Kirsten hinübergebeugt und die Art, wie er mit ihr sprach, wirkte ziemlich aufgebracht.

„Die haben anscheinend gerade richtig Zoff miteinander. Bestimmt bedeutet das, dass er sie nicht verlieren will. Ich bin nur so ein kleines Highlight in seinem Dasein, eine willkommene Abwechslung in seinem eingefahrenen Partnerleben. Wahrscheinlich wollte er nur mal testen wie es so ist, mit einer aus der Mittelschicht. Da konnte er dem armen Mäuschen mal zeigen, dass Geld kein Thema sein muss und dass seinesgleichen Champagner trinkt wie unsereins Mineralwasser. Und ich dachte, ich könnte meine Vorbehalte revidieren. Wenn ich da an Kirstens blasiertes Getue denke! So mies und klein bin ich mir noch nie vorgekommen, sag ich dir – mir wird schlecht bei deren bloßem Anblick. Ich muss weg hier“, beendete Svenja ihren Kurzmonolog und warf die Gabel neben den Teller.

„Ich kann dich ja verstehen, aber lass mich wenigstens noch ein paar Happen essen, sonst wird mir schlecht, okay? Du solltest auch ein paar Bissen zu dir nehmen.“

„Meinetwegen, aber beeil dich.“ Sie riss ein kleines Stück von der Brotscheibe ab, das sie in den Mund schob und langsam darauf herumkaute, während sie den Blick wieder auf Dennis und Begleitung richtete. Diabolische Freude kam in ihr auf, als sie sah, wie Kirsten plötzlich aufsprang und ihm wütend den Inhalt ihres Wasserglases ins Gesicht schüttete. Dennis wischte sich mit einer Hand das Wasser aus den Augen und von den Wangen. Gleich darauf schnellte er aber ebenfalls in die Höhe, als er bemerkte, dass Kirsten davoneilte. Nach ein paar Schritten hatte er sie eingeholt und hielt sie am Arm fest. Svenja erhob sich etwas von ihrem Stuhl, um die Szene weiter verfolgen zu können. Sie sah, wie Kirsten seine Hand abschüttelte und mit wutentbranntem Gesichtsausdruck auf ihn einredete, worauf er einen Schritt zurücktrat. Doch als sie augenscheinlich zu weinen begann, ging er wieder auf sie zu, fasste sie bei den Händen und sprach mit ihr. Schließlich nickte sie zustimmend, worauf Dennis zum Tisch zurückeilte und einen Geldschein hinlegte. Im Laufschritt kehrte er zu Kirsten zurück und beide entfernten sich in Richtung Park.

„Na schön, das war dann wohl eine großartige Versöhnungsszene, die die beiden gerade aufgeführt haben – wie ich sie hasse!“, stöhnte Svenja und ließ sich wieder auf den Stuhl fallen.

„Das tut mir wirklich leid, so etwas hast du nicht verdient.“

„Warum habe ich nicht auf dich gehört? Ich hätte hingehen und ihnen ins Gesicht schleudern sollen, dass ich über alles Bescheid weiß. Dann würde es mir jetzt besser gehen, verdammt!“ Frustriert schob sie eine gehäufte Gabel in den Mund.

„Am besten, wir fahren bald nach Hause, was meinst du?“, fragte Vera.

Svenja zuckte nur deprimiert mit den Schultern. Was sollte daran gut sein, nach Hause zu fahren? Sich einsam in ihrer Wohnung als Betrogene schmerzlich an die schönen Stunden mit ihm zu erinnern und dann die

Augen auszuheulen, war keine aufmunternde Vorstellung. Aber den Menschen hier beim Glücklichsein zuzusehen, war auch keine verlockende Option.

„Ja, wahrscheinlich ist es das Beste“, sagte sie deshalb mit einem leisen Seufzer in der Stimme, hängte ihre Tasche um die Schulter und stand auf.

„Sofort?“ Vera war etwas überrascht von Svenjas spontanem Aufbruch.

„Sofort.“ Ohne eine Antwort oder etwaigen Einwand abzuwarten, ging sie in Richtung Park davon.

12 – HAARSCHARF

Philipp schob sein Motorrad aus der Garage und stellte es davor ab. Der Blick auf seine Uhr verriet ihm, dass es schon acht Uhr war, doch an solch lauem Sommerabend blieb noch genügend Zeit, um die Bremsbeläge zu wechseln. Pfeifend ging er in die Garage zurück und schlüpfte in seinen blauen Arbeitsoverall. Inzwischen hatte er sich in dem alten Haus aus den fünfziger Jahren, das er nach dem Ausstieg seines Partners angemietet hatte, gut eingelebt. Das schicke Büro in der Innenstadt hatte er sich nach der Beinahe-Insolvenz nicht mehr leisten können. Es war ihm nichts anderes übriggeblieben, als sich nach einer erschwinglichen Bleibe umzusehen, wo er Wohnung und Büro unter einem Dach hatte. Er war ziemlich schnell fündig geworden. Der Neffe, einziger Verwandter des kürzlich verstorbenen Hausbesitzers, hatte das sanierungsbedürftige Haus zu einem so günstigen Mietpreis angeboten, dass Philipp sofort zugesagt hatte, ungeachtet der fatalen Bausubstanz. Es sollte ohnehin nur als Übergangslösung dienen, bis seine Firma wieder besser laufen und er damit solventer sein würde.

Eigentlich kann ich ganz zufrieden sein mit dem Auftrag, den ich vorgestern an Land gezogen habe, dachte er, als er samt Werkzeug vor seinem Motorrad in die Hocke ging und zu schrauben begann. Er hatte sich vorgenommen, in nächster Zukunft nach einem geeigneten Partner zu suchen, mit dem er das auf ihn zukommende Arbeitspensum besser würde bewältigen können. Dann würde es auch wieder aufwärts gehen, mit ihm und der Firma.

Er wischte sich gerade seine schmutzig gewordenen Finger an einem Lappen ab, als sich ein Auto näherte und neben ihm stehen blieb. Er sah hoch und staunte, als er Svenja aussteigen sah.

„Hey, was machst du denn hier!", rief er ehrlich erfreut und erhob sich. Lächelnd ging er ihr entgegen und erschrak beim Anblick ihres fleckigen, verheulten Gesichts mit rot geränderten Augen. „Du meine Güte, Svenja, was ist denn passiert? Du siehst ja gotterbärmlich aus!"

In einem Anfall von Ritterlichkeit umarmte er sie und streichelte zärtlich über ihren Kopf, den sie wortlos an seine Schulter geschmiegt hatte.

Als sie vor drei Stunden nach dem fatalen Ausflug in die bayerische Hauptstadt in ihre Wohnung zurückgekehrt war, glaubte sie noch, sich vor aller Welt verkriechen zu müssen. Sie dachte, dass das vollkommene Abschotten in ihrem momentan desolaten seelischen Zustand, die einzig erträgliche Daseinsform sein könnte. Doch sie hatte sich getäuscht.

Das Alleinsein belastete sie über Gebühr, ihre Gedanken hatten angefangen, immer wirrer um dieses eine Thema zu kreisen. Das Thema Dennis und sein falsches Spiel mit ihr. Immer mehr hatte sie sich hineingesteigert, bis sie schließlich keinen einzigen vernünftigen Gedanken mehr fassen konnte und in bittere Tränen ausgebrochen war. In ihrer Verzweiflung hatte sie nach einer Whiskeyflasche gegriffen und einen großen Schluck daraus genommen, der feurig in ihrer Kehle brannte.

„Saufen ist keine Lösung, dumme Kuh!", hatte sie sich gleich darauf selbst beschimpft. Was sie brauchte war die Nähe eines Menschen, und da Vera mit Florian bei Bekannten eingeladen war, hatte sie beschlossen, zu Philipp zu fahren.

Und jetzt lag sie wortlos in seinen Armen, resigniert, deprimiert, aber nicht mehr einsam.

„Komm, wir setzen uns auf die Terrasse, dann erzählst du mir alles", sagte er mit sanfter Stimme und führte sie durch den ungepflegten Garten, in dem das Gras knöchelhoch stand und das Unkraut in den Fugen der Steinplatten den Weg zur Terrasse überwucherte.

„Mein Gärtner ist leider krank geworden", sagte er spitzbübisch grinsend und bugsierte Svenja mit sanftem Nachdruck zu einem weißen Plastiklehnstuhl, auf dem ein farblich abgeschossenes, rotes Polster lag.

„Ja, das ist jetzt mein neues Zuhause. Nicht so elegant wie deines, dafür umso günstiger", meinte er, als er sah, dass Svenja, die sich inzwischen gesetzt hatte, eine gewisse Verwunderung über den heruntergekommenen Zustand seiner Bleibe nicht verbergen konnte.

„Dein Vermieter besitzt mit Sicherheit keinen Energiepass", bemerkte sie lapidar, als ihr Blick auf die alten Holzfenster, von denen die Farbe abblätterte, fiel.

„Davon kannst du ausgehen, aber wie gesagt, die Miete ist verschwindend gering, und ich habe Platz für ein Büro. Wenn ich genügend Geld habe, wird renoviert oder ausgezogen. Aber jetzt zu dir. Was führt dich zu mir?"

„Dennis, dieser Mistkerl!“, brach es aus ihr heraus. Philipp verzog angewidert das Gesicht, hatte sich aber im nächsten Moment wieder im Griff. „Na, das kann ja etwas länger dauern. Ich hole eine Flasche Rotwein, den haben wir jetzt wohl beide nötig.“

Im nächsten Moment war er verschwunden und Svenja war sich gar nicht mehr so sicher, ob es eine gute Idee gewesen war, hierher zu kommen. Zu ihren Eltern zu gehen, hatte sie zwar in Erwägung gezogen, aber dann gleich wieder verworfen. Ihre Mutter hätte es natürlich vortrefflich verstanden, sie zu trösten, aber mit der Folge, dass sie sich danach ständig Sorgen um ihre Tochter machen würde. Svenja wollte ihr das ersparen und sich selber, dass sie künftig immer Auskunft nach ihrem Befinden geben müsste, auch wenn der tiefste Schmerz vorbei sein würde.

In Anbetracht dieser Aussichten, war ihr Philipp als die bessere Alternative erschienen.

Und so war es dann auch. Nachdem er jedem ein Glas Wein eingeschenkt hatte, hörte er mit grenzenloser Geduld, den von Hass und Traurigkeit durchtränkten Schilderungen Svenjas zum Thema Dennis zu, nickte an den richtigen Stellen, empörte sich wie erwartet, war einfach der ideale Zuhörer. Und Svenja ging es nach dem zweiten Glas schon wesentlich besser. Es sah alles nicht mehr ganz so düster aus.

„Warum sind Männer nur so verlogen!“, beendete sie schließlich ihren Monolog.

„Hey, du sprichst mit einem.“

„Du zählst nicht.“

„Als Mann?“

„Als solch ein Mann. Du bist anders, netter, einfühlsamer, einer mit dem man Pferde stehlen kann."

„Nette Umschreibung für Weichei!", meinte er ironisch und setzte sein Glas an, um einen großen Schluck zu nehmen.

„Quatsch, warum siehst du das so negativ? Das sind unschätzbar gute Charaktereigenschaften!"

„Dann verstehe ich nicht, wieso du nicht mit mir zusammen bist, sondern mit diesem Chauvi."

Svenja schwieg verlegen und trank den restlichen Wein in ihrem Glas auf einen Zug aus. Es gab keine Antwort auf seine Frage. Sie konnte es nicht begründen, warum sie sich von Dennis so angezogen gefühlt hatte.

„Die Arschlöcher haben immer die größten Chancen bei den Frauen und die *Netten"* – er betonte das Wort höhnisch – „werden nur ausgenutzt, als Helferlein in der Not oder Beichtvater."

Svenja fühlte sich plötzlich sehr unwohl. Sie hatte ihn aufgesucht, um Beistand zu bekommen und jetzt flog ihr der Vorwurf um die Ohren, dass sie ihn ausnutzte. Und sie musste ihm Recht geben. Sie hatte ihn gerade als seelischen Mülleimer benutzt. Sie bereute es, zu ihm gegangen zu sein. Das war wirklich nicht fair gewesen.

„Philipp, bitte, lass uns jetzt nicht streiten. So war es wirklich nicht gemeint." Sie beugte sich vor und legte eine Hand auf seinen Unterarm. „Ich dachte, unsere Geschichte wäre schon lange vorüber. Man kann sie auch nicht mehr zum Leben erwecken. Und das hat nicht nur mit verloren gegangenen Gefühlen zu tun", sagte sie mit sanfter Stimme und sah ihm kummervoll in die Augen. „Es würde nie mehr so werden wie damals. Siehst du das nicht auch so?"

Philipp seufzte. „Mag schon sein. Ich bin einfach nur so enttäuscht, dass bei dir überhaupt keine Gefühle mehr vorhanden sind. Und diesem Mistkerl heulst du noch hinterher." Er machte eine verächtliche Handgeste. „Das kann ich einfach nicht verstehen, aber mir bleibt wohl nichts anderes übrig, als es zu akzeptieren. Möchtest du noch etwas trinken?"

„Wäre verlockend, um für ein paar Stunden alles zu vergessen, aber ich werde es lieber lassen. Für heute habe ich schon genug getankt."

„So vernünftig? Du hast dich ganz schön verändert. Nichts mehr übrig von den Zeiten mit Ecstasytrips ..."

„Wie soll es auch anders sein?", unterbrach sie ihn. „Dieses Teufelszeug hat so viel zerstört. Es war der ..."

„Lass es", fiel er ihr ins Wort. „Wir haben uns geschworen, nie wieder darüber zu sprechen."

Er schenkte mit solch fahriger Bewegung Rotwein in ihr Glas nach, dass die rote Flüssigkeit daneben schwappte und auf den Boden platschte.

„Mensch Philipp, du Schussel! Ich sagte doch, ich will nichts mehr trinken."

„Ach komm schon, ein Gläschen geht noch ... und jetzt denk nicht mehr an die Vergangenheit."

„Wenn es nur so einfach wäre. Wir ..."

Philipp machte eine abwehrende Handbewegung. „Hör auf damit. Es ist nicht mehr zu ändern. Wir sind genug dafür gestraft worden. Denk doch mal an die Zeit danach, wie elend wir uns gefühlt haben."

Er schnappte sich sein Glas und prostete ihr zu.

„Tatsache ist, dass wir die Zeit nicht zurückdrehen können. Lass uns lieber in die Zukunft blicken –

obwohl die im Moment auch nicht gerade rosig aussieht, zumindest für mich. Auf das Scheißleben!"

Obwohl er versuchte, das Ganze mit Galgenhumor zu überspielen, war die Resignation in seiner Stimme nicht zu überhören. Mit ein paar großen Schlucken trank er das halbe Glas leer.

„Ab jetzt kein Wort mehr zu Dennis oder der Vergangenheit."

Irgendwie gelang es ihnen tatsächlich diese Themen auszusparen und über alles Mögliche zu sprechen. Währenddessen schenkte Philipp eifrig nach, bis die dritte Flasche zur Hälfte leer war. In ihrem Kopf fing es zusehends an zu schwirren. Die schwarze Wolke, die über ihr geschwebt hatte, löste sich immer mehr auf, und sie konnte sogar über Philipps Witze lachen. Zwischendurch legte er Musik auf, zu der beide sich im Rhythmus bewegten, abgedriftet in eine andere Welt, alles vergessen wollend. Er umfasste ihre Taille und wiegte sie zu den Klängen der Musik.

„Fast wie in früheren Zeiten", stellte er fest und sah ihr wehmütig in die Augen. Sie ignorierte geflissentlich seinen Anflug von Sentimentalität und sah auf ihre Armbanduhr.

„Zehn vor eins, du liebe Zeit! Ich muss nach Hause! Morgen muss ich wieder fit sein, verdammt!", rief sie erschrocken. Gleich darauf wand sie sich schnell aus seinen Armen und drehte sich um. Ein heftiger Schwindel ergriff sie, der sie zum Taumeln brachte. Sie konnte sich gerade noch an der Stuhllehne abstützen und einen Sturz vermeiden.

„Verflucht, ich bin betrunken, ich kann – hicks – ich kann keinen Meter mehr fahren!"

„Dann bleib hier. Ich habe ein groooßes Bett. Platz für mindestens zwei", lallte Philipp, auch ziemlich angetrunken und grinste breit.

„Du kannst es nicht lassen. Hast du keine Couch?"

„Bestellt. Lieferzeit sechs bis acht Wochen. Komm schon. Ich verspreche brav zu sein. Eeehrlich", versicherte er ihr und bekräftigte seine Aussage mit dem Schwurzeichen. Sie gab sich geschlagen und torkelte zusammen mit ihm ins Haus, wo sie gleich ins Bett fielen.

Sie war außerstande sich zu waschen, sie wollte nur eines: schlafen und vergessen. Kaum hatte sie die Augen geschlossen, fing alles an sich zu drehen. Es dauerte eine Weile bis ihr Kreislauf sich beruhigt hatte. Doch schließlich schlief sie zu Philipps regelmäßigen Schnarchtönen ein.

Sie wachte auf. Wirre, immer wiederkehrende Träume, in denen sie Dennis begegnete, hatten sie heimgesucht und dem Schlaf das Erholsame geraubt. Als sie sich schwerfällig aufsetzte, fing ihr Kopf sofort an zu schmerzen. Irgendwann einmal hatte sie gelesen, dass Trunkenheit einer Vergiftung gleichkam, auch bei geringen Mengen. Der Körper musste dieses Gift bekämpfen, mit entsprechenden Auswirkungen.

Sie legte die Hände seitlich an den Kopf, so als könne sie damit das Unwohlsein verscheuchen. *Nie wieder werde ich meinen Körper wissentlich vergiften,* schwor sie sich angesichts der dröhnenden Kopfschmerzen. Schließlich hatte sie es auch geschafft, von den chemischen Drogen loszukommen, die sie in ihrer Jugend leichtsinnigerweise zusammen mit Philipp ein paar Mal konsumiert hatte. Im Gegensatz dazu hatte sie

Alkoholkonsum immer als harmlos eingestuft. Doch heute war sie sich da nicht mehr so sicher. So viel hatte sie bisher noch nie getrunken.

Sie sah auf ihre Armbanduhr mit Leuchtziffern. Vier Uhr fünfzehn. Ihre Blase machte sich bemerkbar und forderte ihr Recht auf sofortige Entleerung ein. Seufzend und mit langsamen Bewegungen, um die stechenden Schmerzen in ihrem Kopf im Zaum zu halten, schälte sie sich aus dem Bett. Mit halb geschlossenen Augen verließ sie schlurfend das im ersten Morgenlicht erkennbare Schlafzimmer. Leise schloss sie die Tür hinter sich und tastete nach dem Lichtschalter. Das grelle Lampenlicht schmerzte zu sehr in ihren Augen. Sofort machte sie es wieder aus. Wo war das Bad? Langsam ging sie ein paar Schritte im Halbdunkel vorwärts und öffnete eine Tür. In dem Raum befand sich ein Schreibtisch mit einem Computer, an der Wand entdeckte sie ein großes Regal und daneben die Umrisse eines Büroschranks. Beim nächsten Raum, in den sie einen Blick warf, erkannte sie im morgendlichen Dämmerlicht, dass es das dürftig möblierte Wohnzimmer war. Wo war das verdammte Bad? Als sie weiterging, hörte sie plötzlich ein Geräusch. Sie hielt inne und drehte sich um. War Philipp aufgewacht? Ein plötzlicher Schwindel zwang sie, sich an die Wand anzulehnen. Die Schlafzimmertür blieb geschlossen. Es herrschte vollkommene Ruhe in der abgelegenen, alten Siedlung.

Wahrscheinlich nur eine Katze auf ihrem nächtlichen Streifzug, sagte sie sich und setzte ihre Suche nach dem Badezimmer fort. Wieder hörte sie etwas, noch deutlicher als beim letzten Mal. Erschrocken blieb sie stehen. Wollte jemand einbrechen? Der wilde

Herzschlag pochte in ihren Ohren. *Besser, ich verstecke mich im Bad!* dachte sie aufgeregt. Sie eilte zum nächsten Raum und war froh, dass sie es endlich gefunden hatte. Hastig trat sie ein, schloss leise die Tür hinter sich und drehte mit zittrigen Fingern den Schlüssel herum. Ein leises entferntes Klirren drang an ihr Ohr. Was zum Teufel war das? Sie musste unbedingt herausfinden, woher es kam. Vorsichtig, darauf bedacht kein Geräusch zu verursachen, entriegelte sie das kleine Badfenster und öffnete es langsam. Sie horchte mit angehaltenem Atem nach draußen. Ein leises Rascheln war zu hören.

Ihr Blick fiel auf die Hofeinfahrt vor Philipps Garage. Entsetzt hielt sie sich eine Hand vor den Mund. Neben Philipps Motorrad, das er wegen ihres Besuchs hatte draußen stehen lassen, stand ein schlanker Mann. Er trug ein dunkles Sweatshirt, dessen Kapuze er sich über den Kopf gezogen hatte, und hantierte an dem Gefährt herum. Das war doch nicht möglich!

Sie sah gerade einem Wildfremden zu, wie er sich an Philipps Motorrad zu schaffen machte! Sie duckte sich und überlegte fieberhaft, was sie tun sollte. Ohne Handy war sie sozusagen handlungsunfähig. Bis sie es fand und die Polizei informiert hatte, wäre er längst verschwunden. Es war auffällig ruhig geworden. Langsam erhob sie sich und lugte über den Fensterrahmen hinaus. Der Fremde war verschwunden! Wo war er? Weit konnte er nicht gekommen sein in der Kürze der Zeit. Angestrengt lauschte sie in die windstille, laue Nacht. Nichts. Hatte der Unbekannte bemerkt, dass sie das Fenster geöffnet hatte?

Angst legte sich wie eine eiserne Klammer um ihre Brust. Der Gedanke, dass der Unbekannte um das Haus schleichen und nach einer Einstiegsmöglichkeit suchen könnte, während Philipp ahnungslos schlief, trieb ihr den Angstschweiß auf die Stirn. Ich muss sofort zu ihm, beschloss sie und verriegelte leise das Fenster. Vorsichtig, als könnte sie mit einer unbedachten Bewegung eine Explosion auslösen, drehte sie den Schlüssel herum und betrat den Flur. Sie blieb für einen kurzen Augenblick stehen und horchte. Alles war still. Auf Zehenspitzen schlich sie durch den Flur. Ein Geräusch wie das Rascheln von Papier ließ sie jäh zusammenzucken. Sie erstarrte. Das Geraschel kam aus dem Wohnzimmer! War der Mann etwa ins Haus eingedrungen?

Mit Schrecken erinnerte sie sich, dass sie beide, sturzbetrunken wie sie waren, so schnell wie möglich das Schlafzimmer aufgesucht hatten. Jedoch konnte sie sich nicht daran erinnern, ob einer von ihnen daran gedacht hatte, die Terrassentür zu verriegeln. Von entsetzlicher Angst getrieben, lief sie auf Zehenspitzen zu Philipp ins Schlafzimmer. Sie hielt ihm mit einer Hand den Mund zu und flüsterte gleichzeitig aufgeregt atmend in sein Ohr: „Philipp wach auf, es ist jemand im Haus!"

Philipps unterdrücktes Grunzen ließ ihre Hand noch fester auf seinen Mund drücken. „Psst! Sei leise! Er darf uns nicht hören!"

Philipp schob ihre Hand mit aller Kraft weg und setzte sich auf. „Sag mal, spi...", sagte er laut und hatte im nächsten Moment wieder ihre Hand auf dem Mund. „Du sollst leise sein, verdammt! Es ist ein Einbrecher im

Haus!“, versuchte sie tonlos zu schreien. Philipp sah sie zuerst verständnislos an, doch dann begriff er endlich.

„Ein Einbrecher?“, flüsterte er bestürzt.

„Ja, im Wohnzimmer!“

Ohne lange zu überlegen, sprang Philipp aus dem Bett und kramte hastig in einer Kiste. Als er sich wieder aufrichtete, hatte er eine Pistole in der Hand. Svenja riss entsetzt die Augen auf. „Du hast eine Waffe? Aber ... aber das gibt es doch nicht!“, wisperte sie aufgeregt.

„Sei leise!“, sagte er nur und ging zur Tür. Schnell hechtete Svenja auf ihn zu und hielt ihn am Arm fest. „Bleib hier, lass uns die Polizei rufen!“

„Bis die kommt, ist der Kerl über alle Berge mitsamt meinem Laptop und sonstigem.“

Er öffnete geräuschlos die Tür und spähte hinaus.

„Philipp, bitte tu's nicht!“, flehte sie im Flüsterton und krallte sich an seinem Arm fest.

„Sei jetzt still und lass mich los.“ Energisch schüttelte er ihre Hand ab und trat auf den Flur hinaus. Svenja geriet immer mehr in Panik. Er durfte nicht den Helden spielen, mit einer Waffe! Was, wenn die Situation eskalierte?

Sie beschloss, die Polizei zu rufen, musste jedoch zu ihrem großen Entsetzen feststellen, dass ihr Smartphone in ihrer Handtasche im Wohnzimmer war und auch Philipps Handy nirgends zu sehen war. Es blieb ihr nichts anderes übrig, als ihm nachzuschleichen, um das Schlimmste zu verhindern.

Als sie vor der Wohnzimmertür ankamen, blieben sie stehen. Es war nichts zu hören. Philipp linste durch das Schlüsselloch. Er sah Svenja kopfschüttelnd an, worauf sie ihr Ohr an die Tür legte und atemlos lauschte. Sie gab ihm via Zeichensprache zu verstehen, dass sie ebenfalls nichts Verdächtiges wahrnehmen konnte, was Philipp dazu brachte, todesmutig die Tür aufzureißen und hineinzustürmen. Das kleine Wohnzimmer war leer. Philipp konnte auf den ersten Blick nicht erkennen, dass etwas verändert oder verwüstet worden wäre.

„Komm wir sehen noch in den anderen Räumen nach", flüsterte er und verließ das Zimmer. Er riss eine Tür nach der anderen auf, doch es war niemand zu entdecken. Beide atmeten vor Erleichterung fast gleichzeitig aus.

„Gott sei Dank, er ist weg!", rief sie und spürte, wie ihre Knie plötzlich weich wurden, als sie zum Wohnzimmer zurückgingen.

„Wenn er überhaupt da war!", gab Philipp zu bedenken, sah sich aber dennoch um, ob nichts geklaut worden war.

„Willst du damit sagen, ich habe mir das Ganze eingebildet?" Svenja war empört.

„Na ja, denk daran, wie viel du getrunken hast. Da kann man schon mal Sachen hören und sehen, die es nicht gibt."

„Also, jetzt mach mal halblang. Ich bin noch nicht im Delirium, wo man nicht existierende weiße Mäuse sieht. Ich habe jemanden in einem Kapuzenshirt an deinem Motorrad gesehen, hundertprozentig. Aber er war gleich darauf wieder weg. Und als ich zu dir zurück wollte, habe ich ein Rascheln aus dem Wohnzimmer gehört. Ganz bestimmt!"

„Schon gut, beruhige dich. Ich wollte nur sichergehen, dass du nicht geträumt hast. Vielleicht war es auch der Wind durch das gekippte Fenster – verdammt ...“ Er ging zur Terrassentür.

„Was ist?“ Panik stieg in ihr auf.

„Die Terrassentür war nicht verriegelt. Jeder konnte hier hereinspazieren.“

„Siehst du, ich hatte recht. Wahrscheinlich hat er uns gehört und ist dann abgehauen.“

„Ja, verflucht. Wer macht denn so etwas? Als ob es bei mir Reichtümer zu holen gäbe ... Ich stelle jetzt besser das Motorrad in die Garage. Nicht, dass der Typ noch mal zurückkehrt.“

„Und wenn er sich draußen irgendwo versteckt hat?“, entgegnete Svenja bange.

„Ich habe ja die hier“, meinte Philipp und hielt die Pistole in die Höhe, während er die Terrassentür öffnete und hinausging. Nervös an ihren Nägeln kauend wartete Svenja an der Tür, bis Philipp endlich zurückkam. Er klappte sofort den Riegel nach oben und ließ sich dann in einen Sessel fallen. „Was für eine Nacht. Mir ist hundeelend zumute.“

Svenjas Blick fiel auf die Pistole, die Philipp auf den kleinen Holztisch gelegt hatte.

„Hast du überhaupt einen Waffenschein für dieses Mordinstrument?“, fragte sie skeptisch.

„Wo denkst du hin.“ Er ließ sie um den Zeigefinger kreisen. „Das ist keine echte, sondern eine Spielzeugpistole meines Neffen!“

„Gott sei Dank! Ein Problem weniger. Komm, wir müssen die Polizei rufen“, drängte Svenja.

Philipp stöhnte auf. „Dazu fühle ich mich jetzt nicht in der Lage. Es wurde außerdem weder etwas geklaut noch zerstört. Und vor allen Dingen können wir nicht mit hundertprozentiger Sicherheit sagen, ob wirklich jemand ins Haus eingedrungen ist.“ Er fuhr sich mit beiden Händen über sein müdes Gesicht und sah dann Svenja nach Zustimmung heischend an.

„Du solltest es trotzdem melden, damit es registriert ist, falls wieder etwas passiert.“

„Ja, vielleicht hast du recht. Ich schau mir noch kurz das Motorrad an, ob das in Ordnung ist, und morgen mache ich Meldung bei der Polizei. Du kannst schon mal ins Bett gehen, ich komme gleich“, sagte er und quälte sich aus seinem Sessel.

Svenja, die plötzlich eine große Schwäche ergriffen hatte, gab nach und schleppte sich mit letzter Kraft zum Bett zurück. Sie war zwar erschöpft, aber schlafen konnte sie dennoch nicht. Es dauerte nicht lange bis Philipp zurückkam und sich neben sie legte.

„Und, alles in Ordnung mit deinem Eumel?“, fragte sie.

„Ja, ich habe nichts Verdächtiges gesehen. Mann, bin ich kaputt, ich muss schlafen. Bis morgen“, murmelte er und war alsbald in tiefen Schlummer gefallen.

Svenja gelang das nicht so einfach.

Ihre Gedanken kreisten unablässig. Zuerst Dennis’ Verrat, und dann noch einen Motorraddieb auf frischer Tat zu ertappen, war zu viel für einen einzigen Tag gewesen. Obwohl sie hundemüde war, konnte sie ihre Augen nicht schließen. Es fühlte sich an, als würden sie mit einer Klammer gewaltsam offen gehalten. Vollkommen entnervt stand sie auf und schlurfte in die Küche, um etwas zu trinken. Sie nahm ein herumstehendes Glas und hielt es unter den laufenden Wasserhahn. Während sie es zum Mund führte, fiel ihr Blick auf das gekippte Küchenfenster. Was war das? Abrupt hielt sie in ihrer Bewegung inne. Hatte sie nicht gerade einen sich bewegenden Schatten gesehen? Sie verharrte atemlos und starrte aus dem Fenster. Im nächsten Moment stieß sie einen lauten Schrei aus und ließ gleichzeitig das Glas fallen. War es eine Sinnestäuschung oder hatte sie tatsächlich für einen kurzen Augenblick ein Gesicht gesehen?

Ihre Hände bebten, ihre Knie wurden weich und sie musste sich am Spülbeckenrand festhalten, um nicht wegzusacken. Die Vorstellung, dass der Eindringling ums Haus schlich und sie geradewegs in dessen Augen geblickt hatte, raubte ihr beinahe die Sinne! Ihre innere Stimme befahl, sofort Philipp zu wecken, doch sie war wie festgefroren. Der Schreck saß knochentief. Nur die panischen Gedanken waren in Bewegung. Was hatte der Fremde vor? Waren alle Türen versperrt? Sollte sie die Polizei rufen? Oder hatte ihr die Wahrnehmung einen üblen Streich gespielt? Der Fremde, eine Fata Morgana?

Die Antworten darauf blieben aus. Unfähig auch nur eine klare Überlegung anzustellen, war sie nach endlos erscheinender Zeit zumindest wieder in der Lage, sich zu bewegen. Sie ging, so schnell es ihr möglich war, zu Philipp zurück und rüttelte ihn zum zweiten Mal in dieser Nacht an den Schultern, um ihn zu wecken. Ein tiefes, gequältes Grunzen war alles, was sie erntete. Erneut versuchte sie es mit Schütteln, aber ohne Erfolg. Er holte mit seinem Arm aus, um sie abzuwehren und brummte entnervt: „Lass mich in Ruhe, ich will schlafen.“ Mit einem lauten Stöhnen drehte er sich auf die andere Seite und schlief sofort weiter.

Svenja gab auf und setzte sich neben ihn aufs Bett. Äußerst angespannt horchte sie nach draußen, doch es herrschte Stille. Eine beängstigende Stille. Sie stellte sich vor, dass dieser Mann irgendwo in Lauerstellung gegangen war und nur darauf wartete, dass jemand aus dem Haus kam. Keinen Zentimeter traute sie sich zu bewegen, um nur ja kein verdächtiges Geräusch zu verpassen. Wie in Stein gemeißelt verharrte sie minutenlang in dieser Position. Sie konnte spüren, wie sich allmählich eine bleierne Müdigkeit ihrer bemächtigte. Es fiel ihr immer schwerer, die Augen offen zu halten, obwohl sie sich dagegen wehrte. Ein letzter Blick auf den Wecker zeigte, dass es schon beinahe fünf Uhr war. Nach geraumer Zeit kippte sie kraftlos zur Seite und fiel in einen unruhigen Schlaf, der von Philipps Schnarchen zusätzlich empfindlich gestört wurde.

Vollkommen gerädert kroch sie um sieben Uhr aus dem Bett und machte sich notdürftig frisch. Später, als sie beim gemeinsamen spärlichen Frühstück, bestehend aus schwarzem Kaffee und Toast mit etwas Butter und kaugummiartiger Marmelade, saßen, erörterten sie noch einmal die Geschehnisse der Nacht. Svenja erzählte ihm von dem Gesicht am Küchenfenster, was Philipp prompt anzweifelte.

„Bist du sicher, dass es keine Täuschung war?"

„Als es danach so still war, kamen mir auch Zweifel. Aber es hätte durchaus sein können! Wer war das, Philipp?"

Philipp hatte nicht die geringste Ahnung.

„Irgend so ein Idiot, der die Gelegenheit sah, günstig an eine Supermaschine zu kommen", meinte er und biss von seinem kross gewordenen Toast ab. In diesem

Moment ertönte auf seinem Handy das Klingelzeichen für die Ankunft einer SMS.

„Wer will denn jetzt schon wieder was?", stöhnte er und holte das Handy. „Die Nummer ist unterdrückt", sagte er und öffnete die Nachricht. Abrupt hörte er auf zu kauen. Svenja fragte besorgt: „Was ist los? Schlechte Nachrichten?"

Philipp, ziemlich blass geworden, sah sie irritiert an. „Das gibt es doch gar nicht!" Er hielt ihr das Handy hin. *Du oberflächliches Spaßschwein. Dich erwischt es auch noch,* las sie auf dem Display.

„Wie bitte? Was soll das denn heißen?"

Philipp zuckte mit den Schultern. „Keinen Schimmer! Irgendjemand, der mich nicht leiden kann, denkt er muss mir nette Nachrichten senden. *Spaßschwein*! Was soll der Mist?"

„Denk nach! Hattest du Streit oder Ärger mit jemandem aus deinem Bekanntenkreis?"

„Hm – spontan fällt mir nur mein Geschäftspartner ein. Die Trennung von ihm war nicht ganz problemlos vonstattengegangen. Aber dass er jetzt solche Reaktion zeigt! Ich weiß nicht."

Svenja spürte Panik in sich aufsteigen. „Es ist so furchtbar zu wissen, dass es einen Menschen gibt, der so böse Gedanken hat." Nervös wischte sie sich mit einer zerknitterten Serviette über den Mund. „Ob diese SMS mit heute Nacht zusammenhängt? Das kann ja fast kein Zufall mehr sein!"

„Das werden wir wohl nie erfahren." Appetitlos biss Philipp von seinem Toast ab. „Verdammt, mein Schädel ist kurz vorm Zerspringen. Dass ich mit dir noch einmal so versacke, hätte ich auch nicht gedacht."

Einen tiefen Stoßseufzer von sich gebend, stand er auf und holte eine Medikamentenschachtel sowie ein Glas aus dem Schrank, der über der Spüle hing. „Auch Aspirin?“, fragte er, während Wasser in das Glas lief.

„Nein, danke, ich versuche ohne zu funktionieren.“ Sie stand auf und sah sich nach ihren Schuhen um. „Philipp, ich muss jetzt leider gehen. Die Pflicht ruft.“ Mit müden Bewegungen schlüpfte sie in ihre Sandaletten. „Mach dir nicht allzu große Sorgen.“ Sie schnappte sich ihre Handtasche und trat hinter dem Tisch hervor. „Wenn aber wieder etwas Ungewöhnliches passiert, dann sag mir sofort Bescheid, okay?“

Nachdem er die Tablette mit einem großen Schluck Wasser hinuntergespült hatte, ging er auf sie zu und umarmte sie.

„Geht klar.“ Er sah sie bemüht lächelnd an. „Und du kannst jederzeit zum Ausheulen vorbei kommen“, sagte er und strich ihr sanft über den Kopf. „Aber glaube mir, Männer wie dieser Dennis sind es gar nicht wert, sich das Make-up zu ruinieren. Bei mir würde sich das schon eher lohnen.“

Selbst nach so einer Nacht kann er noch Scherze machen, dachte sie bewundernd und gab ihm zwei freundschaftliche Küsschen auf beide Wangen. Er drückte sie daraufhin noch einmal an sich und vergrub das Gesicht an ihrer Schulter. „Mensch, Svenja, warum kommst du nicht zu mir zurück?“

„Philipp, bitte ... “

Sie wand sich aus seinen Armen und trat einen Schritt zurück. „Wir werden keine Liebesbeziehung mehr haben“, sagte sie so sanft wie möglich. „Aber wenn du es nicht schaffst, das zu akzeptieren, dann ...“

Sie zuckte resigniert mit den Schultern. „Dann wäre es vielleicht besser, uns in Zukunft nicht mehr zu sehen."

Philipp hob beschwichtigend die Hände. „Schon gut. Es war nur eine spontane Regung nach dieser schrecklichen Nacht. Ich habe ja begriffen, dass nichts mehr geht." Mit einer freundschaftlichen Geste legte er einen Arm um ihre Schulter und begleitete sie zum Auto.

„Nicht vergessen. Du hast einiges an Restalkohol im Blut. Also, versuch möglichst nicht auf der Mittellinie Slalom zu fahren. Solche Vorführungen gefallen den Hütern des Gesetzes gar nicht", scherzte er, während sie ins Auto stieg.

Der Blick, den er ihr zuwarf, als sie losfuhr, sprach eine andere Sprache. Kummer und Hoffnungslosigkeit spiegelten sich darin wider.

13 – GUT UND BÖSE

Nach dem heftigen Sommergewitter hatte es einen Temperatursturz gegeben. Noch am späten Vormittag hatten die Menschen unter 35 Grad Hitze gestöhnt und jetzt fühlten sich 21 Grad an, als wäre der Herbst eingekehrt.

„Ähnlich meinem Gefühlsleben", dachte Svenja fröstelnd und zog ihr weißes Bolerojäckchen aus der großen Handtasche. Während sie hineinschlüpfte, betrachtete sie ihr Spiegelbild in dem großen Schaufenster, zu dem sie sich hingedreht hatte. Erschrocken musste sie feststellen, dass es kein schönes Bild war. Ihr Gesicht hatte seine jugendliche Frische verloren – fahle Haut, kleine Stresspickel auf den Wangen und dunkle Schattenringe unter den Augen waren das Ergebnis der in Liebeskummer verbrachten vergangenen Tage. Der Gedanke an Dennis hatte ihr in den ersten zwei Nächten den Schlaf geraubt.

Er hatte ihr leider keine Chance gegeben, ihn einfach als Fehltritt ad acta legen zu können.

Ständig musste sie seine Telefonate auf ihrem Smartphone oder dem Festnetz im Büro und zu Hause wegdrücken. Dennis bombardierte sie förmlich mit WhatsApp Nachrichten und unzähligen Mails, die sie alle unbeantwortet ließ. Bei Facebook hatte sie ihn kurzerhand geblockt. Gelesen hatte sie alle Nachrichten.

Immer verzweifelter waren sie ausgefallen, doch das ließ sie kalt.

Natürlich konnte er nicht verstehen, warum sie ihn so konsequent ignorierte und jeglichen Kontakt mied. Er flehte sie an, ihm zu antworten, ihm die Chance zu geben sich zu verteidigen. Je verzweifelter er klang, desto größer wurde bei ihr die Genugtuung darüber, ihm wehtun zu können. Sie hatte nicht nachgegeben, obwohl es ihr immer schwerer gefallen war. Doch ihr gekränkter Stolz ließ nicht zu, dass sie sich öffnete. Sie wollte sich nicht noch weitere Lügengeschichten anhören. Für sie zählte Dennis zur Vergangenheit.

Sie kramte in ihrer Tasche und holte ein Kosmetiktäschchen heraus, um mit etwas Rouge ein wenig Farbe ins Gesicht zu zaubern. Zum Schluss zog sie noch ihre Lippen nach. In zwanzig Minuten war sie mit Philipp verabredet, der sie unbedingt hatte treffen wollen. Im Telefonat hatte er ihr mitgeteilt, dass Dennis gestern kurz bei ihm gewesen sei. Auf drängende Fragen nach ihr, habe Philipp ihm jedoch keine Auskunft gegeben. Svenja war sehr froh darüber. „Auf dich ist eben Verlass!“, hatte sie zu ihm gesagt und einen Treffpunkt ausgemacht. Seit jener unheilvollen Nacht vor fünf Tagen hatte sie Philipp nicht mehr gesehen. Je mehr Abstand sie dazu bekommen hatte, desto unsicherer war sie geworden, ob die Person im Hof und die Geräusche in der Wohnung der Realität entsprochen hatten. Vielleicht waren sie vielmehr ein Produkt ihrer umnebelten Sinne gewesen. Der übermäßige Alkoholkonsum hatte die Erinnerung an die Geschehnisse ziemlich nebulös werden lassen.

Sie schüttelte sich bei dem Gedanken, dass jemand in Philipps Haus hatte eindringen wollen. Die Erklärung, dass sie sich das Ganze vielleicht eingebildet haben könnte, kam ihr ganz gelegen.

Nachdem sie das Kosmetiktäschchen wieder verstaut hatte, machte sie sich auf den Weg zum Moritzplatz. Der Gewitterregen hatte das heiße Pflaster zum Dampfen gebracht, die Luft war feucht und schwer, doch der Himmel hellte sich schon wieder auf.

Als sie beim verabredeten Café ankam, wischten gerade zwei Kellner die Tische und Stühle trocken. Svenja suchte sich einen Platz. Sie sah auf die Uhr. Noch zehn Minuten bis Philipp kommen würde.

Solange kann ich noch in meinem neuen Buch schmökern, das ich gekauft habe, dachte sie. Sie bestellte einen Eiskaffee, holte dann den Roman aus der Einkaufstüte und begann zu lesen. Nach einer halben Seite bemerkte sie, dass sich jemand neben sie setzte. Erstaunt und erfreut, dass Philipp, der normalerweise nie pünktlich zu einem Treffen erschien, schon gekommen war, blickte sie hoch. Ihr Lächeln gefror augenblicklich zur starren Maske, als sie direkt in ein Paar braun-grüne Augen blickte. Augen, die sie geliebt hatte und die ihr nun verhasst waren, Augen, die sie jetzt so liebevoll, sehnsüchtig und nach Vergebung flehend ansahen.

„Dennis!" Aus einem Fluchtreflex heraus sprang sie vom Stuhl auf und schnappte sich ihre Tasche. Blitzschnell griff er nach ihrer Hand und stellte sich neben sie. „Svenja, bitte bleib. Ich muss mit dir reden." Seine Stimme klang sanft.

„Aber ich nicht mit dir! Wusstest du etwa, dass ich hier bin?“, fragte sie aufgebracht.

Er nickte. „Ja, ich habe den Treffpunkt bei Philipp auf einem Notizzettel gelesen. Svenja, was ist los? Warum meidest du mich mit aller Macht? Was um Himmels willen ist passiert?“

„Tu nicht so unschuldig! Du weißt genau, worum es geht. Also hör auf mit dieser Schmierenkomödie und lass gefälligst meine Hand los!“, herrschte sie ihn an. Dennis ließ sie sofort los und sah sie flehend an.

„Ich weiß wirklich nicht, was du meinst. Wenn du es mir sagst, habe ich wenigstens die Chance mich zu verteidigen. Ich dachte, wir lieben uns!“

Sie lachte höhnisch auf. „Ja, das dachte ich auch, aber seit letzter Woche sehe ich das anders. Ich sage nur: Kirsten Mahle – das dürfte ein Begriff für dich sein“, schleuderte sie ihm entgegen. Seine Reaktion bedurfte keiner Antwort mehr. Die Erkenntnis, dass sie Bescheid wusste, traf ihn wie ein Keulenschlag. Sein Gesichtsausdruck wirkte plötzlich merkwürdig versteinert, doch in seinen Augen lag deutlich erkennbar große Bestürzung.

„Und frag mich jetzt nicht, woher ich weiß, dass du mit ihr liiert bist. Es tut auch nichts zur Sache. Du hast mich angelogen und hintergangen, nur das zählt. Und deshalb will ich nichts mehr mit dir zu tun haben.“ Sie setzte sich wieder und Dennis tat es ihr gleich.

„Svenja, bitte, du musst mir jetzt zuhören. Es ist nicht ganz so, wie du glaubst. Lass es dir erklären. Ich war ...“

„Warum sollte ich mir noch mehr deiner Märchen anhören? Du kannst dir den Atem sparen. Ich werde ganz bestimmt kein zweites Mal auf dich hereinfallen.“ Sie nippte an ihrem Eiskaffee und sah demonstrativ an Dennis vorbei. Dieser ließ sich von ihrem abweisenden Verhalten nicht beeindrucken und fing an, wie ein Wasserfall auf sie einzureden.

„Ich verstehe, dass du verletzt bist, weil ich nichts gesagt habe, aber ich wollte unsere Beziehung nicht gefährden. Ich hatte Angst, du könntest mir nicht glauben, dass ich in einer schon seit längerer Zeit kriselnden Beziehung steckte. Als ich dich kennenlernte und mich in dich verliebte, war das der Anlass, mich endgültig zu trennen, aber damals war ich nicht sicher, ob du das gewollt hättest.“ Er griff nach ihrer Hand, die sie ihm sofort angewidert entzog.

„Bitte, Svenja, du musst mir glauben, ich habe dich nicht wirklich betrogen. Es war nur alles viel schwieriger, als ich angenommen hatte.“

Sie warf ihm einen kühlen Blick zu. „Wie meinst du das?“

„Kirsten wollte die Trennung nicht akzeptieren. Und mein Vater hat sie dabei unterstützt. Der hat getobt, als er davon erfuhr!“ Sein Blick schweifte kurz in die Ferne und dann wieder zurück zu ihr. „Kirsten war für ihn die Idealbesetzung. Aus reicher Unternehmerfamilie, taffe Managerin und schön, der Klassiker eben. Aber es fehlt ihr an Gefühl, menschliche Regungen tauchen nur kurz an der Oberfläche auf und verschwinden sofort wieder in ihrem Gefühlspanzer.“ Er beugte sich vor und sah ihr flehend in die Augen. „Ich brauche jemanden, zu dessen Inneren ich Zugang finde, jemanden, der mir Gefühle sichtbar entgegenbringen kann. So wie du.

Svenja ...“

Er verstummte, denn jemand war an den Tisch herangetreten. Spontan entfuhr Dennis ein leises genervtes Stöhnen, als er Philipp sah. Svenja, die einerseits erleichtert war, ihn zu sehen, andererseits aber gerne weiterhin Dennis' Ausflüchten zugehört hätte, schenkte Philipp ein schiefes Lächeln. Philipp sah erstaunt zwischen den beiden hin und her. „Hallo, na so eine Überraschung. Mit dir habe ich überhaupt nicht gerechnet, Dennis. Was machst du hier?", fragte er und setzte sich auf den frei gebliebenen Stuhl. Dennis verzog unwillig den Mund. „Das dürfte nicht schwer zu erraten sein. Ich wollte die Eiszeit zwischen Svenja und mir beenden. Leider bin ich noch nicht weit gekommen", meinte er mit einem Seitenblick zu Svenja.

Diese verdrehte die Augen. Die Situation überforderte sie.

Das unerwartete Auftauchen von Dennis, sein Geständnis, von dem sie nicht wusste, was sie davon halten sollte, und jetzt Philipp, der nach Erklärungen verlangte. Einfach wegzugehen und alles hinter sich zu lassen, erschien ihr in diesem Moment sehr verlockend. Doch sie blieb. Mit stoischer Ruhe richtete sie ihren Blick auf Philipp. „Dennis will mir gerade weismachen, dass er das Unschuldslamm per se ist. Es ist alles nicht so wie es ausgesehen hat, und natürlich hat er mich nicht betrogen", sagte sie in spöttischem Ton, so als ob Dennis nicht anwesend wäre. Dennis gab einen Laut des Unmutes von sich.

„Bitte Svenja, lass uns vernünftig darüber sprechen. Wir sind doch schließlich kommunikationsfähiger als Kindergartenkinder, meinst du nicht?"

„Komm mir jetzt nicht mit dieser Tour. Du alleine hast es verbockt, weil du unehrlich warst“, fauchte sie ihn an. „Da habe ich wohl das Recht sauer zu sein. Du kannst froh sein, dass ich überhaupt mit dir spreche!“

Philipp rutschte unruhig auf seinem Stuhl hin und her. Es war ihm sichtlich unangenehm, mitten in den Disput hineingeraten zu sein. „Also Leute“, meinte er verlegen, während er sich erhob, „ich weiß ehrlich nicht, wie ich euch helfen soll. Am besten ich lasse euch für eine Weile allein.“ Er wandte sich zum Gehen, doch Svenja hielt ihn zurück, indem sie ihre Hand auf seinen Unterarm legte und ihn mit sanftem Druck zum Sitzenbleiben zwang.

„Nein, das ist unsere Verabredung“, sagte sie bestimmt, und zu Dennis gewandt: „Du warst nicht eingeplant. Es ist besser, wenn *du* jetzt gehst.“

Für einen Augenblick fixierte er sie mit einem Blick, der ihr zeigte, welch inneren Kampf er gerade mit sich führte. Einen Kampf, ob er nachgeben oder seinen Willen, sich jetzt sofort auszusprechen, durchsetzen soll. Er entschied sich für das Erstere.

„Gut, ich gehe, aber ich komme wieder. Glaub mir, es ist auch zu deinem Besten, wenn wir uns aussprechen.“

Während Philipp seine Bestellung aufgab, schnappte sich Dennis eine weiße Serviette, schrieb hastig etwas darauf und drückte sie dann Svenja in die Hand. Er stand auf und eilte mit einem gemurmelten „Bis bald!“ davon.

„Was war das denn für eine Vorstellung? War das Zufall, dass er ausgerechnet heute hier war?“

„Für den Zufall hast du ja gesorgt, indem du deine Termine für jeden sichtbar herumliegen lässt.“

„Muss ich mich jetzt dafür entschuldigen oder kann ich mich als Held feiern lassen, der die Liebenden wieder zusammengeführt hat?"

„Du nimmst das erstaunlich locker. Ich dachte, du kannst ihn nicht leiden."

„Ach weißt du, wir haben das Kriegsbeil begraben – wir duzen uns ja sogar, und seit ich weiß, dass ich eh keine Chancen mehr bei dir habe, sehe ich deine Liaison mit ihm gelassener", meinte er großmütig.

„So viel Edelmut hätte ich dir gar nicht zugetraut", sagte sie mit einem zaghaften Lächeln, die Serviette zusammenknüllend. Sie hatte nicht nachgesehen, was Dennis darauf geschrieben hatte. Der Groll gegen ihn war zu groß, aber wegwerfen wollte sie das kleine Stückchen Stoff auch nicht. Dazu war sie zu neugierig. Sie steckte die Serviette in ihre Tasche und wandte sich Philipp zu, der sie unauffällig beobachtet hatte.

„Tja, du weißt eben nicht alles von mir. Willst du denn überhaupt eine Versöhnung mit ihm?"

„Ich kann jetzt nicht darüber nachdenken. Was gibt es Neues bei dir? Warst du bei der Polizei?", lenkte sie rasch ab, was Philipp entgegenkam. Er hatte genug mit eigenen Problemen zu kämpfen. Ohne zu zögern berichtete er von seinem Besuch bei der Polizei, die den Vorfall jener Nacht aufgenommen hatte, aber aufgrund der geringen Hinweise auf ein Verbrechen natürlich nichts weiter unternehmen konnte.

„Zumindest ist der Vorfall jetzt registriert und in den Akten." Er nahm einen Schluck Bier und setzte schweigend das Glas ab. Svenja fiel die steile Falte zwischen seinen Augenbrauen auf, die sich deutlich vertieft hatte. Ein untrügliches Signal, dass er sich Sorgen machte.

„Irgendetwas bedrückt dich noch, stimmt's?", versuchte sie ihn aus der Reserve zu locken.

Zögerliches Kopfschütteln war die ganze Antwort.

„Ach, komm schon, Philipp. Ich sehe es dir an der Nasenspitze an! Irgendetwas ist noch vorgefallen, raus mit der Sprache!"

Der bekümmerte Blick, mit dem er sie ansah, machte ihr Angst. Wortlos zog er sein Handy aus der Hosentasche, tippte kurz darauf herum und hielt es ihr hin.

Der Tag wird kommen, an dem du Tribut zahlen musst für dein verdammtes Leben als Filou, las sie auf dem Display. Sie war schockiert, das Gelesene verschlug ihr förmlich die Sprache. Die Blicke, die sie tauschten, sagten mehr als Worte. Beiden war klar, dass der Wahnsinn noch lange kein Ende nehmen würde. Schlimmer, er fing erst an.

Irgendwann gelang es ihr, sich aus der Erstarrung zu lösen und fragte: "Wer war das?"

„Keine Ahnung", antwortete er bedrückt.

„Was ist mit Mark?"

Philipp zuckte kurz zusammen und sah Svenja verunsichert an. „Mark? Wieso sollte er das tun?"

„Na ja, er hat mitbekommen, dass wir gut befreundet sind, vielleicht ist er eifersüchtig. Auf jeden Fall scheint der Verfasser wortgewandt zu sein. Filou hat nicht jeder in seinem Wortschatz."

„Vielleicht hast du recht", stimmte er nachdenklich zu.

„Möglich wäre es. Mark hat mich am Tag des Einzugs besucht. Die Begegnung war ziemlich unerfreulich", sagte sie und zwirbelte nervös die Ecke einer Serviette zusammen. „Weißt du, ich werde einfach nicht schlau aus ihm. Er verhält sich mir gegenüber so zynisch, und denkt dabei ernsthaft, er könnte mich auf diese Weise erobern!“ Sie schnippte die Serviette von sich weg. „Er weiß doch, dass ich mit Dennis zusammen bin, beziehungsweise war, und deshalb würde es mich brennend interessieren, welche Rolle diese Kirsten in seinem Leben spielt. Ich glaube, ich werde ihm demnächst einen Besuch abstatten.“

Philipp sah sie stirnrunzelnd an. „Das lässt du mal schön bleiben. Du weißt nicht, wie der Typ reagiert, wenn du ihm zu nahe trittst.“ Besorgt griff er nach ihrer Hand. „Versprich es mir!“

Svenja nickte. „Schon gut, ich finde sein Verhalten ja auch etwas beängstigend, wobei wir beide wissen, dass das eben seine Wesensart ist. Er ist schon als Zyniker zur Welt gekommen. Ich nehme einfach deine gefährliche Pistole zur Abschreckung mit.“

„Auf was für abstruse Ideen du kommst! Du wirst jetzt nicht auch noch eine Privatdetektei aufmachen. Bleib bei deinem Nachhilfeservice, das ist nicht so gefährlich“, versuchte er in einem Anflug von Galgenhumor zu scherzen. Svenja lachte verhalten. Gedanklich war sie damit beschäftigt, wie sie Marks Adresse herausfinden könnte, denn ihr Entschluss stand schon fest. Sie würde Mark aufsuchen und ihm ein paar unangenehme Fragen stellen.

Sie haben Ihr Ziel erreicht, kündigte die synthetische Stimme des Navigationsgeräts in Svenjas Auto an. *Das Ziel habe ich noch lange nicht erreicht, zuerst muss ich*

Mark zum Reden bringen, dachte Svenja und fuhr langsam, auf der Suche nach einem Parkplatz, die Straße entlang. Es war eine ruhige Wohnsiedlung am Rande von Augsburg, mit modernen überschaubaren Mehrfamilienhäusern. Die Adresse hatte sie vom ehemaligen Stufensprecher, der das Abiturtreffen organisiert hatte. Bevor sie losgefahren war, hatte sie Mark anonym auf dem Festnetz angerufen, um sicherzugehen, dass er zu Hause sein würde.

Auf dem Beifahrersitz wippte Vera nervös hin und her. Nachdem sie von Svenjas Vorhaben gehört hatte, war sie nicht mehr davon abzubringen gewesen, als Vorsichtsmaßnahme mitzukommen. „Man weiß ja nie, an welche Verrückte man gerät“, hatte sie gesagt.

Endlich hatten sie eine Parklücke gefunden, in die Svenja das Auto geschickt hineinlenkte. Entschlossen zog sie den Schlüssel ab.

„Bist du sicher, dass du das machen willst? Alleine mit Mark, in seiner Wohnung! Ganz schön gewagt“, gab Vera noch einmal zu bedenken.

„Das wird schon klappen. Er ist ja kein entlassener Mörder oder gesuchter Vergewaltiger. Er ist nur unser ehemaliger Klassenkamerad, mit dem ich ein wenig plaudern werde“, entgegnete Svenja.

„Aber du hättest das Treffen wenigstens an einem bevölkerten Ort machen sollen. Das wäre weniger gefährlich.“

„Ja, ich weiß, aber da kann er jederzeit weggehen, wenn die Fragen zu unangenehm werden. In seinen eigenen vier Wänden entkommt er mir nicht. Da muss er mich schon eigenhändig hinauswerfen.“

Vera sah sie zweifelnd an. „Also ich weiß nicht, mir ist gar nicht wohl bei dem Gedanken, dass du und Mark ... Wenn du wieder mal so eine Aktion vorhast, dann informierst du mich gefälligst nicht erst eine Stunde davor, damit ich genügend Zeit habe, es dir auszureden. Wenn du Philipp wenigstens Bescheid gesagt hättest!"

„Dann säßen wir jetzt nicht hier. Mach dir nicht so viele Gedanken, ich habe vorgesorgt!", sagte Svenja um einen lockeren Ton bemüht, und holte das Pfefferspray aus ihrer Tasche. Dabei fiel eine weiße zerknüllte Serviette auf ihren Schoß. Es war Dennis' Serviette. Bis heute hatte sie diese erfolgreich aus ihrem Gedächtnis verbannt. Nachdenklich nahm sie das Papierknäuel in die Hand. Wäre sie abergläubisch, würde sie dies als Zeichen werten, als Botschaft eines Menschen, den sie geliebt hatte, und der sie damit vor einer Gefahr warnen wollte. Doch sie war Realist. Für sie war es reiner Zufall, dass ihr ausgerechnet in diesem Augenblick die Serviette in die Finger geriet.

Langsam entfaltete sie das kleine Stück Stoff und strich es auf ihrem Schoß glatt.

Es gibt nur eine Wahrheit – die Liebe zu dir

las sie still.

„Was ist das?", fragte Vera neugierig. Hastig knüllte Svenja die Serviette zusammen und warf sie in die Tasche.

„Ach nichts, nur ein dummer Spruch von Philipp", antwortete sie ausweichend. Sie wollte jetzt nicht über Dennis reden. Er hatte in den vergangenen Tagen wiederholt angerufen, doch sie konnte sich immer noch nicht überwinden, mit ihm zu sprechen. Sie wusste nicht, ob sie seinen Beteuerungen glauben sollte, dass er sie nicht als Zweitfrau gehalten hatte, dass er sich Hals über Kopf in sie verliebt hatte und sich deswegen von Kirsten trennte. Die Angst vor der nächsten großen Enttäuschung war einfach zu groß.

„Hier, dieses Pfefferspray ist mein Beschützer, und du rufst im Abstand von zehn Minuten an, dann kann nichts passieren", sagte sie zuversichtlich und stieg aus. „Ich werde es so kurz wie möglich gestalten", rief sie Vera noch zu, bevor sie die Autotür zuschlug. Auf dem Weg zu Marks Haus verstaute sie das Pfefferspray in der Hosentasche ihrer korallenroten Röhrenjeans. In weiser Voraussicht hatte sie dazu ein langes, etwas weiter geschnittenes schwarzes T-Shirt gewählt, damit man die Ausbeulung der Hosentasche nicht erkennen konnte.

Mark Gildof las sie auf einem Namensschild neben der großen Eingangstür. Herzklopfend legte sie ihren Zeigefinger auf die Klingel, drückte sie aber nicht. Noch konnte sie umkehren, noch hatte sie die Chance die schlafenden Hunde nicht zu wecken. Ihr Plan, Mark aushorchen zu wollen, erschien ihr plötzlich ziemlich unsinnig, zumal sie in letzter Zeit alles getan hatte, um ihn zu meiden. Und jetzt begab sie sich freiwillig in die Höhle des Löwen, ohne Aussicht auf garantierten Erfolg. In dem Moment, in dem sie beschloss, das Ganze bleiben zu lassen, öffnete sich die Tür und ein älterer Herr, der „Guten Abend" murmelte, trat heraus. Svenja grüßte zwangsläufig zurück und hielt mit einer Hand die Tür auf. Zögernd betrat sie den mit marmorierten Böden ausgestatteten Hausflur. Leise klackte die Tür ins Schloss und eine friedliche Stille umfing sie, als würde sich in dem Sechsfamilienhaus kein einziger Mensch befinden. Sicherlich waren alle ausgeflogen, um im Freibad, in der Innenstadt oder in Biergärten den lauen Sommerabend zu genießen. Bis auf Mark, hoffentlich. Immer noch unentschlossen stand sie da und sah nach oben.

Der Zufall wollte es, dass dir jemand die Tür öffnete. Also sei kein Feigling. Ich muss nur zwei Treppen hoch in den ersten Stock gehen, dachte sie und stieg die Stufen möglichst geräuschlos empor, bis sie den ersten Treppenabsatz erreicht hatte. Plötzlich hörte sie, wie im ersten Stockwerk eine Tür geöffnet wurde. „Also, ich hoffe, dass du bald fündig wirst", sagte eine Frauenstimme, die Svenja bekannt vorkam, aber nicht gleich zuordnen konnte. Aus einer spontanen Eingebung heraus, befand es Svenja für besser, dieser Person nicht zu begegnen. Schnell lief sie auf Zehenspitzen die Treppe hinunter und noch ein paar zusätzliche Stufen, die zu den Kellerräumen führten. Dort versteckte sie sich in einer Nische, mit Blick auf die Haustür. In der Sitzhocke kauernd, hörte sie, wie Mark „Du hörst dann von mir", sagte.

„Ja, aber hoffentlich dauert es nicht zu lange. Ich kann es kaum erwarten, dieser Svenja das Leben sauer zu machen", sagte die Frauenstimme.

Als Svenja ihren Namen hörte, hielt sie vor Schreck unwillkürlich die Hand vor den Mund. Was hatte das zu bedeuten?

„Nicht so ungeduldig!", antwortete Mark. „Ich kann ja nicht mal versprechen, ob ich etwas finde."

„Du musst so lange suchen, bis du den Beweis hast, es ist wichtig. Ich freue mich jetzt schon auf den Tag, an dem sie vor Dennis die Maske fallen lassen muss."

Svenja verstand nichts. Nur eine böse Ahnung sagte ihr, wer diese Frau war.

„Ja, ich werde mich bemühen. Komm gut heim."

„Tschüss, bis dann!"

Gleich darauf erklang das laute Klacken von Stöckelschuhen auf der Treppe. Die Schritte kamen immer näher und erreichten schließlich die Haustür. Svenja erschauderte, als sie ihre Vorahnung bestätigt sah. Es war Kirsten Mahle! Was hatte sie mit Mark besprochen? Es war nun schon das zweite Mal innerhalb kurzer Zeit, dass sie die beiden zusammen sah.

Die Haustür fiel ins Schloss und Svenja kroch aus ihrem Versteck. Für einen kurzen Moment war sie versucht, Kirsten nachzugehen, setzte es aber nicht in die Tat um. Die Angst vor deren Reaktion, und die Befürchtung, dass sie nicht damit umgehen könnte, hielten sie davon ab.

Nach kurzem Zögern beschloss sie, ihrem ursprünglichen Ziel nachzugehen. Mark musste ihr sagen, was hier vor sich ging. Langsam stieg sie die Treppen hoch und klingelte.

Nervös kaute sie auf ihrer Unterlippe und kämpfte gegen den Impuls an, wieder zu verschwinden. In diesem Moment wurde die Tür aufgerissen. „Hast du was vergessen? Ich habe ... Svenja? Was machst du denn hier?" Sein Erstaunen war echt.

„Hallo Mark, ich will dich nicht lange stören. Ich muss nur kurz mit dir reden."

Er machte keine Anstalten, sie in die Wohnung zu bitten. Für Svenja war es offensichtlich, dass er von ihrer Anwesenheit irritiert war.

„Was ist, kann ich reinkommen?“, fragte sie, angesichts seiner Verunsicherung, etwas selbstbewusster. Er verzog unwillig den Mund, sagte aber dann: „Ja, komm herein. Ich wollte eigentlich noch weg. Viel Zeit habe ich also nicht.“ Er öffnete die Tür ganz und führte sie ins Wohnzimmer, das modern, aber schlicht und wenig luxuriös eingerichtet war. Svenja ließ gewohnheitsmäßig den Blick umherschweifen, wie jedes Mal, wenn sie in eine neue Umgebung kam. Nur oberflächlich nahm sie die Einrichtung wahr, denn im Moment interessierte sie eine ganz andere Sache.

Mark, der ihren uninteressierten Blick falsch interpretierte, parierte sofort auf seine ihm eigene Art. „Ich weiß, was du denkst. Für einen Arzt ganz schön dürftig ausgestattet die Bude. Aber die Leute haben eben keine Ahnung, dass das Gehalt eines Assistenzarztes kaum über dem eines Grundschullehrers liegt, und er dafür auch noch gefühlt rund um die Uhr arbeiten muss. Zum Glück ist das aber nur die unterste Sprosse der Karriereleiter, die man erklimmen kann.“

„Na, hoffentlich war das nicht dein einziger Beweggrund Arzt zu werden – die armen Patienten“, entgegnete Svenja verächtlich.

„Typisch, dass du das so siehst. Du machst deinen Job bestimmt auch nicht nur aus purem Idealismus – die armen Schüler!“, spöttelte er und lotste sie auf den Balkon hinaus, wo er ihr einen Platz auf einem dunkelblauen Plastikstuhl mit gelbem Sitzkissen anbot. „Was willst du trinken? Saft, Wasser, Sekt, Wein?“

„Danke, nichts von alledem, ich will dich nicht aufhalten, sondern nur ..."

„Ach, Quatsch!", fiel er ihr ins Wort. Augenscheinlich hatte er sich von dem Schreck ihres Überraschungsbesuchs erholt. „Ich wäre sowieso nur aus Langeweile weggegangen. Wenn du schon mal da bist, dann werde ich das ausnützen. Also was trinkst du?"

Verdammt, dachte sie, so war das nicht geplant. „Ein Glas Wasser", antwortete sie, um ihn nicht unnötig zu verärgern. Als er verschwunden war, rief sie heimlich Vera an. „Mark holt gerade Getränke", flüsterte sie. „Es kann also etwas länger dauern, aber ruf mich wie abgemacht an. Falls ich vorher Hilfe brauche, drücke ich die Eins, auf der du gespeichert bist. Alles klar? Er kommt, ich muss auflegen."

Mark brachte auf einem Tablett Gläser, eine Weinflasche und eine Wasserkaraffe.

„Bitte, keinen Wein. Ich habe letztens bei Philipp zu viel davon getrunken, und musste dann zwangsweise bei ihm übernachten", sagte sie und beobachtete verstohlen, ob sich in Marks Miene etwas veränderte. Er hob erstaunt die Augenbrauen. „Du hast dich bei Philipp betrunken? Bei ihm kann man ja nachvollziehen, dass er sich wegen seiner Loserkarriere volllaufen lassen will, aber was für einen Grund hast du?"

„Was heißt hier Loserkarriere! Philipp kämpft ums geschäftliche Überleben. Aber inzwischen hat er zum Glück wieder einen Auftrag an Land ziehen können", verteidigte sie Philipp.

„Den ihm Dennis Lettmann verschafft hat. Und bei mir hat er Schulden, sonst hätte er den Auftrag gar nicht annehmen können", wandte er ein.

Svenja schluckte schwer. Philipp hatte Schulden bei Mark? Wieso hatte er das ihr gegenüber nicht erwähnt? Es gab nur eine Erklärung: Philipp schämte sich deswegen. Sie nahm betroffen das Glas Wasser, das Mark ihr hinhielt, und nippte daran.

„Das wusstest du wohl nicht. Aber du hast dich ja auch die ganze Zeit intensiv um Herrn Lettmann gekümmert, da interessieren die Nöte anderer Menschen natürlich nicht mehr."

Svenja stellte das Glas auf dem kleinen runden Balkontisch ab und sah ihn mit schmalen Augen an. Sein Verhalten war schon wieder auf Krawall gebürstet. Er konnte gar nicht anders, als sein Gegenüber zu provozieren, was ihre Selbstbeherrschung eindämmte.

„Was weißt du schon, wie intensiv ich mich um meine Mitmenschen kümmere. Und was Herrn Lettmann betrifft, das ist Vergangenheit. Er hat schon eine feste Beziehung mit einer gewissen Kirsten, die du seltsamerweise auch triffst. Als ich kam, hatte sie gerade das Haus verlassen."

Sein spöttisches Grinsen war plötzlich wie ausgelöscht. Damit hatte er nicht gerechnet. In seinen Augen konnte sie eine große Unsicherheit erkennen, die ihn aufgrund ihrer Bemerkung ergriffen hatte. Ein leises Triumphgefühl kam in ihr auf, als sie sah, wie er für einen Moment betreten die Augen niederschlug. Wo war er geblieben, der Zyniker, der gewöhnlich mit messerscharfen Entgegnungen parierte? Äußerst befremdend und zugleich aussagekräftig diese Reaktion, wie Svenja befand.

Er hob den Kopf und sah sie mit bohrendem Blick an. „Seid ihr euch begegnet?"

„Nein, warum interessiert dich das?“ Sie fand beinahe Spaß daran, ihn zu provozieren.

Er lehnte sich zurück, sichtlich bemüht sein Pokerface aufzusetzen.

„Na ja, wäre bestimmt interessant geworden. Schließlich hast du ihr den Beinahe-Verlobten ausgespannt!“ Der Anflug von Unsicherheit hatte sich gänzlich in Luft aufgelöst.

„Ach, hat sie dir das so gesagt?“

„Ja, willst du es etwa bestreiten?“

„Allerdings. Ich wusste nichts davon, Dennis hatte es mir verschwiegen. Ich habe es nur durch Zufall erfahren, sonst wäre ich jetzt immer noch das ahnungslose Schaf.“

„Ganz schön billig deine Ausrede.“

„Was wird das hier – das Jüngste Gericht? Sag du mir lieber, womit du fündig werden sollst!“ Mark zuckte zusammen, wieder ein sicheres Zeichen für Svenja, dass er sich ertappt fühlte. Er hatte eindeutig etwas zu verbergen.

„Ich verstehe nicht“, versuchte er so gelassen wie möglich zu reagieren, zupfte aber unwillkürlich nervös an seinem Ohrläppchen.

„Du weißt genau, was ich meine. Kirsten – sie sagte, dass du dich melden sollst, wenn du fündig geworden bist. Du sollst irgendeinen Beweis suchen. Jetzt frage ich mich, was das sein soll und was das Ganze mit Dennis zu tun hat!“ Sie sah ihm freimütig ins Gesicht. Seine Anflüge von Unsicherheit stärkten ihr Selbstbewusstsein.

„Hast du etwa gelauscht?“

„Das tut nichts zur Sache. Also, was sollst du für sie besorgen?"

Er stand auf. „Ich glaube, du gehst jetzt besser", sagte er und wies mit der Hand Richtung Ausgang. Svenja blieb ungerührt sitzen. Es bereitete ihr große Genugtuung, ihn in die Enge getrieben zu haben. „Du wirfst mich hinaus? So etwas ist aber nicht gentlemanlike. Du hast wohl Angst, ich könnte noch mehr unangenehme Fragen stellen, zum Beispiel ob du schon neulich Nacht bei Philipp etwas gesucht hast", sagte sie und sah ihn eindringlich an.

Stirnrunzelnd schüttelte er den Kopf und setzte sich wieder. „Ich habe nicht die leiseste Ahnung, wovon du sprichst."

„Gib zu, dass du an seinem Motorrad herumgefummelt hast und dann über die Terrassentür ins Wohnzimmer eingedrungen bist."

„Ich glaube, jetzt geht deine Fantasie mit dir durch. Was sollte ich denn bei Philipp finden, etwa einen prall gefüllten Safe? Er hat Schulden bei mir, schon vergessen? Am besten, wir beenden hier das Gespräch."

„Warum denn, wenn du nichts zu verbergen hast? Ich gehe hier erst weg, wenn ich weiß, was Kirsten von dir wollte."

Er beugte sich vor und fixierte sie mit zu Schlitzen verengten Augen. „Überspann den Bogen nicht. Ich sage es jetzt nur noch einmal. Was ich mit ihr zu besprechen hatte, geht dich nichts an", zischte er wütend.

„Du fühlst dich ertappt, sonst würdest du reden. Du unterstützt diese Frau bei irgendeiner Intrige gegen mich. Gibt sie dir Geld dafür?" Svenja, das Ziel so nah vor Augen, geriet so in Fahrt, dass sie alle

Vorsichtsmaßnahmen, um Mark nicht zu reizen, über Bord warf. Leider wurde ihr das zu spät bewusst. Mark war, kaum dass sie den letzten Satz ausgesprochen hatte, aufgesprungen. Blitzschnell packte er Svenja an beiden Oberarmen, zog sie grob in die Höhe und schob sie dann ins Wohnzimmer hinein. Gleichzeitig stieß er mit dem Fuß die Balkontür hinter sich zu.

Svenja, überrascht von seiner Aktion, war nicht fähig sofort zu reagieren. Erst als er sie auf sein Sofa zwang, begann sie sich zu wehren, doch er lag zentnerschwer auf ihr, sodass sie sich keinen Zentimeter mehr bewegen konnte. „Lass mich gehen", keuchte sie angestrengt, „sonst schreie ich das ganze Haus zusammen."

Er presste seine Hand auf ihren Mund. „Du musst nicht schreien, ich will doch mit dir nur das machen, was du auch mit Dennis und Philipp getan hast. Jetzt, wo du schon mal hier bist."

Mit schreckgeweiteten Augen sah sie sein fieses Grinsen über ihr. Es war so widerlich seinen schlechten Atem zu riechen, seine schmalen Lippen auf sich zukommen zu sehen.

In diesem Moment klingelte ihr Handy. Er löste reflexartig die Hand von ihrem Mund, worauf sie ihn erbost anschrie: „Spinnst du komplett? Willst du mich vergewaltigen? Nur zu, das ist Vera, die anruft. Wenn ich mich nicht melde, holt sie die Polizei."

Sein Grinsen verschwand und er ließ sie los. „Reg dich ab. Das war doch nur Spaß. Hast du ernsthaft geglaubt, ich würde dich vergewaltigen?"

„Spaß?! Sagtest du gerade Spaß? Mann, du bist echt nicht ganz knusper!", rief sie erbost und sprang auf. Mit zitternden Händen nahm sie ihr Handy aus der Tasche und hob ab. „Hallo Vera. Alles klar, ich komme demnächst." Sie ließ das Handy in ihre Tasche fallen und drehte sich zu Mark um. „Anzeigen sollte ich dich, wegen Nötigung", schleuderte sie ihm wütend entgegen.

Mark hob abwehrend beide Hände. „Jetzt beruhige dich bitte. Es ist nichts passiert. Du hast mich mit deinen Anschuldigungen dermaßen gereizt, dass ich die Nerven verloren habe. Ich wollte dir nichts tun, ehrlich. Also entschuldige bitte meinen Aussetzer. Du bist nun mal eine reizvolle Frau, die jeder gerne besitzen möchte."

Sie wusste nicht, was sie davon halten sollte. Der Verdacht lag nahe, dass seine Unschuldsbeteuerungen nur darauf abzielten, sie von einer Anzeige abzuhalten. Es wäre ein Leichtes, die Polizei von seinen bösen Absichten zu überzeugen. Auch wenn sie ihm dann nichts nachweisen können würden, seinem Ruf könnte es dennoch empfindlich schaden und damit seinen Karrierechancen.

„Gut, es bleibt mir wohl nichts anderes übrig, als dir zu glauben, auch wenn es mir schwer fällt. Dafür sagst du mir jetzt, woher du Kirsten kennst."

„Du gibst einfach nicht auf, was? Ich habe sie damals kennengelernt, als sie aus deiner Lehranstalt hinausstürmte. Sie war mit ihrem Stöckel in einen Spalt geraten und gestolpert. Dabei hat sie sich den Knöchel verstaucht, und ich habe mich um sie gekümmert. Im Laufe des Gesprächs erfuhr ich, dass sie Dennis' Fast-Angetraute ist, was ich sehr interessant fand. Zufrieden?"

„Erst wenn du mir verrätst, was sie heute bei dir wollte."

„Lass es einfach oder willst du mich noch mal provozieren? Ich will jetzt nicht weiter darüber sprechen, ist das endlich angekommen?“, sagte er in gereiztem Ton und trat gefährlich nahe an sie heran. Spontan wich sie einen Schritt zurück und nahm ihre Handtasche. Sie musste sich eingestehen, dass es zwecklos war, noch mehr in ihn zu dringen, und verließ eiligst diesen gefährlichen Ort, der ihr beinahe zum Verhängnis geworden wäre.

14 – ERSCHRECKENDE ERKENNTNISSE

Gedankenverloren sperrte Svenja die Eingangstür zu ihrem Mietshaus auf und stieg langsam und schleppend die Stufen empor. Sie war erschöpft, fühlte sich wie ausgebrannt. Der Besuch bei Mark und dessen übergriffige Handlung, hatte sie mehr mitgenommen, als sie anfangs dachte. Lebhaft hatte sie Vera von dem Treffen erzählt, die sich fürchterlich darüber aufgeregt hatte. „Ich hätte es wissen müssen. Nicht auszudenken, wenn er nicht mehr zur Besinnung gekommen wäre. Ich hätte mir ewig Vorwürfe gemacht, dass ich dich nicht von dieser Aktion abgehalten habe!“ Nur mit Müh und Not hatte Svenja sie während der Fahrt überzeugen können, dass es ihr gut ging, dass alles nur halb so schlimm war.

Doch jetzt, da sie Abstand hatte, kam ihr das Ganze ziemlich angsteinflößend vor. Sie schüttelte sich bei dem Gedanken, wie naiv sie gewesen war, Mark so auf die Pelle zu rücken, und dabei zu glauben, dass er ihr nicht gefährlich werden würde. Um ein Haar hätte er sie ... Schnell verdrängte sie den Gedanken, und streifte die Sandaletten von ihren Füßen. Die Kühle des Steinbodens unterdrückte den plötzlichen Schweißausbruch, der sie überfallen hatte. Es war der Gedanke an

Mark, der ihr den Angstschweiß auf die Stirn trieb. Und die Gewissheit, dass Kirsten gemeinsam mit ihm gegen sie intrigierte.

Sie stieg die zweite Treppe empor und je näher sie ihrer Wohnung kam, desto verzweifelter wurde sie. Nur gähnende Leere würde sie erwarten. Ein deprimierender Gedanke, denn sie sehnte sich im Augenblick nach menschlicher Nähe, nach einer vertrauten Person, bei der sie sich die Last von der Seele reden könnte, die sie in den Arm nehmen und trösten würde. Doch es gab niemanden, der sie in ihrer fatalen Lage auffangen könnte.

Mit gesenktem Kopf schlich sie die restlichen zwei Treppen empor. Plötzlich sah sie zwei Männerbeine, in beigefarbenen Mokassins und farblich dazu passender Hose steckend, direkt vor sich. Sie hielt erschrocken inne und sah hoch. Im ersten Moment dachte sie, ihre verzweifelten Gedanken würden ihr einen Streich spielen, als sie in Dennis' erwartungsvolle Augen blickte.

„Endlich bist du da! Ich dachte, du kommst gar nicht mehr", sagte er lächelnd und erhob sich schwungvoll.

„Was machst du denn hier?" Mehr fiel ihr zu seinem überraschenden Auftauchen nicht ein.

„Wir müssen reden. Und versuch erst gar nicht, mich wegzuschicken. Ich werde nicht gehen, bevor alles gesagt ist."

Sein Blick hatte etwas Bestimmtes und zugleich Warmherziges, was ihren Groll gegen ihn spürbar eindämmte. Es rief sogar den Wunsch in ihr hervor, sich ihm anzuvertrauen, ihm von dem Zwischenfall mit Mark zu erzählen und sich von ihm trösten zu lassen. Wie gerne hätte sie alles, was zwischen ihnen stand für nichtig erklärt, und einen Neuanfang gemacht, denn in diesem Moment war ihr eines klar geworden. Sie brauchte ihn. Sie hatte begriffen, wie sehr sie sich insgeheim nach seiner Liebe, seiner Zärtlichkeit, seinem Verständnis gesehnt hatte. Doch ihr verdammter Stolz ließ den Schritt der schnellen Vergebung nicht zu. Die Schmach, hintergangen worden zu sein, bohrte noch zu heftig in ihr.

„Wenn das so ist, dann bleibt mir wohl nichts anderes übrig, als dich hereinzulassen", meinte sie so emotionslos wie möglich, um ihre geheimen Gefühle nicht preiszugeben.

In seinem Gesicht leuchtete es freudig auf, und er nahm ihr sachte den Schlüssel ab, um aufzusperren. Sie ging hinter ihm her, und ein unwirkliches Gefühl überfiel sie, als sie ihn durch die Wohnung schreiten sah. Noch vor einer Stunde war es für sie unvorstellbar gewesen, Dennis jemals wieder in ihr Leben zu lassen. Und jetzt befand er sich mitten in ihrem persönlichen Bereich, als wäre nichts geschehen. Das Seltsame war, dass es ihr nichts ausmachte, dass sie nicht einmal einen Hauch von Widerwillen verspürte.

Er sah sich suchend um. „Ich darf doch kurz deinen CD-Player benutzen?", fragte er und setzte sein Vorhaben gleich in die Tat um. Im nächsten Moment ertönte die kraftvolle Stimme von Dean Martin.

„My heart cries for you ..."

Ehe sie es sich versah, hatte er sie in seine Arme gezogen und tanzte mit ihr einen Walzer zum Dreivierteltakt des Liedes. Sie war so überrascht von seiner Aktion, dass sie es einfach geschehen ließ.

„Please come back to me ...", sang Dean Martin voller Inbrunst und Svenja konnte sich ein Lachen nicht mehr verkneifen.

„Was ist denn das für ein antiquierter Song?"

„Zeitlos und so passend zu meinen Gefühlen!", antwortete er lächelnd und sang aus voller Kehle mit.

Das Lied war zu Ende und Svenja ergriff schnell die Gelegenheit sich aus seiner Umarmung zu lösen.

Es fiel ihr schwer, Abstand zu nehmen, denn seine Nähe machte ihr deutlich, wie sehr sie ihn vermisst hatte. Doch so einfach konnte sie es ihm nach dem Geschehenen nicht machen.

„Setz dich auf den Balkon. Ich komme gleich wieder", sagte sie und verschwand gleich darauf in die Küche. Sie zwang sich, nicht darüber nachzudenken, wie dieser Abend noch ausgehen könnte, und stellte etwas Erfrischendes zu trinken auf ein Tablett.

„Svenja, ich habe dich so vermisst. Als du so unerreichbar geworden bist, wurde mir erst bewusst, wie sehr ich dich liebe", sagte er ohne Umschweife, als sie auf den Balkon trat. „Dann erklär mir, warum du mich nicht eingeweiht hast? Du hättest doch wissen müssen, wie ich reagiere, wenn ich das von Kirsten herausfinde. Und welche Rolle spielte der Blonde? Im Café habe ich ihn dir gezeigt, doch du hast nicht reagiert."

„Weil ich ihn damals noch nicht kannte. Er ist ein entfernter Verwandter von Kirsten, eine verkrachte Existenz. Er ist erst vor Kurzem aus dem Ausland zurückgekommen. Für Geld tut er so ziemlich alles. Ich wusste wirklich nicht, dass sie dich durch ihn beschatten ließ. Das habe ich alles erst viel später erfahren."

Spontan nahm er ihre Hände und sah sie flehend an. „Es tut mir wirklich sehr leid, dass sie dir so zugesetzt hat. Verzeih mir! Ich hätte ganz ehrlich darüber reden sollen, aber ich wusste nicht wie, und hatte außerdem Angst, dass du so reagierst, wie du dann letztendlich reagiert hast."

Sie zog ihre Hände nicht zurück, ließ seine Wärme durch sich hindurchströmen. Innerlich führte sie einen einsamen Kampf, ob sie ihm Glauben schenken sollte. Der Wunsch, alles vergessen zu können und einen Neuanfang zu wagen, nagte gewaltig an ihr. Die Art wie er ihre Hände streichelte und sie dabei mit einem zärtlichen Blick bedachte, machte es ihr verdammt schwer, bei ihrer ablehnenden Haltung zu bleiben. Der feste Vorsatz, sich nie mehr auf ihn einzulassen, allen Schmeicheleien zu widerstehen und ihm die kalte Schulter zu zeigen, zerschmolz wie Schnee in der Sonne. Dieser Mann übte eine sonderbare Magie auf sie aus, der sie sich nicht erwehren konnte. Irritiert zog sie ihre Hände zurück und sah ihn forschend an. „Neulich sah ich dich mit Kirsten und dem Blonden im Englischen Garten. Ihr habt gestritten. Für mich hatte es so ausgesehen, als ob du sie besänftigen wolltest. Ich dachte, du wolltest sie wieder zurückgewinnen."

„Nein, ganz im Gegenteil. Kirsten wollte die Trennung nicht akzeptieren. Sie machte mir die Hölle heiß und setzte mich unter Druck. Sie drohte mir, meine Geschäfte zu torpedieren und meinen Vater entsprechend zu manipulieren. Bei ihm rennt sie quasi offene Türen ein. Aber ich lasse mir nicht vorschreiben, welche Partnerin ich wähle. Ich will dich, nur dich."

Wortlos sah sie ihn an und versuchte aus seinem Mienenspiel ergründen zu können, ob er es ernst meinte. „Wie soll das funktionieren? Kirsten setzt alles daran, um dich von mir fernzuhalten. Sie hat sich sogar mit Mark gegen mich verschworen."

Auf seinen fragenden Blick, erzählte sie ihm von ihrem Besuch bei Mark. „Du hättest seine Reaktion sehen sollen! Es war so eindeutig, dass ich ihn ertappt hatte. Weißt du irgendetwas? Hat sie bei dir auch schon mal eine Andeutung gemacht? Und lüg mich jetzt nicht an!"

„Nein, ich weiß wirklich nichts! Dieses Luder, das passt zu ihr!", rief er empört.

„Ich kann dich nur bitten, mir zu glauben und zu verzeihen. Lass nicht zu, dass sie uns auseinanderbringt. Ich liebe nur dich, wirklich! Please come back to me."

Der Wunsch, ihm glauben zu können, gewann nach einigem Zögern schließlich die Oberhand.

„Verdammt, Dennis, was machst du mit mir? Ich dachte, ich wäre immun gegen dich. Ich verachte mich selbst, für das, was ich jetzt gleich tue, aber ich kann nicht anders."

Ohne weiter nachzudenken, nahm sie sein Gesicht zwischen ihre Hände und küsste ihn. Im ersten Moment war er zu überrascht, um sofort reagieren zu können, doch gleich darauf begriff er. Das Geschehen war real. Wie ein Verdurstender sog er ihre Küsse auf, zog sie ganz nah an sich heran, fuhr mit beiden Händen durch ihre Haare. Unentwegt küssend standen sie auf, gingen, nein stolperten eng umschlungen in die Wohnung zurück und sanken auf die Couch. Es gab kein Halten mehr. All der Zwist, der zwischen ihnen gestanden hatte, löste sich in Nichts auf. Zwei verlorene

Seelen hatten sich wieder gefunden, und keiner von beiden glaubte in diesen Momenten, dass es jemals ein Ende haben könnte.

Die Melodie wollte nicht enden. Svenja, in enger Umarmung mit Dennis, war seit einer Stunde wohlig in das Reich süßer Träume entflogen. Das permanente Gedudel ihres Smartphones hievte sie rücksichtslos in die Realität. „Verdammt, wer will denn jetzt was?“, brummte sie schlaftrunken und fingerte nach dem elektronischen Gerät, das auf dem Tischchen neben ihrem Bett lag. *Philipp ruft an,* las sie auf dem Display. „Der spinnt, es ist ein Uhr nachts!“, fluchte sie leise und drückte ihn weg.

Dennis küsste sie auf die Stirn. „Wer spinnt?“, fragte er müde.

„Philipp! Weiß der Himmel, was er mitten in der Nacht will. Er kann doch nicht erwarten, dass ich zu jeder Tages- und Nachtzeit für ihn verfügbar bin. Schlaf weiter“, raunte sie, gab Dennis einen zärtlichen Kuss auf seine entblößte Brust und kuschelte sich mit geschlossenen Lidern an ihn. Doch kaum, dass sie wieder in die andere Bewusstseinsebene eingetaucht war, klingelte es wieder, und nachdem sie nicht reagierte, folgten drei Nachrichten hintereinander. Das war nicht normal. Vielleicht war Philipp in ernsthaften Schwierigkeiten? Sie setzte sich auf und öffnete die Nachrichten.

Bin verzweifelt. Werde massiv bedroht. Kann ich zu dir kommen?

Svenja starrte entsetzt auf das Display. *Verzweifelt, massiv bedroht*? Was hatte das zu bedeuten? Sie erinnerte sich an die SMS, die er am Morgen nach dem „Einbruch“ erhalten hatte. Damals hatte er es nicht als allzu ernsthafte Bedrohung empfunden, doch dieser Hilfeschrei ließ Schlimmes vermuten.

„Was will er denn, um Himmels willen?“, murmelte Dennis ungeduldig und umschlang mit beiden Armen Svenjas Taille. Sie antwortete nicht, sondern wählte Philipps Nummer, der sich gleich darauf meldete.

„Svenja, endlich! Entschuldige, dass ich dich mitten in der Nacht störe, aber ich muss unbedingt mit jemandem reden. Kann ich bei dir vorbeikommen?“

Dennis’ unerwarteter Kuss auf ihre Taille ließ sie spontan aufquieken.

„Ist jemand bei dir?“, fragte Philipp erschrocken.

„Ja – ich bin nicht allein“, antwortete sie zögerlich, und fügte dann schnell hinzu: „Dennis ist bei mir.“

Schweigen am Ende der Leitung.

„Philipp, bist du noch da?“

„Ja, also wenn das so ist, dann will ich nicht länger stören“, sagte er, und Svenja konnte seine große Enttäuschung, die dabei mitschwang, überdeutlich wahrnehmen.

„Aber nein, du störst nicht. Was ist denn passiert?“

„Ich habe, als ich vorhin heimkam, eine Morddrohung vor meiner Haustür gefunden. Kannst du morgen zu mir kommen? Dann erzähl ich dir alles.“ Ohne ihre Antwort abzuwarten, legte er auf. Svenja wusste nicht, was sie tun sollte. Philipp hatte von einer Morddrohung gesprochen und er hatte ziemlich verzweifelt geklungen! Konnte sie ihn in dieser Situation seinem

Schicksal überlassen? Er würde in seinem aufgewühlten Zustand bestimmt kein Auge zutun können, während sie sich in inniger Zweisamkeit mit Dennis vergnügte. Andererseits war es fraglich, ob sie ihm helfen könnte. *Aber du könntest ihm mit deiner Anwesenheit ein kleines Stückchen Zuversicht schenken,* hörte sie ihre innere Stimme sagen.

„Was wollte er denn?", fragte Dennis neugierig, während er ihren Rücken mit zärtlichen Küssen übersäte. Svenja empfand diese Liebkosungen im Augenblick als unpassend und drehte sich zu ihm hin. „Er sagte etwas von einer Morddrohung! Das ist jetzt schon zum zweiten Mal passiert. Ist das nicht schrecklich?"

„Morddrohung? Hast du irgendeine Vermutung, wer ihm ans Leder will?"

„Keine Ahnung. Der Ärmste! Es muss etwas Ernstes sein, sonst hätte er nicht mitten in der Nacht bei mir angeläutet, um anzufragen, ob er bei mir vorbeikommen darf. Dennis, ich kann ihn jetzt nicht allein lassen. Er wollte zu mir kommen, aber als er von deiner Anwesenheit hörte, hat er gleich aufgelegt. Würde es dir etwas ausmachen, wenn ich ihn zu mir bitte?"

Dennis runzelte die Stirn. „Ganz ehrlich? Ja. Sollen wir uns jetzt mit ihm zusammen die Nacht um die Ohren schlagen, und ewig herumrätseln, wer dahinterstecken könnte? Das wird doch auch Philipp nicht wollen. Er wird es verkraften, ganz sicher. Außerdem kannst du ihn morgen besuchen."

Svenja sah ihn zweifelnd an. Sie empfand seine Reaktion als ziemlich egoistisch. Jemand hatte händeringend um Hilfe gebeten, und er war der Meinung, dass es ausreichte, sich erst am nächsten Tag darum zu kümmern.

Er musste ihre Gedanken von ihrem Gesichtsausdruck abgelesen haben, denn er lenkte sofort ein. „Vielleicht hast du recht. Man kann ihn jetzt wirklich nicht allein lassen. Aber er wird sicherlich nicht zu uns kommen wollen, denn beste Freunde sind wir noch lange nicht."

„Du meinst, ich soll zu ihm fahren?"

„Ja, warum nicht. Du musst ja nicht den Rest der Nacht bei ihm verbringen, nur für eine Stunde Beistand leisten. Ich warte jedenfalls auf dich."

Obwohl sie diese 180 Grad Drehung nicht erwartet hatte, war ihr zugleich bewusst, dass sein Motiv sehr eigennütziger Natur war. Ihm war schlagartig klar geworden, dass er befürchten müsste, mit seinem eifersüchtigen Verhalten das mühsam wiedergewonnene Vertrauen sofort wieder aufs Spiel zu setzen.

„Gut, dann fahre ich jetzt zu ihm hin. Schön, dass du Verständnis zeigst." Einen flüchtigen Kuss später, schlüpfte sie in die wahllos herumliegenden Klamotten, kündigte ihr Kommen per WhatsApp an und fuhr zu Philipps Haus.

Als sie aus dem Auto stieg, sah sie Philipp auf der Terrasse, vor dem beleuchteten Wohnzimmer stehen. Kaum, dass er sie bemerkt hatte, nahm er einen tiefen Zug von seiner Zigarette, warf sie dann zu Boden und kam ihr mit großen Schritten entgegen. Ohne Zögern umarmte er sie, wobei sie bemerkte, dass er trotz milder Temperaturen leicht zitterte.

„Danke, dass du gekommen bist. Du weißt nicht, wie viel mir das bedeutet." Er legte den Arm um sie, und beide gingen über die Terrasse ins Haus. Als sie ihn im Lampenlicht ansah, erschrak sie über sein schlechtes Aussehen. Sein Gesicht war kalkweiß, wodurch sich die Ringe unter seinen Augen noch mehr abhoben. In seinen Augen war jeglicher Optimismus, für den sie ihn bewunderte, gänzlich verschwunden. Er bemerkte ihr Entsetzen. „Ich weiß, ich sehe aus wie ein Gespenst, aber solch nette Botschaften verderben mir gründlich die Laune“, meinte er mit aufgesetzter Fröhlichkeit.

„Was ist denn passiert?“ Sie sah sich im Raum um.

„Setz dich. Ich weiß gar nicht, ob ich es dir überhaupt zeigen soll.“

„Was redest du da? Ich bin doch nicht mitten in der Nacht zu dir gefahren, damit du mich jetzt schonst. Also zeig mir das Corpus Delicti.“

„Ich hol uns erst einmal etwas zu trinken“, meinte er nur und verschwand gleich darauf in der Küche, ohne ihren Einwand zu beachten.

„Wie kommt es eigentlich, dass du wieder mit Dennis die Nacht verbringst. Ich dachte, du hättest ihn in die Wüste geschickt?“, fragte er, als er mit zwei Saftgläsern zurückkam.

Svenja schüttelte verwundert den Kopf. „Philipp, das kann dich doch jetzt unmöglich interessieren. Wenn du mir nicht gleich die Morddrohung zeigst, gehe ich wieder.“

Er sah sie erschrocken an. „Nein, bitte bleib. Allein deine Anwesenheit hat eine beruhigende Wirkung auf mich. Ich will dich nur nicht unnötig belasten.“

Svenja betrachtete ihn stirnrunzelnd. Für einen Moment kamen Zweifel in ihr auf, ob die Drohung tatsächlich existierte, oder ob er sie nur vorgeschoben hatte, um sie zu sehen.

„Hör auf, mich in Watte zu packen. Was soll denn der Unsinn!“ Sie sah ihn herausfordernd an.

„Na gut, du willst es nicht anders.“ Seufzend stand er auf, ging in den Flur hinaus und kam mit einer Schachtel zurück. Svenja stand auf und ging zögerlich auf Philipp zu, der mitten im Raum stehen geblieben war. Sie war davon ausgegangen, dass er ihr einen Drohbrief zeigen würde, doch diese Schachtel verhieß nichts Gutes. Er hielt sie ihr hin. Was sie zu sehen bekam, entlockte ihr einen Entsetzensschrei. In der Schachtel lag eine tote Amsel. Ihre aufgerissenen Augen starrten sie an. Ein tiefer Schnitt hatte den zarten Hals zerfetzt und das gesamte Gefieder war blutverschmiert. Daneben lag ein Zettel mit ausgeschnittenen Buchstaben, auf dem folgende Worte standen:

Sieh dir den Vogel genau an. Du wirst sein Schicksal teilen.

Schockiert hielt sie sich die Hand vor den Mund und starrte auf die Amsel, deren Leben auf so grausame Weise beendet worden war.

„Wer macht so etwas Krankes?“, fragte sie ergriffen und blickte Philipp bestürzt an.

Dieser zuckte nur mit den Schultern und stellte die Schachtel auf die Terrasse. „Ich habe nicht die blasseste Ahnung. Morgen werde ich damit zur Polizei gehen“, meinte er, als er zurückkam. Er ließ sich auf einen Sessel fallen und legte stöhnend den Kopf in den Nacken. „Als ob ich nicht schon genug Schwierigkeiten hätte mit meiner Firma! Und jetzt auch noch diese Drohung! Ich weiß gar nicht, wie ich mich auf meine Arbeit konzentrieren soll." Er setzte sich auf und sah sie mit einem Blick an, in dem sich tiefste Verzweiflung widerspiegelte. „Ich habe eine Scheißangst, Svenja!"

„Das kann ich verstehen", sagte sie nur leise und nahm ihn in die Arme. Er tat ihr unendlich leid. Philipps Probleme hatten unerträgliche Ausmaße angenommen. Hätte ihr das Leben hellseherische Fähigkeiten in die Wiege gelegt, könnte sie etwas Elementares erkennen. Sie könnte sehen, dass der Grund für seine Bedrohung nicht nur ihn allein betraf. Sie saß mit ihm im selben Boot, das unaufhaltsam auf den Abgrund zutrieb. Doch noch ahnte sie nichts davon. Das Schicksal wollte es so.

15 – WENN DER SCHEIN TRÜGT

Glück! Wenn sie eine Definition von Glück geben müsste, dann würde Svenja ihren momentanen Zustand beschreiben.

Sie genoss das unabhängige Leben in ihren eigenen vier Wänden, sie hatte Erfolg in ihrem Beruf und sie verspürte eine nie gekannte Lebenslust, denn sie war glücklich verliebt, glücklicher als sie sich jemals erträumt hatte. Dennis war wie ausgewechselt, die Liebenswürdigkeit in Person. Er besuchte sie regelmäßig und entführte sie jedes Mal in ein anderes schönes Restaurant, ins Theater, zum Tanzen oder ins Kino. Es gab keine Launen und unvorhergesehene Absagen. Er vermittelte ihr das Gefühl, das Wichtigste in seinem Leben zu sein. Bis zum heutigen Tag hatte sie es keine Sekunde bereut, sich wieder auf eine Beziehung mit ihm eingelassen zu haben. An manchen Tagen konnte sie es kaum fassen, wie sich alles zum Guten gewendet hatte. Doch in diesen Momenten größten Glücks, beschlich sie auch das ungute Gefühl, es könnte zerbrechlich sein wie Glas. Heimtückisch, wie eine Raubkatze, die aus einer Lauerstellung angriff, überfiel sie diese Angst, begleitet von den Worten Kirstens. *Ich kann es kaum erwarten, dieser Svenja das Leben sauer zu machen,* hatte sie zu Mark gesagt. *Ich freue mich schon jetzt auf den Tag, an dem sie vor Dennis die Maske fallen lassen muss.* Immer wieder kamen ihr diese Sätze in den Sinn, und immer wieder scheiterte sie auf der Suche nach einer Erklärung. Die Worte bedrohten sie, verfolgten sie, und sie konnte sich nur retten, indem sie dieses Wissen um Kirstens Intrige zu verdrängen suchte. Das Glück mit Dennis durfte nicht zerbrechen. Sie hatte zu heftig für diese Beziehung gelitten und gekämpft.

Am erstaunlichsten fand sie, dass er es ohne Murren akzeptierte, wenn sie sich ab und zu mit Philipp traf. Er hatte wohl begriffen, wie schädlich eine Einschränkung ihrer persönlichen Freiheit für ihre Beziehung wäre und ließ sie deshalb gewähren. Für Svenja war es der Beweis, dass er an einer ernsthaften Partnerschaft interessiert war. Philipp, der sich von der abstrusen Morddrohung, auf die keine andere mehr gefolgt war, inzwischen erholt hatte, konnte Dennis' Wandlung nicht ganz verstehen. Aus Eifersuchtsgründen, wie Svenja vermutete.

„Du glaubst also an die ehrliche, große Liebe!", hatte er erst vor zwei Tagen mit leicht sarkastischem Unterton bemerkt.

„Ja, das tue ich. Und ich finde es schade, dass du daran zweifelst", hatte sie ihm etwas enttäuscht geantwortet.

„Na ja, ich meine ja nur, weil ich nicht so recht schlau aus ihm werde. Ich kann einfach nicht sagen, ob er mich wirklich mag oder nur akzeptiert."

„Das liegt wahrscheinlich daran, dass er dich eine Zeit lang als Rivale betrachtet hat. Männer brauchen eben eine Weile, bis sie kapieren, dass sie gewonnen haben."

„Schon möglich", hatte er daraufhin schulterzuckend gemurmelt und das Thema gewechselt.

„Hast du eigentlich seit deinem unerfreulichen Besuch bei Mark wieder von ihm gehört?“

„Nein, Gott sei Dank. Ich kann auf seine Anwesenheit gerne verzichten. Es würde mich aber schon interessieren, ob er hinter der Sache mit den Mails und dem Paket steckt.“

„Ja, mich auch. Ich kann mir nicht vorstellen, aus welchem Grund er so etwas tun sollte. Zum Glück ist seit dieser Morddrohung vor vier Wochen nichts mehr vorgefallen. Wahrscheinlich war alles nur ein schlechter Scherz“, versuchte Philipp die Angelegenheit zu verharmlosen. Svenja sah das anders. Eine leise Ahnung hatte sie beschlichen, warum Mark damit zu haben könnte. Doch sie ließ diesen Gedanken nicht zu. Es durfte nicht sein.

„Ein sehr schlechter! Ich wünsche dir, dass du recht hast. Das war beängstigend.“ In ihrer Erinnerung starrten sie wieder die aufgerissenen Augen der toten Amsel an.

„Denk einfach nicht mehr daran. Freust du dich auf Stockholm?“, hatte Philipp sie auf die in vier Tagen anstehende Geschäftsreise mit Dennis angesprochen, um sie abzulenken.

„Ja, und wie! Dass er mich mitnimmt, war wirklich eine große Überraschung für mich. Ich bin so aufgeregt, sag ich dir. Und das Schönste ist, dass er nur am Freitag einen Geschäftstermin hat, und wir Samstag und Sonntag zur freien Verfügung haben. Ich werde heute schon zu packen anfangen“, hatte sie ihm voller Begeisterung geantwortet.

Und diese Begeisterung war begründet gewesen. Jetzt saß sie auf dem weichen Bett eines kleineren Hotels im bezaubernden Stadtteil Södermalm und philosophierte mitten in Stockholm über den Begriff Glück, während Dennis seinen Termin wahrnahm.

Ja, ich bin glücklich, dachte sie, und packte vor sich hin summend ihre Kosmetikutensilien im exklusiv ausgestatteten, geräumigen Bad aus. Inzwischen führte sie mit ihm keine Diskussionen mehr darüber, wie viel Luxus ein Mensch eigentlich brauchte. Dennis würde ohnehin nur in den nobelsten Hotels absteigen, da er nichts anderes kannte. Doch bei diesem kleinen schlossähnlichen Hotel war sein vordergründiges Auswahlkriterium augenscheinlich Romantik gewesen. Die Einrichtung, mit dunklen, geschnitzten Antikmöbeln und einem großen Himmelbett mit weinrotem Baldachin und einer Tagesdecke aus dunkelrotem Samt, verlieh dem Zimmer einen ganz eigenen Charme. Svenja fühlte sich in eine andere, vergangene Welt versetzt. Zahlreiche Details wie Tischdecken mit Rosenprint, Schnörkelvasen, ein samtbezogener Ohrensessel und ein Waschkrug mit Schüssel unterstrichen diesen Flair. Man betrat das Zimmer und wurde sofort von dieser Atmosphäre gefangengenommen. Unwillkürlich ließ man die laute moderne Welt hinter sich. Dieses behagliche Gefühl hatte natürlich auch seinen Preis.

Insgeheim musste Svenja sich eingestehen, dass ein gewisser Luxus nicht zu verachten war. Es versüßte das Leben mit Annehmlichkeiten, die man irgendwann nicht mehr missen wollte. Aber das würde sie ihm gegenüber natürlich nicht offen zugeben. Er sollte niemals den falschen Eindruck gewinnen, sie habe es auf sein Geld abgesehen.

Lautes Telefonläuten unterbrach ihren Gedankengang, und sie ließ vor Schreck beinahe die Parfümflasche fallen. Unerbittlich durchdrang das laute Klingeln den stillen Raum. Was sollte sie tun? Der Anruf galt zu hundert Prozent Dennis, denn er hatte das Zimmer unter seinem Namen gebucht. Von ihren Bekannten wusste niemand, in welchem Hotel sie abgestiegen waren. Als das Klingeln auch nach leise gemurmelten Beschwörungsformeln, endlich aufzuhören, immer noch weiter ihre Nerven strapazierte, nahm sie kurzerhand das Mobilgerät in die Hand und hob ab.

„Svenja Grothe!"

„Wer ist dran?", fragte eine tiefe Männerstimme unfreundlich.

„Svenja Grothe, die Partnerin von Dennis Lettmann. Leider ist er gerade außer Haus bei einer geschäftlichen Besprechung. Kann ich irgendetwas für Sie tun?", antwortete sie unbeeindruckt von dem unerquicklichen Auftakt.

„Seine Partnerin, soso", wiederholte der Anrufer in verächtlichem Ton und versetzte Svenja damit einen Stich in der Magengegend. Wer war dieser Mann, der offensichtlich mehr über sie wusste?

„Verzeihung, mit wem spreche ich denn?" Sie ließ es sich nicht anmerken, dass sie verunsichert war.

„Mit Thomas Lettmann, Dennis' Vater. Ich habe versucht ihn zu erreichen, aber sein Handy ist ausgeschaltet." Es klang immer noch sehr unterkühlt. „Wann kommt er zurück?"

„Tut mir leid, das weiß ich nicht. Dennis meinte nur, es könnte ziemlich lange dauern."

„Sie wissen es also nicht. Aber sicherlich, wo es in Stockholm Louis Vuitton Taschen zu kaufen gibt“, entgegnete er in sarkastischem Ton.

Was für eine Unverschämtheit, dachte Svenja zornig.

„Ich brauche so etwas nicht, und wenn, würde ich es von meinem eigenen Geld kaufen. Ich habe es nicht nötig, mich aushalten zu lassen, falls Sie das meinen“, antwortete sie schroff.

„Verzeihung, wenn ich Ihnen zu nahe getreten bin. Aber mein Sohn hat erst vor Kurzem eine jahrelange Beziehung gekappt und geht jetzt mit irgendeiner neuen Errungenschaft auf Geschäftsreise. Mehr als eine Affäre kann das ja wohl nicht sein. Hoffentlich ist Ihnen das bewusst.“

Dennis’ Vater betrachtete sie als unbedeutende Affäre! Was für ein impertinentes Verhalten, sie mit seiner Sichtweise auf so unverblümte Art zu konfrontieren.

„Ihre Meinung zeigt, dass Sie kein gutes Verhältnis zu Ihrem Sohn haben können, sonst wüssten Sie, dass wir nicht nur eine flüchtige Affäre haben. Aber am besten reden Sie persönlich mit Dennis über sein Liebesleben. Ich wünsche Ihnen noch einen guten Tag.“

Sie legte schnell auf, und war über sich selbst erstaunt, wie kaltschnäuzig sie ihn abserviert hatte. Ihn, den millionenschweren Mogul unter den Unternehmensberatern, der es mit Sicherheit nicht gewohnt war, so respektlosen Widerstand zu erfahren. Vermutlich war es ein großer Fehler gewesen, hinsichtlich der Beziehung zu Dennis, doch für ihr Ego war es das einzig Richtige. Sie konnte es nicht hinnehmen, als geldgierige Shopping Queen hingestellt zu werden, die den

Sohnemann nach Kräften ausnahm. Es entsprach nicht der Wahrheit. Dennis würde ihre Reaktion sicherlich verstehen, wenn sie es ihm erklärte.

Dennoch gelang es ihr nicht, das unerfreuliche Gespräch aus dem Gedächtnis zu verbannen. Etwas getrübt in ihrer Freude über den Kurztrip, packte sie ihren Koffer aus und legte die Sachen in den antiken Kleiderschrank.

Sie sah auf ihre Uhr. Erst 13 Uhr! Dennis würde vor dem Abend nicht auftauchen, wie er angekündigt hatte. Sie beschloss einen Spaziergang durch Södermalm zu machen, um sich abzulenken und die Wartezeit zu verkürzen.

Das prächtige Wetter, die anheimelnde Atmosphäre der Stadt, mit seinen überwiegend aus Backstein gebauten Häusern, vertrieben erfolgreich ihre trüben Gedanken. Als sie Hunger bekam, setzte sie sich in das nächste Café, an dem sie vorbeikam und bestellte eine noch warme, süß duftende Kanelbullar – eine traditionelle, schwedische Hefeschnecke mit Zimt-Butter-Füllung. Während sie ihren Kaffee trank und das weiche Gebäck aß, wünschte sie sich sehnlichst, Dennis könnte bei ihr sein. Als hätten telepathische Schwingungen ihre Gedanken zu ihm getragen, kam in diesem Moment eine Nachricht von ihm an.

Meine Süße, hoffentlich langweilst du dich nicht. Ich werde gegen acht im Hotel sein, wo du mich hoffentlich sehnsüchtig erwartest ;-). Ich liebe dich.

Svenja musste unwillkürlich lächeln. Er dachte im selben Moment an sie, wenn das kein Zeichen war, dass sie zusammengehörten. Sie freute sich auf heute Abend. Doch der Gedanke an das Telefonat verlieh ihr ein ungutes Gefühl. Wahrscheinlich rief er in diesem Moment seinen Vater zurück und wer weiß, was dieser ihm erzählen würde. Es war schwierig für sie, Dennis' Reaktion einzuschätzen. Dazu kannte sie ihn nicht lange genug.

Sie war froh, als es endlich Abend war, um die unangenehme Sache aus der Welt schaffen zu können. Es ging auf acht Uhr zu, und beim prüfenden Blick in den Spiegel war sie sehr zufrieden mit dem Ergebnis. Es war der Lohn der Mühe, die sie aufgewandt hatte, um extra gut auszusehen. Er sollte in seiner Verblendung ihren Fauxpas nicht so sehr gewichten. Ein uralter, weiblicher, antifeministischer Trick, wie sie sich ungern eingestehen musste, aber auf dessen Wirkung sie jetzt nicht verzichten konnte.

Gegen halb neun kam Dennis endlich. Als er sie sah, leuchteten seine Augen bewundernd auf. Er sagte nur „Hallo Schatz, du siehst ja umwerfend aus!“, nahm sie in seine Arme und küsste sie voller Leidenschaft. Seiner guten Laune nach zu schließen, hatte sein Vater noch nichts über ihren Streit verlauten lassen. Obwohl ihr Verlangen ihn körperlich zu spüren, sehr groß war, wollte sie dennoch zuerst von dem Anruf berichten.

„Dennis, ich muss dir etwas sa...“

„Nicht jetzt, nicht nachdem ich heute so lange auf diesen Augenblick gewartet habe“, unterbrach er sie mit rauer Stimme, und verschloss gleich darauf ihren Mund mit einem innigen Kuss. Sie erwiderte ihn ebenso leidenschaftlich, legte den Kopf in den Nacken, als er anfing ihren Hals zu liebkosen, und stieß schließlich beinahe stöhnend hervor: „Dein Vater hat heute angerufen."

Augenblicklich hielt Dennis mit den Liebkosungen inne. Svenja konnte unter ihren Händen spüren, wie sich sein Rücken extrem verspannte. Er löste sich von ihr und sah sie mit zweifelnder Miene an.

„Mein Vater? Wieso bist du überhaupt rangegangen?"

„Weil es nicht zu klingeln aufhörte. Ich dachte, das muss ja enorm wichtig sein, wenn es jemand so penetrant anläuten lässt. Außerdem wohne ich auch in diesem Zimmer, es hätte ebenso für mich sein können", verteidigte sie sich mit Nachdruck.

„Schon gut, hast ja recht. Mich hat er auch auf dem Handy zu erreichen versucht. Dabei weiß er, dass ich während Verhandlungen nicht rangehe. Und, was wollte mein alter Herr?", fragte er in gereiztem Ton.

„Keine Ahnung, er sagte nur, dass er unbedingt mit dir sprechen müsste. Er bezeichnete mich im übertragenen Sinn als deine neue, unbedeutende Affäre, die dich nur begleitet hat, um dich kräftig auszunehmen."

Erneut keimte Zorn in ihr auf, wenn sie an Herrn Lettmanns uncharmante Worte dachte.

Dennis' Blick verdüsterte sich, als er das hörte.

„Er kann es nicht lassen. Tut mir leid, dass er dich beleidigt hat. Weißt du, er kann mir einfach nicht verzeihen, dass ich Kirsten verlassen habe. Sie als Partnerin zu haben, war der einzige Punkt in meinem Leben, den er mir zugutehalten konnte. Ansonsten gibt er mir immer das Gefühl, dass ich seine Ansprüche nicht erfüllen kann, milde ausgedrückt."

Verbitterung schwang in seiner Stimme mit.

„Aber du vertrittst doch seine Firma auch im Ausland. Wenn er dich für so eine Niete halten würde, wie du sagst, würde er dich diesen verantwortungsvollen Job gar nicht machen lassen“, versuchte Svenja ihn seelisch zu unterstützen.

„Natürlich bin ich keine Niete und das weiß er auch. Aber zugeben kann er es nicht. Ständig sucht er bei mir nach dem Negativen.“ Er stand auf und ging zum Fenster. Für ein paar Augenblicke sah er schweigend hinaus, und drehte sich dann zu ihr um. „Weißt du, mein Leben lang gibt er mir das Gefühl, nur geduldet und immer wieder eine einzige Enttäuschung für ihn zu sein. Meine Existenz ist zerstörerisch. Er kann mich nicht lieben.“

Svenja sah ihn bestürzt an. „Aber er ist doch dein Vater! Väter lieben ihr Kind. Ich bin sicher, dass er das auch tut, nur kann er es nicht zeigen.“

„Nicht mein Vater. Er hat die Tragödie meiner Geburt nie verkraftet. Ich weiß das.“ In seinen Augen lag eine tiefe Traurigkeit. Es war eine Traurigkeit, die man nicht mit ein paar Worten wegwischen konnte, wie Svenja in diesem Moment erkannte. Diese Traurigkeit hatte tief verankerte Wurzeln in seinem Inneren. Niemandem würde es gelingen sie vollständig zu entfernen, nur die sichtbaren Triebe an der Oberfläche. Doch diese würden immer wieder nachwachsen.

„Tut mir leid, wenn ich dich jetzt mit meinem Psychoquark verschreckt habe. Vergiss es einfach, ändern kann man sowieso nichts mehr“, sagte er plötzlich mit einer wegwerfenden, männliche Gleichgültigkeit demonstrierenden Handbewegung. Ein deutliches Zeichen, dass er nicht mehr darüber reden wollte. Doch

Svenja wollte mehr, nein alles, darüber wissen, sagte aber nichts. Nur ihr auffordernder Blick weiterzureden, heftete sich an ihn und ließ ihn nicht mehr los, bis er endlich fortfuhr. „Zu deiner Beruhigung, ich habe im Laufe der Zeit gelernt, damit zu leben. Nur in manchen Situationen bricht der Schmerz eben durch. Ich kann nichts dagegen machen. Aber es geht auch ebenso schnell wieder vorüber."

Für Svenja war das Thema zu ernst, als dass sie sich von seinen Beschwichtigungstiraden beruhigen lassen wollte.

„Vielleicht hat dein Vater die Tragödie besser überwunden als du denkst und sein negatives Verhalten hat gar nichts damit zu tun. Nur *du* glaubst das", versuchte sie ihm seine Schuldgefühle zu nehmen. Er zog die Lippen kraus. „Du musst es ja wissen!"

Es war der falsche Ansatz, wie Svenja sich eingestehen musste. Verlegen drehte sie an ihrem Ring herum. Sie rang mit sich, die passende Formulierung für ihre Frage zu finden. „Hast du schon mal mit jemandem darüber geredet, ich meine ... so richtig ausführlich?" Kaum ausgesprochen, wurde ihr bewusst, wie unbeholfen sich das anhören musste.

„Warum so schüchtern? Frag mich doch einfach, ob ich beim Psychiater war!" Mit dieser Direktheit hatte sie nicht gerechnet. Betreten sah sie zu Boden und wartete schweigend, dass er weiterredete. Doch das, was er ihr dann zu sagen hatte, verursachte ihr Gänsehaut.

„Mit fünfzehn war ich in Behandlung, nachdem ich sämtlichen Vögeln in unserer Gegend mit dem Luftgewehr eine verpasst hatte, und irgendwann auch der Nachbarkatze", antwortete er und grinste dabei.

„Also, das kann ich nicht lustig finden!“, rief sie ehrlich entsetzt aus.

„Ist es auch nicht, aber es ist auch nicht so dramatisch, wie es auf den ersten Blick aussehen mag. Es war pures Frustverhalten, das ich an den armen Kreaturen ausgelassen hatte.“

Er zuckte leicht mit den Schultern und setzte sich neben sie aufs Bett. „Meinem Vater und meiner Stiefmutter, die es verdient hätten, konnte ich keine auf den Pelz brennen, also mussten die Vögel herhalten. Nach der Therapie verspürte ich nie wieder den Wunsch so etwas zu tun.“

Svenja sagte nichts, sah ihn zweifelnd an. Sie stellte sich vor, wie Dennis als halbwüchsiger, schlaksiger Junge das Luftgewehr im Anschlag hatte und mit eiskaltem Blick auf Vögel zielte und sich daran ergötzte, wenn diese getroffen zu Boden stürzten.

Ohne es zu wollen, erschien ihr das Bild der toten, blutverschmierten Amsel bei Philipp. Leichtes Frösteln überlief ihren Körper. Sie wollte den logischen Schluss nicht zulassen, doch er drängte sich ihr zwanghaft auf.

„Hey, bist du jetzt schockiert von meinen Jugendsünden?“

Svenja schüttelte nur den Kopf.

„Oh doch, du bist es. Vielen Dank, lieber Herr Papa, damit hast du mir wieder mal einen Abend versaut. Komm schon, ich bin kein Psychopath, wenn du das jetzt denken solltest. So etwas kommt öfter vor, als du denkst.“ Er nahm ihre Hand. „Es gehört endgültig der Vergangenheit an und hat nichts mehr mit der Gegenwart zu tun. Das musst du mir glauben. Und jetzt lass uns einfach das Ganze vergessen und die Zeit hier genießen. Ich führe dich heute in ein tolles Lokal aus. Tipp von einem Geschäftspartner."

Er küsste sie zärtlich auf den Nacken, und ein Schauer lief ihr über den Rücken. Nicht aus Gründen der Leidenschaft, sondern aus Unbehagen.

Svenja musste unwillkürlich kichern, als Dennis beim Nachschenken etwas Sekt verschüttete. Vor nicht einmal fünfzehn Minuten hatte er sie in seinen seelischen Abgrund blicken lassen, und dennoch konnte sie jetzt wieder lachen. Es war ihm tatsächlich gelungen, innerhalb kürzester Zeit eine 180 Grad Drehung der angespannten Situation herbeizuführen. Als hätte es nie Probleme in seiner Vergangenheit gegeben, hatte er kurzerhand eine Sektflasche aus der Hotelbar geholt und mit ein paar pointierten Witzen die bedrückte Stimmung weggelacht. Svenja ließ sich bald von seinem Überschwang mitreißen, und es gelang ihr sogar, den Gedanken, er könnte etwas mit Philipps Morddrohung zu tun haben, beiseite zu schieben.

„Stopp, eigentlich will ich gar nichts mehr trinken, sonst komme ich schon betrunken im Restaurant an. Ich muss noch mal wohin, bevor wir gehen", sagte sie und ging zum Bad.

„Wie du meinst. Dann telefoniere ich so lange noch mit meinem Vater."

Als Svenja wieder ins Zimmer kam, bemerkte sie sofort seine Zerknirschtheit. „Alles in Ordnung?", fragte sie vorsichtig und bekam nur ein Schulterzucken zur Antwort. „Jetzt sag schon. Du musst mich nicht schonen", drängte sie ihn, doch Dennis sah sie nach einem tiefen Atemzug lächelnd an und schlüpfte in sein

Jackett. „Nichts, was uns den Abend verderben sollte. Komm, wir gehen."

Sie verbrachten ein paar harmonische Stunden in einem schicken Restaurant und kehrten danach leicht angeheitert ins Hotel zurück. „Und jetzt vernasche ich mein zweites Dessert. Das wird zehnmal besser sein, als das vom Drei-Sterne-Koch", raunte er ihr ins Ohr, als er die Hotelzimmertür öffnete. „Davon kannst du ausgehen", gluckste sie und zog ihn küssend mit zum Bett.

Sie liebten sich und vergaßen dabei alles um sich herum. Eng umschlungen lagen sie danach auf dem weichen, komfortablen Bett. Svenja stieß einen wohligen Seufzer aus.

„Dennis, es ist so schön mit dir. Ich fühle mich dir so nah, nicht nur körperlich", sagte sie und fuhr mit den Fingern durch sein lockiges Haar.

Er küsste sie auf die Stirn. „Ja, mir geht es genauso. Nichts soll zwischen uns stehen, auch nicht mein Vater."

„Aber dann musst du dich mir anvertrauen. Ich will alles wissen über dich. Auch über die dunklen Seiten in deinem Leben."

Dennis starrte schweigend zur Decke, und sah Svenja dann mit klaren Augen an.

„Bitte, verstehe und akzeptiere, dass ich nicht mehr darüber reden möchte. Es ist Vergangenheit, und hat keinen Einfluss auf mein Leben in der Gegenwart. Wenn du mich zwingst, diese unschönen Dinge aus der Mottenkiste zu kramen, dann belastet mich das. Vergleichbar mit einem Niesanfall, den man von alten verstaubten Sachen bekommt, die in Vergessenheit geraten sind. Man sollte sie ein für alle Mal entsorgen."

Sachte strich er eine Haarsträhne aus ihrem Gesicht. „Gibt es in deinem Leben nicht auch so manche Dinge, an die du ungern erinnert wirst?"

Svenja schwieg betroffen. Wieso fragte er das? Ein logischer Gedankenschluss oder etwa ... nein, sicherlich war es nur eine allgemeine Feststellung, dass niemand unfehlbar ist.

Mit einem begleitenden „Mhm", nickte sie und zog es vor, nicht nachzufragen.

„Freut mich, dass meine Metapher so überzeugend war. Ich hätte Philosoph werden sollen!"

Beide lachten lauthals über diese Erkenntnis, und betrachteten damit das Thema als erledigt.

Es herrschte lebhafter Betrieb im „Sundbergs Konditori", dem ältesten Café Stockholms und Lieblingscafé König Carl Gustafs, als Svenja und Dennis dort ankamen. Glücklicherweise erhob sich in dem voll besetzten, relativ kleinen Raum ein Pärchen zum Gehen, denn Svenja hätte sich nicht in der Lage gesehen, noch weiter nach einem Lokal zu suchen. Ihre Füße schmerzten von der ausgiebigen Erkundung des Altstadtteils Gamla Stan. Nach dem Besuch des Nobel Museums hatten sie deshalb beschlossen, eine Kaffeepause einzulegen. Während sie ihre Knöchel und Unterschenkel leicht massierte, ging Dennis zur Theke, um zwei Tassen Kaffee zu holen. Nachdenklich beobachtete sie ihn dabei. Er sah verdammt gut aus, in seinen mintgrünen Jeans mit schwarzem eng anliegendem Poloshirt. Einige Frauen im Raum warfen einen neugierigen und bewundernden Blick auf ihn. Doch keine dieser Frauen ahnte, dass sich hinter der schönen

Fassade eine verletzte Seele verbarg. Nur sie wusste es. Und es fiel ihr schwer, damit umzugehen. Der vergangene Abend hatte gezeigt, wie schwierig es war, solch tiefschürfende Ereignisse aus der Kindheit und Jugend aufzuarbeiten, wenn der Betroffene in Blockadestellung ging.

Die Erkenntnisse des Vortages hatten sie gedanklich wieder eingeholt. Wahrscheinlich hätte sie es schon längst als pubertäres und temporär begrenztes Fehlverhalten einordnen können, wäre da nicht Philipp gewesen. Philipp und die tote Amsel. Eine innere Stimme sagte ihr, sie müsse unbedingt mit ihm über ihre neuen Erkenntnisse sprechen. Sie musste wissen, wie wahrscheinlich ihr fataler Verdacht sein könnte. Sie wollte die Gewissheit, dass nichts der Wirklichkeit entsprach, dass er nur ihren irrationalen Ängsten entsprang.

Dennis kam fröhlich lächelnd mit zwei filigranen Porzellantassen zurück und setzte sich neben sie.

„Alles in Ordnung, min älskling?"

„Ja, warum fragst du?"

„Du sahst gerade so nachdenklich aus. Belastet dich der Anruf meines Vaters immer noch? Das darfst du nicht zu persönlich nehmen. Mein Dad kann ziemlich unangenehm werden, wenn ihm etwas nicht passt. Also vergiss es ganz schnell und lass uns die Tage in Stockholm genießen."

„Ja, du hast recht", stimmte sie lächelnd zu und war froh, dass er den wahren Grund ihrer Nachdenklichkeit nicht erkannt hatte. „Dieses Café wirkt wirklich sehr herrschaftlich mit seiner barocken Einrichtung. Kein Wunder fühlt sich der schwedische König hier so wohl", lenkte sie vom Thema ab und dachte gleichzeitig darüber nach, wie sie es anstellen sollte, um heimlich mit Philipp telefonieren zu können.

Eine Toilette erachtete sie als ungeeignet, da in Schweden nicht so streng nach Geschlechtern getrennt wurde wie in Deutschland, und Dennis deshalb ihr Gespräch mithören könnte. Im Moment gab es für sie keine andere Möglichkeit, als darauf zu hoffen, im Laufe des Tages einen spontanen Einfall zu bekommen. Sie musste nicht lange warten. Beim Einkaufsbummel im modernen Stadtteil Normalm, mit seinen vielen großen und kleineren Geschäften, ergriff sie die Gelegenheit, als Dennis in ein Sportgeschäft gehen wollte.

„Dennis, macht es dir etwas aus, wenn wir uns für eine halbe Stunde trennen? Bei Sportklamotten brauchst du ja meinen Rat nicht. Ich könnte dann so lange in der schicken Boutique, die ich dir vorhin gezeigt habe, stöbern. Das interessiert dich bestimmt genauso wenig wie mich Sportkleidung, außerdem spart es uns Zeit.“

„Ja, wenn du meinst. Dann bis in einer halben Stunde vor deinem Laden.“

Er küsste sie auf die Wange. Svenja war froh, dass er ihren Vorschlag sofort akzeptiert hatte und eilte in Richtung Boutique davon. Dort schnappte sie sich zwei beliebige Bekleidungsstücke und wollte in einer Umkleidekabine verschwinden, doch alle drei vorhandenen waren besetzt. Nach etlichen Minuten, die sich wie Stunden anfühlten, kam endlich eine junge Frau heraus und Svenja verschwand sofort hinter dem Vorhang. Sie wählte auf dem Smartphone Philipps Nummer. Während sie darauf wartete, dass er abhob, lugte sie nervös um die Ecke in den Geschäftsraum. Sie musste sichergehen, dass Dennis nicht vorzeitig erschien und von dem Gespräch etwas mitbekam.

„Hallo Svenja! Wie geht es dir im Land der Elche?"

„Hallo Philipp! Gut! Stockholm ist eine wunderschöne Stadt. Leider habe ich jetzt nicht viel Zeit zum Reden. Ich muss unbedingt etwas wissen. Kannst du dir vorstellen, dass Dennis hinter der Morddrohung mit der toten Amsel steckt?"

„Dennis? Nein, das glaube ich nicht. Er war in letzter Zeit überhaupt nicht mehr feindselig. Warum fragst du?"

„Weil er mir erzählt hat, dass er in seiner Jugend Vögel mit dem Luftgewehr vom Himmel geholt hat."

Schweigen.

„Philipp? Bist du noch dran?"

„Ja, das – das ist nur etwas schockierend für mich. Aber andererseits, überleg doch mal. Warum sollte er das tun? Ich bin inzwischen kein Rivale mehr für ihn, da ich eure Beziehung schweren Herzens akzeptiert habe, und was hätte er sonst für einen Grund?"

„Keine Ahnung. Es ängstigt mich zu wissen, dass er so gewalttätige Dinge gemacht hat. Was, wenn er immer noch so kranke Neigungen hat? Und sich dessen nicht bewusst ist."

„Ja, ganz von der Hand zu weisen ist dieser Gedanke nicht", meinte Philipp in nachdenklichem Ton. „Aber, wie gesagt es gab keine Feindseligkeiten mehr zwischen uns. Er hat mir sogar noch einmal gratis einen Business Plan gemacht. Ich denke deine Sorgen sind unberechtigt."

„Ich wünsche mir nichts mehr, als dass du recht hast."

„Weißt du, Mark traue ich eher so etwas zu."

„Oh ja, Mark! Auf den würde diese Aktion tatsächlich passen. Könnte es etwas damit zu tun haben, dass er dir Geld geliehen hat?“, fragte sie und warf gleichzeitig einen Blick auf die Uhr. Noch fünfzehn Minuten. Als sie wieder hochsah, erschrak sie fürchterlich. Dennis trat gerade durch die Eingangstür und steuerte zielstrebig auf die Umkleidekabinen zu.

„Woher weißt du ...?“, hörte sie Philipp noch fragen, bevor sie ihn schnell wegklickte.

„Svenja, wo bist du?“, ertönte Dennis’ Stimme schon ziemlich nah.

„Ich bin hier!“, rief sie, wedelte mit dem Vorhang und ließ gleichzeitig das Smartphone in der Handtasche verschwinden. Im nächsten Moment streckte Dennis den Kopf in die Kabine.

„Na, was probierst du Schönes?“

„Wieso bist du schon hier?“

„Sportklamotten sind langweilig. Ich hatte Sehnsucht nach dir. Bist du fertig mit dem Anprobieren?“

Svenja warf die beiden Kleidungsstücke über den Arm und schob den Vorhang zurück.

„Ja, wir können gehen“, sagte sie und trat aus der Kabine. Dennis griff blitzschnell nach der Bluse, die sie angeblich probiert hatte, und hielt sie ausgebreitet vor sich hin.

„Blümchenmuster und Schluppe?“ Er sah sie halb zweifelnd, halb belustigt an.

Svenja zuckte nur mit den Schultern.

„Ich dachte, das ist mal etwas anderes.“

„Die ist ja viel zu groß! – XL! Sag mal kaufst du immer nach dem Zufallsprinzip ein?“, fragte er erstaunt.

„Ach, du meine Güte, ich habe doch glatt die falsche Größe erwischt“, sagte sie lachend und war bemüht, sich nichts anmerken zu lassen. Ihr Smartphone klingelte.

„Nicht einmal im Urlaub hat man seine Ruhe!“, maulte sie gespielt entnervt, während sie das Gerät aus der Tasche holte. Es war Philipp.

„Hallo Vera, alles klar bei dir? – Mir geht es prima. – Ja natürlich können wir noch einen Schüler in der Englischgruppe unterbringen. Gut, ich melde mich dann bei dir, bis bald!“

Ich hätte Schauspielerin werden sollen, dachte sie und war stolz, dass sie sich nicht durch Philipps *Svenja, hey, ich bin es, Philipp. Was faselst du denn da? Ich bin es, Philipp, nicht Vera, Phiiiliiipp!* aus dem Konzept hatte bringen lassen, bis endlich das erkenntnisreiche *Oder kannst du nicht reden*? kam.

„Dieser Pulli ist ebenfalls nicht deine Größe und dein Stil“, meinte Dennis, der während ihres Telefonats das zweite Kleidungsstück an sich genommen hatte. Es klang nicht erstaunt, sondern vielmehr skeptisch.

„Das muss an der dämmrigen Beleuchtung liegen. Außerdem fühle ich mich gehetzt, wenn ich zu wenig Zeit zum Einkaufen habe. Komm, lass uns Sightseeing machen, shoppen kann ich auch zu Hause“, sagte sie mit einem erzwungenen Lachen in der Stimme, entriss ihm dabei die Probierklamotten, die sie über einen Ständer warf und zerrte ihn an der Hand nach draußen. Dort küsste sie ihn und flüsterte ihm ins Ohr: „Ich freue mich schon auf die Nacht im Himmelbett, der schönste Platz in ganz Stockholm.“

Zögernd erwiderte er ihre Liebesbezeugung mit einem Kuss, der immer leidenschaftlicher wurde.

Während Dennis unter der Dusche stand, schichtete Svenja nacheinander alle mitgebrachten Klamotten, bis auf das, was sie zum Heimflug anziehen wollte, in den Koffer. Leichte Wehmut überfiel sie dabei, wenn sie die schönen Tage Revue passieren ließ. Glücklich und verliebt hatten sie Stockholm erkundet, waren in schönen Restaurants eingekehrt, und hatten die Nächte im wahren Liebesrausch verbracht. Vergessen war während dieser Zeit der anfängliche Zweifel an ihm, ausgelöst durch das Telefonat mit seinem Vater. Dennis war so locker und gelöst und auch so charmant gewesen, dass sie es nicht mehr nachvollziehen konnte, warum sie je an ihm gezweifelt hatte.

Nur der Gedanke an seinen Vater bereitete ihr jetzt Kopfzerbrechen. Es hatte so viel Ablehnung in seinem Verhalten gelegen. Für ihn war sie diejenige, die seine Pläne durchkreuzte. Geschäftliche Pläne, die er zusammen mit Kirsten über den Kopf von Dennis hinweg geschmiedet hatte. Svenja war in diese Welt eingebrochen, in die sie seiner Meinung nach niemals passen würde. Obwohl er sie gar nicht kannte. Er hatte sich, nur nach der verzerrten Darstellung durch Kirsten, ein Bild geprägt, das sie nicht so schnell würde auslöschen können.

Dennis' Handy klingelte. Svenja konnte nicht umhin, nachzusehen, wer etwas von ihm wollte.

Kirsten! Sie verspürte einen leichten Krampf in ihrer Magengegend. Es war schon fast unheimlich, dass sie geradewegs in ihre Gedanken hineintelefonierte. Das

Klingeln verstummte. Gleich darauf kam eine Nachricht an.

Svenja sah zur Badezimmertür, hinter der sie Wasser plätschern hörte, und warf dann einen Blick auf sein Handy. Wie erwartet stammte die Nachricht von Kirsten. Was wollte sie von ihm? Hatte sie es immer noch nicht begriffen, dass sie verloren hatte?

Wie von unsichtbarer Macht gelenkt, nahm sie das Gerät zur Hand und öffnete die Nachricht.

Hi Dennis, muss dich unbedingt wegen Svenja sprechen. Sie ist nicht die, für die du sie hältst. Habe bald den Beweis dafür. Es war ein großer Fehler mich zu verlassen.

Svenja starrte erschrocken auf das Handy. Der Beweis! Mark, der ihn finden soll ... Ihr wurde heiß. Kirstens Intrige war in vollem Gange! Ohne Zweifel versuchte sie mit aller Macht, einen Keil zwischen Dennis und sie zu treiben.

Das Plätschern hatte aufgehört. Jeden Moment konnte Dennis ins Zimmer kommen. Es blieb ihr keine Zeit zu überlegen, welche Konsequenzen es hätte, wenn sie jetzt die Nachricht löschte. Ihr einziges Motiv war in diesem Moment, dass Dennis diese Zeilen auf keinen Fall lesen durfte. Nervös klickte sie auf *Löschen* und *OK,* und legte dann das Handy herzklopfend an den ursprünglichen Platz. Doch nichts war für Svenja okay. Vier kurze Sätze hatten die Illusion zerstört, sie könnte jemals mit Dennis unbeschwert glücklich sein.

16 – CHAOS DER GEFÜHLE

Der Umschlag war ihr unter dem Stapel der eingegangenen Post sofort aufgefallen. Cremefarben, feinstes Hüttenpapier, mit Füllhalter in schwungvollen Buchstaben geschriebene Adresse. Beim Blick auf den Absender fuhr ihr der Schreck in die Glieder. Thomas Lettmann. Was hatte das zu bedeuten? Skepsis und Neugier hielten sich die Waage, als sie das Kuvert nervös mit dem Brieföffner aufschlitzte und eine Karte herauszog. Mit ungläubigem Erstaunen las sie die in schnörkelig gedruckter Schrift verfasste Einladung in die Villa Lettmann, anlässlich seines 65. Geburtstags. Der erste, spontane Gedanke war abzulehnen. Es war schwer vorstellbar, dass er wirklich Wert auf ihre Anwesenheit legte. Sicherlich hatte er diese Einladung nur auf Dennis' Drängen hin verschickt. Andererseits fand sie den Gedanken verlockend, in Dennis' Welt einzutauchen und seine Familie genauer unter die Lupe zu nehmen, nach allem, was sie bisher von ihr wusste. Es sollte sich zu ihrem Leidwesen bald herausstellen, dass es besser gewesen wäre, wenn sie auf ihr erstes Bauchgefühl gehört hätte.

Einen Tag vor diesem Großereignis hatte sie ihre Eltern besucht, saß jetzt am ovalen Tisch auf der kleinen Terrasse. Beim Anblick der üppigen Obsttorte mit Cremerand und Mandelverzierung beschloss sie dieses

Mal hart zu bleiben, und sich kein zweites Stück aufdrängen zu lassen.

Doch kaum hatte sie die Kuchengabel beiseitegelegt, schob ihre Mutter ein weiteres süßes Dreieck von der Tortenschaufel auf ihren Teller.

„Mama, bitte, ich möchte nicht so viel essen. Ich will morgen nicht mit so einem Kugelbauch bei den Lettmanns auftauchen. Schließlich muss ich nicht nur im übertragenen Sinne eine gute Figur machen!“, protestierte sie scherzhaft und schob den Teller demonstrativ zur Tischmitte.

„Aber Schätzchen, das ist doch nur Obstkuchen, mit fettfreiem Biskuitboden. Das scheint ja ein bedeutender Termin für dich zu sein, dieser Geburtstag von Dennis' Vater.“

„Weniger bedeutend als unangenehm. Ich habe dir doch von diesem unerfreulichen Telefonat mit Herrn Lettmann vor vier Wochen in Stockholm erzählt. Da liegt es nahe, dass der Empfang nicht gerade herzlich ausfallen wird. Vor allem, wenn er alle anderen Familienmitglieder auf eine Frau eingeschworen hat, die nur des Geldes wegen mit Dennis zusammen ist. Am liebsten würde ich gar nicht hingehen.“

Dieser Gedanke hatte in den letzten Tagen immer mehr Form angenommen. Wenn sie sich nur vorstellte, wie sie misstrauisch beäugt werden würde – als diejenige, die eine Beziehung zerstört hatte und die nach Meinung des Familienoberhauptes keine Berechtigung besaß, in dieser Familie zu verkehren. Sie wollte nicht die offensichtliche Ablehnung von allen Seiten zu spüren bekommen.

All diese Bedenken hatte sie auch Dennis gegenüber geäußert, als sie vor einer Woche die Einladung erhalten hatte.

„Aber das ist doch Unsinn. Mein Vater hat dich sogar schriftlich eingeladen. Das würde er nie tun, wenn er es nicht wollte."

„Wahrscheinlich hat er mich eingeladen, um mich zu prüfen. Nachdem er gesehen hat, dass er auf Granit beißt, was deine neue Liebe betrifft, bleibt ihm gar nichts anderes übrig, als die Sache offensiv anzugehen. Er wird ganz sicher nicht auf Kuschelkurs schalten."

„Du siehst das Ganze viel zu pessimistisch. Kein Mensch kann mir vorschreiben, in wen ich verliebt sein darf. Auch nicht mein allmächtiger Vater. Schließlich leben wir im 21. Jahrhundert, in dem nicht nach rationellen Gründen der richtige Partner für den Sprössling ausgesucht wird."

„Bist du sicher?", hatte sie gefragt, wobei sie sich ein kleines Schmunzeln nicht verkneifen konnte. „Manche Dinge, mein Lieber, ändern sich nie, auch wenn nicht alles so vordergründig abläuft, wie anno dazumal."

Er hatte nur *Ganz großer Unsinn* gemurmelt, und versucht, ihre Bedenken wegzuküssen.

Für die kurze Zeitspanne von zwei Tagen hatte er damit Erfolg gehabt, doch je näher der Termin rückte, und je öfter sie darüber mit jemandem sprach, desto unwohler wurde ihr bei dem Gedanken daran. Vor allem Philipps Reaktion schürte ihre Ängste.

„Du willst tatsächlich in die Höhle des Löwen gehen?", hatte er sie verblüfft gefragt, als sie ihn vor zwei Tagen anrief. „So wie der dich am Telefon abgekanzelt hat, scheint er nicht von der angenehmen Sorte zu sein.

Thomas Lettmann ist ein Patriarch. Das habe ich sogar aus den wenigen Gesprächen, die ich mit Dennis führte, herausgehört." Er machte eine Pause. Als Svenja nicht antwortete, fügte er bissig hinzu: „Kein Wunder, dass der Typ in seiner Jugend Macken entwickelt hatte, ich sage bloß: Vögel und Luftgewehr."

So etwas wollte sie jetzt nicht hören und reagierte deshalb entsprechend genervt.

„Danke, deine Zuversicht spendende Charakterisierung hilft mir enorm, den Besuch gelassen anzugehen", blaffte sie ihn an. „Das ist alles bestimmt nur halb so schlimm wie befürchtet!"

„Ein Hoch auf die weibliche Naivität", sagte er ironisch. „Aber klar, du bist verliebt und redest dir die Realität schön. Nun gut, ich will dich jetzt nicht länger verunsichern. Du hast die Einladung angenommen, also musst du auch hingehen."

Kurz darauf hatte er das Gespräch beendet. Die Sorgen um seine Firma hatten ihn wieder im Griff. Nach anfänglicher Euphorie, einen guten Kunden gefunden zu haben, war die Ernüchterung eingekehrt. Denn dieser machte Schwierigkeiten mit der Bezahlung. An jenem Tag war die zweite Mahnung als unzustellbar zurückgekommen, und Philipp musste mit Nachdruck recherchieren woran das liegen konnte.

„Wenn das Geld nicht bald kommt, bin ich erledigt! Ich muss unbedingt noch mehr über diese Firma erfahren. Sobald ich etwas weiß, melde ich mich bei dir."

Nach diesem Telefonat war sie ziemlich deprimiert gewesen. Die Unsicherheit im Umgang mit Dennis' Familie und Philipps Schwierigkeiten setzten ihr sehr zu. Es war so tragisch mit anzusehen, wie hart er um seine

Existenz kämpfen musste. Die Hoffnung auf eine bessere Zukunft war wie eine Seifenblase zerplatzt. Anstelle eines verheißungsvollen Neuanfangs drohte ihm der Sturz in den Abgrund. Das Schlimmste war, dass sie ihm nicht helfen konnte.

„Natürlich wirst du hingehen", drang die Stimme ihrer Mutter jetzt in das Gedankendickicht. „Schließlich hast du eine persönliche Einladung bekommen. Das würde Dennis' Vater nicht machen, wenn er es nicht wirklich wollte. Vielleicht will er damit auch sein Fehlverhalten wiedergutmachen", versuchte sie ihre Tochter zu beschwichtigen.

Als sich Svenja etwas später mit einer Umarmung verabschiedete, flüsterte ihre Mutter ins Ohr: „Viel Spaß beim Geburtstag. Denk dran, es ist auch die Einladung für ein besseres Leben, ohne Geldsorgen. Davon hast du zu Hause genug mitbekommen."

Svenja streichelte wortlos über ihren Rücken und fuhr dann gedankenverloren durch die Stadt nach Hause. Sie nahm es ihr nicht übel, so zu denken. Ihre Mutter konnte nicht anders. Alles, was sie für ihre Tochter wollte, war ein sorgenfreies Leben. Ein Leben ohne den täglichen Sparzwang, um die Zinsen und Tilgungsraten für das Reihenmittelhaus finanzieren zu können. Ein Zwang, dem im Laufe der Zeit viel Lebensfreude zum Opfer gefallen war, und sich in die Gesichtszüge ihrer Eltern eingegraben hatte.

Auch wenn sie es sich nur ungern eingestand, musste sie ihrer Mutter in gewisser Weise recht geben. Es war ein nicht zu leugnender, reizvoller Gedanke, in eine reiche Familie einzuheiraten, mit der Aussicht, nie mehr Geldsorgen haben zu müssen. Doch eine Frage ließ sie dabei nicht los. Die Frage, ob der Preis dafür nicht zu hoch sein würde.

Müde blinzelte sie am Samstagmorgen in das helle Licht, das durch die Schlitze der Jalousien drang und räkelte sich. Es war der besagte Tag, an dem sich die Ereignisse überschlagen und ihr Leben gefährlich ins Wanken bringen sollten.

Normalerweise schlief sie am Wochenende mindestens bis neun Uhr, doch heute wachte sie schon lange vor der Zeit auf. Verschlafen machte sie sich Frühstück und blätterte gleichgültig in der Tageszeitung. Was interessierte sie, welcher Politiker welchen Gesetzesvorschlag zum Besten gab, während sie nur ein Gedanke quälte: die Geburtstagsfeier! Sie verspürte eine große Reue, dass sie zugesagt hatte. Es zerfraß sie förmlich. Wie einfach wäre es gewesen, irgendeinen wichtigen Termin zu erfinden und höflich abzusagen. Keiner in Dennis' Familie hätte sich daran gestoßen, höchstwahrscheinlich wären sie froh gewesen, sie nicht begrüßen zu müssen.

Doch sie hatte die Einladung dankend bestätigt. Wegen Dennis. Nur ihm zuliebe hatte sie sich einen Ruck gegeben, nachdem er sie schon fast angefleht hatte zu kommen. Er hatte ihr mehrfach beteuert, wie wichtig ihre Zusage für ihn wäre.

Und jetzt gab es kein Zurück mehr. Wenn sie sich mit der Ausrede Migräne, Übelkeit oder plötzliche Grippe vor dem Ereignis zu drücken versuchte, wüsste Dennis, dass es eine Lüge war. Er würde ihr vorwerfen, ihn mithilfe von Ausflüchten im Stich zu lassen. Ein Streit wäre vorprogrammiert. Also ergab sie sich der Situation, aber sie hatte sich geschworen, nicht allzu viel

Aufhebens um die Vorbereitung auf dieses Ereignis zu machen. Nachmittags ertappte sie sich jedoch dabei, wie sie ihren Kleiderschrank nach passender Kleidung durchstöberte. Sie wollte zumindest perfekt aussehen, um sich nicht von vornherein unwohl zu fühlen, zumal Kirsten mit ihrer Stilsicherheit die Latte ziemlich hochlegte.

Sie probierte einige Sachen durch, bis sie sich für eine schwarze schmal geschnittene Satinhose, ein langes hellgraues mit schwarzen Ranken gemustertes T-Shirt und einen hüftlangen schwarzen Blazer entschied. Die hochhackigen schwarzen Pumps unterstrichen die Eleganz ihres Outfits.

Sie war gerade im Begriff, unter die Dusche zu gehen, als es klingelte.

„Verdammt, ausgerechnet jetzt!“ Sie warf sich einen dünnen Morgenmantel über und eilte zur Tür.

„Hallo?“, rief sie in die Sprechanlage.

„Hallo Svenja, ich bin’s, Philipp!“

„Philipp? – Komm hoch!“

Das war typisch Philipp, den ungünstigsten Moment der gesamten Woche für einen Besuch zu erwischen. Laut schnaufend kam er die letzte Treppe hochgerannt.

„Hallo Svenja, gut, dass ich dich antreffe.“ Er gab ihr ein Wangenküsschen.

„Ist was passiert? Entschuldige mein Outfit, aber ich wollte gerade unter die Dusche.“

Philipp verzog das Gesicht zu einem schiefen Lächeln.

„Dieses Outfit hat auch so seine Reize. Kann ich reinkommen? Ich bleibe auch nicht lange.“

„Ja, klar“, meinte sie halbherzig und hielt ihm die Tür auf. Er folgte ihr ins Wohnzimmer, wo sie ihm einen Platz anbot.

„Was verschafft mir die Ehre deines überraschenden Besuchs?“

Er zog einen Zettel aus der Hosentasche und hielt ihn ausgebreitet in die Höhe.

„Das hier. Schon wieder eine nette Botschaft.“

Svenja las laut den Satz, der in einzeln ausgeschnittenen und aufgeklebten Zeitungsbuchstaben auf einem Din A5 Blatt stand.

DEr CouNTdOWn LÄuFt.

„Wer macht denn so etwas? Ich dachte, es hätte ein Ende!“

„Ja, dachte ich auch. Das hat mir gerade noch gefehlt bei all dem Stress. Die Firma hat nämlich auch noch nicht gezahlt. Das Schlimmste ist, dass ich dort telefonisch keinen Menschen erreiche und auf meine Mails antwortet auch niemand. Ich bin doch existentiell davon abhängig, verdammte Scheiße!“ Philipp klang sehr verzweifelt. Frustriert zerknüllte er den Zettel und warf ihn auf den Tisch.

„Mensch, Philipp, das ist ja furchtbar. Du musst persönlich bei der Firma erscheinen und ihnen ordentlich auf die Pelle rücken.“

Er stöhnte kurz auf. „Du hast leicht reden. Die Firma sitzt in der Schweiz. Ich habe weder Zeit noch Geld für eine Reise. Aber eigentlich bleibt mir gar nichts anderes übrig.“

„Am Geld soll es nicht scheitern, ich kann dir etwas leihen."

Mit resignierter Miene schüttelte er den Kopf. „Nein, das will ich nicht. Es ist so erbärmlich, dass du mir Geld anbieten musst, weil ich mich wieder einmal auf der Verlierer-Schiene befinde. Was ist aus all meinen Plänen geworden! Ein instabiles Gebäude, das bei der geringsten Erschütterung zusammenzubrechen droht. Seit dem Ausstieg meines Partners bin ich vom Pech verfolgt und weiß einfach nicht mehr weiter. Und dann noch die anonymen Drohungen!"

Er hatte beide Arme auf die Oberschenkel gestützt und sein Gesicht in den Händen vergraben. Ein Bild des Jammers. Es schnitt Svenja ins Herz, nicht zu wissen wie sie ihm am besten helfen konnte. Außer leeren Phrasen und ein wenig Geld, das er kategorisch ablehnte, hatte sie nichts zu bieten. Sie kniete neben ihm nieder. Während sie über seinen Kopf strich, redete sie sanft auf ihn ein.

„Das tut mir alles so leid. Du musst dich nicht als Verlierer fühlen. Dein Partner hat dich im Stich gelassen, dafür kannst du nichts. Und du musst dich nicht genieren, mein Geld anzunehmen. Es ist die einzige Möglichkeit für mich, dir zu helfen. Bitte, nimm es an, dann geht es uns beiden besser."

Er sagte nichts, starrte nur weiterhin auf den Boden und Svenja fragte sich, ob er mit Tränen zu kämpfen hatte. So deprimiert hatte sie ihn noch nie erlebt. Kein Fünkchen Optimismus war mehr geblieben.

Mit einem tiefen Atemzug richtete er sich auf und sah Svenja mit wässrigen Augen an.

„Danke, du bist lieb, dass du mir helfen willst. Aber ich habe mir doch schon von Mark Geld geliehen, das er jetzt so schnell wie möglich zurückhaben will. Er hat sich auf der Spielbank verzockt und muss seine Spielschulden begleichen."

„Was für ein Idiot. Wieso verleiht er Geld, wenn er selber nicht damit umgehen kann, und im wahrsten Sinne aufs Spiel setzt! Und mir will er immer weismachen, dass er der Erfolgsmensch schlechthin ist!", empörte sie sich.

„Keine Ahnung, was ihn da geritten hat. Aber jetzt steht er mit dem Rücken zur Wand und es ist ihm vollkommen egal, wie es mir dabei geht. Er denkt nur an sich."

Svenja sah ihn besorgt an. „Diese Drohungen kommen auf alle Fälle von ihm! Als ob man die Sache nicht wie unter Erwachsenen regeln könnte!"

Er fuhr mit dem Handrücken sanft über ihre Wange und stand dann mit gequälter Bewegung auf.

„Willst du schon gehen? Für einen Espresso hätte ich noch Zeit. Das weckt die Lebensgeister."

„Nein, danke. Lass mal." Er winkte ab. „Eigentlich war ich gerade auf dem Weg zu Mark, um ihn zur Rede zu stellen. Ich werde ihn auf den Kopf zu fragen, ob er es ist, der mich mit diesen anonymen Drohungen nervt. Auf diese Weise bekommt er sein Geld auch nicht schneller."

„Ganz schön mutig, aber dieses ewige Rätselraten bringt auf Dauer wirklich nichts." Sie stand auf und strich ihm mitfühlend über den Rücken. „Aber provoziere ihn nicht zu sehr. Mark kann ziemlich aggressiv werden, wie ich schon am eigenen Leib erfahren musste. Versprich es mir!"

„Ja, ich werde vorsichtig sein. Schließlich habe ich keine Lust, auch noch mit einem blauen Veilchen herumzulaufen. Ich melde mich dann morgen bei dir. Danke, für alles." Er schloss sie in seine Arme, und gab ihr mit den Worten „Und mach dir einen Spaß aus dem heutigen Abend" zwei Wangenküsschen, die sie erwiderte.

Wortlos begleitete sie ihn zur Tür. Bevor er in den Flur hinaustrat, drehte er sich noch einmal um und sah sie mit einem Lächeln an, das keines war. In seinen Augen lag etwas, das sie erschreckte. Es war die Resignation an seinem Leben, einem Leben das ihm zu entgleiten drohte.

Mit blubberndem Porschemotor standen sie vor der gefühlt hundertsten Ampel.

„Die ganze Stadt besteht anscheinend nur aus Ampeln!", stöhnte Svenja, und setzte maulend hinzu: „Jetzt kommen wir auch noch zu spät, weil du mich nicht rechtzeitig abgeholt hast."

Komplett und perfekt gestylt hatte sie auf Dennis gewartet, ihn wiederholt auf dem Handy zu erreichen versucht, doch immer vergebens. X-Mal hatte sie aus dem Fenster gesehen, war nervös in der Wohnung herumgewandert und irgendwann hatte sie sich gefragt, ob wieder der alte unzuverlässige Dennis aus den Anfangszeiten zurückgekehrt war.

Nach vierzig langen Minuten kam endlich eine WhatsApp Nachricht, mit der Botschaft, dass er aufgehalten worden sei. Ausgerechnet heute. Vielleicht gerade wegen heute. Das Verhältnis zu seinem Vater war denkbar schlecht, und damit konnte Dennis ihm den Respekt verweigern, den dieser erwartete. Aber dass er sie auf diese Weise mit hineinzog, vergaß er dabei, oder nahm es billigend in Kauf.

„Ich kann es nur noch einmal wiederholen. Es tut mir leid, aber der Kunde war zu wichtig, als dass ich ihn einfach wegen einer Geburtstagsfeier hätte stehen lassen können. Und bei einem Gespräch, in dem es um einen Vertragsabschluss in Millionenhöhe geht, kann ich schlecht Nachrichten schreiben. Außerdem kommen wir knapp eine Stunde später, davon geht die Welt nicht unter, glaube mir. Für den Feierabendstau können wir schließlich nichts", sagte er in etwas gereiztem Ton.

Svenja sah ihn von der Seite an. Sein Gesichtsausdruck war schwierig zu deuten. War es Ärger, Verdruss, Nachdenklichkeit oder Sorgen, was sich darin widerspiegelte?

„Bereust du es, mich mitgenommen zu haben?"

„Bitte? Wie kommst du denn darauf?"

„Ich kann in deinem Gesicht lesen, dass du dich nicht wohl fühlst. Du kannst es mir ganz ehrlich sagen. Ich habe kein Problem damit. Wenn es so ist, dann steige ich an der nächsten Ampel aus, weil ich keine Lust habe, nur ein geduldeter Gast zu sein."

Dennis schlug mit der flachen Hand so heftig auf das Lenkrad, dass Svenja erschrocken zusammenzuckte.

„Hör jetzt bitte auf, solchen Unsinn zu reden. Es hat nichts mit dir zu tun. Ich bin einfach nur gestresst, dass ich wegen eines verdammten Geschäftstermins zu spät bin und mir jetzt deine Vorwürfe anhören muss. Weißt du, das hat System und dafür ist einzig und allein der großartige Thomas Lettmann verantwortlich. Er hat mir ausgerechnet heute diesen Termin aufs Auge gedrückt. Er ist an allem schuld was geschieht."

Die tiefe Verbitterung, die in seiner Stimme mitschwang, ließ Svenja trotz der warmen Augustsonne frösteln. Keine angenehme Vorstellung, bald in die Vater-Sohn Konflikte der Lettmann Familie mit hineingezogen zu werden, zumal sie selbst einen Faktor für das schlechte Verhältnis darstellte. Sie nahm sich vor, seinem Vater die Stirn zu bieten und sich nicht einschüchtern zu lassen, nur weil die Lettmanns zum Geldadel gehörten. Was nützte ihnen das viele Geld, die teuren Autos, die große Villa, wenn sie sich aus unerfindlichen Gründen zerfleischten. Sie nahmen sich damit selbst die Chance auf ein glückliches Leben.

Hinter ihren Sonnengläsern sah sie Dennis verstohlen an, der mit zusammengekniffenem Mund so ruckartig anfuhr, dass die Reifen kurz quietschten.

Der Rest der Fahrt verlief schweigsam. Svenja hielt sich bewusst zurück, aus Angst etwas Falsches zu sagen. Es gab genügend Fragen, die ihr auf den Lippen brannten, doch sie schwieg. Es machte keinen Sinn sie zu stellen, denn allein die Erwähnung seines Vaters wirkte wie ein rotes Tuch auf ihn. Die meiste Zeit sah sie deshalb zum Fenster hinaus, oder rief auf dem Smartphone ihre Mails ab, immer in der Hoffnung, dass Dennis endlich ein lockeres Gespräch anfangen würde. Vergebens. Erst als sie im Villenviertel Bogenhausen, mit den großen Gärten und deren alte Baumbestände, einbogen, brach er das Schweigen. „Entschuldige, dass ich vorhin so gereizt war, aber du hast mich ziemlich erschreckt, als du mir mit Flucht drohtest." Sein Lächeln wirkte verkrampft. „Ich freue mich doch schon die ganze Zeit darauf, dich meiner Familie vorzustellen. Dort vorne ist übrigens unser Haus."

Svenja konnte nicht glauben, was sie sah. Die Bezeichnung Haus erschien ihr mehr als untertrieben für diese riesige, herrschaftliche Villa mit kunstvollen Erkern. Die breite Treppe, die zur beeindruckenden zweiflügeligen Eingangstür führte, war von einer großen Terrasse überdacht, eingefasst mit einem steinernen Ornamentgeländer und getragen von zwei wuchtigen Säulen.

Das ungute Gefühl für diesen Besuch, das sie die ganze Zeit über in sich hatte, schlug bei diesem Anblick beinahe in Panik um. Diese Welt war ihr so fremd, sie fühlte sich plötzlich so klein, und hatte Angst, vor dem, was sie erwartete. „Oh, mein Gott, das ist ja schlimmer als befürchtet!", sagte sie beinahe stöhnend und wandte sich zu Dennis. „Haus nennst du das? Ein kleineres Schloss würde ich eher sagen!"

Er zuckte nur leicht mit den Schultern und fuhr langsam durch das geöffnete, schmiedeeiserne Tor in einen hell gepflasterten Hof, in dem schon etliche Autos der Premiumklassen parkten. Mit einem Schwung fuhr er neben einen Jaguar und machte den Motor aus.

„Keine Panik. Hier sind auch nur Menschen, wie du und ich", sagte er zaghaft lächelnd. „Und denk daran, ich liebe dich. Bist du bereit?"

„Du hast leicht reden. Ich komme mir gerade vor wie einst diese Jennifer in *‚Love Story'.*" Sie gab ihm einen flüchtigen Kuss. „Aber du hast recht. Augen zu und durch. Schließlich bin ich erwachsen."

Als sie ausstieg, sah sie, wie sich die wuchtige, weiße, mit Schnitzereien versehene Holztür öffnete, und eine elegant, aber dennoch schlicht gekleidete Frau mittleren Alters, ihnen wartend entgegensah.

„Wie in einem der Kitschliebesfilme, die meine Mutter immer ansieht“, raunte sie ihm zu, als sie die breite Haustreppe, gesäumt von zwei steinernen Löwen und prächtigen pinkfarbenen Edelgeranien, emporstiegen.

„Gut für uns. In diesen Schmonzetten gibt es doch sicherlich immer ein Happy End“, erwiderte er schmunzelnd und nur für Svenja hörbar.

„Guten Tag, Dennis. Dein Vater erwartet dich bereits“, sagte die Dame mit leisem Vorwurf in der Stimme und ließ dabei einen entsprechenden Blick über Svenja schweifen. „Wieso kommst du so spät? Du weißt, wie er das hasst.“

„Nicht meckern, Rosalie. Darf ich vorstellen, Svenja Grothe“, und auf Rosalie zeigend, „Frau Mandl, die gute Seele des Hauses.“

Die beiden Frauen schüttelten sich die Hand, wobei Frau Mandl sie zwar distanziert freundlich anlächelte, aber eine gewisse Neugier nicht verbergen konnte. Sie musterte eingehend die Frau, die für familiären Zwist gesorgt hatte, und ging dann schließlich beiden voran durch den großen Eingangsbereich in Richtung einer zweiflügeligen Tür.

Svenja spürte ihr Herz bis zum Hals klopfen. Ihr gingen plötzlich schreckliche Bilder durch den Kopf, Bilder von Gästen, die sie neugierig anstarrten, von seinem Vater, der sie mit Verachtung abstrafte, von Dennis, der sie vor der geballten Ablehnung nicht in Schutz nahm.

Als sie vor der Tür standen, konnte sie leises Stimmengewirr wahrnehmen, was sie noch nervöser machte. Ein leichter Schwindel erfasste sie, als Frau Mandl die Tür öffnete. Svenja atmete einmal tief durch und betrat dann einen Schritt hinter Dennis das Speisezimmer, das größer war, als ihre gesamte Wohnung, wie sie fassungslos feststellen musste.

Wie im Nebel registrierte sie die Gäste, die mit einem Sektglas in der Hand, in Grüppchen herumstanden, und ihren Blick auf die beiden richteten. Ihr einziges Augenmerk galt einer Person: Thomas Lettmann. Wo war er?

Dennis durchquerte mit Svenja an der Hand den Raum, begrüßte dabei jeden Gast, an dem er vorbei kam, und stellte Svenja kurz vor, bis er bei einer kleinen Gruppe stehen blieb. Ein großer stattlicher Mann, mit welligem, angegrautem Haar, buschigen schwarzen Augenbrauen und dunklem Teint, drehte sich zu ihnen um.

„Vater, das ist Svenja Grothe."

Weder Thomas Lettmann noch Svenja reagierten darauf. Für einen Augenblick schienen beide wie erstarrt zu sein. Thomas Lettmann fing als Erster an zu reden.

„Sie sind also Frau Grothe. Willkommen in unserem Haus", sagte er mit dunkler, tragender Stimme, die zu seinem markanten Gesicht passte. Sein Tonfall war vollkommen neutral, nur in seinem Blick lag etwas Lauerndes.

Dieser Mensch hat sich vorgenommen, mich nicht sympathisch zu finden. Er wartet nur darauf, etwas Negatives an mir zu entdecken, dachte Svenja, doch es machte ihr nichts aus. Sie hatte nichts anderes erwartet.

Sie streckte ihm die Hand entgegen und setzte dabei ihr freundlichstes Lächeln auf.

„Guten Abend, Herr Lettmann. Es freut mich, Sie kennenzulernen. Herzlichen Glückwunsch zu Ihrem Geburtstag. Ich hoffe, ich habe bei dem Rotwein Ihren Geschmack getroffen“, sagte sie und reichte ihm einen edlen Geschenkkarton.

„Vielen Dank“, sagte er mit undurchdringlicher Miene, drehte die Schachtel kurz hin und her, und deponierte sie dann neben sich auf dem Stehtisch. „Für ein gutes Tröpfchen bin ich immer zu haben. Ich hoffe, Sie amüsieren sich heute gut.“ Die Wortwahl wirkte routiniert, wie runtergespult, unverkennbar das Ergebnis jahrzehntelanger Übung im Smalltalk, und erschreckend emotionslos. Svenja atmete innerlich auf, als er den Blick von ihr abwandte und das Wort an Dennis richtete.

„Warst du heute erfolgreich?“

Dennis' unsicheres Lächeln, das er während der Begrüßung aufgesetzt hatte, erlosch augenblicklich und machte einem seltsam starren Gesichtsausdruck Platz, als er antwortete: „Wir haben den Auftrag.“

„Hast du das schriftlich?“

„Ja, ich habe den Vertrag unterschrieben.“

Svenja konnte in Dennis' Augen den aufflackernden Zorn erkennen. Sie wusste, dass es ihn große Mühe kostete, ihn zu unterdrücken.

Eine Dame vom Catering Service näherte sich mit einem Tablett gefüllter Sektgläser. Bevor sie etwas anbieten konnte, hatte Dennis bereits zwei Gläser geschnappt, drückte eines davon Svenja in die Hand, und prostete seinem Vater zu.

„Auf dich, und dass dir nie die geldgeilen Freunde und Geschäftspartner ausgehen“, sagte er sarkastisch, und kippte den Inhalt des Glases in schnellen Zügen hinunter.

Dennis' Vater fixierte ihn mit zusammengezogenen Augenbrauen, um seinen Mund zuckte es auffällig.

„Du lebst ganz gut von den Beziehungen zu meinen *geldgeilen* Kunden und Freunden. Und wenn du vorhast, dich heute Abend zu betrinken und mir damit das Fest zu vermiesen, kannst du gleich wieder gehen.“

Dennis verzog den Mund zu einem spöttischen Lächeln. „Keine Angst. Den Gefallen werde ich dir bestimmt nicht tun.“

Thomas Lettmann kam nicht dazu, ihm etwas zu entgegnen, denn eine schlanke, dunkelblonde Frau in einem eleganten, mintgrünen Etuikleid, mit gleichfarbigem tailliertem Blazer, trat an die Gruppe heran. Svenja schätzte sie auf Ende fünfzig ein. *Das muss Dennis' Stiefmutter sein,* dachte sie und war schon im Begriff, ihr die Hand zu reichen, doch die Frau sah nur Dennis an. Svenja fiel auf, wie seltsam reglos dieses gepflegte, mit um Augen und Mund feinen Linien versehene Gesicht blieb. Nur ihr Blick hatte etwas Beschwörendes. Dennis ließ das augenscheinlich ungerührt und stellte Svenja vor, als sei es das Selbstverständlichste.

Nachdem Frau Lettmann sie mit ein paar höflichen, einstudierten Begrüßungsfloskeln bedacht hatte, hakte sie sich bei Herrn Lettmann unter. „Kommst du mit, Schatz, ein Gast hat dir etwas Besonderes mitgebracht. Sie entschuldigen uns bitte“, sagte sie, wobei sie Svenja gezwungen anlächelte. Bevor sie sich entfernte, zischte sie in Richtung Dennis: „Reiß dich gefälligst zusammen, hast du ihm nicht schon genug geschadet?“

Kopfschüttelnd sah er ihr nach. „Das war eine Kostprobe von Marion, meiner Stiefmutter. Ein Ausbund an Liebenswürdigkeit.“ Tiefste Verachtung lag in seinen Gesichtszügen.

„Sie wollte nur vermeiden, dass es zur Eskalation kommt zwischen dir und deinem Vater“, meinte sie beschwichtigend.

„Versuch erst gar nicht sie zu verteidigen. Du kennst sie nicht. Sie steht immer hinter meinem Vater, immer, ganz egal wie er sich benimmt. Auch eine Art von Hörigkeit, würde ich sagen.“

Svenja schwieg. Wie sollte sie auch ein Urteil über Menschen abgeben, die sie nicht kannte. In diesem Punkt hatte Dennis vollkommen recht.

„Siehst du, das war typisch mein Vater. Dich speist er mit ein paar Floskeln ab, und wie begrüßt er mich? Mit der Frage wie das Meeting ausgegangen ist. Mehr interessiert ihn an meiner Person nicht. Nicht einmal an seinem Geburtstag. Ich hatte die Illusion, heute könnte es anders sein.“

Er schnappte sich ein weiteres Glas Champagner von einem Serviertablett, und setzte das leere mit einer so heftigen Bewegung ab, dass es beinahe umfiel. Svenja umfasste schnell sein Handgelenk, als er das volle Glas ansetzte, denn sie hatte den Eindruck, dass er nicht nur daran nippen wollte.

„Was soll das, willst du mir jetzt das Trinken verbieten?“, blaffte er sie mit gedämpfter Stimme an und schob ihre Hand weg.

„Du bist auf dem besten Weg, dich sinnlos zu betrinken. Als ob das deine Probleme lösen könnte!", gab sie mit scharfer Stimme zurück.

„Aber so lässt es sich leichter ertragen. Außerdem weiß ich, wann ich aufhören muss."

„Das sieht dein Vater aber anders."

„Mein Vater!" Er lachte kurz höhnisch auf. „Mein Vater sieht vieles anders, aber deswegen nicht unbedingt richtig." Völlig unbeeindruckt von ihren Einwänden trank er auch das zweite Glas in schnellen Zügen leer, und sah sie dann herausfordernd an.

Svenja ärgerte sich über diese offensichtliche Provokation und war zugleich enttäuscht. Sie hatte seine Familie kennenlernen wollen, mit Dennis beschützend an ihrer Seite. Sie hätte auf diese Weise auch Feindseligkeiten an sich abprallen lassen können. Doch mit einem Dennis, der sich aus Frust betrank, und dadurch womöglich einen Skandal oder bestenfalls einen Rauswurf provozierte, war das nicht möglich.

„Dann ertränk doch deinen Frust im Champagner, wenn das für dich die ultimative Lösung ist, aber ohne mich. Ich sehe dir jedenfalls nicht dabei zu, wie du dich zum Deppen machst. Noch ein Glas auf Ex und ich bin weg." In ihren Augen funkelte es voll wilder Entschlossenheit, ihre Drohung wahrzumachen, dass Dennis sie erstaunt ansah.

„Du meinst das wirklich ernst."

„Ja, natürlich. Ich fühle mich jetzt schon fehl am Platz, und wenn du ausfällst, erst recht."

Er küsste sie spontan auf die Wange. „Du bist nicht fehl am Platz, das ist eher mein Part. Entschuldige bitte, ich werde mich ab jetzt zusammenreißen, versprochen.

Komm, lass uns einen Platz am Tisch suchen." Er nahm sie bei der Hand und sie ließ es geschehen. Sie wollte das Fest nicht verlassen, dazu war alles viel zu interessant. Die illustren Gäste in ihrer sichtbar teuren, mal mehr, mal weniger geschmackvollen Garderobe, das besondere Ambiente dieser Villa im Stile eines Herrenhauses, und nicht zuletzt die Familie Lettmann mit ihrer patriarchalen Struktur. Es reizte sie, das Leben der Oberschicht, das sie nur aus Filmen kannte, zu beobachten und hinter ihre schöne Fassade blicken zu können. Die Begegnung mit Dennis' Vater und seiner Stiefmutter hatte ihr gezeigt, dass diese Fassade einen hässlichen Unterputz zu verbergen hatte. Erschreckenderweise sah sie dabei das Klischee, dass Geld allein nicht glücklich macht, bestätigt.

„Bin gespannt, wohin er uns platziert hat", meinte Dennis, während sie den Tisch abschritten und nach ihren Namen suchten.

Die Tür wurde von Frau Mandl geöffnet, worauf Herr Lettmann laut ein erfreutes „Ah, wie schön, dass ihr kommen konntet!" rief, und mit großen Schritten auf die neu angekommenen Gäste zuschritt. Svenja und Dennis blieben fast gleichzeitig stehen, als sie erkannten, wen er so freudig in Empfang nahm. Es war Kirsten und ein Ehepaar, schätzungsweise Anfang sechzig.

Svenja sah Dennis entsetzt an. „Wusstest du, dass sie kommt?", zischte sie Dennis zu.

„Nein. Das ist alles Berechnung. Von meinem Vater."

„Und wohl auch von Kirsten."

Svenja fühlte sich, als hätte ihr jemand in die Magengrube geschlagen. Ihr war plötzlich speiübel. Wieso war Kirsten gekommen? Sie hatte doch befürchten müssen, dass Dennis' *Neue* auch eingeladen war. Wie konnte man sich nur freiwillig der Schmach aussetzen, von allen als Abservierte betrachtet zu werden! So etwas machte man nur, wenn man eine Absicht verfolgte. Die Absicht, den Traummann nicht aufzugeben und zurückerobern zu wollen.

„Dass ihre Eltern kommen ist klar. Es sind schließlich langjährige Freunde meines Vaters. Aber warum zum Teufel kommt sie mit?", murmelte auch Dennis betroffen.

„Ich möchte gehen. Das tue ich mir nicht an", sagte Svenja entschlossen und löste sich von seiner Hand. Geistesgegenwärtig hielt er sie an ihrem Oberarm fest.

„Bitte geh nicht. Das ist doch genau das Ziel, das sie verfolgt! Diesen Triumph wirst du ihr nicht gönnen ", sagte er mit eindringlicher Stimme.

„Wenn das der einzige Grund ist, warum ich bleiben soll, gehe ich lieber."

Sein Griff wurde fester. „Ich will, dass du bleibst. Du bist jetzt die Partnerin an meiner Seite. Und alle hier sollen es sehen." Im nächsten Moment hatte er sie an sich gezogen und auf den Mund geküsst. Nicht zärtlich, nicht zurückhaltend, sondern provozierend wild und ungestüm. Svenja, auf diese überfallartige Liebesbezeugung nicht gefasst, wehrte sich nicht sofort dagegen. Erst als ihr nach den ersten Schrecksekunden bewusst wurde, wie peinlich diese haltlose Knutscherei auf die Gäste wirken musste, versuchte sie sich zu befreien. Erfolglos. Je mehr sie sich seinen Küssen entziehen wollte, desto fester wurde seine Umarmung. Sie biss ihn kurzerhand in die Unterlippe, worauf er sie mit schmerzverzerrtem Gesicht abrupt losließ.

„Was soll der Mist!", zischte sie ihn mit gedämpfter Stimme an.

„Ich dachte, du hältst zu mir. Wir sind doch jetzt ein Paar, und wir können uns küssen, wo wir wollen. Verdammt, tut das weh!", nuschelte er in seine Hand, die er auf den Mund presste.

„Das ist aber die falsche Art gegen deinen Vater zu rebellieren. Damit erreichst du nur das Gegenteil. Diese Kinderei werde ich nicht mitmachen."

Kopfschüttelnd sah sie ihn an, und versuchte ihn zu begreifen. Sie wollte verstehen, warum er als Mann Mitte dreißig solch pubertäres Verhalten an den Tag legte. Es waren noch keine drei Stunden vergangen, da hatte er als ernst zu nehmender Geschäftspartner in Anzug und Krawatte einen höchst lukrativen Auftrag an Land gezogen, und jetzt, im Wirkkreis seines dominanten Vaters, mutierte er zum „rebel without a cause".

„Würdest du bitte unsere Gäste begrüßen", erklang plötzlich die sonore Stimme seines Vaters. Dennis ließ seine Hand sinken und drehte sich um. Svenja sah, wie Kirstens Eltern ihn mit einem angewiderten Blick fixierten. Ohne die Spur eines Lächelns reichte er zuerst Kirstens Mutter dann ihrem Vater die Hand, und wünschte ihnen mit ebensolcher Emotionslosigkeit „Guten Abend". Peinlich berührt stand sie neben ihm, in dem Bewusstsein, dass sie die Verursacherin der ausgebrochenen Eiszeit zwischen den Beteiligten war. Kein überflüssiges Wort fiel zwischen ihnen. Wie im Nebel begrüßte sie das Ehepaar mit einem verkrampften Lächeln und hielt den feindseligen Blicken, mit denen sie dabei bedacht wurde, tapfer stand. Dabei wurde sie von einem einzigen Gedanken beherrscht: *Ich muss hier weg. Bei der nächsten Gelegenheit.*

Kirstens Eltern sagten nichts weiter, und entfernten sich. Svenja konnte jedoch nicht erleichtert durchatmen, denn Kirsten trat gleich darauf auf sie zu.

„Guten Abend!“, sagte sie, wobei sie Svenja unverhohlen fixierte. *Wenn Blicke töten könnten, dann wäre in diesem Augenblick der Spuk beendet,* dachte Svenja.

„Dass du heute hier aufgetaucht bist, ist an Dreistigkeit mit nichts zu überbieten. Du bist hier in jeder Hinsicht fehl am Platz. Und von dir, Dennis, hätte ich mehr Empathie erwartet.“

„Und ich hätte nicht erwartet, dass du kommst.“

„Dein Vater hat mich eingeladen, denn er hat Stil im Gegensatz zu dir. Es wäre eine Beleidigung gewesen nicht zu erscheinen. Ich verstehe nur nicht, warum er sie“, Kirsten machte eine Kopfbewegung in Svenjas Richtung, „eingeladen hat. Er hätte doch wissen müssen, wie sehr mich das trifft.“ Sie sah ihn eindringlich an, so als könnte sie ihm damit eine Erklärung entlocken.

„Er hat meine Entscheidung inzwischen akzeptiert. Ich würde dir raten, es ihm gleichzutun. Du entschuldigst uns“, erwiderte Dennis mit zur Schau gestellter Gelassenheit, und ging mit Svenja an der Hand an ihr vorbei. Svenja folgte ihm und ließ sich auf dem Stuhl nieder, den er ihr anbot, bevor er sich neben sie setzte. *Du bist hier in jeder Hinsicht fehl am Platz.* Die Worte hallten in ihrem Kopf, schürten ihre Abneigung gegen diese versnobte Gesellschaft, die jetzt alle um den Tisch herum saßen. Vermutlich war Kirsten nicht die einzige, die so dachte. Sie verspürte eine nie gekannte Wut in sich. Eine Wut, die sie dazu brachte, das genaue Gegenteil von dem zu tun, was sie noch vor ein paar Minuten machen wollte. Sie blieb. Jetzt erst recht. Ihre Liebe zu Dennis war das einzige, was zählte, und die ließ sie sich nicht von Personen mit antiquiertem Standesdünkel zerstören.

„Was für eine arrogante Ziege! Du hattest recht. Wenn ich jetzt verschwinde, würde ich ihr nur einen großen Gefallen tun, also bleibe ich, bis zum bitteren Ende. Jetzt hat sie sich selbst geschadet mit ihrer Unverschämtheit."

„Meine Rede. Gemeinsam sind wir stärker, und jetzt versuch den Abend zu genießen", meinte Dennis und hauchte einen Kuss auf ihre Wange.

„Ich versuch's, aber wage es nicht, mich noch einmal vor aller Augen gegen meinen Willen zu küssen. Ich hätte dich in diesem Moment am liebsten geschlagen."

Dennis kam nicht dazu, ihr zu antworten, denn seine Stiefmutter klopfte mit einer Gabel gegen das Glas in ihrer Hand und begann, als sich das allgemeine Gemurmel gelegt hatte, eine Geburtstagsrede zu Ehren ihres Mannes zu halten. Svenja hörte interessiert zu, wie sie von seinen großen Verdiensten für die Firma sprach und von dem außerberuflichen Engagement, als er eine Kunststiftung gründete, die sie jetzt leitete. Sie sparte nicht mit Lob über all seine guten Seiten, schwärmte für ihn als tollen Ehemann, und betonte, wie schön es sei, dass seine Freunde ihn sehr schätzten. Es fehlte nichts in ihrer Rede, bis auf eines. Sie erwähnte kein einziges Mal seinen Sohn Dennis.

17 – DAS ZIMMER

Endlich lichtete sich der Menschenpulk, der sich am Buffet gebildet hatte. Svenja hatte sich die ganze Zeit über gefragt, wann für sie der richtige Augenblick sein würde, um sich etwas von den aufgetischten Köstlichkeiten zu holen. Sie wollte mit möglichst wenigen Gästen auf Tuchfühlung gehen, denn das Gefühl, nicht hierher zu gehören, hatte sie noch nicht verlassen. Dafür sorgte insbesondere Kirsten, die ihr mit teils feindseligen, teils verächtlichen Blicken, allzu deutlich zu verstehen gab, dass sie unerwünscht war.

„Komm, lass uns endlich etwas zu essen holen, ich habe einen Riesenhunger", forderte Dennis sie auf, der bis jetzt Rücksicht auf sie genommen hatte. Sie gab nach und ging mit ihm zum reich bestückten Buffet. Beim Anblick der vielen Speisen war sie mit der Auswahl überfordert und stand unschlüssig mit ihrem leeren Teller vor der Anrichte, während Dennis sich zielsicher den Teller anhäufte.

„Nehmen Sie von allem einen Bissen, dann ersparen Sie sich die Qual der Wahl", hörte sie plötzlich die sonore Stimme Herrn Lettmanns neben sich. „Ich mag eigentlich keine Buffets, genau aus diesem Grund", meinte er mit einem Anflug von Lächeln, und legte etwas von der Fischplatte auf seinen Teller.

„Das wird wohl das Beste sein“, antwortete sie und lächelte unwillkürlich zurück. Sie war etwas überrascht, wie zahm er ihr begegnete und fragte sich, ob es nicht Taktik war.

„Wie lange kennen Dennis und Sie sich schon?“, fragte er wie nebenbei, aber Svenja hörte das Drängende in seiner Frage heraus.

„Seit ein paar Monaten.“

„Wissen Sie, ich fragte mich die ganze Zeit über, ob sie von der Existenz seiner Verlobten wussten.“

Und wenn, dann würde ich es dir nicht sagen, dachte Svenja und spürte, wie sich der Widerstand in ihr regte.

„Nein, natürlich nicht. Für wen halten Sie mich. Ich klaue niemandem den Mann, das habe ich nicht nötig“, antwortete sie und musste gewaltsam ihre Angriffslust unterdrücken.

„Genau das ist aber geschehen. Es war ein ziemlicher Schock für beide Familien, als er die Verlobung auflöste. Damit hatte niemand gerechnet.“ Der Vorwurf klang deutlich hörbar in seiner Stimme mit.

„Dafür kann ich nichts. Als ich von seiner Verlobten erfuhr, habe ich mich sofort von Dennis getrennt, doch er hat alle Register gezogen, um mich wiederzubekommen.“

„Nun ja“, sagte er mit unverhohlener Verachtung in der Stimme, „ich kann ihm natürlich nicht vorschreiben, welche Partnerin er wählt. Es kann nur niemand verstehen, warum er Kirsten nach so vielen Jahren den Laufpass gibt. Die beiden waren das perfekte Paar, auch in beruflicher Hinsicht.“ Er betonte die letzten Worte und wusste, dass er sie damit provozierte. Sein Blick verriet eine gewisse Spannung, wie sie darauf reagieren würde.

Es war offensichtlich, dass er sie in die Verteidigungsrolle drängen wollte. Ließe sie sich darauf ein, würde es unweigerlich dazu führen, dass sie sich in ihrer Wortwahl nicht mehr im Griff hätte. Ein gefundenes Fressen für Herrn Lettmann, die Bestätigung seiner Bedenken, was die Partnerwahl seines Sohnes betraf.

„Eine gute Partnerschaft setzt nicht zwingend den gleichen Beruf voraus. Es kann auch sehr bereichernd sein, wenn nicht beide im gleichen Metier tätig sind, meinen Sie nicht auch?", sagte sie selbstbewusst lächelnd und legte ein Garnelenspießchen auf ihren Teller. Während Herr Lettmann sie, nach einer entsprechenden Antwort suchend, ansah, fuhr sie ungerührt mit der Auswahl an Vorspeisen fort. Sie triumphierte innerlich, dass sie ihn augenscheinlich in Bezug auf seine impertinente Andeutung in die Schranken gewiesen hatte. Sie wünschte ihm noch „Guten Appetit", bevor er antworten konnte und ging eilig an ihren Tisch zurück.

„Dein Vater ist ein richtiger Charmebolzen", sagte sie zu Dennis, als sie sich neben ihn setzte. Sein verdutzter Blick sprach Bände.

„Er hat mir offen gesagt, dass ich in seinen Augen die falsche Partnerin für dich bin." Ruhig gab sie ihm eine kurze Zusammenfassung des Gesprächs am Buffet. Sie schob eine Garnele vom Spieß und tunkte sie in eine weißliche Creme.

„Was für ein ...", fauchte Dennis aufgebracht, doch Svenjas beruhigende Hand auf seinem Unterarm zügelte seinen Wutausbruch umgehend.

„Eigentlich habe ich gar nichts anderes erwartet. Oder hast du etwa gedacht, dass er mich sofort liebend in seine Arme schließt, als willkommene Nachhut für Kirsten? Es ist doch schon ein Wunder, dass ich überhaupt eingeladen wurde." Sie nahm das Champagnerglas zur Hand. „Lass uns jetzt das Essen genießen. Zum Wohl!"

„Wenn du meinst!" Zaghaft lächelnd stieß er mit ihr an.

Als Svenja zum Trinken ansetzte, sah sie über den Glasrand hinweg, wie Kirsten sie mit zu Giftpfeilen verwandelten Blicken durchbohrte. Sie durchlitt offensichtlich Höllenqualen beim Anblick der trauten Zweisamkeit zwischen den beiden. Svenja fühlte sich plötzlich sehr unwohl. „Wenn ich geahnt hätte, dass *sie* auch da sein wird, dann hätten mich keine zehn Pferde hierher gebracht. Ich würde am liebsten jetzt sofort gehen", sagte sie leise zu Dennis gewandt.

„Svenja, bitte. Du wechselt deine Meinung wie das Fähnchen im Wind. Vorhin warst du noch überzeugt, ihr damit einen Gefallen zu tun. Was ist denn los?"

„Sie feindet mich ganz offen an. Ich müsste schon längst mausetot sein, so giftig wie ihre Blicke sind. Wie soll einem da das Carpaccio schmecken!"

„Ignoriere sie und schau lieber mir in die Augen. Das hilft."

„Das sagst du so einfach!", entgegnete sie seufzend und sah wieder zu Kirsten hinüber. Diese las gerade etwas auf ihrem Smartphone und fing dann an zu tippen.

„Sogar bei einem Fest muss Frau Wichtig Nachrichten beantworten", lästerte Svenja und fuhr sich prompt damit ein: „Ihr Frauen könnt schon sehr gehässig sein!" von Dennis ein.

„Na und, wenn es triftige Gründe dafür gibt ..." Svenja leerte ihr Glas und beobachtete, wie Kirsten aufstand und den Raum verließ. Es war ein befreiendes Gefühl für Svenja, ihre Rivalin außer Reichweite zu wissen und wünschte sich nichts sehnlicher, als dass Kirsten nicht mehr zurückkehrte, was natürlich unsinnig war.

Nachdem sie die Vorspeisen aufgegessen hatte, machte sich ihre etwas schwache Blase bemerkbar. „Ich muss mal für kleine Mädchen, Dennis." Er erklärte ihr kurz, wo sich die Gästetoilette befand. Sie verließ den Raum und durchquerte den Flur seiner Beschreibung folgend, bis sie vor zwei Türen stand. Hatte er die rechte oder linke Tür erwähnt? Sie öffnete die linke und sah einen normalen kleinen Raum, in dem ein Kinderbettchen stand. Svenja wollte die Tür wieder schließen, doch etwas ließ sie stutzen. Wie im Banne einer unsichtbaren Macht betrat sie das Zimmer und schloss leise die Tür hinter sich. Neugierig sah sie sich um. Mittelblaue Vorhänge, mit gelben Sternen und lachender Mondsichel bedruckt, waren zugezogen und tauchten den Raum in ein dämmriges Licht. Das Gitterbettchen an der Wand war mit einem Stoffhimmel versehen, der dasselbe Muster wie der Vorhang hatte, ebenso wie die Bettwäsche, nur alles mit hellblauem Hintergrund.

Auf einem kleinen Tisch unter dem Fenster konnte sie verschiedene Utensilien sehen. Svenja trat näher heran, um sie besser erkennen zu können. Feinsäuberlich geordnet lagen dort ein Schnuller, eine Kinderrassel, ein Beißring, ein kleines quadratisches Bilderbuch aus Plastik, ein Gummientchen und ein kleiner

Plüschbär. Daneben stand ein Bilderrahmen, aus dem ein ca. einjähriges dunkelgelocktes Kind ihr fröhlich entgegenlachte. *Das ist sicher Dennis, als Baby, wie süß*, dachte Svenja und nahm das Bild an sich, wobei sie klirrend an etwas stieß. Erschrocken drehte sie sich um, aus Angst, jemand könnte sie beim Schnüffeln ertappen. Alles blieb still. Sie wandte sich wieder um und rückte das rote Glas, ein Windlicht, an seinen Platz. Es fühlte sich warm an, was Svenja auf ihre meistens viel zu kalten Hände schob. Noch einmal betrachtete sie kurz das Bild, stellte es auf seinen angestammten Platz zurück und sah sich weiter um. An der Längswand entdeckte sie ein Bücherbord, auf dem eine Reihe Bilderbücher stand, unter anderem ein kleines Fotoalbum. Obwohl ihr bewusst war, dass sie damit eine Grenze des Anstands überschritt, konnte sie ihre Neugier nicht zügeln und schlug das Album auf. Es war voll von Babyfotos, vom winzigen Säugling bis zum fröhlich lachenden Baby. Warum befanden sich in diesem Raum nur Babysachen? Hatte es mit der Zeit zu tun, bevor Dennis zu seiner Tante in Pflege kam? Svenja konnte sich keinen Reim daraus machen, warum für diese Sachen extra ein Zimmer belegt wurde. Oder hoben sie die Sachen etwa für den Nachwuchs von Dennis auf? *Aber dafür gibt es in dieser Prachtvilla bestimmt genügend Abstellräume*, überlegte Svenja. Dieser Raum besaß ihres Erachtens jedoch nicht den Charme einer Abstellkammer. Dafür sah alles viel zu geordnet und aufgeräumt aus. Sie fuhr mit dem Finger über das Bücherbord und sah sich das Ergebnis bei hochgehobenem Vorhang an. Kein Staub war zu sehen. Auch der Tisch brachte dasselbe Ergebnis. Es war äußerst penibel geputzt worden, was für Abstellräume sehr ungewöhnlich war.

Einer Eingebung folgend nahm sie das Windlicht nochmals in die Hand und fischte das darin befindliche Teelicht heraus. Warmes, flüssiges Wachs ergoss sich über ihren Zeigefinger. Jemand hatte es vor Kurzem angezündet! In einem Abstellraum, der keiner war. Was hatte das zu bedeuten? Vor ihrem geistigen Auge tauchte das rot erleuchtete Windlicht auf. Ein Gedanke drängte sich ihr plötzlich auf, so schrecklich, dass ihr ein eiskalter Schauer über den Rücken lief. Die Assoziation mit dem ewigen Licht auf Gräbern war zwingend. Hier wurden keine Kindersachen für einen eventuellen Gebrauch aufgehoben. Dieser Raum war eine Gedenkstätte, der Tisch mit den Bildern ein Altar!

Reflexartig ließ sie das Teelicht in das Glas fallen und stellte dieses umgehend zu den Bildern zurück. Ein eigenartiges Gefühl zwischen Erstaunen und Bestürzung hatte sie ergriffen. Sie wollte nur noch weg von diesem Ort, der ihr plötzlich unheimlich war. Schnell huschte sie aus dem Zimmer und suchte eiligst die Toilette auf. Als sie sich an dem, mit edlem Stein umfassten Waschbecken die Hände wusch, sah sie sich im Spiegel an. Der Schrecken über ihre Entdeckung stand ihr ins Gesicht geschrieben. Welches Geheimnis steckte dahinter, welchem Kind in diesem Hause war ein regelrechtes Mausoleum errichtet worden?

Sie spürte das plötzliche Verlangen nach frischer Luft und hetzte in die Eingangshalle. Gegenüber der Haustür entdeckte sie eine offene zweiflügelige Tür, die in den Garten führte. Schnell trat sie ins Freie und atmete tief durch. Dann sah sie sich um. Der Garten, durchflutet vom abendlichen Sonnenlicht, war parkähnlich angelegt, mit großen Birkenbäumen, Büschen, Blumenbeeten und einem Gartenweg, der zu einem steinernen Springbrunnen führte, vor dem eine verschnörkelte schmiedeeiserne Bank zum Ausruhen einlud.

Erleichtert stellte sie fest, dass sich niemand sonst hier aufhielt, denn sie brauchte einen Moment Ruhe. Zielstrebig ging sie auf den Brunnen zu und setzte sich auf die Bank. Mit einem Seufzer lehnte sie sich zurück und schloss die Augen. Sofort tauchte das Bild von dem als Gedenkstätte gestalteten Zimmer auf. Es ließ sie nicht los. Um welches Kind wurde hier getrauert? Dennis hatte nie etwas auch nur im Entferntesten erwähnt. War Dennis etwa schon einmal Vater geworden? Oder gab es eine Schwester, von der sie nichts wusste, und die ein Baby verloren hatte? Was wusste sie überhaupt über ihn? Sozusagen nichts.

Während die Gedanken in ihr bohrten, und sie nicht wusste, wie sie mit dem Ganzen umgehen sollte, ging sie den Gartenweg entlang, vorbei am sanft plätschernden Springbrunnen und weiter in Richtung eines kleinen seitlichen Gartentors. Sie hatte es beinahe erreicht, als sie plötzlich Stimmen hinter der Hecke hörte. Erschrocken blieb sie stehen und sah sich gehetzt um, denn sie wollte auf keinen Fall jemandem begegnen. Sie schickte sich an, schnellstens wieder zurückzugehen, als sie eine Frauenstimme und gleich darauf eine Männerstimme hörte. Und erkannte! Wie angewurzelt blieb sie stehen. Das war doch nicht möglich! Kirsten und Mark! Was zum Teufel hatte er hier zu suchen? Brachte er ihr etwa den ominösen Beweis? Sie musste unbedingt herausfinden, welchen Hintergrund dieses Treffen hatte! Auf Zehenspitzen schlich sie zu einem Lorbeerbusch direkt neben dem Gartentor und kroch vorsichtig in die Lücke zwischen Hecke und Busch, wo sie die Unterhaltung angespannt belauschte.

„Das dürfte deutlich genug sein“, hörte sie Mark sagen.

„Super, dass du noch fündig geworden bist. Hier – danke für deine Mühe. Nachzählen ist unnötig. Ich stehe zu meinem Wort.“

„Danke, das würde ich dir auch raten. Mich zu hintergehen, ist nicht ratsam. Wie lange wirst du noch hier bleiben?“

„Am liebsten würde ich sofort gehen. Ich ertrage es einfach nicht mehr die beiden herumturteln zu sehen, aber es wäre trotzdem falsch, das Feld freiwillig zu räumen. Sie leidet nämlich unter meinem Anblick. Das tut richtig gut, sag ich dir. Ich könnte sie umbringen!“

„Du kannst sie jetzt auch auf weniger kriminelle Weise vernichten. Bis dann, und noch viel Spaß beim Champagnerschlürfen.“

„Ja, danke, bis dann.“

Gleich darauf hörte Svenja, wie eine Autotür zugeschlagen und der Motor angelassen wurde. Mit leicht quietschenden Reifen entfernte sich das Auto. Gleichzeitig hörte sie das metallene Geräusch eines ins Schloss fallenden Tors.

Wie paralysiert kauerte Svenja hinter dem Busch. *Super, dass du fündig geworden bist* hallten die Worte in ihrem Kopf wider. Er hatte also tatsächlich etwas gefunden und heute Kirsten gegen Geld übergeben! Etwas, mit dem sie Svenja unter Druck setzen konnte.

Sie hörte plötzlich Schritte in der Nähe ihres Versteckes. Keinen Zentimeter rührte sich Svenja vom Fleck. Welchen Weg zurück ins Haus würde Kirsten wählen? *Bitte nimm den Haupteingang,* dachte sie bibbernd. Wenn sie zum Nebeneingang gehen würde, müsste sie ganz nahe an Svenja vorbeigehen. Ihr schauderte bei dem Gedanken, was passieren könnte, wenn sie dabei entdeckt wurde. Verkrampft, mit angehaltenem Atem verharrte sie hinter dem Busch und versuchte aufgrund des Knirschens unter Kirstens Füßen die Richtung herauszuhören.

Die Schritte verstummten. Svenjas Herz raste vor Angst. Hatte Kirsten sie bemerkt? Kein Laut war zu hören. Es beschlich sie das entsetzliche Gefühl beobachtet zu werden. Wie von einem Jäger, der mit dem Finger am Abzug, sein Opfer anvisiert. Jederzeit zum Abschuss bereit. Bebend schloss Svenja die Lider und schickte ein Stoßgebet gen Himmel, dass sie endlich weitergehen möge.

„Ja, hallo Ira. Ich wollte mich kurz melden ...“, hörte sie Kirsten plötzlich sagen. Gleich darauf entfernte diese sich eifrig sprechend in Richtung Haupteingang. Svenja atmete tief durch. Die Hexe war weg. Doch die bösen Gedanken blieben. Was hatte Mark ihr gegeben? Hatte es etwas mit ihrer Vermutung zu tun? Ihr Magen krampfte sich zusammen. Es wäre der Super-Gau. Aber woher sollte Mark davon wissen! Hatte Philipp womöglich wieder einmal zu viel geredet? Wie auf dem Abitreffen ...

Immer schneller drehte sich der Gedankenkreisel – es war beinahe zum Verrücktwerden.

Schluss jetzt, das führt zu nichts, gebot sie sich selbst Einhalt und zwang sich Ruhe zu bewahren. Zurück blieb eine große Ratlosigkeit. Nur eines war gewiss. Sie war in eine üble Geschichte hineingeraten, mit unbekanntem Ausgang.

Svenja stocherte apathisch in ihrem Essen herum. Der Appetit war ihr gründlich vergangen, seitdem sie zur Geburtstagsgesellschaft zurückgekehrt war. Dennis war nirgends zu sehen gewesen, und da sie nicht so verloren herumsitzen wollte, hatte sie beschlossen, sich etwas von der Hauptspeise am Buffet zu holen.

Unablässig kreisten die Gedanken. Der geheimnisvolle Raum, Mark und Kirsten. In einem wilden Durcheinander tauchten die Bilder um das Erlebte auf, und sie konnte dieses Karussell nicht abstellen. Welches Geheimnis barg diese Familie, was für ein verdammtes Spiel spielten Mark und Kirsten.

Eine Hand legte sich auf ihre Schulter und ließ sie erschrocken zusammenfahren.

„Oh, entschuldige, ich wollte dich nicht erschrecken“, hörte sie Dennis sagen, der sich neben sie setzte. „Sag mal, wo warst du denn so lange? Ich habe dich überall gesucht!“, In seinen besorgten Ton hatte sich auch ein leiser Vorwurf gemischt.

„Da bist du ja endlich! Ich brauchte etwas frische Luft und bin ein wenig in eurem Garten oder vielmehr Park spazieren gegangen“, sagte sie in bemüht unbefangenem Ton.

„Da war ich auch, aber ich habe dich nicht gesehen. Seltsam!“

Svenja zuckte kurz mit den Schultern. „In diesem großen Garten kann man sich schon mal verpassen.“

Gleichgültig stocherte sie wieder auf ihrem Teller herum.

„Wäre schön gewesen, wenn du es mir gesagt hättest. Ich habe mir alle möglichen Gedanken gemacht“, monierte er. Sie überging geflissentlich seine Bemerkung und holte zur Ablenkung ein Papiertaschentuch aus ihrer Handtasche, in das sie leise hineinschnäuzte.

Er beugte sich zu ihr. „Sag mal, geht es dir nicht gut? Du bist ziemlich blass um die Nase.“

Es klang ehrlich besorgt. Um nicht gleich antworten zu müssen, schob sie angewidert ein Stück Fleisch in den Mund und kaute darauf herum. Nichts wäre ihr in diesem Moment lieber gewesen, als ihm von Kirstens und Marks Treffen zu erzählen, aber ein unbestimmtes Gefühl hielt sie davon ab. Sie war sich unsicher, wie er darauf reagieren würde. Nachdem sie mit viel Überwindung das Essen hinuntergeschluckt hatte, sagte sie so belanglos wie möglich: „Ach weißt du, die Situation hier – Kirsten, dein Vater, die illustre Gesellschaft – macht mich schon ziemlich nervös.“

Er nahm ihre Hand in seine und drückte sie zärtlich. „Komm schon, lass dich nicht verunsichern. Niemand kann uns etwas vorschreiben, und Kirsten wird bald begreifen, dass es endgültig aus ist.“

Ich könnte sie umbringen ..., hörte sie Kirsten zu Mark sagen. Einsicht sah anders aus! Dennis musste davon erfahren, doch der Zeitpunkt erschien ihr äußerst ungünstig. Es könnte sehr schnell zum Eklat führen, wenn er deswegen ausrastete und damit seinen Vater ein weiteres Mal gegen sich aufbrachte. Es blieb ihr im Moment nichts anderes übrig, als zu warten, bis er sie nach Hause fuhr.

„Na, das bezweifle ich“, erwiderte sie resignativ und schob den Teller von sich.

18 – DEFEKT

Leise Jazzmusik begleitete das Reden und Lachen der Gäste, von denen sich inzwischen manche auf die Terrasse und in den Garten begeben hatten. Zahlreiche, mit weißen Hussen geschmückte Stehtische luden zum Essen, Trinken und Kommunizieren ein. Es herrschte allseits gute Stimmung, einzig und allein Svenja empfand die Szenerie als unwirklich. Sie befand sich mitten im Geschehen und fühlte sich doch so weit entfernt. Wo war sie hier nur gelandet? Sie war zu dem Fest gekommen, um Dennis' Familie kennenzulernen und mehr über sie zu erfahren. Doch weit gefehlt. Alles was sie erlebte, waren offene Ablehnung und die Entdeckung, dass es irgendwelche Geheimnisse gab.

Als hätte er ihre Gedanken erraten, bedachte Herr Lettmann sie in diesem Augenblick mit einem verächtlichen Blick. Seine Frau, die mit seltsam leerem Gesichtsausdruck neben ihm stand, schien der Welt ein Stück weit entrückt zu sein. Svenja wandte sich zu Dennis, um etwas zu sagen, doch er nahm sie nicht wahr, denn sein Blick war zur Seite gerichtet. Als Svenja in dieselbe Richtung sah, stellte sie bestürzt fest, dass er augenscheinlich Kirsten im Visier hatte. Ausgerechnet sie! Svenja wurde nervös. Was dachte Dennis gerade? Kirsten, die bemerkte, dass sie von ihr beobachtet wurde, giftete sie aus der Ferne an.

Lauter undurchsichtige, unfreundliche Menschen und ungeklärte Fragen. Langsam bekomme ich Beklemmungen. Ich muss jetzt wissen, was es mit dem Babyzimmer auf sich hat, sonst halte ich das nicht mehr aus, dachte Svenja und stieß ihr Glas laut klirrend gegen seines.

„Weißt du, wahrscheinlich hast du recht. Wir sollten einfach mal alles um uns herum vergessen. Also zum Wohl“, sagte sie so ungezwungen wie möglich, worauf er lächelnd einging. Es gelang ihr, das Gespräch in ihre gewünschte Richtung zu lenken, und nachdem sie ein paar positive Äußerungen zum Herrenhausstil der Villa von sich gegeben hatte, schenkte sie Dennis ein kleines Lächeln.

„Euer Domizil ist wirklich wunderschön. Aber viel zu groß. Ich habe mich doch tatsächlich verlaufen“, sagte sie in gewollt belanglosem Ton.

„Ach ja? Wo bist du denn gelandet?“, antwortete er und grinste dabei amüsiert.

„Du weißt doch, dass ich auf die Toilette wollte, und da habe ich wohl die falsche Tür erwischt. Ich ... ich bin in einem Zimmer gelandet, in dem lauter Babysachen aufbewahrt werden.“ Während sie sprach, ließ sie ihn keine Sekunde aus den Augen. Das Grinsen in seinem Gesicht erstarb in dem Moment, als sie den Satz beendet hatte. War es Ausdruck von Entsetzen, Wut oder Verunsicherung, oder von allem etwas, der seine Gesichtszüge so seltsam verzerrte? „Es war *nicht* zugesperrt?“ Er war plötzlich sehr bleich geworden.

„Nein, warum fragst du? Dort sind doch nur Babysachen, ich vermute mal deine.“ Er gab ihr keine direkte Antwort auf ihre Frage, doch seine konfuse Reaktion war Antwort genug. In diesem Haus hatte das Zimmer eine tiefere Bedeutung.

„Ich hatte dir doch gesagt, du sollst die rechte Tür nehmen. Bist du etwa in das Zimmer hineingegangen?“, fragte er und bedachte sie mit einem eindringlichen Blick. Schuldbewusst schlug sie die Augen nieder. Für Svenja war es eindeutig, dass er den Begriff *herumschnüffeln* vermieden hatte.

„Bist du hineingegangen oder nicht?“, fragte er mit Nachdruck. In seinen Augen flackerte es vor Panik und Aufgeregtheit. Seine Nerven waren unübersehbar zum Zerreißen gespannt. Alles hing von ihrer Antwort ab.

Schlagartig verließ sie der Mut, weiter diesen Weg zu gehen, den sie eingeschlagen hatte. Die Gefahr einer Eskalation war zu groß.

„Dennis, was hast du denn? Zu deiner Beruhigung, ich war nicht drin, schließlich hatte ich ein anderes dringliches Ziel“, schwenkte sie deshalb schnell um, und fügte in harmlosem Ton hinzu: „Aber interessiert hätte es mich schon. Vor allem scheine ich etwas verpasst zu haben, so überzogen wie du gerade darauf reagierst.“ Sie sah ihn mit leicht schief gelegtem Kopf an. Sie konnte genau sehen, wie Dennis um Beherrschung bemüht war.

„So ein Unsinn! Das sind einfach nur Erinnerungsstücke. Und im Übrigen geht es dich nichts an, also hör auf mit dieser Fragerei.“ Der Blick, mit dem er sie ansah, die Stimme, mit der er sie zurechtwies, war so eiskalt, so abweisend, dass sie zurückschreckte. Es war jetzt nicht mehr zu leugnen. Sie hatte einen wunden Punkt getroffen, der die Familie belastete und über den der Mantel des Schweigens gelegt worden war.

Nervös knetete sie ihre Hände. Angesichts der angespannten Situation war es der absolut falsche Zeitpunkt, weiterzubohren. Wortlos sahen sie sich an.

Plötzlich erschien es ihr für einen kurzen Moment, als wollte er etwas loswerden. Sie sah es in seinem Blick, wie er mit sich rang. Eine gewisse Verzweiflung flackerte darin auf, gab ihr Hoffnung, dass er sich endlich öffnete. Doch Dennis behielt sich im Griff. Augenblicklich kaschierte er diesen Anflug von Offenbarung mit dem Versuch, sie versöhnlich zu stimmen.

„Es ist alles in Ordnung“, antwortete er um einen freundlicheren Ton bemüht.

Svenja schüttelte in Gedanken den Kopf. Schon wieder so eine extreme Kehrtwendung, von eiskalt zu versöhnlich. Sie verstand ihn nicht.

Eine gepflegte Hand mit dunkelrot lackierten Nägeln legte sich auf Dennis’ Schulter.

„Dennis, hast du mal einen Augenblick für mich?“, ertönte Kirstens gurrende Stimme.

Dennis sah zu ihr hoch. „Können wir es auf später verschieben? Ich wollte mir gerade etwas von den Desserts holen.“

„Ich komme mit. Dabei können wir auch reden“, meinte sie und warf Svenja dabei einen herausfordernden, beinahe triumphierenden Blick zu. Svenja wusste, was er zu bedeuten hatte. Kirsten wollte Dennis gegen sie aufhetzen, mit ihrer ominösen Intrige. Es war erschreckend und zugleich erniedrigend für Svenja, wie offensichtlich Kirsten ignorierte, dass sie jetzt seine Freundin war. In ihren Augen war sie ein Niemand, eine lästige Fliege, die man mit einem Handwisch verscheuchen oder mit einem Schlag vernichten konnte.

Die erneut aufflammende Wut über diese Frau verdrängte den Gedanken an das Familiengeheimnis. Kirsten wollte Krieg. Den konnte sie haben, und zwar auf der Stelle.

„Ich wollte mir auch noch etwas holen. Du musst mich beraten, Dennis. Ich kann mich immer so schwer entscheiden."

Kirsten verzog spöttisch den Mund. „Das sieht man an deinem Teller. Anscheinend hast du dir das Falsche aufgeladen oder warum hast du noch so viel auf dem Teller? Wir sind hier nicht in einem *all inclusive – Hotel,* wo man alles, was man sieht, auflädt und dann in die Biotonne wandern lässt! Also schön aufessen, dann gibt es auch Nachspeise", sagte Kirsten in verächtlichem Ton. Svenja wandte sich mit ungerührter Miene an Dennis.

„Wenn du mich jetzt alleine lässt und dich mit dieser unverschämten Person befasst, bin ich weg." Ihr entschlossener Blick ließ bei Dennis nicht den Hauch eines Zweifels aufkommen, dass sie ihre Ankündigung tatsächlich umsetzen würde.

Er stand auf und trat ganz nah an Kirsten heran. „Es ist so erbärmlich wie du dich benimmst. Begreif endlich, dass es aus ist und lass Svenja in Ruhe. Oder willst du, dass ich dich hinauswerfe?"

Kirstens schrilles Lachen ließ ihn zurückschrecken. Einige Gäste in ihrer Nähe sahen neugierig in ihre Richtung. „Du willst mich hinauswerfen? Ausgerechnet du, der in diesen heiligen Hallen überhaupt nichts zu sagen hat? Du überschätzt deine Kompetenzen, mein Lieber!", giftete sie.

„Pass auf, was du sagst! Du tickst ja nicht mehr richtig“, herrschte er sie an, wobei er die Hände zu Fäusten ballte, wie Svenja erschrocken bemerkte. Sie stand schnell auf, um Dennis im wahrsten Sinne des Wortes beizustehen.

„Ich denke, das hier ist nicht der richtige Ort für eine Auseinandersetzung. Am besten, wir gehen in den Garten, wo wir ungestört sind“, sagte sie so ruhig wie möglich und sah beide nacheinander an.

„Hör sich das einer an“, schnaubte Kirsten, „Frau Grothe führt sich auf, als wäre sie hier schon die Hausherrin. Verzieh dich lieber in deine beschauliche Reihenhaussiedlung und zupf abgeblühte Petunienblüten. Das steht dir besser, du erbärmliche Männerdiebin.“

So niederträchtig Kirstens Äußerungen auch waren, erregten sie bei Svenja auf der anderen Seite fast schon Mitleid. Kirsten hatte sich ganz offensichtlich nicht mehr im Griff, und das machte sie in Dennis’ Augen noch unsympathischer. Die Gefahr war damit gebannt, dass er sich ihr jemals wieder nähern könnte.

„Noch ein Wort und ich weiß nicht was passiert!“, zischte Dennis wütend und packte Kirsten so grob am Handgelenk, dass sie schmerzhaft das Gesicht verzog.

„Kann man irgendwie helfen?“, erklang unversehens die tragende Stimme von Dennis’ Vater neben ihnen. Dennis ließ Kirsten sofort los.

„Deinem Sohn kann man nicht mehr helfen, Thomas. Bring ihm mal Manieren bei. Im Umgang mit dem weiblichen Geschlecht hat er ziemliche Defizite“, sagte Kirsten und rieb sich wie zur Unterstreichung des Gesagten das Handgelenk. Gleich darauf entfernte sie sich energisch und begab sich zu ihren besorgt dreinblickenden Eltern, die die unschöne Szene verfolgt hatten.

Thomas Lettmann sah Dennis wütend an. „Kannst du mir erklären, was hier vorgeht? Was fällt dir ein, sie so unflätig zu behandeln, noch dazu vor allen Leuten!"

„Das ist eine Sache zwischen mir und Kirsten."

„Dann regle das, aber so, dass nicht alle Welt eure Zwistigkeiten mitbekommt. Haben wir uns verstanden!", zischte er ihm leise zu und wandte sich dann an Svenja.

„Es liegt auf der Hand, dass Sie der Grund dafür sind. Ich denke, es ist besser, wenn Sie jetzt gehen, zumal Sie diese Einladung nur Dennis zu verdanken haben. Er hat sie Ihnen ohne mein Wissen geschickt und ich konnte Sie ja schließlich nicht wieder ausladen." Der bissige Unterton, mit dem er das Ungeheuerliche aussprach, der durchdringende Blick, mit dem er sie bedachte, hatte dieselbe Wirkung wie ein Schlag mitten ins Gesicht.

Sie konnte sich nicht erinnern, jemals in ihrem bisherigen Leben so gedemütigt worden zu sein. Svenja wusste nicht, auf wen sie wütender war. Auf Dennis, der sie mit einer fingierten Einladung in diese heikle Lage gebracht hatte oder auf seinen Vater, der sie mit seiner Bemerkung bis aufs Äußerste diffamierte.

„Keine Angst, ich werde Sie nicht weiter mit meiner Anwesenheit belästigen. Auf diese verlogene Gesellschaft kann ich gerne verzichten", sagte sie mit gepresster Stimme und schnappte sich ihre Handtasche. Ohne nach links oder rechts zu sehen, hastete sie aus dem Raum und ignorierte Dennis' „Svenja, warte, ich komme mit!" Rufe. Einige Gäste sahen den beiden nach und schüttelten verwundert den Kopf. Für Svenja gab es nur ein Ziel – nach Hause zu kommen. Ohne Dennis.

An der Eingangstür hatte er sie eingeholt und hielt sie fest.

„Svenja, warte, ich kann dir alles erklären!"

„Was gibt es da noch zu erklären!", fauchte sie ihn an, und schob mit einer heftigen Bewegung seine Hand weg. „Wie konntest du mir das antun! Schickst mir eine Einladungskarte, die gar nicht für mich vorgesehen war."

„Ich wollte dich dabei haben und allen zeigen, dass du jetzt zu mir gehörst. Meine Familie und unsere Bekannten sollten es erfahren und akzeptieren."

„Dein Plan hat ja hervorragend geklappt. Kannst du dir nur im Geringsten vorstellen, wie es mir jetzt geht? Sicher nicht, sonst hättest du so etwas Blödes gar nicht gemacht. Du denkst nur an dich und was *du* willst. Wie es mir dabei geht, ist dir vollkommen egal!", schleuderte sie ihm wütend entgegen, öffnete die Tür und stürmte hinaus. Es dauerte nicht lange bis er sie eingeholt hatte.

„Svenja, es tut mir leid. Du hast recht, ich war egoistisch! Aber ich wollte dich in meine Familie einführen und dachte, die Geburtsfeier wäre *die* Gelegenheit dazu. Deshalb die Einladung", redete er auf sie ein, während er neben ihr herlief.

Svenja lachte bitter auf. „Tja, falsch gedacht. Was für ein blödes Schaf ich war! Das Ganze kam mir gleich seltsam vor. Eine persönliche Einladung deines Vaters, nachdem unser erster Kontakt nicht gerade freundschaftlich ausgefallen war. Aber ich wäre nie darauf gekommen, dass du dahintersteckst! Bring mich bitte zum Bahnhof, ich möchte nach Hause."

„Ich fahre dich selbstverständlich."

„Lass nur, dein Vater wird dich sonst vermissen."

„Das tut er nie. Wie kannst du überhaupt ernsthaft davon ausgehen, dass ich auch nur eine Minute länger hier bleiben will, nachdem er dich hinausgeworfen hat? Ich fahre dich nach Augsburg. Das ist das Mindeste, was ich zur Wiedergutmachung tun kann."

Svenja widersprach ihm nicht mehr. Alles Erlebte an diesem Tag steckte ihr tief in den Knochen. Sie wollte nur eines. Nach Hause. Irgendwie.

Während der Fahrt hüllte sie sich in Schweigen, versuchte mit den Geschehnissen des Tages fertigzuwerden, doch seine permanenten Beteuerungen, wie leid ihm alles tue, ließen ihr keine Chance dazu. Als diese kein Ende nehmen wollten, war sie so erzürnt darüber, dass sie ihm entnervt mit einem „Halt endlich deinen Mund!" ins Wort fiel.

„Svenja, bitte ..."

„Kein Wort mehr! Ich bin fix und fertig und will nur noch nach Hause!", sagte sie unnachgiebig und lehnte sich mit geschlossenen Augen zurück. Betretenes Schweigen folgte, was aber paradoxerweise noch mehr an ihren Nerven zerrte, als sein endloser Monolog, sodass sie es nach kurzer Zeit unterbrach. „Was hast du dir eigentlich dabei gedacht? Hast du wirklich geglaubt, dein Vater würde mich mit offenen Armen empfangen, wenn du ihn vor vollendete Tatsachen stellst?"

„Ich hatte gehofft, er würde von dir beeindruckt sein, wenn er dich persönlich kennenlernt. Du wärst doch bei einer mündlichen Einladung niemals mitgekommen, deshalb kam ich auf die Idee mit der Karte."

„Das war falsch gedacht! Deine schräge Idee hat es noch viel schlimmer gemacht. Ich weiß nicht, wo das alles noch hinführen soll." Sie wandte ihren Blick zum Seitenfenster hinaus, sah lethargisch zu, wie die Landschaft daran vorbeiflog, und sagte dann beinahe tonlos: „Es ist alles so sinnlos."

„Was meinst du damit?"

„Du weißt sehr gut, was ich meine! Unsere Beziehung hat keine Chance, ich passe nicht zu dir." Tränen schossen ihr in die Augen und rollten unaufhaltsam über ihre Wangen. Sie wollte nicht weinen, doch die Anspannung der letzten Stunden forderten nun ihren Tribut. Schniefend kramte sie ein Taschentuch aus ihrem Täschchen und wischte sich damit über das Gesicht. Erschrocken legte Dennis eine Hand auf ihre Schulter. „Liebling, sag doch nicht so etwas, es stimmt einfach nicht!"

Unwillig schob sie seine Hand weg. „Aber wie kann ich dich lieben, wenn alle gegen uns sind? Nimm nur mal deinen Vater! Für ihn ist die Verbindung zu mir abträglich für das Unternehmen. So eine Kirsten passt da natürlich viel besser!" Das ganze Elend ihrer Situation brach über sie herein und löste einen erneuten kurzen Tränenschwall aus. Dennis war mit diesem Gefühlsausbruch sichtlich überfordert und strich ihr nur hilflos durch das Haar.

„Weißt du, bis dato dachte ich, so etwas wäre nur übelstes Klischee", fuhr sie fort, „ein Versatzstück für mittelmäßige Filme. Aber heute habe ich gelernt, dass die Realität noch viel schlimmer ist. Ich werde jedenfalls nicht die tragische Hauptfigur dabei abgeben!“

„Soll das etwa heißen, du willst dich von mir trennen?“ Entsetzen und Panik lagen in seiner Stimme.

„Siehst du einen anderen Weg? Wir können doch niemals glücklich miteinander werden! Es steht einfach zu viel zwischen uns.“

Dennis bremste ab, fuhr rechts in eine Einbuchtung, an die sich ein Feldweg anschloss, und stellte den Motor ab. Mit festem Druck umfasste er ihre Schultern, als könnte er damit ihre Gedanken wegpressen, die so unerträglich für ihn waren.

„Svenja, warum so melodramatisch? Wir lieben uns, wir sind erwachsen, niemand kann uns verbieten zusammen zu sein.“ Er schüttelte sie dabei leicht, wie um das Gesagte zu unterstreichen. „Mein Vater ist mir egal. Sollte er mich deshalb enterben und mir kündigen, dann mache ich eben mein eigenes Unternehmen auf. Es gibt immer einen Weg, hörst du?“

Svenja war irritiert. Irgendetwas sagte ihr, dass es nicht Liebe allein sein konnte, die ihn so leidenschaftlich werden ließ. Es war auch Rebellion dabei, Rebellion gegen seinen Vater.

„Dennis, was willst du?“ Leise, resigniert kam diese Frage über ihre Lippen. Wortlos umschloss er ihre Hände, senkte kurz den Blick, um ihn gleich danach direkt auf sie zu richten. „Svenja“, sagte er verhalten, und sie spürte, wie er nervös an ihrem Ring herumdrehte, „was ich dir jetzt sage, meine ich ernst.“ Als er nicht weiterredete, hob sie fragend die Augenbrauen. „Und ... was willst du mir sagen?“

„Ich will dich heiraten." Obwohl sie es vage geahnt hatte, wie die Antwort ausfallen könnte, fühlte sie sich jetzt vollkommen davon überfahren. Es lag an der Art, wie er den Antrag machte. So definitiv und wild entschlossen.

„Heiraten?" Sie schüttelte ungläubig den Kopf. „Ist dir klar, was du da redest? Wir kennen uns noch nicht einmal ein halbes Jahr! Das ist doch verrückt." Sie entwand ihre Hände aus seinen und fuhr sich aufgeregt durch die Haare. „Du willst das nicht wirklich. Was *du* willst, ist Unabhängigkeit demonstrieren, dass du selber entscheiden kannst, wen du an dich bindest."

„Was für ein Unsinn! Ich will dich zur Frau haben, weil ich dich liebe und mein Leben mit dir teilen will. Das ist der einzige Grund. Und ich wünschte, du könntest das genauso sehen!" In seiner Stimme lag Verzweiflung, nicht verstanden zu werden.

„Nicht nach allem was war."

Heftig schlug er beide Hände auf das Lenkrad. „Verflucht! Jetzt vergiss doch meinen Vater und Kirsten und alles, was dich davon abhält, dich auf mich einzulassen. Sie sind es nicht wert, dass ihretwegen unsere Beziehung kaputtgeht!" Geräuschvoll stieß er einen tiefen Atemzug aus, ein Zeichen, dass er seine aufkommende Wut zu unterdrücken suchte. Um einiges beherrschter sagte er schließlich: „Bisher hast du mir immer signalisiert, dass ich dir viel bedeute. Sag mir nicht, dass ich mich so in dir getäuscht haben sollte!"

„Das ist auch nicht so, Dennis!" Svenja ergriff eine große Verzagtheit, dass sie solch ein Gespräch führen mussten und nicht, wie andere glückliche junge Paare, optimistische Zukunftspläne schmieden konnten.

„Du warst mir vom ersten Augenblick an wichtig, aber ... nun ja, du musst zugeben, die Dinge haben sich extrem gegen uns entwickelt. Eine gemeinsame Zukunft ist doch inzwischen unvorstellbar geworden."

„So darfst du nicht denken! Es gibt immer einen Weg, man muss es nur wollen, und wie ich vorhin schon sagte: Davon dürfen wir unsere Beziehung nicht kaputt machen lassen", redete er beschwörend auf sie ein und ergriff ihre Hände. „Auf die Gefahr hin, dass es jetzt schwülstig klingt, aber ich meine das wirklich ernst ... du musst unserer Liebe eine Chance geben, dann kann uns nichts mehr anhaben ...", fügte er mit besänftigender Stimme hinzu und näherte sich ihrem Gesicht. Sie wich zurück, doch er gab nicht auf und fing an, sie zärtlich zu küssen. Ihr Widerstand begann zu zerbröckeln, je inniger er es tat. Seine Nähe, seine begehrlichen Küsse, seine Liebesbeteuerungen, die er ihr ins Ohr hauchte, ließen sie, wie schon in der Vergangenheit, willensschwach werden. Es war schon beinahe beängstigend, wie schnell sie ihm verzeihen konnte. Noch vor zwei Minuten war ihr Groll gegen ihn so groß gewesen, dass eine Trennung wie eine Erlösung für sie erschienen war, und nun lag sie wild küssend in seinen Armen, das angenehme Kribbeln höchster Leidenschaft in jeder Faser ihres Körpers spürend. Dieses Wechselbad an Gefühlen war so befremdend, und sie fragte sich, ob ihre Wankelmütigkeit ein Ausdruck von Hörigkeit war, denn als normal konnte sie ihr Verhalten nicht mehr bezeichnen.

Dennis nahm ihr Gesicht in beide Hände und sah sie mit einem Ausdruck zwischen Freude und Erleichterung an.

„Alles wird gut, du musst nur daran glauben. Wenn du mich liebst, dann schaffst du das. Und ich weiß, du liebst mich, das kannst du nicht leugnen." Lächelnd zog er ihren Kopf an seine Schulter und strich ihr zärtlich über den Haarschopf.

„Ja, ich liebe dich, aber welche Chance haben wir, wenn du mich mit einem hinterlistigen Trick in dein Zuhause locken musst, weil ich dort den Ruf eines Staatsfeindes Nummer eins genieße."

Er lachte kurz auf. „Na, ganz so schlimm ist es nun auch wieder nicht. Ich habe meinen Vater kurz zuvor darüber aufgeklärt, dass du kommen wirst. Er war darüber sehr verärgert, dass er vor vollendete Tatsachen gestellt worden war, aber insgeheim war er auch neugierig auf dich. Es fügt sich alles, du wirst sehen."

„Ich wünsche mir nichts mehr, als dass du recht hast", seufzte sie und küsste ihn auf den Hals.

Ihr Smartphone meldete die Ankunft einer Nachricht. Sie war im Begriff danach zu sehen, doch Dennis flüsterte nur „Nicht jetzt", und zog sie zu sich heran.

Sie wehrte ihn mit den Worten „Es könnte meine Mutter sein, meinem Vater ging es heute nicht besonders gut", ab, fischte das Smartphone aus der Tasche und öffnete die Nachricht, die ihr jegliche Farbe aus dem Gesicht zog, als sie sie las.

Philipp hatte einen Motorradunfall! Er liegt im Krankenhaus und wird notoperiert. Mehr weiß ich auch nicht. Vera

19 – IM NICHTS

Svenja stürzte in ihre Wohnung und suchte hastig nach ihrem alten Adressbuch. Mit zittrigen Fingern wählte sie die Nummer von Philipps Mutter. Dennis setzte sich mit besorgtem Gesichtsausdruck neben sie, während sie nervös an ihren Nägeln kaute.

Es dauerte nicht lange, bis sich am anderen Ende eine kratzige Stimme meldete.

„Hallo, Frau Schulte!", sprudelte sie los. „Hier ist Svenja. Ich habe von Philipps Unfall gehört. Was ist denn passiert?"

„Es ist so furchtbar", schluchzte Frau Schulte sofort los. „Er liegt im künstlichen Koma auf der Intensivstation! Warum musste das passieren?" Erneut heftiges Schluchzen. „Er ist doch kein Draufgänger, immer ist er vorsichtig gefahren, aber die Polizei spricht von überhöhter Geschwindigkeit. Sein Motorrad kam ins Schleudern! Wie konnte das nur passieren? Mein armer Junge!"

Svenja versuchte so gut wie möglich, sie mit tröstenden Worten zu beruhigen. Nachdem sie das Gespräch beendet hatten, begannen die Worte in ihrem Kopf widerzuhallen. Koma. Sturz. Motorrad. Intensivstation. Sie bekam ihre wahre Bedeutung nicht zu fassen. Der Schock über die schreckliche Nachricht hatte sie übermannt. Dennis, der während des Telefonats nicht von ihrer Seite gewichen war, zog sie in seine Arme.

„Er darf nicht sterben, Dennis. Das ganze Leben liegt doch noch vor ihm“, schluchzte sie leise.

„Er wird es schaffen, er ist stark.“

Schweigend lagen sie sich noch eine ganze Weile in den Armen. Sie schätzte es sehr, dass er sie nach Hause begleitet hatte und über Nacht bei ihr bleiben wollte. Seine Nähe gab ihr die nötige Kraft, sich mit dem Unglück auseinanderzusetzen. Auch in den folgenden Tagen kam er jeden Abend zu ihr und blieb über Nacht. Als Svenja von Philipps Mutter erfahren hatte, dass ein Besuch nun möglich war, beharrte er darauf, sie zu begleiten und verschob kurzerhand einen Geschäftstermin.

„Das musst du nicht. Ich schaffe das auch alleine“, versuchte sie es ihm auszureden, doch er ließ sich nicht davon abbringen. Als sie am nächsten Tag auf das große Gebäude zuging, war sie froh, dass er darauf bestanden hatte, denn ein

Krankenhaus betreten zu müssen war für Svenja ein Gräuel. Seit sie als Kind vom Fahrrad gestürzt und als Notfall eingeliefert worden war, hatte sie diesen Ort so gut es ging gemieden. Doch heute, mit Dennis an ihrer Seite, überwand sie ihre Aversion gegen die angstmachende Krankenhausatmosphäre, bedingt durch Desinfektionsmittelgeruch, lange, breite und blank polierte Gänge, mit vereinzelt leerstehenden Krankenbetten an der Wand und hektisch vorbeihuschenden Weißkitteln. Heute nahm sie alles wie durch einen Nebelschleier wahr, denn ihr einziges Ziel war es, Philipp zu sehen. Tapfer ging sie zusammen mit Dennis auf den

Informationsschalter zu, an dem eine junge Frau, mit nach hinten gebundenen Haaren, saß. Sie sah zu Svenja hoch.

„Kann ich Ihnen helfen?", fragte sie routiniert freundlich.

„In welchem Zimmer liegt Philipp Schulte?"

Die Frau tippte kurz auf der Tastatur ihres Computers herum. „Zimmer 314 in der Unfallchirurgie", sagte sie, und beschäftigte sich gleich wieder mit einem Stapel an Papieren, nachdem Svenja sich bedankt hatte.

„Dort drüben ist der Aufzug, komm schnell, bevor die Tür zugeht", sagte Svenja und lief eiligen Schrittes darauf zu. Zu ihrem Leidwesen drängelten sich in der an sich geräumigen Kabine einige Besucher, ein Patient mit Jogginganzug und ein junger Arzt, bei dessen Anblick ihr ziemlich mulmig zumute wurde. Ein plötzlicher, heftiger Schwindelanfall brachte sie kurz ins Taumeln und sie musste sich schnell an Dennis' Ärmel festhalten. Mit bleichem Gesicht starrte sie dann auf die Stockwerkanzeige. „Alles in Ordnung mit Ihnen?", hörte sie den Mediziner wie aus der Ferne fragen, worauf sie sofort nickte. „Ja, danke, alles bestens!", versicherte sie ihm eifrig. Das hätte noch gefehlt, dass ein überengagierter Arzt sie zur Untersuchung mitnahm, damit er seinem hippokratischen Eid Genüge leisten konnte. Sie hatte keinen körperlichen Blackout. Es war die Angst vor dem, was sie erwartete, die ihr die Lebenskraft nahm und ihr die Kehle zuschnürte.

Die Aufzugstür öffnete sich. Svenja atmete erleichtert auf und drängte nach draußen. Ohne nach Dennis zu sehen, stürmte sie den Gang entlang. Das Klacken ihrer Absätze auf dem auf Hochglanz polierten Linoleumboden drang wie aus der Ferne an ihr Ohr. Es kam ihr vor, als würden sie durch unzählige, sich automatisch öffnende Türen gehen, bis sie endlich bei Philipps Zimmer ankamen. Als Svenja sah, dass Dennis anklopfen wollte, hielt sie seine Hand fest.

„Besser, ich gehe erst einmal alleine hinein. Ich glaube, es würde ihn überfordern, uns gleich zu zweit zu sehen. Das verstehst du doch?"

Ein zweifelnder Ausdruck trat in seine Augen.

„Meinst du? Aber vielleicht hast du recht. Falls du mich brauchst, ich warte hier draußen", sagte er mit gedämpfter Stimme und deutete auf einen Stuhl, der an der Wand stand.

„Gut, du kannst ja später nachkommen." Sie atmete tief durch, klopfte kurz und kräftig an die Tür und öffnete sie gleich darauf behutsam.

Das Erste, das sie sah, war ein Bett, neben dem sich ein Infusionsständer befand, der einer mit Halskrause und Kopfverband vermummten Gestalt tröpfchenweise lebenserhaltende Medizin durch die Armvene zuführte.

Bewegungslos lag er da, umgeben von einer bedrückenden Stille, die sich wie eine Klammer um Svenjas Gemüt legte. Leise schloss sie die Tür hinter sich und ging zögernd auf das Bett zu. Es mutete alles irreal an – noch vor Kurzem hatte sie mit ihm gesprochen, hatte sich seine Sorgen und Nöte angehört, hatte ihm wenig hilfreiche Ratschläge erteilt, und jetzt stand sie noch hilfloser neben dieser reglosen, vermummten Gestalt, die Philipp sein sollte.

Beide Hände lagen wie leblos auf der Bettdecke, die Augen hatte er geschlossen. Sachte legte sie eine Hand auf seine. Sie konnte ein Zucken in seinen Fingern spüren.

„Philipp", flüsterte sie, in der Hoffnung er würde die Augen öffnen, doch er zeigte keine Reaktion. Zärtlich streichelte sie über seinen Handrücken. „Keine Angst, ich bin jetzt bei dir." Mühsam zurückgehaltene Tränen bahnten sich unaufhaltsam ihren Weg und rannen über ihre Wangen. Durch den Tränenschleier hindurch bemerkte sie, wie seine Augenlider plötzlich zu flattern begannen. Aufgeregt drückte sie seine Hand fester und sagte etwas lauter: „Philipp, ich bin es, Svenja."

Sein Blinzeln verstärkte sich, bis er schließlich die Augen öffnete. Eilig wischte sie sich mit dem Handrücken die Tränen aus dem Gesicht und versuchte zu lächeln. Doch er sah sie nicht. Sein Blick richtete sich an die Decke, schweifte dann wirr im Raum umher und blieb schließlich an Svenjas Gesicht haften.

„Philipp, erkennst du mich? Hier ist Svenja!"

Er starrte sie weiterhin an. Unablässig. Unheimlich. Es schien, als würde er verzweifelt nach Orientierung suchen. Ein Schauer lief über ihren Rücken. Was, wenn er sein Gedächtnis verloren hatte, wenn er sich an nichts und niemanden erinnern konnte, sein bisheriges Leben wie ausgelöscht war?

„Philipp, erkennst du mich? Drück meine Hand oder blinzle, wenn du kannst. Gib mir ein Zeichen, bitte!", flehte sie leise. Mit freudigem Schrecken sah sie, wie er mühevoll die Augen zuschlug und wieder öffnete. Erleichtert stieß sie ein ergriffenes „Gott sei Dank!" aus und drückte seine schlaffe Hand. Sein Blick war nach wie vor fest auf sie gerichtet. Angst und Verwirrtheit konnte sie darin erkennen. Mit großer Anstrengung öffnete er die trockenen, spröden Lippen, doch es drang nur ein unverständlicher, krächzender Laut aus seiner Kehle. In seinen Augen flackerte Verzweiflung über seine Hilflosigkeit auf. Gleichzeitig versuchte er die Hand zu heben, aber es blieb bei einem kläglichen Versuch. Alles, was er schaffte, war die Fingerspitzen anzuheben.

„Philipp, bleib ganz ruhig, Reden strengt dich zu sehr an. Ich bin ja bei dir."

Sie beugte sich über ihn und gab ihm einen sachten Kuss auf die Wange. Dankbarkeit leuchtete in seinen Augen auf und verscheuchte für einen kurzen Moment seine tiefe Verzweiflung.

„Es wird alles gut", sagte sie mit sanfter Stimme, doch das Gesagte entsprach keineswegs ihrem Empfinden. Angesichts seines erbärmlichen Zustands konnte sie an keine bessere Zukunft für ihn glauben. Es war weder absehbar, wie lange seine Genesung dauern würde noch welche Schäden zurückbleiben könnten. Sie spürte erneut Tränen aufsteigen und unterdrückte sie mit großer Willenskraft. Auf keinen Fall sollte ihm bewusst werden, in welch fatalem Zustand er sich tatsächlich befand.

Mechanisch streichelte sie immer wieder über seinen Handrücken, wobei sie den Drang verspürte mit ihm zu reden, doch ihr Mund blieb wie versiegelt. Sie wusste, dass ein Gefühlsausbruch unvermeidlich wäre, sobald sie zu sprechen anfinge. Was war aus all seinen Träumen vom Erfolg und einem besseren Leben geworden? Ein Trümmerfeld aller Hoffnungen und Visionen – erfolglos im Studium und als Jungunternehmer, und jetzt lag er als körperliches Wrack im Krankenhaus, wegen eines einzigen schicksalhaften Augenblicks.

Sie spürte, wie sich seine Finger krümmten und nahm sie sofort in ihre Hand.

„Hast du Schmerzen? Soll ich eine Krankenschwester rufen?", fragte sie und sah ihn nach einer Antwort forschend an. Er öffnete den Mund, doch wieder kam nur ein klägliches Krächzen heraus. Erschrocken fragte sich Svenja, ob sein Kehlkopf so beschädigt worden war, dass er womöglich nicht mehr würde sprechen können.

Erschöpft ob seines vergeblichen Versuchs sich zu äußern, schloss er die Augen und seine Hand erschlaffte in ihrer.

„Ganz ruhig, Philipp. Drück meine Hand, wenn ich Hilfe holen soll."

Keine Reaktion. Er lag mit geschlossenen Augen reglos da und Svenja ergriff Panik, er könnte bewusstlos sein. Sie streichelte seine Wange, worauf er zu blinzeln begann.

„Philipp, ich gehe jetzt besser, damit du deine Ruhe hast", flüsterte sie ihm ins Ohr. Kaum, dass sie es ausgesprochen hatte, ergriff er mit überraschender Energie ihre Hand und sah sie mit einem deutlichen Flehen in den Augen an.

„Keine Angst, ich bleibe so lange du willst." Lächelnd rückte sie den Stuhl näher an das Bett heran, ohne seine Hand loszulassen. Sein Blick verfolgte jede ihrer Bewegungen, bis er schließlich ermattet die Augenlider niederschlug. Svenja lehnte sich zurück und betrachtete ihn gedankenverloren. Als sich die Tür öffnete, hätte sie nicht sagen können, wie lange sie in diesem zeitlich und räumlich entrückten Zustand dagesessen hatte. Sie drehte sich um und sah Dennis, der sich mit leisen Schritten näherte. Behutsam legte er beide Hände auf ihre Schultern.

„Wie geht es ihm?“, fragte er mit gedämpfter Stimme.

„Sehr schlecht, er kann nicht sprechen“, antwortete sie und sah zu ihm hoch. Er sagte nichts, nur ein leichtes Zucken um seine Mundwinkel fiel ihr auf. Offenbar ging ihm Philipps Schicksal näher als sie dachte.

„Wie lange willst du noch bleiben?“

„So lange wie nötig. Er hat mir signalisiert nicht zu gehen.“

Dennis’ Blick wanderte von ihr zu Philipp und heftete sich an dessen Gesicht. Nichts in seiner Miene verriet ihr, was er gerade empfand, weder Mitleid, Entsetzen noch Gleichgültigkeit. Dieses ausdruckslose Verharren befremdete sie. Selbst eine unflätige Bemerkung wäre ihr willkommener gewesen, als dieser in Stein gemeißelte, nichtssagende Gesichtsausdruck. Darauf hätte sie zumindest reagieren können.

Plötzlich öffnete Philipp die Augen und ließ seinen Blick umherschweifen. In dem Augenblick, als er auf Dennis traf, erstarrte er. Wie paralysiert fixierte er ihn. Irritiert sah Svenja zu Dennis hoch, doch Philipps schwere, laute Atemzüge ließen sie sofort wieder zu ihm wenden.

„Was hast du, Philipp? Ich hole jetzt lieber einen Arzt!“, sagte sie erschrocken.

Seine Hand, die immer noch in ihrer lag, krampfte sich plötzlich schmerzhaft um ihre Fingerknöchel und gleichzeitig schüttelte er andeutungsweise den Kopf.

Sein Atem ging quälend und stoßweise, was Svenja schier zur Verzweiflung brachte.

„Aber dir geht es doch schlecht, warum soll ich denn niemanden rufen?"

Die immense Kraft, mit der er ihre Fingerknöchel zusammenquetschte, erstaunte Svenja. In diesem Augenblick wurde ihr klar, dass seine schwere Atmung von psychischer Natur war. Er war aufgeregt. Und die Ursache hatte einen Namen. Dennis!

„Möchtest du mit mir allein sein?"

Er nickte fast unmerklich mit dem Kopf.

„Ich glaube es ist besser du gehst wieder. Anscheinend überfordert ihn zu viel Besuch", sagte sie zu Dennis gewandt. Dieser warf ihr hastig einen Blick zu und richtete ihn gleich darauf wieder auf Philipp. Er schien auf eine Reaktion zu warten. Doch Philipp fixierte ihn nur, schwer und laut atmend.

„Gut, ich gehe. Du solltest auch nicht mehr zu lange bleiben. Anscheinend ist Besuch generell zu anstrengend für ihn."

Nichts in seiner Stimme verriet etwas von seiner Seelenlage.

„Ja, ich komme bald."

„Tschüss, Philipp und gute Besserung." Mit leisen Schritten verließ er den Raum und schloss sachte die Tür hinter sich. Svenja spürte, wie Philipp ihre Hand zu sich zog und beugte sich über ihn.

„Was hast du? Willst du mir etwas sagen?"

Er holte tief Luft und stieß mühevoll ein paar unverständliche Laute aus. „Ea – ws – a-s – A-wi – Ma-n – pas – af!"

Er musste den letzten Rest an Energie in diese Botschaft gesteckt haben, denn gleich danach erschlaffte seine Hand und die Augen fielen zu.

„Philipp? Was willst du mir sagen? Ich verstehe dich kaum!", fragte sie und berührte seine Schulter. Philipp regte sich nicht mehr. Sein Atem ging jetzt flacher und gleichmäßiger. Die Ohnmacht hatte ihn übermannt und schützte ihn vor weiterer schädlicher Überanstrengung, doch nun war es Svenja, deren Atem vor Aufregung schneller ging. Was hatte er ihr unter Aufbringung seiner letzten Kräfte mitteilen wollen? Angestrengt versuchte sie sich sein Gestammel ins Gedächtnis zu rufen. Die letzten zwei, am besten verständlichen Worte, deutete sie als *Pass auf.* Sie schloss die Augen und spulte die ersten Worte wie von einem Band ab – einmal, zweimal, beim dritten Mal gab sie auf. Es war zu unverständlich gewesen, um den Sinn deuten zu können. Nur eines war sicher: Philipp wollte sie augenscheinlich vor Dennis warnen, so heftig wie er auf dessen Erscheinen reagiert hatte. Was hatte das zu bedeuten? War vor dem Unfall irgendetwas zwischen den beiden vorgefallen? *Pass auf* – nur diese zwei Worte hatte sie verstanden, zwei Worte, die genügten, um sie in Angst und Schrecken zu versetzen.

„Verdammt, Philipp, wach auf und sprich mit mir!", unterbrach sie laut ihre wirren Gedankengänge. Er zuckte nicht einmal zusammen, nur die regelmäßigen Atemzüge waren zu vernehmen. Aufgewühlt ging sie vor seinem Bett auf und ab, die Gedanken ständig um sein verzweifeltes Gestammel kreisend. Es zerriss sie beinahe innerlich, dass es ihr nicht gelang, die Bedeutung seiner Worte herauszufinden.

Sie blieb am Fußende des Bettes stehen und fixierte Philipp mit ihrem Blick, als könnte sie ihn damit zwingen aufzuwachen und Klartext zu sprechen. Doch in Anbetracht seines schwachen Zustandes musste sie sich eingestehen, dass sie diese Hoffnung schnellstens begraben musste. Sie ging aus dem Zimmer und als sie die Tür leise hinter sich schloss, traten zwei Männer auf sie zu. Ein grauhaariger, braun gebrannter Mittfünfziger, gefolgt von einem dunkelblond gelockten, jungen Mann, dessen sympathisches Gesicht eine schwarze Brille zierte.

Der Ältere streckte ihr die Hand entgegen und schüttelte sie kurz. „Guten Tag, Kriminalpolizei, Hauptkommissar Reimers. Das ist mein Kollege Oberkommissar Graf. Sie sind mit dem Unfallopfer bekannt? Dann hätten wir ein paar Fragen an Sie“, spulte er routinemäßig seinen Text ab und zog gleichzeitig mit der anderen Hand seine Polizeimarke aus der Brusttasche seiner schwarzen Lederjacke.

Wie im Film, dachte Svenja, ziemlich überrumpelt von diesem Auftritt. Der Jüngere reichte ihr ebenfalls die Hand zur Begrüßung und lächelte sie dabei gefällig an.

„Kriminalpolizei?“, fragte sie. „Es war doch ein Verkehrsunfall!“

Kommissar Reimers bedeutungsvoller Blick zerstörte augenblicklich Svenjas naives Weltbild. Seine darauf folgende Äußerung versetzte ihr den nächsten Schock.

„Bei unseren Ermittlungen hat sich ergeben, dass die Bremsen manipuliert worden sind. In welcher Beziehung stehen sie zu Herrn Schulte? Sind Sie seine Freundin?“, fragte Herr Reimers in ruhigem Tonfall.

Svenja wurde abwechselnd heiß und kalt. *Bremsen manipuliert* – jemand wollte Philipp umbringen! Das Grauen, das sie packte, löste einen kurzen Schwindel aus.

„Haben Sie mich verstanden? Sind Sie seine Freundin?“, hakte der Kommissar nach. Entgeistert sah sie ihn an und wünschte sich sehnlichst, in Ruhe gelassen zu werden.

„Ja ... nein ... ich meine, ich bin mit ihm befreundet. Aber wir sind kein Liebespaar“, stammelte sie verworren und fragte dann in höchster Panik: „Bremsen manipuliert, sagten Sie? Das ist ja schrecklich, wer macht denn so etwas?“

Pass auf, erinnerte sie ihre innere Stimme an Philipps Panik, als er Dennis erblickt hatte. Er konnte doch unmöglich etwas damit zu tun haben!

„Das versuchen wir herauszufinden. Haben Sie irgendeinen Verdacht?“ Der junge Polizist sah sie scharf an. „Sie sehen im Moment so aus, als wüssten Sie etwas“, versuchte Herr Graf ihr etwas zu entlocken.

Verflucht, in meinem Gesicht kann man lesen wie in einem offenen Buch. Ich muss mich zusammenreißen, dachte Svenja und antwortete mit bemüht gelassener Miene.

„Nein, wie kommen Sie denn darauf? Ich bin nur schockiert, dass jemand versucht hat ihn umzubringen.“

Herr Graf nickte und lächelte sie mitfühlend an, wobei er es sich nicht verkneifen konnte, einen schnellen Blick von oben nach unten über sie gleiten zu lassen.

„Philipp Schulte hatte vor Kurzem einen Vorfall mit einer unliebsamen Postsendung, die eindeutig eine

Morddrohung war, gemeldet. Wissen Sie Näheres darüber?“, fragte er in freundlichem Ton.

Svenja wusste natürlich sofort, wovon er sprach. Die tote Amsel, der Drohbrief, der dabei lag.

Wer steckte dahinter? Mark, der sein Geld von Philipp einforderte? Oder doch Dennis? Aber was sollte er damit zu tun haben? Es ergab alles keinen Sinn. Ihre Gedanken rasten. *Er muss ihn verwechselt haben,* dachte sie.

„Haben Sie einen Verdacht?“, fragte Herr Reimers eindringlich. Er lächelte nicht, sondern sah sie nur lauernd an. Er spürte, dass sie mehr wusste, als sie zugeben wollte. Seine langjährige Erfahrung mit Zeugenbefragungen hatte seinen Blick für das Innenleben seines Gegenübers geschult.

„Nein. Ich glaube, ich kann Ihnen nicht weiterhelfen.“

„Wo waren Sie am 16. August?“

„Ich?“ Erstaunt zog sie die Augenbrauen in die Höhe. „Wieso? Sehe ich so aus, als könnte ich an Bremsen von schweren Motorrädern herumschrauben?“

Herr Graf, der zwei Schritte hinter dem Kommissar stand, gab ein unterdrücktes Grunzen von sich. Reimers drehte sich mit finsterem Blick zu ihm.

„Tschuldigung“, murmelte dieser und trat verlegen von einem Fuß auf den anderen.

„Im Emanzipationszeitalter ist alles möglich“, sagte Reimers, nachdem er sich wieder zu Svenja gewandt hatte. „Also, wo waren Sie an dem Tag?“

„Sechzehnter August, Moment – ja natürlich, da war ich auf einer Geburtstagsfeier in München, Bogenhausen. Der Vater meines Freundes feierte seinen Fünfundsechzigsten.“

Reimers zog ein kleines Notizbuch aus seiner Brusttasche und schrieb etwas hinein.

Wie ein Blitz durchfuhr Svenja die Erinnerung an diesen Tag. Wie Philipp sie zuvor überraschend aufgesucht hatte, wie er ihr von seiner verzweifelten Lage berichtet und ihr den neuen Drohbrief gezeigt hatte. Und wie er beim Abschied erwähnt hatte, dass er Mark aufsuchen und zur Rede stellen wolle. Sie begann bei diesem Gedanken zu zittern. Die Vorstellung, wie die beiden aneinandergeraten waren und Mark Philipp dann buchstäblich ins Unglück gejagt hatte, war zu schrecklich. „Mir ist noch etwas eingefallen …", sagte sie zu Reimers gewandt und erzählte von Philipps letztem Besuch und dessen Ankündigung, sich Mark vorzuknöpfen. Alles, was sie sagte, wurde mit begleitendem Kopfnicken notiert. Wenn sie gewusst hätte, welche Folgen das haben würde, hätte sie geschwiegen.

20 – AUßER KONTROLLE

„Was hast du ihnen denn erzählt?“, fragte Dennis angespannt, als er mit ihr zu seinem Auto in der Tiefgarage der Klinik ging.

„Schließ auf! Ich muss mich schnell setzen, mir ist flau“, antwortete sie, ohne auf seine Frage einzugehen. Das war keine Ausrede. Das Krankenhausambiente, Philipps erbärmlicher Zustand, die insistierende Befragung von Kommissar Reimer und schließlich die Suche nach Dennis, als sie endlich entlassen wurde, hatten sie ziemlich mitgenommen. Weder auf dem Flur noch in der Cafeteria hatte sie ihn finden können, und auf dem Handy meldete sich nur die Mailbox. Innerlich fluchend war sie in der großen Eingangshalle umhergeirrt, bis er sich endlich meldete. Er sei schon nach draußen gegangen und erwarte sie im Parkhaus. Wohlweislich hatte sie den Polizisten die Anwesenheit Dennis' verschwiegen, um ihm deren lästige Fragen zu ersparen. Svenjas Angaben zu ihrem Aufenthalt beim Geburtstagsfest, hatte ihnen als Alibi genügt. Als Ankunftszeit hatte sie ohne nachzudenken den Beginn der Feier, wie es auf der Einladungskarte stand, genannt. Erst im Nachhinein war ihr bewusst geworden, dass sie in Wirklichkeit beinahe eine Stunde später angekommen waren.

„Wir werden Ihre Angaben überprüfen", hatte der Kommissar am Ende der Befragung gesagt. Das hieß, dass er und sein Begleiter in Kürze bei Familie Lettmann auftauchen würden, um das Alibi zu bestätigen. Bei dem Gedanken daran wurde ihr abwechselnd heiß und kalt. Was hatte sie nur getan? Polizisten fanden immer früher oder später die Wahrheit heraus und nahmen einen dann erst richtig in die Mangel. Thomas Lettmann war das zweite Problem. Nicht auszudenken, wie er reagieren würde, wenn er sich gezwungen sah, falsche Zeitangaben machen zu müssen. *Ich bin so dumm,* ärgerte sie sich über sich selbst.

„Jetzt erzähl schon, was wollten sie alles wissen?", drängte sie Dennis, als beide im Auto saßen.

„Alles Mögliche. Woher ich Philipp kenne, wann ich ihn zum letzten Mal gesehen habe, wo ich mich am 16. August aufgehalten habe et cetera. Du musst übrigens sofort deiner Familie sagen, dass wir pünktlich um siebzehn Uhr in der Villa waren, sonst komme ich in Teufels Küche!"

„Du hast gelogen?! Bist du verrückt? Was genau hast du denen erzählt?"

„Das war keine bewusste Lüge. Ich habe, warum auch immer, einfach den Einladungstermin genannt." Sie gab einen kurzen Stoßseufzer von sich. „Ich habe Kopfweh, also sei so lieb und verschon mich mit weiteren Fragen. Ich will nicht noch einmal alles wiederholen. Wichtig ist nur, dass alle, auch euer Dienstpersonal, unsere Anwesenheit um siebzehn Uhr bestätigen", sagte sie und wischte sich mit dem Handrücken ein paar stressbedingte Schweißperlen von der Stirn.

„Komm schon, du kannst mich doch jetzt nicht mit ein paar hingeworfenen Brocken abspeisen. Das ist Krimi live, und du klagst über Migräne. Haben sie auch gefragt, ob du einen Verdacht hast, wer das getan haben könnte?"

„Natürlich haben sie das. Ich habe ihnen Mark genannt." Sie lehnte sich zurück und schloss die Augen.

„Mark? Wieso Mark?"

Svenja beugte sich nach unten, um eine kleine Wasserflasche aus ihrer Tasche zu holen. Nachdem sie gierig ein paar Schlucke Wasser genommen hatte, setzte sie die Flasche ab und schraubte hektisch den Deckel darauf.

„Mark hatte Philipp vor einiger Zeit Geld geliehen und dann setzte er ihn unter Druck, es ihm zurückzuzahlen, obwohl er wusste, dass er nicht in der Lage dazu war."

„Spinnt der?"

„Mark eben! Als Philipp dich im Krankenhaus sah, hat er doch ziemlich überreagiert, erinnerst du dich? Ich bin mir ziemlich sicher, dass er dich in seinem medikamentenumnebelten Zustand und mit seinen halb zugeschwollenen Augen nicht erkannt und mit Mark verwechselt hat. Er hat dieselbe schwarze Lockenfrisur wie du und eine ähnliche Lederjacke. Das ist die einzige plausible Erklärung für sein Verhalten." Mit zugekniffenen Augen legte sie die Fingerspitzen ihrer Hände an beide Schläfen. „Mein Kopf ist kurz vorm Zerspringen! Ich kann jetzt nicht mehr darüber reden. Bringst du mich nach Hause?", sagte sie bittend und streichelte dann leicht über seine Wange. Er erwiderte nichts, sondern ließ den Motor an und fuhr los.

Als sein Wagen vor ihrem Wohnhaus hielt, stand ihr Entschluss fest.

Dennis musste sofort nach München fahren. Es gab für sie im Moment nichts Wichtigeres, als den Zeitpunkt des Alibis mit seiner Familie abstimmen zu lassen, bevor die Polizei auftauchte, um ihre Angaben zu überprüfen.

„Schade“, sagte er, „aber du hast recht. Das hat jetzt äußerste Priorität. Es wird allerdings ein hartes Stück Arbeit werden, meinen Vater zu überzeugen. Ich sehe ihn schon direkt vor mir, wie er sich darüber aufregt. Aber kann man jetzt nicht mehr ändern. Und leider sehen wir uns dann auch erst in einer Woche wieder. Ich bin ab morgen Abend auf Geschäftsreise in Frankreich und Italien.“

„Ständig unterwegs! Wir sehen uns immer nur sporadisch.“

„Das lässt sich ändern“, meinte er und zog sie in seine Arme.

„Wie denn?“

„Heirate mich, dann kannst du deinen Job aufgeben und mich begleiten.“ Er gab ihr einen Kuss aufs Haar.

„Meinen Job aufgeben? Traumtänzer! Ich werde mich auf keinen Fall in die absolute Abhängigkeit von dir begeben, also vergiss es. Wir brauchen eine Lösung, die für beide akzeptabel ist. Aber die werden wir heute ganz gewiss nicht mehr finden.“

„Wie du meinst.“ Er küsste sie lange und intensiv und beinahe wäre sie schwach geworden, ihn zum Hierbleiben zu bitten. „Aber denk trotzdem noch mal über meinen Lösungsweg nach“, flüsterte er ihr ins Ohr, bevor er mit federndem Schritt zu seinem Auto ging und einstieg.

Als sie am nächsten Morgen aufstand, hätte sie sich am liebsten sofort wieder hingelegt. Es lag eine ihrer schlimmsten Nächte hinter ihr. Die wirren Träume hatten sich im Kreis gedreht. Von Philipp zu Dennis und zu Mark, und dann das Ganze wieder von vorne. Stündlich war sie aufgewacht, jedes Mal mit der Hoffnung, etwas anderes träumen zu können, doch vergeblich. Immer erschienen ihr diese drei Personen. Beim fünften Mal Aufwachen, sehnte sie sich zutiefst nach Dennis' starken Armen, aber sie hatte ihn ja selbst nach Hause geschickt. *Hoffentlich hat sich dieses Opfer auch gelohnt,* dachte sie und schleppte sich ins Bad. Beim Blick in den Spiegel wunderte sie sich, wie ihre Augen über Nacht zu kleinen Schlitzen mutieren konnten. Mit beiden Händen schüttete sie sich ein paar Mal kaltes Wasser ins Gesicht, und fühlte sich danach etwas besser. Sie nahm sich vor, Philipp in der Mittagspause noch einmal zu besuchen. Vielleicht würde er heute besser sprechen können. Sie musste dringend herausfinden, was er ihr mitteilen wollte.

Im Lerninstitut wartete schon Vera auf sie, die sofort alles genau wissen wollte, wie es Philipp ging und was passiert war.

„Das ist ja furchtbar! Wie konnte das nur passieren?“, rief sie entsetzt nach Svenjas Kurzschilderung der Geschehnisse aus. „Hat eine Werkstatt Mist gebaut?“

Svenja zögerte mit der Antwort. Eine Eingebung hielt sie davon ab, Vera von der Manipulation zu berichten. Sie fühlte sich nach dieser schrecklichen Nacht nicht imstande, über Mark und seine möglichen Motive nachzudenken, geschweige denn mit ihr zu besprechen.

„Er hat doch immer selbst daran herumgeschraubt. Eine Werkstatt konnte er sich zurzeit gar nicht leisten", gab sie deshalb lapidar zur Antwort und verschwand gleich darauf in Richtung eines Lehrraums, in dem die Schüler schon ungeduldig auf sie warteten.

Vier unkonzentrierte Stunden später, in denen sie zwei Schülergruppen unterrichtet hatte, beschloss sie, Philipp noch einmal aufzusuchen. Ihre innere Unruhe trieb sie förmlich aus dem Haus, hin zum verhassten Krankenhaus. Dieses Mal schaffte sie es, jegliches ungute Gefühl sofort im Keim zu ersticken, als sie zielstrebig zum Aufzug ging, diesen mit mehreren Personen bestieg und ohne einen der Mitfahrenden zu beachten, in den 3. Stock fuhr. Im Eilschritt erreichte sie Philipps Zimmer und betrat es zögernd, nachdem sie angeklopft hatte. Es war leer. Kein Bett, kein Philipp. Er ist zu einer Untersuchung weggebracht worden, war ihr erster Gedanke. Unschlüssig, ob sie auf seine Rückkehr warten sollte, stand sie in dem leeren Raum, beschloss dann jedoch das Stationszimmer des Krankenpflegepersonals aufzusuchen, um Näheres zu erfahren.

Sie traf dort nur eine junge Krankenschwester, vor einem Computer sitzend, und einen Arzt, der neben ihr stand, an.

„Entschuldigung", sagte sie höflich und klopfte gleichzeitig an die Glastür. Beide fuhren mit dem Kopf zu ihr herum.

„Können Sie mir sagen, wann Herr Schulte von Zimmer 314 wieder zurückkommt?"

Die beiden warfen sich gegenseitig kurz einen verständnisinnigen Blick zu. Svenja wurde mulmig zumute. Das hatte nichts Gutes zu bedeuten. Mit ein paar Schritten trat der Arzt, ein mittelgroßer, schmächtiger Typ mit braunen, kurz geschnittenen Haaren, auf sie zu.

„Sind Sie eine Verwandte von Herrn Schulte?" Die ernste Miene des Arztes beunruhigte sie noch mehr.

„Nein, wieso? Wo ist Philipp?"

„Leider muss ich Ihnen mitteilen, dass er vor zwei Stunden verstorben ist."

Verstorben? Was redete er da?! Er musste jemand anderen gemeint haben. Eine Verwechslung, ein Irrtum.

„Ich meinte Philipp Schulte. Ich war gestern noch bei ihm. Sie meinen sicher jemanden mit ähnlichem Namen", sagte sie und sah ihn beschwörend an.

„Es tut mir leid, aber es gibt keine Verwechslung."

Seltsam, wie sich der Raum plötzlich zu drehen beginnt, dachte sie, bevor der Arzt schnell herbeisprang, um sie aufzufangen. Er brachte sie zu einem Stuhl und rief der Krankenschwester einen medizinischen Ausdruck zu.

„Philipp, tot?" Sie sprang wieder auf. „Was ist passiert? Wieso ist er gestorben? Er war doch nicht einmal auf der Intensivstation!"

Der Arzt nahm sie bei den Schultern und drückte sie sachte auf den Stuhl zurück.

„Sie dürfen sich nicht so aufregen. Ich werde Ihnen etwas zur Beruhigung geben", sagte er in beschwichtigendem Ton und griff nach der Spritze, die ihm die junge Frau mit besorgtem Blick reichte. Reflexartig schlug Svenja ihm diese aus der Hand und schnellte in die Höhe.

Spritze, Schmerzen, Ausgeliefertsein – wie konnte er es wagen über sie zu bestimmen!

„Ich brauche keine verdammte Spritze! Sagen Sie mir nur, warum Philipp gestorben ist!“, rief sie laut und flüchtete zur Tür, bevor er wieder Hand an sie legen konnte.

„Ich kann Ihnen keine Auskunft geben. Sie sind keine Angehörige, tut mir leid“, sagte er mit sanfter Stimme.

„Er war gestern bei Bewusstsein und hat versucht mit mir zu reden. Er kann nicht tot sein!“ Ihre Stimme klang aufgeregt, zu aufgeregt für den Arzt. Langsam, mit ausgestrecktem Arm ging er auf sie zu, doch bevor er sie erreichte, wich sie zurück.

„Lassen Sie mich in Ruhe. Ich bin kein kleines Kind mehr, über das man bestimmt! Wenn Sie mir nicht sagen können, woran er gestorben ist, kann ich auch genauso gut gehen.“

„Glauben Sie mir, ich will Ihnen nur helfen. Sie stehen kurz vor einem Nervenzusammenbruch und brauchen ein Beruhigungsmittel.“ Seine Hand berührte schon beinahe ihren Arm, als sie die Beherrschung verlor.

„Fassen Sie mich nicht an!“ Ihre Stimme überschlug sich. „Ich brauche keine Chemiekeule, ich brauche die Wahrheit! Warum musste Philipp sterben? Jetzt reden Sie schon!“

Bedauernd hob er die Schultern. „Auch wenn ich wollte, ich darf nicht. Da Sie keine Angehörige sind, bin ich an die Schweigepflicht gebunden. Aber Sie sollten sich jetzt helfen lassen.“

Verzweifelt, mit zusammengepressten, zitternden Lippen sah sie ihn an und begriff endlich, dass es keinen Zweck hatte, weiter zu insistieren.

Augenblicklich drehte sie auf dem Absatz um und flüchtete zum Treppenhaus. Sie rannte, ohne sich umzudrehen, laut klappernd drei Stockwerke hinunter, rannte an verdutzten Besuchern und Patienten in der Vorhalle vorbei, hinaus bis zur Straße. Schwer keuchend stand sie da, konnte keinen klaren Gedanken fassen, nur die drei Worte *‚Philipp ist tot'* umkreisten ihre Sinne wie drei Greifvögel, jederzeit bereit sich auf sie herabzustürzen, um sie zu zerstören.

Philipp ist tot – „Neiiiin!", rief sie laut, schlug beide Hände vors Gesicht und fing an hemmungslos zu schluchzen. Einige Besucher, die auf das Krankenhaus zustrebten, verzögerten bei ihrem Anblick den Schritt, unschlüssig, ob sie ihre Hilfe anbieten sollten. Doch keiner konnte sich überwinden zu ihr zu gehen.

„Philipp, du kannst nicht tot sein!", klagte sie weinend. Sie spürte, wie etwas ihre Schulter berührte und fuhr erschrocken herum. Es war der junge Arzt, dem sie am Tag zuvor im Aufzug begegnet war. Er sah sie besorgt an. „Kann ich Ihnen helfen?"

Sie reagierte nicht, blickte ihn nur hilflos an.

„Was ist passiert?" Seine Stimme klang ungewöhnlich sanft und mitfühlend, dass sie augenblicklich die Beherrschung verlor und sich schluchzend an seine Schulter warf.

„Warum ist er tot? Warum? Warum hat er keine Chance mehr bekommen? Er war vom Pech verfolgt, er wurde bedroht, betrogen und jetzt ist er tot. Das ist doch ein einziger Albtraum!"

„Ganz ruhig, kommen Sie mit mir mit. Sie stehen unter Schock und brauchen etwas Kreislaufstabilisierendes“, redete er besänftigend auf sie ein.

Ihre Tränen versiegten sofort. Schon wieder so ein Weißkittel, der ihr wohlmeinend irgendein chemisches Gemisch durch die Adern jagen wollte. Sie wich einen Schritt zurück.

„Nein, ich brauche nichts!“, schrie sie. „Ich brauche jemanden, der mir sagt, warum Philipp tot ist. Mit neunundzwanzig Jahren! Das ganze Leben noch vor sich!“

„Beruhigen Sie sich. Kommen Sie mit mir, ich kümmere mich um Sie.“ Er legte behutsam einen Arm um ihre Schulter und wollte sie in Richtung Krankenhaus drängen, doch sie entwand sich seiner Umarmung.

„Danke für Ihre Hilfe, aber ich komme alleine zurecht. Das Letzte, was ich jetzt brauche ist medizinische Behandlung, glauben Sie mir.“

„Das sehe ich anders. Es wäre nur vernünftig, wenn Sie mit mir kämen. Ich will Ihnen nur Gutes tun.“

„Ja, mag sein, aber ich will jetzt nur noch allein sein, verstehen Sie das?“ Sie wich ein paar Schritte zurück, doch als sie sah, dass er mit ausgetreckter Hand auf sie zuging, flüchtete sie zum zweiten Mal an diesem Tag vor einer Person, die ihr helfen wollte. Sie lief weg, lief so lange, bis sie bei ihrem Auto ankam und fuhr ohne zu wissen, wohin sie eigentlich wollte, los. Völlig in ihrem quälenden Gedankengeflecht eingesponnen, bemerkte sie erst nach geraumer Zeit, dass sie unterbewusst ein Ziel anvisiert hatte. Sie war auf dem Weg zu Dennis.

Vollkommen erschöpft saß sie hinter dem Steuer, hatte ihren Kopf auf das Lenkrad gelegt. Wie in Trance war sie bis zur Villa Lettmann gefahren, und es war ihr beinahe unbegreiflich, wie sie das in diesem abgedrifteten Zustand geschafft hatte. Sie fragte sich, was sie hier eigentlich wollte. Dennis würde womöglich schon auf Geschäftsreise sein, und sie sehnte sich nicht danach, jemanden aus seiner Familie anzutreffen. Diese Menschen waren ihr so fremd, so unzugänglich und aus diesem Grund ebenso unsympathisch, dass sie plötzlich tiefe Verzweiflung überfiel. Ein Gefühl grenzenloser Einsamkeit. Wem konnte sie sich anvertrauen? Wem ihr Leid klagen?

Der einzige, mit dem sie alles hatte besprechen können, bei dem sie Gehör gefunden hatte, war Philipp gewesen. Und jetzt war Philipp tot. Es war so irreal, so unerträglich! Sie wurde beinahe erdrückt von einem nie gekannten Gefühl überbordender Traurigkeit und spürte erneut Tränen aufsteigen.

Sie wollte zu Dennis. Er würde sie in die Arme nehmen und ihr Trost spenden, würde sich ihre Vermutungen anhören und ihre Ängste abfangen. Sie wünschte es sich so sehr.

Müde, mit brennenden Augen von den Tränen, stieg sie aus und schlug die Autotür zu. Es war drückend schwül, der Himmel verschleierte die vor Kurzem noch strahlende Sonne. Ein Gewitter lag in der Luft, noch nicht sichtbar, aber dennoch in greifbarer Nähe. Die Unheil drohende Atmosphäre passte zu ihrem Seelenzustand. Philipps Tod war wie ein Unwetter über sie hereingebrochen, und sie wusste nicht, wie sie sich daraus retten sollte.

Sie ging auf das große schmiedeeiserne Tor zu, das seltsamerweise offen stand. Nach ein paar Schritten erhielt sie die Erklärung dafür, als sie Dennis von Weitem auf sein Auto zugehen sah. Ein paar Schritte dahinter folgte ihm eine Frau. Es versetzte Svenja einen gehörigen Stich in der Magengegend, als sie die Frau erkannte. Es war Kirsten.

Im ersten Schreck blieb sie stehen, doch dann siegte ihr Kampfgeist und sie setzte ihren Weg fort. Wut stieg in ihr hoch über diese Frau, die immer wieder versuchte, sich zwischen sie und Dennis zu drängen.

„Svenja!“, rief Dennis überrascht aus, als sie auf ihn zulief.

„Was machst du denn hier?“, schleuderte Kirsten ihr verärgert entgegen.

„Das könnte ich wohl eher dich fragen! Hast du es noch immer nicht begriffen, dass Dennis jetzt zu mir gehört? Für immer? Wir werden demnächst heiraten.“ Der letzte Satz war ihr über die Lippen geglitten, ohne es zu wollen. Ihre eigene Stimme kam ihr fremd vor, als sie ihn aussprach. Ein Satz, der alle drei in eine momentane Schockstarre versetzte. Kirsten war die Erste, die sich daraus lösen konnte.

„Bist du irregeworden, Dennis? Du kannst sie doch unmöglich nach so kurzer Zeit schon heiraten! Du kennst sie ja kaum!“, rief sie entsetzt, doch Dennis richtete sein Augenmerk nur auf Svenja.

„Du willst mich also heiraten?“, meinte er zweifelnd. „Deine Einwilligung habe ich mir wesentlich romantischer vorgestellt. Ich wollte, dass du Ja sagst, weil du mich liebst und nicht weil du deiner Konkurrentin eins auswischen willst.“

Es klang enttäuscht, verbittert und sarkastisch zugleich.

Svenja bebte innerlich. Trauer, Wut, Enttäuschung, gaben sich einander die Hand und zerrten an ihren Nerven. Sie war hergekommen, um mit Dennis ihr Leid zu teilen, und nicht, um mit dieser Kirsten um seine Liebe zu buhlen. Doch Kirstens überheblicher Auftritt trieb sie zum Äußersten.

„Aber so ist es doch gar nicht. Ich liebe dich, Dennis, und nur deshalb werde ich dich heiraten. Ich wollte, dass es Kirsten gleich hier an dieser Stelle erfährt und uns dann endlich in Ruhe lässt."

„Was du dir einbildest!", fuhr Kirsten sie an und trat wütend einen Schritt auf sie zu. „*Ich* war seine Verlobte! Du hast ihm den Kopf so lange verdreht, bis er nicht mehr klar sehen konnte, dass ich viel besser zu ihm passe. Wer bist du denn schon? Was kannst du ihm schon ..."

„Ich weiß, was du mir sagen willst! Ich passe nicht zu ihm, weil ich nicht aus seinen Kreisen stamme. Standesdünkel im 21. Jahrhundert, mach dich nicht lächerlich", unterbrach Svenja sie aufgebracht. „Dennis legt auf ganz andere Dinge Wert, sonst hätte er dich wohl nicht verlassen, um mit mir ein neues Leben zu beginnen. Du bist so armselig in deiner Überheblichkeit!"

Kirsten schüttelte vor Wut heftig den Kopf, dass ihre weißgoldenen, mit drei Smaragden besetzten Kreolen an ihren Ohren tanzten, und rief erbost: „Das muss ich mir von dir nicht bieten lassen, du Mistkröte!" Mit böse funkelnden Augen trat sie ganz nah an Svenja heran, und für einen Augenblick sah es so aus, als ob sie ihr an die Gurgel gehen wollte.

Eilig stellte sich Dennis zwischen die beiden Frauen.

„Jetzt beruhigt euch gefälligst mal, verdammt. Das ist ja der reinste Zickenkrieg!" Er sah von einer zur anderen und wandte sich dann an Kirsten. „Du musst endlich akzeptieren, dass es vorbei ist. Und ja, ich habe Svenja gebeten meine Frau zu werden. Warum und zu welchem Zeitpunkt ich das tue, kann dir egal sein. Wo ist deine berühmte Kaltschnäuzigkeit in Gefühlsangelegenheiten geblieben? Du bist auf dem besten Weg, deine Selbstachtung zu verlieren, wenn du mir noch länger wie ein winselnder Hund hinterherrennst. Das passt nicht zu dir!"

Der Schlag, den Kirsten ihm mit der flachen Hand auf die Wange versetzte, war hart und laut. Er kam so überraschend, so unerwartet, dass keiner der drei fähig war zu reagieren. Wie in einer Momentaufnahme standen sie regungslos da. Beide Frauen sahen Dennis erschrocken an, der mechanisch eine Hand auf seine Wange legte, Kirsten unentwegt mit seinem Blick fixierend. An seinen Augen, die sich immer mehr verengten, erkannte Svenja die unbändige Wut, die in ihm aufstieg. Gebannt beobachtete sie, wie sein starrer Gesichtsausdruck seinen Gefühlen Platz machte. Die Lippen zusammengepresst, die Augen wild funkelnd schnellte er nach vorne, legte seine Hände seitlich an Kirstens Kopf und schüttelte ihn kurz und heftig.

„Was ist in dich gefahren! Du tickst ja nicht mehr richtig. Akzeptiere meine Entscheidung, dich verlassen zu haben, und gib endlich Ruhe!"

Kirsten schlug abwehrend seine Hände von sich weg.

Etwas fiel klirrend auf den Boden. Svenja sah, dass es ein Ohrring von Kirsten war und bückte sich danach, während die beiden weiterstritten.

„Aber wie kann ich das!“, schrie sie. „Du hast mich nach all den Jahren fallen lassen wie eine heiße Kartoffel. Ich verstehe dich einfach nicht. Und jetzt willst du sie auch noch ehelichen!“

„Es tut mir leid für dich, dass alles so gekommen ist, aber es ist nun mal so. Ich liebe dich nicht und habe es wohl auch nie getan. Gefühle kann man nun mal nicht erzwingen.“

Für einen Augenblick verharrte Kirsten in leiser Verzweiflung über die Aussichtslosigkeit, das Blatt noch zum Besseren wenden zu können. Sie musste schmerzlich erkennen, dass Dennis tatsächlich ein viel tieferes Gefühl für Svenja entwickelt hatte, als sie sich vorstellen konnte.

Svenja nutzte diesen ruhigen Moment und hielt Kirsten die smaragdbesetzte Kreole hin, die sie während des Wortgefechts nervös zwischen ihren Fingern gedreht hatte.

Mit einer raschen Handbewegung entriss Kirsten ihr den Ohrring. „Denk nur nicht, dass der Kampf vorbei ist. Ich werde dafür sorgen, dass Dennis dich verlässt, auch wenn er nicht mehr zu mir zurückkehrt. Ich weiß mehr über dich, als dir lieb sein kann.“

„Was meinst du damit?“, fragte Svenja.

„Das wirst du früh genug erfahren. Von Dennis, wenn er dir den Laufpass gibt. Bis dahin gönne ich dir die Qual der Ungewissheit. Und dir, Dennis, rate ich, mich nicht länger zu ignorieren, denn eins ist sicher. Du wirst es noch bereuen, wenn du mich nicht ernst nimmst.“

Ratlos warf Svenja Dennis einen Blick zu. „Könntest du bitte etwas dazu sagen? Weißt du, was sie damit meint?"

„Keine Ahnung, und es interessiert mich auch nicht", antwortete er achselzuckend und wandte sich dann an Kirsten. „Lass mich ein für alle Mal in Ruhe. Zwischen uns ist es aus. Svenja gehört jetzt zu mir und du kannst das nicht verhindern. Punkt."

Ohne Rücksicht auf Kirstens Anwesenheit zu nehmen, zog er Svenja in seine Arme und gab ihr einen Kuss. „Ich muss jetzt los. Ich melde mich. Wenn ich zurück bin, planen wir die Hochzeit."

„Mistkerl", hörten sie Kirsten aus dem Hintergrund wütend zischen und gleich darauf eine Autotür, die mit Nachdruck zugeworfen wurde. Beim Losfahren drückte sie so heftig auf das Gaspedal, dass die Räder quietschend durchdrehten.

„Die hat eine ganz schöne Portion Wut im Leib! Deine provozierende Bemerkung hättest du dir sparen können", meinte Svenja. „Denkst du, sie lässt uns jetzt in Ruhe?"

„Ja, das war doch deutlich genug, dass ich mit ihr abgeschlossen habe", antwortete er und löste seine Umarmung. „Warum bist du eigentlich gekommen?"

Ihr war, als würde sie aus einem Traum erwachen und langsam in die Realität zurückkehren. Ein Frösteln durchlief ihren Körper. Kirstens Angriffe hatte sie den eigentlichen grauenvollen Anlass ihres Auftauchens gänzlich verdrängen lassen. Es fiel ihr plötzlich schwer zu sprechen.

„Philipp ist tot“, brachte sie nur mühsam über die Lippen. Sie bemerkte ein heftiges Zucken seiner Wangenmuskeln und wie sich sein Blick verschleierte.

„Das tut mir leid“, sagte er mit belegter Stimme.

„Wieso musste er sterben, Dennis? Ich dachte wirklich, er hätte eine Chance“, sagte sie mit tränenunterdrückter Stimme.

„Ich weiß es nicht.“

Wie aus dem Nichts überkam sie ein tief bohrender Schmerz, der sie jedes Mal beim Gedanken an Philipp heimsuchte. Hilfesuchend trat sie einen Schritt auf Dennis zu. Sie brauchte Dennis’ Zuwendung, sehnte sich danach, sich in seine Arme zu schmiegen, doch er machte keine Anstalten ihr das Gewünschte zu geben. Regungslos, mit leerem Blick, stand er da. „Er ist tatsächlich gestorben“, sagte er kaum hörbar. In diesem Moment wurde ihr klar, dass sie von ihm keinen Trost zu erwarten hatte. Er brauchte selber Hilfe, um diese Nachricht verkraften zu können. Sie fasste ihn zögerlich bei den Händen.

„Es ist so schrecklich. Warum wollte ihn jemand töten? Er hat doch niemandem etwas getan!“, sagte sie in jammervollem Ton.

„Kanntest du ihn so gut? Wer weiß, was in den Jahren, bevor du ihn wieder getroffen hast, so passiert ist. Was ist mit seinem ehemaligen Geschäftspartner? Weißt du, warum er ausgestiegen ist? Die Polizei wird die Wahrheit herausfinden.“

Plötzlich zog er sie in seine Arme, drückte sie ganz nah an sich. Ein leichtes Zittern ging durch seinen Körper. Seine Gefühlsschwankung überraschte sie, dennoch wehrte sie sich nicht gegen die vehemente

Umklammerung. Schließlich war es das, was sie wollte. Nähe.

Es dauerte lange bis sie sich aus dieser wortlosen Umarmung wieder lösen konnten. Sanft strich er ihr übers Haar. „Verzweifle nicht zu sehr. Es wird sich alles irgendwie aufklären. Ich liebe dich, vergiss das nie." Er gab ihr einen innigen Kuss. „Hast du das ernst gemeint, dass du mich heiraten willst?", fragte er leise.

Sie nickte. „Ja, wir gehören zusammen, auch wenn unsere Beziehung kompliziert ist. Aber ich liebe dich mehr, als ich mir bisher eingestehen wollte."

„Du machst mich so glücklich." Er umarmte sie noch einmal wortlos und schob sie dann, an den Händen haltend, sanft von sich weg.

„Svenja, ich muss jetzt los, sonst verpasse ich mein Flugzeug."

„Ja, natürlich, ich will dich nicht aufhalten. Zum Glück habe ich dich noch angetroffen, obwohl ich auf die Begegnung mit Kirsten gerne verzichtet hätte."

„Frag mich mal! Lass dich nicht von ihr einschüchtern. Ich denke spätestens ab heute weiß sie, dass sie keine Chancen mehr hat."

„Aber ihre Drohung, dass sie alles tun wird, um uns auseinanderzubringen, klang sehr selbstsicher. Vielleicht sollte ich das in einem Vieraugen-Gespräch mit ihr klären. Ich hasse Geheimniskrämerei."

Dennis, der gerade die Autotür seines Porsches öffnete, hielt in seiner Bewegung inne und sah sie zweifelnd an. „Nein, kümmere dich nicht darum. Wer weiß, zu was sie in ihrer Wut fähig ist. Versprich es mir. Bis bald."

„Ja, schon gut ... Bis bald!“ Sie sah ihm winkend nach und beschloss, seinem Rat zu folgen. Sie hätte ihn besser ignoriert.

21 – DIE MASKE FÄLLT

Vier Tage, die sie wie in Trance durchlebt hatte, lagen seit Philipps Todestag hinter ihr. Noch nie in ihrem jungen Leben, hatte sie sich so leer, so verloren, so ausgebrannt gefühlt wie in diesen Tagen. Ein neues, erschreckendes Gefühl. Unablässig kreisten ihre Gedanken um das, was mit Philipp geschehen war. Ohnmächtig fühlte sie sich, ohnmächtig, weil sie keinen Weg sah, der Wahrheit näher zu kommen.

Die Polizei hatte tatsächlich Familie Lettmann aufgesucht, um Svenjas Angaben hinsichtlich ihres Alibis zu überprüfen. Laut Dennis' Aussage hatten sich zu ihrem Glück keine Widersprüche ergeben. Dennis war aufgrund seiner geschäftlichen Beziehung zu Philipp, zusätzlich einem Einzelverhör unterzogen worden. „Keine angenehme Sache, sag ich dir. Die bohren so lange nach, bis sie den letzten Nerv treffen", hatte er am Telefon moniert, was sie nur bestätigen konnte, wenn sie an die damalige Befragung im Krankenhaus dachte.

Sie hätte zu gerne gewusst, ob Mark, aufgrund ihrer Aussage, inzwischen ebenfalls verhört worden war. Erst gestern war sie in einem Anfall von Ungeduld versucht gewesen, Kommissar Graf, den freundlicheren der beiden, anzurufen und danach zu fragen. Ein vollkommen idiotischer Gedanke, wie sie sich eingestehen musste. Niemals würden sie irgendwelche Interna der

Polizeiarbeit preisgeben. Sie würde damit nur sich selbst in deren Fokus bringen und ihr eigenes Alibi käme erneut zur Sprache. Die Gefahr, sich dabei in Widersprüche zu verwickeln, war groß. Also unterdrückte sie ihre Neugier und widmete sich wieder ihrem Job. Ihre Hoffnung, dass die Arbeit im Lerninstitut sie auf andere Gedanken bringen könnte, erfüllte sich nicht. Vera wollte alles genau wissen, wollte ständig über Philipp und was geschehen war reden. Anfangs empfand Svenja den Austausch mit ihr als Erleichterung, doch je öfter sie darüber sprachen, desto mehr fing es an sie zu belasten. Es führte zu nichts. Die Gespräche drehten sich im Kreis, mit immer demselben Ergebnis: Ratlosigkeit.

„Ich kann an nichts anderes denken. Philipp ermordet, es ist so unfassbar!", griff Vera in der Mittagspause wieder dieses peinigende Thema auf, während sie zwei Tassen aus dem Schrank holte.

„Ich auch nicht, und wenn du in jeder freien Minute damit anfängst, hilft uns das beiden nicht", antwortete Svenja jammervoll. Vera drehte sich erstaunt um.

„Was ist los? Reden hilft doch bekanntlich."

„Mag sein, aber inzwischen quält es mich nur noch. Keinen klaren Gedanken kann ich mehr fassen, so fertig bin ich mit den Nerven."

Vera rührte sich nicht, sah Svenja nur betroffen an. „Ich wusste nicht, dass es dir so nahegeht. Vielleicht hast du recht und wir sollten uns eine Auszeit gönnen. Ändern können wir nichts." Sie drehte sich um, und schaltete den Kaffeeautomat ein. Das Brummen der Maschine wirkte unnatürlich laut in dem Raum, in dem es sehr still geworden war. Reglos wartete Svenja, bis Vera mit zwei Tassen zum Tisch kam und sich zu ihr setzte.

Schweigend nippten sie beide daran.

„Philipps Mutter hat heute Morgen angerufen", sagte Svenja leise.

„Weiß sie etwas Neues?"

„Nein, nur, dass seine Leiche noch nicht frei gegeben wird ... wegen der Obduktion."

Der Gedanke daran, dass Philipp wie eine Stoffpuppe, in der etwas versteckt worden war, aufgeschnitten werden sollte, war entsetzlich und ließ beide wieder verstummen. Es dauerte eine geraume Zeit, bis sie es schafften, andere Themen anzusprechen, doch dieses eine Thema stand trotz allem unübersehbar im Raum.

Svenja verließ schließlich das Lerninstitut mit der dünnen Ausrede, noch Besorgungen machen zu müssen. Erst als sie sicher sein konnte, dass Vera mit der Vorbereitung für eine Lerngruppe beschäftigt sein würde, kehrte sie zurück. Nach zwei Stunden Einzelunterricht setzte sie sich an den Schreibtisch, um ihre Steuererklärung zu machen. Sie vertiefte sich in diese Arbeit, ganz gegen ihre sonstige Gewohnheit, denn Steuererklärungen waren ihr ein Graus. Doch im Moment half es ihr, gedanklich abzuschalten und nicht mit Vera reden zu müssen. Als diese Svenja am Schreibtisch mit all den Rechnungen um sie herum vorfand, fragte sie zaghaft lächelnd: "Machst du etwa deine Steuererklärung? Soll ich dir helfen?"

Hastig winkte Svenja ab. „Lieb von dir, aber lass mal. Diese Arbeit bringt mich auf andere Gedanken. Dazu muss ich aber alleine sein."

„Wenn du meinst", antwortete sie um Neutralität bemüht, konnte ihre Enttäuschung aber nicht gänzlich verbergen.

„Vera, versteh' doch ..."

„Es ist okay, ich hab es ja nur gut gemeint." Sie nahm ihre Handtasche und klemmte ein paar Mappen mit Lernmaterial unter den Arm. „Also dann, tschüss! Ach übrigens ...", sagte sie und klimperte mit einem Schlüsselbund, während sie zur Tür ging, „das ist deiner. Er lag zur Abwechslung mal hinter der Kaffeemaschine." Sie steckte ihn ins Schloss und öffnete die Tür. „Schließ lieber ab, um diese Zeit ist niemand mehr im Haus. Und arbeite nicht zu lange. Bis morgen!"

„Geht klar, bis morgen!"

Kaum war Vera durch die Tür verschwunden, ging sie wieder daran, das unverständliche Beamtendeutsch mancher Angaben in dem Online-Formular zu entschlüsseln. Wie immer fragte sie sich, ob die Verfasser solcher Texte auf einem eigenen Planeten mit eigener Sprache aufgewachsen waren. Nur so war die teilweise sehr schräge Ausdrucksweise zu erklären. Doch die Entschlüsselung der finanzamtsspezifischen Hieroglyphen hatte das Gute an sich, dass sie keinen anderen Gedanken zuließ. Svenja war so vertieft in diese unliebsame und gleichermaßen heilsame Arbeit, dass sie darüber Zeit und Raum vergaß. Sie bemerkte weder, dass jemand die Treppe heraufkam noch, dass die Tür zu ihrem Büro geöffnet wurde. Sie tauchte erst aus ihrer Versunkenheit auf, als die Tür ins Schloss fiel und gleich darauf der Schlüssel herumgedreht wurde. Erschrocken zuckte sie zusammen. Ihr stockte der Atem, als sie Mark an der Tür stehen sah. Sein Blick war eiskalt. Es war eindeutig. Er war nicht gekommen, um sie wieder mit unverschämten, zynischen Bemerkungen zu ärgern. Er war gekommen, um mit ihr abzurechnen.

Langsam, ganz langsam, als gelte es, eine Explosion durch eine unbedachte Bewegung zu vermeiden, erhob sie sich von ihrem Stuhl. „Mark! Wie kannst du mich so erschrecken! Was willst du?“, fragte sie, mühsam das Zittern in ihrer Stimme unterdrückend.

Mark stand regungslos da und fixierte sie weiterhin mit seinem Blick, der sie frösteln ließ. Toben und Schreien hätten ihr weniger Angst gemacht als dieses unheilvolle schweigende Starren. Nach ein paar vorsichtigen Schritten blieb sie vor ihrem Schreibtisch stehen und lehnte sich dagegen.

„Was willst du hier? Und warum sperrst du ab?“

„Naivität ist mein zweiter Name“, spottete er in seiner gewohnten Art. „Als ob du das nicht wüsstest!“

„Als ob ich *was* nicht wüsste?“, stellte sie sich hartnäckig unwissend. Sie stützte die rechte Hand neben einem Stifteköcher ab, in dem ein spitzer Brieföffner steckte. Diesen könnte sie sich schnappen, falls er ihr zu nahe käme.

„Treib es nicht zu weit mit deiner *‚Ich bin mir keiner Schuld bewusst‘*-Nummer. Wie kommst du dazu, mich bei der Polizei als Verdächtigen hinzustellen!“, rief er wütend, und kickte gleichzeitig den neben ihm stehenden Schirmständer um. „Weißt du eigentlich wie viel Scherereien du mir damit eingehandelt hast? Hast du auch nur eine klitzekleine Ahnung davon, durch welche Hölle man geht, wenn die Bullen einen beim Verhör in die Zange nehmen? Nein, hast du nicht, sonst hättest du deinen Mund gehalten, du dumme Pute!", redete er sich wild gestikulierend in Rage. Svenja hatte alle Mühe, sich ihre Angst nicht anmerken zu lassen.

„Hey, werde jetzt nicht ausfallend", versuchte sie möglichst taff zu klingen. „Ich bin gefragt worden, mit wem Philipp kurz vor seinem Unfall Kontakt gehabt hatte und zufällig weiß ich, dass er dich noch aufsuchen wollte."

„Das hat er aber nicht. Außerdem – warum sollte ich ihm nach dem Leben trachten?"

„Er schuldete dir Geld."

„Das ist doch kein Grund!"

„Du hast ihm per Mail gedroht!"

„Das sollte ihn nur verunsichern und ärgern, mehr nicht."

„Und die tote Amsel?"

„Tote Amsel? Was meinst du damit?" Sein Blick wirkte erstaunt.

„Vergiss es. Wieso wolltest du ihn ärgern?"

„Weil er es auf die Spitze getrieben hatte." Mark fing an vor ihr hin und her zu gehen, während er aufgeregt weiterredete. „Ich lieh ihm das Geld, mit dem Versprechen, es bald wieder zu bekommen. Aber er hatte immer nur Ausflüchte, auch als ich ihm sagte, dass ich das Geld dringend brauche." Er blieb plötzlich stehen und sah sie an. „Und dann hat er dich angebaggert, obwohl er wusste, dass ich auch auf dich scharf war."

„Aber mit Philipp verband mich eine rein freundschaftliche Beziehung. Ich bin mit Dennis liiert, wie du vielleicht mitbekommen hast", versuchte sie ihn zu beschwichtigen. „Ich sehe ehrlich gesagt dein Problem nicht. Es war doch immer klar, dass ich nichts von dir will!"

„Allerdings. Nicht einmal eine *freundschaftliche Beziehung*, wie du so schön sagst. Deine Haltung war immer ablehnend, egal was ich gesagt oder getan habe." Mit einer schnellen Bewegung trat er gegen den umgekippten Schirmständer und drehte sich dann wütend zu Svenja. „Du hast meine Annäherung so falsch verstanden. Damals, als ich dein Lerninstitut ansehen wollte, hast du mich wie eine lästige Fliege verscheucht. Bei jeder Gelegenheit hast du mir gezeigt, wie sehr ich dir zuwider bin." Svenja wollte etwas erwidern, doch er fiel ihr sofort ins Wort. „Selbst einen harmlosen Freundschaftsantrag im Facebook hast du abgelehnt."

Wie kleine Filmausschnitte zogen die geschilderten Begebenheiten an ihrem geistigen Auge vorbei.

„Und als Krönung kamen noch die haltlosen Beschuldigungen bei der Polizei dazu!", fuhr er fort, bevor sie etwas sagen konnte. „Du hast mich zum Hauptverdächtigen gemacht!

Noch am gleichen Tag kamen zwei Beamte zu mir in die Klinik und befragten mich eingehend. Die ganze Station hat es mitbekommen und sofort kursierten die wildesten Gerüchte. Ich musste dann am nächsten Tag im Präsidium erscheinen. Der Chefarzt hat mich nach dem eintägigen Verhör, das wie gesagt die Hölle war, zu sich zitiert und sich alles genauestens erklären lassen. Und es wird immer noch getuschelt. Eine Karriere in dieser Klinik kann ich knicken." Mit ein paar schnellen Schritten stürmte er auf sie zu und schrie: „Das habe ich alleine dir zu verdanken!"

Svenja wich erschrocken zurück und wollte schnell nach dem Brieföffner greifen, stieß jedoch dabei unglücklicherweise den Behälter um. Hektisch schob sie die herausgefallenen Stifte auseinander, um das messerähnliche Instrument zu finden. Bevor sie es zu fassen bekam, stand Mark vor ihr und umklammerte ihre zierlichen Handgelenke wie zwei Eisenschellen.

Laut jaulte sie auf vor Schmerz. „Lass gefälligst los, du tust mir weh!" Sie versuchte ihre Hände mit drehenden Bewegungen zu befreien. Doch er drückte nur noch fester zu. Ihre Handgelenke waren jetzt wie in einem Schraubstock eingespannt. Keinen Zentimeter konnte sie sie mehr bewegen.

„Ja, es soll wehtun und ich werde dir noch mehr wehtun, wenn du dich wehrst", zischte er böse und lehnte sich so heftig gegen sie, dass sie nach hinten kippte und auf dem Schreibtisch zum Liegen kam. Er zwang ihre Arme nach oben und hielt sie weiterhin mit eisernem Griff fest. Mit seiner ganzen Last legte er sich auf sie, so dass sie kaum Luft holen konnte.

„Lass mich los!", keuchte sie.

„Warum sollte ich? Jetzt fängt der Spaß erst an. Das bist du mir schuldig." Er strich mit der Zungenspitze über ihre Wange und dann abwärts über den Hals bis zum Dekolleté, das sich ihm in ihrem tief ausgeschnittenen T-Shirt präsentierte. Svenja bebte innerlich vor Ekel.

„Hör auf, lass mich in Ruhe oder willst du auch noch eine Anzeige wegen Vergewaltigung?", drohte sie ihm, allen Mut aufbringend.

„Ich vergewaltige dich nicht. Ich habe nur ein bisschen Spaß mit dir. Du wirst nicht noch einmal die

Unwahrheit über mich erzählen", murmelte er und fing an, ihren Hals zu küssen. Sein Geruch nach Schweiß, sein lauter werdendes Atmen, der Speichel auf ihrer Haut ließen eine Übelkeit in ihr aufsteigen, die sich zum unbeherrschbaren Brechreiz auswachsen würde, wenn er nicht sofort von ihr abließ.

„Hör sofort auf, sonst weiß ich nicht, was passiert", stieß sie mit gepresster Stimme hervor.

„Droh mir nicht, du hast sowieso keine Chance." Rücksichtslos presste er ihre Hände mit noch stärkerem Druck gegen die Tischplatte, dass sie von Schmerz gepeinigt aufschrie und bedeckte ihr Dekolleté bis zu den Brustansätzen mit feuchten Küssen. Das war zu viel für Svenja. Wasser sammelte sich in ihrem Mund an. Sie war kurz davor sich zu übergeben. Verzweifelt warf sie den Kopf hin und her, immer wieder „Lass mich!" rufend, doch er hörte nicht auf. Für einen Augenblick erhob er sich, um nach oben zu rutschen. Geistesgegenwärtig nutzte sie diese winzige Chance der Bewegungsfreiheit, zog ein Knie hoch und rammte es zwischen seine Beine. Er schrie laut auf und ließ augenblicklich von ihr ab

„Du verdammtes Miststück!", stieß er gepresst hervor, wobei er sich vor Schmerz krümmte. Die Gunst des Augenblicks nutzend, zwängte sich Svenja an ihm vorbei. Sie wollte nach ihrem Handy und dem Brieföffner greifen, doch Mark schaffte es, nach ihrer Hand zu schnappen. Ihre Attacke hatte fatalerweise weniger Auswirkung gehabt, als sie sich erhofft hatte. Erschrocken riss sie sich los und versetzte Mark einen Stoß, der ihn kurz ins Wanken brachte. Panische Gedanken jagten wie aufgescheuchte Vögel durch ihren Kopf. Wohin sollte sie fliehen? Wenn sie versuchte hinauszustürmen, hätte er große Chancen sie einzuholen, außerdem würde sie niemand hören, denn um diese Zeit waren die Arztpraxis und das Rechtsanwaltsbüro nicht mehr besetzt. In ihrer Verzweiflung stürmte sie in Richtung der Unterrichtsräume davon. Mit Entsetzen bemerkte sie, dass Mark hinter ihr herkam. Keuchend vor Angst stieß sie eine Tür auf, warf sie ins Schloss und drehte in letzter Sekunde den Schlüssel herum.

„Mach sofort auf!“, schrie Mark und trommelte gegen die Tür. Gleich darauf warf er sich mit der Schulter dagegen, aber ohne Ergebnis. Die Tür flog nicht wie in unzähligen Filmen aus den Angeln, als wäre sie nur notdürftig verankert worden, sondern zertrümmerte in ihrer Unnachgiebigkeit beinahe seine Schulter. Laut stöhnend vor Schmerz presste Mark eine Hand darauf, während Svenja zitternd vor Angst in einer Ecke am Boden kauerte.

„Es nützt dir nichts, Svenja. Du entkommst mir nicht, so oder so!“, schrie Mark und schlug ein paar Mal heftig mit der Faust gegen die Tür.

Svenja umfasste die Knie, presste sie ganz nah an ihren Körper, so als könnte sie sich damit unsichtbar machen und dem Albtraum ein Ende setzen. Doch Marks wütende Tiraden und Fußtritte gegen die Tür blieben schreckliche Realität. Ihre Verzweiflung wuchs. Sie wusste nicht, wie sie sich aus dieser misslichen Lage befreien sollte. Kein Telefon, kein Handy, kein Computer befand sich in diesem Raum. Nichts, womit sie um Hilfe rufen könnte. „Bitte Mark, beruhige dich!“, rief sie verzweifelt.

„Dann mach die Tür auf!“

„Für wie blöd hältst du mich? Du hast mich gerade eben zum zweiten Mal fast vergewaltigt! Das wird die Polizei sehr interessieren, nachdem sie dich schon kennengelernt haben. Wir können aber auch einen Deal machen. Ich zeige dich nicht an, und du lässt mich dafür in Ruhe."

Keine Antwort.

„Mark?"

Wieder Schweigen. Svenja hielt den Atem an und lauschte. Nichts. Was hatte diese Stille zu bedeuten? War Mark in dieser kurzen Zeit verschwunden? Langsam, jeden Laut vermeidend, erhob sie sich und schlich zur Tür. Es war immer noch seltsam still. Svenja fragte sich, ob er ihr eine Falle stellen wollte. Es war für sie schwer vorstellbar, dass er einfach aufgegeben hatte und verschwunden war.

„Mark, bist du noch da?", versuchte sie es noch einmal.

Wieder keine Antwort. Diese drückende Stille war unheimlich. Fieberhaft dachte sie nach, was sie jetzt unternehmen sollte, aber sie konnte es drehen und wenden wie sie wollte. Sie kam immer zu demselben Ergebnis. Es käme einem Selbstmord gleich, wenn sie die Tür öffnete.

„Mark, hör auf mit diesem Spiel. Lass uns vernünftig miteinander reden!"

Wie erwartet keine Antwort. Plötzlich hörte sie die Klingeltöne ihres Handys. Reflexartig griff sie zum Türschlüssel, konnte sich aber in letzter Sekunde gerade noch zurückhalten. Womöglich lief sie ihm dann geradewegs in die Arme. Es fiel ihr sehr schwer, ihrem Drang, das Telefonat entgegenzunehmen und Hilfe zu rufen, nicht nachzugeben. Die Klingelmelodie verstummte. Gleich darauf hörte sie ein Geräusch. Er war also noch da! Gebannt lauschte sie und erstarrte, als sie leise Schritte hörte. Was hatte er vor?

„Mark, bitte, sag etwas! Ich verspreche dir, dich nicht anzuzeigen! Aber du musst jetzt vernünftig werden!"

Als er wieder nicht antwortete, erschienen ihr die Appelle an seine Vernunft nur noch grotesk. Mark hatte sie sexuell genötigt und die Tür beinahe eingetreten, Er verhielt sich wie ein Verrückter. Und für Verrückte war Vernunft ein Fremdwort.

Resigniert ließ sie sich in die Hocke sinken und presste ein Ohr an die Tür. Sie nahm das Rascheln von Papier wahr. Was zum Teufel machte er da draußen? Diese Tatenlosigkeit, zu der sie verdammt war, ließ sie schier durchdrehen. Angestrengt lauschte sie mit angehaltenem Atem, um ergründen zu können, was vor sich ging. Plötzlich hörte sie ein rätselhaftes Knistern.

„Mark, zum Teufel, was treibst du da? Hör endlich auf, mit diesem Scheißspiel!", rief sie mit sich überschlagender Stimme. Ihre Nerven lagen blank.

Sein lautes, höhnisches Lachen fuhr ihr durch Mark und Bein. „Ich könnte alles verwetten, dass du gleich aus deinem Panic Room flüchtest", rief er ihr zu.

Was meinte er damit? Warum sollte sie freiwillig ... Sie erstarrte. Was war das für ein Geruch? Schnüffelnd sog sie die Luft ein und hielt gleich darauf entsetzt den Atem an. Brandgeruch! Mark, der Irre, hatte Feuer gelegt!

„Bist du wahnsinnig?! Mach sofort das Feuer aus!", schrie sie hysterisch vor Angst.

„Komm raus. Ich zähle bis zehn, dann füttere ich das Feuerchen mit etwas Spiritus. Eins ... zwei ...“

Voller Panik ließ sie ihren Blick auf der Suche nach einem waffenähnlichen Gegenstand im Zimmer umherschweifen.

„Drei ... vier ...“

Marks Countdown und der Geruch, der immer intensiver wurde brachten sie beinahe um den Verstand. Sie musste sofort hier raus, aber sie brauchte etwas, mit dem sie sich wehren konnte. Als ihr Blick auf den hohen schmalen Büroschrank fiel, erinnerte sie sich an die schwere Taschenlampe, die sie vor Kurzem dort verstaut hatte.

„Fünf ... sechs ...“

Hektisch zog sie eine Schublade nach der anderen heraus, bis sie das Gesuchte fand.

„Sieben ... acht ... neun ...“

„Ich komme raus! Hör auf mit dem Mist!“, kreischte sie und sprang zur Tür.

„Okay, ich warte.“

Die Angst schnürte ihr die Kehle zu, als sie mit zitternder Hand nach der Türklinke griff. Mit der anderen Hand hielt sie die Taschenlampe an ihre Brust gepresst. Alles in ihr sträubte sich dagegen hinauszugehen und sich dem offensichtlich durchgedrehten Mark auszuliefern. Der Rauch, der jetzt immer dichter durch den Türspalt drang, löste einen Hustenreiz aus. Sie hatte keine Wahl, sie musste sofort hier raus. Wild entschlossen drehte sie den Schlüssel und riss die Tür auf. Das Erste, was sie sah, war ein metallener Papierkorb, aus dem es heftig qualmte. Reflexartig schnappte sie sich den Behälter und rannte an Mark vorbei, in die kleine

Teeküche, wo sie ihn in die Spüle warf und sofort Wasser darüber laufen ließ. Gleichzeitig drehte sie sich panisch nach Mark um und sah, dass er ihr mit großen Schritten gefolgt war.

„Bleib stehen, sonst passiert was!“, rief Svenja und hielt die Taschenlampe drohend in der erhobenen Hand, bereit sofort zuzuschlagen, wenn er ihr zu nahe kommen sollte. In ihrem entschlossenen Blick konnte er lesen, dass sie es ernst meinte. Er blieb stehen.

„Schon gut. Beruhig dich“, sagte er in einem Ton, als würde er zu einem wild gewordenen Pferd sprechen. Das war der reinste Hohn! Wie sollte es ihr gelingen sich zu beruhigen, nachdem er sie überfallen, genötigt und beinahe die Bude abgefackelt hatte?

Es war nur eine kurze Bewegung mit der Hand, in der sie die Taschenlampe hielt, die für Mark jedoch so aussah, als wollte sie zuschlagen. Erschrocken wich er einen Schritt zurück und stieß mit dem Rücken gegen die Türkante. Schmerzhaft verzog er das Gesicht. Ein Gefühl des Triumphs überkam Svenja bei seinem Anblick. Augenscheinlich hatte er seine Überlegenheit eingebüßt, angesichts ihrer unbeirrbaren Entschlossenheit, sich zu wehren.

„Okay, ich habe ein wenig übertrieben, aber ich war so verdammt wütend auf dich und was du mir eingebrockt hast. Ich wollte dir einfach einen Denkzettel verpassen“, versuchte er sie zu beschwichtigen.

„Ein wenig übertrieben?!“, rief sie höhnisch. „Leicht verzerrt, deine Wahrnehmung, würde ich sagen! Das war ja wohl weit mehr als einen Denkzettel zu verpassen. In Todesängste hast du mich versetzt!“ Sie fuhr sich aufgebracht mit einer Hand durch die Haare. „Tu mir einen Gefallen – verschwinde und lass mich ein für alle Mal in Ruhe!"

„Das würde ich ja gerne, aber woher soll ich wissen, dass du nicht sofort die Polizei rufst, sobald sich die Tür hinter mir schließt?"

Sein Einwurf war berechtigt. Nichts wäre ihr in diesem Moment lieber gewesen als ihn für seine Handgreiflichkeiten anzuzeigen. Doch sie würde es nicht tun. Sie wollte nichts mehr mit der Polizei zu tun haben. Das unangenehme Verhör saß ihr immer noch in den Knochen. Die Gefahr war zu groß, dass der Tag an dem Philipp verunglückte, erneut zum Gegenstand der Befragung würde. Und im Zuge dessen könnte ihr falsches Alibi auffliegen. Das wollte sie nicht riskieren.

„Wenn du mich in Ruhe lässt, sehe ich von einer Anzeige ab, das ist der Deal!"

Mark sagte nichts, sah sie nur argwöhnisch an. „Ich bin überrascht. Jetzt, da du einen triftigen Grund hättest mich anzuzeigen, lässt du es. Andererseits eine kluge Entscheidung. Was ist schon passiert? Ich habe dich nicht vergewaltigt. Du hast keine Beweise, Aussage steht gegen Aussage. Und ein bisschen abgefackeltes Altpapier ist kein Straftatbestand."

Der selbstsichere, überhebliche Mark in ihm kam wieder zum Vorschein.

„Du wirst dich nie ändern, was? Verschwinde hier und aus meinem Leben." Es klang ziemlich kraftlos. All die Energie, die sie noch vor einer Minute verspürt hatte, war wie weggeblasen. Mark schien zu spüren, dass ihre Kräfte sie verlassen hatten, denn Svenja glaubte ein triumphierendes Blitzen in seinen Augen zu erkennen. Sie trat einen Schritt zurück. „Geh jetzt endlich!“

Er reagierte nicht. Sein Blick war starr und undurchdringlich.

„Was ist? Was starrst du mich so an?“, schleuderte sie ihm, allen Mut aufbringend, entgegen. Er fixierte sie weiterhin mit seinen eiskalten Augen. Im nächsten Moment sprang er auf sie zu und entriss ihr die Taschenlampe. Mit dem anderen Arm umschlang er von hinten ihre Schultern so fest, dass sie sich nicht mehr rühren konnte. „Ich gehe, wann es mir passt“, zischte er ihr ins Ohr. „Und ich rate dir nur eins: Denk nicht mal dran wegen dieser Sache zur Polizei zu rennen! Ich würde dich keine Minute mehr in Ruhe lassen, du könntest dir nie sicher sein, wann ich wieder auftauche. Und ob ich dich nicht doch noch vergewaltige. Also überleg es dir gut!“

„Ich gehe nicht zur Polizei“, presste sie mühsam hervor. „Lass mich los!“

Sie versuchte sich zu befreien, doch sie hatte nicht die geringste Chance. Völlig unerwartet löste er plötzlich seinen festen Griff und gab ihr einen leichten Stoß. Svenja, die nicht darauf gefasst war, taumelte und fiel zu Boden. Angstvoll blickte sie zu Mark hoch, ob er ihre hilflose Lage ausnutzen würde, doch er stand nur unbeweglich da und bedachte sie mit einem verächtlichen Blick.

„Wie ein Käfer auf dem Rücken. Ein schöner Anblick, deine Hilflosigkeit“ höhnte er und machte keinerlei Anstalten ihr wieder auf die Beine zu helfen. So schnell es ihr nur möglich war, rappelte sie sich wieder auf. Er trat auf sie zu und nahm ihr Gesicht mit festem Griff in die Hände.

„Du wirst es noch bitter bereuen, mich die ganze Zeit so mies behandelt zu haben. Spätestens, wenn Dennis dich verlässt."

Svenja riss sich los und sah ihn bestürzt an. So ähnlich hatte sich Kirsten bei ihrer letzten Begegnung ausgedrückt! Wie ein an die Wand gebeamtes Bild tauchte auch die Szene vor ihr auf, als sie im Garten der Lettmanns hinter einem Busch kauernd, die Begegnung zwischen Mark und Kirsten belauscht hatte. „Was hast du Kirsten vor Lettmanns Villa gegeben?", platzte es aus ihr heraus.

Für eine Sekunde glaubte sie eine Regung bei ihm bemerkt zu haben. Doch er hatte sich und sein Mienenspiel sofort wieder im Griff.

„Ich weiß nicht, was du meinst."

„Das weißt du ganz genau. Du und Kirsten, ihr habt euch gegen mich verschworen. Ich weiß, dass du ihr gegen Geld etwas gegeben hast. Was war das?"

Er antwortete nicht, sondern beobachtete interessiert, wie sie immer aufgeregter wurde, ja, er weidete sich förmlich an ihrer Aufgeregtheit.

„Jetzt sag schon endlich!", schrie sie ihn an. Sein widerliches, triumphierendes Lächeln brachte sie zur Weißglut. Sie musste an sich halten, ihn nicht am Kragen zu packen, um die Wahrheit aus ihm herauszuschütteln.

„Etwas sehr Informatives über dich. Etwas, das Dennis nicht gefallen wird." Pure Schadenfreude leuchtete in seinen Augen auf.

„Warum sagst du mir nicht endlich, worum es geht? Was soll diese bescheuerte Geheimniskrämerei?“

„Ach weißt du, es macht einfach zu viel Spaß dir zuzusehen, wie du dich mit der Ungewissheit quälst, Kirsten genießt das übrigens genauso“, sagte er und grinste dabei hämisch.

„Was seid ihr nur für Sadisten“, sagte sie, und Resignation schwang in ihrer Stimme mit.

Er trat mit einem großen Schritt auf sie zu.

„Wer im Glashaus sitzt, sollte nicht mit Steinen werfen. Hör endlich auf die Tugendhafte zu mimen“, stieß er gepresst hervor, mühsam seine Wut in Zaum haltend. Er kam mit seinem Gesicht ganz nahe an ihres heran, so nah, dass sie seinen Atem spüren konnte. „Ich gehe jetzt, und rate dir, das Ganze hier zu vergessen und den Mund zu halten. Es könnte sonst böse für dich enden.“ Er drehte sich um und verließ mit großen Schritten die Einrichtung. Laut krachend fiel die Tür ins Schloss. Svenja lief hinterher, sperrte eilig ab und lehnte sich ermattet mit geschlossenen Augen dagegen. Der letzte Satz hallte in ihren Ohren nach. Buchstäblich ausgespuckt hatte er die Worte. Für Svenja gab es keinen Zweifel. Er hatte jedes einzelne ernst gemeint.

22 – IRRUNGEN UND WIRRUNGEN

Für Svenja wurde in dieser Nacht die Metapher *sich den Kopf zermartern* zur peinigenden Realität. Sie war so aufgewühlt, so verwirrt. Keinen einzigen klaren Gedanken konnte sie fassen, sie drehten sich nur unaufhörlich im Kreis, lösten heftige Schmerzen aus.

Sollte sie die Polizei rufen und Mark wegen Hausfriedensbruch und Nötigung oder sogar Vergewaltigung anzeigen? Aber was wäre, wenn Mark sein Wissen über sie preisgäbe? Würde die Polizei ihr Glauben schenken oder sie erst recht in die Mangel nehmen wegen Philipps Fall? Und ihr falsches Alibi! Es käme unweigerlich auf den Tisch, was sie in große Erklärungsnöte brächte. Irgendwann würden sie dann anfangen, in der Vergangenheit zu wühlen. Es könnte sehr eng für sie werden.

Pass auf. Philipps mühsam hervorgestoßene Worte kamen ihr wieder in den Sinn. Nervös wanderte sie durch alle Räumlichkeiten. Sie wäre liebend gerne in ihre Wohnung gefahren, doch sie befürchtete, dass er ihr dort auflauern könnte.

Als sie am Schreibtisch vorbeiging, fiel ihr Blick auf das Smartphone. Sie griff danach und prüfte, wer an diesem Abend versucht hatte sie zu erreichen. Marks Nummer erschien. Er hatte sie auf diese Weise aus ihrem Versteck locken wollen. Beinahe wäre es ihm auch gelungen. Es schüttelte sie bei dem Gedanken an die bedrohliche Situation des gestrigen Abends.

Ich muss sofort mit jemanden reden, bevor ich durchdrehe, dachte sie und wählte Dennis' Nummer. Zu ihrer großen Enttäuschung meldete sich nur die Mailbox. Schnell legte sie auf. Es widerstrebte ihr, dieses Schreckerlebnis in knappen Worten einer technischen Einrichtung mitzuteilen.

Bin von Mark überfallen und beinahe vergewaltigt worden. Danach wollte er mein Lerninstitut abfackeln. Bitte ruf mich an! Lächerlich.

Den wahren Beweggrund nichts zu sagen, nämlich ihre Befürchtung er könnte sich nicht melden, verdrängte sie damit erfolgreich.

Vera konnte sie ebenfalls nicht erreichen. Verzweifelt ließ sie sich auf den Schreibtischsessel fallen. Sollte sie etwa die Nacht in ihrem Büro verbringen? Ängstlich, verwirrt und einsam? Nein, das könnte sie nicht aushalten.

Kurz entschlossen rief sie bei ihren Eltern an, erzählte ihrem Vater etwas von Wasserrohrreparaturen in der Wohnung und bat ihn, sie abzuholen, weil sie ihren Autoschlüssel verlegt hatte. Es dauerte nicht lange bis er kam. Als sie ihn vor dem Haus begrüßte, sprach er sie erschrocken auf ihre bleiche Gesichtsfarbe an. „Bist du krank?"

„Nein, nur ein bisschen überarbeitet. Können wir fahren, ich bin müde", antwortete sie und sah sich verstohlen um, bevor sie ins Auto stieg. Es ließ sie nicht los, dieses Gefühl, beobachtet zu werden.

„Ich wusste, dass dich deine Agentur zu viel in Anspruch nimmt. Irgendwann hast du ein Burnout, wenn du so weitermachst. Und dann wird es schwierig wieder auf die Füße zu kommen, denn als Selbstständige ist es ..."

Einmal Eltern, immer Eltern, dachte sie innerlich stöhnend. Warum hatte sie nicht bedacht, dass Marks Überfall sichtbare Spuren hinterlassen hatte? Natürlich rief das bei ihrem Vater die schlimmsten Befürchtungen auf den Plan. Doch sie unterbrach ihn nicht und ließ ihn reden, während sie sich mit geschlossenen Augen im Sitz zurücklehnte.

„Papa, jetzt beruhig dich", sagte sie, als sein Vortrag beendet war. „Es ist alles nicht so schlimm wie du denkst. Ich brauche nur eine Mütze voll Schlaf."

Ihre Mutter erschrak ebenfalls bei ihrem Anblick, verkniff sich aber eine Bemerkung darüber. Es kam ihr sicher wie eine Ewigkeit vor, dass Svenja bei ihnen übernachtet hatte. Mehr als ab und zu einen Besuch zum Kaffee oder einem Treffen in der Stadt war seit ihrem Auszug nicht mehr an Gemeinsamkeit geblieben, weswegen sie sich über diesen spontanen Übernachtungsbesuch sehr freute.

„Da muss erst ein Wasserrohr platzen, dass du mal wieder länger als zwei Stunden bei uns verbringst", meinte sie scherzhaft und umarmte ihre Tochter herzlich. Dieses Gefühl der Geborgenheit, des Beschütztwerdens umfing Svenja wie ein weicher, wärmender Mantel. Es war in diesem Moment, als könnte sie all ihre Ängste, Sorgen und quälenden Gedanken auf ihre Schultern laden und für immer los sein.

Als kleines Mädchen hatte sie ihrer Mutter jeden Kummer in der Schule, jeden Ärger mit der Freundin mitgeteilt. Und sie konnte immer sicher sein, dass diese sie mit tröstenden Worten und Ratschlägen auffing, und ihr damit wieder neuen Mut schenkte.

Doch Philipps Tod, Marks psychopathisches Verhalten, Kirsten, die das Glück von ihr und Dennis zerstören wollte – das waren Probleme, die man nicht mit ein paar tröstenden Worten beilegen konnte. Für die hatte auch ihre Mutter keine Lösung parat. Diese Last musste sie alleine tragen, denn ihre Eltern würden sich nur Tag und Nacht Sorgen um sie machen.

Aus diesem Grund erzählte sie nichts, sondern gab ihrer Mutter nur einen Kuss auf die Wange. Alle drei gingen zusammen ins Wohnzimmer und redeten eine Weile miteinander, beziehungsweise ihre Mutter redete. Svenja, deren Gedanken sich immer wieder um Marks gewalttätiges Verhalten drehten, hörte nur mit halbem Ohr zu und sprach bloß das Nötigste.

„Na, besonders gesprächig bist du ja nicht gerade", bemerkte ihre Mutter vorwurfsvoll, als sie auf eine Frage nur ein lautes Gähnen als Antwort erntete.

„Entschuldige, aber ich bin einfach zu müde zum Reden. Ich gehe lieber ins Bett. Gute Nacht, meine Lieben."

Flüchtig umarmte sie beide und hörte im Hinausgehen ihren Vater sagen: „Sie ist vollkommen überarbeitet. Es musste ja eines Tages so kommen!" Doch sie tat so, als hätte sie die Bemerkung nicht gehört.

Als sie in ihrem Jugendzimmer auf dem frisch bezogenen Bett saß, überfiel sie ein seltsames Gefühl von Einsamkeit. Sie staunte über sich selbst, dass beim Anblick mancher persönlichen Dinge aus dieser Zeit keine sentimentalen Gefühle der Erinnerung aufkamen. Was war geblieben von den hochfliegenden Träumen in der

Jugendzeit? Trauer, Angst – und eine komplizierte Liebe.

Mechanisch nahm sie das Smartphone in die Hand und stellte zum x-ten Mal enttäuscht fest, dass Dennis sich immer noch nicht gemeldet hatte. Weder per Mail noch WhatsApp noch Anruf. Seit zwei Tagen wartete sie schon auf ein Lebenszeichen. Warum meldete er sich nicht? Wie oft hatte sie ihm gesagt, dass sie es hasste, ignoriert zu werden. Noch vor ein paar Tagen hatte er ihr einen Heiratsantrag gemacht und jetzt schien er sich wieder in Luft aufgelöst zu haben.

Ein kurzes Klingeln kündigte die Ankunft einer Nachricht an, das sie freudig zusammenzucken ließ, in der Hoffnung es könnte Dennis sein. Es war Mark.

Geht es dir gut bei deinen Eltern? Dann sorg dafür, dass das so bleibt.

Ihre Finger begannen zu zittern. Dieser Verrückte war ihr gefolgt, stand womöglich vor dem Haus und beobachtete sie. Aufgepeitscht von der Angst vor diesem unberechenbaren Kerl, ließ sie hektisch den Rollladen herunter und verkroch sich dann schluchzend unter die Bettdecke. Wann hatte dieser Wahnsinn ein Ende! Wer konnte ihr helfen? Die Polizei? Zum gefühlt hundertsten Mal verwarf sie diese Möglichkeit wieder. Es stand Aussage gegen Aussage. Wenn die Polizei Mark den Überfall nicht eindeutig nachweisen konnte, würde sie nichts gegen ihn unternehmen und er würde als Konsequenz Svenja die Hölle auf Erden bereiten.

„Was für ein Albtraum! Ich halte das nicht mehr aus“, jammerte sie in ihr Kissen. Mit einer heftigen Bewegung, so als könnte sie damit ihre große Verzweiflung loswerden, warf sie die Decke zurück und sprang aus dem Bett. Aufgeregt, sich die Haare raufend, lief sie in ihrem Zimmer auf und ab. Was sollte sie nur tun? Sie konnte unmöglich so weitermachen wie bisher – im Lerninstitut mit Eltern telefonieren, Nachhilfestunden organisieren, Unterricht halten, mit Vera und den Angestellten plaudern, während ihr ständig die Angst im Nacken saß, dass Mark ihr auflauern könnte, ganz gleich wo sie sich aufhielt. Undenkbar, fortwährend so zu tun, als sei nichts geschehen.

Es gab nur einen Ausweg, sie musste weg aus dieser Stadt, weg aus Marks Nähe. Doch wohin sollte sie flüchten, an welchem Ort wäre sie hundertprozentig vor ihm sicher?

Der Einzige, der ihr im Moment helfen konnte, war Dennis. Wenn er sie in der Familienvilla aufnehmen würde, wäre sie zunächst einmal von der Bildfläche verschwunden und sicher vor Mark. Das war allerdings der einzige positive Aspekt an ihrem Vorhaben, denn der Gedanke, sich bei dieser emotionslosen Familie einzunisten, war ihr mehr als unangenehm. Auch wenn ihr der Entschluss für diesen Schritt sehr schwer fiel, so erachtete sie es als letzte Möglichkeit, in dieser verfahrenen Situation ein wenig durchzuatmen.

Doch zunächst galt es, Dennis zu erreichen. Nach dem vierten telefonischen Versuch und drei Nachrichten innerhalb einer Stunde, rief er an.

„Hallo Dennis, endlich antwortest du!", rief sie halb entnervt, halb erleichtert.

„Svenja, was ist denn passiert?" Seine Stimme klang sehr weit weg und verzerrt.

„Hallo, ich kann dich sehr schlecht verstehen. Wo bist du gerade?"

„In Nizza, – chrrr – unserer Yacht – chrrr – Habe schlechten Empfang. Was – chrrr – los?"

„Ich werde von Mark bedroht und bin in Augsburg nicht mehr sicher. Wann kommst du zurück? Ich brauche dich!"

Keine Antwort, nur ein Rauschen.

„Dennis? Hallo! Hörst du mich?"

„Chrrr – komme morgen – chrrr – in der Villa auf mich warten – chrrr ..."

Die Verbindung brach ab und auch wiederholtes Anwählen nützte nichts. Er hob nicht ab und rief auch nicht zurück.

„Dann eben nicht", murmelte sie und steckte das Handy in ihre Handtasche. Ihr Ziel hatte sie erreicht. Er kam nach München und erwartete sie in seinem Zuhause.

Mit einem denkbar schlechten Gefühl war sie die Strecke von Augsburg nach München gefahren, doch jetzt, als sie mit dem Auto vor dem geschlossenen Tor der Lettmann Villa stand, wuchs der Widerwille ins Unermessliche. Es erschien ihr vollkommen unmöglich, bei dieser Familie um Einlass zu bitten, zumal Dennis augenscheinlich noch nicht hier war. Sein Auto stand nicht auf seinem angestammten Platz.

Heftiges Herzklopfen begleitete sie, als sie zögerlich ausstieg und zum Tor ging. Unentschlossen stand sie davor und fixierte die Klingelanlage mit Bildschirm. Sie konnte sich nicht überwinden, den Klingelknopf zu drücken. Es erschien ihr beinahe anmaßend, sich als

Freundin oder Verlobte von Dennis zu melden. Noch vor ein paar Monaten hieß diese Kirsten Mahle.

In ihrer Verunsicherung wäre sie am liebsten wieder ins Auto gestiegen und zurückgefahren. Aber ihre innere Stimme hielt sie davon ab, dem Fluchtreflex nachzugeben. Was hatte sie nicht alles getan, um es bis hierher zu schaffen. Mit Engelszungen hatte sie ihren Eltern beigebracht, dass sie wegen der Wasserrohrarbeiten lieber für eine Weile in den Alpen Urlaub machen wollte, anstatt zu ihnen zu ziehen, so wie sie es vorgeschlagen hatten.

Vera war am schwierigsten zu überzeugen gewesen. „Was? Das geht nicht. Unsere Kurse sind voll besetzt. So gut lief es noch nie – und du machst eben mal Urlaub? Außerdem ist es noch gar nicht so lange her, dass du drei Wochen frei hattest."

„Ich kann mich auf nichts konzentrieren. Die ganze Zeit muss ich an Philipp denken. Für die Schüler ist es besser, wenn sie von jemand anderem unterrichtet werden. Ich kümmere mich um eine Ersatzkraft, versprochen", hatte sie sie beschwichtigt und auch gleich in die Tat umgesetzt. Dass sie in Wirklichkeit überfallen worden war und regelrecht aus der Stadt floh, hatte sie verschwiegen, da sie Veras vorschnelles Mundwerk kannte. Weder ihre Eltern noch Mark sollten aus Versehen erfahren, wo sie sich aufhielt.

Zunächst galt es aber, Einlass zu bekommen. Zögerlich hob sie die Hand, verharrte jedoch, als ihr Finger schon fast den Klingelknopf berührte.

Ich könnte ja noch in die Münchner City fahren und später zurückkehren. Vielleicht ist Dennis bis dahin auch angekommen, dachte sie und ließ den Arm sinken.

„Ganz schön feige bist du", murmelte sie, während sie auf ihr Auto zuging. Plötzlich hörte sie jemanden aus der Richtung des Hauses rufen. Sie drehte sich um und sah Frau Mandl mit eiligen Schritten über den Hof auf sie zugehen.

„Guten Tag, Frau Grothe! Warum haben Sie denn nicht geklingelt? Ich habe sie zufällig gesehen, als ich die Blumen am Eingang gießen wollte", sagte sie lächelnd und drückte einen Knopf am Gartentor, um sie hereinzulassen.

„Guten Tag, Frau Mandl. Ich habe gesehen, dass Dennis noch nicht hier ist und wollte deswegen noch für eine Weile in die Stadt fahren", antwortete Svenja um Selbstsicherheit bemüht und betrat das Grundstück.

„Sie können gerne auch bei uns auf ihn warten." Das Lächeln, das ihre Worte begleitete, wirkte echt und überzeugte Svenja zu bleiben.

„Dann nehme ich Ihr Angebot gerne an", erwiderte sie und ließ sich von Frau Mandl ins Haus begleiten. Diese bot ihr im geräumigen Wohnzimmer einen Platz an und verschwand gleich darauf, um Tee und Kekse zu holen.

Svenja lehnte sich im wuchtigen braunen Ledersessel zurück und sah sich neugierig um. Es war nicht zu übersehen, dass für die Einrichtung im Kolonialstil viel Geld investiert worden war. Vom Vorhang bis zur Vase, gefüllt mit frischen Blumen, war alles aus edelstem Material und in Farbe und Form perfekt aufeinander abgestimmt. Geld spielte in diesem Hause wirklich keine Rolle, dennoch musste sie widerstrebend zugeben, dass es sehr geschmackvoll eingerichtet war. Und es würde sie nicht wundern, wenn dafür eine sündhaft teure Innenarchitektin engagiert worden wäre.

Die Tür ging auf und Frau Mandl kam mit einem kleinen Tablett herein.

„Bitte schön, lassen Sie es sich schmecken“, sagte sie und stellte eine Tasse Tee und ein Schälchen mit Keksen auf den Tisch. „Frau Lettmann wird sicher bald kommen, um Sie zu begrüßen.“

„Danke schön, Frau Mandl!“, erwiderte sie lächelnd, doch eigentlich war ihr nicht zum Lächeln zumute. Die Aussicht, sich mit Dennis’ Stiefmutter alleine unterhalten zu müssen, stimmte sie keineswegs freudig. Warum zum Teufel war sie nicht sofort wieder zurück in die Stadt gefahren, als sie gesehen hatte, dass Dennis noch nicht hier war? Jetzt war es zu spät. Sie fühlte sich, als säße sie in der Falle. Vorsichtig, um sich die Zunge nicht zu verbrühen, nippte sie an dem heißen Tee und überlegte dabei, wie sie unbemerkt wieder verschwinden konnte.

Reiß dich am Riemen und tritt Frau Lettmann selbstbewusst gegenüber, ermahnte sie sich nach vergeblicher Lösungssuche selbst, und lehnte sich seufzend im Sessel zurück. Warme Sonnenstrahlen fielen durch die bodentiefen Gitterfenster in den Raum und auf ihr Gesicht. Genussvoll schloss sie die Augen, dachte an Dennis und wie sehr sie das Wiedersehen herbeisehnte. Sie dachte daran, wie sie ihm sagen würde, dass sie sich auf ein Leben als Frau an seiner Seite freute. In ihrer Vorstellung sah sie seine vor Glück leuchtenden Augen, so als ob er leibhaftig vor ihr stünde. Ja, sie wollte mit ihm zusammen sein, ganz gleich was gewesen war und was noch kommen würde. Mit ihm zusammen würde sie sich den Widerständen und Anfeindungen seitens seiner Familie stellen. Nichts und niemand würde sie aufhalten, das gemeinsame Glück mit ihm anzustreben.

Sie verstrickte sich immer mehr in Zukunftsvisionen, und fühlte sich beinahe wie betrunken, als sie die Augen wieder öffnete. Ein Blick auf die Uhr zeigte ihr, dass sie schon länger als fünf Minuten in diesem abgedrehten Zustand verbracht hatte. Hastig nahm sie einen großen Schluck Tee, um wieder zu sich zu kommen. Wie merkwürdig, dass niemand kam. Je länger sie dasaß und nicht den geringsten Laut in diesem Haus wahrnehmen konnte, desto unwohler fühlte sich Svenja. Sie kam sich so unerwünscht und vollkommen fehl am Platz vor. Irgendetwas musste sie unternehmen, um diesen unwürdigen Zustand zu beenden. Ihr fiel in dieser Situation nichts Klügeres ein, als die Toilette aufzusuchen.

Dieses Mal konzentrierte sie sich, die richtige Tür zu öffnen, denn sie hatte keinen Bedarf ein zweites Mal dieses seltsame Mausoleum zu besuchen. Als Svenja wieder herauskam, sah sie, wie Frau Lettmann nur drei Meter entfernt und mit dem Rücken zu ihr gewandt, etwas vom Boden aufhob. Für einen kurzen Moment erwog sie, wieder in der Toilette zu verschwinden, besann sich aber sofort eines Besseren. *Benimm dich nicht wie eine Idiotin und stell dich der Situation*, dachte sie und hörte sich im nächsten Moment „Guten Tag, Frau Lettmann!“ sagen.

Dennis’ Stiefmutter zuckte heftig zusammen und drehte sich zu ihr um. Erschrocken, mit geröteten Augen, sah sie Svenja an. „Guten Tag, Sie haben mich ja ganz schön erschreckt!“, sagte sie mit einer Stimme, als hätte sie Schnupfen, doch Svenja sah am traurigen Ausdruck in ihren Augen, dass es nicht so war. Frau Lettmann hatte offensichtlich geweint.

„Entschuldigen Sie, das wollte ich nicht.“ Verlegen sah sie zu Boden.

„Darf ich den Grund für ihre Anwesenheit erfahren?“, fragte Frau Lettmann unterkühlt, ihre Emotionen erstaunlich schnell wieder im Griff habend.

Svenja war elend zumute. Wie hatte sie jemals annehmen können, auch nur den Hauch von Herzlichkeit in diesem Hause zu erfahren? Frau Lettmanns Gesichtsausdruck bestand jetzt aus purer Ablehnung. Es gelang Svenja, sich nicht davon beirren zu lassen und sagte: „Ich bin mit Dennis verabredet und dachte, er wäre schon aus Nizza zurück. Frau Mandl war so nett, mich hereinzubitten. Ich nahm an, sie hätte Ihnen Bescheid gesagt.“

Svenja vermutete, dass Frau Lettmann jegliche Störung vermeiden wollte, und Frau Mandl womöglich nicht einmal ihren Aufenthaltsort gewusst hatte.

„Nein, ich wurde nicht informiert. Ich wusste auch nicht, dass Dennis heute kommen wollte. Er ist gerade geschäftlich und privat in Nizza, wo unsere Yacht liegt. Woher wissen Sie, dass er heute kommt?“, fragte sie in kühlem Ton und ging Svenja voraus ins Wohnzimmer, aus dem sie geflüchtet war.

„Ich habe ihn angerufen. Und er meinte, ich solle hier auf ihn warten. Seitdem habe ich nichts mehr von ihm gehört. Aber die Verbindung war auch sehr schlecht, ich hoffe nur, ich habe ihn nicht falsch verstanden.“

Frau Lettmann, elegant gekleidet in einem schmalen, schwarzen knielangen Rock und einem längeren, hellgrauen, seidig schimmernden Oberteil und farblich passenden Pumps, bot ihr mit einer Geste einen Platz an und setzte sich dann selbst ihr gegenüber auf einen schweren Ledersessel. Obwohl diese Frau einen unsympathischen Eindruck auf sie machte, konnte Svenja ihr nicht absprechen, dass sie sehr attraktiv war. Von Kopf bis Fuß eine äußerst gepflegte Erscheinung, mit perfekt sitzender, in Stufen geschnittener Bobfrisur und dezentem Make-up. Sie war 64 Jahre alt, wie Dennis ihr einmal verraten hatte, aber sie wirkte wesentlich jünger. Für ihr Alter hatte sie erstaunlich wenig Falten, nur unter den Augen sah man, dass sie mit allen kosmetischen Tricks versuchte, dunkle Ringe zu vertuschen. Irgendetwas vermisste Svenja in diesem Gesicht. Irgendetwas war seltsam. Und mit einem Mal wurde ihr bewusst, was es war: ihre Gesichtszüge – maskenhaft, starr. Sie erweckten den Anschein, als hätte diese Frau nie intensiv gelebt, als hätte etwas ihre wahren Empfindungen ausgelöscht.

„Ja, dann bin ich mal gespannt, wann er hier auftaucht", sagte sie in so verächtlichem Ton, dass es Svenja schmerzhaft ins Herz schnitt. Diese Frau hatte kein Herz für Dennis. Sie bestätigte mit ihrem Verhalten alles, was Dennis über sie und ihre Gefühlskälte erzählt hatte. Obwohl er schon als kleiner Junge in ihre Obhut gekommen war, hatte er es nicht geschafft, mütterliche Gefühle in ihr zu wecken. Was war der Grund für diese Ablehnung?

„Ja, hoffentlich rechtzeitig", rutschte es Svenja ungewollt ehrlich über die Lippen. Ihr sehnlichster Wunsch war, so bald wie möglich von hier wegzukommen. Die Kälte, die von dieser Frau ausging, war beinahe unerträglich. Es lag nicht allein an dem unterkühlten Ton, der sie zum Frösteln brachte, auch ihre hellen graublauen Augen erinnerten sie an den lauernden Blick eines Wolfes.

„Ihnen ist hoffentlich klar, welchen Wirbel die Lösung seiner Verlobung von Kirsten in diesem Haus ausgelöst hat. Die Firma hat in Kirstens Vater einen der besten Geschäftspartner verloren. Die angestrebte Fusion mit dessen Firma ist jetzt nur noch Illusion und mein Mann ist seitdem nervlich am Ende, sozusagen ein wandelndes Pulverfass. Und alles nur wegen Ihnen", schleuderte sie Svenja so unvermittelt entgegen, dass diese im ersten Moment unfähig war zu reagieren. Sie schluckte schwer und rang kurz um Fassung, doch dann erwachte wieder der alte Kampfgeist in ihr.

„Wieso lasten Sie mir das an? Hätte es in seiner Beziehung funktioniert, wäre er niemals fremdgegangen. Sie tun gerade so, als ob ich alles daran gesetzt hätte, ihn für mich zu gewinnen. Dabei war es umgekehrt. Er hatte mir verschwiegen, dass er verlobt war, und als ich es erfuhr, trennte ich mich sofort von ihm. Doch Dennis hat danach wirklich nichts unversucht gelassen, um mich zurückzugewinnen!"

Svenja bemerkte, wie sich leichtes Erstaunen ob ihrer Heftigkeit in Frau Lettmanns Blick widerspiegelte.

„Und warum sind Sie nicht bei ihrem Entschluss geblieben, ihn in die Wüste zu schicken?"

„Weil ich ihn liebe. Und weil ich ihm die Liebe geben kann, nach der er sein Leben lang gesucht hat."

„Was wollen Sie damit sagen?" Dennis' Stiefmutter durchbohrte sie förmlich mit ihrem Blick.

„Ich will damit sagen, dass er weder von Kirsten noch von Ihnen oder seinem Vater die Zuneigung bekommen hat, die er braucht."

Frau Lettmann schwieg. Ihr Gesicht geriet immer mehr zur undurchdringlichen Maske. Zwar gelang es Svenja ihrem starren Blick standzuhalten, doch innerlich schauderte sie. Verzweifelt schickte sie in Gedanken ein kurzes Stoßgebet gen Himmel, Dennis möge jetzt zur Tür hereinkommen und sie aus dieser Zwangslage befreien. Doch es wurde nicht erhört.

„Was maßen Sie sich eigentlich an! Ich denke es steht Ihnen nicht zu, irgendein Urteil über uns zu fällen. Hat Dennis Ihnen das etwa eingeredet?"

„Eingeredet ist wohl das falsche Wort. Er hat mir von seiner lieblosen Kindheit erzählt und wie er unter seinem Vater leidet. Dennis steht unter ständigem Leistungsdruck. Und sein Vater gibt ihm das Gefühl, dass er ihm kaum etwas recht machen kann."

„Unglaublich", sagte Frau Lettmann kopfschüttelnd. „Dennis malt alles in dunklen Farben. Mein Mann hat ihn nur dazu getrimmt, die Firma übernehmen zu können. Er sollte nicht von Beruf Sohn sein. Wenn man über viel Geld verfügt, ist die Gefahr groß, dass der Sprössling zum Bonvivant heranreift, ohne Ziele, ohne Ehrgeiz. Er hat nur verlangt, dass er für sein gutes Leben im Luxus auch etwas leistet."

„Dabei sind die Gefühle wohl auf der Strecke geblieben."

„Lassen Sie mich in Ruhe mit solch abgedroschenen Phrasen. Sie haben doch nicht die geringste Ahnung von unserer Familie und was alles passiert ist!“, sagte sie aufgebracht und setzte sich aufrecht hin. Nachdem Svenja nichts darauf erwiderte, sondern sie nur aufmerksam ansah, fuhr sie schließlich in weniger aggressivem Ton fort: „Gut, ich werde Ihnen davon erzählen, dann können Sie sich ein eigenes Urteil bilden. Dennis war als Kind schwer zugänglich, kompliziert und auch jähzornig. Im Jugendalter musste er wegen seiner Aggressionen sogar zur Therapie. Es hängt alles mit seinem schlechten Start ins Leben, ohne Mutter, zusammen, meinte der Psychologe.

In den ersten drei Jahren lebte er bei seiner Tante. Sein Vater hatte nach der Tragödie einen Nervenzusammenbruch erlitten. Er war außerstande sich um das Kind zu kümmern, aber es sollte auch nicht von einer fremden Kinderfrau erzogen werden. Als sich die Schwester seiner verstorbenen Frau anbot, das Baby in ihre Familie aufzunehmen, hatte er sofort zugestimmt.“ Sie gab einen lauten Seufzer von sich. „Leider stellte es sich erst im Laufe der Zeit heraus, dass seine Schwägerin mit der Situation überfordert war. Drei eigene Kinder und ein fremdes, zudem schwieriges Kind zu erziehen war keine leichte Aufgabe. Aber das hätte sie nie offen zugegeben. Dennis war dabei der Leidtragende. Er bekam in der wichtigen Bindungsphase zu wenig von der notwendigen Zuneigung. Als er drei war, hatte ich seinen Vater kennengelernt und ihn kurz darauf geheiratet. Wir nahmen das Kind sofort bei uns auf und er gewöhnte sich schnell an mich. Alles ging einigermaßen gut bis …“ Sie stockte. Ihr erschrockener Gesichtsausdruck verriet Svenja, dass sie in ihrem Redefluss mehr gesagt hatte, als sie wollte.

„Bis was, Frau Lettmann?“, fragte sie leise, aber eindringlich. Dennis’ Stiefmutter schwieg, und Svenja konnte in ihren Augen ablesen, dass sie mit sich kämpfte, dass sie sich einerseits etwas von der Seele reden wollte, es aber aus unerfindlichen Gründen nicht konnte.

„Ich denke, ich habe genug erzählt. Es geht Sie nichts an. Schließlich gehören Sie nicht zur Familie und werden es hoffentlich auch niemals tun.“ Wieder hatte sie ihre Maske der Unnahbarkeit aufgesetzt.

Svenja konnte nicht umhin, einen kurzen ungeduldigen Seufzer auszustoßen. „Ich komme mir vor, als wäre ich mitten in einer dieser Fernsehschmonzetten, mit all diesen unsäglichen Klischees. Obwohl Sie mich nicht kennen, lehnen Sie mich ab, und warum? Weil ich nicht aus reichem Hause komme und eine Verlobung torpediert habe, die nicht der Liebe wegen stattgefunden hat, sondern hauptsächlich aus wirtschaftlichen Gründen.

Sie wollen über Dennis’ Leben bestimmen, aber es wird Ihnen nicht gelingen. Dennis wird mich heiraten und notfalls mit seiner Familie brechen, wenn es nicht akzeptiert wird. Für mich würde er sich selbständig machen und auch mit weniger Geld zufrieden sein. Es zählen andere Werte für ihn, das müssten Sie doch am besten wissen. Aber ich vermute, Sie kennen ihn nicht wirklich, sonst würden Sie seine Entscheidung, sich von Kirsten zu trennen, billigen.“

Frau Lettmann saß wie erstarrt da, mit apathischem Blick, und Svenja rechnete nach dieser Ansage mit einem sofortigen Rauswurf. Doch zu ihrem Erstaunen beugte diese sich plötzlich vor und goss Mineralwasser in ein Glas Wasser.

„Darf ich Ihnen auch etwas einschenken?“, fragte sie dabei Svenja, die verwundert mit „Ja, gerne“, antwortete. Während sie ihr das Glas reichte, bemerkte Svenja, dass das Maskenhafte aus ihrem Gesicht gewichen war und einer seltsamen Traurigkeit Platz gemacht hatte.

„Wahrscheinlich haben Sie sogar recht“, sagte sie und Resignation schwang in ihrer Stimme mit. „Ich kenne ihn nicht wirklich. Wahrscheinlich wollte ich ihn gar nicht mehr kennenlernen, nicht nach diesem furchtbaren Tag.“

Beide Hände um das Glas geklammert, schloss sie kurz die Augen. Um ihre Mundwinkel zuckte es, und Svenja fragte sich, welch dunkles Geheimnis hinter diesem Gesinnungswandel steckte.

„Im Grunde ist es mir einerlei, wen er heiratet und was er aus seinem Leben macht. Es ist sein Vater, der darunter leidet und mich damit natürlich mit hineinzieht in den Strudel ihrer verkorksten Beziehung. Das Leben von Dennis stand von der Stunde seiner Geburt an unter einem schlechten Stern. Ich hätte ihn als Stiefsohn akzeptieren und vielleicht sogar lieben können, wenn es nicht diesen einen Tag gegeben hätte.“ Die letzten Worte hatte sie beinahe geflüstert. Hastig nahm sie einen Schluck Wasser zu sich und Svenja bemerkte erschrocken, dass sie mit den Tränen kämpfte.

„Was ist passiert?“, fragte sie vorsichtig und nippte verlegen an ihrem Glas.

Für einen Augenblick sah es für Svenja so aus, als ob sie keine Antwort bekäme, denn Frau Lettmann sah sie mit einem seltsamen Ausdruck in den Augen an.

„Ich weiß nicht, warum ich Ihnen das jetzt erzähle. Ich habe es schon lange nicht mehr getan, aber als Dennis' Freundin sollten sie alles über ihn erfahren.

Die Schwierigkeiten begannen, als er sechs Jahre alt war, und ich schwanger wurde. Mein Mann und ich waren überglücklich, denn ich war schon dreiunddreißig und es hatte drei Jahre gedauert, bis es endlich klappte. Dennis freute sich zuerst auch auf sein Geschwisterchen, aber als Julius dann auf der Welt war, reagierte er eifersüchtig. Kein vernünftiges Argument fand Zugang zu ihm. Ich denke, unterbewusst kam das Trauma hoch, wieder nur eine Nebenrolle zu spielen, wieder nur geduldet zu sein. Die mühsam aufgebaute Nähe zu ihm wurde ständig von dem Kleinen gestört, obwohl ich Dennis bei allem eingebunden hatte." Ihr Blick wandte sich von Svenja ab und ging ins Leere. Die Zeitreise, auf die sie sich begeben hatte, verlieh ihren Gesichtszügen etwas Gequältes. Für Svenja war die Situation bedrückend. Sie wusste nicht wie sie reagieren sollte und schwieg intuitiv.

„Wenn ich mich zum Stillen zurückzog und Julius beim Wickeln herzte, wurde Dennis regelmäßig wütend", fuhr Frau Lettmann schließlich fort. "Er stellte alles Mögliche an, um die Aufmerksamkeit auf sich zu ziehen. Zuerst versuchte ich die Wutausbrüche mit Reden und Argumenten in den Griff zu bekommen, aber leider half das nur wenig. Irgendwann war meine Geduld am Ende, schließlich bin ich keine Heilige, und mir platzte der Kragen. Ich gab ihm eine Ohrfeige, was ich natürlich sofort bereute, aber es war nicht mehr gutzumachen. Dennis war zutiefst verletzt und wurde von diesem Moment an immer bockiger und unzugänglicher. Zu allem Übel machte mir mein Mann auch noch Vorwürfe wegen der Ohrfeige." Für einen Moment senkte sie den Kopf und atmete hörbar aus, bevor sie Svenja mit glasigem Blick ansah.

„Können Sie sich vorstellen, in welcher Lage ich mich damals befand? Ich hatte mein lang ersehntes Kind – einen süßen Jungen – und konnte das Mutterglück dennoch nicht ausleben, weil die Schwierigkeiten mit Dennis mir den letzten Nerv raubten. Ich stieß an meine Grenzen und gab irgendwann auf. Die Folge war, dass ich mich unterbewusst mehr meinem eigenen Kind zuwandte und Dennis mit äußerster Strenge begegnete. Ich fühlte mich so hilflos im Umgang mit ihm und schob ihn deshalb immer öfter zu seinem Kindermädchen ab, das er jedoch ablehnte. Er rebellierte, doch ich gab nicht nach. Ich wusste mir einfach nicht anders zu helfen. Hätte ich gewusst, was ich damit auslösen würde ..." Ihre Stimme versagte und Svenja sah mit Entsetzen, dass ihr Tränen in die Augen schossen. Sie hatte gebannt Frau Lettmanns Schilderungen gelauscht und war sich jetzt nicht mehr sicher, ob sie wirklich die ganze Geschichte hören wollte. Das Zimmer mit all den Babysachen und dem Bild von einem dunkellockigen Baby tauchte vor ihrem geistigen Auge auf, und sie erinnerte sich, wie panisch, konsterniert und auch abweisend Dennis auf ihre Nachfrage reagiert hatte. Nein, sie wollte nichts mehr wissen. Sie hatte zu viel Angst vor der Wahrheit.

Doch Frau Lettmann hatte sich gefangen und erzählte weiter: „Kurz nach der Geburt hatten wir Dennis ein Kätzchen geschenkt, damit er sich auch um ein Lebewesen kümmern konnte. Anfangs freute er sich, doch mit der Zeit begriffen mein Mann und ich, dass er seinen Frust auch an der Katze ausließ. Er warf mit Gegenständen nach ihr, jagte sie mit Geschrei durch den Garten, versteckte ihren Futternapf, sperrte sie in eine Kiste und noch vieles mehr. Dennis gab uns immer wieder Grund, ihn zu rügen und zu bestrafen. Fatalerweise bezog er alles auf die Existenz dieses Babys. *Warum mögt ihr mich nicht? Mit Julius schimpft ihr nie*, hatte er gesagt und erst nach eindringlichen Beschwichtigungen gab er sich zufrieden. Leider hielt dieser Frieden nie lange an. Seine Verlustängste erlaubten es nicht, die Situation zu akzeptieren. Fatalerweise erkannten wir erst, als es zu spät war, dass dieser Junge dringend psychotherapeutische Behandlung gebraucht hätte. Am besten wäre eine Familientherapie gewesen, aber mein Mann war nur mit seiner Firma beschäftigt, die er damals aufbaute, und ich viel zu sehr mit meinem Kind. Ich wusste, dass manche Kinder extrem eifersüchtig auf ihr Geschwisterchen sein können und erklärte mir sein Verhalten damit.

Deshalb habe ich die Schwierigkeiten hingenommen und versucht, mit ihnen umzugehen, leider erfolglos, wie ich Ihnen vorhin geschildert habe.“ Sie stand auf und ging zur offenen Terrassentür. Schweigend schaute sie in den Garten hinaus. Schließlich drehte sie sich mit versteinerter Miene um und setzte sich wieder.

„Und dann, eines Tages, Julius war elf Monate alt, legte ich ihn zum Schlafen nieder. Dennis hatte ich fest versprochen, mit ihm Kricket im Garten zu spielen, und nahm das Babyphone mit auf die Terrasse. Dennis rannte noch einmal ins Haus, um seine schokoladenverschmierten Hände zu waschen und seine Kappe zu holen, und kam dann freudestrahlend wieder. Niemals werde ich diesen Tag vergessen. Es war ein wunderschöner Sommertag, wie es selten welche gibt. Strahlend blauer Himmel, nicht zu heiß und kein bisschen schwül. Dennis und ich spielten vergnüglich und ich freute mich, dass Julius so gut schlief, nachdem er in der Nacht stundenlang wegen eines durchbrechenden Zahns geschrien hatte. Ich vergaß beim Spielen ganz die Zeit, war mir ja sicher, dass ich Julius über das Babyphone würde schreien hören. Es war mir zwar aufgefallen, dass die Katze, die sich bei solchem Wetter immer im Garten aufhielt, nirgends zu sehen war, doch ich schenkte diesem Umstand keine weitere Beachtung. Als ich nach beinahe drei Stunden nach meinem Baby sah ...“ Die Erinnerung an diesen schrecklichen Moment verschlug ihr kurz die Sprache. Frau Lettmann schluckte schwer, bevor sie weitersprach. „Als ich nachsah, lag Julius tot in seinem Bettchen. Die Katze hatte sich über sein Gesicht gelegt. Das Babyphone war ausgeschaltet.“

Ihre Stimme erstarb bei den letzten Worten in den aufkommenden Tränen.

Svenja spürte, wie ihr die Haare an den Armen buchstäblich zu Berge standen vor Entsetzen. Deutlich sah sie die Szene vor sich, wie Frau Lettmann auf das Kinderbettchen zugeht, die Katze auf dem Gesicht ihres Kindes entdeckt, wie sie das Tier laut schreiend aus dem Bett wirft und ihr Kind verzweifelt an sich reißt, es schüttelt, Mund-zu-Mund-Beatmung macht. Sie konnte sie in größter Panik durch das Haus laufen sehen, dabei ständig *Wir brauchen sofort einen Arzt* schreiend, und vollkommen aufgelöst

Wiederbelebungsversuche durchführen. Und sie sah, wie sie mit einem unmenschlichen Laut, der aus der Kehle eines schrecklich gequälten Tieres stammen könnte, zusammenbricht, als ihr der Arzt mitteilt, er könne nichts mehr für ihr Baby tun.

Das laute Aufschluchzen von Frau Lettmann brachte sie wieder in die Realität zurück. Svenja erhob sich, ging zu ihr hinüber und legte wortlos eine Hand auf deren Schulter. Erschüttert bemerkte sie, wie die Frau bebte in ihrer Bemühung, die Beherrschung zu behalten und den aufkommenden Tränenschwall zu unterdrücken. Plötzlich legte sie eine Hand auf Svenjas tröstende und flüsterte: „Danke, es geht schon wieder“, worauf sich Svenja neben sie setzte.

„Wissen Sie“, sagte Frau Lettmann leise und sah sie mit feuchten Augen an, „heute wäre Julius dreißig geworden. An solchen Tagen bricht der Schmerz wieder durch und es tut immer noch so weh, wie am ersten Tag. Man fragt sich, wie er jetzt aussehen würde und was aus ihm geworden wäre. Jedes Jahr wieder. So ein Schicksal überwindet man nie wirklich, auch wenn man zum normalen Leben zurückgekehrt ist.“

„Haben Sie deswegen die Sachen in diesem Zimmer aufbewahrt?“, fragte Svenja mitfühlend. Frau Lettmann sah sie verwundert an. „Woher wissen Sie das?“

„Auf dem Geburtstagsfest bin ich leider aus Versehen hineingegangen.“

Kurzes Kopfnicken. „An diesem Tag war ich kurz drinnen und habe wohl vergessen abzusperren. Ich gehe immer wieder hinein und habe das Gefühl, mich mit meinem Kind zu verbinden. Mein Mann sagt, das sei krank. Er kann nicht verstehen, dass ich das nach drei Jahrzehnten immer noch zelebriere, aber er lässt mich trotzdem gewähren. Er weiß, dass er nicht dagegen ankommt."

Mit einer beherzten Geste wischte sie sich die Tränen mit einem Taschentuch aus dem Gesicht und nahm einen Schluck Wasser.

„Sie fragen sich jetzt natürlich, ob ich vergessen hatte, das Babyphone im Kinderzimmer einzuschalten oder ob es defekt war. Keines von beiden trifft zu. Ich hatte es hundertprozentig, wie immer, eingeschaltet und getestet, ob es funktioniert, bevor ich nach draußen ging. Jemand hatte es wieder ausgeschaltet. Dennis."

Kalt und hart klangen die Worte, so kalt, dass Svenja im Geiste den Kältehauch vor ihrem Mund sehen konnte. Die bestimmte Art, in der sie die ungeheuerliche Beschuldigung ausgesprochen hatte, ließ keinen Zweifel an der Richtigkeit des Gesagten. Doch Svenja wollte und konnte dennoch nicht glauben, was sie Dennis vorwarf. Nach kurzem innerlichen Kampf überwand sie sich zu der Frage: „Woher wissen Sie, dass er es gewesen ist?"

Der vernichtende Blick, den sie dafür erntete, ließ ihr einen kalten Schauer über den Rücken laufen.

„Natürlich zweifeln Sie das jetzt an, aber es nützt nichts. Sie müssen sich der bitteren Wahrheit stellen. Dennis wollte sichergehen, dass sein Halbbruder uns beim Spielen nicht stören konnte. Er hatte Schokolade gegessen, seine Hände waren verschmiert und ich schickte ihn ins Haus zum Händewaschen. Als Erstes ging er nicht ins Bad, sondern ins Kinderzimmer und drückte den Ausschaltknopf. Auf dem Babyphone waren gut sichtbare Spuren von Schokolade." Ihr Blick wanderte ins Leere. Schweigend saß sie eine Weile vollkommen von dieser Welt entrückt da und Svenja wagte nicht zu sprechen.

Es war alles so irreal, die Gedanken drehten in ihrem Kopf immer dieselben Kreise, aber sie waren nicht zu greifen.

„Und das Schlimmste dabei ist – ich selbst habe ihm beigebracht, wie man das Babyphone bedient, als er mich danach fragte. Ich zeigte ihm, wie man es ein- und ausschaltet. Ein- und ausschaltet, verstehen Sie? Ich selbst habe zu dem Unglück beigetragen. Diese Katze maunzte viel – ich hätte sie auf jeden Fall über das Babyphone gehört. Dennis hatte aber bewusst oder unbewusst, die Tür nicht geschlossen und die Katze konnte sich hineinschleichen und, und ... Ich habe mich zermartert mit Selbstvorwürfen, warum ich Dennis alleine ins Haus geschickt hatte, warum ich nicht zwischendurch einmal nachgesehen hatte, nachdem Julius so ungewöhnlich lange geschlafen hatte, warum ich nicht mehr nach meinem inneren Gefühl gehandelt hatte und nach der Katze suchte, obwohl mir aufgefallen war, dass sie draußen nirgends zu sehen war. Ich bin fast wahnsinnig geworden, ich wollte nicht mehr leben und benötigte psychiatrische Hilfe, um wieder einigermaßen ins Leben zurückfinden zu können.

Zu allem Unglück blieb es mir verwehrt, noch einmal schwanger zu werden. Sie können sich bestimmt vorstellen, dass mein Verhältnis zu Dennis nach alldem gestört war. Ich versuchte zwar mein Bestes, aber ich konnte nicht vergessen, was er getan hatte." Von der Erinnerung an die Tragödie gepeinigt, legte sie beide Hände über das Gesicht und fuhr dann mit den

Fingerspitzen nach unten bis zum Hals. Für ein paar Augenblicke starrte sie ins Leere, bevor sie sich wieder an Svenja wandte und mit ihrer Schilderung fortfuhr.

„Natürlich war mir bewusst, dass es keine böse Absicht gewesen war, er wollte in seiner kindlichen Naivität damit nur meine ungeteilte Aufmerksamkeit erlangen, doch es stand stets zwischen uns. Und wird es auch immer tun." Mit einem Ausdruck tiefster Traurigkeit, wie Svenja es noch bei keinem anderen Menschen jemals zuvor gesehen hatte, sah Frau Lettmann ihr in die Augen. Für Svenja war in diesem Moment die Welt stehengeblieben. Ergriffen, hilflos, ratlos saß sie da und alles in ihr sperrte sich. Ihr Innerstes weigerte sich, das Erzählte als real anzunehmen, zu akzeptieren, dass das Leben solch grausame Geschichten schrieb. Ein unschuldiges Kind trägt unwissentlich zum Tod eines anderen Kindes bei, und bringt damit das Leben der Erwachsenen zum Einsturz. Und sein eigenes ebenfalls.

Lähmende Stille legte sich über den Raum. Nur das Rascheln des Windes in den Blättern der Bäume im Garten und fröhliches Vogelgezwitscher drangen durch die geöffnete Terrassentür zu ihnen. An sich eine friedliche Atmosphäre, eine Stimmung wie Svenja sie liebte, doch heute fühlte es sich bizarr an. Das Grauen hatte nach dem Gehörten vollkommen Besitz von ihr ergriffen und sie für alles andere unempfänglich gemacht.

Sie war verzweifelt. Was sollte sie jetzt tun? Trösten, wo es keinen Trost gab? Gehen, und sie in ihrem Elend hier sitzen lassen? Reden und nicht wissen, ob sie das Richtige sagte? Wie sollte sie aus dieser vertrackten Situation herauskommen?

Die Antwort kam in Gestalt von Herrn Lettmann durch die Tür. Sportlich elegant gekleidet, mit von der Sonne gebräuntem Teint, der die Männlichkeit seiner markanten Gesichtszüge zusätzlich unterstrich, ging er federnden Schrittes durch den Raum. Niemand würde vermuten, dass er schon das Seniorenalter erreicht hatte, vielmehr wäre mancher Mittfünfziger froh, so vital wie er aussehen zu können. Das Lächeln, das er beim Betreten des Raumes noch im Gesicht hatte, verschwand augenblicklich beim Anblick der beiden Frauen. Er hatte sofort gesehen, dass seine Frau geweint und wieder einen depressiven Anfall gehabt hatte und zog seine Schlüsse.

„Was machen Sie hier?", fragte er in schroffem Ton.

Nicht einmal einen Gruß bin ich ihm wert, dachte Svenja verletzt.

„Ich warte hier auf Dennis. Ihre Frau war so freundlich, mir Gesellschaft zu leisten."

Er ging zu seiner Frau, ohne Svenja eines einzigen Blickes zu würdigen, gab ihr einen Kuss auf die Wange und hob dann stirnrunzelnd mit zwei Fingern ihr Kinn empor. „So wie du aussiehst, hättest du diese Gesellschaft besser gemieden. Was ist passiert?"

Die Frage klang sehr bestimmt, mit dem Unterton, dass er keine Ausreden akzeptieren würde.

„Es ist nichts passiert, Schatz, wie kommst du darauf?", versuchte Frau Lettmann dennoch das Ganze herunterzuspielen.

„Ich sehe doch, dass es dir wieder schlecht geht, also worüber habt ihr gesprochen?"

„Über alles Mögliche. Setz dich. Willst du auch eine Tasse Tee trinken?", sagte sie, offensichtlich darum bemüht, keine Diskussion aufkommen zu lassen.

„Nein, ich möchte jetzt wissen, was hier vorgefallen ist. Das war kein normales Teekränzchen. Dazu kenne ich dich zu gut. Also?", hakte er unerbittlich nach.

Svenja sah, wie Frau Lettmann immer unsicherer wurde. Sie stand auf und zupfte nervös am Saum ihres Edel-T-Shirts herum. „Kannst du bitte mit der Fragerei aufhören, schließlich haben wir einen Gast."

Herr Lettmann warf Svenja einen finsteren Blick zu. „Einen ungebetenen, würde ich sagen. Dennis ist in Nizza und kommt erst nächste Woche zurück. Was machen Sie also hier?"

„Wie ich bereits sagte, ich warte auf Dennis. Er teilte mir mit, dass er heute zurückkommt, und ich bis zu seiner Ankunft hier bleiben könne", antwortete sie und stand ebenfalls auf.

„Dann sind Sie falsch informiert. Ich habe ihm heute Morgen einen wichtigen Termin mit einem neuen Kunden mitgeteilt. Das erste Treffen findet heute Abend statt. Er wird also definitiv nicht nach München kommen. Und wenn er käme, warum warten Sie nicht in Ihrem eigenen Zuhause auf ihn? Dachten Sie allen Ernstes, Sie wären hier willkommen, nach allem was geschehen ist?!" Angriffslust hatte sich in seine Tonlage gemischt. Für Dennis' Vater war sie inzwischen die Hassfigur schlechthin, und sie sah alle Chancen schwinden, jemals auf einem verträglichen Niveau mit ihm kommunizieren zu können.

„Ich wusste nicht, dass er geschäftlich noch in Nizza gebunden ist. Es war so abgemacht, dass ich hier auf seine Ankunft warte. Wenn ich gewusst hätte, wie unwillkommen ich hier bin, wäre ich bestimmt nicht gekommen“, erwiderte sie, all ihren Mut zusammennehmend, mit einem gewissen Trotz.

„Wenn Sie nicht so blauäugig wären, hätte Ihnen das doch klar sein müssen! Sie haben hier alles auf den Kopf gestellt, aber das war Ihnen ja egal. Hauptsache sich ein Söhnchen aus reichem Hause angeln! Sie ...“

„Thomas, bitte, reiß dich zusammen!“, unterbrach ihn seine Frau mit flehender Stimme und berührte ihn am Arm.

„Was denn, hältst du jetzt auch noch zu ihr?“, fuhr er sie an und wandte sich gleich wieder an Svenja. „Sind Sie eigentlich stolz darauf, eine langjährige Liebesbeziehung zerstört zu haben? Und zugleich eine der besten geschäftlichen? Und wieso haben Sie uns mit dem falschen Alibizeitpunkt in derartigen Zugzwang gebracht? Wenn das auffliegt, sind Sie und Dennis erst recht verdächtig und können wegen Falschaussage in enorme Schwierigkeiten geraten. So jemand Verantwortungsloses wie Sie, ist mir noch nie begegnet! Sollte Dennis Sie tatsächlich ehelichen, wird es einen knallharten Ehevertrag geben, bei dem Sie im Falle einer Scheidung keinen Cent zu sehen bekommen. Ich dachte sogar daran, ihn zu enterben, aber dann würde ich meinen Sohn ganz verlieren. Und das sind *Sie* nicht wert.“

Noch nie in ihrem Leben hatte ihr jemand so abgrundtiefe Verachtung entgegengebracht, sie mit einem Blick voller Abscheu förmlich vernichtet. Seine Worte und sein Verhalten hatten sie zutiefst verletzt. Keine Minute länger als nötig wollte sie in diesem

Hause bleiben. Doch sie konnte nicht gehen, ohne Herrn Lettmann eine entsprechende Antwort auf seine Beleidigungen zu geben, auch wenn sie sich damit endgültig ins Aus bugsierte. Es kam nicht mehr darauf an.

„Ich sag Ihnen mal was. Ich will gar nichts von Ihrem Scheißgeld! Ich will nur Dennis, denn ich liebe ihn, im Gegensatz zu Ihnen. Ein Vater kann seinen Sohn nicht lieben, wenn er ihn aus wirtschaftlichen Gründen zwingt, eine unglückliche Beziehung aufrechtzuerhalten. Und alles tut, um die neue zu zerstören", schleuderte sie ihm in einem Schwall entgegen und wandte sich dann an seine Frau, die betroffen den Schlagabtausch verfolgt hatte.

„Frau Lettmann, es tut mir alles so leid für Sie. Ich wünschte, wir hätten uns unter anderen Umständen kennengelernt. Leben Sie wohl, Herr Lettmann."

Mit einer energischen Bewegung schnappte sie sich ihre Tasche und stürmte aus dem Zimmer, vorbei an der erstaunten Frau Mandl, hinaus in den Hof und im Laufschritt zu ihrem Auto. Hastig ließ sie den Motor an und fuhr mit quietschenden Reifen los. Es war ein widerliches Gefühl, das sie ergriff. Das Gefühl, in einen luftleeren Raum abzudriften, ohne Halt.

23 – AUF DER SUCHE NACH DER WAHRHEIT

Vier Monate waren vergangen seit dem Klassentreffen. Vier Monate, die alles verändert hatten, die Svenja jetzt am Leben zweifeln ließen. Vor vier Monaten war sie bei einem harmlosen Klassentreffen Menschen begegnet, von denen sie zuerst glaubte, dass der Kontakt sich auf diesen einen Abend beschränken würde. Niemals hätte sie es für möglich gehalten, dass diese Begegnungen ihr Lebensgefüge so gefährlich ins Wanken bringen könnten. Vor vier Monaten war ihr Leben noch einfach strukturiert gewesen. Und jetzt? Jetzt trauerte sie um Philipp und zerbrach sich den Kopf, ob ihn jemand umgebracht hatte, jetzt war sie mit einem Mann liiert, der mit seiner tragischen Familiengeschichte zu kämpfen hatte, und da war Mark, von dem sie bedroht wurde.

Als sie von den Lettmanns erschöpft in ihre Wohnung zurückgekehrt war, sah sie als Erstes auf ihrem Festnetzanschluss nach verpassten Anrufen und hörte den Anrufbeantworter ab, in der Hoffnung, Dennis hätte sich gemeldet. Doch sie wurde enttäuscht. Keine einzige Nachricht von ihm. Nicht einmal der Versuch sie zu erreichen war dabei. Zu ihrem Entsetzen sah sie, dass Marks Nummer zehnmal gelistet war. Warum konnte er sie nicht in Ruhe lassen?

Die Entscheidung, zu Dennis zu flüchten war richtig gewesen, doch das Ergebnis war anders ausgefallen, als sie sich gewünscht hatte. Wieso meldete er sich nicht? Sie fühlte sich so schlecht, so im Stich gelassen. Die Erinnerung an das letzte Handygespräch ließ sie zu dem Schluss kommen, dass Dennis wegen der schlechten Verbindung ihre Botschaft akustisch nicht verstanden hatte. Er hatte also keine Ahnung, in welch prekärer Lage sie sich gerade befand.

Vollkommen ausgelaugt setzte sie sich mit dem Laptop auf das Bett und öffnete das Mailkonto.

Ihr Herz schlug schneller. Dennis hatte geschrieben! Und Mark. Sie ignorierte dessen Mail und klickte aufgeregt Dennis' Nachricht an.

Hallo Svenja,
konnte dich am Handy leider kaum verstehen. Ich denke mein Gerät hat etwas Salzwasser abbekommen und ist deshalb defekt. Ich werde heute ein neues besorgen. Hoffentlich liest du diese Mail noch rechtzeitig, bevor du nach München fährst, denn ich kann wegen geschäftlicher Termine heute nicht kommen, sondern erst nächste Woche. Ich hoffe, das ist in Ordnung für dich.
Liebe Grüße
Dennis

Ungläubig las sie nochmals die Zeilen. Kühl und nüchtern klang die Mitteilung. Kein *Ich vermisse dich* oder *Ich sehne mich nach dir,* kein einziges Wort des Bedauerns, dass sie sich erst nächste Woche sehen konnten. In ihrer Frustration, der Sinnlosigkeit ihres

Tuns vollkommen bewusst, las sie die Mail ein drittes Mal, auf der Suche nach dem kleinsten Hinweis seiner Zuneigung. Doch nicht einmal der Abschiedsgruß zeugte von Gefühl.

Liebe Grüße war keine Abschiedsfloskel für eine Frau, die ein paar Tage zuvor einen Heiratsantrag bekommen hatte. Nichtssagend und banal war sie. Dieser Text strahlte in seiner Neutralität eine seltsame Kälte aus.

Konsterniert klappte sie den Laptop zusammen. Was hatte diese Distanziertheit zu bedeuten? Das war nicht der Dennis, der ihr beim Abschied sanft durch das Haar gestrichen und *Ich liebe dich, vergiss das nie* ins Ohr gehaucht hatte. Das war der andere Dennis, der wieder einmal ins andere Extrem umgeschwenkt hatte. Wenn sie an das dachte, was sie heute von seiner Stiefmutter erfahren hatte, waren die Achterbahnfahrten seiner Gefühlswelt andererseits nicht weiter verwunderlich.

Sie weigerte sich, darüber nachzudenken, wie die Familie mit dem Unglück umgegangen war. Wie sie mit Dennis umgegangen war. Sie wollte nicht darüber nachdenken, wie viel er zu spüren bekommen hatte, von der Zerrissenheit seiner Eltern, von dem psychischen Ausnahmezustand seiner Stiefmutter, von den Schuldzuweisungen seines Vaters. Sie verscheuchte den unerträglichen Gedanken, dass Dennis' Vater so lange mit Fragen nachgeforscht haben könnte, bis er die Wahrheit zur Ursache für das Unglück kannte. Es war zu grausam sich vorzustellen, wie er seine Frau mit Vorwürfen zermürbt hatte, wie er ihr in seinem Schmerz die Schuld für das Geschehene gab. Und

Dennis. Zum zweiten Mal war sein eigener Sohn der Auslöser für ein tragisches Ereignis geworden.

Seine geliebte Frau und sein Kind hatte er wegen ihm verloren und konnte ihn dennoch nicht dafür bestrafen. Es war Schicksal, dass seine Frau zu schwach für eine Geburt gewesen war, es war das folgerichtige unschuldige Handeln eines Kindes, das nach mehr Aufmerksamkeit gegiert und damit das Unglück ausgelöst hatte.

Seinem Vater war natürlich bewusst gewesen, dass er seinen Sohn für sein Unglück nicht in die Verantwortung nehmen konnte, aber tief in seinem Inneren hatte er es wohl doch getan. Jeden Tag aufs Neue. Davon war Svenja überzeugt und es erklärte ihr so manches. Es erklärte, dass sein Vater ihm zwar in seiner Firma eine Machtposition gegeben hatte, es ihm in materieller Hinsicht an nichts fehlen ließ, aber andererseits nie zufrieden mit ihm war, einerlei wie viel er geleistet hatte. Es war in dessen Augen eine Selbstverständlichkeit, es war das, was Dennis ihm schuldete für die unerträglichen Verluste seines Lebens.

Es erklärte die Aggressionen in seiner Jugend und sein instabiles Gefühlsleben. Svenja glaubte jetzt zu wissen, warum er sich an die gefühlskalte, aber geschäftstüchtige Kirsten gebunden hatte. Mit ihr hatte er seinen Status bei seinem Vater heben können, die Beziehung zu ihr hatte ihn seinem Vater etwas näher gebracht. Aber nicht genug. Als er Svenja kennenlernte, hatte er erkannt, dass ihn diese Beziehung nicht glücklich machte, dass alles nur aus einem mühsamen Ringen nach Nähe zu seinem Vater heraus geschehen war, ohne Aussicht auf Erfolg. In Svenja hatte er wohl das gefunden, wonach er sein ganzes Leben lang vergeblich gesucht hatte. Ehrliche Liebe. Doch seine innere Zerrissenheit machte es ihm sichtlich schwer, diese Liebe zu leben. Realistisch betrachtet hatte diese Beziehung etwas Selbstzerstörerisches. Was würde geschehen, wenn nach einigen Jahren die große Leidenschaft nachließ? Was würde von dieser Liebe übrig bleiben? Entnervt schob sie diesen Gedanken beiseite. Es zählte das Jetzt, und sie war noch nicht bereit, alles aufzugeben. Nicht bevor sie ihn noch einmal getroffen und mit ihm gesprochen hätte. Es gab einen Grund für seine seltsame Mail, den es herauszufinden galt. Und dazu musste sie zu ihm nach Nizza fliegen.

Ich werde ihn überraschen. Ich brauche Klarheit, ob es eine gemeinsame Zukunft für uns geben kann. Konfrontation ist der einzige Weg, es herauszufinden, dachte sie entschlossen.

Als sie im Begriff war, im Internet nach einem Last-Minute-Angebot zu suchen, fiel ihr Blick auf Marks Mail. Löschen oder öffnen? Sie war hin- und hergerissen. Einerseits interessierte es sie brennend, was er ihr geschrieben hatte, andererseits fürchtete sie sich davor. Die Neugierde siegte. Es war nur ein kurzer Satz, der ihr aber den Boden unter den Füßen wegzog.

Svenja, ich denk an dich, vergiss das nie!

Eine Morddrohung hätte sie kaum mehr erschrecken können, als diese dürftige Mitteilung. Die Sache mit Mark war noch längst nicht ausgestanden. Dieser Gedanke setzte ihr so zu, dass sie nur noch eines wollte: von hier verschwinden, so schnell wie möglich.

Hastig, ohne noch einen weiteren Gedanken daran zu verschwenden, ob sie das Richtige tat, buchte sie einen Flug nach Nizza für den nächsten Tag.

Es war zu erwarten gewesen, dass der Trubel im Flughafen von Nizza groß sein würde. Schließlich war es Mitte August, Hauptreisezeit. Müde und verschwitzt stand Svenja in einer Schlange am Gepäckband und hoffte inständig, ihren dunkelroten Koffer bald zu sichten. Der Gedanke, mit viel Pech womöglich ohne ihre Sachen dazustehen, trieb ihr noch mehr Schweißperlen auf die ohnehin nasse Stirn.

Munteres Lachen und Reden der anderen Fluggäste, die alle in bester Urlaubsstimmung zu sein schienen, füllte die Halle. Doch diese positive Grundstimmung sprang nicht auf Svenja über. Zu sehr war sie gedanklich damit belastet, wie sie Dennis finden konnte. Sie wusste weder wie seine Yacht hieß, noch ob er dort nächtigte oder in einem Hotel. Doch sie zauderte, ihn über ihr Kommen zu informieren, denn sie befürchtete, dass er sich bedrängt fühlen würde und ungnädig reagieren könnte. Es war seine Unberechenbarkeit, die ihr Angst machte. Erschreckend wurde ihr in diesem Moment bewusst, dass sie ihn noch viel zu wenig kannte, um ihn unbeschadet mit einer ad hoc Aktion überfallen zu können.

Endlich erschien ihr Koffer auf dem Laufband und verscheuchte augenblicklich die düsteren Gedanken. Erleichtert schnappte sie ihn und strebte dann aus der Halle, um sich nach dem Bus umzusehen, der sie direkt nach Nizza bringen sollte. Flirrende Sommerhitze und gleißendes Sonnenlicht empfingen sie, als sie aus der wohltemperierten Flughalle ins Freie trat. Wenn sie an das verregnete München dachte, war dieses hochsommerliche Flair schon lohnend genug gewesen, wegzufliegen.

Erfreulicherweise musste sie nicht lange suchen, bis sie die Haltestelle fand, und auch der Bus ließ nicht lange auf sich warten. Nachdem sie ihren Koffer im Gepäckraum verstaut hatte, machte sie es sich an einem Fensterplatz bequem, und beobachtete das bunte Treiben außerhalb, bis sich der Bus in Bewegung setzte.

Die Fahrt führte entlang der palmenumsäumten und mit Blumen bepflanzten „Promenade des Anglais", ein wahres Freizeitparadies, in dem sich zahlreiche Jogger, Radfahrer, Inlineskater und Spaziergänger tummelten. Der Anblick dieser aktiven Menschen, das in der Sonne glitzernde, türkisblaue Meer im Hintergrund und die zahlreichen Hotels, Restaurants und Bars auf der gegenüberliegenden Seite hob Svenjas Stimmung beträchtlich. Wie weggewischt waren all die negativen Gedanken, die sie noch kurz zuvor geplagt hatten, und eine große Zuversicht machte sich in ihr breit. Eine Zuversicht, dass sich alles zum Guten wenden würde, denn in solch einem Paradies hatten Zerwürfnisse keinen Platz.

Die fünfundzwanzigminütige, schöne Fahrt bis zur Stadtmitte, erschien ihr wie fünf Minuten und sie bedauerte es beinahe, schon aussteigen zu müssen. Als der Bus wieder losfuhr, kramte sie erst einmal die Adresse und den Lageplan von ihrer Unterkunft mitten in „Vieux Nice", der Altstadt von Nizza hervor. Es war ihr Glück, dass sie bei den Last-Minute-Angeboten noch ein Zimmer gefunden hatte, denn um diese Zeit waren die Unterkünfte in Nizza so gut wie ausgebucht. Während sie die Karte studierte, drangen das Lachen und Geplauder, der Französisch und teilweise auch Englisch sprechenden Menschen um sie herum angenehm an ihr Ohr. Beflügelt von dem sich steigernden eigenen Wohlgefühl, das sich so nur im Urlaub einstellte, machte sie sich auf den Weg zu ihrer Herberge mitten in der Altstadt. Der Weg führte sie durch mittelalterlich verwinkelte, enge Gassen, zwischen hohen Fassaden uralter Häuser, vorbei an vielen kleinen Künstlerläden und provenzalischen Restaurants. Svenja fühlte sich an Venedig erinnert, das sie vor zwei Jahren bereist hatte.

Wie üblich fand sie ihre Pension aufgrund mangelnden Orientierungssinns und Kartenleseunfähigkeit erst, nachdem sie sich auf Französisch den Weg hatte erklären lassen. Die Pension lag in einer der engen Gassen, und ließ schon von außen auf ihre Schlichtheit muten. Als Svenja die Holztür öffnete und in das Innere des schmalen Gebäudes trat, wurde dieser Eindruck bestätigt. *Für den günstigen Preis kannst du nicht mehr erwarten,* dachte sie und stellte den Koffer vor der schmalen Rezeptionstheke, ab. Nachdem sie die Klingel betätigt hatte, schlurfte ein alter grauhaariger Mann mit wettergegerbtem Gesicht aus einem Hinterzimmer heraus und krächzte ihr ein „Bonjour, Madame!“, entgegen.

„Bonjour, Monsieur! Je m'appelle Svenja Grothe!“, sagte sie freundlich und teilte ihm mit, wie lange sie bleiben wolle. Der Gastwirt blätterte verwirrt in einem kleinen Stapel von Notizblättern. Offensichtlich hatte er die Logistik der Zimmerbelegungen nicht ganz im

Griff. Svenja war froh, Französisch studiert zu haben, denn es kostete sie weit mehr als zwei Sätze, ihm die Last-Minute-Situation zu erklären. Er faselte irgendetwas von seiner Tochter, die das normalerweise per Computer mache, aber heute außer Haus sei. Und da er nichts von Computern verstünde, habe er es sich notiert und könne nun den Zettel nicht finden.

Nachdem er den Wust an Zetteln verschiedener Größe noch einmal durchgesehen hatte, hob er resigniert die Schultern, nahm dann einen Schlüssel mit der Nummer 5 vom Bord und drückte ihn Svenja in die Hand. Er murmelte etwas in der Art, dass dies im Moment das einzige freie Zimmer sei und er sich auf ihre Angaben verlassen würde.

Das möchte ich dir auch geraten haben, dachte Svenja, lächelte ihn aber freundlich an. „Merci, Monsieur!"

Der Gastwirt ging vor ihr her, deutete die Treppe hoch und sagte, dass ihr Zimmer das letzte auf der rechten Seite sei. Er könne sie leider nicht begleiten, da er die Treppe wegen seiner kaputten Kniegelenke nicht mehr hochsteigen könne.

Svenja versicherte ihm, dass das nicht nötig sei und quälte sich mit ihrem Gepäck die schmale und steile Treppe hoch. Als sie keuchend oben ankam, wusste sie, wo dieser liebenswerte alte Mann seine Knie ruiniert hatte.

Sie sperrte die Tür Nr. 5 auf und betrat das kleine, mit romantischen antiken Möbeln ausgestattete Zimmer. Auf dem Bett, aus dunklem Holz geschnitzt, lag eine geblümte, Volant umrahmte Tagesdecke, daneben stand ein passendes Nachtkästchen mit Marmorplatte.

Nicht gerade Fünf-Sterne-Niveau, aber individuell und gemütlich, dachte sie amüsiert und öffnete beide Fensterflügel, um den leicht muffigen Geruch hinauszulassen.

Der Blick aus dem Fenster war erwartungsgemäß nicht berauschend, denn er ging geradewegs auf die gegenüberliegende Häuserfront der Gasse. Ein Hotel mit Meerblick konnte sich hier ein Normalsterblicher wohl kaum leisten, wenn man nicht gerade Dennis hieß, überlegte sie.

Dennis. Es wurde Zeit, ihn über ihre Anwesenheit zu informieren. Mit fliegenden Fingern schrieb sie ihm eine SMS, in der Hoffnung, dass er sich inzwischen ein neues Handy besorgt hatte. Herzklopfend fragte sie sich dabei, wie er wohl auf diese Nachricht reagieren würde. In einer unkomplizierten Beziehung wäre es ungehemmte Freude, aber ihre Liaison war alles andere als einfach. Während der gesamten Reise hatte sie immer wieder darüber nachgegrübelt, was diese letzte unterkühlte Mail zu bedeuten hatte. Beherzt drückte sie auf *Senden* und fühlte sich etwas befreiter. Bald würde sie von ihren Zweifeln erlöst werden. So oder so.

Sie spürte, wie die verloren geglaubte Energie zu ihr zurückkehrte, und begann ihren Koffer auszupacken, denn sie hasste es, ihre Klamotten jeden Tag aus einem ungeordneten Haufen herauskramen zu müssen. Angespannt warf sie währenddessen immer wieder einen Blick auf ihr Handy, als könnte sie damit das ersehnte *Piepsen* für die Ankunft einer Antwort herbeischwören. Doch es blieb stumm. Nervtötend stumm. Ihre Laune begann wieder zu sinken. Ignorierte er sie? Ihre Hoffnung war, dass sein Handy ausgeschaltet war oder er sich mitten auf dem Meer befand und deshalb keinen Empfang hatte. Sie versuchte es mit einem Anruf, aber es meldete sich nur die Mailbox.

„Hallo Dennis! Du wirst nicht glauben, wo ich bin! Ja, in Nizza! Melde dich doch bitte! Ich wohne, Moment mal ...“, sie kramte nach der Adresse und gab sie ihm durch.

Nach weiteren zwanzig Minuten vergeblichen Wartens auf eine Reaktion, warf sie frustriert ihre Handtasche über die Schulter und verließ eilig die Pension. Lustlos schlenderte sie durch die von Touristen belebten Gassen, ging in einen der vielen Künstlerläden und kaufte sich schließlich ein Eis.

Immer noch kein Lebenszeichen von ihm. Während sie gemächlich Richtung Uferpromenade spazierte, keimte in ihr die Angst auf, Dennis könnte gar nicht mehr in Nizza sein.

Vielleicht hatten sich die Geschäftstermine wieder verschoben, wie so oft in der Vergangenheit. Und sie war ihm umsonst hinterhergeflogen, war die Blamierte. Zudem wuchs in ihr die Befürchtung, dass er womöglich noch kein neues Handy besorgt hatte und das alte salzwasserdurchtränkte nicht mehr funktionierte. Ihr wurde ganz flau in der Magengegend. Die Idee ihn überraschend zu besuchen und die überstürzte Reise kamen ihr auf einmal ziemlich idiotisch vor. So etwas musste unweigerlich schiefgehen, es gab zu viele Unwägbarkeiten.

Schnell überquerte sie die breite Straße zur Promenade und stieg eine Treppe zum Strand hinunter. Völlig frustriert ließ sie ihre Tasche fallen und setzte sich auf den mit großen runden Kieseln bedeckten Boden. Die

Aussicht, die nächsten Tage an diesem schönen Ort alleine zu verbringen, war nicht gerade erquickend, aber das Schlimmste war die Reue. Die Reue, dass sie ihren Besuch nicht angekündigt und das Treffen mit ihm abgesichert hatte.

Missmutig knabberte sie an der Eiswaffel, starrte auf das in der Sonne glitzernde Meer, und überlegte, was sie jetzt tun sollte. Dabei fiel ihr wieder das mit Störungen unterlegte Telefonat mit Dennis ein. Er hatte damals von einer Yacht gesprochen. Vielleicht könnte sie ihn im Hafen ausfindig machen, wenn sie nach seiner Anlegestelle fragte. Die Chancen waren zwar gering, aber nicht ganz aussichtslos. Ihre Stimmung hob sich merklich bei dem Gedanken, dass es noch eine Möglichkeit gab, ihn zu finden.

Rasch schlüpfte sie in ihre flachen Sling-Sandaletten und ging die Promenade entlang, bis sie den Hafen „Port Lympia" erreichte. Dort setzte sich gerade eine riesige Fähre mit Ziel Korsika in Bewegung. Svenja blieb stehen und sah eine Weile staunend zu, wie sie Richtung offenes Meer den Hafen verließ. Danach ging sie am Kai entlang und hielt Ausschau nach all den kleineren und größeren Yachten, die dort im jetzt bewegten Wasser schaukelnd ankerten. Als sie die Namen auf den Seitenflanken las, versuchte sie sich verzweifelt zu erinnern, welchen Namen Dennis genannt hatte, als er ihr gegenüber einmal die Lettmann'sche Yacht erwähnte.

Mein Vater hat das Boot nach meiner Mutter benannt – Gedächtnislücke. Svenja verfluchte sich für ihre Vergesslichkeit. *Komm schon, erinnere dich. Er hat den Namen gesagt – es war ein kürzerer – verdammt!,* schimpfte sie innerlich, marschierte aber dennoch unbeirrt weiter, jede Privatyacht nach dem Namen absuchend. ELENA, JOANNA, NATALIE, FELICITAS ... CLAUDIA ...

Sie blieb abrupt stehen. Claudia! Natürlich! Dennis' Mutter hieß Claudia! Ihr Herz fing an, freudig zu klopfen. Hier lag ein Boot namens Claudia und wenn sie Glück hatte, war es *seines!* Sanft schaukelte es im leichten Wellengang, ansonsten rührte sich nichts. Zaghaft rief sie seinen Namen und gleich darauf noch einmal etwas lauter. Nichts geschah. Auch die Nachbaryachten schienen unbesetzt zu sein. Unentschieden, was sie als Nächstes tun sollte, setzte sie sich auf die weiße Kaimauer und ließ das Boot namens Claudia keinen Augenblick aus den Augen.

Bei näherer Betrachtung erschien es ihr nicht besonders klug, sich hier auf die Lauer zu legen, in der vagen Hoffnung, dass irgendwann jemand auftauchen könnte. Um dann festzustellen, dass dieses Boot gar nicht zu Dennis gehörte. Aber für den Augenblick fiel ihr nichts Besseres ein, denn sie hatte keine Lust mehr, den weiten Weg zum Hafengebäude zu machen, um dort Monsieur Lettmanns Anlegestelle zu erfragen.

Also ließ sie die Beine, die von der vielen Lauferei etwas schmerzten, baumeln, und beobachtete die vorbeiflanierenden Touristen und wie das eine oder andere Boot den Hafen verließ. Nach einer Stunde hatte sie genug von ihrer Lauerstellung, die ihr zunehmend idiotisch erschien. Und auch ihr Magen machte sich langsam bemerkbar. Sie beschloss, sich in eine der zahlreichen Restaurants zu setzen und sprang leichtfüßig auf den Boden. Bei einem mediterranen Gericht und einem erfrischendem Getränk würde ihr sicherlich die zündende Idee für ihr weiteres Vorgehen zufliegen.

In dem Moment, als sie an der Yacht CLAUDIA vorbeiging, vermeinte sie einen sich bewegenden Schatten wahrzunehmen. Sie hielt sofort an und beobachtete eine Weile gebannt das Boot. Nichts. Ernüchtert musste sie sich eingestehen, wohl einer Täuschung unterlegen zu sein. Mit freudigem Schreck bemerkte sie jedoch plötzlich, wie sich im Inneren etwas bewegte und kurz darauf ein schwarzlockiger Mann erschien. Sie wartete gespannt, bis sie ihn von der Seite sehen konnte. Es war tatsächlich Dennis! Braun gebrannt, in hellblauem Poloshirt und weißer Hose, ganz Millionärssöhnchen, ging er an Deck und bückte sich nach etwas.

Ihr fiel ein riesiger Stein vom Herzen – das Detektivspiel hatte zum Glück ein Ende.

„Dennis!“

Er erstarrte kurz in seiner Bewegung und drehte sich dann langsam in ihre Richtung.

„Dennis, endlich habe ich dich gefunden!“, rief Svenja und winkte ihm zu. Sie hatte erwartet, dass er ihr freudig entgegenlachen würde, doch seine Miene blieb zu ihrem Befremden zunächst seltsam starr. Erst als sie ihm auf dem Bootssteg näherkam, erschien ein mageres Lächeln auf seinem Gesicht.

„Svenja! Was machst du denn hier?“

„Hast du meine SMS nicht bekommen? Ich warte schon seit Stunden auf eine Antwort!“, entgegnete sie und kletterte, nachdem sie ihre Schuhe abgestreift hatte, auf die Yacht.

„Was? Nein! Was tust du hier? Ich hatte doch in der Mail geschrieben, dass ich erst in einer Woche zurückkomme.“ Leiser Vorwurf schwang in seiner Stimme mit. Kein freudiger Ausruf, wie sehr er sich über diesen Überraschungsbesuch freue, keine Umarmung, kein Kuss. Nur ein leichtes Kopfschütteln wegen ihres Überfalls.

Svenja hatte alle Mühe ihre große Enttäuschung zu verbergen. Was hatte das zu bedeuten? Was war seit ihrer letzten Begegnung vor seiner Villa geschehen?

Tapfer schluckte sie ihren Ärger hinunter, um ihn nicht mit Vorhaltungen zu provozieren und lächelte ihn an.

„Begrüßt man etwa so seine Geliebte? Ohne Kuss? Man könnte ja gerade meinen, mein Besuch wäre dir lästig!“, sagte sie in bemüht scherzhaftem Ton und beobachtete dabei scharf seine Reaktion. Seine Gesichtsmuskeln zuckten kurz und sein Blick wirkte merkwürdig gehetzt. Sie musste an sich halten, um ihn nicht an beiden Armen zu packen, zu schütteln, und ihn anzuschreien, dass er ihr die Wahrheit für sein seltsames Verhalten sagen solle.

„Ich bin zu überwältigt von deinem plötzlichen Erscheinen. Gerade eben dachte ich, das kann doch nur dein Geist sein“, versuchte er sich krampfhaft herauszureden.

„Ich bin kein Geist und du darfst mich gern in den Arm nehmen“, forderte sie ihn auf und sah ihn prüfend an.

„Na dann“, sagte er nur und umarmte sie. Nicht fest, nicht leidenschaftlich, sondern zurückhaltend, so wie man gute Bekannte umarmt. Sie nahm keine Rücksicht darauf und zog ihn fest an sich, merkte dabei, wie sehr ihr seine Nähe gefehlt hatte. Sie gab ihm einen Kuss, den er ebenfalls mit viel weniger Leidenschaft als früher erwiderte. Es fiel ihr immer schwerer, sich nichts anmerken zu lassen, spielte aber dennoch gekonnt weiter die Naive.

„Wie schön, wieder bei dir zu sein. Ich dachte schon, ich müsste die Urlaubstage alleine hier verbringen, nachdem du nicht geantwortet hast. Hast du denn noch kein neues Handy?", fragte sie und löste sich aus seinen Armen. In seinen Augen flackerte es, als er „Nein, noch nicht" sagte. Hatte er sie gerade angelogen?

„Ist alles in Ordnung mit dir?", fragte sie lauernd.

„Ja, wieso fragst du?"

„Du wirkst so zerfahren, irgendwie konfus."

„Quatsch, das bildest du dir ein. Komm lass uns etwas essen gehen", versuchte er schnell abzulenken.

„Aber ich habe eure tolle Yacht noch gar nicht besichtigt!", protestierte sie.

„Das kannst du später, ist ja sowieso nur Reichenspielzeug, wie du immer sagst."

„Na ja, so von der Nähe betrachtet kann man langsam verstehen, worin der Reiz an diesen Dingen liegt, mit denen ihr euch umgebt."

„Oh, was für Töne von meiner Sozi-Freundin", meinte er leicht spöttisch und nahm sie dann bei der Hand. „Komm, wir gehen in mein Lieblingslokal, gleich in der Nähe! Ich denke wir haben eine Menge zu klären."

In der Art wie er das betonte, ließ es Svenja auf kein freundliches Gespräch schließen. *Klären ist das richtige Wort, es liegt so viel Unausgesprochenes zwischen uns, dass man es greifen kann*, dachte sie, und kletterte, von Dennis mit einer Hand unterstützt, auf den Anlegesteg. Dort schlüpfte sie schnell in ihre Schuhe und ging mit ihm zu dem besagten Restaurant, das tatsächlich nur drei Minuten von seiner Yacht entfernt lag. Sie redeten auf dem Weg dorthin kaum etwas. Er fragte nur, wie der Besuch bei ihm zu Hause verlaufen war.

„Das kann ich dir nicht in zwei Sätzen sagen. Ich erzähle es dir beim Essen“, gab sie zur knappen Antwort und fing seinen befremdeten Blick auf.

„Es wird nie einen Weg zu ihnen geben“, murmelte er, mehr zu sich selbst als an Svenja gerichtet.

In diesem Moment wurde ihr, nach allem, was sie inzwischen über diese Familie erfahren hatte, erschreckend bewusst, in welch fataler emotionaler Verstrickung zu seinem Zuhause er sich befand. Und wie gering die Chancen sein würden, diese auflösen zu können.

24 – ENDGÜLTIG

„Sie hat was getan?!“ Dennis ließ laut klirrend seine Gabel fallen. In seinen Augen funkelte es vor unbändiger Wut.

„Dennis, es hat sich im Laufe des Gesprächs so ergeben. Zuerst wollte sie es auch gar nicht, aber dann meinte sie, es sei mein gutes Recht, alles über dich zu erfahren.“

„Denkt sie das! – Meine Güte, sie ist wirklich so krank“, stieß er mit tiefster Verachtung aus und schüttelte dabei den Kopf.

„Sie hat ihr Kind verloren, ein Albtraum für jede Mutter. Irgendwann hätte ich es doch ohnehin erfahren oder nicht?“

„Mag sein, aber nicht von ihr. Das wäre meine Sache gewesen. Schließlich bin ich der Schuldige für dieses Drama.“ Um seinen Mund zuckte es gefährlich. Svenja bekam Angst, er könnte die Beherrschung verlieren.

„Aber das weiß sie doch auch, dass es nicht deine Absicht war, sondern ein Zusammentreffen unglücklicher Umstände“, versuchte sie ihn zu beschwichtigen.

„Ach ja, ist das so.“ Sein Mund war zu einem schmalen Strich geworden.

„Ja, sie macht sich selbst die größten Vorwürfe, das kannst du mir glauben.“

„Warum versucht sie dann nicht endlich Abstand von dem Unabänderlichen zu gewinnen? Warum baut sie nicht endlich dieses unsägliche Mausoleum ab!“

„Sie hat mir versichert, dass sie das brauche. Dadurch kann sie sich ihrem Kind verbunden fühlen.“

„Aber das ist doch das Kranke daran. Auf diese Art kann man solch ein Trauma nie überwinden. Nein, sie tut das, um mir zu schaden.“

„Wie bitte, das denkst du doch nicht wirklich!“

Er verzog den Mund zu einem spöttischen Lächeln. „Tja, du kennst sie eben nicht. Wie oft habe ich ihr gesagt, dass mich die Existenz dieses Zimmers schier zum Wahnsinn treibt. Jeden Tag aufs Neue, wenn ich daran vorbeigehe werde ich an das Unglück und an meine Schuld erinnert, ob ich es will oder nicht. Nicht einmal auf die Bitten meines Vaters hatte sie reagiert.

Und hörig wie er ihr ist, resignierte er und lässt sie gewähren. Egal, ob ich dabei fast vor die Hunde gehe. Insgeheim hasst er mich dafür, auch wenn er es nie zugeben würde, und sie sorgt mit ihrem Verhalten dafür, dass sich das nie ändert.“

Trotz 27 Grad Außentemperatur fröstelte Svenja. Es waren die tragischen, unauflösbaren Verwicklungen in dieser Familie, die ihr einen Schauer über den Rücken jagten.

„Warum wohnst du eigentlich noch in diesem Haus? Du könntest dir doch eine eigene Wohnung leisten.“

„Natürlich habe ich eine Wohnung, sonst wäre ich schon lange übergeschnappt.“

Es versetzte Svenja einen gehörigen Stich in der Herzgegend. *Natürlich habe ich eine Wohnung.* Hatte er das wirklich gerade gesagt, in einem Ton als wäre es das

Selbstverständlichste auf der Welt? Nicht einmal andeutungsweise hatte er ihr gegenüber bislang von einer eigenen Wohnung gesprochen.

„Wie bitte? Wieso weiß ich nichts davon? Warum haben wir die Nächte in Hotels verbracht, statt in deiner Wohnung?"

„Weil dort bis vor Kurzem Kirstens Sachen überall verstreut waren. Und sie ging immer noch ein und aus, wie es ihr passte. Wir waren verlobt, schon vergessen?" Sein begleitendes mitleidiges Lächeln ließ Wut in ihr aufkeimen.

„Du hättest es mir trotzdem sagen können, nein müssen, und hör gefälligst auf so ekelhaft zu grinsen. Es gibt keinen Grund sich darüber zu freuen, wenn man seiner Freundin wieder mal etwas verschwiegen hat."

„Ich wollte mit meinem Schweigen nur weitere Komplikationen vermeiden", antwortete er in beschwichtigendem Ton.

Sie schnaubte verächtlich, „Die lassen sich aber nicht vermeiden, wie man sieht. Irgendwann bricht so ein Lügengebäude immer in sich zusammen. Ist das jetzt besser?"

Ihre Stimme war in ihrer Aufgebrachtheit ziemlich laut geworden und die Touristen an den Nebentischen sahen neugierig zu ihnen hin.

„Beruhig' dich oder willst du hier unbedingt Aufsehen erregen? Wir können doch vernünftig über alles reden."

„Vernünftig!", äffte sie ihn leise nach. „Was ist schon vernünftig? Dein Verhalten mir gegenüber ist es ganz bestimmt nicht. Ich frage mich wirklich, wieso ich überhaupt hergekommen bin."

„Das frage ich mich ehrlich gesagt auch."

Svenja antwortete nicht, sondern sah ihn frustriert an. Was war mit dem Dennis geschehen, der unlängst wegen ihr auf das Erbe und seinen Job verzichtet hätte, um mit ihr zusammen einen Neuanfang zu wagen? Dieser Dennis hätte niemals solch eine Bemerkung gemacht.

„Ich verstehe dich nicht mehr. Aber ich habe begriffen, dass es ein großer Fehler war zu kommen. Ich dachte du liebst mich. Ich war so naiv zu glauben, ich könnte von dir Beistand erfahren, wenn es mir schlecht geht. Aber das kann ich ja wohl vergessen."

„Wenn es dir schlecht geht? Wegen Philipp? Oder ist noch etwas passiert?" Seine Stimme klang plötzlich versöhnlicher, seine Gesichtszüge entspannten sich ein wenig. Schon wieder so eine Kehrtwende!

Sie wunderte sich über sich selbst, warum sie nicht aufgestanden war, um diesen personifizierten Wankelmut Dennis auf immer zu verlassen. Es musste an ihrer Kampfeslust liegen, die sie bleiben und ihn absichtlich provozieren ließ.

„Wieso sollte ich es dir erzählen? Es interessiert dich ohnehin nicht", sagte sie in bissigem Ton.

„Warum denkst du das?"

„Weil *ich* dich nicht mehr interessiere." Sie sah ihn herausfordernd an.

„Unsinn, wie kommst du darauf?"

„Du lässt mich mit meiner Trauer um Philipp alleine. Meldest dich tagelang nicht und dann diese Mail! Sie war so kalt, so unpersönlich, warum? Und deine Begrüßung am Boot, wow! Ich hatte schon Angst, deine Freudenschreie könnten zum öffentlichen Ärgernis werden“, sagte sie mit sarkastischem Unterton und beobachtete dabei seine Reaktion. Er ließ sich augenscheinlich nicht aus der Ruhe bringen und antwortete gelassen: „Ich habe unglaublichen Stress im Job. Die Verhandlungen laufen nicht wie geplant, und ich habe meinen Vater darüber angelogen. Jetzt weiß ich nicht, wie ich aus dieser Nummer wieder herauskomme.“

„Dein Job, soso. Und du glaubst tatsächlich, dass ich dir das abkaufe? Sag mal, für wie blöd hältst du mich eigentlich?“ Dennis lehnte sich im Stuhl zurück und fuhr sich leise stöhnend mit beiden Händen durch die Haare. „Es ist so wie ich es sage. Aber wenn du mir nicht glauben kannst, dann musst du es eben lassen.“

Svenja schloss für einen Moment entnervt die Augen. Es hatte keinen Sinn, weiter mit ihm zu streiten. Sie würden sich nur ewig im Kreis drehen, ohne Ergebnis. Ihre Wut schlug in Resignation um.

„Gut, lassen wir das!“, meinte sie mit einem Seufzer in der Stimme. „Ich bin gekommen, weil Mark mich überfallen hat, in meinem Lerninstitut, und er bedroht mich immer noch.“

„Was? Dieser Verrückte! Was hat er dir angetan?“ Er setzte sich augenblicklich aufrecht hin und sah sie besorgt an. Für Svenja war es kaum vorstellbar, dass diese Sorge echt war, aber das zählte im Moment nicht. Was sie brauchte war jemand, dem sie endlich von dem albtraumhaften Geschehnis erzählen konnte.

Während sie ihm ausführlich den Ausgang der leidlichen Geschichte schilderte, fiel es ihr plötzlich wie Schuppen von den Augen. Marks Drohung, es würde ihr noch leidtun, ihn so mies behandelt zu haben. *Spätestens, wenn Dennis dich verlässt.* Ihr Herz setzte für einen Moment aus. Alles kam ihr wieder in den Sinn. Kirsten, die etwas gegen Geld von ihm bekommen hatte, *etwas sehr Informatives, etwas, das Dennis nicht gefallen wird,* wie er sich ausgedrückt hatte. Keine Frage. Es war bereits geschehen.

Warum war sie nicht schon eher darauf gekommen? Dieser Mistkerl musste sich kurz nach seinem Überfall mit Dennis in Verbindung gesetzt haben. Was hatte Mark herausgefunden? Was wusste Dennis über ihre Vergangenheit? Ihr wurde schlecht. Alles schien dadurch erklärbar, Dennis' unterkühlte Mail, sein distanziertes Verhalten, seine Zerknirschtheit.

„Was für ein Verrückter, zum Glück ist dir nicht mehr passiert", drangen Dennis' Worte an ihr Ohr und riss sie aus ihren Gedanken. Für Svenja klang es wie Hohn. Seine Heuchelei war beängstigend. Sie fragte sich, was er mit diesem Verhalten beabsichtigte. Wann und wie würde er sie mit seinem Wissen konfrontieren? Sie wollte auf keinen Fall diesen unvorhersehbaren Moment abwarten. Es verlangte sie nach Aufklärung, jetzt und hier, auch wenn sie Angst davor hatte.

„Komm schon, lassen wir dieses unwürdige Versteckspiel! Ich bin mir sicher, dass du inzwischen von ihm oder von Kirsten eine Information über mich bekommen hast, die dich gegen mich aufbringen soll. So wie du mich heute empfangen hast, ist es ihnen offensichtlich auch gelungen. Und versuch erst gar nicht es abzuleugnen", sprudelte es ungehemmt aus ihr heraus. Sie bemerkte, dass ihre Hände vor Aufregung ganz zittrig waren, als sie sich eine Haarsträhne aus dem Gesicht strich.

Sie konnte genau sehen, wie Dennis bemüht war, seine Gefühlslage unter Kontrolle zu bringen. Doch die Maske des Pokerface nützte ihm nichts. In seinen Augen konnte sie erkennen, wie es in ihm arbeitete, wie er mit sich kämpfte, wie ihm etwas über Gebühr zu schaffen machte.

„Mach diesem grausamen Spiel ein Ende und sag mir jetzt die Wahrheit. Du willst dich von mir trennen, nicht wahr? Wenn es so ist, sei so fair und sag mir den Grund", drängte sie ihn. Inzwischen würde sie sogar eine eindeutige Trennung weniger schlimm empfinden, als dieses entsetzliche *So tun, als ob nichts wäre*.

„Ich weiß nicht, was du meinst", sagte er mit stoischer Ruhe. Es war, als hätte er ihr eine Ohrfeige verpasst.

„Warum tust du das?"

„Was?"

„Alles leugnen! Das bringt doch nichts. Es ändert nichts an der Tatsache, dass unsere Beziehung nicht mehr funktioniert."

Dennis blieb ungerührt. „Ich weiß immer noch nicht, wovon du sprichst."

Seine Blockadehaltung zerrte gewaltig an ihren Nerven. „Warum gibst du es nicht endlich zu? Sag mir, was du weißt. Ich halte das langsam nicht mehr aus!", flehte sie und sah ihn bittend an, doch er reagierte nicht. „Dennis, komm schon, ich weiß, dass Mark es auf mich abgesehen hat. Philipp hat es mir zugeflüstert, einen Tag vor seinem Tod."

Bis zu diesem Moment hatte sie den Gedanken an seinen tragischen Tod erfolgreich verdrängen können. Doch jetzt war wieder alles auf einen Schlag präsent. Die schmerzende Traurigkeit, die tiefe Verzweiflung.

Tränen schossen ihr in die Augen, aber sie galten nicht nur Philipp. Es war die ganze verfahrene Situation, ihre Ängste, ihr dünnes Nervenkostüm, die ihr zu schaffen machten.

Durch einen dichten Tränenschleier hindurch bemerkte sie, wie Dennis in Bewegung geraten war, als Philipps Name fiel. Er richtete sich auf und legte eine Hand auf ihre. Unwirsch zog sie sie weg.

„Philipp hat etwas gesagt? Aber er konnte doch nicht sprechen“, meinte er skeptisch.

„Ich konnte ihn auch kaum verstehen, und das Sprechen fiel ihm unglaublich schwer“, erwiderte sie, kurz aufschluchzend, als das Bild des schwer verletzten Freundes wieder vor ihr auftauchte.

„Und was hat er gesagt – oder besser, was hast du verstanden?“

„Das Einzige, was ich verstand war: Pass auf!“

„Und du denkst Philipp hat Mark damit gemeint?“ Dennis ließ sie keine Sekunde aus den Augen, während sie sich geräuschvoll schnäuzte.

„Ja, und ich bin mir sicher, es hat mit dieser Information zu tun, die er auch an Kirsten weitergegeben hat.“

Gespannt verfolgte sie seine Reaktion, in der Hoffnung, darin Zustimmung zu dem Gesagten zu finden. Doch sie wurde enttäuscht, denn er lehnte sich nur wortlos zurück.

„Wenn du mit Mark keinen Kontakt hattest, dann hast du dich womöglich inzwischen mit Kirsten getroffen. Bist du deswegen so nervös, weil sie hier ist?“

Für den Bruchteil einer Sekunde glaubte sie eine Regung an ihm zu bemerken. Aber es konnten genauso gut ihre angespannten Nerven sein, die sie alles übersteigert wahrnehmen ließen. Aus seiner Körpersprache war jedenfalls keinerlei Anspannung zu erkennen.

„Du leidest an Verfolgungswahn, meine Liebe. Kirsten ist schon längst in London. Sie wird dort eine Zweigfirma ihres Vaters führen."

„Nach London! Warst du etwa auch mit eingeplant? Das würde erklären, warum dein Vater so vehement gegen unsere Beziehung war. Er hätte dich gerne mit ihr erfolgreich in England gewusst, aber wegen mir hast du deine sämtlichen Pläne geändert, stimmt's?"

„Ja, weil ich mir mein Leben nicht diktieren lassen wollte. Nicht von meinem Vater und nicht von der überehrgeizigen Kirsten. Mit dir wollte ich ein neues Leben anfangen, ohne diese Zwänge, allen gefallen zu müssen."

Svenja schluckte schwer. Soeben hatte Dennis all ihre unterschwelligen Befürchtungen bestätigt. Seine Liebe zu ihr hatte stets auch als Mittel zum Zweck fungiert. Diese Erkenntnis war nur schwer zu ertragen.

„Ich war also die Waffe gegen das Diktat deines Vaters und seine Pläne mit Kirsten und dir. Kein schöner Gedanke. Oh mein Gott, wie naiv ich war! Immer habe ich es geahnt, aber nicht wahrhaben wollen."

Dennis beugte sich vor. „Nein, so darfst du das nicht sehen. Ich habe dich immer geliebt und tue es noch, trotz allem. Bitte, du musst mir glauben. Verdammt, es wäre das Beste, wenn wir einen Strich ziehen und alles vergessen könnten, wirklich alles." Es klang beinahe verzweifelt.

Svenja wünschte sich nichts mehr als das, wusste aber zugleich, dass es Utopie war. Ihre beiden Leben passten nicht zusammen. Seine und ihre Vergangenheit würde sie auf die eine oder andere Weise immer wieder einholen. Das Konsequenteste wäre ein sauberer Schnitt, aber sie konnte sich zu diesem Schritt nicht durchringen. Noch nicht. Sie wollte zuerst Klarheit.

25 - UMKEHR

Ihr Plan stand fest. Sie würde Dennis Entgegenkommen vorgaukeln, um herauszufinden, was er wusste.

„Alles vergessen", sagte sie mit leicht hochgezogenen Augenbrauen. „Denkst du tatsächlich, es könnte uns gelingen?"

„Ich weiß es ehrlich gesagt nicht. Ich befürchte, es steht zu viel zwischen uns."

Sein Blick ging bei diesen Worten ins Leere. W*arum sagt er mir nicht endlich den wahren Grund, wieso er an keine gemeinsame Zukunft mehr glaubt,* dachte sie. Wenn sie vermeiden wollte, dass er das Wort Trennung aussprach, müsste sie noch einiges mehr an Überzeugungsarbeit leisten.

„Was hältst du davon, wenn wir jetzt aufhören unsere Beziehung kaputt zu analysieren und tatsächlich versuchen, alles zu vergessen. Wir könnten *Reset* drücken und ganz von vorne beginnen", schlug sie deshalb in versöhnlichem Ton vor.

Leider stieg Dennis nicht wie erhofft auf ihre optimistische Gangart um, sondern sah sie nur zweifelnd an. „Wenn es nur so einfach wäre."

„Aber warum zweifelst du? Was hindert uns daran, alles zurückzulassen und von vorne zu beginnen? Kirsten ist weit weg, deinem Vater bleibt nichts anderes übrig, als die neue Situation zu akzeptieren, und du kannst dich zur Not selbstständig machen. Wäre für dich sowieso gesünder, endlich aus dem Schatten deines allmächtigen Vaters zu treten. Und für mich musst du keine Millionen scheffeln. Ich brauche weder Yacht noch Klunker noch Champagner, um glücklich zu sein."

Ihre Bemerkung zauberte ein vages Lächeln auf seine Lippen. „Das weiß ich und das schätze ich auch an dir, dass du mich nicht nur des Geldes wegen liebst, aber ..."

Sein Blick schweifte wieder in die Ferne und blieb dort hängen.

„Aber ...?", drängte ihn Svenja weiterzusprechen. Sie spürte, dass sie kurz vor dem Ziel war.

Langsam drehte er den Kopf in ihre Richtung und sah sie mit einem eigenartigen Ausdruck an. Wehmut, Resignation und auch so etwas wie Wut vereinten sich in seinem Blick, der sie aufs Äußerste beunruhigte.

„Dennis, was hast du denn? Bitte quäl' mich jetzt nicht länger und sag einfach, was Sache ist", bedrängte sie ihn. Er war gerade im Begriff zu antworten, als dem Kellner am Nebentisch ein Stapel Teller vom Arm rutschte, der laut krachend auf dem Boden zerschellte.

Beide fuhren erschrocken zusammen und sahen, wie der aufgeregte junge Mann in der Hocke hektisch die größten Scherben einsammelte und auf einen Haufen legte. Eine andere Bedienung kam sofort mit Besen, Schaufel und einem Eimer herbeigeeilt, um ihm zu helfen.

„Dem guten Mann dürfte bei dieser Menge an Scherben in nächster Zeit viel Glück beschert werden", versuchte Dennis zu scherzen. Es war offensichtlich, dass er diese Störung als willkommenes Ablenkungsmanöver benutzte. Svenja verfluchte gedanklich den Tollpatsch, der sie meilenweit von ihrem Ziel, der Wahrheit näherzukommen, wegkatapultiert hatte.

„Komm, lass uns zahlen und noch ein wenig auf der Uferpromenade flanieren“, schlug er vor.

Ein romantischer Spaziergang, als wäre nichts geschehen? Svenja schüttelte es bei dieser Vorstellung. Dazu fehlte ihr wahrlich der Sinn dafür. Sie machte schnell den Gegenvorschlag, ihr die Yacht zu zeigen. „Schließlich kam ich noch nie in den Genuss, auf solch ein Prunkstück eingeladen zu werden“, sagte sie herausfordernd. Er ging nicht auf sie ein, sondern kramte in seinem Geldbeutel. Seine offensichtlich zögerliche Haltung ärgerte sie.

„Was ist los?“, hakte sie nach. „Werden nur Personen aus der Oberschicht auf das Allerheiligste gebeten? Hast du nicht aufgeräumt? Mach dir keinen Kopf, das ist normal für Männer. Oder gibt es sonst noch einen Grund, mich nicht auf das Schaukelboot zu bitten. Wenn es eine nette Gespielin ist, dann sag es lieber gleich.“ Sie meinte es halb ironisch, halb ernst.

„Rede keinen Unsinn!“, sagte er mit unterdrückter Aggression in der Stimme. „Ich dachte, wir könnten diese laue Nacht woanders genießen. Was gibt es Romantischeres als auf der herrlich beleuchteten Promenade entlang zu schlendern? So etwas hast du doch auch nicht alle Tage.“

„Ja, klar, aber ich bin müde und neugierig auf die Yacht.“

„Gut, wenn du meinst“, stimmte er zu, doch Svenja spürte deutlich den Unwillen, den er dabei empfand. Am liebsten hätte sie ihm entgegengeschleudert, wie erniedrigend sie sein Sträuben gerade empfand, aber die Neugier ließ sie ihren Stolz unterdrücken. Im Moment war es viel wichtiger, sein eigenartiges Verhalten zu ergründen.

„Freut mich", sagte sie lächelnd und küsste ihn auf die Wange. Seine Reaktion war kein Gegenkuss, sondern ein seltsamer, waidwunder Blick.

Auch auf dem Weg zur Yacht verhielt er sich merkwürdig zurückhaltend, sprach kaum etwas und gab nur kurze Antworten, sodass sie es schließlich aufgab, nachzuhaken. Sie wollte Streit vermeiden. Er sollte keinen Grund haben, sie davon abzuhalten, an Bord zu gehen. Es war ihr viel zu wichtig dorthin zu kommen. Sie spürte, dass sie an diesem Ort die Wahrheit finden würde.

„Wirklich ein Prachtstück!", musste sie mit ehrlicher Bewunderung zugeben, nachdem sie mit Dennis einen Rundgang auf der Yacht unternommen hatte.

„Ja, sie ist der ganze Stolz meines Vaters und er gibt sie auch nur noch ungern aus der Hand, seit ich vor ein paar Jahren ein paar wilde Partys abgehalten habe."

„Hm, das kann ich verstehen. Aber inzwischen bist du ja im gesetzteren Alter angekommen und brauchst solche Veranstaltungen nicht mehr", scherzte sie und ließ sich auf einem Liegestuhl nieder.

„Schläfst du hier? Oder nächtigst du im Negresco Hotel?", rief sie ihm hinterher, als er die Stufen zur Kabine hinabstieg, um Sekt und Gläser zu holen.

„Ich schlafe natürlich hier. ‚Negresco' muss jetzt nicht unbedingt sein. Auf der Yacht habe ich meine Ruhe, außerdem wäre das auch Geldverschwendung", antwortete er bei seiner Rückkehr, mit einer Flasche und zwei Sektgläsern bewaffnet.

„Erstaunlich, das aus deinem Mund zu hören", sagte sie und nahm ihm die Gläser ab.

„Wo ist eigentlich dein Quartier?", fragte er, während er den Sektkorken knallen ließ und die schäumende Flüssigkeit einschenkte.

„In der Altstadt. Eine kleine Pension, sehr schlicht, aber auch romantisch. Ein Last Minute Angebot. Nachdem ich von Mark wieder bedroht wurde, bin ich regelrecht aus Deutschland geflohen. Ich wollte nur noch zu dir. Und außerdem wollte ich wissen, was deine gefühlskalte Mail zu bedeuten hatte. Leider hat dein unterkühlter Empfang meine Zweifel nicht gerade ausgeräumt", sagte sie bewusst provozierend. Seine unbewegte Gesichtsmiene verriet nicht, was in ihm vorging. Mit stoischer Ruhe reichte er ihr ein Glas und prostete ihr zu.

„Auf dein Wohl, meine Liebe! Du interpretierst mein Verhalten falsch. Erstens schätze ich solche Überfälle überhaupt nicht und zweitens habe ich, wie ich dir sagte, gerade enormen Stress im Beruf und mit meinem Vater, das ist alles. Und wenn ich höre, wie er sich dir gegenüber aufgeführt hat, macht das die Sache nicht einfacher. Die Situation wird immer komplizierter."

Ohne das Glas auch nur einmal abzusetzen, leerte er es mit drei großen Zügen und goss es gleich wieder bis zum Rand voll. Erschrocken verfolgte sie, wie er das Glas sofort danach an die Lippen setzte und mehr als die Hälfte in sich hineinschüttete.

„Hey, hast du vor, dich sinnlos zu besaufen?"

„Why not? Manchmal hilft nur noch das!", sagte er heftig und wie um das Gesagte zu bekräftigen, trank er auch noch den Rest aus. Bilder von der Geburtstagsfeier seines Vaters tauchten vor ihr auf, an der er vor Frust hemmungslos Alkohol konsumiert und sie ihn in Schranken gewiesen hatte. Auch heute würde sie nicht tatenlos zusehen, wie er die Kontrolle über sich verlor. Als er Anstalten machte, sich erneut einzuschenken, sprang Svenja in die Höhe und riss ihm die Flasche aus der Hand.

„Hör auf damit. Das ist doch keine Lösung! Lass uns lieber über alles reden!"

Er stöhnte entnervt auf. „Reden. Immer nur reden. Willst du etwa eine Psychotherapiestunde mit mir abhalten und meine verdammte Kindheit und Jugend aufarbeiten? Glaube mir, ich habe in meinem Leben schon genug darüber geredet. Ich brauche das nicht mehr, es führt nämlich zu nichts. Ihr Frauen wollt immer alles bereden. Kirsten hat es getan, meine Stiefmutter, meine Psychotherapeutin. Ihr redet und redet, bis der ganze Tatbestand seziert vor euch liegt, dann aber leider nicht mehr wisst, wie man das Ganze wieder brauchbar zusammensetzt." Seine Wut hatte ihn immer schneller reden lassen. In seinen Augen funkelte es wild und Svenja trat erschrocken einen Schritt zurück.

„Warum bist du so aggressiv? Ich habe es nur gut gemeint! Ich kann schließlich nicht tatenlos zusehen, wie du dich volllaufen lässt!", verteidigte sie sich.

„Hör auf die Heilige zu geben! Die bist du nämlich nicht. Scheinheilig trifft es eher."

„Scheinheilig?“, wiederholte sie. „Was meinst du denn damit?“ *Ja, komm, sag es – wir sind ganz nah am Ziel, der Wahrheit,* flehte sie innerlich.

Es war, als würde er urplötzlich zu sich kommen. Von einem Moment zum anderen verlor sich jegliche Aggression in seinem Gesichtsausdruck. Bevor Svenja reagieren konnte, hatte er ihr die Sektflasche entrissen, sein Glas vollgeschenkt und im nächsten Moment geleert.

„Okay, Dennis. Ich habe verstanden. Du willst nicht reden, sondern saufen. Dazu brauchst du mich nicht. Ich gehe besser“, sagte sie so ruhig wie möglich und bückte sich nach ihren Schuhen, die sie vor dem Betreten des Bootes ausgezogen hatte.

„Verfluchte Scheiße, Svenja!“, schrie er. „Wenn’s schwierig wird, haust du ab. Du machst es dir sehr einfach!“

Mit heftigem Schwung warf er sein Glas zu Boden, wo es in tausend Scherben zerbarst. Svenja erschrak zutiefst und sprang reflexartig einen Schritt zurück. Unglücklicherweise blieb sie dabei an der Lehne des Liegestuhls hängen und geriet ins Taumeln. Erstaunlicherweise war Dennis noch fähig, spontan zu handeln. Mit einem beherzten Sprung zu ihr, gelang es ihm sie aufzufangen, bevor sie gegen die Reling knallen und über Bord kippen konnte.

„Verdammt, das war knapp“, keuchte er. „Baden heben wir uns besser für den Tag auf.“

Svenja, deren Herz auf diesen Schreck hin wild in ihrer Brust tobte, war nicht fähig, sich sofort aus seinen Armen zu lösen.

„Danke, ich hätte jetzt auch keine Lust auf ein Bad gehabt", sagte sie leise und versuchte sich aufzurappeln. Doch zu ihrer Verwunderung lockerte er seine Umarmung nicht, sondern verstärkte sie sogar noch. Sie wusste nicht, was sie davon halten sollte. Noch vor ein paar Sekunden hatte er sie laut verflucht und wütend ein Glas zertrümmert, und jetzt? Jetzt gierte er nach Zärtlichkeit, als wäre nichts gewesen. Er war unberechenbar, wie ein Panther. Jederzeit zum Angriff bereit, doch man wusste nie, welcher Auslöser ihn dazu treiben konnte.

„Bleib hier", flüsterte er ihr so zärtlich ins Ohr, wie sie es niemals erwartet hätte.

„Das willst du jetzt und im nächsten Moment greifst du mich wegen einer falschen Bemerkung wieder an. Darauf kann ich gern verzichten!"

Er vergrub sein Gesicht an ihrer Schulter. „Ich verspreche dir, friedlich zu sein. Tut mir leid, dass ich die Beherrschung verloren habe, aber es geht mir nicht gut. Bitte bleib! Ich brauche dich!"

Ehe sie es sich versah, spürte sie seinen Mund auf ihrem. Sie versuchte sich ihm zu entziehen, doch gegen den festen Griff um ihren Hinterkopf hatte sie keine Chance.

„Bleib hier, das bist du mir schuldig", raunte er und küsste sie, wild, verlangend, ausgehungert. Sie wollte das nicht. Sie war nicht hierhergekommen, um Sex mit ihm zu haben, sondern um Klarheit zwischen ihnen zu schaffen. Vehement versuchte sie die Küsse abzuwehren, doch er ließ nicht von ihr ab, sondern grub seine Lippen in ihren Hals, ihre Bitten, sie in Ruhe zu lassen ignorierend. Je mehr sie sich gegen ihn stemmte, desto fester umfasste er sie. Er gab ihr keine Chance sich seinen unablässigen wilden Küssen und fordernden Händen zu entziehen. Irritierenderweise empfand sie seine körperliche Nähe nicht abstoßend, und an irgendeinem Punkt hörte sie schließlich auf, sich zu wehren. Zu ihrem großen Erstaunen und auch gleichzeitigem Entsetzen, verspürte sie ein erregtes Kribbeln, das von ihrem Körper Besitz ergriff. Sie kämpfte nicht dagegen an und ließ sich vom Sog des immer größer werdenden körperlichen Verlangens mitreißen. Alle negativen Gedanken, alles was an Problemen und Zwistigkeiten zwischen ihnen stand, verblasste zusehends, bis sie nicht mehr spürbar waren. Schon einmal hatte sie sich gefragt, ob dieses Verhalten an Hörigkeit grenzte, und sie musste diese Frage bejahen, denn es war die einzige Erklärung für ihr irrationales Handeln.

Es war die pure animalische Leidenschaft, die beide alles um sich herum vergessen ließ.

Ihre Lippen schienen miteinander verschmolzen zu sein, lösten sich nur für kurze Augenblicke, als sie sich gegenseitig die T-Shirts auszogen. Kurz kam es Dennis zu Bewusstsein, dass sich unfreiwillige Zuschauer am Kai einfinden könnten und schwang sie entschlossen auf seine Arme, um sie die Treppe hinunter in die geräumige Schiffskabine zu tragen. Dort legte er sie auf das zerwühlte Bett, löste den dünnen Seidenschal von ihrem Hals und ließ ihn achtlos zu Boden gleiten. Rasch, aber zielsicher öffnete er ihren BH und schleuderte ihn beiseite. Danach streifte er, immer lauter atmend, mit routinierten, schnellen Handgriffen ihren Rock und Slip ab. Seine Hände ergriffen fordernd Besitz von ihrem Körper. Sie liebten sich ungestüm, wild, ja beinahe heftig. Es war anders, als sonst. Svenja vermisste jene Zärtlichkeit, die sie bei aller Wildheit trotz allem immer verspürt hatte.

„Was war das!“, stieß sie mühsam hervor, als sie beide wie ausgepumpt nebeneinander lagen.

„Was meinst du?“, antwortete er, ebenfalls heftig atmend.

„Deine versteckte Wut. Du hast gerade deinen gesamten Frust an mir ausgelassen, verdammt.“

Keine Antwort, nur ein paar laute Luftstöße folgten, bis er sich zu ihr drehte und den Arm um sie legte. „Tut mir leid, wenn es zu heftig war. Es wird nicht wieder vorkommen.“

„Daran kann ich jetzt leider nicht mehr glauben“, seufzte sie, „du merkst gar nicht mehr, wie deine Gefühle ständig Achterbahn fahren. Du liebst mich, du liebst mich nicht, du liebst mich ... dein Wankelmut geht mir tierisch auf die Nerven. Ich weiß nicht, ob ich das noch länger mitmachen will.“

„Sag das nicht. Es wird wieder besser, versprochen“, sagte er mit einer Sanftheit, die sie sich vor einer Minute nicht im Entferntesten hatte vorstellen können. Sachte bedeckte er ihre Schulter mit hingehauchten Küssen, wanderte mit dem Mund bis an ihren schlanken Hals. Mit einer ungeduldigen Schulterbewegung entzog sie sich seinen Liebkosungen. Sie drehte sich zu ihm hin und nahm seinen Kopf zwischen ihre Hände. „Siehst du, das meine ich. Jetzt bist du der Dennis, den ich lieben gelernt habe, und im nächsten Moment rastest du wegen einer Kleinigkeit aus. Ich habe das Gefühl, ich bin mit Dr. Jekyll und Mr. Hyde liiert. Kein Vergnügen, mein Lieber“, sagte sie, wobei im letzten

Satz ein Anflug von Verzweiflung in der Stimme zu erkennen war.

„So schlimm? Verzeih mir. Ich arbeite daran, Mr. Hyde zu vertreiben. Ich brauche nur etwas Zeit." Zärtlich küsste er ihre Stirn.

„Etwas Zeit! Zeit alleine hilft nicht. Du brauchst etwas anderes."

Er hielt in seinen Liebkosungen inne und sah sie stirnrunzelnd an. „Was meinst du damit?"

Es klang nicht fragend, sondern vielmehr auffordernd. Sie schwieg.

„Jetzt sag schon, was brauche ich deiner Meinung nach!" Eine Hand legte sich mit leichtem Druck um ihren Oberarm. Svenja befürchtete einen erneuten Wutausbruch und schwieg deswegen weiterhin.

„Du kannst es ruhig sagen. Ich weiß es ohnehin, aber ich will es von *dir* hören."

„Ach, lassen wir das. Es ist sowieso sinnlos. Du hast mir ja verdeutlicht, dass du keinen Therapeuten willst, wobei ich davon überzeugt bin, dass du professionelle Hilfe brauchst. Das schaffst du alleine nicht."

„Was schaffe ich deiner Meinung nach nicht?"

„Deine Kindheitstraumata zu verarbeiten. Sie verfolgen dich, immer und überall."

„Ah, Frau Psychologin hat gesprochen. Lass mich in Ruhe damit. Ich brauche keinen Psychiater. Das ist mein Leben und meine Entscheidung!" Er setzte sich auf und angelte nach einer Zigarette, wie immer, wenn er nervös wurde.

„Musst du jetzt rauchen? Ich dachte, du willst es aufgeben!"

Heftig stieß er den Rauch aus, die Arme auf seine herangezogenen Knie gelegt, und warf Svenja einen schrägen Blick zu, die sich inzwischen ebenfalls aufgesetzt hatte.

„Auch das ist meine Entscheidung. Außerdem, lass diese Heuchelei! Es widert mich an!"

Er wandte sich nach vorne und blies eine weitere Rauchschwade in die Luft.

„Heuchelei? Was meinst du denn damit?"

„Du tust immer so vernünftig – keine Zigaretten, kein Alkohol, dabei weiß ich, dass du früher Drogen genommen hast und zwar Ecstasy!"

Svenja stockte der Atem. Er wusste von ihrer Drogenvergangenheit! Von dieser Zeit, in der sie nicht mehr von dieser Welt war, wenn sie etwas genommen hatte. Sie sah sich mit Philipp in der Disco tanzen, lachen, trinken, knutschen. All die abgedrehten, durchtanzten, von irrationalem Handeln begleiteten Nächte kamen ihr in den Sinn, und die Tage des emotionalen Absturzes danach, bis zum nächsten Trip.

„Aber ... aber ...! Woher weißt du das?", sagte sie stotternd.

„Philipp hatte es mir damals erzählt, als er stockbesoffen war."

Svenja durchfuhr es wie ein Messer. „Philipp? Was hatte er noch erzählt?"

„Gab es noch etwas zu erzählen?", fragte er und sah ihr forschend in die Augen.

„Was soll denn diese Fragerei jetzt!", sagte sie und stand auf, um ihren inneren Aufruhr zu verbergen. Hatte Philipp etwa alles erzählt? Steckte dahinter das

Informative, das Mark Kirsten hatte zukommen lassen?

„Was hast du denn? Ist dir das etwa unangenehm? Man könnte glatt meinen, du hättest etwas zu verbergen!“ Die Tonart, die er anschlug hatte etwas Hinterhältiges an sich, als ob er genau Bescheid wüsste, es aber nur aus ihrem Munde hören wollte. Es machte ihm offensichtlich Spaß, sie mit diesen Andeutungen zu quälen. Sie wollte nur noch weg.

„Ich weiß nicht, was du meinst. Ich gehe jetzt besser“, antwortete sie deshalb und stand schnell auf, doch bevor sie sich einen Schritt wegbewegen konnte, schnappte er nach ihrer Hand. Mit einem heftigen Ruck zog er sie nach unten, sodass sie neben ihm zu sitzen kam.

„Du willst davonlaufen. Denkst du, das ist die Lösung? Irgendwann musst du Farbe bekennen!“

„Kannst du bitte aufhören in Rätseln zu sprechen? Ich bin mir sicher, dass das Ganze mit Mark oder Kirsten zu tun hat“, sagte sie mit dem Mut der Verzweiflung.

Seine stumme Antwort war ein seltsam gequälter Blick, der ein mulmiges Gefühl in ihr auslöste. Es machte keinen Sinn mehr, sie kam nicht an ihn heran. Ihr Entschluss stand jetzt felsenfest: Eine endgültige Trennung war die einzige Lösung. Als er seine Hände nach ihr ausstreckte, schnellte sie hoch und sprang in sichere Entfernung, bevor er sie zu fassen bekam. Gehetzt sah sie sich nach ihren Klamotten um, die überall verstreut herumlagen. Während sie flink die Kleidungsstücke einsammelte, hatte er seine Zigarette ausgedrückt und war ebenfalls aufgestanden. Mit sanftem Druck legte er seine Hände auf ihre Schultern.

„Bleib. Davonrennen ist kindisch. Auf diese Weise können wir doch nicht mehr zusammen kommen“, meinte er in bestimmtem Ton.

„Waren wir jemals zusammen? Es ist das Beste, wenn ich gehe. Für immer. Dann brauchst du auch keine Angst mehr zu haben, dass ich mich in dein Leben einmische.“

Sie wollte sich ihm entziehen, doch er hielt sie fest. „Dennis, bitte lass mich los!“

„Nicht bevor du zurücknimmst, dass du mich verlassen willst“, entgegnete er, wobei er den Griff etwas lockerte, aber nicht genug, um freizukommen. Sie verstand ihn nicht mehr. Einerseits konnte er sie aus einem bestimmten Grund nicht mehr lieben, andererseits wollte er die Beziehung nicht aufgeben.

„Nein! Unsere Beziehung ist einfach zu chaotisch. Ich habe viel zu lange gebraucht, um es mir einzugestehen, aber jetzt ist es für mich umso klarer“, erwiderte sie.

Überraschenderweise ließ er von ihr ab und sah sie mit einem undefinierbaren Ausdruck in den Augen an. Nicht bitter, nicht wütend, nicht melancholisch. Irritiert und aufgewühlt empfand Svenja den Blick und es war nur allzu deutlich: Er kämpfte einen einsamen Kampf mit sich. Was ging nur in ihm vor? Für Svenja war klar, dass es vollkommen sinnlos wäre, ihn danach zu fragen. Im Grunde genommen wollte sie es auch gar nicht wissen. Die Angst, dass unbequeme Wahrheiten mit unabsehbaren Folgen zur Sprache kommen könnten, war zu groß. Entschlossen, ihre Ankündigung einer endgültigen Trennung wahrzumachen, begann sie sich anzuziehen. Schweigend, immer noch mit diesem undefinierbaren Ausdruck in den Augen, sah er ihr zu.

„Du willst tatsächlich gehen? Keine gute Idee", sagte er plötzlich in die Stille hinein.

„Das sehe ich anders. Ich habe dieses ewige Hin und Her so satt! Wir sind fertig miteinander. Nur weil wir Sex hatten, heißt das nicht, dass jetzt alles in Ordnung ist. Solange du dich weigerst offen mit mir zu reden, macht unsere Beziehung keinen Sinn. Das ist Fakt."

„Ich hasse reden!"

„Das ist dein Problem, das kannst du nicht zu meinem machen. Wenn du bereit bist, dich mir zu öffnen, dann bin ich auch bereit zuzuhören. So einfach ist das." Flink schlüpfte sie in ihren Rock und knöpfte ihn zu.

„Du willst, dass ich offen bin, dabei bist du genauso verschlossen. Warum redest du nicht über deine Drogengeschichte? Wenn du jetzt gehst, haben wir keine Chance mehr. Bleib und ich werde dir sa..."

Ein lautes Krachen ließ beide zusammenfahren.

„Was war das?" Sie sah ihn fragend an.

Er zuckte mit den Schultern. „Auf einem schaukelnden Boot fällt immer wieder mal etwas um oder zu Boden", antwortete er obenhin, aber in seinen Augen glaubte sie ein beunruhigtes Flackern zu bemerken.

„Bist du sicher? Du wirkst so alarmiert. Schwimmt etwa ein weißer Hai unterm Kiel und versucht das Boot zu kippen?", meinte sie ironisch, während sie ihr Seidentuch zusammengeknüllt in die Handtasche stopfte.

„Ja, sicher! Zu viele Filme angesehen, wie? – Du willst also tatsächlich gehen? Dann fahre ich dich bis zur Altstadt, ich habe einen Mietwagen", meinte er und zog eine weiße Hose an. Verwundert sah Svenja ihm zu, wie er sich ein Hemd überstreifte. Verwundert darüber, dass überhaupt keine Gegenwehr mehr erkennbar war. Kein einziges Argument, sie zum Hierbleiben zu bewegen, kam über seine Lippen. Es schien ihr, als ob es ihm sogar recht war, dass sie ins Hotel wollte. Was hatte dieser plötzliche Sinneswandel nun wieder zu bedeuten? Sie hatte keine Erklärung, sie wusste nur, dass seine Unberechenbarkeit unerträglich war und ihr gleichzeitig Angst machte.

„Ich könnte dich morgen Abend um sieben, nach meinem Geschäftstermin, abholen und wir reden bei einem Essen weiter. Gib uns noch diese letzte Chance", sagte er in eindringlichem Ton.

Svenja schüttelte den Kopf. „Was soll das jetzt noch für einen Sinn machen? Die Wahrheit ist, dass wir nie eine Chance hatten. Es steht zu viel zwischen uns. Belassen wir es dabei. Höchstwahrscheinlich werde ich morgen gar nicht mehr in Nizza sein", entgegnete sie und stieg eilig über die Treppe zum Deck hinauf. Es gab für sie nur das eine Ziel: Möglichst schnell von hier verschwinden und damit auch aus Dennis' Leben.

26 – UNTER DECK

Helles Tageslicht schimmerte durch die geblümten Vorhänge des kleinen Pensionszimmers, als Svenja aus einem traumlosen Schlaf erwachte. Es erschien ihr seltsam, dass sich nach der gestrigen nervenaufreibenden Begegnung mit Dennis nichts davon in ihre Träume geschlichen hatte. Sie wertete es als Beginn eines Verdrängungsprozesses, der sie die Ära Dennis zur Vergangenheit zählen lassen würde. Es war in ihren Augen auch das Beste, alles zu vergessen und damit der zerstörerischen Kraft dieser komplizierten Beziehung zu entgehen.

Ausgiebig räkelte sie sich den letzten Rest Müdigkeit aus dem Leib und setzte sich auf. Was sollte sie jetzt tun? Den Aufenthalt abzubrechen erschien ihr am naheliegendsten, doch andererseits sah sie darin auch keinen Sinn. Zuhause erwartete sie im Moment niemand, außer Mark, der sie belästigte.

Es war eine verrückte Welt. Sie war vom Psychopathen Mark zu Dennis geflüchtet, um so etwas wie Sicherheit zu bekommen, und hatte das ganze Gegenteil gefunden. Dennis wirkte tief in seiner Seele verborgen gestört. Sie wünschte sich aus tiefstem Herzen, ihm helfen zu können. Doch sie wusste nicht wie.

... dabei weiß ich, dass du früher Drogen genommen hast und zwar Ecstasy, erklang plötzlich Dennis'

Stimme aus dem Nichts. *Philipp hatte es mir damals erzählt … Man könnte glatt meinen, du hättest etwas zu verbergen.* Ihr wurde ganz flau bei dem Gedanken an das, was sie getan hatten. Nicht auszudenken, was wäre, wenn er zu viel wusste und dieses Wissen nicht für sich behielt. Aus Rache …

„Schluss jetzt mit der Grübelei!", sagte sie laut, während sie energisch die Decke zurückschlug und sich aus dem Bett schwang. Sie begab sich in das angrenzende winzige Bad und versuchte, ihre Erinnerungen an die Vergangenheit zu verdrängen. Doch als sie vor dem Spiegel stand und sich nach der Gesichtsreinigung sorgfältig schminkte, fragte sie sich, ob sie eine Egoistin war. Sie fragte sich, ob es richtig war, einen Menschen, der offensichtlich und dringend professioneller Hilfe bedurfte, sich selbst und seinem Schicksal zu überlassen, nur um zu vermeiden, sich der eigenen Wahrheit stellen zu müssen. Aber solange er jede Hilfe und Einmischung ablehnte, machte es ohnehin keinen Sinn, auf ihn einwirken zu wollen.

Wieder hörte sie seine Stimme. *Irgendwann musst du Farbe bekennen.* Worauf spielte er an? Lag sie mit ihrer Vermutung richtig? Dieses angsteinflößende Rätselraten war so quälend. Irrsinnigerweise verspürte sie den plötzlichen Drang, ihn noch einmal zu treffen, um dem Ganzen ein für alle Mal auf den Grund zu gehen.

Sie straffte die Schultern. „Du wolltest ihn vergessen!", ermahnte sie ihr Spiegelbild mit lauter Stimme und zog dann ihren Mund mit einem Lippenstift nach.

Beim Frühstück in einem gemütlichen kleinen Café nebenan, musste sie sich ebenfalls ständig zwingen, den Gedanken an ihn nicht zuzulassen. Sie holte sich schließlich eine französische Tageszeitung, um sich abzulenken, was ihr auch für eine Viertelstunde gelingen wollte. Doch als sie wieder in ihrem Zimmer war, und nicht wusste, was sie jetzt unternehmen sollte, tauchten die Bilder des vergangenen Abends erneut vor ihrem geistigen Auge auf. Sein ungehemmter Alkoholkonsum, das wütend zerschmetterte Glas, der unbeherrschte Sex, der kaum etwas mit Liebe zu tun gehabt hatte, seine seltsamen Blicke und Bemerkungen.

„Schluss jetzt!“, sagte sie laut zu sich. „Wenn ich so weiter mache, komme ich nie zur Ruhe. Dennis gehört ein für alle Mal zur Vergangenheit.“

Sie beschloss kurzerhand, nicht abzureisen und die restlichen Tage mit Sightseeing zu verbringen. Es erschien ihr als die beste Medizin gegen dunkle Gedanken und Liebeskummer. Sie öffnete ihre Handtasche, um nachzusehen, ob sie noch genug Geld eingesteckt hatte und zog den zusammengeknüllten Schal heraus.

Ein leises Klirren ließ sie innehalten. Irgendetwas musste aus der Tasche gefallen sein. Es dauerte nur einen Moment, bis sie sich daran erinnerte, dass sie einen silbernen Modeschmuckring, der sie gestört hatte, abgenommen und in die Tasche geworfen hatte. Suchend glitt ihr Blick über den alten Holzboden und entdeckte kurz darauf etwas Glänzendes. Als sie sich danach bückte, stellte sie fest, dass es nicht ihr Ring, sondern ein Ohrring war. Verdutzt hob sie ihn auf und sah sofort, dass er nicht ihr gehörte. Sie fragte sich verwundert, wer die Besitzerin war. Und wie kam er überhaupt in ihre Tasche? Sie betrachtete ihn eingehender. Es handelte sich eindeutig nicht um Billigschmuck. Diese Creole bestand aus Weißgold und war mit drei

Smaragden besetzt. Ein diffuses Gefühl sagte ihr, dass sie diesen Ohrschmuck schon einmal gesehen hatte. War es in der Schmuckauslage eines Juweliers gewesen? Nein, sie war sich plötzlich sicher, dass sie ihn an einer Frau gesehen hatte ... Ihre Augen weiteten sich vor Entsetzen, als das Bild dieser Creolen und der dazugehörenden Person wie aus einem dichten Nebel vor ihrem geistigen Auge auftauchte. Kirsten! Sie sah sie genau vor sich, wie sie vor der Lettmann-Villa wahre Hasstiraden auf sie und Dennis losgelassen hatte, wie sie den Kopf heftig schüttelte und die Ohrringe zum Tanzen gebracht hatte. Ein Ohrring war zu Boden gefallen und Svenja hatte ihn aufgehoben. Die beklemmende Situation lief wie ein Film vor ihr ab. Sie konnte sehen, wie sie nervös den Ohrring zwischen ihren Fingern gedreht und ihn schließlich Kirsten wieder gegeben hatte. Die schallende Ohrfeige für Dennis gehörte genauso zu dieser unschönen Szene, wie Kirstens Drohung.

Denk nur nicht, dass der Kampf vorbei ist. Ich werde dafür sorgen, dass Dennis dich verlässt ...

Der Ohrring, den sie in der Hand hielt, war der metallene Beweis, dass sie diese Drohung wahr gemacht hatte. Svenja erinnerte sich, dass sie den Seidenschal, der auf der Yacht neben dem Bett lag, hastig zusammengeknüllt und in ihre Tasche gestopft hatte. Dabei war der Ohrring wohl unbemerkt dazwischengeraten. Es war eine unumstößliche Tatsache, dass Kirsten sich kurz davor auf der Yacht aufgehalten haben musste, auch wenn Dennis es hartnäckig leugnete. Und dass sie ihr Ziel erreicht hatte. Seine unterkühlte Mail, der eisige Empfang, die halbherzigen Liebesbezeugungen und extremen Gefühlsschwankungen waren auf ihren aufklärerischen Besuch zu münzen.

Obwohl es in diesem Zimmer ohne Klimaanlage schon bedrückend warm war, fröstelte sie. Noch vor einer Minute hatte sie die Ära Dennis zur Geschichte erklärt, doch dieser Fund hatte alles verändert. Ungeheure Wut stieg in ihr hoch. Dennis hatte sie angelogen, ständig, unverfroren, mitten ins Gesicht. Kirsten und er waren noch in Verbindung, und damit war es ihr nicht mehr möglich, die Angelegenheit zu negieren. Um ihren inneren Frieden wiederfinden zu können, gab es nur einen Weg: die direkte Konfrontation.

Noch ungefähr sechs Stunden, bis Dennis von seinem Geschäftstermin zurück ist, dachte Svenja frustriert, während sie durch den „Marché aux Fleurs" in der Altstadt schlenderte. Es herrschte regsamer Betrieb. Viele Einheimische kamen jeden Tag hierher, um sich mit frischem Fisch und Gemüse zu versorgen. Geschäftstüchtig unterhielten sich die Marktverkäufer mit ihren Kunden und bedienten sie frohgemut, was immer wieder durch lautes Lachen unterstrichen wurde. An Svenja prallte diese Fröhlichkeit ab. Viel zu sehr war sie gedanklich mit der morgendlichen Entdeckung beschäftigt, als dass sie sich von dieser lebensfrohen Stimmung hätte mitreißen lassen können. Sie kaufte sich für unterwegs zwei pralle Pfirsiche, die sie verführerisch anlachten, und ging dann zum Musée National Marc Chagall. Es erschien ihr als die perfekte Ablenkung, sich die Kunstwerke eines der bedeutendsten Maler des 20. Jahrhunderts anzusehen. Im parkähnlichen Garten vor dem Museum saßen einige Touristen im Schatten der Bäume und studierten Prospekte und Museumsführer, die sie von der Führung mitgebracht hatten. Svenja betrat das Gebäude, erstand eine Eintrittskarte und bekam einen Audio-Guide, auf dem die Kunstwerke beschrieben und erklärt wurden. Die Ausführungen ließen sie eine Zeitlang alles um sich herum vergessen. Kein Gedanke an Dennis, Kirsten, Philipp oder Mark drang in ihr Bewusstsein. Es gab nur Chagall und seine dem Kubismus zugehörigen Bilder sowie die beeindruckenden Fenstermalereien.

Als sie danach wieder ins Freie trat, kehrten die quälerischen Gedanken jedoch sofort zurück. Sie sah auf die Uhr. Kurz vor drei! Zwei Stunden hatte sie in dem Museum verbracht und der Abend lag noch in weiter Ferne. Dabei konnte sie es kaum erwarten, Dennis zur Rede zu stellen und war entsetzt, wie gefühlt langsam die Zeit verging. Normalerweise genoss sie es, dass ein Tag im Urlaub sich doppelt so lange anfühlte, aber heute war es ihr höchst lästig. Um sich die Zeit bis zum Abend so angenehm wie möglich zu verkürzen, beschloss sie, zur Uferpromenade zu gehen und sich in eine der zahlreichen Bars zu setzen.

Wie schon am Vortag, waren auf der „Promenade des Anglais“ viele Touristen unterwegs. Braun gebrannte, eifrig plappernde Menschen, deren Lebenslust sich in ihren Mienen deutlich widerspiegelte, kamen ihr entgegen, und sie beneidete sie alle. Ihre Unbekümmertheit und Leichtlebigkeit, die sie allesamt ausstrahlten, schnitten ihr ins Herz. Es zeigte ihr die eigene jämmerliche Situation nur allzu deutlich auf.

Sie ließ sich in einer Bar mit Blick aufs Meer nieder. Obwohl sie wusste, dass es unvernünftig war, bestellte sie einen Cocktail mit viel Alkohol. Um sich die Zeit zu verkürzen, las sie eine Weile in einer Zeitschrift, die sie unterwegs gekauft hatte, beobachtete dann das Treiben in der Bar und auf der Promenade und schoss mit ihrem Smartphone ein paar Fotos. Ihre Überlegung, ob sie Dennis Bescheid geben sollte, dass sie zu ihm kommen würde, verwarf sie umgehend. Ein unbestimmtes Gefühl sagte ihr, dass es besser sei, ihn im Unklaren zu lassen. Er sollte keine Gelegenheit haben, sich Ausreden einfallen zu lassen, um ihr nicht begegnen zu müssen. Auf diese Weise würde sie nie Klarheit bekommen.

Gegen sieben Uhr bezahlte sie die Rechnung für zwei Cocktails und ein Fischgericht. Als sie aufstand, drehte sich alles, denn sie spürte die Wirkung des Alkohols. Im angestrengten Bemühen, einen wankenden Gang zu vermeiden, kam ihr die Strecke bis zum Hafen endlos lang vor, obwohl es nur knappe zehn Minuten Fußweg waren. Allmählich ließ zu ihrer Erleichterung zumindest der Schwindel etwas nach, doch ihr Kopf fühlte sich heiß und wie umnebelt an. Sie war froh, als sie von Weitem Dennis' Yacht erkennen konnte und beschleunigte ihren Schritt. Sie hoffte inständig, dass er schon hier war.

Als sie näher kam, erblickte sie drei Männer. Mit dem Rücken zu ihr gewandt, standen sie neben einem am Straßenrand geparkten Auto. Nach ein paar weiteren Schritten erkannte sie Dennis, der lebhaft gestikulierte. Verdammt, er war nicht allein! Ihr Gang verlangsamte sich. Wer waren die anderen, mit denen er sich so aufgeregt unterhielt? Svenja sah, wie alle drei in das Auto stiegen. Kaum nachdem sie die Türen zugeschlagen hatten, fuhr es los und entfernte sich in kürzester Zeit.

Es wurmte sie enorm, dass sie ihn nun nicht zur Rede stellen konnte. Ihr gekränkter Stolz meldete sich mit aller Macht zurück. Dennis hatte sie bezüglich Kirsten dreist angelogen. Niemals würde sie ihn so billig davonkommen lassen. Ins Gesicht sollte dieser Feigling ihr sagen, dass Kirsten wieder eine Rolle in seinem Leben spielte. Und sie würde ihn so lange bedrängen, bis er ihr sagte, was hier eigentlich vor sich ging.

Wie von unsichtbarer Hand gezogen, ging sie auf die Yacht zu und sah, dass der Anlegesteg ausgefahren war. Offensichtlich war es nicht seine Absicht gewesen, noch einmal wegzufahren. Zögernd blieb sie stehen. Sollte sie der Verlockung nachgeben und heimlich auf die Yacht gehen? Sie konnte nicht anders. Das war ihre Chance, etwas in Erfahrung zu bringen!

Bevor sie ihre Schuhe auszog, sah sie sich verstohlen um, um auszuschließen, dass sie beobachtet wurde. Doch es waren nur ein paar Touristen unterwegs, die sie nicht weiter beachteten. Das ermutigte sie, ohne länger darüber nachzudenken, was sie eigentlich tat, auf das Deck der Yacht zu klettern. Sie sah sich um und erblickte zwei Whiskeygläser auf einem Tisch. Vermutlich hatte er einen Geschäftspartner zu Besuch gehabt. Oder war Kirsten der Gast gewesen?

Leise schlich sie weiter, auf jedes Geräusch achtend. Ihr wurde ganz mulmig zumute bei dem Gedanken, diese Frau könnte urplötzlich vor ihr auftauchen. Die Folgen wären unabsehbar. Eine innere Stimme riet ihr, das Schiff sofort zu verlassen, die sie jedoch geflissentlich ignorierte. Der Wunsch nach Aufklärung war größer. Vorsichtig setzte sie ihren Rundgang fort und bewegte sich auf das Bug zu, wo sie den Fußteil einer

Liege registrierte. Schaudernd kam ihr der Gedanke, dass Kirsten es sich dort auf einem der Liegestühle bequem gemacht haben könnte, bis Dennis zurückkam. Langsam, mit Beklemmung in der Brust, ging sie auf Zehenspitzen weiter und lugte bange um die Ecke. Sie erblickte vier leere Liegestühle, zwischen denen ein Tisch stand. Es gab auch sonst keine Anzeichen, die auf die Anwesenheit ihrer Erzrivalin hindeuteten. Geräuschvoll stieß sie den vor Anspannung angehaltenen Atem aus.

Was für eine verfluchte Situation! Sie fühlte sich wie eine Einbrecherin. Ein mieses Gefühl! Hinzu kam eine bleierne Müdigkeit, als Folge des Alkoholkonsums, die sich jetzt gnadenlos bemerkbar machte. Am liebsten hätte sie sich auf einem der Liegestühle niedergelassen und für eine Weile die Augen geschlossen. *Nur ein wenig ausruhen*, dachte sie, zwang sich aber diesem Drang nicht nachzugeben. Solange sie nicht sicher sein konnte, dass niemand auf dem Boot war, konnte sie sich keine Pause gönnen.

Sie ging weiter zur Kajütentür und drückte herzklopfend die Klinke nach unten. Wider Erwarten war nicht abgeschlossen. Vorsichtig öffnete sie die Tür und schloss sie leise hinter sich. Sie hielt kurz inne und sah sich in der verlassenen Kajüte um.

Das Bett war noch vollkommen zerwühlt. Vor nicht einmal vierundzwanzig Stunden hatten beide sich darauf gewälzt ... in diesem Augenblick war es ihr unbegreiflich, wie sie sich darauf hatte einlassen können.

Nichts war zu hören, außer dem leisen Plätschern des Wassers unterm Kiel. Allen Mut zusammennehmend rief sie: „Hallo! Jemand zu Hause?“ Es blieb zu ihrer

Erleichterung still, und ihr Herz begann allmählich ruhiger zu schlagen. Kirsten war offenbar nicht hier. Sie war nicht der Typ, der sich versteckte, sondern würde auf Konfrontation gehen. Diese Erkenntnis löste etwas von ihrer inneren Anspannung und erweckte erneut den Wunsch, sich ein wenig auszuruhen. Kraftlos ließ sie sich in einen kleinen Clubsessel neben dem Bett fallen und legte den Kopf auf die Rückenlehne. Den Blick an die Kabinendecke geheftet, fragte sie sich, ob sie das Richtige tat. Jetzt, da sie seine Aura so unangenehm spüren konnte, wurde ihr die Sinnlosigkeit des Unterfangens bewusst. Er würde ihr niemals die Wahrheit sagen. Doch es widersprach ihrem Naturell, so kurz vorm Ziel aufzugeben. Wenn sie jetzt ginge, würde das ungelöste Rätsel Kirsten betreffend, und was hinter seinem eigenartigen Verhalten steckte, sie auf ewig begleiten. Jetzt erst recht, sagte sie sich deshalb, einer inneren Stimme folgend, auch wenn ihr bewusst war, dass es sicherlich das Vernünftigste wäre, alles, was Dennis betraf, für immer zur Vergangenheit zu zählen.

Während ihre Gedanken unablässig kreisten, wurden ihre Augenlider immer schwerer, Realität und surreale Gebilde verschwammen zusehends ineinander, bis sie schließlich tief eingeschlafen war.

Sie befand sich auf ihrem Bett im Pensionszimmer, den Blick gebannt auf die Tür gerichtet, an der es laut klopfte. Für Svenja gab es keinen Zweifel: Es war Dennis. Er hatte ihr auf das Handy eine Nachricht geschickt, dass er kommen und sie zurückholen würde, ob sie wollte oder nicht. Immer lauter und heftiger wurde das Klopfen. Tock, tock, tock. Svenja wollte sich aufsetzen, doch sie war unfähig, sich zu bewegen. Es fühlte sich an, als wäre sie gefesselt. Das immer lauter werdende Klopfen machte sie fast verrückt. Es konnte nicht mehr lange dauern, bis er die Tür aufbrach und dann ... Ein lautes Krachen ließ sie hochschrecken. Verwirrt blickte sie um sich. Sie war nicht in ihrer Pension!

Erst allmählich begriff sie, dass sie sich auf Dennis' Yacht befand, dass alles ein Traum gewesen war! Ein kurzer Blick auf ihre Armbanduhr sagte ihr, dass sie dreißig Minuten geschlafen hatte.

Tock, tock, tock. Dasselbe Klopfen wie im Traum, das sie aus tiefstem Schlaf geholt hatte. Wieder drei Schläge hintereinander. Woher kam das? Svenja war plötzlich hellwach und stand auf. Mit angehaltenem Atem wartete sie auf das nächste Klopfen. Tock, tock, tock. Was zum Teufel war das? Langsam ging sie in die Richtung, aus der sie die Geräusche vermutete, immer die Angst im Nacken, entdeckt zu werden. Sie sah in der Kombüse nach – nichts. Das Herz klopfte ihr bis zum Hals. Wenn nun in der Zwischenzeit jemand an Bord gekommen war? Leise schlich sie weiter zum Waschraum. Wieder nichts. Angespannt wartete sie auf weitere Klopfgeräusche. Je länger es dauerte, desto mehr geriet sie ins Zweifeln, ob es nicht doch nur ein Traum gewesen war. Ihr war plötzlich so mulmig zumute, dass sie spontan beschloss, das Boot so schnell wie möglich zu verlassen.

Als sie zurück zur Treppe ging, die aufs Deck führte, blieb sie unglücklicherweise mit der Tasche an einer Stehlampe hängen, die krachend zur Seite fiel. Zutiefst erschrocken hob sie die Lampe ängstlich um sich blickend auf. Ihre Nerven lagen blank und sie wollte nur noch weg. Eilig stieg sie die Treppe hoch. Sie hatte schon die Hand auf die Türklinke gelegt, als sie wieder das seltsame Klopfen hörte, nur dieses Mal schneller und öfter hintereinander. Schockiert blieb sie stehen und drehte sich langsam um. Es war also doch kein Traum gewesen. „Was ist das, verdammt noch mal?!“, sagte sie flüsternd zu sich selbst und ging, von ängstlicher Neugierde getrieben, dem Geräusch nach, das aus dem unteren Bereich zu kommen schien.

Neben dem Bad führten ein paar Stufen nach unten, die sie zögerlich hinabstieg. Tatsächlich konnte sie jetzt das Klopfen viel lauter hören als oben. Ihr Herz begann zu rasen. „Hallo, ist hier jemand?“, rief sie mit zitternder Stimme, worauf dieses geheimnisvolle Klopfen sich stakkatoartig verstärkte. Svenja sah erschrocken in die Richtung, aus der es kam. Unfähig sich auch nur einen Schritt fortzubewegen, starrte sie auf eine Tür neben der Treppe, hinter der sie das Klopfen vermutete. Für ein paar Augenblicke herrschte Stille, bis sie ein leises Scharren wahrnahm. Eine horrende, nie gekannte Angst vor dem, was sie entdecken könnte, überfiel sie. *Verschwinde*, war der nächste Gedanke, aber sie war unfähig, sich von der Stelle zu rühren. Das Grauen lähmte sie förmlich. Ein undefinierbares Geräusch löste ihre Schockstarre. Steif wie eine Schlafwandlerin ging sie zur Tür und rüttelte an der Klinke, doch sie war verschlossen. „Hallo, ist da jemand?“, rief sie noch einmal. Erneutes Klopfen. Jetzt war es eindeutig! Hinter dieser Tür befand sich jemand, oder hatte Dennis etwa ein Tier eingeschlossen? Kalte Schauer liefen ihr über den Rücken, als sie plötzlich seltsame Laute wahrnahm. Das Herz klopfte ihr bis zum Hals. Zaghaft, von der peinigenden Angst begleitet, pochte sie an die Tür.

Sofort ertönten unterdrückte Töne und ein leises Stöhnen. Svenjas Augen weiteten sich vor Entsetzen. Kein Zweifel! Hinter dieser Tür befand sich ein Mensch, der um Hilfe wimmerte! Ihr wurde ganz schwindelig vor Schreck. Was in aller Welt war nur geschehen? Es konnte doch nicht sein, dass Dennis jemanden in seine Gewalt gebracht hatte!

„Ganz ruhig bleiben, ich versuche Sie hier herauszuholen!“, rief sie mit zitternder Stimme und ließ ihren Blick umherschweifen, auf der Suche nach dem passenden Türschlüssel, aber ohne Erfolg. Aufgeregt hastete sie nach oben und sah sich kurz um. An der Wand entdeckte sie Schränke mit vielen Schubläden, die sie im nächsten Augenblick eine nach der anderen aufriss und fieberhaft durchforstete. Nichts! Neben dem Bett sah sie einen höheren Schrank mit zwei Türen, die sie aufriss. Ein paar Hosen, Hemden und Jacken hingen darin, deren Taschen sie mit fliegenden Fingern durchsuchte. In der lindgrünen Hose, die Dennis gestern getragen hatte, griff sie nach etwas Hartem. Es war ein kleiner Schlüsselbund. Wenn sie Glück hatte, war einer davon ein Kabinenschlüssel. Bevor sie wieder hinunterstieg, ging sie eilig an Deck, und sah vorsichtig zur Uferstraße, ob Dennis inzwischen zurückgekehrt war. Zu ihrer Beruhigung konnte sie nur ein paar vereinzelte Touristen sehen, die die schicken Yachten im Vorbeigehen bestaunten. In Windeseile lief sie zurück unter Deck und probierte mit zitternden Fingern, welcher der vier Schlüssel passen könnte. Während sie vergeblich im Schlüsselloch herumstocherte, erklangen wieder diese schrecklichen Laute, wie gewaltsam unterdrückte Schreie. Sie machten Svenja derart nervös, dass sie die Schlüssel fallen ließ. „Verflucht!“, entfuhr es ihr. Jetzt musste sie noch einmal von vorne beginnen, da sie nicht mehr wusste, welchen Schlüssel sie schon ausprobiert hatte. Die gequälten Laute ständig im Ohr, kam es ihr wie Stunden vor, bis sie den letzten Schlüssel, ihre letzte Hoffnung, in das Loch steckte. Er passte! Schweißperlen hatten sich auf ihrer Stirn gebildet, die sich den Weg nach unten suchten. Hektisch wischte sie sie mit einer Hand weg, bevor sie den Schlüssel herumdrehte und die Tür öffnete. Kurz war sie versucht die Augen zu schließen, denn sie hatte Angst, vor dem was sie zu sehen bekommen würde. Und diese Angst war berechtigt. Die Szenerie, die sich vor ihr auftat, war so unerwartet und unrealistisch, dass sie reflexartig eine Hand vor den Mund schlug, um keinen lauten Schrei von sich zu geben.

Das wimmernde, geknebelte, blutig geschlagene und an ein Rohr gefesselte Wesen war Kirsten.

27 – TÄUSCHUNG

Wenn jemand Svenja vorausgesagt hätte, dass sie eines Tages eine schluchzende Kirsten mitleidig in den Armen halten und sie verzweifelt zu beruhigen versuchen würde, hätte sie ihn für verrückt erklärt. Doch genau das tat sie in diesem Augenblick. Nach dem ersten Schock, der Kirstens Anblick in ihr ausgelöst hatte, war sie in aller Eile daran gegangen, Kirsten von dem Knebel zu befreien. Gierig machte diese ein paar tiefe Lungenzüge und keuchte dabei undeutlich immer wieder *danke,* das einzige Wort, das sie zu sprechen fähig war. Mit zittrigen Fingern versuchte Svenja dann die Fesseln zu lösen, doch ohne Messer oder Schere hatte sie keine Chance, den fachmännisch festgezurrten Knoten zu öffnen.

„Ich brauche ein Messer, bin gleich wieder da", sagte sie mit vor Aufregung flatternder Stimme, doch ein gequältes Aufheulen Kirstens ließ sie innehalten.

„Nicht gehen. Lass mich nicht allein", schluchzte sie panisch, worauf Svenja sie in die Arme nahm und beruhigend auf sie einredete.

„Ganz ruhig. Ich gehe nur nach oben, um etwas zu holen. So schaffe ich es nicht. Es wird alles gut", sagte sie im Bemühen, sich ihre eigene Panik nicht anmerken zu lassen. Kirsten nickte nur resigniert, woraufhin Svenja nach oben hastete. Als sie die Tür zur Kombüse öffnete, hörte sie entfernt männliche Stimmen und Lachen. Ihr Herz schlug augenblicklich schneller. War Dennis zurückgekehrt? Oder waren es nur Touristen? Sie konnte kein Risiko eingehen und musste schnellstens verschwinden. Hastig riss sie eine Schublade nahe der Kombüsentür auf, in der sich aber nur Essbesteck befand. *Kein geeignetes Werkzeug,* dachte sie. Als sie weiter suchen wollte, hörte sie wieder Männerlachen, das dieses Mal näher klang. Sie bildete sich ein, Dennis' Stimme aus der Gruppe herauszuhören. Aufgeregt, nach dem Motto: besser als nichts, schnappte sie sich ein Messer aus dem Besteckkasten und trat den Rückweg an. In ihrer Eile stolperte sie über die erste Stufe der kleinen Treppe und verlor das Gleichgewicht. Sie überschlug sich, bis sie am unteren Ende krachend auf der Seite liegend landete. Es geschah alles so schnell und überraschend, als hätte sie der Blitz getroffen. Benommen blieb sie liegen, bis Kirstens heisere, panische Rufe zu ihr durchdrangen. „Svenja, was ist los? Ist dir was passiert?"

„Ich bin gestürzt. Bin sofort bei dir", antwortete sie ächzend, während sie sich vorsichtig aufrichtete. Schmerzen konnte sie keine spüren, nur in der rechten Schulter, mit der sie als Erstes aufgeschlagen war, und hüftabwärts auf derselben Seite, bemerkte sie ein dumpfes Gefühl. Aus Erfahrung wusste sie, dass sich das bei einer Prellung erst später als großer Schmerz bemerkbar machen würde. Es kümmerte sie jedoch in diesem Augenblick nicht weiter, das Wichtigste war, dass sie sich nichts gebrochen hatte und wieder auf die Füße kam. Nachdem sie sich am Treppengeländer hochgezogen hatte, suchte sie hektisch nach dem

Messer, das ihr beim Sturz aus der Hand gefallen war. Sie fand es unter einem Schränkchen, und ging dann zu Kirsten.

„Gott sei Dank, ich dachte schon Dennis wäre hier und hätte dich überwältigt“, sagte diese zitternd.

„Keine Angst, alles okay.“ Svenja strich ihr beruhigend über die Schulter, eine Geste, die beide gleichermaßen erstaunte. Die Notsituation löste in beiden Frauen ein Gefühl der Zusammengehörigkeit aus, die sie niemals zuvor für möglich gehalten hätten.

„Ein Tafelmesser? Damit kann man doch kein Seil durchschneiden!“, wandte Kirsten mit schwacher Stimme ein.

„Mir blieb keine Zeit zum Suchen. Ich muss es probieren. Wieso hat er dir das angetan?“, fragte Svenja, und machte sich daran, die Fesseln durchzuschneiden. Zu ihrem Leidwesen bestätigte sich, dass das Messer extrem untauglich für diesen Einsatz war. Entnervt warf sie es zu Boden, und versuchte den Knoten von Hand zu lösen.

„Ich habe Dennis einen unangekündigten Besuch auf der Yacht abgestattet. Zuerst war er unangenehm überrascht, aber dann ist er so wütend geworden, er ist vollkommen ausgerastet! Wir müssen hier sofort verschwinden, bevor er kommt! Und die Polizei rufen. Hast du ein Handy? Meines ist in der Handtasche. Ich hatte sie zuletzt an Deck, bevor er mich geschlagen hat ...“ Sie schluchzte kurz auf. „Wahrscheinlich hat er es inzwischen sowieso entsorgt – schnell beeil dich!“

„Ja, ich tue was ich kann! Der Knoten ist so fest, ich schaff es nicht per Hand“, entgegnete sie, schnappte sich das Messer und säbelte abermals hektisch an dem dicken Seil herum, das Kirstens dünne Handgelenke schmerzhaft einschnürte. „Warum ist er so ausgerastet?“

„Weil ich ihm ... was war das?“ Mit schreckgeweiteten Augen sah Kirsten Svenja an, die sofort in ihrer Tätigkeit innehielt.

„Was meinst du?“

„Pst, hörst du denn die Geräusche nicht?“, antwortete Kirsten flüsternd, mit gebanntem Blick nach oben. Svenja lauschte mit angehaltenem Atem, doch alles, was sie bemerken konnte, war das vermehrte Schaukeln des Bootes.

„Das ist Wasser, das gegen die Planken schlägt“, versuchte sie zu beruhigen, obwohl ihr selbst mehr als mulmig zumute war. Aufgeregt fuhr sie fort, an dem Seil herumzuschneiden, spürte jetzt aber einen aufkommenden Schmerz in der geprellten Schulter, der sich bis in die Fingerspitzen ausbreitete.

„Und wenn er jetzt kommt, bevor wir weg sind? Das darf nicht passieren! Du musst die Polizei alarmieren! Sofort!“, trieb Kirsten sie an.

„Ja, du hast recht. Mist, mein Handy ... es ist auch oben, in der Handtasche!“

„Dann such sie! Am besten, du gehst von Deck und holst Hilfe, bevor es zu spät ist.“

Svenja legte das Messer auf den Boden und wollte zur Tür gehen, blieb aber nach dem ersten Schritt mit schmerzverzerrtem Gesicht stehen.

„Was hast du?“

„Mein Bein“, stöhnte Svenja, „ich habe es mir beim Sturz geprellt. Es macht sich jetzt bemerkbar.“ Mit zusammengebissenen Zähnen humpelte sie weiter und öffnete leise die Tür. Sie hielt kurz inne und lauschte nach draußen, um sicherzugehen, dass niemand an Bord war. Bis auf ein kaum wahrnehmbares Wasserplätschern war nichts zu hören.

Vorsichtig setzte sie sich in Bewegung, doch jedes Mal, wenn sie den rechten Fuß belastete, spürte sie einen dumpfen Schmerz, der sich durch das ganze Bein bis zur Hüfte zog.

Das hat mir gerade noch gefehlt, dachte sie und stieg vorsichtig, mit dem gesunden Bein zuerst und das schmerzende hinter sich nachziehend, die Treppe hoch. Oben angekommen, sah sie sich nach der Tasche um und entdeckte sie schließlich neben dem Clubsessel auf dem Boden stehend. Langsam humpelte sie hin und bückte sich danach. Ein Geräusch, das vom oberen Deck herrührte, ließ sie erschrocken zusammenzucken. War Dennis zurückgekehrt?

Angespannt stand sie da und betete innerlich, dass es nicht so sein würde. Wieder hörte sie etwas, doch sie konnte nicht sagen, ob es vom Schiff oder außerhalb kam. Sie konnte es unmöglich wagen an Deck zu gehen. Wenn Dennis wirklich hier wäre, durfte er sie auf keinen Fall sehen, nicht nachdem sie Kirsten entdeckt hatte. Hastig trat sie den Rückweg an und quälte sich unter Schmerzen zu Kirsten zurück.

„Es könnte sein, dass er hier ist, aber ich bin mir nicht sicher“, wisperte Svenja und legte die Hand auf Kirstens Mund, als diese sich entsetzt äußern wollte. „Wann hatte er das letzte Mal nach dir gesehen?“, fragte sie und zog die Hand zurück.

„Etwa eine Stunde, bevor du mich gefunden hast.“

„Gut, das verschafft uns hoffentlich ein wenig Zeit, bis er wieder zu dir kommt. Ich rufe jetzt erst mal die Polizei“, flüsterte Svenja, und kramte in ihrer Tasche nach dem Smartphone. Wie üblich, konnte sie es nicht sofort finden, doch je länger sie wühlen musste, desto aufgeregter wurde sie.

„Wo ist dieses Ding bloß wieder!“, zischte sie leise und stellte die Tasche auf den Kopf. Spiegel, Kosmetiktasche, Kamm, Papiertaschentücher, Stadtplan, Erfrischungsbonbons, Notizbuch und Kugelschreiber verteilten sich auf dem Boden. Hektisch sortierte sie die Gegenstände auseinander, in der Hoffnung, das Smartphone darunter zu finden. Vergeblich!

„Das gibt es doch nicht! Es muss da sein!“ Sie hatte Mühe leise zu bleiben.

„Vielleicht in einer Seitentasche“, drängte Kirsten.

Doch auch hier blieb die Suche erfolglos. Die Aufregung trieb Svenja Schweiß auf die Stirn.

„Hast du es gar nicht mitgenommen?“ In Kirstens Augen stand Angst geschrieben.

„Ich weiß genau, dass ich es im Pensionszimmer in die Tasche geworfen habe.“

„Wann hast du es zum letzten Mal benutzt? Denk nach!“

„Warte – ich glaube – ja, es war in der Bar. Ich habe damit ein paar Fotos vom Meer geschossen und dann auf den Tisch gelegt. Wahrscheinlich habe ich es liegen lassen! Ich kann mich jedenfalls nicht daran erinnern, dass ich es eingesteckt habe. So ein Mist!“

Kirsten stöhnte leise auf. „Das darf doch nicht wahr sein!“

„Es gibt jetzt nur eine Möglichkeit. Ich werde draußen Hilfe holen“, sagte Svenja, so ruhig wie möglich. Sie stand mühsam auf und unterdrückte einen Schmerzenslaut, als sie mit dem verletzten Bein auftrat.

„Beeil dich, das ist unsere ...“ Kirsten konnte ihren Satz nicht zu Ende sprechen, denn im selben Augenblick ging ein Ruck durch das Boot und die beiden Frauen hörten entsetzt, dass der Motor angeworfen worden war.

„Oh mein Gott, er ist tatsächlich hier! Jetzt sind wir verloren, der Verrückte fährt aufs Meer hinaus! Schnell, befrei mich von den Fesseln!“ Kirsten war in heller Panik, während sich Svenja in einer Art Schockstarre befand.

„Los, nun mach schon!“, trieb Kirsten sie mit mühsam unterdrückter Stimme an.

Wie in Trance startete Svenja einen erneuten Versuch, doch als sie das Messer mit Druck ansetzte, fuhr ihr ein heftiger Schmerz durch den gesamten Arm, sodass sie es fallen ließ.

„Pst, um Himmels willen, du verrätst uns ja!“, zischte Kirsten entsetzt. Svenja, ebenfalls zutiefst erschrocken, versuchte mit der heilgebliebenen linken Hand weiterzumachen. Als eingefleischte Rechtshänderin, blieb der Versuch dementsprechend uneffektiv. Während sie sich unbeholfen abmühte, die Fesseln durchzuschneiden, drehten sich ihre Gedanken im Kreis. Was sollten sie jetzt tun? Wenn er den Befreiungsakt entdeckte, würde er womöglich erst recht austicken. Er könnte in Panik geraten. Ein vernünftiges Gespräch wäre dann kaum mehr möglich, nicht nachdem, was er Kirsten angetan hatte.

Gestern hatte er sie gebeten, zu ihm zurückzukehren. Vielleicht sollte sie ihm die Reumütige vorspielen, ihn in dem Glauben wiegen, dass sie wieder ein Paar werden. Sie könnte ihn dazu bringen umzukehren und an Land zu gehen, wo sie Hilfe holen konnte.

Sie hörte augenblicklich auf zu schneiden.

„Hey, was ist los?"

„Ich habe einen anderen Plan. Was glaubst du wohl, warum er mitten in der Nacht aufs offene Meer hinausfährt? Er will dich umbringen und ins Meer werfen. Wenn er weiß, dass ich dich entdeckt habe, wird er mich ebenfalls überwältigen und wir wären beide rettungslos verloren. Er darf also auf keinen Fall merken, dass ich dich gefunden habe. Er soll glauben, dass ich ihn auf dem Boot überraschen wollte. Dann kann ich ihm vorspielen, dass ich wieder mit ihm zusammen sein will. Nur so kann ich ihn an Land lotsen, unsere einzige Rettung."

„Nein, bist du verrückt? Er könnte dich trotzdem handlungsunfähig machen und ich wäre dann immer noch gefesselt und verloren. Also mach mich sofort los, bevor es zu spät ist. Wir haben nur zu zweit eine Chance."

„Und wenn er eine Pistole hat? Er wird uns beide erschießen, weil er in Panik gerät, wenn er uns beide sieht. Ich muss ihn ablenken, ihn auf die falsche Spur führen. Er will mich immer noch, das ist die einzige Chance, die ..."

„Nein", unterbrach Kirsten sie, „du irrst dich! Ich weiß, dass Dennis sich nicht mehr auf dich einlassen wird, weil ..."

Sie stockte und blickte, ebenso wie Svenja, mit angstgeweiteten Augen zur Tür. Beide hatten ein Geräusch gehört und lauschten angespannt. Zu ihrer Erleichterung war jedoch außer dem gleichmäßigen Brummen des Motors nichts mehr zu hören. Svenja war eines klar geworden, sie musste jetzt handeln. Ohne zu zögern, schnappte sie sich den Knebel und schob ihn der überraschten Kirsten eilig in den Mund, bevor diese sich wehren konnte. Gleich darauf protestierte sie mit unterdrückten Lauten und funkelte Svenja wütend an.

„Pst, sei ruhig! Es muss sein", flüsterte sie so leise wie möglich. „Er kann jeden Augenblick hereinkommen. Und ich schaffe es nicht so schnell, dich von den Fesseln zu befreien."

Sie fuhr erschrocken zusammen, denn sie hatte wieder etwas gehört. Gehetzt sah sie sich in dem kleinen Raum um, wo sie sich zur Not verstecken konnte. Sie entdeckte eine Tür in der Wand und öffnete sie. Es war ein Wandschrank, in dem ein paar Taucheranzüge hingen. Auf dem Boden stand ein Karton mit einigen Taucherutensilien, wie Taucherbrillen und Handschuhe.

Vor der Kabinentür wurden die Geräusche plötzlich immer lauter und eindeutiger. Es waren Schritte, die sich näherten. In Windeseile stieg sie in den Schrank und zog die Lamellentür hinter sich zu, gerade noch rechtzeitig, bevor die Kabinentür sich öffnete. Dennis kam herein, und nur das Wissen, dass er keine drei Meter mehr von ihr entfernt war, trieb ihr den Angstschweiß aus allen Poren.

„Hallo Kirsten. Wie schön, dass du noch da bist. Unfassbar! Da habe ich doch glatt vergessen abzuschließen", sagte er laut und Svenja erkannte sofort an der leicht verschliffenen Art zu sprechen, dass er getrunken hatte. „Aber du bist ja verschnürt wie ein Paket, und Pakete pflegen nicht durch die Gegend zu laufen."

Dennis beugte sich zu Kirsten hinunter, die angstvoll durch die Nase schnaubte.

„Was ist los? Wir machen einen Ausflug aufs Meer hinaus. Nur wir zwei. Das wolltest du doch immer." Er lachte kurz und bitter auf. „Bist du immer noch nicht zufrieden? Svenja ist für immer weg. Dafür hast du gesorgt. Warum konntest du uns nicht in Ruhe lassen? Warum nicht, verdammt noch mal?" Es klang ziemlich heftig.

Er ging in die Hocke und nahm grob Kirstens Kinn in die Hand. „Du hast das alles doch nicht getan, weil du mich liebst. Du wolltest mich nur zurückhaben, weil Geld und Ansehen das einzig Wichtige in deinem Leben sind. Wie du mich ankotzt!"

Er stand auf und ging einen Schritt rückwärts, wobei er mit dem Fuß gegen etwas stieß. Er bückte sich und hob das Messer auf. „Wie kommt das hierher?" Argwöhnisch sah er sich um und ging durch den Raum, bis er direkt vor dem Wandschrank stand. Schemenhaft konnte Svenja seine Gestalt durch die Lamellen hindurch erkennen. Angsterfüllt, mit wild klopfendem Herzen, drängte sie sich an die Seitenwand, um nicht entdeckt zu werden. In ihrer grenzenlosen Panik, war sie versucht, hektisch Luft zu holen. Nur mit der größtmöglichen Selbstbeherrschung gelang es ihr, die Atemzüge so flach wie möglich zu halten.

Kirstens plötzliches Gestöhne lenkte ihn ab. Er wandte sich zu ihr um, und ging wieder auf sie zu. „Was ist los? Willst du etwas sagen? Du sprichst so undeutlich. Ich würde dich ja gerne von dem Knebel befreien, aber ich will nichts mehr aus deinem Mund hören. Du bist bald erlöst, und dann kannst du den Meeresbewohnern von deinen Intrigen erzählen." Sein diabolisches Gelächter durchdrang den kleinen Raum und ließ Svenja das Blut in den Adern gefrieren. In diesem Moment begriff sie, dass sie in einer Falle saß, aus der es kein Entrinnen gab. Dennis war nicht mehr Herr seiner Sinne, unberechenbar, gefährlich. Den Plan, ihm die Reumütige vorzuspielen, verwarf sie genauso entschieden, wie Dennis im selben Moment die Tür mit Nachdruck ins Schloss warf.

Sie wartete, bis sie sicher sein konnte, dass er weit genug weg sein würde, und öffnete dann, darauf bedacht jedes Geräusch zu vermeiden, vorsichtig die Tür. Ihre Knie waren weich und zitterten, als sie aus dem Schrank kletterte und auf Kirsten zuging.

Sie kniete sich nieder und erlöste Kirsten von dem Knebel. „Sei jetzt um Himmels willen leise", flüsterte sie dabei und erntete ein schwaches Nicken. „Dennis ist ja vollkommen durchgedreht! Meinen Plan kann ich vergessen. Ich muss jetzt versuchen, ihn handlungsunfähig zu machen", wisperte sie.

„Aber wie willst du das anstellen? Du hast nicht einmal eine Waffe!"

„Ich muss etwas suchen. Vielleicht finde ich auch sein Handy, um die Polizei zu rufen. Bis ich etwas gefunden habe, darf er auf keinen Fall merken, dass sich noch jemand auf der Yacht befindet. So etwas wie gerade eben darf nicht mehr passieren."

„Aber ich halte diesen Zustand nicht mehr länger aus!"

Kirsten war mit keinem noch so vernünftigen Argument zu überzeugen.

„Ich kann dich nicht befreien, er hat das Messer mitgenommen! Also hab Geduld. Ich verspreche dir, ihn unschädlich zu machen."

Sie sah sich im Raum um, konnte jedoch keinen einzigen Gegenstand entdecken, den sie ihm über den Schädel ziehen könnte. Sie öffnete noch einmal den Schrank, fand aber nichts weiter als die Taucherausrüstung vor.

„Verdammt, hier ist nichts. Ich muss draußen weitersuchen. Also halte durch, bis ich ihn erledigt habe, doch bis dahin, darf er keinen Verdacht schöpfen. Tut mir leid, aber es bleibt nichts anderes übrig", sagte sie im Flüsterton, aber dennoch bestimmt, und schob ihr den Knebel wieder in den Mund.

Ohne sie weiter zu beachten, schlich sie zur Tür und öffnete sie zaghaft. Nur das Brummen des Motors war zu hören. Leise ging sie hinaus und sog kaum hörbar die Luft ein, als ihr bei jedem Schritt der Schmerz ins lädierte Bein fuhr. Es kostete sie große Mühe, die kurze Treppe zu überwinden. Je weiter sie sich durch das Schiff quälte, desto erschreckender wurde ihr die fatale Lage bewusst, in der sie sich befand. Dennis würde leichtes Spiel mit ihr haben, wenn er sie entdeckte, denn in ihrem desolaten Zustand hätte sie ihm kaum etwas entgegenzusetzen.

Weiter, nicht aufgeben, sonst bringt er Kirsten um, trieb sie sich in Gedanken an.

Als sie im Hauptraum ankam, packte sie plötzlich das nackte Grauen. Dennis konnte jederzeit erscheinen und dann ... Sie fühlte sich so schutzlos, wie Freiwild.

Der einsetzende Fluchtreflex diktierte ihr den Gedanken, sich irgendwo zu verstecken, um dort abzuwarten, bis er wieder im Hafen einlief. Doch dann würde sie sich bewusst mitschuldig machen am Tod eines Menschen. Denn eines war sicher, Dennis hatte vor, Kirsten im Meer zu ertränken. Das konnte sie nicht zulassen.

Ihr Blick schweifte im Raum umher, auf der Suche nach einem geeigneten Gegenstand für die Gegenwehr und seinem Handy. Erfolglos. Sie humpelte zum Wandschrank und öffnete ihn, fand aber nur Gläser aller Arten in Reih und Glied geordnet vor. Behutsam schloss sie die Schranktür und hinkte dann zur Kombüse. Mit flinken Fingern durchsuchte sie sämtliche Schubladen nach einer geeigneten Waffe, doch sie fand nur kleinere Gemüsemesser.

Miese Ausstattung, aber besser als nichts, dachte sie und nahm das spitzeste an sich. Das zierliche Messerchen erschien ihr als Waffe zu dürftig. Sie brauchte noch einen harten Gegenstand zum Zuschlagen. Unverhofft blitzte vor ihrem inneren Auge das Bild eines Golfschlägers auf, den sie an Deck wahrgenommen hatte. Damit könnte sie ihn unschädlich machen, wenn sie nur kräftig genug zuschlagen würde. Sie fragte sich, ob sie zu solcher Gewalttätigkeit überhaupt in der Lage sein würde. Schnell wischte sie den Gedanken beiseite, denn zunächst einmal galt es, unentdeckt an Deck zu gelangen, was ihr mittlerweile als „Mission Impossible“ erschien, angesichts ihres eingeschränkten Bewegungspotentials. Tapfer, mit dem festen Willen, diesen Wahnsinn irgendwie zu beenden, schleppte sie sich hinkend zur Treppe und langsam Stufe für Stufe hinauf zum nächtlichen Deck.

Als Svenja zögernd hinaustrat, umschmeichelte eine sommerlich warme Meeresbrise ihr Gesicht und wehte sanft ihre Haare nach hinten. Mit gedämpften Motorgeräuschen, zischte die Yacht über die ruhige dunkle Wasseroberfläche des Meeres. Kein anderer Laut war zu hören. Der Himmel sternenklar. In einer normalen Situation, wäre die Stimmung als friedlich zu bezeichnen gewesen, bestens geeignet für romantische Stunden zu zweit. Unvergessliche Eindrücke. Doch für Svenja hieß es, diese verfahrene Situation, in die sie sich gebracht hatte, zu überleben.

Langsam gewöhnten sich ihre Augen an die Dunkelheit. Sie blickte um sich und sah Licht im Führerhaus, in dem Dennis die Yacht auf das offene Meer hinaussteuerte. Mit Schrecken stellte sie fest, dass die Lichter von Nizza nur noch als kleine Punkte wahrzunehmen waren. Sie hatte es gründlich unterschätzt, wie schnell diese Luxusboote sein konnten. Je weiter sie sich vom Festland entfernten, desto verlorener fühlte sie sich, desto größer wurde ihre Verzweiflung und desto bohrender die Frage, ob sie auch das Richtige tat.

Es bleibt mir gar nichts anderes übrig, redete sie sich gut zu und suchte gleichzeitig mit den Augen den vor ihr liegenden Bereich nach dem Golfschläger ab. Ohne Ergebnis. So schnell es das kaputte Bein erlaubte, bewegte sie sich vorwärts, immer die Angst im Nacken sitzend, dass Dennis jederzeit auftauchen könnte. Ihr Herz machte einen freudigen Sprung, als sie den Golfschläger an der Bordwand lehnen sah. In dem Moment, als sie danach greifen wollte, legte sich eine Hand auf ihre Schulter.

28 – DIE WAHRHEIT

Es fühlte sich an, als würde sie aus einem traumlosen Schlaf aufwachen, als sie die Augen aufschlug. Für einen kurzen Moment war ihre Erinnerung wie weggewischt, doch der Anblick von Dennis' Gesicht über ihr, brachte sie schlagartig zurück. Er hatte sie ertappt, als sie den Golfschläger an sich nehmen wollte, und sie war so erschrocken, dass sie bewusstlos geworden war.

„Svenja?“ Dennis klopfte mit den Fingerspitzen ein paar Mal gegen ihre Wange, als sie die Augen wieder schließen wollte. „Komm zu dir!“ Mit festem Griff umfasste er ihre Oberarme und zwang sie, sich aufrecht zu setzen. Sie stöhnte leise auf. Ihr Kreislauf war noch zu schwach, als dass sie sich schon stark genug hätte fühlen können, um auf ihn zu reagieren. Er lockerte seinen Griff, worauf sie sofort kraftlos nach hinten kippte. Es blieb ihm nichts anderes übrig, als sie wieder auf die Liege zu legen.

„Ich hole Cognac und Wasser. Das wird dich wieder auf die Füße bringen“, sagte er und verschwand gleich darauf.

Der Golfschläger, ich muss ihn holen, hämmerte es in ihrem Kopf, doch ihr Körper folgte nicht ihrem dringendem Ruf. Eine immense Schwäche hinderte sie daran zu agieren.

Reiß dich zusammen, es ist die einzige Chance, ermahnte sie ihre innere Stimme, aber selbst diese klang ermattet. Sie schaffte es drei Mal tief Luft zu holen und zwang sich die Augen zu öffnen. Ihr Blick fiel auf den sternenbedeckten Himmel über sich und schweifte dann nach unten, auf der Suche nach den Waffen. Ergebnislos. Mit der größtmöglichen Anstrengung stemmte sie sich nach oben, bis sie aufrecht saß und sah sich um. Bestürzt musste sie feststellen, dass Dennis sie zum vorderen Deck getragen hatte. Kein Golfschläger, weit und breit. Ihre innere Stimme befahl ihr aufzustehen und wieder zum anderen Ende des Bootes zu gehen. Jede schnelle Bewegung vermeidend rutschte sie von der Liege und erhob sich. Schneeflocken fingen an, vor ihren Augen zu tänzeln, doch Svenja ignorierte sie. Ihr einziger Gedanke war – überleben. Und Nichtstun bedeutete das sichere Verderben. Ihr Selbsterhaltungstrieb drängte sie voran, Schritt für Schritt, auch wenn sie das Gefühl hatte, Blei an ihren Füßen hängen zu haben. Sie kam an der Treppe, die unter Deck führte, vorbei, und hoffte, Dennis würde noch eine Weile nach dem Cognac suchen müssen. So sehr sie sich bemühte schneller voranzukommen, es gelang ihr nicht. Sobald sie es versuchte, schoss ihr der Schmerz ins Bein und ihr wurde sofort schwindelig.

Es fühlt sich an wie in meinen übelsten Albträumen, in denen ich kaum von der Stelle komme, dachte sie verzweifelt und hoffte, jeden Moment aufzuwachen. Doch zugleich wusste sie, es würde nicht geschehen.

„Svenja, wo willst du denn hin?“, erklang Dennis’ dunkle Stimme plötzlich hinter ihr.

Verdammter Mist, fluchte sie innerlich und drehte sich langsam um, darauf bedacht, ihre Gesichtszüge zu beherrschen. Er sollte ihre tödliche Verzweiflung nicht erkennen können.

Mit schnellen Schritten kam Dennis, eine Wasserflasche und ein Glas in den Händen, auf sie zu. „Ich musste mich bewegen, um meinen Kreislauf wieder in Schwung zu bringen“, log sie so überzeugend wie möglich.

„Bevor du nichts getrunken hast, solltest du dich noch stillhalten. Dort vorne sind auch ein paar Liegestühle, los, Abmarsch.“

Svenja konnte aus seiner neutralen Tonlage nicht schließen, ob er ihr glaubte, und vor allem nicht, was er vorhatte. Es gab für sie keine andere Möglichkeit, als seiner Aufforderung Folge zu leisten. Mit zusammengebissenen Zähnen versuchte sie den Schmerz zu unterdrücken und so normal wie möglich weiterzugehen. Schweißgebadet sank sie auf einen der weißgrauen, schicken Liegestühle und ließ kurz den Blick umherschweifen. Als sie den Golfschläger erblickte, musste sie sich gehörig zusammenreißen, sich nichts anmerken zu lassen. Ein Silberstreif am Horizont.

„Hier, trink, und dann erklär mir, was du hier tust“, sagte er immer noch in diesem emotionslosen Ton und hielt ihr das Glas mit Cognac hin. Ohne zu zögern, kippte sie den feurigen Inhalt die Kehle hinunter und schüttelte sich danach. Sie hasste harte Alkoholika. Doch in ihrem Zustand war es die reinste Medizin, um in kürzester Zeit wieder zu Kräften zu kommen.

„Also?“ Dennis hatte sich auf den Liegestuhl direkt neben ihrem gesetzt und sah sie eindringlich an. Svenja konnte nicht sofort antworten. Auf diese Situation war sie nicht vorbereitet. Die gescheiterte Befreiungsaktion Kirstens, der Treppensturz, Dennis' plötzliches Auftauchen, die Ohnmacht ließen die Gedanken in ihrem Kopf schwirren. Wenn sie sich nicht augenblicklich zusammenriss, drohte die Gefahr, dass er ihren elenden Zustand erkannte und Verdacht schöpfte. Mit dem Mut der Verzweiflung trat sie die Flucht nach vorne an. „Was denkst du wohl? Ich habe mir noch einmal alles durch den Kopf gehen lassen und denke, dass die Trennung ein Fehler wäre."

Sie betete zu Gott, dass er ihr nicht ansehen konnte, wie schwer ihr das Lügen fiel.

„Ach ja, wann kam dir denn diese Erkenntnis?" Dennis schien nicht sehr überzeugt zu sein.

„Gestern hatte ich beschlossen, doch noch in Nizza zu bleiben und als ich heute auf Sightseeing Tour ging, habe ich mich schrecklich einsam gefühlt. Ich vermisse dich so sehr! Und ich will eine Versöhnung, ehrlich. Deshalb habe ich beschlossen, dich auf der Yacht zu überraschen, aber leider warst du nicht da. Ich war so müde, dass ich eingeschlafen und jetzt erst aufgewacht bin. Und scheinbar habe ich mir eine sehr versteckte Stelle ausgesucht, sonst hättest du mich ja entdeckt, bevor du ausgelaufen bist."

Es klang so unbedarft, dass sie selbst darüber erstaunt war, wie gut sie sich verstellen konnte.

„Du willst tatsächlich wieder zurück zu mir?" Misstrauen spiegelte sich in seinen Augen wider. Aber auch ein Fünkchen Hoffnung glaubte sie zu erkennen.

„Ja, ich möchte dir helfen, deine Vergangenheit zu bewältigen. Irgendwie schaffen wir das."

Der seltsame Gesichtsausdruck, mit dem er sie ansah, war für sie nicht zu deuten. Verunsichert durch sein beharrliches Schweigen, redete sie, um Normalität bemüht, weiter.

„Keine Angst. Ich werde dich auch nicht zu einer Therapie zwingen. Du kannst mit mir darüber reden oder es auch lassen. Ich will nur an deiner Seite sein und du sollst wissen, dass du deine Gefühle vor mir nicht verstecken musst. Ich liebe dich, so wie du bist." Sie betete innerlich, dass ihre Mimik nicht verriet, wie weit das Gesagte und ihr Empfinden auseinanderklafften.

„Das hatte sich gestern aber noch ganz anders angehört. Woher kommt dieser plötzliche Gesinnungswandel?" Tiefes Misstrauen schwang in seiner Stimme mit und bestätigte ihre Befürchtung. Es half nichts. Um ihn zu überzeugen, musste sie etwas tun, das sie sich vor einer Minute nicht im Mindesten hatte vorstellen können. Sie nahm seine Hand in ihre und streichelte sie mit der anderen, was sie enorme Überwindung kostete. Während sie vorgab, dies als Liebkosung erscheinen zu lassen, musste sie sich zwingen, nicht an Kirsten zu denken und zu welch roher Gewalt diese Hand fähig gewesen war und vielleicht noch sein würde.

„Als ich alleine umhergewandert bin, ist mir klar geworden, dass ich dich nicht aufgeben will. Du hast so viel Schlimmes als Kind durchgemacht und ich hatte plötzlich das Gefühl, dich schändlich im Stich zu lassen. Schließlich kannst du für all das nichts. Außerdem liebe ich dich viel zu sehr, um einfach einen Schlussstrich zu ziehen." Es grenzte beinahe an ein Wunder, wie leicht diese Worte über die Lippen glitten, obwohl sie ihr extrem zuwider waren. Bange beobachtete sie sein Mienenspiel, doch nichts deutete auf eine Änderung seiner Gefühlslage hin.

„Warum sollte ich dir glauben. Ich möchte zwar alles vergessen können, was war, aber ich weiß nicht, ob es mir gelingt“, sagte er und ließ seinen Blick an ihr vorbei ins Leere schweifen. Svenjas Zuversicht, ihn für sich gewinnen zu können, sank rapide. *Jetzt bloß nicht aufgeben*, ermahnte sie sich verzweifelt. „Wenn wir es beide wollen, wird es uns gelingen. Das weiß ich. Wir dürfen uns nur nicht ständig selbst im Weg stehen.“

Er wandte sich ihr wieder zu. In seinem Blick lag eine gewisse Sanftheit, aber auch etwas, das ihr nicht gefiel, etwas, das ihr Angst machte. Es war das Flackern in seinen Augen das abgedriftet, beinahe irre auf sie wirkte. Sie hatte große Mühe sich zusammenzureißen, um ihm nicht ihre Hände zu entziehen. *Was für ein Albtraum*, dachte sie bestürzt, *ich sitze hier mit einem Mann, der in mörderischer Absicht aufs Meer hinausfährt, der auch mich jederzeit umbringen kann, und flöte ihm verlogen große Gefühle ins Ohr. Ich muss ihn dazu bringen, an Land zu fahren, denn lange halte ich diese Farce nicht mehr durch, und dann ...*

„Wieso fährst du eigentlich mitten in der Nacht aufs Meer hinaus?“, fragte sie ihn freimütig.

Für einen kurzen Moment zuckte er zusammen, und sie wusste, dass er nach einer plausiblen Antwort suchte.

„Ich möchte im Morgengrauen Hochseeangeln, weil es um diese Zeit herrlich ruhig ist, und die Fische am besten anbeißen. Das hast du bestimmt noch nie gemacht“, antwortete er und sie konnte genau erkennen, wie zufrieden er mit seiner prompten Ausrede war.

„Angeln? Das ist ja wohl der langweiligste Sport ever! Da würde ich glatt dabei einschlafen“, konterte sie.

„Das kannst du doch nicht sagen, solange du es noch nicht gemacht hast. Die Stimmung, wenn die Sonne langsam am Horizont aufsteigt, ein einmaliges Erlebnis, glaub mir.“

„Mag ja sein, aber ich habe trotzdem keine Lust darauf. Lass uns lieber an Land fahren und morgen früh gemütlich in einem Restaurant mit Meerblick frühstücken“, sagte sie in bittendem Ton, als gelte es, nur eine Meinungsverschiedenheit unter Liebenden beizulegen und nicht einen Kampf auf Leben und Tod zu gewinnen.

Sein schräger Blick barg erneut Misstrauen in sich, das sich jedoch im nächsten Moment verflüchtigte. Trotzdem schwieg er, um eine Antwort verlegen. Svenja musste aufpassen, ihn nicht zu sehr in die Enge zu treiben und damit eine Überreaktion auszulösen.

„Angeln kannst du doch ein anderes Mal. Ich möchte lieber Nizza genießen, mit dir zusammen. So oft ist mir das schließlich nicht vergönnt.“

Wieder sah er sie mit diesem merkwürdigen Ausdruck an, worauf sie die Augen niederschlug, um ihre Unsicherheit zu verbergen.

„Wir sind schon zu weit rausgefahren, das würde zu lange dauern, bis wir zurück sind. Ich schlage vor, wir ankern hier draußen, genießen die totale Ruhe und den Sternenhimmel, und fahren morgen in der aufgehenden Sonne zurück, damit du zu deinem Wunschfrühstück kommst.“

Svenja erschrak über die Bestimmtheit in seinem Ton. Es klang nicht nach Entgegenkommen, sondern vielmehr nach Befehl. Sie wagte es nicht zu widersprechen, denn sein Gemütszustand glich einem Pulverfass. Schon ein kleiner Funke konnte genügen, um es zum Explodieren zu bringen.

„Schade", murmelte sie nur leise und hoffte, er würde doch noch einlenken.

„Gut, dann wäre das ja geklärt. Nachdem du hier ein ausgiebiges Nickerchen gemacht hast, dürftest du fit genug sein, um auf dieses unverhoffte Wiedersehen anzustoßen."

Sie nickte zustimmend. Es war die Chance, ihn betrunken und damit reaktionsunfähig zu machen. Dann hätte sie leichtes Spiel mit ihm und könnte ihn gefahrlos überwältigen. Der Gedanke gab ihr wieder ein wenig Hoffnung, heil aus dieser Situation herauszufinden.

Sie zwang sich zu einem Lächeln. „Ja, gerne. Stoßen wir auf einen Neuanfang an!", sagte sie und hoffte, dass er ihre innere Angespanntheit nicht wahrnahm.

Erneut warf er ihr diesen undefinierbaren Blick zu. Es bedurfte wahrscheinlich vieler Champagnerflaschen, bis sie ihn in den gewünschten Zustand bringen konnte.

„Worauf wartest du?" Er streckte ihr den Arm entgegen. Als sie nach vorne rutschte, stach der Schmerz wie ein glühendes Messer in ihr Bein, und sie hatte alle Mühe, sich die Pein nicht anmerken zu lassen.

„Warum können wir nicht hier bleiben? Es ist so schön an Deck", sagte sie etwas gepresst, und spürte, wie sich Schweiß auf ihrer Stirn bildete.

„Auf dem vorderen Deck ist doch viel mehr Platz und ein größerer Tisch. Ich habe noch Sushi im

Kühlschrank und Erdbeeren. Also komm, du kannst mir auch helfen, die Sachen hochzutragen."

Ein paar Schweißtropfen kullerten über ihre Wange. Sie war in die Bredouille geraten. Sollte sie ihm weiterhin etwas vormachen, was aber zunehmend schwieriger wurde, oder sollte sie ihm die Wahrheit über ihren Zustand sagen. Kein schöner Gedanke, dass er sich dann haushoch über sie überlegen fühlen konnte.

„Was ist jetzt?", fragte er leicht gereizt.

„Geh schon mal vor, ich komme gleich, wenn ich meine Augen getropft habe. Sie brennen ein wenig", versuchte sie es noch einmal hinauszuzögern.

„Ich warte."

„Nein, geh schon mal. Ich mag es nicht, wenn man mir dabei zusieht."

Dennis' Augen verengten sich, begleitet von ungläubigem Kopfschütteln. „Du bist seltsam, weißt du das?", meinte er lakonisch und ging davon.

Svenja atmete tief durch. *Das sagt gerade der Richtige*, dachte sie und quälte sich aus dem Liegestuhl hoch. Beinahe wäre ihr ein Schmerzenslaut entwichen, als sie das lädierte Bein belastete. „Verdammt noch mal, wie soll ich das bloß durchstehen, ohne dass er etwas merkt?", fluchte sie leise vor sich hin und wagte ein paar Schritte. War die erste Bewegung erst einmal überwunden, ließ der große Schmerz etwas nach. Aber ohne Hinken schaffte sie es nicht zu gehen und wusste, dass sie ihren Zustand auf Dauer nicht würde verbergen können.

Nach dem zweiten Glas Champagner, etlichen Erdbeeren und einigem Sushi, spürte Svenja, wie Übelkeit in ihr aufstieg. Sie hatte ohnehin keinen Appetit gehabt, und musste sich regelrecht zu diesen kulinarischen Genüssen zwingen. Inzwischen empfand sie die ganze Situation als äußerst skurril. Es war alles wie in einem surrealen Film. Kirsten saß immer noch gefesselt und geknebelt unter Deck, während sie hier oben mit dem unberechenbaren Dennis ein Jetset-Mahl zu sich nahm und ihm die große Versöhnung vorgaukelte. Dabei war sie mit keinem einzigen Schritt ihrem Ziel näher gekommen, außer dass Dennis um einiges betrunkener war, als noch vor einer Stunde. Doch diese Tatsache hatte nicht die gewünschte Wirkung, sondern vielmehr die gegenteilige. Nachdem Dennis Musik aufgelegt hatte, wollte er mit ihr tanzen.

„Nein, dazu bin ich jetzt nicht in der Lage. Ich habe viel zu viel gegessen“, wehrte Svenja ab und entzog beide Hände seinem zupackenden Griff, mit dem er sie vom Stuhl hochziehen wollte.

„Jetzt komm schon, das gehört zu so einem Abend dazu“, erwiderte er nicht mehr ganz zungenschlagfrei und zog sie mit einem heftigen Ruck nach oben. Svenja stieß einen lauten Schmerzensschrei aus, worauf Dennis sie sofort erschrocken losließ.

„Was ist denn mit dir los? Wieso schreist du wie aufgespießt?“

Jetzt halfen keine Ausreden mehr! Svenja überlegte fieberhaft, wie sie die Situation retten konnte. Es gab keine andere Möglichkeit: Sie musste alles zugeben.

„Als ich auf deine Yacht kam, bin ich die Treppe hinuntergestürzt und habe mir meinen Arm und das Bein geprellt. Es tut – aaah – höllisch weh!“, wimmerte sie und hielt sich den Arm.

„Und wieso sagst du mir das nicht?“

„Weiß auch nicht. Es hätte vom eigentlichen Thema abgelenkt. Ich will auch *jetzt* nicht darüber reden."

Svenja wollte sich wieder setzen, doch Dennis umschlang sie mit den Armen und zwang sie, stehen zu bleiben.

„Stehblues wirst du schon schaffen", raunte er und vergrub sein Gesicht in ihrem Nacken. Svenja musste an sich halten, um ihn nicht spontan zurückzustoßen, so sehr widerte sie seine Nähe an. Mit beiden Handflächen drückte sie behutsam, aber gleichzeitig bestimmt gegen seine Schultern. „Nein, bitte lass mich hinsetzen, ich kann auf dem Bein kaum stehen. Es tut so verdammt weh!", jammerte sie, obwohl es nicht den Tatsachen entsprach, denn im Stehen verspürte sie erstaunlicherweise fast nichts. Und dann kam ihr die zündende Idee, und sie ärgerte sich, dass sie nicht schon früher darauf gekommen war. „Ich habe mir mit Sicherheit einen Bruch zugezogen. Vielleicht wäre es besser, wenn du mich schnellstens an Land und in ein Krankenhaus bringst."

Dennis ließ sie aus seiner Umklammerung los und postierte sie umgehend auf den Liegestuhl.

„So schlimm? Warum hast du nicht schon längst etwas gesagt?", fragte er, den Kopf verwundert schüttelnd.

Das frage ich mich auch, dachte sie und sagte laut: „Anfangs war es noch nicht so schlimm, aber inzwischen sind die Schmerzen unerträglich geworden, wie du siehst. Ich kann weder gehen noch stehen, ohne fast ohnmächtig zu werden." Ihr Jammerton und der begleitende leidende Gesichtsausdruck besaßen große Überzeugungskraft. Er sah plötzlich äußerst besorgt aus.

„Das hört sich in der Tat nicht gut an. Du musst auf alle Fälle zu einem Arzt." Nervös kaute er auf seiner Unterlippe herum. Svenja wusste, dass er an Kirsten dachte, die er noch länger am Hals haben würde, wenn er sofort an Land zurückfuhr. „Am besten du legst dich jetzt flach, schläfst ein Weilchen und im Morgengrauen fahren wir zurück. Auf die paar Stunden kommt es jetzt auch nicht mehr an."

Falsche Antwort, fluchte Svenja innerlich. „Bis morgen warten? Warum denn? Meine Schmerzen sind fürchterlich, wer weiß, ob ich mir nicht auch noch eine Entzündung hinzuziehe, wenn ich zu lange warte!", erwiderte sie heftiger als sie wollte. Dennis sah sie stirnrunzelnd an. „Warum bist du so panisch? Vor zehn Minuten wusste ich noch nicht einmal etwas von deiner Verletzung, und jetzt ist es plötzlich so schlimm, dass ich auf der Stelle zurückfahren soll, als gehe es um Leben und Tod! Das verstehe ich ehrlich gesagt nicht."

Sein Blick, sein Tonfall hatten plötzlich etwas Lauerndes an sich.

Svenja blinzelte nervös, versuchte krampfhaft ihre Angst zu verbergen. „Und ich verstehe nicht, was dagegen spricht, gleich loszufahren!", entgegnete sie in gespielter Aufgebrachtheit. Ihr Nervenkostüm war zum Zerreißen gespannt.

„Es ist fast zwei Uhr nachts. Ich bin zu betrunken und zu müde, um die weite Strecke zu fahren. Wir sollten beide etwas schlafen. Wenn wir um fünf Uhr aufbrechen, kommen wir auf alle Fälle vor sechs Uhr an. Diese vier Stunden wirst du schon noch aushalten. Ich gebe dir ein paar Schmerztabletten." Ein Anflug von Ungeduld hatte sich in seinen Ton eingeschlichen.

Es kostete sie enorme Selbstbeherrschung, ruhig zu bleiben. Der Gedanke, noch Stunden auf dieser Yacht verbringen zu müssen, mit ungewissem Ausgang, erfüllte sie mit Grauen. Sie war vollkommen ratlos, was sie jetzt tun sollte. Das Stimmungsbarometer war gefährlich tief gesunken. Gefährlich für sie und Kirsten. Auf keinen Fall durfte sie ihn noch mehr reizen, und in ihrer Not fiel ihr nichts Besseres ein, als nachzugeben.

„Also gut, machen wir es so. Stell dir aber einen Wecker, damit wir rechtzeitig losfahren können", meinte sie und verbarg mühsam, wie sehr sie das Fehlschlagen ihres Planes zur baldigen Rettung, beängstigte.

„Braves Mädchen! Ich bringe dich ins Bett, wenn ich mit Aufräumen fertig bin." Er konnte einen gewissen Triumph nicht verbergen. Während sie ihn beobachtete, wie er das benutzte Geschirr und die Essensreste auf ein Tablett schichtete, fragte sich Svenja erschüttert, was sie dazu gebracht hatte, sich jemals in diesen gestörten Menschen zu verlieben. So heftig, dass sie sogar an Heirat hatte denken können. Wie verblendet sie die ganze Zeit gewesen war! Es hatte genügend Anzeichen gegeben, von Anfang an. Doch sie hatte sie nicht gesehen, nicht sehen wollen. Nicht ein einziges. Und jetzt befand sie sich mit dem Teufel persönlich alleine mitten auf dem weiten Meer und wusste nicht, wie sie die nächsten Stunden unbeschadet überstehen sollte.

Nachdem Dennis mit dem beladenen Tablett unter Deck verschwunden war, stand Svenja so schnell sie konnte auf, und schnappte sich Dennis' Segeljacke. Aufgeregt durchsuchte sie die Taschen nach seinem Handy, leider ohne Erfolg. Wo war der Golfschläger? Sie blickte rasch in alle Richtungen und sah ihn an der

Bordwand lehnen, doch kaum, dass sie sich in Bewegung gesetzt hatte, hörte sie Dennis unten an der Treppe. Von panischer Angst angetrieben, ignorierte sie den Schmerz und hastete zum Liegestuhl zurück, wo sie sich in dieselbe Position brachte, bevor er hinuntergegangen war. Ihr Bein brannte wie Feuer.

„So, jetzt bringe ich dich zu Bett, und von dort rührst du dich keinen Zentimeter mehr weg", sagte er und beugte sich zu ihr hinunter.

Das hättest du wohl gerne, dachte sie und schenkte ihm ein verzerrtes Lächeln. Dennis legte einen Arm um ihren Oberkörper und schob den anderen unter ihre Knie, um sie hochzuhieven. Er brachte sie unter Deck, wo er sie in einer abgelegenen Kabine aufs Bett legte. „Schlaf noch ein paar Stunden, bis wir zurückfahren. Hier sind die Schmerztabletten." Er hielt ihr eine kleine Schachtel hin und deutete auf die kleine Stellage neben dem Bett. „Dort steht Mineralwasser. Also dann, gute Nacht."

„Wieso bringst du mich in diesen abgelegenen Winkel? Willst du mich abschieben?", fragte sie und verglich unauffällig das Geschriebene auf der Packung mit dem auf dem Tablettenblister. Sie musste sichergehen, dass er ihr kein Schlafmittel unterzuschieben versuchte.

„Wie kommst du darauf? Hier hast du mehr Ruhe zum Schlafen", antwortete er knapp und wandte sich zum Gehen.

„Und du? Gehst du auch schlafen?", fragte sie in so belanglosem Ton wie nur möglich. Sie durfte ihn nicht gehen lassen. Es wäre Kirstens sicherer Tod.

„Was sollte ich sonst wohl tun? Wieso fragst du?"

„Naja, ich wundere mich eben, warum du mich alleine lässt und nicht bei mir schläfst“, antwortete sie schulterzuckend, wobei sie sich eine Tablette in den Mund schob und mit einem Schluck Wasser aus der bereitgestellten Flasche hinunterspülte.

„In deinem Zustand ist es besser du schläfst alleine. Und hier wirst du nicht gestört, wie ich schon sagte. Ich wecke dich, wenn wir angekommen sind. Also, schlaf gut.“

Leichte Nervosität hatte sich in seiner Stimme bemerkbar gemacht. Ohne sie noch eines Blickes zu würdigen, drehte er sich um und öffnete die Tür. Svenja war in hellem Aufruhr. Wenn er jetzt geht ...

„Ich muss noch auf die Toilette. Der Champagner treibt mächtig“, sagte sie schnell, bevor er hinaustrat. Sie konnte sehen, wie sich seine Schultern etwas hoben, als er vor Ungeduld tief Luft holte, bevor er sich langsam umdrehte. Es fiel ihr unglaublich schwer, sich ihre immer größer werdende Panik nicht anmerken zu lassen.

„Das fällt dir jetzt ein! Muss ich dich etwa auch noch dorthin schleppen oder reicht es, wenn ich dich stütze?“ Svenja erschrak über den gewaltsam unterdrückten Zorn, der in seiner Stimme mitschwang. Der Zorn, der ihn so unberechenbar, so gefährlich machte. Jedes weitere Eingreifen ihrerseits in seine Handlungen provozierte ihn nur noch mehr. Hätte sie die Wahl, dann würde sie sich zurückziehen, sich verkriechen und passiv abwarten, bis sie wieder an Land wären. Doch sie hatte keine Wahl. Durch diese Hölle musste sie gehen, um ein Menschenleben zu retten.

„Du musst mich nicht tragen. Ich versuche es mit deiner Unterstützung."

Sie streckte ihm ihren gesunden Arm entgegen. Widerwillig, und um einiges gröber, umklammerte er ihren Oberarm und zog sie in die Höhe. Mit dem anderen Arm umfasste er ihre Taille. Von Schmerz gepeinigt humpelte sie neben ihm her, bis sie zur Toilette gelangten. Er öffnete die Tür und schob sie hinein.

„Beeil dich!", sagte er und zog die Tür ins Schloss. Während er nervös von einem Fuß auf den anderen stieg, überlegte Svenja fieberhaft, wie sie Kirsten schützen konnte. Als sie die Hose hinunterstreifte, klimperten die Schlüssel in der Hosentasche und brachte sie auf die Idee, Kirstens Kabine abzuschließen. Falls Dennis keinen Ersatzschlüssel hatte, müsste er die Tür gewaltsam aufbrechen. Auch wenn es nicht die optimale Lösung war, so konnte es ihr zumindest Zeitgewinn verschaffen. Sie setzte sich auf die Schüssel, und dachte über dieses Vorhaben nach. Dabei wurde sie sich der Gefahr bewusst, dass Dennis sie sofort als Mitwisserin entlarven könnte, denn ihm würde klar werden, dass nur sie die Kabine hätte verschließen können.

Eine andere Möglichkeit wäre, Kirsten aus ihrer Kabine zu holen, Dennis dann dorthin zu locken und einzusperren. Es wäre eine Lösung, wenn auch nur mit geringen Chancen.

„Fertig?", tönte es ungeduldig vor der Tür. Sie hatte in ihrer Grübelei vollkommen die Zeit vergessen.

„Moment noch!" Sie drückte die Spülung und wusch sich in dem edlen Marmorbecken die Hände. Erstaunt stellte sie fest, dass das Schmerzmittel bereits seine Wirkung entfaltet hatte, denn sie konnte wieder besser auf beiden Beinen stehen. Das stärkte ihre Hoffnung, sich gegen Dennis wehren zu können.

Eilig sperrte sie die Tür auf, vor der Dennis sie mit angespannten Gesichtszügen in Empfang nahm.

„Das hat ja ewig gedauert“, brummte er und umfasste sie.

„Ich bin gehandicapt, schon vergessen? Du glaubst gar nicht, wie langsam man wird, wenn jede Bewegung schmerzt. So etwas habe ich seit meiner Kindheit ...“

„Ja, schon gut, komm jetzt, sonst bleibt nicht mehr viel Zeit zum Schlafen!“, unterbrach er sie. *Und zum Morden*, ergänzte sie in Gedanken, und wünschte, sie würde endlich aus diesem Albtraum erwachen.

29 – BLICK IN DEN ABGRUND

Schweißtropfen rannen ihr von der Stirn in die Augen und seitlich an den Schläfen hinunter, als sie vor Kirstens Tür stand. Sie hatte in ihrer Kabine lauschend gewartet, bis sie sicher sein konnte, dass Dennis nach oben gegangen war, und sich dann mühsam bis zu ihrer Kabine durchgekämpft, ohne einen Laut zu verursachen. Sie öffnete die Tür einen Spaltbreit und spähte hinein. Kirsten saß noch an derselben Stelle. Ihr Kopf war so weit vornübergefallen, dass das Kinn auf dem Brustbein auflag.

„Kirsten!“, rief sie im Flüsterton, doch diese rührte sich nicht. Obwohl Svenja schweißgebadet war, lief ihr ein kalter Schauer über den Rücken. War Kirsten ohnmächtig oder etwa tot? Ängstlich blickte sie nach hinten, um nicht von Dennis überrascht zu werden, und ging dann hinein.

„Kirsten!“, versuchte sie es noch einmal, doch diese gab immer noch nichts von sich.

Als sie sich gerade zu ihr hinunterbeugen wollte, hörte sie entfernte Schritte. Hastig verließ sie die Kabine und zog die Tür so leise wie möglich ins Schloss. Die Schritte klangen ziemlich nah. Sie musste auf dem schnellsten Weg in ihre Kabine, bevor es zu spät war!

Voller Panik steckte sie die Schlüssel in ihre Hosentasche und trat eilig den Rückweg an. Dabei stieß sie gegen einen blechernen Kanister, der laut krachend umfiel. Vor Schreck setzte ihr Herzschlag aus.

„Svenja, bist du das?“, hörte sie Dennis rufen und im nächsten Moment kam er nach unten.

„Was geisterst du denn immer noch herum, verdammt!“, schleuderte er ihr entnervt entgegen, als er sie erblickte.

„Mir war schlecht. Zu viel Sushi und Erdbeeren. Und dazu das ewige Schaukeln“, redete sie sich heraus, und verzog dazu entsprechend angewidert das Gesicht.

„Das hört sich an, als wärst du seekrank. Da hilft nur eins. Ins Bett legen.“

Bevor sie es sich versah, hatte er sie geschnappt und auf seine Arme geschwungen. Dabei rutschten zu ihrem Entsetzen die Schlüssel aus der Tasche und fielen klirrend zu Boden. Ihr blieb fast das Herz stehen. Genervt setzte er sie am Boden ab.

„Oh, meine Pensionsschlüssel“, sagte Svenja schnell, doch bevor sie sich bücken konnte, hatte er bereits nach diesen gegriffen. Er war im Begriff, sie Svenja in die Hand zu drücken, als er plötzlich innehielt. Für einen Moment verharrte sein Blick auf den Schlüsseln und wanderte dann langsam zu Svenja. Der Ausdruck in seinen Augen ließ ihr das Blut in den Adern gefrieren. In Sekundenbruchteilen hatte er Svenjas falsches Spiel erkannt, in Sekundenbruchteilen hatte sich die Erkenntnis, dass er darauf hereingefallen war, in maßlose Wut gewandelt.

Langsam trat sie einen Schritt zurück. „Dennis, lass dir erklären …“

„Du falsche Schlange“, zischte er leise, und fixierte sie dabei mit einem unsäglich wütenden und verletzten Blick.

„Die ganze Zeit hast du mir etwas vorgemacht. Von wegen, du willst es noch einmal mit mir versuchen. Nicht einen Augenblick hast du daran gedacht!“

„Nein, Dennis, du irrst dich“, sagte sie flehend. „Ich bin mit der festen Absicht gekommen, alles ins Lot zu bringen, wirklich, glaube mir. Es ist ...“

„Halt's Maul, verdammt“, fiel er ihr unwirsch ins Wort. „Alles nur Lügen. Du bist aus einem ganz anderen Grund auf die Yacht zurückgekehrt. Du wolltest wissen, ob Kirsten hier war. Jetzt hast du sie ja gefunden! Aber leider nützt es euch beiden nichts.“ Er lachte kurz auf. Ein böses Lachen, das sie erschauern ließ. Es signalisierte ihre fatale aussichtlose Lage, aussichtslos für sie und für Kirsten.

„Damit hast du alles zerstört. Die Chance auf einen Neubeginn und ein schönes Leben – einfach alles!“

„Dennis bitte, hör mir zu. Ich kam in der Absicht, mich mit dir zu versöhnen, das musst du mir glauben!“, versuchte sie eindrücklich die große Lüge als Wahrheit aufzutischen. „Aber du warst nicht da und dann fand ich Kirsten in ihrem erbärmlichen Zustand. Was hätte ich denn tun sollen? Ich musste ihr doch helfen. Rede bitte mit mir! Sag mir, was passiert ist. Ich will es verstehen“, drängte sie ihn mit flehender Stimme.

Er packte ihre Hände und zog sie mit einem heftigen Ruck zu sich her. „Reden – du willst also reden. Gut ich werde dich aufklären, aber du wirst nur zuhören, bis zum bitteren Ende. Ich weiß, dass es eine deiner großen Fähigkeiten ist, jemanden in Grund und Boden zu quatschen, aber dieses Mal werde ich dir keine Gelegenheit dazu geben. Komm mit! Vorher muss ich dir noch etwas zeigen. Mal sehen, wie groß dein Erinnerungsvermögen ist!“, sagte er verächtlich und drehte sie mit Schwung nach vorne. Rücksichtslos schob er sie vor sich her, wobei er ihr immer wieder einen leichten Stoß versetzte, bis sie im Hauptraum ankamen.

„Dennis, was hast du vor? Lass uns doch vernünftig miteinander reden!“, versuchte sie verzweifelt die explosive Stimmung zu dämpfen.

Dennis gab ihr mit beiden Händen an den Schultern einen Schubs, sodass sie nach hinten taumelnd in einen Clubsessel fiel. Mit beiden Händen stützte er sich an den Lehnen ab und beugte sich zu ihr hinunter, bis er ganz nah an ihrem Gesicht war.

„Wir werden uns jetzt gemeinsam einen Film ansehen“, sagte er bedeutungsvoll und verlieh seiner Stimme dabei einen gefährlich säuselnden Ton. „Und wage es nicht, dich auch nur einen Zentimeter zu bewegen oder einen klugen Kommentar von dir zu geben. Das wäre sehr ungesund für dich. Du willst das Filmvergnügen sicherlich nicht geknebelt und gefesselt erleben. Hast du mich verstanden?“

Svenja, gelähmt vor Angst, nickte nur schwach.

„Gut. Sieh genau hin, und erzähl mir danach nicht, dass du dich *daran* nicht mehr erinnern kannst. Du wirst dich erinnern, und du wirst dich dafür hassen, so wie ich dich jetzt hasse.“

Das irre Flackern in seinen Augen stürzte sie in tiefe Verzweiflung. Dennis war in eine andere Welt abgedriftet. Eine Welt, zu der sie keinen Zugang mehr finden würde. Nicht mit tausend schönen Worten, nicht mit tausend überzeugenden Argumenten.

Wie paralysiert verfolgte sie sein Tun. Sie sah, wie er das Fernsehgerät einschaltete. Auf dem Bildschirm erschien ein verwackelter Film eines Camcorders. Die Aufnahmen zeigten einen großen Saal, mit hufeisenförmig aufgestellten und festlich gedeckten Tischen, an denen vereinzelt Leute sitzen. Einige stehen in Grüppchen daneben, andere tanzen in der Saalmitte zu poppiger Musik. Der Videofilmer zoomt kurz einen der tanzenden Gäste heran, Julia, eine Klassenkameradin von Svenja.

„Das ist ja unser Abiball!“, rief Svenja und sah Dennis erschrocken an.

„Halt den Mund, sieh ihn dir einfach an!“, sagte er emotionslos.

Svenja wandte sich wieder dem Bildschirm zu, sah dem fröhlichen Treiben auf dem Ball zu. Die Vergangenheit hatte sie eingeholt, flimmerte jetzt gnadenlos vor ihren Augen. Schweißperlen traten auf ihre Stirn, denn sie wusste, was auf dem Film zu sehen sein würde. Und plötzlich ergriff sie eine schreckliche Ahnung, warum er ihr den Film zeigte.

Angstvoll sah sie ihn von der Seite an. Sein Blick war auf den Bildschirm fixiert, und sie fragte sich, ob er sie überhaupt noch wahrnahm. Sie könnte die Gunst des Augenblicks nutzen, um wegzulaufen und sich zu verstecken. Doch welche Chance hätte sie? Seine Reaktion wollte sie sich nicht ausmalen, wenn ihr die Flucht nicht gelingen sollte.

„Ich kenne den Film. Du musst ihn mir nicht zeigen. Sag mir einfach nur, was du damit bezweckst!“, forderte sie ihn stattdessen, allen Mut zusammennehmend, auf.

Er wandte den Kopf in Zeitlupentempo in ihre Richtung. „Ich bezweifle, dass du den Inhalt wirklich kennst. Erinnere dich. Was hast du außer Tanzen, Essen, Flirten und Reden noch getan? Sieh hin, gleich kommt die Szene."

Er stand auf, stellte sich hinter sie und legte beide Hände an ihre Schläfen.

„Sieh genau hin!", sagte er mit drohendem Unterton und presste die Handflächen immer fester gegen ihren Kopf.

„Dennis, bitte, hör auf damit, es tut weh!", wimmerte sie.

„Das soll es auch! Was du damals getan hast, hat mehr als Schmerzen verursacht, also schau genau hin! Dort hinten bist du", sagte er in scharfem Ton und deutete auf den Bildschirm.

Svenja erkannte im Hintergrund eine Gruppe Mädchen, darunter auch sich selbst. Maren, die neben ihr steht, spricht gerade gestikulierend auf sie ein, während Svenja ihr aufmerksam zuhört. Plötzlich dreht Svenja sich zur Seite und niest dreimal. Als sie sich wieder aufrichtet, beugt Maren sich zu ihr und sagt etwas, von einem Lächeln begleitet, zu Svenja. Diese nickt kurz, während sie an Maren vorbei sieht und ihr Augenmerk auf einen Punkt richtet. Und dieser Punkt ist Philipp.

Svenjas Herz fing beim Anblick dieser Szene zu pochen an. Wie im Schnelldurchlauf spulten sich die Ereignisse dieses verhängnisvollen Abends in ihrem Kopf ab. Sie sah sich und Philipp im Festsaal nebeneinander sitzen und die Augen verdrehen, als Maren mit stolzem Lächeln ihr Abiturzeugnis mit 1,0 Durchschnitt entgegennahm. Die Szenerie war so klar, als wäre es gestern geschehen.

„Sieh dir nur dieses selbstgefällige Lächeln an. Einfach zum Kotzen! Es wird wirklich Zeit, ihr mal andere Facetten des Lebens zu zeigen“, hatte ihr Philipp zugeflüstert, worauf sie zustimmend nickte.

Die Idee, Marens perfekte Welt ins Wanken zu bringen, war den beiden einen Monat zuvor gekommen, als sie in Svenjas Zimmer zusammen Mathe gebüffelt hatten.

„Hast du mitbekommen, dass Maren sich *netterweise* angeboten hat, fürs Abi Nachhilfe in Mathe zu geben?“, hatte Svenja Philipp gefragt, nachdem dieser gerade an einer Aufgabenlösung schier verzweifelt war.

„Die denkt doch nicht ernsthaft, ich würde mir die Blöße geben und mich von Miss Perfect unterrichten lassen! Lieber kassiere ich eine schlechte Note, als das zu tun“, hatte er nur verächtlich geschnaubt und sich wieder den Aufgaben gewidmet.

„Das zeugt von enormer geistiger Reife! Ist ja schon eine noble Geste von ihr. Aber eigentlich hast du recht. Ihre Strebsamkeit und Tugendhaftigkeit kann einem ganz schön auf den Wecker gehen. Ständig bekommt man zu hören, wie viel sie schon gelernt hat, wie perfekt ihre Präsentation ausgearbeitet ist und wie genau ihre Vorstellung von der beruflichen Zukunft und dem Weg dorthin ist. *Natürlich habe ich mich für ein Studium in Harvard beworben und einen Platz bekommen,* hat sie erst neulich ganz stolz zu mir gesagt!

Neben ihr fühle ich mich immer so schrecklich unreif und oberflächlich."

„Man müsste sie mal lockerer machen und ihr das leichte Leben näher bringen, dieser wandelnden Spaßbremse. Ich weiß auch schon wie. Ich habe wieder Nachschub an Ecstasy bekommen, und davon darf sie jetzt mal kosten, am besten auf dem Abiball."

„Bist du verrückt? Und wenn sie es nicht verträgt?"

„Ein Pillchen bringt sie schon nicht um, aber in Schwung. Das wird ein Spaß!"

Und so war die Idee geboren worden, Maren heimlich Ecstasy unterzujubeln. Obwohl Svenja bis zum Abiball immer wieder Zweifel geplagt hatten, und diese Philipp gegenüber auch angesprochen hatte, gab sie schließlich nach. Philipps Beteuerungen, er würde Maren nur eine schwache Dosis geben und es könne gar nichts passieren, hatten sie letztendlich überzeugt.

„Du musst Maren nur ablenken und mir ein Startzeichen geben, wann ich die Pille ins Glas gebe", hatte er gesagt.

Nach einigen Überlegungen einigten sie sich darauf, dass Svenja als Freigabe zur Aktion dreimal niesen sollte. Wie verzweifelt hatte sie sich nach dem tragischen Geschehen gewünscht, sie hätte es niemals getan, wie oft hatte sie versucht, das Ganze zu verdrängen, aber die Erinnerung hatte sie immer wieder eingeholt, am heftigsten beim zehnten Abiturjubiläum. Die Last der Schuld wog zu schwer.

Und jetzt flimmerte diese Szene erbarmungslos vor ihren Augen, da Dennis den Film angehalten hatte. Er zoomte das Standbild so weit heran, bis man verschwommen sehen konnte, wie Philipp die Hand über ein Glas hielt.

Der Druck seiner Hände auf ihre Schläfen verstärkte sich. „Siehst du das?“, zischte er, ganz nah an ihrem Ohr. „Er hat auf *dein* Zeichen hin dieses Teufelszeug in Marens Glas getan. Und das war ihr Todesurteil.“

Mit einer wegstoßenden Bewegung löste er seine Hände, sodass Svenjas Kopf heftig nach vorne und hinten wankte.

„Warum hattet ihr es auf Maren abgesehen? Was hat sie euch getan?“

„Woher, woher kanntest du Maren?“, fragte sie leise und ahnte, was kommen würde.

„Kennen?!“ Er lachte laut und höhnisch auf. „Maren war damals meine Freundin, mein Ein und Alles. Ich habe sie so geliebt. Wir hatten Zukunftspläne geschmiedet und wir hätten viel miteinander erreichen können, denn sie war stark. Sie besaß die emotionale Stärke, die mir fehlte. Aber ihr habt alles zerstört. Ihr habt mir alles genommen, was ich zum Leben brauchte.“

Svenja schluckte schwer. „Du hast es die ganze Zeit gewusst, und ... hast mich trotzdem als Freundin genommen?“

„Nein. Als ich dich damals auf der Feier kennenlernte, wusste ich nur, dass Philipp mit Maren im selben Abiturjahrgang gewesen war. Während eines geschäftlichen Termins bei Philipp, sah ich zufällig ein Foto, geschossen auf einer Klassenfahrt, auf der Maren im Hintergrund zu sehen war. Zu diesem Zeitpunkt war mir noch nicht klar, dass er etwas mit dem fatalen Unfall zu tun hatte. Dieser Verdacht kam mir erst auf eurer

Jubiläumsfeier. Als ich auf der Toilette war, hatte er im Waschraum zu jemandem namens Felix gesagt, dass er den üblen *Scherz* mit Maren schon tausendfach bereut hatte und dass ihn das Geschehen seitdem verfolgte. Von diesem Moment an hatte ich nur noch ein Ziel. Ich wollte herausfinden, was für einen *Scherz* er damit gemeint hat und ob er der Grund für diesen schrecklichen Unfall war.

Als ich dann Philipp zu mir eingeladen hatte, habe ich ihn so abgefüllt, dass er mir im Suff von dieser in Marens Glas versenkten Ecstasypille erzählte, aber nicht, dass du auch daran beteiligt warst. Am nächsten Tag hatte er einen Filmriss und wusste nichts mehr von seinen Plaudereien, dieser Mistkerl!"

Er nahm eine Zigarette aus einem goldenen Etui und zündete sie mit einem kleinen, ebenfalls goldenen, Feuerzeug an. Dabei zitterte seine Hand wie Espenlaub. Wütend stieß er einen Rauchschwall aus und schlug gleichzeitig mit der flachen Hand gegen den Bildschirm.

„Bis zu diesem Zeitpunkt war Maren die lebenstüchtigste, liebenswürdigste und zielstrebigste Person, die ich jemals kennengelernt hatte. Mit ihr konnte ich alles besprechen, auch all die Schwierigkeiten mit meinem Vater. Trotz ihrer Jugend war sie geistig und emotional schon so reif, allen anderen um Längen voraus. Sie hat mir stets geduldig zugehört und wirklich gute Ratschläge gegeben. Bis zu eurer Abschlussfeier."

Er zog an seiner Zigarette und warf Svenja einen bohrenden Blick zu. Es lag so viel Hass und Verachtung darin. Ein Hass, der ihn unberechenbar und gefährlich machte. Svenja wurde klar, dass sie sich bei jeder sich bietenden Gelegenheit in Sicherheit bringen musste.

„Wenn ich an diesem Abend hätte dabei sein können, wäre alles anders gekommen. Alles."

Während er den Rauch durch Nase und Mund entweichen ließ, schweifte sein Blick ins Leere. Svenja nutzte die Gelegenheit und schnellte aus ihrem Sitz empor. Den Schmerz in ihrem Bein ignorierend rannte sie in Richtung Treppe. Dennis erholte sich von dem Überraschungseffekt schneller als ihr lieb sein konnte und sprang ihr hinterher. Er riss sie am Oberarm zu sich herum.

„Was soll das? Gefällt dir meine Geschichte etwa nicht? Besitzt du nicht einmal die Größe, dir alles anzuhören? Gerade frage ich mich, wieso ich überhaupt in dich verliebt war."

„Dennis, bitte. So wie du mich ansiehst und behandelst ... du machst mir Angst! Das hat nichts mit Desinteresse zu tun. Lass uns ganz normal über alles sprechen – bitte!"

Für einen kurzen Moment lichtete sich sein Blick und es schien, als wollte er darauf eingehen, doch gleich darauf legte sich ein Schatten über seine Augen.

„Ach, lass dieses Gesäusel. Wie soll ich dir noch vertrauen?! Du bist nicht aus Liebe zurückgekehrt oder weil du unserer Beziehung noch eine Chance geben wolltest! Gib es einfach zu und sag mir den wahren Grund dafür."

„Ja, es stimmt. Ich bin gekommen, weil ich Kirstens Ohrring aus Versehen auf der Yacht mitgenommen hatte. Da wusste ich, dass du mich angelogen hast. Ich wollte herausfinden, was das zu bedeuten hatte. Und dann habe ich sie entdeckt. Warum hast du ihr das angetan?“

Ohne darauf zu antworten, zerrte er sie zurück zu ihrem Sessel und stieß sie hinein. Im nächsten Moment zog er den schmalen Stoffgürtel aus den Schlaufen seiner Hose, um Svenjas Hände hinter ihrem Rücken zusammenzubinden. Mit aller Macht entwand sie sich seinem Klammergriff und wollte aufspringen, doch er drückte sie gewaltsam zurück.

„Nein, du bleibst schön hier. Halt still, sonst weiß ich nicht, was ich tue! Ich würde es nicht darauf ankommen lassen!“, rief er erbost, riss dabei ihre Hände auf den Rücken und schlang den Gürtel über die zusammengehaltenen Handgelenke. Svenja leistete keinen Widerstand mehr. Sie wusste, dass er sie umbringen würde, wenn sie ihn weiter mit Gegenwehr reizte.

Mit einem Ruck zurrte er den Gürtel fest, der schmerzhaft in ihr Fleisch schnitt.

„Dennis!“, heulte sie laut auf. „Nicht so fest, das schnürt mir das ganze Blut ab!“

Unerwartet lockerte er tatsächlich die Fesseln ein wenig, so dass Svenja nicht mehr das Gefühl hatte, die Hände könnten in Kürze mangels Blutzufuhr absterben.

„Das mache ich nur, damit du dich besser auf mich konzentrieren kannst.“

Er nahm die Fernbedienung, mit der er den Film ein wenig zurückspulte und ihn dann von Neuem startete.

Er hockte sich auf die Sessellehne und legte beide Hände auf ihre Schultern. „Siehst du Maren? Wie sie lacht? Wie sie glücklich ist? Wie sie sich über ihren schulischen Erfolg freut? Ihr ganzes Leben hatte sie vor sich. Ein verheißungsvolles Leben. Wenn ich an diesem Abend nicht einen Termin für meinen Vater vertreten hätte, wäre ihr dieses Leben vergönnt gewesen.“ Er stand auf und ging nervös mit wenigen Schritten vor ihr auf und ab.

„Sie hatte mich so gebeten, den Termin zu verschieben“, fuhr er fort, „aber ich war zu schwach, mich gegen meinen Vater zu stemmen. Ich hatte damals gerade mein Studium beendet und wollte ihm damit beweisen, dass ich ein würdiger Nachfolger für ihn werde. Mein ganzes verdammtes Leben lang wollte ich die Schuld an der Familientragödie abtragen, indem ich alles tat, um ihm wohlgesonnen zu sein.

Und nur deshalb konnte Philipp ihr diese verfluchte Psychopille unterschieben, die alles zum Einsturz brachte und sie und ihr Umfeld komplett zerstörte.“ In einem Anfall von Wut kickte er mit dem Absatz gegen das kleine Holztischchen, sodass die darauf stehenden Gläser klirrend umfielen und zum Teil auf dem Boden landeten, wo sie zerbrachen. Svenja drückte sich angsterfüllt gegen die Rückenlehne, während Dennis den Vorgang ignorierte und aufgeregt weiterredete.

„Alles, was sie bisher geschafft hatte, verlor plötzlich seine Gültigkeit. Sie war nicht mehr sie selbst, als sie nach Hause kam, zwei Stunden nach ihren Eltern, wo ich sie dann besuchte. Mir war ihre ungehemmte zügellose Art, die ich so von ihr nicht kannte, sofort aufgefallen. Ich schob es auf die Euphorie, die dieser Abend des Triumphes in ihr ausgelöst haben musste. Doch irgendwann schlug diese Euphorie in eine Art Depression um. Es folgten hemmungslose Gefühlsausbrüche, wie ich sie noch nie bei ihr erlebt hatte.“

Er blieb vor Svenja stehen und fixierte sie wütend mit zusammengekniffenen Augen.

„Weißt du, was das für ein Gefühl für mich war, als meine Partnerin, die ich über alles liebte, die ich in- und auswendig zu kennen glaubte, auf einmal so irrational handelte? Plötzlich machte sie mir bittere Vorwürfe, dass ich sie an diesem Abend nicht begleitet hatte. Sie stellte unsere Beziehung infrage. Sie hatte ernsthafte Bedenken, wie unsere Zukunft aussehen könnte, wenn ich jetzt schon nicht einmal bereit wäre, für sie Opfer zu bringen und ihr Anliegen in den Mittelpunkt zu stellen."

Er drehte sich in Richtung Fernseher um und verstummte. Auf dem Bildschirm erschien gerade die Szene, in der Philipp, unauffällig die Ecstasypille in Marens Glas gleiten ließ. Er stand auf und versetzte dem Bildschirm einen Fußtritt, dass er krachend von dem Schränkchen zu Boden fiel. Svenja zuckte erschrocken zusammen und sah ihn mit angstvoll aufgerissenen Augen an.

„Warum habt ihr das bloß getan!", schrie er wütend und funkelte sie böse an.

„Dieses Mistzeug hatte Marens Gehirnregionen in einen wahren Wirbelsturm geraten lassen, so irreal wie sie sich verhalten hat. Wir stritten plötzlich über alles Mögliche. Eines kam zum anderen. Ich schob es darauf, dass sie aus Frust über mein Fernbleiben bei der Abifeier zu viel Alkohol getrunken hatte. Und ich wusste ja, dass sie den nicht gut vertrug.

Als ich andeutete, dass sich mein Umzug nach Cambridge, Massachusetts, wo sie einen Studienplatz in Harvard bekommen hatte, etwas verzögern könnte, ist sie schier ausgeflippt. Sie warf mir vor, dass sie nur an zweiter Stelle stünde, dass mir mein Vater und seine Firma viel wichtiger seien. Ich wollte sie beruhigen, ihr versichern, dass das nicht der Fall sei. Aber sie lachte nur hysterisch und weinte im nächsten Augenblick, bis ich sie anschrie, ob sie verrückt geworden sei. Ich – ich sagte ihr, wenn sie sich nicht zusammenreißen würde, wäre ich weg."

Er sah Svenja mit einem angsteinflößenden Blick an. Dann legte er beide Hände um ihren Hals und flüsterte: „Alles nur wegen euch und eurem verfluchten Minderwertigkeitskomplex."

Svenja schloss bebend die Augen und spürte, wie sich seine Hände zu einer Klammer wandelten und ihr immer mehr die Luft abschnürten.

„Dennis, nicht. Es tut mir so leid", röchelte sie verzweifelt. Mit einem Ruck ließ er von ihr ab, worauf sie panisch Luft einsog und heftig hustete.

„Keine Angst. Es ist noch zu früh, dich ins Jenseits zu schicken. Du sollst schließlich vorher noch alles erfahren. Du sollst wissen, dass sich Maren nach unserem fürchterlichen Streit den Autoschlüssel schnappte und wie eine Irre davonbrauste. Auf der Landstraße knallte sie frontal gegen einen Baum. Das Auto ging in Flammen auf und sie verbrannte. Keiner wusste, ob sie sofort tot war oder noch lebte und es nicht mehr schaffte, den Flammen zu entkommen. Und keiner konnte sagen, ob sie die Kontrolle verloren hatte oder ob sie mit Absicht gegen den Baum gefahren war. Das waren schreckliche Gedanken, die mich Tag und Nacht verfolgten. Tag und Nacht, verstehst du!"

Mit festem Griff umklammerte er Svenjas Kinn und zog sie zu sich heran. „Und weißt du, was das Schlimmste war? Dass ihre Eltern mir die ganze Schuld für diese Tragödie gaben", sagte er gepresst und stieß sie wieder von sich. Seine Worte, die ihr schonungslos das wahre Ausmaß jener Tragödie bewusst machten, ließen sie schwindelig werden. Das Wissen um die große Schuld, die Philipp und sie an dem Unglück trugen, war unerträglich.

Er stand jetzt ganz nah vor ihr und sah sie mit funkelnden Augen an. „Sie waren am Boden zerstört. In jener Nacht waren sie irgendwann von unserem Streit wach geworden und hatten nach uns gesehen. Aber es war zu spät, denn Maren war schon auf dem Weg nach draußen und nichts hatte sie aufhalten können. Ihre Mutter hatte sie noch an der Hand zu fassen bekommen und wollte sie ins Haus ziehen. Maren riss sich gewaltsam los und lief zu ihrem Auto, ein Geschenk zum Abitur. Ironie des Schicksals, was? Bevor sie losfahren konnte, hatte ihr Vater sie eingeholt und wollte sie zurückhalten, doch die Autotür war verriegelt. Hilflos mussten wir alle zusehen, wie sie davonraste. Ich wollte ihr hinterherfahren, fand aber den Autoschlüssel nicht gleich, und bis wir den Wagen von Marens Vater aus der Garage geholt hatten, verging ebenfalls wertvolle Zeit. Wir hatten keine Chance, sie einzuholen. Fünfzehn Minuten später war sie tot."

Er beugte sich zu Svenja hinunter, packte sie bei den Schultern und schüttelte sie kurz und heftig.

„Tot! Einfach tot, verstehst du!", schrie er und ließ von ihr ab. „Das schöne, verheißungsvolle Leben von einer Sekunde zur anderen ausgelöscht. Und ich dachte, ich allein wäre dafür verantwortlich. Ich war kurz danach drauf und dran, mit meinem Porsche ebenfalls gegen einen Baum zu fahren. Es war wie ein Fluch, der über mir lag, von der ersten Stunde meiner Geburt an. Bei allen Tragödien in meinem verdammten Leben war ich als Verursacher beteiligt. Meine Existenz stürzte andere Menschen ins größtmögliche Unglück. Mein Vater verlor seine geliebte Frau, meine Stiefmutter ihr geliebtes Baby und Marens Eltern ihren Sonnenschein." Er lachte kurz und höhnisch auf. „Ich war der Unglücksrabe vom Dienst. Die Bestimmung meines Lebens."

Seine Wut hatte in bittere Ironie umgeschlagen. Mit zitternden Fingern zündete er sich eine Zigarette an und blies den Rauch in ihre Richtung, sodass sie erneut husten musste.

„Dennis, du weißt nicht, wie sehr wir unsere Tat bereut haben. Wir hätten alles getan, um es ungeschehen zu machen", sagte sie mit zitternder Stimme, nachdem sie wieder normal atmen konnte. „Uns war die Tragweite nicht bewusst. Es war uns nicht klar, welch fatale Auswirkungen dieses Teufelszeug haben könnte. Wir waren so schrecklich unreif und naiv. Alles, was wir wollten war, dass sie ein wenig lockerer und ungehemmter wird." Sie brach in Tränen aus, zwang sich aber weiterzureden. „Wir wollten ihr doch niemals ernsthaft schaden, das musst du mir glauben! Deswegen haben wir sie auch nach Hause gefahren. Wir wollten verhindern, dass ihr auf dem Heimweg etwas passiert. Wenn wir geahnt hätten ... es ist alles außer Kontrolle geraten", sagte sie schluchzend. „Wir wollten ihr nichts Böses antun!"

„Das kann schon sein. Aber allein die Tatsache, dass ihr einem anderen Menschen eure Lebenseinstellung aufzwingen wolltet, ist so bekloppt und verachtenswert. Es hat letztendlich auch mein Leben und das ihrer Eltern zerstört!"

Svenja weinte leise und schwieg, denn jedes weitere Wort wäre überflüssig. Er hatte recht und nichts konnte je wieder gutmachen, was sie damals getan hatten.

„Marens Mutter ging an der Trauer um ihre Tochter kaputt. Sie fiel in Depressionen und litt an Schlaflosigkeit, was sie schließlich arbeitsunfähig machte. Das wirkte sich auch auf die Ehe aus. Ich erfuhr das, als ich Marens Eltern einige Zeit danach noch einmal besuchte. Ihr Vater war zu einem verbitterten Mann geworden, der mir das ganze Elend schilderte, bevor er mich wütend hinausschmiss. Er war überzeugt, dass ich sie durch den Streit in den Tod getrieben hatte. Ich konnte ihm nicht begreiflich machen, dass es eine andere Maren war, die diesen Streit vollkommen irrational vom Zaun gebrochen hatte, und in ihrer Überreaktion gegen einen Baum gerast war. Ich hatte mir ihr Verhalten nicht erklären können und fühlte mich dennoch einzig und allein verantwortlich für diese Tragödie – in Wahrheit wart ihr die Schuldigen." Er senkte den Kopf und raufte sich mit zu Fäusten geballten Händen die Haare. Für einen Moment sah es aus, als wollte er sie sich in seinem Schmerz ausreißen. Svenja wagte es nicht, ihn anzusprechen. Angsterfüllt beobachtete sie jede kleinste Regung von ihm. Ein kurzes unterdrücktes Stöhnen entwich seiner Kehle, als er beide Hände fallen ließ und sich ihr zuwandte.

„Kannst du dir auch nur im Geringsten vorstellen, was in mir vorging, als ich erfuhr, dass Philipp schuld war an dem psychischen Ausnahmezustand? Dass Maren, ohne Philipps Zutun, niemals mit mir in diesen Streit geraten wäre! Es war allein seine Schuld, wie ich damals noch glaubte, und ich hasste ihn dafür, wie ich noch nie in meinem Leben zuvor einen Menschen gehasst hatte. Was ihm geschehen ist, war nur ausgleichende Gerechtigkeit."

Er stellte den kleinen umgekippten Tisch wieder auf, setzte sich darauf und zog an der Zigarette. Dabei fixierte er sie mit einem eiskalten Blick ohne Wimpernschlag, der ihr mehr Angst machte, als jeder Wutausbruch. Er vernichtete sie förmlich.

In diesem Augenblick zog sich vor ihr ein Vorhang auf und machte alles sichtbar, was ihr bisher verborgen geblieben war. Was sie nie sehen wollte. Die Drohnachrichten, die tote Amsel, der nächtliche Einbruch, Philipps manipuliertes Motorrad. Hinter allem steckte Dennis. Er hatte Philipp umgebracht, aus Rache. Und jetzt war sie an der Reihe. In ihrer Verblendung hatte sie nicht gesehen, wie krank seine Psyche war.

Es drängte sie, ihm ihre Seelenpein entgegenzuschreien doch ihr Mund war wie verschweißt. Sie hatte entsetzliche Angst vor seiner Reaktion. Wenn sie nur daran dachte, wie er Kirsten zugerichtet hatte, lief es ihr eiskalt den Rücken hinunter. Sie war in die Falle eines Mörders geraten, ohne jede Chance, ihn wieder zur Vernunft bringen zu können.

„Eigentlich wollte ich keine Psycholaberstunde mit dir veranstalten. Du weißt ja, wie sehr mir dieses viele Reden verhasst ist, aber ich mache es trotzdem. Du sollst alles wissen und dich danach so schlecht fühlen, dass du dich am liebsten vor den nächsten Zug werfen möchtest. Es wäre so falsch, dich zu verschonen. Lange genug hast du deine Tat verdrängt und fröhlich vor dich hingelebt. Das ist nun endgültig vorbei, nachdem du weißt, was für fatale Auswirkungen euer *Spaß* gehabt hat. Und deshalb sollst du auch erfahren, wie es mir danach ergangen ist."

Er stand auf, schenkte sich einen Whiskey ein, den er in einem Zug austrank und setzte sich dann wieder.

„Dennis, das alles tut mir so furchtbar leid. Wenn du denkst, dass ich nach Marens Tod einfach zur Tagesordnung übergegangen bin, dann täuschst du dich gewaltig", nutzte sie die Pause, um sich zu verteidigen. „Durch die Hölle bin ich gegangen, Tag für Tag, von den Nächten mit Albträumen ganz zu schweigen. Ich konnte mich lange Zeit nicht auf das Studium konzentrieren. Beinahe hätte ich es hingeschmissen, so sehr lastete die Schuld auf mir."

Dennis gab einen verächtlichen Laut von sich. „Es sei dir vergönnt! Na ja, irgendwann hast du es ja doch geschafft, Abstand zu bekommen und ein normales Leben zu führen. Ich dagegen konnte nie damit abschließen. Mein jahrelanges Jetset-Leben mit oberflächlichen Freunden, leichtlebigen Frauen und unzähligen Partys war so eine Art Flucht. Und die lieblose Beziehung zu Kirsten fing ich nur meinem Vater zuliebe an. Aber damals war mir alles egal. Ohne Maren ergab ohnehin nichts mehr Sinn."

„Dann – hast du mich auch nie geliebt?", fragte sie leise.

„Doch, vom ersten Tag an, als ich dich traf. Durch dich erkannte ich endlich, welch falsches Leben ich führte, nur auf Erfolg getrimmt, ohne echte Gefühle. Ich spürte endlich wieder, dass ich lebte. Aber unsere Beziehung stand von Anfang an unter keinem guten Stern.

Ich hätte mit dir darüber sprechen sollen, was ich über Philipp erfahren hatte, dann wäre alles anders gekommen." Er hielt kurz inne, bevor er weitersprach. „Aber du hättest mich sofort verdächtigt, die Drohnachrichten geschickt zu haben. Ich konnte ja nicht ahnen, dass du mit ihm gemeinsame Sache gemacht hattest."

Ein wehmütiger Glanz legte sich über seine Augen und verdrängte die Wut, die sich noch vor einer Minute darin widergespiegelt hatte. „Du warst so anders, du hast mich um meiner selbst willen geliebt und nicht wegen meines Geldes. Und du hast meinen Wankelmut ausgehalten, bist immer wieder zu mir zurückgekehrt, obwohl ich schwierig und schwer zugänglich war.

Bei Kirsten dagegen war alles Berechnung. Für sie war es nur wichtig in diese Familie einzuheiraten, um an Geld und Macht zu kommen. Dann aber bist du ihr in die Quere gekommen und ihr war jedes Mittel recht, dich zu vertreiben."

„Ja, wenn ich an ihren nichtsnutzigen Cousin denke ... verdammt, Dennis, meine Hände – ich habe das Gefühl sie sterben ab! Bitte, mach den Gürtel weg!", klagte sie mit weinerlicher Stimme.

Er reagierte nicht, sondern sah sie nur an. Für Svenja war es jedoch erkennbar, dass er mit sich kämpfte, ob er nachgeben sollte. Die weiche Seite seines Egos war durchgebrochen und ließ Hoffnung in ihr aufkeimen. Es war ihre Chance, diesen Wahnsinn zu beenden.

30 – GNADENLOS

Aus Hoffnung war Triumph geworden. Es war ihrer Schauspielkunst zuzuschreiben, dass er sich schließlich von ihrer großen Pein hatte überzeugen lassen. Mit ein paar wütenden Handgriffen löste er den Gürtel und schleuderte ihn zu Boden.

„Glaub nur nicht, ich mach das aus Nächstenliebe. Ich ertrage dein ständiges Gejammer und Gestöhne nicht, das ist der einzige Grund. Rühr dich nicht vom Fleck, sonst weiß ich nicht, was ich tue."

Er setzte sich auf den Tisch und stierte sie finster an. Obwohl sie fast keine Kraft mehr hatte, wusste Svenja, dass sie seinen labilen psychischen Zustand nutzen und weiter auf ihn einreden musste. So lange, bis er als heulendes Häuflein Elend vor ihr liegen würde. „Könntest du mich tatsächlich umbringen? Komm doch zur Vernunft", sagte sie besänftigend. „Du hast mich wirklich geliebt, das hast du gerade selbst gesagt. Und insgeheim tust du es immer noch, obwohl ich Schlimmes getan habe. Ich sehe es in deinen Augen."

„Was redest du da für einen Schwachsinn? Ich hasse dich für das, was du getan hast."

„Seit wann weißt du es eigentlich? Und von wem, von Kirsten?", versuchte sie abzulenken und seine Wut einzudämmen.

„Ja. Sie hat es von Mark erfahren."

„Wieso wusste der davon? Philipp und ich haben nie mit ihm darüber gesprochen.“

„Mit ihm nicht, aber mit diesem Felix, bei eurem Abiturtreffen, im Toilettenwaschraum. Gegen Ende der Veranstaltung hat Felix dann Mark davon erzählt. Als dieser später Kirsten kennenlernte und sie ihn über dich ausfragte, erwähnte er auch Philipp und dieses Ereignis.“ Dennis blickte, nervös seine Hände knetend, zu Boden, bevor er weiterredete.

„Kirsten vermutete sofort, dass du, als Philipps Freundin, in den fatalen Abischerz eingeweiht warst. Sie brauchte nur einen Beweis. Den Rest kennst du. Mark besorgte ihr gegen Geld diesen Film. Sie wollte ihn mir persönlich übergeben, aber ich ließ sie gnadenlos abblitzen. Ich wollte nichts von ihren Anschuldigungen hören, dazu liebte ich dich zum damaligen Zeitpunkt zu sehr. Ich traute dir so etwas nicht zu.“

Er stockte und ließ seinen Blick für ein paar Augenblicke ins Leere schweifen, bevor er sich ihr wieder zuwandte.

„Jede Mail, jede SMS habe ich ungelesen gelöscht. Irgendwann brach ich dann den Kontakt zu ihr komplett ab. Doch sie hat nicht locker gelassen. Als sie mir eine DVD zuschickte, habe ich sie sofort vernichtet und ihr das auch gesagt. Ich wollte einfach nichts mehr von ihr und ihren Machenschaften wissen, ich wollte nur mit dir glücklich werden. Und wir hätten es werden können, wenn sie nicht gewesen wäre.“

Wut, Trauer und Verzweiflung hielten sich in Dennis’ Mienenspiel die Waage. Der Gedanke, dass Dennis an ihre Liebe geglaubt hatte und sich diesen Glauben lange Zeit auch nicht durch Kirstens intrigantes Verhalten hatte erschüttern lassen, machte sie fast krank. Kirsten hatte sich an etwas geklammert, das nicht mehr existierte. Und sie hatte mit allen Mitteln versucht Dennis zurückzugewinnen, in der Absicht, alles zu zerstören.

„Wie bist du an den Film gekommen?", fragte sie leise.

„Kurz bevor ich nach Nizza reiste, hatte sie ihn mir gegeben. Lange habe ich mich dagegen gewehrt, den Film anzusehen. Bis Kirsten hier überraschend auftauchte. Ich hätte sie sofort rauswerfen sollen, aber sie war zu manipulativ und ich zu schwach. Sie hat mich so lange bedrängt, bis ich mir den Film angesehen habe. Erst danach wurde mir die Tragweite dieser Geschichte richtig bewusst. Meine jetzige große Liebe hatte dabei geholfen, das Leben meiner damaligen großen Liebe zu zerstören. Und ich hatte mich zehn Jahre als einziger dafür schuldig gefühlt und gequält. Zehn verdammte Jahre! Du kannst dir nicht vorstellen, in welchen Abgrund ich stürzte."

Sein gequälter Blick ging an ihr vorbei und verlor sich im Nichts. Svenja schwieg. Die Erschütterung über die schicksalhaften Verstrickungen, die zur jetzigen bizarren und ausweglosen Situation geführt hatten, überrollte und lähmte sie. Tatenlos sah sie ihm zu, wie er sich einen Whiskey nachschenkte und hinunterstürzte.

„Und was machte dieser Eisblock von Kirsten? Sie weidete sich an meinem Leid, sie freute sich, dass sie endlich ihr Ziel erreicht hatte. Und sie fing an zu lachen. Verstehst du – sie lachte! Das war ihr größter Fehler. Ihr Lachen löste einen enormen Hass in mir aus. Ich rastete total aus und versetzte ihr in meiner Wut einen gewaltigen Schlag ins Gesicht. Sie fiel zu Boden, und ich trat mit dem Fuß nach, immer wieder. Ich war wie von Sinnen, stand vollkommen neben mir. Warum konnte sie mich nicht einfach in Ruhe lassen! Ich hatte meine Rache an Philipp gehabt, es hätte mir genügt. Aber sie musste ja so lange in der Geschichte rühren, bis der ganze schmutzige Bodensatz an die Oberfläche kam. Sie hat dich als Mitschuldige entlarvt. Sie hat damit alles zerstört und deswegen wollte ich sie zerstören. Ein Anruf meines Vaters ließ mich wieder zur Besinnung kommen, sonst wäre sie jetzt tot."

Mit zitternder Hand schenkte er das Whiskeyglas erneut voll.

„Dennis! Bitte lass die Sauferei, du weißt irgendwann nicht mehr, was du tust!", sagte sie schnell, bevor er das Glas an die Lippen setzte.

„Sag du mir nicht, was ich tun soll! Du weißt ja nicht, wie das ist, wenn man einen Blutrausch erlebt und wieder zu sich kommt." Ihre Bitte ignorierend, trank er das Glas in einem Zug leer und schleuderte es dann gegen die Wand, wo es mit lautem Krach zersplitterte.

Svenja stieß vor Schreck einen Schrei aus. „Dennis, beruhige dich, bitte. Auf diese Art finden wir keine Lösung."

Er warf ihr einen verächtlichen Blick zu.

„Was für eine Lösung? Es ist ohnehin alles verloren. Aber weißt du, dieser Ausraster hatte auch etwas Gutes an sich. Ich verspürte keine Schuldgefühle, als sie wimmernd und blutend vor mir am Boden lag. Es war in voller Absicht geschehen und nicht nur meiner bloßen Existenz geschuldet. Bei Philipp war das anders. Da fühlte ich mich anfangs schlecht und innerlich zerrissen, als ich ihn im Krankenhaus liegen und dich um ihn weinen sah ...

Kirstens jämmerlicher Zustand dagegen verpasste mir ein gutes Gefühl.“ Er nickte bestätigend mit dem Kopf. „Ja, eine tiefe Befriedigung. Wie bei den Katzen und Vögeln. Aber nur für einen kurzen Moment. Dann überkam mich wieder diese entsetzliche Leere, genau wie damals. Verstehst du das?“

Dennis’ Äußerung und sein seltsamer Blick erzeugten Gänsehaut bei Svenja. Seine Empfindung, als logische Folge seines verkorksten Lebens, war furchteinflößend. Ein Mensch, der Freude nach einer gewalttätigen Handlung empfand, war nicht mehr Herr seiner Sinne. Er war eine tickende Zeitbombe. Und Svenja lief Gefahr mit ihm hochzugehen. Grauenvolle tiefste Verzweiflung und Hoffnungslosigkeit, je wieder aus dieser Falle herauszufinden, ergriff sie in diesem Augenblick mit einer solchen Vehemenz, dass sie an sich halten musste, um sich nicht dieses Ohnmachtsgefühl aus dem Leibe zu schreien. Es kostete sie übermenschliche Selbstbeherrschung, es nicht zu tun.

„Dein Schweigen heißt, dass du es nicht verstehen kannst. Schade. Bislang hatte ich dich immer für einen Menschen mit Empathie gehalten. Aber du bist auch nicht besser als die anderen.“ In seine Stimme hatte sich ein bissiger Unterton eingeschlichen.

„Nein, du täuschst dich“, versuchte sie ihn zu besänftigen. Es musste der enorme Selbsterhaltungstrieb sein, der sie dazu befähigte, mitfühlend auf ihn einzugehen. „Ich bin einfach zu erschüttert darüber, was dich zu dieser Tat getrieben hat. Das Leben kann so unfair sein.“

Erleichtert sah sie, wie sich seine Gesichtszüge etwas entspannten.

„Vielleicht meinst du es so, vielleicht auch nicht. Es ist jetzt nicht mehr wichtig für mich. Wärst du hier nicht unverhofft aufgetaucht, könnte alles anders sein. Dann hätte ich Zeit gehabt, Abstand zu gewinnen. Vielleicht hätte ich dir sogar verziehen. Philipp wollte ich Schaden zufügen, einen Unfall mit meiner Manipulation provozieren. Mit ihm hast du jetzt einen guten Freund verloren. Sein Tod ist auch deine Strafe."

Nicht einen kleinen Funken von Reue konnte sie in seinen Augen erkennen. Sie fröstelte.

„Du hast also alles geplant. Du bist bei ihm eingebrochen und hast später das Motorrad manipuliert." Der Gedanke an seine Tat war schrecklich, aber sie musste wissen, was genau geschehen war. Die Frage nach dem Wie und Warum hatte sie schon zu lange gequält.

„An dem Tag, bevor ich dich zur Geburtstagsfeier abholte, wollte ich ihn zur Rede stellen. Er sollte mir ins Gesicht sagen, was er damals mit Maren gemacht hatte. Sein Pech war, dass er nicht da war." Er fuhr sich mit einer groben Handbewegung über den Mund.

„Seine Garage, mit dem Motorrad darin, stand offen. Es war *die* Gelegenheit. Bei meinem nächtlichen Einbruch damals, als auch du bei ihm warst, war mein Vorhaben gescheitert, weil ihr mich bemerkt habt."

Er sah sie an, doch als sie nichts sagte, fuhr er fort.

„Also setzte ich es an besagtem Tag in die Tat um. Als ich gerade gehen wollte, kam er und wollte wissen, was ich bei ihm zu suchen hätte. Ich fackelte nicht lange und sprach ihn direkt auf den Abiball an. Ich sagte ihm, dass er meine große Liebe auf dem Gewissen hat, und wie sehr ich ihn dafür hasse."

Das Bild von Philipp im Krankenbett, als sie sich zu ihm beugte, um ihn verstehen zu können, tauchte vor ihr auf. *Pass auf,* hatte er ihr in unverständlichen Lauten mitzuteilen versucht. Philipp hatte gewusst, dass sein Unfall keiner war, sondern ein Mordanschlag. Was musste in ihm vorgegangen sein, als er seinen Mörder an seinem Bett stehen sah? Und Svenja als ahnungslose Freundin an seiner Seite. Wieso hatte sie diese Zusammenhänge nicht erkannt? Weil sie verblendet gewesen war und stattdessen Mark verdächtigt hatte.

„Wieso hast du ihn nicht damals schon zur Rede gestellt, als er dir im Suff davon erzählte, und er danach einen Filmriss hatte?"

„Es war die reine Freude, ihn noch eine Weile zu quälen und ihm das Leben sauer zu machen. Zehn Jahre hatte ich unter meiner angeblichen alleinigen Schuld gelitten. Da fand ich es nur angemessen, ihn im Gegenzug ein paar Wochen lang auf einen Höllentrip zu schicken."

Quälende Bilder aus der Erinnerung rauschten an ihrem geistigen Auge vorbei, Erinnerungen an einen verzweifelten Philipp, gefangen in der Abwärtsspirale. Das Bewusstsein, dass sie aufgrund ihrer Verblendung indirekt Mitschuld an seinem Tod trug, raubte ihr beinahe den Verstand. Sie hätte in ihrer Verzweiflung schreien und auf Dennis einschlagen mögen, riss sich aber im letzten Moment am Riemen. Mit zum Zerreißen angespannten Nerven, brachte sie mühsam die Frage über ihre gepressten Lippen.

„Wie kam es zu dem Unfall?"

„Mein Besuch hatte mich dem Ziel, ihn endgültig zu vernichten, schneller näher gebracht als gedacht. Wir gerieten in heftigen Streit. Philipp wusste sich irgendwann nicht mehr anders zu helfen, als sich mit dem Motorrad aus dem Staub zu machen. Ich fuhr ihm nach und holte ihn ein. Ich jagte so lange hinter ihm her, bis er die Kontrolle über sein Fahrzeug verlor. Die defekte Bremse tat sein Übriges." Mit einer fahrigen Handbewegung öffnete er sämtliche Knöpfe seines Polohemdes, so als könnte er damit die quälende Erinnerung aus seinem Innersten verbannen. Nach einem hörbaren tiefen Atemzug fuhr er fort.

„Zum Zeitpunkt des Unfalls war kein anderes Auto unterwegs, es gab also keine Zeugen. Ich fuhr einfach weiter, direkt zu dir. Um mein Alibi musste ich mir dank deiner falschen Zeitangabe keine Sorgen machen. Und mein Vater, Thomas Allmächtig, besaß wieder einmal genug Überzeugungskraft und Selbstbewusstsein, die Falschaussage als Wahrheit zu verkaufen. Die Polizei hatte nach der Befragung jedenfalls nicht mehr den geringsten Zweifel an unserem Alibi. Tja, das erste Mal in meinem Leben, dass ich von seiner Kotzbrockenart profitierte." Er stieß ein lautes, gehässiges Lachen aus, ein Lachen, das seinen desolaten Seelenzustand widerspiegelte. Svenja hatte Todesängste. Jeden Moment konnte er vollends austicken und einen erweiterten Suizid begehen. Er hatte nichts mehr zu verlieren.

„Und was hattest du mit Kirsten vor, wenn ich nicht gekommen wäre?" fragte sie mit zitternder Stimme. Reden erschien ihr als einzige Möglichkeit, ihn vor der Untat abzuhalten, wobei sie die Antwort eigentlich nicht hören wollte. Sie kannte die grausame Wahrheit längst.

In seinem Blick lag grenzenloser Spott. „Fragst du das jetzt im Ernst? Das weißt du doch ganz genau! Eigentlich wollte ich es tun, nachdem ich dich wieder zur Pension gebracht hatte, aber ich bekam überraschend Besuch von einem Geschäftsfreund. Wir durchstreiften die halbe Nacht über sämtliche Bars. Also musste ich es auf heute Nacht verschieben." Schadenfroh beobachtete er, wie sie angsterfüllt einen unsichtbaren Kloß hinunterwürgte. „Ich werde sie als Haifutter ins Meer werfen und dich hinterher. Ihr habt es beide verdient, auf eure Weise."

31 – WENDEMANÖVER

Nur langsam kam Kirsten zur Besinnung, tauchte aus der tiefen Ohnmacht, in die sie gefallen war, wieder ins Leben ein. Verwirrt blickte sie um sich und versuchte, die verlorengegangene Orientierung zu finden. Es dauerte einige Momente, doch dann brach das ganze Elend ihrer Situation erdrutschartig über sie herein. Das Wissen um die unmittelbare Todesgefahr, in der sie sich befand, löste eine Panikattacke aus. Sie begann hektisch und wild an ihren Fesseln zu zerren. Es galt jetzt so schnell wie möglich sich selbst zu befreien, nachdem Svenja es nicht fertiggebracht hatte. Wo war diese Svenja eigentlich, fragte sie sich bange. Hatte Dennis sie inzwischen etwa auch in seine Gewalt gebracht? Dann wären sie beide verloren ...

Immer panischer versuchte Kirsten ihre Hände zu drehen, mit geringem Erfolg. Obwohl es so aussichtslos schien, gab sie dennoch nicht auf. Jedes Mal, wenn sie mit einem heftigen Ruck die Fesseln zu lockern versuchte und sich das Seil dabei tief in ihr Fleisch grub, entrang sich ihrer Kehle ein kurzes lautes Stöhnen. Die Aussichtslosigkeit ihrer Lage löste einen heftigen Weinkrampf aus. Dadurch schwollen jedoch die Nasenschleimhäute an und raubten ihr wegen des Knebels die Luft. Ihre Tränen versiegten schlagartig, während sie verzweifelt nach genügend Sauerstoff rang.

Was für ein Albtraum, in den sie sich selbst gebracht hatte! Wieso hatte sie nicht früher erkannt, welche Gewaltspirale ihre gemeine Intrige auslösen würde. Zu spät, die Reue, die Erkenntnis. Jetzt musste sie ums Überleben kämpfen. Als sie wieder einigermaßen normal atmen konnte, zerrte sie weiter wie wild an den Fesseln, jeden Schmerz missachtend, bis sie plötzlich eine merkliche Lockerung spürte. Svenjas Schnitte mit dem Messer mussten das Seil angeritzt haben. Neue Hoffnung keimte in ihr auf, diesen Irrsinn irgendwie überleben zu können. Dieser Gedanke gab ihr genügend Kraft, um mit Nachdruck in ihren Bemühungen fortzufahren.

Ein dumpfes Krachen in den Räumlichkeiten über ihr, ließ sie augenblicklich innehalten. Bange wanderte ihr Blick zur Decke. Was ging dort oben vor sich? Womöglich hatte Dennis wieder einen unkontrollierbaren Wutausbruch, nur dass dieses Mal Svenja das Opfer war, genau wie sie vor zwei Tagen.

Die Todesangst verlieh ihr ungeahnte Kräfte. Sie riss ohne Unterlass an den Seilen, bis ihre Stirn vor Anstrengung vollkommen nass war. Der Einsatz lohnte sich, denn sie spürte, wie ihre Hände immer mehr Bewegungsspielraum gewannen. Es würde nicht mehr lange dauern, bis sie sie freibekam. Laute schnelle Laufschritte auf dem oberen Deck trieben sie zu höchster Eile in ihren Bemühungen an.

Ich werde sie als Haifutter ins Meer werfen und dich hinterher.

Seine schreckliche Drohung hallte in Svenjas Gedanken nach.

Bebend schlug sie die Augen nieder, damit er ihre panische Angst nicht sehen konnte. „Du bist ja auf einmal so still, du Möchtegernpsychiaterin. Hast du wirklich gedacht, wir könnten jetzt noch zu einem normalen Leben zurückkehren? Wenn du zu Hause auf meine Rückkehr gewartet hättest, dann wäre das möglich gewesen. Du hättest erfahren, dass Kirsten beim Schwimmen im offenen Meer ertrunken ist, und ich hätte die Sache mit Maren und dir verdrängen können – Philipp hat seine gerechte Strafe dafür bekommen. Aber jetzt gibt es kein Zurück mehr. Du weißt zu viel."

Die Verzweiflung kroch Svenja in jede Faser ihres Körpers. Dennis' Worte zeigten ihr, wie entschlossen er war, sie und Kirsten zu ermorden. Sie konnte vor Angst kaum mehr klar denken. Sie wusste nur, dass sie alles Menschenmögliche versuchen musste, um zu überleben.

„Du irrst dich. Ich halte zu dir, weil ich dich immer noch liebe", log sie und wand sich dabei innerlich wie ein Aal. „Du willst doch nicht drei Morde auf dein Gewissen laden. Das könntest du niemals ertragen. Du würdest daran kaputt gehen."

Mit schmalen Augen fixierte er sie starren Blickes.

„Sag etwas", versuchte sie ihn aufzurütteln.

Er reagierte nicht.

„Dennis, wir haben noch alle Chancen für ein Leben zu zweit. Ein schönes Leben, nur wir zwei, ohne deine Familie. Mit deinem Pflichterbteil kannst du ein eigenes Unternehmen gründen. Das wolltest du doch immer! Ich würde dich nach allen Kräften dabei unterstützen. Dann wären wir unabhängig, niemand könnte uns mehr vorschreiben, was wir tun sollen", redete sie in einem Schwall auf ihn ein und konnte nicht glauben, dass all das aus ihrem Munde kam. Es klang so fremd und entgegen jedem ihrer wahren Gefühle. Allein der Gedanke ans Überleben trieb sie zu diesen irrealen Auslassungen.

Nachdem er immer noch keine Reaktion zeigte, redete sie weiter. „Wir müssen nur überlegen, was wir mit Kirsten machen. Mord ist keine Option. Damit könnte ich nicht leben. Wenn wir zusammenhalten, finden wir eine Lösung. Ganz bestimmt, denn wir lieben uns."

Wie ferngesteuert erhob sie sich und ging auf Dennis zu, der nach wie vor regungslos dasaß. Mit größter Überwindung strich sie ihm über seine Locken.

„Du liebst mich auch, das hast du vorhin gesagt. Also, warum willst du dich noch unglücklicher machen und zwei weitere Morde auf dich nehmen? Jetzt hast du noch die Chance zur Umkehr. *Wir* haben die Chance auf einen Neubeginn und eine gemeinsame Zukunft." Ihr wurde beinahe übel von ihrem theatralischen, schmalzigen Gewäsch, doch Dennis' merklich entspanntere Gesichtszüge bestätigten sie in ihrem Tun. Sein Anblick ermutigte sie, noch einen Schritt weiterzugehen. Obwohl sich innerlich alles in ihr sträubte, glitt sie auf seinen Schoß und nahm seinen Kopf zwischen ihre Hände.

„Ich werte dein Schweigen jetzt mal als Zustimmung", sagte sie leise und küsste ihn, den Ekel, der sie dabei überkam, ignorierend. Seine Erwiderung des Kusses kam zögerlich, doch dann durchbrach sein Gefühl alle Schranken. Er küsste sie immer wilder, und Svenja betete, dass er nicht merkte, wie sie um ihr Leben schauspielerte.

Plötzlich spürte sie etwas Nasses auf ihren Wangen. Er weinte! Wie verheerend musste sein psychischer Zustand sein, wenn er solch einen Gefühlsausbruch nicht zurückhalten konnte.

„Dennis, sind das Freudentränen?“, heuchelte sie und versuchte zu lächeln.

„Es ist alles, Freude, Traurigkeit, Anspannung, alles und nichts, keine Ahnung. Du hast recht. Ich wünsche mir nichts mehr, als dass alles auf Anfang gesetzt wird und ich endlich glücklich sein darf. Ich habe so lange darauf gewartet, auf die Erlösung meiner Qualen.“

Mit einer blutig geschlagenen Kirsten und einem Mord im Nacken, nichts einfacher als das, dachte sie in einem Anflug von Galgenhumor.

„Ja, wir schaffen das“, bestätigte sie mit sanfter Stimme, „du wirst sehen. Wir müssen nur Kirsten dazu bringen, dass sie dich nicht bei der Polizei anzeigt. Uns fällt schon was ein.“

„Ja, ganz bestimmt. Und dann lass uns alles vergessen und neu beginnen. Du machst mich so glücklich!“

Noch vor fünf Minuten wolltest du Psychopath mich umbringen, dachte sie schaudernd. Seine Hand strich über ihren Rücken und es kostete sie große Beherrschung, sie nicht wegzuschlagen. Urplötzlich hielt er inne. Mit einem Ruck zog er etwas aus der Gesäßtasche ihrer Hose und hielt es hoch. Das Obstmesser! Nur mit Mühe konnte sie ihr großes Entsetzen verbergen.

„Du willst also alles vergessen, und einen Neuanfang. Mit einem Messer in der Tasche.“ Mit Eisesmiene sah er sie an. Jegliches menschliche Gefühl schien in ihm erstorben zu sein. Der Blick in seine Augen verriet ihr, dass sie erledigt war. Jede Verteidigung wäre jetzt zwecklos, er würde ihr nicht mehr glauben.

Ihre innere Stimme drängte sie zu reagieren, doch sie war wie gelähmt, unfähig auch nur mit der Wimper zu zucken.

„Sag was“, presste er zwischen seinen Lippen hervor.

„Das ist nicht so, wie du denkst!“ Sie rang um Worte. „Ich habe die Obstschale an Deck gesehen, und mir deswegen das Messer besorgt.“

Sein gefühlloser Blick wandelte sich in einen hasserfüllten und zutiefst verachtenden.

„Für wie blöd hältst du mich, du falsche Schlange“, raunte er gefährlich leise und hielt ihr plötzlich die Klinge an die Kehle. „Du lügst und lügst. Wahrscheinlich hast du mich von Anfang an belogen. Warum tust du das?“

„Du hast Philipp umgebracht und Kirsten halb totgeschlagen, wie sollte ich da keine Angst vor dir haben? – Nimm das Messer weg, bitte“, sagte sie mit gepresster, zitternder Stimme.

„Du hast mir die große Liebe nur vorgespielt. Du wolltest mich mit dem Messer verletzen. Oder töten. Aber das musst du nicht mehr. Das werde *ich* jetzt mit dir machen.“ Es klang eiskalt. Wider Erwarten ließ er jedoch den Arm mit dem Messer sinken. Ihr einziger Gedanke war: f*liehen!* Doch zu ihrem Entsetzen gehorchte ihr Körper nicht.

Wie gelähmt saß sie da und ließ Dennis, der sie wütend anstierte, dabei keine Sekunde aus den Augen. Jeden Moment rechnete sie damit, dass er über sie herfiel. *Lauf weg,* schrie ihre innere Stimme. *Lauf weg, bevor es zu spät ist.* Endlich spürte sie, wie sich die Blockade löste. Mit übermenschlicher Kraft gelang es ihr, sich loszureißen und ihm einen Stoß zu versetzen, der ihn zu Fall brachte. Von Todesangst getrieben, rannte sie humpelnd zur Treppe und ins untere Deck in Richtung ihrer Kabine. Hinter sich konnte sie Dennis fluchen und schreien hören. Sie riss die Tür auf und schaffte es kaum, sie zu versperren, so sehr bebten ihre Finger. Von einem Weinkrampf geschüttelt, lehnte sie sich dagegen und hörte, wie Dennis die Treppe hinunterpolterte. „Ich krieg dich, und dann bist du erledigt!", schrie er dabei wütend.

Ein heftiger Schlag gegen die Tür ließ diese erschüttern. „Komm raus, du feiges Miststück!"

„Dennis, bitte, beruhige dich. Ich komme erst, wenn du wieder normal bist!", rief sie in ihrer Verzweiflung und wusste gleichzeitig, wie idiotisch der Appell war. Dennis würde nie mehr normal werden. Ein weiterer Schlag ließ die Tür erbeben.

„Komm sofort raus oder ich trete die Tür ein." Zur Bestätigung des Gesagten trat er tatsächlich mit einem Fuß dagegen.

„Dennis, nein, hör auf damit", schrie Svenja in ihrer grenzenlosen Angst. Wenn er seine Drohung wahrmachte, wäre es um sie geschehen. Kirstens blutig aufgequollenes Gesicht tauchte vor ihr auf, ließ sie noch mehr verzweifeln. „Hör auf! Du liebst mich doch! Und ich liebe dich! Wie kannst du mir, wie kannst du uns das antun?", versuchte sie es als letzten Ausweg nochmal auf der psychologischen Schiene.

„Verlogene Schlangen sind zu keiner Liebe fähig!", schrie er hasserfüllt. Es folgten stakkatoartige Schläge gegen die Tür. Wimmernd vor Angst und mit schreckgeweiteten Augen sah sie, wie sie immer mehr aus den Angeln gehoben wurde. Es konnte nicht lange dauern, bis er sie eingetreten hatte. In höchster Panik stemmte sie sich mit letzter Kraft gegen die Tür. Jeder neue Schlag erschütterte ihren gesamten Körper und brachte sie schier um den Verstand.

„Dennis hör auf, hör auf, bitte, hör auf!“, schrie sie ohne Unterlass. Die Antwort waren noch heftigere Schläge gegen die Tür. Er befand sich im Gewaltrausch und nichts konnte ihn aufhalten. Svenja holte immer hektischer Luft je stärker die Schläge wurden.

Plötzlich war es ruhig. Kam er zur Vernunft? Im nächsten Moment erfolgte ein immenser Schlag und gleichzeitig brach die Tür auf. Svenja hatte keine Zeit zu reagieren, sie wurde nach vorne geworfen und verlor das Gleichgewicht. Mit wild rudernden Armen versuchte sie einen Sturz zu vermeiden, doch vergeblich. Sie fiel zu Boden, wobei ihr Kopf mit voller Wucht gegen die Kante eines kleinen Tisches prallte. Augenblicklich umfing sie tiefste Schwärze, bevor sie bewusstlos auf dem Boden aufschlug.

Wie ein wild gewordenes Tier schnaubend, stand Dennis über ihr und starrte sie an. Er erwartete, dass sie sich aufrappelte, dass sie sich zur Wehr setzen würde. Doch nichts dergleichen geschah. Schlaff wie ein leerer Sack lag sie vor ihm, und er begriff nicht, was geschehen war. Er befand sich in einer Zwischenebene seines Bewusstseins, entfernte sich von seinem Aggressionsausbruch, war jedoch noch nicht in der Realität angekommen.

Doch dann, von einem Augenblick zum anderen, war es so, als ob ein Vorhang aufgezogen werden würde, der seinen, von Wut vernebelten Blick, lichtete. Er sah die Realität. Eine Realität, die unerträglich war.

Aus seinem tiefsten Inneren entsprang ein lauter, unmenschlicher Schrei, in dem die ganze Qual seines Lebens lag. Erschöpft, wie ein vollkommen entkräfteter Marathonläufer, sank er zu Boden und umfasste mit bebenden Händen ihre Schultern. „Svenja – Svenja, wach auf!"

Sie rührte sich nicht, auch nicht als er sie rüttelte. „Svenja, komm zu dir. Wir müssen reden, das wolltest du doch!" Er hob sie an den Schultern an, wodurch ihr Kopf schlaff nach hinten fiel. Er ließ sie wieder zu Boden sinken und sah sie verzweifelt und beschwörend an.

„Svenja, bitte, nicht du. Das wollte ich nicht. Warum machst du mich auch so wütend mit deinen Lügen?! Ich liebe dich doch!"

Aber ich hasse dich auch, dachte er verwundert. *Ich hasse dich dafür, dass du Marens und damit auch mein Leben zerstört hast.* Er hielt seinen Kopf schräg wie ein Vogel und beäugte sie mit einem seltsamen Ausdruck in den Augen. „Ich liebe und ich hasse dich. Ich wusste nicht, dass man beides kann, aber du hast es geschafft", sagte er laut vor sich hin und fing an zu lachen. Ein irres Lachen, das nicht enden wollte, das immer lauter wurde, bis er plötzlich etwas hinter sich hörte. Ruckartig drehte er sich um und sah Kirsten taumelnd im Vorraum stehen. In einer Hand hielt sie einen Stockschirm umklammert und stierte ihn aus blutunterlaufenen Augen an. „Was hast du getan? Du bist ja irre!", stieß sie bemüht und kaum verständlich hervor. Dennis erhob sich langsam und ließ Kirsten keinen Moment aus den Augen. „Was willst du? Mich mit dem Regenschirm erstechen?“ Er lachte kurz und laut auf.

„Warum bist du noch nicht tot? Du hast das Recht auf Leben verwirkt, denn du hast meines zerstört. Ich hätte mit Svenja glücklich werden können, aber du auf deinem Egotrip hast es verhindert. Ich hasse dich!“ Er trat auf sie zu. Augenblicklich hielt sie ihm den Regenschirm wie ein Schwert entgegen. „Kein Schritt weiter oder ich steche zu! Komm zur Vernunft!“, schrie sie und wich zurück.

„Kein Wort mehr von dir. Das hier“, er deutete auf Svenja, „das hier ist dein Werk“, brüllte er. „Deine Geldgier, deine Intrigen haben alles Schöne beendet. Also winsle hier nicht um Gnade – die verdienst du nicht, du widerliches Weib!“ Er sprang auf sie zu, entriss ihr den Schirm, der krachend gegen die Wand flog, und legte beide Hände um ihren Hals, als sie aufschrie. Er drückte zu, ließ nicht mehr los, ignorierte ihr entsetzliches Röcheln.

„Kein einziges Wort soll mehr aus deinem Schandmaul kommen. Du benutzt mich nie wieder für deine Bedürfnisse“, zischte er leise und hasserfüllt. Er drückte ihren Hals immer fester zu, bis fast kein Röcheln mehr zu hören war. In panischer Todesangst krallte sie beide Hände um seine Unterarme, wobei sich ihre langen Fingernägel in sein Fleisch bohrten. Er spürte nichts. Keinen Millimeter konnte sie seine Hände von ihrem Hals lösen, ihre Augen traten im verzweifelten Todeskampf immer mehr aus den Höhlen, die Füße versuchten gegen seine Beine zu treten, erfolglos. Brutal presste er mit seinen Händen ihren zierlichen Hals zu, bis sie schließlich vollkommen erschlaffte.

Als wäre er an dem Geschehen nicht beteiligt, beobachtete er, wie sie zu Boden sank und leblos liegen blieb. Kraftlos wankte er zurück und ließ sich auf das Bett sinken. Sein Blick wanderte zwischen den beiden am Boden liegenden Frauen hin und her. Er fühlte sich seltsam. Die Szenerie wirkte plötzlich so irreal auf ihn, als hätte er geträumt und wäre aufgewacht, in dem Glauben, alles sei nicht geschehen. Doch die bizarre Wahrheit war, dass zwei leblose Frauenkörper vor ihm lagen. Und dass dies sein Werk war. In einem Anfall von Aggression und höchstem Frust hatte er ihnen Gewalt angetan. Es herrschte eine Leere in ihm, die ihn verwirrte. Er fühlte keinen Hass mehr, keine Aggression, nur Verwunderung, über das, was geschehen war. Es war dasselbe Gefühl wie in seiner Jugend, als er seinen geballten Hass mit dem Luftgewehr an all den Vögeln und Katzen ausgelassen hatte, und danach nichts als Leere geblieben war. Keine Reue, keine Schuld, keine Erleichterung, nur uferlose Leere.

32 – DIE MACHT DER MANIPULATION

Er hatte vollkommen die Kontrolle über sein Handeln verloren, saß wie versteinert am Fußende des Bettes, unfähig irgendeinen vernünftigen Gedanken zu spinnen. Fünfzehn unendlich lange Minuten verharrte er in diesem Zustand zwischen Irrsinn und Realität, fünfzehn entsetzliche Minuten, die ihn daran hinderten zu agieren. Ganz allmählich löste sich der geistige Nebel auf und erlöste ihn von der Starre, die ihn wie eine Fessel umfangen hatte. Er stand auf und kniete sich neben Svenja. Behutsam legte er seinen Kopf auf ihre Brust und fing an zu schluchzen. „Svenja, komm zurück zu mir – es tut mir leid. Ich wollte dich nicht umbringen. Ich wollte doch nur mit dir reden. Ohne dich macht das Leben keinen Sinn mehr."

Seine geistige Verwirrtheit ließ ihn vergessen, dass er in Mordabsicht wie ein wild gewordener Stier gegen die Tür angerannt war, bis sie einstürzte. Seine Wahrnehmung war eine andere. Für ihn war Svenja vor einer Aussprache geflüchtet und nicht vor einem von Rachegelüsten getriebenen Dennis.

Er ließ seinen Kopf nach unten rutschen auf ihren Bauch, die Hände umfassten nach oben gestreckt ihr Gesicht. „Komm zurück, wir werden es schaffen, zu zweit. Ich werde dich glücklich machen", rief er, die pure Verzweiflung in der Stimme. Plötzlich glaubte er zu spüren, wie sich ihre Bauchdecke kaum merklich anhob. Ein heftiger, freudiger Schrecken durchfuhr ihn. Er hob den Kopf, um ihren Oberkörper zu beobachten und legte eine Hand auf die rechte Vorderseite ihres Halses. Es war ein unbeschreibliches Gefühl der Befreiung, als er das Klopfen ihres Pulses spürte, schwach aber fühlbar.

„Du lebst, du lebst ...“, stammelte er und ging in die Hocke. Vorsichtig umfasste er ihren Oberkörper und schob die andere Hand unter die Kniebeugen. Mit größter Anstrengung hievte er sie hoch und legte sie auf das Bett. „Alles wird gut. Du lebst noch und wirst es überleben. Ich muss mich jetzt um Kirsten kümmern, dann bleibe ich bei dir, für immer. Versprochen!“, sagte er aufgeregt, während er ihre Schuhe auszog und sie sorgsam zudeckte. Dann wandte er sich zu Kirsten, die mit weit geöffneten starren Augen leblos dalag.

Mechanisch fühlte er ihr den Puls und spürte wie erwartet nichts. Sie war tot. Genugtuung machte sich in ihm breit. Jetzt konnte sie keinen Schaden mehr anrichten. „Du hast es nicht anders gewollt. Du bist zu weit gegangen, meine Liebe“, sagte er laut und zerrte sie an den Armen aus dem Raum. Er holte aus einer Abstellkammer einen großen Segelsack und streifte ihn Kirsten über. Dann legte er eine Sauerstoffflasche zum Beschweren dazu, bevor er den Sack mit einer Plastikleine zuschnürte. Er empfand nichts bei seinem Tun. Sein Handeln war wie automatisiert, robotergleich, nur auf das eine Ziel hin ausgerichtet, Kirsten auf ewig aus seinem Leben verschwinden zu lassen. Mit beiden Händen schleifte er das verschnürte Bündel an Deck und legte es schwer atmend ab. Er wischte sich mit dem

Handrücken über die schweißnasse Stirn und blickte um sich. Am Horizont zeigte sich schon zart die Morgendämmerung, ansonsten konnte er außer der dunklen Fläche des weiten Meeres nichts sehen. Es herrschte vollkommene Windstille, nur leises Plätschern am Kiel des geankerten Bootes war zu hören.

Die friedlich stimmende Atmosphäre wurde jäh zerschnitten durch den Aufprall der verpackten Leiche auf der Wasseroberfläche. Dennis zuckte bei diesem Geräusch zusammen und sah zu, wie das Bündel im Meer versank. Niemand würde sie hier draußen je finden, die Meeresströmung würde sie noch weiter forttragen in Neptuns Reich, fort von Dennis, fort von seinem Leben. Für immer.

Er ging wieder unter Deck, sah kurz nach Svenja, die immer noch bewusstlos war, und machte sich dann daran, alle Spuren des Verbrechens an Kirsten zu beseitigen. Er entfernte penibel alle Blutflecke in der Kabine, in der er sie eingesperrt hatte. Als Vorsichtsmaßnahme schrubbte er noch einmal den Hauptraum, in dem er sie niedergeschlagen hatte, obwohl er diese Prozedur gleich nach der Tat vollzogen hatte. Er wischte alles nass ab, um auch nicht die geringste Spur zu hinterlassen. Er wusste von ihr, dass sie ihren Eltern nichts von dem Besuch bei ihm erzählt hatte, denn sie wären nicht einverstanden gewesen. Er konnte nur seine Hoffnung darauf setzen, dass ihre Behauptung stimmte, sie habe es niemandem sonst gesagt. Ziel war, dass sie sich in die Statistik der plötzlich Vermissten und spurlos Verschwundenen einreihte. Und deshalb durfte nicht das kleinste Härchen auf dieser Yacht gefunden werden. Dann wäre die Gefahr vor Entdeckung gebannt.

Schlagartig hielt er in seinen Putzbemühungen inne. Svenja! Warum dachte er erst jetzt an sie? Sie wusste alles. Mit eigenen Augen hatte sie Kirsten als Gewaltopfer gesehen. Sie würde auch wissen, dass er sie umgebracht und im Meer versenkt hatte. Und Svenja lebte noch, und könnte gegen ihn aussagen. Dieser Gedanke, den ein lichter Moment zugelassen hatte, zerstörte all seine Pläne. Unter diesem Aspekt war ein gemeinsames Leben mit Svenja nicht mehr möglich. Sie würde auf keinen Fall ihr Leben mit einem Mörder teilen, und ihn bei der ersten Gelegenheit anzeigen.

Grimmig schrubbte er den Boden weiter und warf dann die Handbürste angewidert in den Putzeimer, sodass etwas Wasser herausschwappte. „So ein Bullshit!", rief er laut und zornig. Wie hatte er nur eine Sekunde lang denken können, dass alles wieder normal sein und er ein Liebesleben mit ihr führen könnte? Er fragte sich ernsthaft, ob er verrückt geworden war. Seine Gleichgültigkeit nach dem Mord an Kirsten, seine irren Zukunftsvisionen mit Svenja, all das bereitete ihm große Angst. Aber noch größere Sorge bereitete ihm, dass er nicht wusste wie es weitergehen sollte. Er konnte Svenja nicht ewig auf diesem Boot festhalten. Aber er konnte sie auch nicht gehen lassen, denn damit wäre sein Schicksal besiegelt. In seinem momentan geistig wachen Zustand war der Gedanke, sie ebenfalls umzubringen, jenseits seiner Vorstellungskraft. Es war anders als bei Kirsten, die er nie wirklich geliebt hatte. Von ihrer Beziehung war am Schluss nur noch blanker Hass übriggeblieben. Und auch Svenja hasste er. Der bloße Gedanke an Maren reichte. Doch seltsamerweise fühlte er sich gleichzeitig zu ihr hingezogen. Es war Hassliebe, krank und unkontrollierbar.

Er rappelte sich auf, ging mit dem Eimer an Deck und schüttete das Wasser über die Reling. Eine aufkommende Brise wehte seine schwarzen Stirnlocken nach hinten, als er in Richtung Horizont blickte. Was sollte er jetzt tun? Er war außerstande, einen klaren Gedanken zu fassen. Nur das Bild der bewusstlosen Svenja schwirrte vor seinem geistigen Auge, wie ein Mahnmal. Leeren Blickes starrte er in die Ferne und hoffte auf eine Eingebung. Was wäre, wenn sie ins Koma gefallen war und nicht mehr zu sich käme? Wie viele Leute wussten, dass sie ihn besuchen wollte? Wie würde sie reagieren, wenn sie wieder aufwachte? Diese und noch mehr Fragen drängten sich ihm auf, brachten ihn fast um den Verstand.

„Verfluchte Scheiße!“, schrie er und trat wutentbrannt mit einem Fuß gegen einen Liegestuhl, der mit lautem Krach umfiel. Er legte den Kopf in den Nacken und stieß einen lauten Schrei wie ein zu Tode gequältes Tier aus. Niemals hätte er sich auf Svenja einlassen dürfen. Er hätte die Beziehung, die von Beginn an unter keinem guten Stern gestanden hatte, beenden sollen. Nichts als Unglück hatte sie seither über ihn gebracht. Die Vorstellung, sie umzubringen und wie Kirsten im Meer verschwinden zu lassen, war nicht mehr so undenkbar, wie noch vor fünf Minuten. Vielleicht könnte er auch das Boot leck schlagen, um es zu versenken und dann mit dem Rettungsboot an Land zu fahren. Doch kaum zu Ende gedacht, verbannte er diesen Gedanken sofort wieder. Es würde seine Situation um nichts besser machen. Seine Situation war hoffnungslos.

Er raufte sich die Haare, als könnte er dadurch eine Lösung herbeizwingen und ging dann wieder unter Deck. Als er vor Svenjas Bett stand, fühlte er sich wie ausgehöhlt. Emotionslos betrachtete er sie, wie sie flach atmend dalag und nicht die kleinste Muskelzuckung zu erkennen war. Wie lange würde sie in diesem Zustand bleiben? Minuten, Tage, Monate, für immer? Wer konnte das schon sagen? Doch genau davon hing seine weitere Zukunft ab! Er nahm ihre Hand, die sich kalt anfühlte, in seine und rieb sie ein wenig. Keine Reaktion. Daraufhin legte er seine Hände auf ihre Schultern und schüttelte sie. „Wach auf, bitte. Ich wollte das nicht. Der Teufel muss in mich gefahren sein. Wach auf, wir finden einen Ausweg“, redete er auf sie ein. Indessen fragte er sich, was es für sie beide bedeuten würde, wenn sie aufwachte. Würde es einen gemeinsamen Weg aus der Krisensituation geben können?

Darüber denke ich nach, wenn es so weit ist, schob er diesen unlösbaren Konflikt gedanklich beiseite. Ihr hübsches entspanntes Gesicht wirkte engelsgleich auf ihn und ließ seinen Groll auf sie verschwindend klein werden.

„Warum hat alles so kommen müssen, warum konnte Kirsten uns nicht in Ruhe lassen? Alles wäre gut zwischen uns. Wir könnten glücklich sein“, flüsterte er nahe an ihrem Ohr und küsste ihre Wange. Dann legte er sich neben sie und schlief ein, seine Hand mit der ihrigen verflochten.

In derselben Stellung wachte er ein paar Stunden später wieder auf. Svenja hatte sich immer noch keinen Millimeter bewegt. Einen tiefen Stoßseufzer von sich gebend, stand er mit gequälten Bewegungen auf, machte sich ein dürftiges Frühstück mit einer Tasse Kaffee und einem trockenen Croissant dazu. Er musste sich überwinden zu schlucken. Der Gedanke an Svenja schnürte ihm förmlich den Hals zu. Wenn sie noch tagelang in diesem Zustand bliebe, würde sie ohne medizinische Behandlung langsam und grausam verhungern und verdursten. Doch wenn er sie in ein Krankenhaus brächte, war die Gefahr groß, dass sie im Falle des Erwachens sofort nach der Polizei verlangen würde. Er könnte unmöglich vierundzwanzig Stunden an ihrem Bett verbringen, um das zu verhindern. Es war zum Verrücktwerden. Er hatte die Wahl zwischen Pest und Cholera.

Er holte einen Waschlappen, hielt ihn unter kaltes Wasser und ging damit zu Svenja. Sachte strich er damit über ihre Stirn, ihre Nase, die Wangen und das Kinn hinab bis zum Hals. Für einen Augenblick hielt er in seiner Tätigkeit inne. Er müsste nur einfach mit beiden Händen zudrücken, bis ihr Herz aufhörte zu schlagen. Dann wäre alles vorbei. Keine Fragen, keine Zweifel mehr. Alles Übrige würde sich von selbst ergeben. Zweifacher Mörder war er schon, auf eine Person mehr käme es nicht mehr an. Er verspürte ein tiefgehendes Entsetzen über seine eigene Kaltblütigkeit, die sich in ihm aufgetan hatte. Er war entsetzt, was das Leben aus ihm gemacht hatte. Dabei hatte er immer nur nach Liebe gesucht.

Langsam strich er weiter nach unten über Svenjas Dekolleté und dann über ihre beiden schlanken und schlaffen Arme. Er verließ die Kabine, um den Lappen noch einmal mit frischem Wasser zu tränken und wiederholte die gesamte Prozedur. Dieses Mal strich er auch über ihre Unterschenkel. Als er wieder hochblickte, bemerkte er ein kaum wahrnehmbares Flattern ihrer Lider. Sein Herz machte einen riesengroßen Sprung vor Freude. Aufgewühlt ergriff er ihre Hände und knetete sie.

„Svenja, hörst du mich, ich bin es, Dennis!“, sagte er mit gedämpfter Stimme und beobachtete gespannt ihre Augen, in der Hoffnung auf ein weiteres Lebenszeichen. Ihre Lider bebten jetzt deutlich.

„Ja, Svenja, komm zurück. Bitte, komm zurück!“, sagte er mit gezügelter Stimme. Und dann sah er, wie sie die Augen aufschlug und direkt in seine blickte.

Es war deutlich zu sehen, dass sie orientierungslos war, als sie sich, den Kopf leicht drehend umsah. „Wo bin ich?“, stieß sie mühsam hervor. Er ließ von ihr ab und beobachtete sie neugierig. Ihr Blick flog verwirrt durch den Raum und blieb dann, nach einer Antwort suchend, an ihm hängen. Doch er starrte sie nur merkwürdig an. Eine vage Hoffnung keimte in ihm auf.

„Wo bin ich?“, fragte sie ein zweites Mal.

„Auf unserer Yacht in Nizza“, antwortete er und wartete gespannt auf ihre Reaktion.

Ermattet schlug sie die Augen zu. Wie war sie hierher gekommen? Warum schmerzten ihre Handgelenke, ihr Kopf, ihr ganzer Körper? Was war passiert? Sie hob kraftlos ihren Arm und streckte ihn hilfesuchend Dennis entgegen, doch er reagierte nicht. Erschöpft ließ sie den Arm sinken und quälte sich drei Worte über die Lippen: „Was ist passiert?“

Er antwortete nicht darauf, sondern stellte ihr Fragen. Fragen, die ihm zeigen sollten, wie viel Erinnerung sie an das Geschehen auf dem Boot hatte. Und es stellte sich heraus, dass sie nichts von allem wusste, nicht einmal etwas ahnte. Ihre letzte Erinnerung war ihr Entschluss nach Nizza zu fliegen. Sie konnte sich weder an die Reise erinnern noch daran, wie sie auf dieses Boot gekommen war. Allem Anschein nach war ein Teil ihres Lebens einfach ausgelöscht worden.

Sie fragte ein zweites Mal unter großer Anstrengung, was passiert sei. Er nahm ihre Hand. „Es ist einiges passiert. Ich weiß nicht, wie ich es dir sagen soll." Er zögerte und sah, wie sie tonlos „Bitte!" mit den trockenen, rissigen Lippen formte.

„Also gut. Du bist vor einigen Tagen zu mir gekommen. Wir hatten eine tolle Zeit, wenn ich nicht gerade auf einem Geschäftstermin war. Alles war wunderbar. Bis Kirsten auftauchte. Wir waren schon auf dem Weg aufs Meer hinaus, als sie aus ihrem Versteck kam. Erinnerst du dich?"

Kopfschütteln.

„Zuerst haben wir noch normal miteinander geredet, doch irgendwann ist die Stimmung gekippt. Ich denke, es war der Zeitpunkt, als Kirsten begriff, dass sie gegen dich keine Chance mehr hatte. Da ist sie regelrecht ausgeflippt. Sie beleidigte dich auf die übelste Art und Weise."

Er hielt wieder inne und fixierte sie mit seinem Blick. Er musste befürchten, dass Svenjas Erinnerung wieder zurückkäme und seine Lügen entlarven würde. Doch sie sah ihn nur mit entsetzter Miene an. Sie ahnte Schreckliches. Am liebsten hätte sie geschrien, er solle still sein, doch sie hatte keine Wahl, sie musste sich der Wahrheit stellen und flüsterte: „Und dann?"

„Es ist passiert, als ich am Ruder stand, sonst hätte ich es vielleicht verhindern können. Ich weiß nicht, wer wen zuerst angegriffen hatte, ihr seid wohl handgreiflich geworden, jedenfalls lag sie auf dem Boden, mit einer großen Wunde am Kopf, als ich dazukam. Sie musste bei eurer Rangelei gegen etwas gestoßen sein und du ..."

„Was?", hauchte sie am Ende ihrer Nerven.

„Du hattest die schwere Tischlampe in der Hand und hast ihr damit wohl den Rest gegeben."

Er sah sie eindringlich an, wartete gespannt auf ihre Reaktion. Bestürzt drehte sie den Kopf zur Seite, starrte die Wand an. Nach dem ersten Schock wandte sie sich ihm wieder zu. „Ich – habe – sie – umgebracht?" Ungläubig stieß sie die einzelnen Worte hervor.

Er nickte. „Ja, es war sicherlich, wie gesagt, zunächst ein Unfall, aber in deiner Wut ... Auf der Lampe waren Blutspuren." Sein bedeutungsvoller Blick brachte sie fast um den Verstand.

„Aber ich kann doch keine Mörderin sein!", flüsterte sie erschüttert. „Sag, dass es nicht wahr ist!"

Er zuckte zur Antwort resigniert mit den Schultern.

„Wo ist Kirsten, und wieso bin ich verletzt? Weiß die Polizei davon?" Das Grauen, das sie gepackt hatte, ließ sie immer wacher werden.

„Du warst in Panik und wolltest weglaufen. Dabei bist du gestürzt und heftig mit dem Kopf gegen die Tischkante geknallt. Zuerst dachte ich du wärst tot, aber zum Glück warst du nur bewusstlos, ziemlich lange. Dadurch hast du wohl eine Teilamnesie erlitten. Du erinnerst dich wirklich an gar nichts?"

Er spielte den Besorgten.

„Nein, verdammt! Wo ist Kirsten? Wann kommt die Polizei?“

„Es wird niemand kommen.“

„Was?“

„Willst du etwa wegen ihr im Gefängnis landen? Ich habe sie im Meer versenkt, niemand wird sie finden. Wir könnten der Polizei natürlich erzählen, dass sie beim Schwimmen im Meer verschwunden ist. Das kommt öfter vor, als man denkt. Leute kommen in eine Meeresströmung und sterben dann vor Entkräftung, oder sie bekommen einen Krampf im Bein und ertrinken. Wir könnten sagen, dass wir nichts mitbekommen haben, weil wir unter Deck waren, Musik gehört und uns dabei geliebt haben.“

„Bist du wahnsinnig? Warum hast du das getan? Oh, mein Gott, das wird nicht gutgehen! Früher oder später würden wir uns in Widersprüche verstricken!“ Svenja war verzweifelt.

„Genau aus diesem Grund habe ich die Polizei nicht informiert. Es gibt nur eine Lösung. Wir werden sie totschweigen. Sie war niemals hier. Sie selbst erzählte mir, dass sie diesen Besuch hier ganz spontan entschieden hatte. Ihre Eltern sind in dem Glauben, sie ist in England, um dort ein neues Leben zu beginnen.“

„Du bist verrückt!“ Stöhnend versuchte sie sich im Bett aufzusetzen. Dennis half ihr dabei, schob ein Kissen zur Stütze hinter ihren Rücken. „Ihre Eltern werden auf eine Nachricht von ihr warten, wenn sie dort ankommt. Es wird nicht lange dauern, bis sie sie vermissen. Verdammt, mein Kopf schmerzt und ich habe einen strohtrockenen Mund!“, klagte sie. Das

Bewusstsein ihrer verheerenden Lage löste einen Tränenschwall aus.

Dennis fuhr in einer tröstenden Geste mit der Hand über ihren Kopf „Beruhige dich. Ich werde Tee machen, und dir eine Schmerztablette bringen. Mach solange die Augen zu, aber nicht wieder bewusstlos werden!", sagte er und verschwand in der Kombüse.

Beinahe war er versucht, fröhlich zu pfeifen, als er das sprudelnde Wasser über den getrockneten Tee goss. Es war alles besser gelaufen als erwartet, das Blatt hatte sich gewendet, die Hoffnung gesiegt.

Er sah zu, wie der Tee das Wasser golden färbte. Er war zufrieden mit sich und der neuen Situation. Dass Svenjas Erinnerungsvermögen eine große Lücke aufwies, hatte alles entschärft. Er konnte jetzt das Geschehen lenken, sie war ihm sozusagen ausgeliefert. Solange die Erinnerung nicht zurückkam. Dafür müsste er sorgen, indem er ihr die Ereignisse auf der Yacht immer wieder und so eindringlich schilderte, dass sie sich als Wahrheit in ihr Gedächtnis einbrannten.

Er holte ein Tablett, stellte eine große Tasse, eine Zuckerdose und eine Wasserflasche darauf, hob das Sieb aus der Kanne und stellte diese ebenfalls auf das Tablett. Aus dem Apothekenschränkchen nahm er starke Schmerzmittel, die sie, wie er hoffte, in ihrem Denkvermögen beeinträchtigen und ihn in seinen Manipulationsbemühungen unterstützen könnten. Vorsichtig transportierte er das Tablett in Svenjas Kabine. Mit Genugtuung registrierte er ihren verwirrten Blick, mit dem sie ihm entgegensah. Er stellte es auf einem Nebentischchen ab und goss wortlos Tee in die Tasse, während Svenja vergebens versuchte, die Wasserflasche zu öffnen. Kraftlos ließ sie die Hand sinken.

„Wie konnte ich das tun?!", fragte sie unter Tränen.

„Hier nimm!" Dennis hielt ihr die geöffnete Wasserflasche und eine Tablette hin. Svenja nahm sie widerstandslos und trank gierig ein paar große Schlucke Wasser.

„Habe ich sie wirklich umgebracht? Dennis, das kann doch nicht sein!" Ihr Blick flehte ihn an, sie aus diesem Albtraum zu erlösen. Dennis sollte sagen, *Schatz, du hattest einen bösen Traum. Kirsten ist in England und wir sind ein glückliches Paar.*

„Ich wünschte, ich könnte etwas anderes sagen, aber ... Trink den Tee, er wird dir guttun. Du brauchst jetzt viel Flüssigkeit!"

„Was ich brauche ist eine andere Wahrheit! Wie soll es jetzt bloß weitergehen?"

Er hielt ihr die Tasse hin, doch sie reagierte nicht. „Sag es mir, Dennis!"

„Wie ich schon sagte. Wir machen Kirsten zum Vermisstenfall. Ich habe ihr Handy und kann ihren Eltern eine Nachricht senden. Damit kann man die Sache hinauszögern."

„Aber sie werden mit ihr telefonieren wollen. Wenn sie die Polizei einschalten, wird man anhand der Handydaten ihre Aufenthaltsorte nachvollziehen und feststellen, dass sie niemals in England angekommen ist. Das nicht eingelöste Flugticket wird es auch beweisen. Wir kommen aus der Sache nicht mehr raus!" Aufgeregt trank sie von dem Tee, da ihr Mund sich schon wieder trocken anfühlte.

„Jetzt bleib ganz ruhig. Mit Panik kommen wir nicht weiter. Wir müssen jetzt klar und strukturiert denken. Trink den Tee, ich komme gleich wieder“, versuchte er sie zu beruhigen und stand auf.

„Bleib nicht zu lange weg. Ich drehe sonst noch durch!“, flehte sie ihn an. In ihrem desolaten Gemütszustand ertrug sie es kaum, mit ihren wirren Gedanken alleine gelassen zu werden. Ihre Hände, mit der sie die Teetasse krampfhaft umklammerte, fingen an zu beben, als sie sich vorzustellen versuchte, wie sie Kirsten erschlagen hatte. Ein Mord, von ihr begangen, und Dennis war der einzige, der davon wusste. Krampfhaft versuchte sie sich an die Reise nach Nizza zu erinnern, wie das erste Treffen mit ihm gewesen war. Nichts. Die Erinnerung glich einem schwarzen Loch. Nicht das geringste Aufflackern einer Erinnerung. War sie spontan gekommen oder war es geplant gewesen? Ein vages Gefühl sagte ihr, dass sie aus einem triftigen Grund weg wollte aus Deutschland.

Wie ein Blitz durchfuhr es sie. Philipp! Er war bei einem Motorradunfall umgekommen und jemand hatte die Bremsen manipuliert. Und Mark! Als sie an ihn dachte, konnte sie ganz deutlich die Angst vor ihm wieder spüren. Sie hatte ihn bei der Polizei als Verdächtigen genannt. Und er hatte sich dafür gerächt. Marks Überfall in ihrem Lerninstitut kam ihr wieder schemenhaft in den Sinn. Deshalb war sie zu Dennis geflüchtet! In die nächste, noch größere Katastrophe.

Ich muss mich erinnern, ich muss einfach, dachte sie und zermarterte sich den Kopf wegen ihrer Reise hierher und was geschehen war. Doch als hätte jemand eine Videoaufnahme gelöscht, konnte sie kein einziges

Bild davon abrufen. Als hätte ihr Gedächtnis dafür gesorgt, die schrecklichen Erlebnisse für immer dem Vergessen anheimzugeben. Weil sie es sonst nicht ertragen könnte. Es musste ein Trauma in ihr ausgelöst haben und der Schlag gegen den Kopf hatte es verdrängt, womöglich für immer.

Dennis kam mit einer Handtasche zurück. Es war nicht ihre, wie sie gleich erkennen konnte. „Kirstens?"

Er nickte nur und leerte den Inhalt aus. Gezielt suchte er nach ihrem Smartphone und der Brieftasche. Nachdem er Letztere durchforstet hatte, nickte er zufrieden. „Wir haben alles, was wir brauchen."

„Was meinst du damit?"

„Ruh dich aus. Ich werde es dir später erklären, wenn du wieder mehr bei Kräften bist."

Sie wollte sich nicht ausruhen, sondern herausfinden, was er vorhatte. Doch ihr Kopf schmerzte und dröhnte so entsetzlich, dass sie sich außerstande fühlte zu reden. Ihr Bedürfnis nach Schlaf war immens groß. Und das Bedürfnis, die Augen vor der Vergangenheit und der Zukunft zu verschließen, noch größer.

33 – TÖDLICHE ILLUSION

Der Himmel war bedeckt, als Svenja am Flughafen von Nizza aus dem Taxi stieg und in die Abflughalle ging. Auf der Toilette warf sie einen prüfenden Blick in den Spiegel. Die brünette Perücke saß gut. Sie sah vollkommen verändert aus. Es war Dennis' Idee gewesen, sie als Kirsten verkleidet nach London zu schicken, um den Mord zu vertuschen, denn ihr elender physischer und psychischer Zustand ließ es nicht zu, eine eigene Entscheidung zu treffen. Lange hatte er auf sie einreden müssen, bis seine demagogischen Kräfte endlich Wirkung zeigten. Es gelang ihm mit eingehender Argumentation, seinen Plan plausibel darzulegen. Sie hatte sich schließlich davon überzeugen lassen, dass es die einzige Chance war, ungeschoren aus der Sache herauszukommen.

Wie ferngesteuert schob sie nun beim Eincheckautomaten Kirstens Reisepass und den Auszug ihrer Onlineflugbuchung in den Schlitz. Ohne eine Miene zu verziehen, ging sie durch die Sicherheitsschleuse, bestieg das Flugzeug nach London und checkte dort wieder aus. Sie blieb zwei Nächte dort, sandte ein paar belanglose SMS an Kirstens Eltern und täuschte am zweiten Tag einen Anruf vor. Gekonnt verursachte sie dabei störende Geräusche, um eine schlechte Verbindung vorzugeben. Sie bemerkten die Täuschung nicht, dachten, sie hätten mit ihrer geliebten Tochter gesprochen.

Bevor Svenja wieder zurückflog, schrieb sie eine letzte SMS an Kirstens Eltern. Sie teilte ihnen mit, dass sie zu Fuß auf dem Weg zu einer Mietwagenfirma sei, und zerstörte dann das Handy. Es musste so aussehen, als wäre sie danach entführt und verschleppt worden. Bei Nachforschungen würde sich hier die Spur verlieren und ins ewige Nichts führen. Kirsten sollte auf der Liste der spurlos Verschwundenen landen. Sie wäre eine von vielen.

So hatte es Dennis ihr eingebläut. Immer und immer wieder. So lange, bis sie gar nicht mehr anders konnte, als dieses Vorhaben ebenfalls als das einzig Richtige zu betrachten. Als sie aus London zurückkam, verspürte sie sogar ein Gefühl der Erleichterung. Alles hatte nach Plan geklappt. Die Gefahr entdeckt zu werden, war zunächst gebannt. Doch es dauerte nicht lange, bis sich Zweifel einschlichen. Und das schlechte Gewissen, die Schuldgefühle begannen an ihr zu nagen.

Sie versuchte bei ihrer Arbeit im Lerninstitut auf andere Gedanken zu kommen, doch es fiel ihr sehr schwer, sich länger zu konzentrieren. Die Arbeit, die sie eigentlich ablenken sollte, wurde zur immer größeren Last. Sie entwickelte eine Art Paranoia, glaubte, jeder könne ihr das Verbrechen, das sie begangen hatte, sofort ansehen. Das ständige Vortäuschen, alles sei normal und wie immer, deprimierte und belastete sie. Jeden Tag ein bisschen mehr. Sie führte ein Leben in Unsicherheit, permanent in der Gefahr, entdeckt zu werden, wie sie eines Tages in erschreckender Weise erfahren sollte.

Svenja war gerade dabei, neue Anmeldungen zu sortieren, als sie vor der Tür laute Männerstimmen vernahm. Es klingelte.

„Erwartest du noch Kunden?“, fragte sie mit Blick auf Vera.

„Nein. Wer kann denn das noch sein? Es ist doch gleich Büroschluss“, antwortete diese kopfschüttelnd und ging zur Tür. Zwei Kriminalbeamte baten um Einlass und ein Gespräch mit Svenja. Obwohl Dennis dieses Szenario vorausgesehen und x-mal mit ihr durchgesprochen hatte, geriet sie in Panik, als die zwei Männer mit selbstbewussten Mienen auf sie zugingen. *Reiß dich zusammen, sonst bist du verloren*, beschwor sie sich selbst und reichte ihnen mit erzwungenem Lächeln die Hand.

„Guten Abend, Frau Grothe. Entschuldigen Sie die Störung, aber wir hätten im Fall der vermissten Kirsten Mahle noch ein paar Fragen an Sie.“

Svenja schluckte schwer. Eine schreckliche Angst befiel sie, eine Angst kläglich zu versagen. Jede einzelne Frage konnte sie in eine Falle locken und alles auffliegen lassen. Heute könnte der Tag sein, an dem sie in Handschellen ihr normales Leben verlassen müsste.

Sie hatte große Mühe, ihre Seelenpein vor ihnen zu verbergen. In ihrer Not verfiel sie in Aktionismus und holte etwas zum Trinken. Bei der Frage, wann sie Kirsten zum letzten Mal gesehen hatte, schenkte sie den beiden Herren jeweils ein Glas Wasser ein, damit sie beschäftigt war und ihnen nicht in die Augen sehen musste. Ihre Angst und Verunsicherung musste ihnen ja sonst förmlich in die Augen springen. Es gelang ihr dann jedoch auf wundersame Weise, die Frage so gelassen wie möglich zu beantworten. Sie hielt sich dabei exakt an die Anweisungen, die ihr Dennis gegeben hatte.

„Das war in Nizza, sie besuchte uns auf der Yacht und blieb auch über Nacht. Danach wollte sie nach London fliegen, um eine Filiale der Firma ihres Vaters aufzubauen, wie sie uns erzählte."

„Warum kam sie noch mal nach Nizza?", fragte der Jüngere und schrieb etwas in sein Notizbuch.

„Die beiden waren schließlich einmal verlobt und wollten sich würdig voneinander verabschieden." Sie musste sich zusammenreißen, um den aufkommenden Würgereiz bei diesen verlogenen Worten zu unterdrücken.

„Wusste Frau Mahle, dass Sie auch da sein würden?"

Svenja setzte ihr Pokerface auf und schaffte es, ihrem Gegenüber direkt in die Augen zu sehen, als sie antwortete: „Ja, aber das störte sie nicht weiter. Sie wollte einen für alle Beteiligten zufriedenstellenden Schlussstrich unter die gescheiterte Partnerschaft ziehen. Das war ihr ein großes Anliegen, bevor sie in London ein neues Leben begann. Na ja, irgendwie verständlich. Wir sind doch schließlich erwachsen."

Der Polizist sah sie nachdenklich an, so als wollte er ihrem Mienenspiel etwas anderes entnehmen. *Er glaubt mir nicht*, dachte Svenja entsetzt und kämpfte gegen einen aufkommenden Schwindel an. Tapfer hielt sie dem Blick stand, zauberte sogar ein kleines Lächeln auf ihre Lippen, obwohl sie kurz davor war, laut schreiend vor dieser unerträglichen Situation aus dem Zimmer zu flüchten. Sein Blick ruhte immer noch auf ihr. Sie befürchtete jetzt das Schlimmste, war unsicher, ob ihre Augen auch mitgelächelt hatten. Plötzlich klappte er das Büchlein laut zu und stand auf. Er bedankte sich für das Gespräch und verließ mit seinem Kollegen das Büro.

Am ganzen Körper zitternd ging sie schnell in das kleine Bad und übergab sich. Konnte es wirklich sein, dass die Polizei nichts ahnte? Es sah zumindest so aus, als würden sie ihr Glauben schenken. Dennis hatte es für besser befunden, Kirstens Anwesenheit auf dem Boot nicht zu verschweigen.

„Es könnte ja sein, dass jemand sie am Hafen gesehen hat. Oder sie hat mit jemandem darüber gesprochen. Dann wäre es fatal, wenn wir ihren angeblichen Besuch auf der Yacht verleugnen", hatte er gesagt. Es klang einleuchtend und sie stimmte zu.

Den Streit mit Kirsten vor der Lettmann Villa kurz vor Dennis' Abreise nach Nizza hatte keiner der ermittelnden Beamten erwähnt. Offensichtlich hatte niemand etwas davon mitbekommen. Das war die größte Stütze für ihr Lügengebäude.

Bald kehrten jedoch alle Zweifel zurück. Sie konnte sich nie sicher sein, ob die Polizei nicht doch noch ein Detail entdeckte und sie damit des Mordes überführte. Irgendwann würde sie einknicken und aufgeben. Sie würde ihre Schuld, die sie zu Boden drückte, hinausschreien. Womöglich würde sie sich sogar wohler fühlen, wenn sie dafür büßen müsste. Aber beim nächsten Gedanken an ein Gefängnis, mit all den am Leben gescheiterten Frauenexistenzen, trieb ihr sofort den Angstschweiß auf die Stirn.

Vera spürte mit der Zeit, dass etwas nicht mit ihr stimmte. Sie beobachtete Svenja besorgt und eines

Tages fiel die befürchtete Bemerkung: „Ist alles in Ordnung mit dir? Seit Nizza bist du nicht mehr dieselbe."

„Ja, alles okay, wie kommst du darauf?"

„Du bist so nachdenklich geworden, so niedergedrückt. Du müsstest doch glücklich sein, jetzt, wo du wieder mit Dennis zusammen bist. Oder stimmt es zwischen euch beiden nicht?"

„Nein, das hat nichts mit ihm zu tun. Ich habe nur wieder eine von Marks schrägen Mails bekommen. Er macht mir immer noch Angst."

„Vergiss ihn, ich glaube nicht, dass er etwas unternehmen wird, sonst hätte er es längst getan. Das ist halt seine Art, den Alltagsfrust auszugleichen."

„Na, danke schön. Darauf kann ich gerne verzichten. Ich bin doch nicht sein persönlicher Blitzableiter!"

Vera gab sich mit ihrer Erklärung zufrieden, doch für Svenja hatte das Gespräch die Wirkung einer Alarmglocke. Sie musste ihr Leben ändern, bevor sie vor aller Augen einen Zusammenbruch erlitt. Damit würde ihr schreckliches Geheimnis auffliegen und der Weg ins Gefängnis wäre geebnet.

Sie sprach mit Dennis darüber, und er schlug sofort vor, dass sie zu ihm ziehen sollte, in seine Schwabinger Wohnung.

„Und mein Lerninstitut?"

„Verkauf oder verpachte es. Du bist nicht mehr in der Lage es zu führen, und du brauchst es auch nicht."

„Wovon soll ich dann leben?"

„Heirate mich, ich werde für dich sorgen."

„Auf keinen Fall. Das ist ja mal ein antiquierter Lebensplan! Ich habe dir immer gesagt, dass ich nicht von dir abhängig sein will. Es reicht schon, dass ich von deiner Solidarität abhängig bin, was Kirstens Tod betrifft. Obwohl du ja mit dran wärst wegen Vertuschung einer Straftat oder wie das heißt. Was für ein Scheißleben!“ Sie war den Tränen nahe.

„Beruhige dich. Bis jetzt ist doch alles gut gegangen. Das Schlimmste haben wir überstanden. Ich war bei der Polizei sehr überzeugend und habe deine Aussage eins zu eins bestätigt. Und sie haben es brav geschluckt. Was soll also noch passieren?“

„Das haben wir nicht in der Hand. Ein kleiner Zufall, eine Person, die von Kirstens Wut auf dich und ihren Überraschungsbesuch wusste, und schon kommen wir in Erklärungsnöte.“ Sie rannte aufgeregt im Zimmer hin und her.

„Wenn es diese Person gäbe, hätte sie schon längst darüber gesprochen. Ich denke, wir können langsam davon ausgehen, dass die Sache im Sande verläuft. Kirsten bleibt auf ewig verschwunden. Und du denkst jetzt nicht mehr so viel an die Vergangenheit, sondern an die Zukunft. Mit den Pachteinnahmen und mit meiner Unterstützung kannst du dir in München ein neues Lerninstitut aufbauen, wenn du das unbedingt willst“, versuchte er sie zu beruhigen.

Und so kam es, dass sie schließlich ihren Geschäftsanteil gegen Gebühr abgab und nach München zu Dennis zog. Vera war entsetzt und versuchte sie davon abzuhalten. Aber ohne Erfolg. Svenja musste weg aus Augsburg, denn auch ihre Eltern spürten die Wesensänderung ihrer Tochter. Die ständigen Nachfragen wegen ihres Befindens und ihre Beteuerungen, alles sei in Ordnung, zermürbten sie immer mehr. Ein kompletter

Neuanfang erschien ihr als einziger Ausweg aus der Misere.

EPILOG

Der Blick aus dem Fenster der schicken Münchner Altbauwohnung in Schwabing ist wunderschön, doch Svenja kann ihn nicht genießen. Sie fühlt sich wie im goldenen Käfig. Eingesperrt, weggesperrt von ihrem früheren Leben. Der Wegzug hatte keineswegs die erhofften positiven Effekte gebracht.

Jeden Tag wartet sie auf Dennis, bis er von seinen geschäftlichen Terminen nach Hause kommt. Jeder Tag eine neue Herausforderung an sie, die langen Stunden mit Beschäftigung im Haushalt und ein paar Nachhilfeschülern zu verbringen. Hin und wieder wagt sie es, in die Stadt zu gehen, was ihr aber schnell an die Substanz geht. Denn ihre Psyche lässt seit dem Geschehen in Nizza nicht mehr viel zu. Ihr Versuch, beruflich Fuß zu fassen, scheitert letztendlich an ihren mangelnden Kräften. Sie reichen nur für ein paar Privatstunden. Der Gedanke, einen Mord auf dem Gewissen zu haben, liegt zentnerschwer auf ihrer Brust. Marens Unfall stürzte sie damals in die größtmögliche Krise. Sie hätte nie geglaubt, dass es noch schlimmer kommen könnte. Und jetzt ist das Undenkbare geschehen. Das Wissen, getötet zu haben, begleitet sie den ganzen Tag. Es ist der erste Gedanke beim Aufstehen und der letzte beim Zubettgehen.

Der Gedanke, jemandem wissentlich das Leben geraubt zu haben, bringt sie beinahe um den Verstand. Und dass sie sich von Dennis hatte überreden lassen, die Sache zu vertuschen, lässt ihr keine Ruhe mehr. Sie selbst kann seither nicht mehr erkennen, was richtig ist. Es war und ist ihr nicht möglich, eine eigenständige Entscheidung zu treffen, wie es weitergehen soll. Sie ist zur tragischen Marionette geworden.

Immer wieder blickt sie zurück, und kann nicht mehr verstehen, wie sie so handeln konnte. Es gibt kein Zurück mehr. Sie muss mit dieser falschen Wahrheit weiterleben. Irgendwie.

Sie steht am Fenster und blickt auf die lauschige Grünanlage, doch das reale Bild wird verdrängt von diesen quälenden Erinnerungsbildern.

Dennis steckt die Angelegenheit besser weg. Er ist sogar fähig, sie zu trösten, jeden Tag aufs Neue. Sie bewundert und liebt ihn dafür.

Sie hört, wie die Tür aufgeht und dreht sich um. Mit einem Lächeln kommt ihr Dennis entgegen und nimmt sie gleich darauf in die Arme.

„Warst du wieder auf der Reise in die Vergangenheit? Mein armes Häschen."

Er streicht liebevoll über ihren Hinterkopf. „Dann wird es Zeit für eine Reise in die Zukunft. Wir werden bald heiraten. Ich habe alles in die Wege geleitet. Mein Vater hat sich auch geschlagen gegeben. Wie findest du das?" Er spürt ihr Achselzucken.

„Ein Hoffnungsschimmer, mehr nicht. Es kann mir auch nicht helfen, das Geschehene zu verkraften. Und dass ich mich nicht daran erinnern kann, ist kaum auszuhalten. Manchmal bin ich kurz vorm Durchdrehen!“ Sie löst sich aus seinen Armen und beginnt zu weinen.

„Ach, Liebling, mit der Zeit wird es leichter. Du wirst sehen. Wenn wir erst mal ein Kind haben ...“

„Ein Kind, das kann ich mir in meinem momentanen Zustand überhaupt nicht vorstellen. Ein Kind mit einer Mörderin als Mutter! Ich kann doch niemals Vorbild, geschweige denn eine moralische Instanz für unseren Nachwuchs sein!“ Blankes Entsetzen spiegelt sich bei diesem Gedanken in ihrem Gesicht wider.

Dennis zieht sie an beiden Händen zu sich und umarmt sie.

„Es muss ja nicht gleich sein. Wir haben das ganze Leben vor uns.“

Die Worte beruhigen sie. Immer wieder war sie in letzter Zeit ins Grübeln gekommen, was wäre, wenn er sie verlassen hätte und sie alleine mit dieser schlimmen Situation zurechtkommen müsste. Mit Dennis hat sie eine Art Zweisamkeit gefunden, wenn es auch eine fatale Verbundenheit ist. Ein Verbrechen hat sie endgültig zusammengeschweißt. Sein Verständnis, das scheinbar keine Grenzen kennt, ist der einzige Lichtblick, den sie hat. In keiner anderen Beziehung könnte sie mit ihrem Geheimnis ein normales Leben führen. Sie liegt in seinen Armen und kann ein wenig innere Ruhe zurückgewinnen und klarer denken. Auch wenn sie weiß, dass der nächste Zusammenbruch nicht lange auf sich warten lässt. Doch sie fühlt sich nicht alleine gelassen, sie weiß Dennis als Fels in der Brandung.

Sie kann nicht wissen, dass diese Sicherheit eine äußerst trügerische ist. Sie hat keine Ahnung, dass sie in den Armen von Philipps und Kirstens Mörder Trost sucht. Trost für etwas, das sie nicht getan hat.

Und sie weiß nicht, dass Dennis' grenzenloses Verständnis nicht ihr geschuldet ist. Seine Geduld ist Ausdruck von Genugtuung. Er weidet sich an ihrem Leid, an ihren zermürbenden Schuldgefühlen. Jeden einzelnen Tag. Es bereitet ihm wohlige Schauer, wenn er sieht, wie sie daran verzweifelt, so wie er nach Marens Tod. In seinen Augen ist es die gerechte Strafe für ihr leichtfertiges Verhalten auf dem Abiball. Gerechter als der Tod. Denn er kann ihr zusehen, wie sie langsam und elend an ihren Schuldgefühlen, die sie nicht haben müsste, zugrunde geht. Schritt für Schritt geleitet er sie zum Abgrund.

Wenn die Erinnerung zurückkäme, würde er Svenja diesen Abgrund hinunterstürzen. Ihre drängenden Fragen, seine Lügen, die ständige Gefahr, entlarvt zu werden, würden ihm keine Wahl lassen. Ein Zusammenleben wäre nicht mehr möglich, der Weg ins Gefängnis wäre geebnet. Er müsste sich von ihr trennen, für immer. Und er hatte auch schon einen Plan für dieses Szenario. Svenja würde bei einem tragischen Badeunfall mitten auf dem Meer ihr Leben verlieren. Aber bis zu diesem, momentan eher unwahrscheinlichen, Fall, würde er sie auf dem Weg durch die Hölle begleiten und nicht von der Seite weichen. Er würde ihr all seine Liebe schenken, die er paradoxerweise immer noch für sie hegt. Ihr sichtbares Leid ermöglicht ihm, seine weiche Seite auszuleben.

„Du bist so verständnisvoll. Kein anderer Mann könnte es mit mir aushalten. Ich liebe dich", sagt sie leise und ergriffen und küsst ihn zärtlich.

„Davon bin ich überzeugt. Ich liebe dich auch. Bis in den Tod“, antwortet er mit weicher Stimme und legt ihren Kopf an seine Schulter.

Wie ein Blitz aus heiterem Himmel durchzuckt sie ein Bild. Dennis auf der Yacht, sie am Kai stehend, sein überrascht skeptischer Blick. In der nächsten Sekunde ist es wie vom Nebel verschlungen und bleibt verschwunden, so sehr sie sich auch bemüht, das Bild ins Gedächtnis zurückzurufen. War das eine Erinnerung? Oder spielt ihr die Wahrnehmung einen Streich? *Nur eine Momentaufnahme, eine Fata Morgana*, sagt sie sich und hofft dennoch auf mehr Wahrheit.

Eine Wahrheit, die sie im Jetzt nicht sehen, nicht spüren kann.

Auch sein diabolisches und irres Lächeln sieht sie nicht. Und wenn der Tag kommt, an dem sie es sieht und alles versteht, wird es zu spät sein.

Nicht, was wir erleben,
sondern wie wir empfinden,
was wir erleben,
macht unser Schicksal aus.

Marie von Ebner-Eschenbach